TÊTE DE DIABLE

Né au lendemain de la guerre, en 1946, Paul-Loup Sulitzer perd son père à l'âge de dix ans. Confronté à la solitude et au chagrin dans sa pension du lycée de Compiègne, Paul-Loup acquiert la rage de vaincre. Il écourte ses études et se lance rapidement dans la vie active. A dix-sept ans, en créant un club de porte-clefs, il suscite un véritable phénomène de mode. Plus jeune P.-D.G. de France à vingt et un ans, il entre dans le livre Guiness des records. Comme son père qui avait réussi en partant de rien, Paul-Loup Sulitzer se lance dans le monde des affaires. Il devient importateur d'objets fabriqués en Extrême-Orient et est à l'origine de la « gadgetomania ». Très vite, il élargit sa palette d'activités et touche avec bonheur à l'immobilier. C'est à ce moment qu'il assimile les lois de la finance, se préparant à devenir l'expert que l'on connaît aujourd'hui.

En 1980, il invente le western économique, un nouveau genre littéraire, et écrit *Money*, dont le héros lui ressemble comme deux gouttes d'eau. *Cash* et *Fortune* paraissent dans la foulée. Le succès est énorme : ses romans deviennent des manuels de vie pour des millions de jeunes en quête de valeurs positives et permettent à un très large public de comprendre l'économie de marché sans s'ennuyer.

Suivront de nombreux romans, qui sont autant de best-sellers : *Le Roi vert, Popov, Hannah, L'Impératrice, La Femme pressée, Kate, Les Routes de Pékin, Cartel, Tantzor, Les Riches, Berlin, L'Enfant des 7 mers, Soleils rouges*.

Il est également l'auteur du *Régime Sulitzer* et des *Dîners légers et gourmands de Paul-Loup Sulitzer*.

Paul-Loup Sulitzer a vendu à ce jour 35 millions de livres dans 43 pays du monde. Souvent visionnaire, toujours en phase avec son époque, il sait ouvrir les fenêtres du rêve et du jeu des passions humaines.

Paru dans Le Livre de Poche :

MONEY
CASH !
FORTUNE
LE ROI VERT
HANNAH
L'IMPÉRATRICE *(HANNAH 2)*
LA FEMME PRESSÉE
KATE
POPOV
LES ROUTES DE PÉKIN
CARTEL
TANTZOR
BERLIN
L'ENFANT DES 7 MERS
SOLEILS ROUGES

PAUL-LOUP SULITZER

Tête de diable

STOCK

Pour Delphine…

« Osez : le progrès est à ce prix, toutes les conquêtes sublimes sont plus ou moins des prix de hardiesse. »

Victor HUGO.

I

À un certain moment de l'histoire du monde, soit le 27 mars 1609, Catherine-Marie Pouillou enterre son père. Elle ne peut guère faire autre chose : il est mort. Ensuite de quoi, elle s'assied face aux monts d'Auvergne, elle contemple ces mêmes monts d'Auvergne qui ont été l'unique horizon de sa propre existence jusqu'à ce jour, durant ses dix-huit ans et six mois de vie. Je vous hais, leur dit-elle. Elle est d'humeur à abominer la terre entière, son exécration frappe tous les êtres, hommes, femmes et enfants qui peuplent ces vallées et ces croupes à six ou sept lieues à la ronde, mais elle devient plus virulente encore s'agissant du monde du dehors. Quand elle y pense, la haine la fait trembler. C'est de ce monde du dehors que le pérégrin est venu pour sa rapine, c'est lui surtout qui a tellement éberlué Pouillou Pattu durant tant d'années. Au point qu'en somme Pouillou Pattu n'en est revenu que pour y mieux repartir...

Et, bon, l'image reparaît, surgie de la mémoire : Pouillou Pattu son père dans ses retours ; Pouillou Pattu avec son grand chapeau du Goudet, en poil de chien, son chapeau de monsieur et ses bottes, de cuir s'il te plaît, à deux boucles, sa veste de serge à longues basques sur le gilet et la chemise de chanvre, sa houppelande en dalmatique, et dans tout cela caparaçonné, cuirassé ; et sa force, son grand rire qui cavalcade, son odeur d'homme, de sueur, de pétun et de chère-lie, sa force quand il te croche à la taille, te hisse au ciel à bout de bras. Chaque retour de même. Chaque retour toi éprouvant ce même emmêlement de sentiments, non moins violents les uns que les autres, et tellement contradictoires : bonheur de le revoir, et alors d'apprendre qu'il n'a pas crevé sur une route lointaine, amour pour lui ô combien, mais fureur de ce qu'il ne manifeste aucun remords d'être demeuré si longtemps si loin, exaspération de ce qu'un homme ayant tant de biens au soleil puisse ainsi les négliger et les mettre en gérance, et tous ces sous perdus par cette carence, au point qu'elle s'en préoccupe elle-même, dès ses huit ans (à dix ans, elle te sait, mieux qu'un évêque ses paters, non seulement le nombre très exact des arpents de terre Pouillou, mais encore combien de pierres composent chaque borie, chaque ferme, et le compte plus que précis du moindre grain passé par les trois moulins, celui des soixante et onze vaches dans les trois étables, et encore celui du moindre outil, de qui le manie ou doit le manier, et à quelle heure, et si telle éteule a été improprement virée alors qu'on eût dû la verser, si on a charrulé, badé, rittelié, écaillouché, crébi à bon ou mauvais escient, si ce manouvrier-là devrait être renvoyé sur les chemins pied au cul, et tel autre conservé), en sorte que, somme toute et tout bien pesé, elle se tient à bon droit pour propriétaire de la totalité — et après tout elle est sa seule héritière.

Voici un instant, assise à contempler les monts d'Auvergne, elle en était à gongouner, et plus encore à s'époufider, se gruzer, s'encolérer comme jamais. Déferlent à présent la tendresse et par-dessus tout le chagrin, à lui serrer la gorge et tout le corps, à la broyer.

Je suis en terrible tristesse, je ne verrai plus jamais Pouillou Pattu.

Pouillou, dit Pattu parce que fort de jambes. Et le reste du bonhomme à l'avenant. C'était un homme de très épaisse charnure. Massif. Il repliait une jambe en arrière, à angle droit, et tu pouvais t'asseoir sur son talon, il te supportait, et des dix minutes, si pesant que tu sois.

On l'a assassiné. Pas seulement tué : on lui a brûlé les pieds, l'un de ses yeux a été crevé avec un tison. Cela s'est passé dans les grands bois noirs sur la route de La Chaise-Dieu. Ils devaient être six ou sept à s'acharner sur lui. Et, à en juger par les traces, il se sera foutrement débattu. Il en aura massacré un ou deux : des corps ont été traînés et emportés.

Cinq heures plus tôt, il était sorti de chez le notaire. Où il avait bel et bien signé le foutu acte de vente — la vente de tout, *de tout*. Et il avait reçu l'argent. Six grosses sacoches gonflées. Le notaire lui-même avait insisté sur le danger de voyager seul avec une telle fortune.

Réponse dans l'un de ses grands rires : je ne serai pas seul.

Aucun nom prononcé. Il n'a pas dit qui allait être à son côté, ou s'ils seraient plusieurs à lui faire compagnie.

Mais tu as besoin de preuves, toi ?

Peu avant midi, elle est de retour dans la vallée. Les manouvriers relèvent une seconde la tête sur son passage, elle sent leur regard sur son dos, une fois passée. Ils savent. Tout le monde sait. Sa fureur et sa haine reviennent. Elle a bien vu, du coin de l'œil, un pourtou pas très loin de tomber, et dont il faudrait bien cousir les planches avec quelques clous ; trois ou quatre heures plus tôt, elle en aurait fait la remarque, et sèchement. Plus maintenant.

Je ne suis plus rien ici ; je n'y suis plus rien, rien n'est plus à moi.

Elle entre dans la grande borie, la plus grande des trois qui, deux jours plus tôt, appartenaient depuis trois cents ans, ou à peu près, aux Pouillou. Elle y est née, le jour de la mort en couches de sa mère. Son enfance, son adolescence se sont écoulées ici — mère morte et inconnue, père absent des dix mois l'an et davantage.

Elle y marche, sentant monter ses larmes mais prête à mourir plutôt que de pleurer. Elle traverse la salle commune, la souillarde à main droite après la cheminée en pierre des Chaussats, l'étable et la soue sur la gauche, l'escalier de bois droit devant. Elle monte. Trois chambres à l'étage avec chacune des fenêtres assez larges pour y passer les épaules et la tête. Le bissac est prêt, sur le matelas empli de paille ; elle ne l'a pas défait la veille à son arrivée, et l'a même gonflé davantage des vêtements restés à la borie tandis qu'elle était à Issoire. Elle y dépose la chemise et les deux jupons portés la veille, et son livre, le seul qu'elle a jamais possédé, qu'elle détient depuis bientôt deux ans et qu'elle a commencé de lire — déjà neuf pages.

— J'ai cinq pièces d'or, Thérèse, et rien de plus, c'est toute ma fortune. Je t'en donne deux. Si le nouveau propriétaire te met dehors, tu pourras manger quelque temps.

Elle parle à une vieille femme qui, six années auparavant, est venue prendre la place de la nourrice engagée par Pouillou Pattu, et qui est morte en une nuit, de quelque chose dans la poitrine. Elle lui parle mais ne la regarde pas. *Je ne l'aime guère et en somme ne l'ai jamais aimée, c'est une brute. Une vache a plus d'entendement qu'elle, je me demande bien pourquoi je me dessaisis de presque la moitié de mon pécule, qui n'est déjà pas tant considérable, pour quelqu'un qui vraiment ne me chaut.*

Elle ressort de la borie où elle ne prend rien d'autre. De nouveau les manouvriers lui jettent des regards en coulisse. Elle n'en salue aucun et garde bouche close — ouvre seulement la bouche, dis n'importe quoi et tu auras bientôt des larmes dans ta gorge.

L'heure suivante, elle marche, bien droite — plutôt crever que de lorgner à gauche ou à droite sur cette terre et ces champs et ces fermes, ce ru et cette rivière, et ces moulins, sur tout cela qui était à Pouillou Pattu et donc à elle, et dont la foutue et incompréhensible vente l'a dépossédée. Vient enfin la terre étrangère et ça va mieux, elle est moins accablée. *On m'a tué Pouillou Pattu* (outre qu'on l'a volé de tout) : les mots sans fin lui donnent la cadence de ses pas, comme une antienne. Ensuite de quoi, forcément, la fureur remonte.

Si bien que c'est une vraie jouissance que de sentir, à chaque balancement de sa hanche et contre celle-ci, la terrible rigidité de ce qu'elle a dans son bissac, qu'aucune autre jeune fille qu'elle, assurément, ne penserait même à approcher et moins encore à emporter, et dont (c'est une idée qui peu à peu se fait jour en elle) elle va se servir, parole de Pouillou.

À ce certain moment de l'histoire du monde, Catherine-Marie Pouillou dite Tête de diable n'en est pas véritablement à concevoir des projets aussi redoutables. Quoique. Mais, bon, elle est encore sous le coup de cette constatation qu'elle a faite, quittant pour toujours la borie et le domaine adjacent. À savoir que, tout compte fait, elle n'affectionne pas grand monde. Elle se reproche. Ce n'est pas normal. Il y a par trop de furibonderie en toi. Au naturel, je veux dire. Remarque bien qu'on ne t'a pas surnommée Tête de diable parce que tu étais satanique au sens précis du mot. Bon d'accord, peut-être un peu. Mais le sobriquet t'est surtout venu de ce que tu avais et as la caboche dure comme une enclume — et de l'emportement à en faire commerce.

Non, mais regarde-toi. Grands pieds, grandes mains, plus haute que la plupart des hommes. Capable d'à peu près tous les écrabouiller, ceux-là. Tu te rappelles ce patte-pelu de roulier qui voulait t'écarter les cuisses, il y a deux ans passés ? Il parle comme une demoiselle, à présent. Alors que s'il te l'avait demandé gentiment, peut-être... Non, même pas, il sentait vraiment trop mauvais, et puis deux hommes sur ton ventre, que tu as essayés pour voir, ça suffit, d'autant que c'est aussi plaisant qu'un sinapisme, leur machin à quoi ils ont l'air de donner tant de prix. Rien senti du tout, sauf un déchirement la première fois. Pas de quoi en faire une légende.

Toujours à ce même moment, au vrai durant toutes ces heures de sa progression vers son rendez-vous, un très étrange sentiment la visite. D'abord par petites touches. Qu'elle note. Elle a toujours été ainsi, à tenir registre scrupuleux de tout ce qui lui passe en tête, c'est ainsi. Comme si à l'intérieur elles étaient deux à vivre, une pour agir, bouger, parler, s'entêter, se rechigner, se bouter carrément en riote — s'encolérer au dernier point —, mais aussi (pas souvent) s'attendrir, voire pire et fougaler comme une foutraude. Et l'autre. Froide comme la mort, celle-là, et toujours à juger — les autres et par-dessus tout elle-même, sans compassion.

Et pourtant, c'est de cette partie-là d'elle-même, la deuxième, oui, justement la moins portée aux débordements et aux foucades, c'est bien d'elle que provient le constat de plus en plus péremptoire que désormais elle est libre, totalement. Rien ne la retient plus, ni personne.

Elle se retourne tout en marchant. Le puy de Sancy est loin derrière elle, et son pays. Elle chemine sur une draille, une route d'ancienne transhumance. Aucun troupeau n'y est plus passé depuis des lunes. Une ou deux heures plus tôt, dans un vallon en contrebas, elle a distingué des forestiers, occupés à leur affouage. Depuis, personne.

Je jurerais pourtant que quelqu'un me suit. On verra bien.

Elle caresse son bissac.

Et elle est à Issoire en fin d'après-midi.

— Je peux te parler franchement, Catherine-Marie ?

— Pourquoi prendre cette peine ? Parlez comme d'habitude.

Il s'appelle Cazes. Ce n'est pas tout à fait un patte-pelu. À moitié seulement, autant que les meilleurs des hommes, qui ne sont pas ce qu'on a fait de mieux sur cette terre, c'est vrai. Mais il arrive au père Cazes de rire de lui-même. Et puis surtout, c'était un ami de Pouillou Pattu — soit deux raisons de n'être qu'à moitié sournois, hypocrite, fourbe ; en plus des tares ordinaires des mâles, bien sûr.

— Tu as toujours la langue bien pendue. Tu as vu ton père ?

— J'ai vu ce qu'il en restait.

Ils sont dans la maison de Cazes, à Issoire. Une belle maison, en pierre, à trois étages, avec huit domestiques, et des livres dans une pièce tout exprès et, plus extravagant encore, un endroit rien que pour se laver.

— Parlez-moi, dit-elle, de cet homme que l'on a vu avec Pouillou Pattu.

— Le bailli de La Chaise-Dieu m'a envoyé un courrier. L'homme a sûrement quitté la province.

— Parlez-moi de lui.

— Tu ferais quoi ? Te jeter à sa recherche ? Tu en serais bien capable. Je me souviens de la fois où tu as poursuivi un garçon qui t'avait touchée je ne sais plus où...

— Mes tétines. Je sais qu'elles sont grosses mais ce n'est pas une raison.

— Et tu lui courais après avec un hachoir.

— Le nom de l'homme ?

— Smaragdin.

— On dirait un nom maure.

— Il l'est peut-être. Mais *smaragdos* veut dire émeraude, en grec. Vert.

— Ce n'est pas un vrai nom.

— Sans doute pas. Mais on ne lui en connaît pas

d'autre. Ton père l'a appelé ainsi, plusieurs fois, à l'auberge où ils ont passé une nuit. Et avant cela, ils étaient ensemble à l'auberge Romains, à Ambert.

Non, on ne sait pas encore d'où les deux hommes venaient. Oui, ils étaient à cheval. Oui, ils semblaient très liés. Non, le Smaragdin n'accompagnait pas Pouillou Pattu chez le notaire, et personne ne les a revus ensemble, après.

— Personne n'a d'ailleurs vu cet homme, où que ce soit. Tu as des sous, Catherine-Marie ?

— Je roule sur l'or. On l'a décrit comment, cet homme vert ?

Plutôt petit, blond, très beau, les servantes l'ont trouvé d'une extraordinaire séduction.

— Je peux t'aider. Ton père était mon ami très cher.

— Je n'ai besoin d'aucune aide.

— Il ne te reste rien. Je n'arrive pas à comprendre pourquoi Pouillou Pattu a fait ce qu'il a...

— Il avait ses raisons.

— Tu peux rester chez moi aussi longtemps qu'il te plaira.

Le père Cazes a une femme et sept enfants, dont quatre filles. Il est entendu que Catherine-Marie dormira avec celles-ci (tu parles, elles m'arrivent à la taille, je m'étire et elles passent par la fenêtre. Enfin bon...).

— Les yeux, demande-t-elle encore, de quelle couleur ?

Clairs. Très clairs.

— Tu n'irais tout de même pas imaginer de courir après cet homme ?

— Évidemment pas. Je ne suis qu'une fille, après tout.

Elle dort avec les quatre filles Cazes, dans un lit unique où elle tient à peu près toute la place. Elle a dîné et plutôt trois fois qu'une. Ses compagnes, dont deux ont à peu près le même âge qu'elle, ont voulu papoter. Elle a fait celle que le sommeil écrasait. Le sommeil d'ailleurs l'a vite écrasée.

Sauf qu'elle se glisse en tapinois, avant quatre heures du matin, hors de la maison et dans la rue, puis sur la route d'Issoire à Ambert. Elle ne reste pas sur cette route, pour ce motif qu'elle ne veut pas, elle Catherine-Marie Pouillou, fille de Pouillou Pattu qui avait tant de biens, être vue cheminant en maraude, et donc faisant pitié. Tu es, lui a dit la veille le père Cazes, le dernier des volcans d'Auvergne encore en activité. Elle se sent fichtrement volcanique. Elle avance vite, de ses grands pieds, de ses longues jambes, les trois cornes du bissac passées dans un bâton, et ce bâton posé sur ses épaules droites. Elle ne connaît pas au juste la distance entre Issoire et Ambert. *Je m'en moque complètement, quand j'y serai, je verrai.*

Il pleut, et les sentes plein est qu'elle suit se révèlent vite gadoueuses. Il en faudrait bien davantage pour la ralentir. Si ça se trouve, je vais cavaler après ce Smaragdin jusqu'au bout du monde.

Peut-être même jusqu'à la Loire.

Le jour se lève. Elle a déjà couvert trois lieues. En même pas deux heures, malgré la pente.

Elle est à très peu de temps de tuer son premier homme.

Il est habillé en femme, en damoiselle, en vicomtesse — du moins à en croire les armoiries sur les pans de cuir brun de la voiture. Pour celle-ci, c'est un coche de voyage. L'attelage en est du dernier cri : collier d'épaules, ferrure à clous, chevaux en ligne, et la suspension de la caisse est à l'italienne — on a remplacé les dures chaînes ou les courroies de cuir par des crics bien plus confortables. Au moins, tant qu'à voler, autant voler haut et luxueux, et puis, se dit-il, en somme, avant de la rapiner, cette femme, je lui ai fait tant de gâteries qu'elle n'a vraiment pas à se plaindre. Je lui ai même laissé ma culotte et ma chemise de rechange, afin qu'elle n'aille pas cul nu (ce dernier pas mal dru, au demeurant). La malandrinerie parfois vous offre des compensations.

— L'affaire se gâte, monsieur, annonce Pissarugues assis sur le siège du cocher.

— Appelle-moi Madame. Tu vois bien que j'ai tourné femelle. Ils sont combien ?

— Dans les trois ou quatre. Ils ont des arquebuses. Et des pistolets.

— Mais ni couleuvrines ni bastardes ni orgues, c'est déjà ça.

Il prend une dragée rose dans le drageoir d'argent ciselé et se met à la suçoter. Ce n'est pas la première fois qu'il se travestit en dame. Non qu'il ait des goûts grecs, mais essayez donc de vous introduire chez une maîtresse, ou dans un couvent avec des vues sur une couventine (ou plusieurs), en hauts-de-chausses et bottes de cavalier, vous m'en direz des nouvelles. Il jette pourtant un coup d'œil vers le carrefour, cinq toises au plus du cheval de tête. Ils ne sont pas quatre, mais trois. Des grands et gros, c'est vrai. Des reîtres, et donc Allemands. Ou alors ce seront des Basques. Ou des Suisses, va savoir. Dans tous les cas, des hommes de guerre et de grande expérience.

Et le vieux sentiment, si familier, l'envahit. Une immense jouissance, comme toutes les fois où il a joué sa vie sur un coup de dés. Les reîtres le tueront sans nul doute, s'ils le découvrent sous son déguisement.

Bouffée d'excitation joyeuse.

Il peut avoir vingt-cinq ou vingt-six ans. Il est de petite taille, quoique l'on soit déjà de fort bonne altitude, en ce temps-là, à un mètre soixante — passé les cent soixante-dix centimètres, on est un géant. Le corps est mince, de très bonnes proportions. Les pieds et les mains sont petits et fins. Le mouvement chez lui est presque toujours empreint d'indolence, voire de langueur. Pour le visage, il est d'une beauté presque provocante ; d'une joliesse quasi féminine, estiment tous ceux qui ne remarquent pas la ligne du menton, celle des lèvres, et surtout le regard.

Pissarugues l'a vu tuer trois hommes, affrontés à l'épée et à la dague, et les autres pareillement armés ; il l'a vu les tuer sans être lui-même égratigné, sans se départir de son sourire comme angélique, et avec une prestesse sidérante.

Il est apparemment né avec la conviction que le monde entier, en gros ou en détail, est fou, et que par voie de conséquence, être plus fou que quiconque est la clé de toutes choses. Peut-être n'est-il pas, comme il lui est souvent arrivé de le prétendre, le petit-fils de François Villon, dont il connaît les œuvres par cœur — tout comme il sait le latin et le grec, et quelques autres langues.

Il a la foi la plus grande dans la crapulerie de l'espèce humaine en général, des hommes et des femmes en particulier. Jusque voici deux ans, il ne croyait en personne, et en rien. La révélation lui a été assenée. Il y a cru, il y croit.

Il n'aurait pas convaincu Pouillou Pattu autrement.

Il se détend. Les reîtres ont laissé passer le coche. Il range les deux pistolets d'arçon qu'il gardait sous ses jupes de vicomtesse, remet au fourreau la dague.

— Il y en a un qui m'a fait peur, dit Pissarugues. J'ai pensé qu'il vous avait reconnu.

— Il a hésité. Il va se reprendre et donner l'alerte. Il va nous falloir trouver deux chevaux et un mulet. Arrête-nous dans le bosquet, là-bas. Ce corselet me serre trop.

La pluie arrive de l'est et se met à tomber. Lorsque Pissarugues arrête les chevaux, elle tombe dru.

— Tu as quel âge, Pissarugues ?

— Vingt-trois à la Saint-Jean.

— Tu veux m'accompagner là où je vais ?

— Je ne sais pas où c'est.

— Oui ou non ?

Il est en train de déplacer les malles de la vicomtesse, les ouvre mais ne les fouille pas, ayant très vite mis la main sur une chemise dont il arrache les dentelles avant de l'enfiler.

— Oui, dit Pissarugues, hochant sa grosse tête de lion.

— Je ne te garantis pas que tu en reviendras.

Il est même à peu près certain que nous n'en reviendrons ni lui ni moi, mais ce ne sont pas des choses à dire à un Pissarugues. Ou si j'en revenais, ce serait parce que j'aurais échoué. C'est impensable.

— Deux chevaux et un mulet. Des chevaux avec des selles, pas ces carnes attelées au coche. Et trouve-nous à manger pour plusieurs jours, disons une semaine. Je t'attends ici.

Pissarugues s'en va sous la pluie battante et lui s'allonge. D'abord à même le sol, avec pas mal d'indifférence à cette eau quasiment glacée qui lui trempe tout le corps. Mais bon, il finit par se glisser sous le coche, à l'abri, non sans s'y être fait un confortable matelas avec toutes les robes et autres fanfreluches de la vicomtesse. À laquelle il pense un peu : inactif comme il l'est, il regrette de ne l'avoir plus sous la main, façon de dire. Ou bien l'une de ces trois servantes de l'auberge Romains à Ambert, qu'ils ont sautées, avec Pouillou Pattu, en signe de leur concordat.

Il rêve de femmes, et de cette autre chose qui le rend bien plus fou qu'il ne l'a jamais été. Et voici que même les femmes, toutes celles (innombrables) qu'il a eues et celles qu'il espère avoir, même les femmes sortent de son esprit. Chassées par le Rêve. Quant à celui-là, il l'emplit tout entier, le fait frissonner et l'enfièvre.

C'est au point qu'il se glisse sous la pluie qui redouble et, quoique sachant qu'elles sont là, qu'elles ne peuvent être ailleurs, que nul n'a pu y toucher (puisqu'il est encore vivant), qu'elles n'ont pu s'entrebâiller ou se fendre et perdre de leur contenu, c'est au point qu'il va tout de même les voir et les découvre, sous les coffres et les planches.

Les six grosses sacoches bourrées d'or à en craquer.

Elle repère le deuxième homme quelques minutes après avoir situé le premier. Et qu'ils ne cheminent pas ensemble, ces deux-là, mais séparés de trente ou quarante toises, est déjà une première indication. Des chasseurs engagés dans une battue. Un pour marcher directement sur la trace du gibier — c'est elle, à coup sûr —, un autre à main gauche. C'est donc qu'il s'en trouve un troisième, par là-bas. Elle escalade une butte, se glisse dans un taillis, grimpe encore et le voilà, le troisième. Habillé comme les deux autres, trop ressemblant pour croire en un hasard. Ni pique ni hallebarde, mais chacun une longue dague, un long pistolet d'arçon, un mousquet porté sur l'épaule. Des lansquenets, ou plus justement de ces mercenaires venus d'Allemagne, des reîtres, dont des bandes ont deux ou trois fois traversé Issoire.

Ce seront ceux qui ont si sauvagement assassiné Pouillou Pattu, comment en douter ? Et à présent, c'est elle qu'ils veulent. Soit... Pourquoi ? Soit...

Elle est redescendue des hauteurs, a repris son avancée dans le creux de la combe qu'elle suivait jusque-là, en direction d'Ambert. La pluie qui continue de tomber a engrassé la terre. Catherine-Marie reprend ses propres traces où elle les a interrompues, avant de se hisser sur un rocher. Elle accélère un peu, afin de reprendre du champ sur ses poursuivants.

... Soit ils ont tué Pouillou Pattu pour quelque chose qu'il leur a fait — mais il faudrait imaginer que leur haine envers lui s'étend jusqu'à elle. Soit, plus probablement, ils l'ont occis et avant cela torturé pour lui faire dire un secret (les six sacoches ?). Et il n'aura pas parlé. Et maintenant c'est vers elle qu'ils se retournent, dans l'espoir qu'elle sera moins taiscuse.

Elle court presque. Souvent elle est venue ici, dans cet endroit. Pour chasser. Elle y a tué deux chevreuils. Une vingtaine de minutes encore, elle pousse en avant, atteint la montée qu'elle savait devoir trouver, y marque ses traces sur peut-être cinq ou six cents pas. Au-delà, il y a un alignement de petites crêtes rocheuses où aucune empreinte ne s'imprime. Là, elle fait demi-tour, redescend en courant parallèlement à sa propre piste.

Tu ne vas pas faire ça, Catherine-Marie ?

Ah non ? Tu vas voir !

Elle retrouve ce même poste d'affût que Pouillou Pattu lui avait montré, et où ils se sont bien placés huit ou dix fois, elle et lui. Elle ouvre le bissac. Elle en sort et enfile le doigtier et le bracelet protecteur, sur son poignet droit — elle est gauchère. Puis les deux merveilles en bois d'if, qu'elle emboîte dans la poignée de fer sur laquelle Pouillou Pattu a fait graver, avant de lui remettre ce fabuleux cadeau, ses initiales et l'emblème qu'elle s'était choisi : une tête de licorne. Ensuite elle met en place la corde de lin filé — en réalité plusieurs cordelettes enroulées sur elles-mêmes et graissées à la cire d'abeille — dans la coche du bas ; puis, debout et d'un geste vif, dans celle du haut. L'arc est prêt — Pouillou Pattu lui a fait répéter mille fois et plus ce montage —, il mesure exactement la taille de Catherine-Marie Tête de diable, soit cinq pieds et trois pouces et une ligne[1], et avec lui elle atteint souvent une cible grande comme une bassine à cent cinquante toises. Les flèches — elle en a sept dans le carquois — sont en bon bois sec et munies de plumes de dindon pour stabiliser leur vol ; leur pointe est à barbillons pour quatre d'entre elles et large pour les trois autres ; elles mesurent un peu plus de deux pieds.

Elle a encore le temps de se couler derrière le

1. Soit légèrement plus de 1,71 mètre. Le pied du roi, dit de Charlemagne, vaut 12 pouces et par suite 144 lignes, soit 0,325 mètre. La toise équivaut à presque 2 mètres — 1,949 mètre.

tronc d'un châtaignier, entend approcher l'homme avant de le voir. Il surgit à vingt toises, en contrebas. Elle a déjà encoché sa flèche — index et médium assurent la prise, l'annulaire aide à la tension. La pointe à barbillons vise la gorge, juste au-dessus du lacet qui ferme le haut de l'épais justaucorps de cuir.

Oublie que tu vas tuer, Catherine, oublie tout. Tu dois devenir cette flèche qui va partir, toute ta vie est en elle, plus rien d'autre n'existe, vide ton cerveau, tes jambes mêmes sont la flèche, ne respire plus. Tends l'arc et porte la coche à hauteur de ton oreille. Ensuite, d'un seul mouvement, tu la descends jusqu'à ton menton, jusqu'à ta lèvre du bas. Tu es devenue la flèche maintenant. Tu tires.

L'homme s'abat, la gorge traversée, un bon pied de la flèche ressort de sous sa nuque. Il tombe face contre terre, un de ses bras s'allonge, les doigts raclent l'humus puis s'immobilisent.

Elle est déjà en mouvement, l'était déjà alors que, quasiment, la flèche filait dans l'air. Elle descend, passe en courant derrière sa première victime, remonte la pente. Sur elle, elle n'a que l'arc, les six flèches qui lui restent, et son coutelas de chasse dont la seule lame mesure un pied de long.

Voici l'autre : sa deuxième flèche se plante entre les épaules, deux pouces plus bas que la nuque — pour un peu elle manquait sa cible — mais elle l'a décochée de haut en bas, et à cinquante toises et plus de distance. Et le reître n'est pas tué sur le coup, il tente de se relever, le voici à genoux. Il lance un premier appel rauque, puis un autre. En sorte qu'un instant elle s'affole presque : le troisième homme, celui qui marchait au centre en suivant directement les traces qu'elle a laissées, ne peut manquer d'entendre. Jusque-là elle a assassiné dans le silence. Elle vient de se démasquer.

Tu te calmes.

Elle fait mieux encore, et justement met à profit ces appels qui ne cessent de retentir — au lieu qu'elle soit obligée de lui courir après, le troisième va venir sur elle, enfin vers son compagnon qui crie. Elle remonte la pente de vingt ou trente pas, et se poste entre deux gros fûts de chêne qui font comme une meurtrière géante. Elle ne perçoit aucun bruit mais soudain il est là, le chef du trio sans doute. Il passe à moins de deux toises d'elle. C'est un bonhomme trapu, très massif ; il va tête nue sous la pluie, ses épais cheveux roux sont coupés au bol, son cou est aussi large que l'était celui de Pouillou Pattu. Elle relève son arc, flèche encochée, tend la corde.

Il se retourne. Très lentement. Tout se passe comme s'il avait deviné la présence de Catherine-Marie derrière lui. Il tient un pistolet dans sa main droite, mais son bras pend le long de son corps.

Il dit quelque chose dans une langue qu'elle ignore, dans le même temps qu'il remonte le poing qui tient l'arme. À moins de dix toises de distance, la flèche se plante en pleine poitrine, à l'emplacement du cœur.

Quatrième flèche encochée, elle reste à l'abri des troncs. Pour rien. Le coup de pistolet est parti et s'est perdu. Le rouquin ne bouge plus, étendu sur le dos, une jambe repliée sous lui. Elle s'en approche, arc toujours bandé, et touche le corps de la pointe de son pied. L'envie de vomir commence à monter en elle. Les appels du deuxième homme qu'elle a fléché ne se font plus entendre.

Tu viens de tuer trois hommes, tu te rends compte ?

Elle pose l'arc et tire son coutelas, dont elle applique la pointe sur la gorge.

— Tu bouges d'un pouce et j'enfonce.

Elle pique la chair et pas de réaction. Tu l'as tué net. Comme ce chevreuil, deux ans passés. Pourtant elle laisse le coutelas en place et, de sa main libre, fouille jusqu'à mettre la main sur une espèce de sacoche en cuir que le mort porte à la ceinture. Deux écus et des piécettes, deux fusils — l'un pour battre un briquet, l'autre pour aiguiser les lames —, un morceau de viande enveloppé dans un morceau de drap ou de chemise, encore des pièces de monnaie et celles-ci rangées dans un sachet de toile — de l'argent étranger —, et enfin la chose. La chose en ce matériau blanchâtre qui serait de l'ivoire, qui est grosse comme une amande, qui représente un poing d'homme dont le pouce couvre les autres doigts, et qui, à l'endroit où serait figuré le poignet, est fermée par un minuscule boîtier d'argent ciselé. Il ne peut pas en exister deux identiques. Surtout que l'éraflure y est, au bon endroit.

Pouillou Pattu la portait avec lui depuis au moins dix ou douze ans, il l'avait rapportée d'un pays appelé Portugal, il disait que c'était un porte-bonheur.

— Si j'avais des doutes, si j'en avais eu, dit Catherine-Marie au cadavre, je n'en aurais plus. Tu m'as massacré Pouillou Pattu en le faisant souffrir beaucoup.

Elle déplace la lame du coutelas et l'enfonce dans la poitrine, ouvre et déchire les chairs, cassant les os. Elle retire la flèche, qui ne vient pas aisément, avec ses barbillons, puis essuie la pointe et la tige à la chemise du mort.

Elle récupère plus facilement la première flèche tirée. La gorge traversée n'offre aucune résistance — elle a bien charcuté des sangliers et des porcs, où est la différence ?

... Elle est, cette différence, dans le fait que le troisième reître — ou le deuxième, dans l'ordre où elle les a fléchés —, que celui-là vit encore. Il est couché sur le côté, sa dague entre ses doigts, mais soit il fait semblant d'être très faible, soit il l'est vraiment. Le long pistolet d'arçon est encore accroché à son ceinturon et repose sur le sol, canon bloqué par le poids du corps.

Elle le contourne prudemment, se tenant à distance. Ses yeux sont clos, il respire, ou halète doucement, comme un chien qui a très mal.

Elle a de nouveau encoché une flèche et tient l'arc tendu.

— Tu n'es pas mort, dit-elle.

Il soulève ses paupières et tourne un peu la tête vers elle.

— *Mädchen.*

— Je ne comprends pas.

— Une fille. C'est toi qui as tiré ?

— Lâche cette dague.

Il sourit. Ses doigts s'entrouvrent et l'arme s'échappe de sa paume, descendant de quelques pouces sur la pente ruisselante d'eau de pluie.

— *Nutzlos.* C'est inutile. Je vais mourir. Tu tues tous les hommes que tu rencontres ?

Il a une pointe d'accent mais s'exprime bien. Il a dans les vingt ans, c'est un blond aux yeux bleus, il porte une barbe courte et une moustache. Il est joli garçon.

— Il y a cinq jours, dit Catherine-Marie, un homme a été torturé et assassiné, sur la route de La Chaise-Dieu. Un homme d'une très grande force, qui a dû se débattre énormément.

— Il a tué deux d'entre nous.

— C'était mon père.

Les yeux du garçon se sont refermés.

— Mon père, tu entends ?

Du sang se met à couler de la commissure des lèvres.

— Et pourquoi me pourchasser, moi ?

Pas de réponse.

— Vous deviez me tuer, c'est ça ?

— Pas tuer. Vivante.

Il se tait après ces mots. Depuis longtemps, elle a détendu l'arc et remis la quatrième flèche dans le carquois, lui aussi décoré d'une représentation de licorne. Il pleut toujours et elle attend. Elle a même pensé à essayer de retirer la flèche plantée entre les omoplates du jeune reître mais sait bien que les barbillons l'en empêcheraient.

Pas question non plus de le prendre sur son dos pour le descendre à Issoire et l'y faire soigner. Trop tard, trop loin, trop difficile — il lui faudrait expliquer pourquoi elle a fléché ces trois hommes, on la retarderait.

— Qui vous commande ?

Question posée pour la troisième ou la quatrième fois. Le mourant a certes prononcé un mot, ou un nom, mais bien trop faiblement pour qu'elle puisse comprendre.

Elle s'est accroupie, dos contre un arbre, coutelas en main, ainsi que Pouillou Pattu lui a appris à le tenir — lame vers le haut et main à hauteur de la hanche.

— Tu es mort ?

Il secoue la tête. Elle demande encore :

— Smaragdin, tu le connais ?

Elle doit répéter sa demande. La réponse vient, sous la forme d'un presque imperceptible acquiescement. Le visage est d'une blancheur crayeuse, des caillots sont par deux fois sortis de la bouche. Après cela, plus rien. Elle attend encore. Et elle pleure. Ce n'est que quand elle est tout à fait certaine qu'il est bien mort qu'elle touche son visage. Elle n'a pas à lui fermer les yeux puisqu'ils le sont déjà, mais elle caresse les lèvres, l'arête du nez, elle remonte une boucle de cheveux blonds. Sur quoi elle le fait crouler à plat ventre et dégage sa flèche, fouissant la viande, à deux reprises contrainte de s'interrompre pour vomir.

Le garçon ne porte rien d'intéressant sur lui, rien qui provienne de Pouillou Pattu.

Mais il a dit que Pouillou Pattu avait tué deux d'entre eux. Il était du carnage, donc, elle ne l'a pas tué à tort.

Elle repart vers le reître qui occupait le flanc gauche. Celui-là porte un jaque de mailles sans manches, et surtout l'aumônière qu'elle reconnaît et qui appartenait à son père (c'est elle-même qui a tressé le coulant de cuir par lequel on la ferme).

Fils de chien, tu en étais aussi.

Récupérer sa flèche est aisé, il suffit de trancher la gorge et les muscles du cou. Et de laver le tout dans l'eau boueuse d'une rigole.

Ensuite, elle redescend vers Issoire, revenant sur ses propres pas et suivant les traces que les trois hommes ont laissées. Deux lieues ou presque plus bas, elle trouve les bêtes. Un cheval et deux mulets à l'attache, chacun avec son portemanteau cylindrique, qu'elle fouille sans résultat. Pour le cheval, c'est un aubère de cap more, fort en jambes et en poitrail. C'est au moment où elle s'apprête à se hisser en selle — sans trop d'adresse, elle n'est pas écuyère et n'a jamais chevauché que deux ou trois mulets — qu'elle sent sous les doigts de sa main une sorte de renflement sous le troussequin de l'arçon. Elle y jette un coup d'œil. Il y a là un lacet qui semble fermer une fente. Elle défait le cordonnet et une cachette en effet apparaît. Qui contient un parchemin bien soigneusement plié et aplati. Elle déploie la chose. C'est un plan, ou mieux une carte, on y voit dessinés ce qui semble être l'estuaire d'un fleuve, ou d'une rivière, et le cours d'eau lui-même, et des amorces d'étangs, ou de lacs, voire de mers ; sur la gauche, deux barres parallèles traversées par une flèche ; plus à gauche encore, tout au bord de la carte, des montagnes ; çà et là, comme au hasard, surtout dans la partie droite du dessin, d'étranges représentations : des triangles minuscules, pointe en haut, et les lignes des côtés ascendants se croisant en dépassant un peu.

C'est quoi, cette chose ?

Et qu'est-ce qu'un reître pouvait bien en faire ? En y accordant tant de prix qu'il l'a cachée ?

Elle se met en selle, les mulets suivent docilement. La pluie s'interrompt enfin, voici même un peu de bleu dans le ciel. Elle est à Ambert en tout début d'après-midi, elle y connaît l'auberge Romains, Pouillou Pattu l'y a amenée plusieurs fois, au temps où il la prenait beaucoup avec lui, elle assise à croupetons derrière et ayant passé ses bras d'enfant autour de la si large poitrine.

Romains l'aubergiste accourt, la reconnaît, hoche la tête.

— Au moins, dit-il, tu as retrouvé le cheval et les mulets de ton pauvre père.

Il transporte les deux dernières lourdes sacoches emplies d'or et, comme les précédentes, les enfouit dans le creux du rocher. La pluie s'est arrêtée voici quelques instants, le temps semble vouloir se remettre au beau.

Il hisse une pierre de peut-être cent livres avec laquelle il bloque l'anfractuosité dans laquelle les six sacoches sont cachées. Il repart, mettant ses pas où il les a mis pour ses allées et venues entre le coche et la cache — sur des pierres, et quand il ne peut marcher sur la terre meuble sans risquer d'y laisser des empreintes, il se balance de branche en branche, en acrobate qu'il est, ou a été. Il gagne une position d'où il a le coche en vue, et la route jusqu'au carrefour, à près d'une demi-lieue. Il a en Pissarugues la confiance la plus grande qu'il puisse accorder à un homme, ou à une femme. Autant dire minuscule. Non qu'il doute de l'honnêteté de celui qu'il considère comme son écuyer. Mais de sa finesse, oui. Pissarugues est parti chercher des chevaux de selle, il va en trouver, et au meilleur prix. Mais il se fera peut-être remarquer par Radtke et ses reîtres. Qui, dans ce cas, soit le découperont un peu pour le faire parler, soit (Radtke ira à cette solution-là) le suivront pour qu'il les conduise aux sacoches — et surtout à la carte.

Et à lui.

Il s'installe dans sa fourche d'arbre, se découpe une épaisse tranche de jambon, la fait passer avec un flacon de bourgogne — l'un et l'autre trouvés dans l'équipage de la vicomtesse. Une espèce de colporteur passe au loin, puis deux paysans avec un âne, puis une diligence.

Il extrait la carte de dessous sa chemise et une fois de plus la déploie. C'est exactement la même que celle confiée à Pouillou Pattu — Dieu sait où elle se trouve, à présent, mais ce n'est sans doute pas Radtke qui la détient, lui et ses hommes mèneraient la poursuite avec bien moins d'acharnement.

Ces dernières semaines, il était Smaragdin. Ce nom de guerre lui est venu sur les lèvres alors qu'il est en train de juger la traduction faite par le Français Rémy Belleau de *L'Ode à l'Aimée* de Sapho (traduction un peu trop libre à son goût). Il sait le grec, on l'a dit, et n'est pas moins à son aise en latin, en espagnol, en italien, en anglais et en allemand, sans compter quelques idiomes plus surprenants encore.

Des raisons à cela. Il ignore où et quand exactement il est né. On lui a dit qu'il avait été recueilli, au début de l'hiver 1583, près du cadavre d'une femme morte de la male peste ; et sous le manteau de celle-ci se trouvait la seule indication d'origine ou d'identité : une escarcelle à l'évidence fort usée, marquée au feu des initiales F.V., et contenant une épaisse liasse de feuillets manuscrits, tous recouverts de poèmes de la même écriture, dont certains connus — les œuvres de François Villon. Cela, et un petit morceau de papier portant le prénom François, très maladroitement tracé, peut-être par une mère mourante, va le convaincre qu'il est le petit-fils de l'auteur du *Lais*, du *Petit* et du *Grand Testament*.

Ses premiers souvenirs remontent à sa sixième année. Des religieux autour de lui, il est en Espagne, à Séville, les hommes en robe sont des jésuites. On lui apprendra qu'il a été jadis pris en affection par l'un d'entre eux, à Paris. Voyages, ensuite. Passent les années et on lui fait ingurgiter, avec une douceur féroce, les langues anciennes et modernes, le calcul, la cosmologie, l'art des simples et onguents, l'histoire, la philosophie, l'anatomie — c'est qu'il absorbe comme une éponge, ce monstre ; au point que les profès et autres coadjuteurs spirituels, autant dire le nec plus ultra de la Compagnie de Jésus, fondent en lui les plus grands espoirs : ce sera l'un des cerveaux des années futures.

Sauf qu'il fugue. La première fois à douze ans. Il disparaît pendant deux mois, on le retrouve en

Italie. Il fait amende honorable, avec une effronterie charmeuse... et repart un an et demi plus tard. Il sent la femme à son retour. Les jésuites le rejettent dans un premier temps, finissent par le reprendre, ne résistent pas à sa franchise dans l'aveu de ses fautes, à son enthousiasme — apparemment réel — à se relancer dans ses études, à ses serments de s'engager dans l'extraordinairement longue formation (dix ans pour les meilleurs sujets) par laquelle l'on devient jésuite. De fait, il ne bouge plus pendant les quinze ou dix-huit mois qui suivent, apprend avec une facilité déconcertante. Casuiste déjà fort subtil, il parvient presque à tenir tête aux plus retors des profès.

Et il part. Définitivement ; on ne le reverra plus. Il ne dira jamais à quiconque où il est allé, et avec qui, et pour quoi faire, ni avec quelles ambitions.

Il se lie d'amitié avec Pouillou Pattu à la fin du printemps 1606. Il a donc environ vingt-trois ans. Au vrai, il avait sauvé la vie de l'Auvergnat, dans une auberge espagnole. S'il peut assommer n'importe quel être humain avec un banc, un coffre, une armoire, voire le timon d'une charrette, ou plus simplement avec ses poings, Pouillou Pattu ignore l'usage d'une épée. Les trois spadassins qui, suite à quelque mot de trop, projetaient de le percer de trous, avaient vu surgir devant eux une espèce de diable dansant, ricanant, riant, dont la rapière se révèle vite terrifiante. Ce jour-là, deux hommes meurent, et le troisième ne vaut guère mieux. Le sauveur de Pouillou Pattu ne s'attarde pas, ne se nomme pas, explique à peine qu'il n'est intervenu que pour se distraire ; il refuse le partage d'un repas, et même celui d'une bouteille de rioja ; il a, dit-il, un rendez-vous des plus urgents à San Lucar de Barrameda ; de fait, il saute sur un cheval et s'en va. Près de deux ans s'écoulent, Pouillou Pattu, qui aime tant les errances mais les met à profit pour faire négoce, vient d'acheter de la dentelle de Bruges, échangée contre des chapelets d'Ambert ; il a poussé jusqu'à Ostende pour y voir la mer et le pur hasard fait que, contemplant la malle arrivant d'Angleterre, il aperçoit à son bord son bretteur de Séville, toujours aussi pimpant. Les deux hommes se retrouvent, se lient un peu mieux. Se lient tout à fait. Une vingtaine d'années les séparent mais ils s'entr'accordent à merveille. Ils se revoient, probablement en deux ou trois occasions. C'est sans doute lors de ce nouveau voyage qu'effectue Pouillou Pattu, juste à l'entrée de l'hiver 1608, que l'entente se fait — et aboutit à l'affaire des bois noirs, sur la route de La Chaise-Dieu.

Il convient de mesurer exactement l'ordinaire et naturelle méfiance de l'Auvergnat Pouillou Pattu, dont la crédulité n'est vraiment pas le point faible, pour évaluer l'aptitude de celui qui se fait appeler n'importe comment mais qui jure que son véritable nom est François Villon, pour évaluer son aptitude à faire partager son propre rêve. Soit il a été d'une totale sincérité, soit d'une rouerie infernale.

Il a suspendu le jambon de la vicomtesse à une branche et s'amuse à en extraire de tout petits morceaux — il n'a plus tellement faim, à présent — dans la partie près de l'os, là où la viande est d'un rouge foncé et presque tirant sur le noir, sa préférée. Il se sert non pas de sa dague italienne à lame triangulaire, qui fait des blessures affreuses, mais de l'un de ses couteaux à lancer, mieux équilibrés. Dès son plus jeune âge, il s'est révélé d'une invraisemblable adresse. Le père Monahan lui a appris à jongler, et très vite il a surpassé son maître. Bientôt, on le découvre imbattable au jeu de paume que pratiquent volontiers les pères en religion, à l'occasion des fêtes de Noël ou de Pâques, ou aux gobilles, caniques et autres billettes — autrement dit aux billes ; ou encore au mail (on pousse une balle avec une crosse), qu'il pratique mieux encore que l'évêque d'Avranches et ses chanoines, pourtant tenus pour des experts, sur le terrain prévu à cet effet entre la porte Montmartre et celle de Saint-Honoré ; les quilles n'ont pas de secret pour lui, les boules pas davantage ; c'est un virtuose des jonchets, des osselets, du bilboquet, du casse-pot, des palets. Mais c'est dans le maniement des armes qu'il se montre diabolique. Il a appris à tenir une épée, il développe à ce maniement une dextérité comme magique — il est possible qu'il ait fréquenté une salle d'armes dans la rue Tiquetonne et se soit perfectionné en Espagne. Il fera même profession de cette exceptionnelle habileté en engageant des paris que toujours il gagnera — une fois même défiant un adversaire de le toucher alors que lui-même a les yeux bandés.

Il extrait une dernière noisette de jambon rouge sang, puis, tandis qu'il la mâchonne, sort nonchalamment sa longue-vue. Son œil ne l'a pas trompé : à une bonne lieue de lui, non pas sur la route d'Ussel mais de part et d'autre de celle-ci, à la façon de qui ne veut être vu, une bonne demi-douzaine d'hommes s'approchent. Plus cinq autres qui arrivent par le nord.

Et encore autant par le sud.

Bon, ils savent où je suis. Pissarugues aura parlé, comme je l'avais pressenti.

J'espère qu'ils ne l'ont pas tué, voilà qui me mettrait de mauvaise humeur.

— Je ne fais que passer, dit Catherine-Marie Pouillou Tête de diable au maître queux de l'auberge Romains à Ambert, lequel s'active devant ses fourneaux à la tête d'une petite armée de marmitons, gâte-sauce et autres hâteurs. Elle se porte en quatre grands pas sur une servante, l'agrippe très fermement par les cordonnets de son corsage, la soulève, l'emmène.

— Je ne ferai pas trop de mal, petite. Nous avons juste à parler, toi et moi.

L'une traînant l'autre affolée, elles sortent des

cuisines, traversent la souillarde qui n'est pas suffisamment déserte, elles sortent dans l'arrière-cour.

— Je ne le répéterai pas trente-six fois, dit Catherine-Marie, alors écoute bien. Je suis Pouillou, fille de Pouillou Pattu, que l'on m'a égorgé. Voici quelques jours, Pouillou Pattu se trouvait ici, tu l'as vu, tu lui as servi la soupe, il était dans la compagnie d'un autre homme bien plus petit, mince, assez beau...

— Très beau, dit la fille.

— Tu as dormi avec cet homme. Pas Pouillou Pattu, l'autre.

— Hé, hé, c'est que nous n'avons pas tant dormi.

— Continue à faire la bête et je t'arrache les bras. Il s'appelle comment ?

Sma quelque chose, un nom qui finit en *in*.

La servante de l'auberge Romains est une brunette pas mal potelée — ses tétines font la moitié des miennes, elle m'énerve —, la bouche aguichante (pour les hommes, enfin je crois), l'œil qui te promet monts et merveilles. Pas une beauté, mais j'aurais des hauts-de-chausses, probablement que j'aurais des envies de la trousser, vite fait bien fait.

— Et d'abord, pourquoi je répondrais à ces questions que tu me fais ? demande la servante avec énormément d'impertinence. En sorte que Catherine-Marie la saisit aux épaules, la soulève, la retourne tête en bas, cul en l'air — et même cul à l'air, au motif qu'elle n'a pas de culotte.

C'est ma foi un joli derrière, ce sera ce qu'elle a de mieux.

— On ne dit plus rien, hein ? ricane Catherine-Marie. Je te trouve moins arrogante, d'un coup.

Elle compte jusqu'à cinq, en prenant son temps, et remonte la fille — qui émerge du baquet plein d'eau de vaisselle et peut respirer.

— Son nom ?

La fille hurle. Les marmitons sortis de la cuisine contemplent ces fesses rebondies et s'esbaudissent, ces patte-pelu. Les hommes, c'est tous des chiens.

Ce coup-ci Catherine-Marie compte jusqu'à quinze. Elle remonte son paquet.

— Tu respires encore ? Il s'appelait comment, ton joli cœur ?

François.

François comment ?

Elle ne sait pas, elle ne sait pas, elle ne sait vraiment pas, juré sur l'Évangile.

— Tu l'as donc vu tout nu. Il a des cicatrices ?

Plein.

— Sur le visage ?

Sur le visage oui, une cicatrice fine. Sur la joue gauche. Trois pouces de long. Et d'autres traces de blessures anciennes sur l'avant-bras droit...

— Il est droitier ? Il se sert de sa main droite plus que sa gauche ?

Oui. Et d'autres cicatrices sur les cuisses, le genou, la poitrine. Et il est doux, il est câlin, il a les yeux qui sourient, en même temps il te fait un peu peur et il enjôle, et au lit il...

— On se calme, la fille. Je ne t'ai pas demandé ces choses. Tu sais où il est allé, en partant d'ici ? Tu réponds, oui ?

Le fait que, pensant à autre chose, Catherine-Marie avait un peu abaissé sa prise. Et la servante était plongée jusqu'aux épaules dans le baquet — ses bras maintenus collés au corps par ceux de Catherine-Marie.

Sais pas.

Il n'a parlé d'aucun voyage ? Aucun nom de ville ? ou de pays ?

Parlant d'un pays, Catherine-Marie ne pense nullement à un pays étranger. L'idée même ne lui en vient pas. Elle veut simplement dire : hors d'Auvergne. Aussi bien, le François Smaragdin, ou quel que soit son vrai nom, sera allé se cacher en Bourgogne, dans le Vivarais, voire en Provence. Loin, dans tous les cas. Au diable.

Me rappelle pas, dit la fille.

Catherine-Marie hésite. Je vais finir par la noyer,

cette cruche. Elle jette un coup d'œil derrière elle et ils sont bien trente ou quarante, tous les clients de l'auberge et tout le personnel, à suivre la scène.

Mais une idée lui vient :

— Comment tu sais qu'il s'appelle François ? Il te l'a dit ?

Non. Mais la fille a entendu parler le Pouillou et l'autre. Et le Pouillou l'a bien appelé François, une fois. Et...

— Ils ont dit un nom. Ton père, le Pouillou, a dit un nom.

Rochelle.

— Ils avaient la table dans le fond de la salle, personne des clients ne pouvait les entendre, ils ne me voyaient pas...

Mais il y a un passage derrière la cloison, justement dans le fond de la salle de l'auberge. La servante y trottinait, elle transportait des pommes, et les pommes lui sont tombées des mains, se sont éparpillées, de sorte qu'elle a dû s'arrêter, se mettre à quatre pattes, ramasser les pommes une à...

— Ne me raconte pas ta vie. Rochelle, tu es sûre ?

Oui.

— Tu te souviens des autres mots avant et après ?

Non.

Rochelle. Ce sera le nom de quelqu'un. Ou bien...

— À un moment, tu ne les aurais pas vus, Pouillou Pattu et ton enjôleur, consulter une carte ?

Non.

— Ils ont parlé d'un voyage ?

La fille n'a rien entendu.

— Ils avaient l'air très amis ?

Oui.

Voilà qui corrobore le témoignage de maître Romains, l'aubergiste. Qui a noté la cordialité entre les deux hommes, et les a vus qui se séparaient, au matin de la mort de Pouillou Pattu. Celui-ci est parti le premier, avec son cheval et ses deux mulets. L'homme plus jeune, Smaragdin, s'en est allé une heure et demie plus tard.

Catherine-Marie relâche sa victime, la remet dans le bon sens, l'assoit dans le baquet, ça lui éteindra ce feu qu'elle a dans son fondement. Elle se détourne. Ce petit exercice auquel elle vient de se livrer ne l'a nullement apaisée. Ou alors en surface. Elle fend la foule des badauds...

— On s'écarte, dit-elle à la cantonade.

... Calmée en surface seulement, car le volcan continue de gronder en elle ; jusqu'à Pouillou Pattu qui lui en avait jadis fait la remarque : tu as un caractère épouvantable, Catherine-Marie, une tête de cochon, ce n'est pas bon de garder ta rancœur de la sorte, des semaines, des mois, peut-être bien des années durant, quand tu en as après quelqu'un ou quelque chose. C'était vraiment la peine de casser ce manche de pelle sur le dos de ce garçon, parce que voici deux ans il s'est moqué de tes pieds ? Et en plus, c'est vrai qu'ils sont grands, tes pieds.

Elle traverse la petite foule en portant la tête bien droite. Pas un regard à gauche ou à droite.

... N'empêche qu'elle l'a vu, et reconnu, quoique ce soit la première fois de sa vie qu'elle découvre ce visage. Mais il ressemble par trop à celui qu'elle a fléché et qui n'est pas mort sur le coup, celui auquel elle a parlé, qui était joli garçon et que, pour un peu, elle aurait soigné, si c'en avait valu la peine.

Ce sera son frère. Aîné — celui-ci est plus âgé que l'autre. L'homme ne porte pas la cuirasse de cuir noir des reîtres, ou alors elle est cachée sous sa grande cape de voyage. Pas d'armes apparentes non plus. Il ne se tenait pas au premier rang de ceux qui lorgnaient le cul nu de la servante, mais en retrait, sous l'auvent de la grange, presque dans l'ombre. Elle sent son regard sur elle tandis qu'elle rentre dans l'auberge.

— Et puis quoi encore ? dit maître Romains. Toi, payer ? La fille de notre pauvre Pouillou Pattu est chez elle dans mon auberge. Et je te donne ma meilleure chambre.

Elle soupe avec son appétit ordinaire, qui est le

plus souvent énorme, entaille trois pâtés différents, engloutit quasiment une poularde, suivie de deux fort belles tranches de cuissot, et de soupe aux fèves pour finir — Pouillou Pattu eût sans même y penser enfourné le triple ou le quadruple de ces amuse-gueule. Mais le cas échéant, tout comme elle, aurait pu subsister de trois châtaignes et d'eau claire durant une semaine.

Nulle part dans la salle, ni à l'entour, elle n'aperçoit le grand reître blond enveloppé de sa cape. Bien que tout là-bas, tout au fond de la pièce, et encore dans la pénombre hors du halo des chandelles, elle ait remarqué deux hommes peu désireux de montrer leur visage, et qui pourraient bien être, qui sont probablement, deux autres reîtres.

Ils seraient donc trois, au moins, et rien que pour moi. Le grand blond serait le chef, pour cette raison péremptoire qu'il est vraiment joli garçon, et qu'il se cache de moi, au contraire des autres.

Il sait que j'ai tiré l'une de mes flèches dans son jeune frère, pour ensuite le regarder mourir ?

Si oui, il va être fâché contre moi.

— Ma meilleure chambre, insiste maître Romains. Je te dois bien ça.

La pièce, en tous les cas, est fastueusement éclairée : huit chandelles pour le moins, et des grosses, on y voit comme en plein jour. Catherine-Marie fait ses préparatifs, s'allonge et très vite s'endort.

Combien de temps ? Trois ou quatre heures ? Celle des ficelles qu'elle a accrochées à la porte et aux deux fenêtres tire sur son poignet et donc l'éveille.

Elle n'entend rien mais sait qu'il est là, enfin un homme, entré en tapinois dans sa chambre.

Ou plusieurs.

Il détache une dernière noisette de jambon et regarde s'avancer les hommes en train de l'encercler. Pas tout à fait l'encerclant, en fait : l'est est dégarni, ou du moins on n'y voit personne. Les seize ou dix-sept reîtres approchent lentement, cinq d'entre eux seulement sont à cheval, les autres vont à pied, arquebuse ou arbalète sur l'épaule. La brune vient très vite, il va faire nuit, il ne pleut plus si le ciel est toujours bien sombre, et tout à l'heure il s'est produit de grands roulements dans le nord-ouest, un orage n'est pas loin.

Où es-tu, Radtke?

Et qu'as-tu fait de mon Pissarugues?

Il attend encore et toujours. Depuis bien longtemps, il ne s'étonne plus de sa capacité à ainsi laisser couler le temps en réprimant ses impatiences. Je suis un rêveur froid, voilà la vérité (c'est la pire espèce, je crois bien). Il ne peut se souvenir d'un seul cas où il ait cédé à une foucade; même — et c'est tout dire — même s'agissant de ce grand, de cet immense rêve qui l'habite, il a fichtrement pesé le pour et le contre, sur chaque point.

Et le voici qui, une fois encore, se laisse justement aller à ce rêve.

Mais pas trop. Les reîtres sont là, à cent toises au plus, et plus près pour ceux venus du nord. Ils sont bien dix-sept. Radtke disposait d'une quarantaine d'hommes pour le moins, quand il a entamé sa poursuite — et à ce propos, quelle coïncidence que cette même poursuite soit venue connaître l'une de ses plus sanglantes péripéties à Ambert et dans sa région, où justement Radtke a fait ses débuts de mercenaire, lors de la sixième guerre entre catholiques et huguenots: ce fils de chien connaît parfaitement le pays.

Les reîtres du nord sont tout près. Cinq hommes. Distance: vingt coudées au plus[1]. Ils passent pratiquement sous le chêne dans lequel François Villon s'est réfugié, et sous le petit clair de lune, battent assez nonchalamment les fourrés de leurs épées longues.

Un peu trop nonchalamment, je crois que j'ai compris le plan de mon ami Radtke.

1. Environ dix mètres.

Il s'est plaqué contre la branche à laquelle il s'est accroché. Le petit groupe étiré sur une trentaine de toises s'éloigne peu à peu. Il décroche le jambon, cueille sa rapière et la sacoche de daim assortie à ses hauts-de-chausses et à sa cuirasse, se laisse glisser sur le sol jonché de feuilles pourries sans plus se soucier d'y laisser des traces. Il part dans la direction opposée à celle des hommes venant de le dépasser, et donc vers le nord. Après quelques centaines de pas, il oblique et change de cap — aussi bien Radtke aura pensé que j'ai pensé qu'il avait pensé ce que je pense (ou que je pensais voici quelques minutes). Et donc faisons le contraire.

Il va plein ouest. L'orage est en train de s'éloigner, au nord. Ce n'est pas tout à fait un grand et beau clair de lune, mais enfin on y voit suffisamment. Bien assez pour remarquer ces traces de pas multiples. Ce sera là que les reîtres se sont groupés avant de se scinder en trois groupes, aux fins d'un encerclement presque total. Il remonte la piste, sur deux ou trois lieues, ici passant au large d'une ferme où tout est éteint, là pas loin d'un hameau dont les toits de lauzes brillent des pluies de l'après-midi. Odeur de fumée — l'endroit est habité.

Il suivait jusque-là l'ubac très arboré d'une grosse colline, refusant d'emprunter toute sente où l'on pourrait lui avoir tendu une embuscade. Sa progression dans un silence complet lui permet d'entendre une sorte de grognement. Dague dans la main gauche, épée dans la droite, il marche vers ce bruit, arrive derrière l'homme accroupi contre un arbre, se baisse, attend, le temps qu'il faut pour être tout à fait certain que ce guetteur-là est seul, et qu'il ne s'agit pas d'un piège. Trois pas silencieux le portent dans le dos de son adversaire, la dague se pose sur la gorge tandis que la main droite redresse le menton — le bonhomme a sur la tête une espèce de bourguignotte — ou plutôt un morion à crête, apparemment terminé par un ergot.

Bon, son égorgement ne va pas plus loin. Il s'assoit.

— Qu'est-ce que tu fais avec un plat à barbe sur la tête, Pissarugues ?

Ils marchent côte à côte. Pissarugues dit qu'il a trouvé le morion espagnol en butant dessus, autrement dit le casque était par terre.

— Il est un peu rouillé mais j'ai commencé à l'astiquer, bientôt il sera comme neuf.

Pissarugues est très fier de son couvre-chef, il regrette de n'avoir pas sous la main un miroir pour s'y contempler, sûrement que son casque lui donne l'air d'un soldat. De temps en temps, le casque glisse, trop étroit pour sa tête, et lui dissimule le panorama, mais c'est un détail, selon lui. Il dit qu'il est désolé, pour les chevaux, il en a bien trouvé un, dans une ferme à quelques lieues, mais il était encore plus bancroche que les carnes tirant le coche de voyage de la vicomtesse ; il a presque poussé jusqu'à Ussel, dans ses recherches, et il a vu des chevaux très bons, mais il se trouvait des reîtres assis dessus.

— Ils t'ont vu ?

— Les chevaux ?

— Les reîtres.

Non. Pissarugues dit qu'il s'est fait tout petit. Pissarugues dépasse son maître d'une tête et d'environ soixante-dix ou quatre-vingts livres quand il est à jeun depuis trois jours ; il n'a pas de cou, quelque chose qui pourrait bien être du muscle part du voisinage de ses oreilles et descend vers la crête de ses épaules — qui n'ont d'ailleurs pas de crête, pour être trop arrondies ; il est capable, ou peu s'en faut, de soulever un cheval.

— Tu as vu passer des reîtres ?

Oui. Mains ouvertes et doigts déployés par deux fois : à peu près vingt reîtres. Ou un peu moins.

— Tu en as vu d'autres ?

Non.

— Tu as vu Radtke ? Un homme de haute taille avec une barbiche rousse, une cuirasse de cuir noir ornée d'une sorte d'écu en argent suspendu à une chaîne de même métal ? Et qui marche lentement, très lentement, exprès, quoiqu'il puisse être terriblement vif s'il le veut, et qui ne parle presque pas, et qui ordonne d'un seul mouvement de doigt, et qui a une grande cape noir et argent portée sur l'épaule gauche avec une barrette également d'argent pour la retenir, et qui est chaussé de bottes toujours très luisantes venant jusqu'à mi-cuisse, et dont les mains sont toujours gantées, et qui, pour occire quelqu'un en le faisant souffrir malemort, aime assez inciser l'abdomen de cette personne afin d'y sectionner l'intestin tout en bas et fait clouer cette extrémité de l'intestin à un arbre ou une poutre et oblige ladite personne à marcher, à s'éloigner et à ainsi dérouler l'intestin. Tu as vu Radtke, Pissarugues ?

Non.

— Il est assez malplaisant, dit François Villon.

Pourquoi parlé-je autant, pourquoi ne puis-je jamais m'empêcher de parler ? Certainement que cela signifie quelque chose et dépeint mon caractère, ce sera quelque angoisse étrange qui me pousse, moi qui pourtant n'ai peur de personne, ni de rien ?

— Et que faisais-tu caché derrière ce gros arbre en pleine nuit, à guetter ?

Pissarugues dit qu'il guettait, justement ; il s'en revenait vers le coche de voyage et il a cru voir quelqu'un, enfin l'ombre d'une ombre, à main gauche, cheminant sur le flanc de la grosse colline.

— C'était moi, béjaune, dit François Villon, en somme un peu mortifié de s'être laissé apercevoir. N'empêche que je suis arrivé derrière toi sans que tu m'entendes. Et je n'aurais pas reconnu ta nuque délicate, je te coupais nettement la gorge.

Ils marchent. Depuis pas mal de temps. La minuit n'est pas loin si elle n'est pas passée. Ils mangent du jambon. Plus justement, ils le picorent — il ne faut jamais confier un jambon à Pissarugues, il vous l'engloutirait jusqu'à l'os.

— C'est finalement fort bien que nous marchions, après tout, Pissarugues. Cela nous exerce. Je doute qu'il y ait tant de chevaux, où nous allons. Je t'ai parlé de cette plaine sans fin, où tu marches et tu marches des semaines et des mois et toujours elle s'allonge devant toi, je t'en ai parlé ?

Peut-être un coup, ou deux, dit Pissarugues, qui a bien dû entendre le récit dans les nonante fois si pas davantage.

— Je t'ai parlé de ces rivières et de ces lacs, et de ces montagnes ?

Il me semble, dit Pissarugues.

— Tu es sûr de vouloir venir avec moi ?

— Où vous irez, j'irai, si vous voulez de moi.

Ils se sont connus, Pissarugues et lui, à la Noël de deux ans plus tôt. C'était dans les montagnes Pyrénées, on avait fait boire du vin à Pissarugues, ce qui est la dernière chose à faire ; il était devenu gris-noir dès le premier pichet — cet Ostrogoth ne tient pas la bouteille, mais alors pas du tout ; il respire seulement le goulot d'un flacon et il est ivre, et l'ivresse lui fait casser des choses et des gens. Outre cela, il n'était point espagnol mais venait de l'autre versant ; il n'avait guère donné qu'un tout petit coup de poing mais cela avait largement suffi à écrabouiller le crâne de deux indigènes ; on allait donc le pendre, après l'avoir quelque peu tranché à coups de faux et de serpette. Pas question toutefois de lui donner de la hart sans qu'il ait reçu le secours de la religion ; le village n'avait pas de curé mais voici justement qu'il en passait un, sur un mulet, et tirant derrière lui deux mules surchargées ; de prime abord l'homme de Dieu avait manifesté quelque réticence, il était un peu pressé, disait-il ; mais il avait accepté de recevoir le condamné en confession… et il s'était enfui avec lui (et les mules), après avoir mis le feu dans les cabanes à fin de diversion. Et dans la soirée, des cavaliers étaient passés aussi, lancés au triple galop, disant qu'ils étaient à la poursuite d'une infâme canaille qui, non contente d'avoir suborné moult nonnes et nonnettes d'un couvent près de Saragosse, s'était échappée en emportant les trésors moniaux, déguisée en évêque.

Je n'aime pas trop couvents et monastères, je goûte moins encore ces filles sous le voile qui, parce qu'elles sont laides, estiment avoir le droit d'épouser Dieu. Et mon poil se hérisse quand, en plus d'être jeunes et jolies, les couventines font don à leur ordre de toutes leurs richesses qui seraient bien mieux employées ailleurs.

Et je m'interroge sur ce que j'ai bien pu faire de tout cet or que j'ai volé, çà et là, toujours en bonne conscience. Il m'a toujours filé entre les doigts, preuve que je n'y tiens guère.

— Tu rêves parfois d'or, Pissarugues ?

Pissarugues dit qu'il ne rêve jamais.

— Mais quand tu dors ?

— Quand je dors, je dors, dit Pissarugues.

Qui va d'un bon pas. On pourrait presque croire que si la fantaisie (mais il n'a pas de fantaisie) lui en prenait, il serait capable d'avancer tout droit, culbutant arbres et rochers sur son passage. Certes, il fait du bruit mais François Villon ne croit pas beaucoup en la présence de reîtres apostés. Et comment pourrait-on repérer deux hommes, dans la nuit et au cœur d'un paysage sonore et cascadant où de partout l'eau ruisselle ?

— Moi, je rêve, Pissarugues. Je rêve éveillé, comprends-le. Tant et si bien qu'entre la réalité, pour autant qu'elle existe, et ce rêve que je fais, la différence...

Une douleur fulgurante dans le bas de la poitrine, la découverte tardive d'une silhouette à trente pas, la rage d'avoir été atteint, voire capturé, son écroulement en avant sous la violence du trait d'arbalète, et pour finir le choc de son front contre va savoir quoi, tronc d'arbre ou pierre.

Et l'inconscience.

Elle est sortie de son sommeil à la seconde où la traction s'est fait sentir sur son poignet et dans ses doigts. *La porte, c'est la ficelle de la porte.* Elle est déjà debout, hors du lit, elle a filé dans l'angle de la pièce sur sa droite, et donc derrière le battant en train de s'ouvrir. Elle y trouve à tâtons mais très vite, pour l'y avoir soigneusement disposé la veille, le tabouret qu'elle jette en direction de la fenêtre la plus proche. Le bruit est tout à fait celui d'un corps qui se projetterait au travers des vitres et du châssis. De son autre main, elle contrôle l'ouverture de la porte, attend que l'homme soit suffisamment engagé. Juste à côté du tabouret et posé contre le mur se trouve le gourdin. Elle le brandit et frappe. L'inconnu s'effondre. Elle frappe à nouveau dans l'encadrement, pour le cas où ils seraient deux, ce qui n'est pas le cas. La voilà partie, comme la foudre, courant en bas de laine, elle est dans le corridor, bondit vers la porte de service, dévale l'étroit escalier de bois, franchit une autre porte, surgit dehors. Le cheval aubère est là, le garçon d'écurie (c'est stupéfiant, il ne dort pas) aussi.

— Tu ne m'as pas vue, Benoît.

— Et c'est vrai, en plus, dit Benoît, alors qu'elle a déjà sauté en selle et a disparu.

Elle galope sur près d'une lieue, quitte la route de Clermont, s'engage sur une piste qui va à l'ouest, fait escalader à sa monture une butte couronnée d'arbres et là s'immobilise. Ayant en vue au clair de lune la route qu'elle vient de quitter. Et ils ne tardent pas, trois hommes à cheval entre lesquels elle pense reconnaître le grand reître blond. Elle les suit des yeux jusqu'à ce qu'ils aient disparu plein nord. Nouveau demi-tour, cette fois elle revient à la route et laisse délibérément une trace très nette. Sauf que la piste qu'elle trace ainsi s'allonge jusqu'à une petite rivière. Dans laquelle elle fait avancer l'aubère. Un quart de lieue plus loin, elle marque la berge comme si, étant d'abord sortie du lit du cours d'eau, elle s'était ravisée et y était revenue, allant au sud-est.

Une demi-lieue plus loin, elle trouve la berge caillouteuse mentionnée par maître Romains. L'ayant franchie, elle met pied à terre et va effacer deux ou trois empreintes de sabots. Route au nord, en sens contraire de sa marche précédente, et en suivant le lit d'un ruisseau signalé également par l'aubergiste et son aide-cuisinier, l'un et l'autre grands braconniers. Nord-nord-ouest. Elle atteint la source du petit affluent de la Dole. Saint-Amant en avant sur sa gauche, et la route venant d'Ambert en vue, à cent toises. Un cavalier est là, à l'attente. *C'est l'un des trois que j'ai vus passer à ma poursuite. Comme prévu, les deux autres ont rebroussé chemin et fouillent la grand-route pour trouver où j'ai bien pu filer.*

Attendons aussi.

Elle a du pain et du fromage dans ses fontes, et un gros pâté de sanglier qu'elle choisit de ne pas entamer. Elle s'est assise sur le sol, le portemanteau de selle à demi déroulé pour s'isoler de l'humidité. Se fiant à l'acuité de son oreille, elle prend même le risque de fermer les yeux et dort un peu. Un bruit de voix lui fait soulever les paupières, quelque temps plus tard. Le grand reître blond est en contrebas d'elle, sur la route. D'un geste et de deux ou trois mots dans ce qui doit être de l'allemand, il ordonne au cavalier qui attendait de repartir vers Ambert.

Quant à lui, il prend le trot. Vers l'ouest et donc Saint-Amant.

Elle lui laisse du champ, marche en tenant son aubère par la bride et va examiner les traces des sabots du reître qui est si joli garçon. Elle voit bien la marque laissée par le fer qu'elle a entaillé dans les écuries de l'auberge Romains.

Une piste qui sera facile à suivre, avec cette terre amollie par la pluie.

Une demi-lieue entre elle et lui.

Et le grand rire de Pouillou Pattu que cet homme a sûrement aidé à tuer.

Il me conduira au Smaragdin ou au François, quel que soit son nom.

— Tu peux me poser par terre, Pissarugues.

Il vient de reprendre connaissance et toute sa lucidité lui est revenue aussitôt. Ce n'est certes pas sa première blessure, ce n'est même pas la première fois qu'étant blessé, il est aussi poursuivi par une meute assoiffée de sang.

— Tu me portes depuis combien de temps ?

Du temps, dit Pissarugues. Qui trouve enfin un endroit à sa convenance pour une halte.

— C'est précis. Me voilà renseigné.

Il se laisse aller entre les grosses racines d'un très gros arbre, sur le flanc droit — sa blessure est côté gauche (et lui fait un mal de chien, soit dit en passant).

— On nous poursuit ?

Plus maintenant.

— Tu les as vus ?

Non.

— Tu ne sais même pas combien ils étaient ?

Non.

— Celui qui a tiré aura bien vu qu'il m'avait touché. S'il était seul, il sera allé chercher du renfort. Le cher Radtke pourrait bien se montrer dans les heures qui viennent. Aide-moi, nous allons enlever cette chose de mon corps.

Comment ?

— La pointe me semble barbelée, je sens les barbelures quand je remue. En sorte que c'est simple : tu commences par appuyer sur le talon du carreau, tu pousses le plus fort possible jusqu'à ce que la porte ressorte de l'autre côté, dans mon dos.

Pissarugues pousse. Vraiment très fort.

Il reperd connaissance, rouvre les yeux après du temps.

— Tu vois la pointe ? Elle ressemble à quoi ?

Pissarugues dessine une espèce de triangle dans l'air, de son gros doigt.

— Et le talon ? L'autre bout, il était pareil ?

Pareil.

— Arrache tout et réveille-moi.

Troisième perte de connaissance. Au terme de laquelle il découvre Pissarugues en train d'astiquer le carreau d'arbalète avec le soin d'un gâte-sauce faisant reluire ses chaudrons.

— Tu comptes le revendre ?

Il boit. La douleur est supportable et surtout a disparu cette présence d'un corps étranger qui, pour une raison qu'il ne s'explique pas, le faisait souffrir au moins autant que la blessure elle-même.

— Je me sens encore assez bien, Pissarugues, mais ça va aller plus mal avant d'aller mieux. Tu as déjà vu des blessures comme la mienne ? Non ? Moi, oui. Souventes fois, le bonhomme crève après, dans les jours qui suivent, parce que les chairs pourrissent en dedans. La gangrène ou cancrène. Ça vient du grec *gaggraina*, qui veut dire pourriture. Si la gangrène me prend, je vais devenir tout pâle, blafard, livide, je serai très fébrile, et avant de me taire et d'être prostré, je parlerai beaucoup, je dirai n'importe quoi, plus encore que d'habitude, ce qui ne sera pas triste.

Il essaie de se redresser en prenant appui de ses deux mains sur les racines de l'arbre mais la douleur fulgure.

— J'ai horreur de te demander ça, mais tu devrais m'aider.

Pissarugues le hisse d'une main, il se retrouve debout.

— Je flageole.

Il arrive à faire deux pas mais s'affale. Ou se serait affalé sans la grande main qui le tient par le col.

— Et pourtant il faut marcher, Pissarugues. Nous ne pouvons pas rester ici. Le père jésuite Bompar, que tu n'as pas connu mais qui a été l'élève d'Ambroise Paré, recommandait la propreté pour les blessure à vif. Et ce n'est pas trop propre, où nous sommes. Il nous faut une cabane, un endroit sec, du feu, des linges. On y va.

Le bras de Pissarugues sous ses propres aisselles, ils se mettent en route.

— Le jour se lève, on dirait. Je me trompe ?

Non. Le jour se lève et s'est levé.

— Je perds de mes forces, Pissarugues. Je t'attends ici. Va donc voir si cette cabane est aussi déserte qu'elle en a l'air. Aussi bien, ils seront soixante et onze reîtres à nous y attendre.

Il ferme les yeux, appuie sa nuque contre un rocher.

— Pour autant que Radtke dispose de soixante et onze hommes, et ce n'est pas le cas.

Il parle dans le vide et soliloque, s'acharnant à ne pas perdre conscience. Cette nouvelle marche qu'ils viennent d'effectuer l'a conduit à l'épuisement. Je ne vais tout de même pas crever. Et mon grand rêve ? Cette plaie ne te fait pas mal du tout, oublie-la, elle n'existe pas...

Il se force à garder les yeux ouverts. Il a vu la cabane vers laquelle Pissarugues est maintenant parti en reconnaissance. L'endroit est bon pour se cacher deux ou trois jours (ou plus, si tu es encore vivant dans deux ou trois jours). Un haut talus et quasiment une falaise couvrent presque la petite construction ; celle-ci a été établie sur un terre-plein au bord d'un fort ruisseau ; pour ce dernier, il est alimenté par une cascade.

... On ne sait jamais comment un rêve prend naissance, Pissarugues. C'est insidieux en diable. Ça commence par une toute petite chose, un effleurement, c'est plus léger qu'une pensée qui elle, au moins, a une forme. Et puis ça s'en va, tu te dis que tu en es débarrassé et même tu es un peu surpris de cette visite-là, qu'est-ce qu'elle venait donc faire dans ma tête ? Parfois (et c'est mon exemple) tu cherches à comprendre. Ça vient d'où ? Une parole de quelqu'un, une image, une odeur ? Bon, tu l'as oublié. Sauf que cela te revient. Et revient encore. Ça t'obsède peu à peu, ça s'empare de toi…

— Ne me porte pas comme un ballot, Pissarugues, je déteste. Je peux marcher. D'accord, elle me semblait moins loin, cette cabane… Tu as fait du feu ? C'est bien, j'ai un peu froid, enfin, au vrai, je suis glacé jusqu'au fin fond de mes os. Les reîtres verront sans doute la fumée et surviendront, mais il nous faut du feu pour ce que nous… pour ce que tu vas devoir faire. Non, pas cette lame, elle est trop fine. Ce coutelas ira très bien. Tu le mets au feu, le métal doit être rouge. Là seulement, tu l'appliques sur la plaie. Les deux plaies, celle de devant, celle de derrière. Pour le trou à l'intérieur, je dirai à mes muscles de se guérir tout seuls.

Il met lui-même le coutelas dans le feu.

— Je vais sûrement tomber en pâmoison comme une demoiselle. Tu prendras donc la suite, Pissarugues. Tu appliques bien la lame partout. Et chaque fois, tu la remets au feu pour qu'elle rougisse. Non, attends. Il faut bien que je te dise où est l'or, et ce que je veux que tu en fasses, dans le cas où je serais mort sans plus pouvoir parler. Enfin, il m'étonnerait bien que je ne puisse plus parler. Je continuerai à parler dix ans après ma mort, c'est sûr.

Il dit à Pissarugues où il a caché les sacoches de Pouillou Pattu. Et ce que Pissarugues devra en faire, à qui les remettre, s'il ne les garde pas pour lui.

Pissarugues dit qu'il ne les gardera pas pour lui.

— Et je te crois, en plus. Je ne croirais personne d'autre. J'ai de l'attachement pour toi, Pissarugues. De l'amitié, plus que pour quiconque au monde.

Le fer vire au rouge. Il s'est mis torse nu et c'est vrai que c'est un vraiment gros trou, dans son flanc (et encore je ne peux pas voir l'autre trou dans mon dos, je suis percé de part en part).

— Regarde, c'est la couleur qu'il faut.

Il pose la main sur le manche du coutelas.

— Je m'appelle François Villon, je suis le seul et vrai petit-fils du grand François Villon, le plus merveilleux poète du royaume de France, de Navarre et autres lieux.

Il soulève le coutelas et l'applique sur la blessure. Il tient, résiste à l'effroyable douleur.

— Je m'appelle François Villon. Je n'ai encore rien fait qui soit à la mesure de mon grand-père mais je vais…

Il a remis le coutelas au feu.

— Ça va être à toi, Pissarugues. Tu nettoies à l'eau claire, encore et encore, ensuite.

Il applique pour la deuxième fois la lame rougie sur sa chair.

— Je m'appelle…

Mais même cela ne suffit pas à le retenir conscient.

Le jour s'est levé, la diligence est passée sur la grand-route, Catherine-Marie a eu le temps d'aller se dissimuler derrière un bosquet, puis elle est repartie, progressant parallèlement au chemin, parfois hors de vue de celui-ci ou presque, à proportion des détours qu'elle fait. Elle ne voit pas le grand reître blond. Mais lui, au moins son cheval, est bien devant : de temps à autre, elle est allée jeter un coup d'œil et, entre les marques du charroi ordinaire, a reconnu la trace du fer entaillé laissé par le sabot postérieur gauche.

— Je connais ton cheval.

La voix vient de sa droite. Elle découvre ce qui doit être un bûcheron, il porte la cognée et le gouet, et en plus il bûche, dégrossissant un tronc fraîchement abattu.

— Et alors ? dit-elle.

— Pouillou Pattu. Un coup, il pleuvait tant et tant qu'il a dormi chez moi. C'est son cheval.

— Je suis Catherine-Marie Tête de diable. Pouillou Pattu est mort. Je suis après ceux qui l'ont tué.

Elle considère l'endroit. À en juger par tous les

arbres tombés, et déjà débités pour beaucoup, le bôquillon doit être là depuis plusieurs jours. Et d'où il est, l'on voit bien la route, sans être vu soi-même. Elle descend de selle et constate qu'elle est fort courbatue, après six ou sept heures assise jambes écartées.

— Il faudrait que je sois bien sûr que tu n'a pas volé ce cheval, dit le bûcheron sans cesser pour autant de manier sa cognée.

— Pouillou Pattu était mon père.

— Tu es sacrément haute, pour une fille. Mais il était grand, lui aussi. C'était quoi, la chanson qu'il chantait après le vin ?

— *La Tourterelle bleue.*

L'homme s'interrompt enfin, s'appuie sur le manche de son outil, hoche la tête.

— Je n'ai jamais entendu quelqu'un d'autre la chanter, à part lui.

— Forcément, il l'avait écrite, dit-elle.

— Elle était cochonne. C'était quoi, qu'il appelait « la Tourterelle bleue » ?

— J'en ai une et pas toi. Et tu n'as aucune chance de la voir. Je peux me reposer un peu ?

Après tout, même un reître haut de six pieds et davantage a besoin de donner du repos à son cheval, il se sera arrêté aussi. Ou alors il est arrivé et déjà en train de faire rapport au Smaragdin. Tant pis.

Elle s'assoit sur une souche et renoue ses longs cheveux noirs dont les pointes lui descendent jusqu'à la taille. Ce faisant et quoi qu'elle y fasse, ses tétines gonflent la chemise et le casaquin de cuir, sans manches, enfilé sur une grosse chose de laine qu'elle a tricotée de ses mains, pas trop adroitement (elle sait à peu près filer et ravauder mais tricoter, bon...). Elle surprend le regard du bûcheron et demande :

— Tu te fais des idées ?

— Tête de diable, hein ?

— Tête de diable. Tu m'approches à moins d'une toise et tu parleras comme quand tu avais quatre ans.

— Tu es la fille de Pouillou Pattu, pas de doute. Viens.

Il les conduit, elle et son cheval, jusqu'à une cahute de rondins. Il dit qu'il habite, avec sa femme et ses enfants, dans une maison à deux lieues et demie de là, à Sauxillanges. Oui, il a vu passer toute une troupe de reîtres, plus de trente hommes, voici trois ou quatre jours.

— Et un homme les conduisait, dit-elle. Un homme d'assez petite taille, mince, blond, avec un visage de fille et une expression diabolique.

Oui, dit le bûcheron. Enfin presque. L'homme qui chevauchait en tête de la colonne de reîtres était roux, il avait une barbe, il était grand, il était large comme un chêne planté sous le bon roi Saint Louis. Mais ces détails exceptés, cet homme-là ressemblait pas mal à celui qu'elle a décrit.

— Une expression très diabolique. Tu veux de mes fèves ?

Ils partagent la soupe de fèves, elle lui offre un peu de son fromage et de son pain, ils boivent de l'eau, ils croquent chacun une pomme.

— Mais tu as dû voir ce jeune homme blond au visage de fille.

— Non.

— Il a pris cette route voici quatre jours.

— J'étais à travailler à quelques coudées de la route. Il n'est pas passé. Ou alors de nuit.

Impossible, pense-t-elle. Il a quitté Ambert à cheval, avec une heure et demie de retard sur Pouillou Pattu, soit tout de suite après l'aube. Mais le bûcheron secoue la tête : à l'heure qu'elle dit, il était à abattre tel et tel arbre, rien de ce qui empruntait la route ne pouvait lui échapper. Même qu'il a vu un coche de voyage avec une dame dedans et un cocher, qui allaient bon train tous les trois.

— Je vais dormir un peu, annonce-t-elle.

— Tu ne serais pas plus en sécurité dans un couvent avec cinquante nonnes.

De fait, elle s'endort très vite, le son clair de la

cognée ayant repris. À son éveil, elle boit un peu, remonte en selle.

— Je vais...

Elle s'interrompt, saisie. Elle ne sait pas où elle va, elle n'a pas la moindre idée d'où peut bien être passé ce fils de chien de Smaragdin qui a disparu comme un fantôme. Il est midi au soleil. Le bûcheron ne la regarde pas, et se sert à présent de son gouet, pour de l'émondage. Elle constate qu'un fardier est là, qu'elle n'a pas entendu arriver, que deux hommes équipent et qui tire trois chevaux en attelage d'évêque — de front. Sur la caisse basse, on a déjà hissé des troncs énormes. Et voilà que l'un des deux nouveaux venus demande :

— Tu cherches des reîtres ? Il y en a deux à monter la garde, à trois lieues d'ici, au carrefour de la route de Vic. Et il paraît qu'il s'en trouve d'autres à Champeix, vers Saint-Nectaire.

— Je t'ai demandé quelque chose ?

Non, mais de quoi il se mêle ? Bientôt toute l'Auvergne la suivra en agitant les bras.

— Merci pour m'avoir permis de dormir, dit-elle au bûcheron. N'abats pas trop d'arbres, qu'il en reste un peu.

Elle met son aubère au trot sans attendre de réponse. Peu avant la tombée de la nuit, elle franchit l'Allier. Non par le pont de Coudes — des reîtres y seraient à l'affût — mais un peu plus au sud. C'est qu'elle connaît cette région, Issoire n'est jamais qu'à deux lieues au sud. Ensuite elle marche, tirant par la bride sa monture qui donne des signes de fatigue — je l'ai trop poussée, mais je pèse quand même bien moins lourd que Pouillou Pattu, non ?

Elle dépasse Champeix sans s'y montrer, aux alentours de minuit, accorde à l'aubère, s'accorde à elle-même deux heures de pause, ne s'endort pas. Elle finit le fromage, repart, toujours à pied, enveloppée de sa cape et coiffée de son capuchon, à cause d'un froid assez vif et surtout de la pluie fine qui vient de se mettre à tomber. Elle se remet en selle aux premières lueurs du jour et rencontre presque aussitôt la route de Saint-Nectaire. Et n'a pas à chercher longtemps : cette pluie persistante mais légère garde les traces ; celles surtout du cheval du grand reître blond.

Contournement de Saint-Nectaire, puy de Mazeyres en vue, dans l'est et dans la brume bleue. Ici encore, elle a ses repères pour y être venue lorsqu'elle avait quinze ans ; la mère de sa mère vivait encore, dans une fermette sur la route d'Ussel, tout près du lac du Chambon ; elle se souvient d'un sentier, qu'aucune voiture n'empruntait jamais et que seuls des colporteurs suivaient, allant plein ouest ou en venant, et préférant couper tout droit plutôt que de faire le détour des Quatre Routes, plus au nord.

Elle s'attend bel et bien à avoir atteint le terme de sa poursuite. Sûrement qu'ils sont tous à Saint-Nectaire. Mais surprise : les traces du fer entaillé dépassent la bifurcation.

Il va où ?

Le lac embrumé en fin d'après-midi. Elle décide d'une vraie halte. Sa cape commence à faire eau, elle a froid, et faim, elle ne tient quasiment plus en selle. Depuis qu'elle a enterré son père, en trois jours, elle a couvert soixante-dix ou quatre-vingts lieues. Elle pousse jusqu'à ce qui pour elle représente une vraie frontière. Col de Guéry au nord, masse (gigantesque à ses yeux, c'est la plus haute montagne qu'elle ait jamais vue) du puy de Sancy au sud. Elle ne sait rien de ce qu'il y a au-delà, n'a jamais voulu en savoir quoi que ce fût ; quand on a le bonheur d'être d'Auvergne, quel besoin a-t-on de s'embarrasser du reste ?

Elle trouve un abri dans cette petite grotte qui, quand elle venait ici, trois ans plus tôt, était tout à la fois sa thébaïde et le lieu le plus reculé qu'elle eût jamais connu. Elle y a fait du feu, se servant du foyer que des bergers avaient construit, elle en fait encore. Dehors il pleut et la nuit tombée referme l'ouverture sur le dehors. Elle se pelotonne, voire se recroqueville. S'il y a un moment où elle mettra en question cette poursuite qu'elle a engagée, ce sera celui-ci. Parcourir ventre à terre son pays auvergnat était une chose. Il s'agit à présent de s'aventurer. Ce n'est pas de la peur qu'elle éprouve. Quoique. Non, ce serait plutôt (mais elle n'est pas de ceux ou celles qui ne cessent de s'examiner et de chercher le pourquoi du comment de ce qui est fait ou simplement pensé, elle est d'instinct, et très éruptive), non, c'est avant tout, outre peut-être une vague appréhension, l'indicible fureur d'être contrainte à sortir de chez elle.

Tu me le paieras, Smaragdin.

Elle entame le pâté de maître Romains (qui fait bien ses six livres, quelle munificence) et c'est la preuve qu'elle cède, consciemment ou non, à un petit abattement passager.

Il pleut à verse quelques heures plus tard quand elle ressort de son sommeil, il fait toujours nuit noire. Mais elle s'est reprise. C'est bien simple : elle continue à courir un peu, vingt, trente, quarante lieues s'il le faut, elle retrouve le fils de chien et son armée de reîtres, elle le flèche en pleine gorge, elle perd ses six autres flèches à trouer six de ses spadassins, elle... elle récupère les six sacoches d'or de son Pouillou Pattu (hé, ho, c'est son argent ! Il est à elle et à personne d'autre, c'est la fortune des Pouillou, ils ont mis des générations à la constituer !).

... Et elle rentre.

Et ce n'est pas demain la veille que quelqu'un la fera ressortir.

Sa détermination est redevenue farouche, et pour tout dire extrême. D'ailleurs, elle ôte ses deux paires de bas, ses deux casaquins, sa première chemise, la deuxième, ses deux jupes, ses trois jupons, et nue comme une nouvelle-née, elle va se flanquer sous la pluie. Elle se lave — de fond en comble ; elle a toujours eu horreur de puer, contrairement à tant d'autres. Elle claque des dents, mais alors ?

Puis elle part vers sa frontière.

Qu'elle franchit.

Dans trois, quatre jours au plus, disons une semaine, elle est de retour au cœur de ses volcans personnels, elle rachète tous les biens des Pouillou, et elle cantonne jusqu'à la fin de ses jours.

J'arrive, Smaragdin.

Le deuxième jour de sa blessure, il a pu faire quelques pas. La douleur n'a pas faibli et il brûle de fièvre. Il n'a pu regagner l'intérieur de la cahute qu'avec l'aide de Pissarugues, pour y retomber dans un profond sommeil. Nouvelle tentative dans la soirée de cette même journée — onze pas au lieu de six. Il a mangé, en se forçant. Le père jésuite Bompar qui savait tout de la médecine disait qu'on doit affamer la fièvre, ce n'est pas son avis : moins tu manges, moins tu as de forces.

— Je ne vais pas mourir, Pissarugues.

Pissarugues acquiesce.

— Ne parle pas tant, tu me gonfles la tête.

Vingt-cinq pas, et il lave maintenant lui-même la blessure, à grand renfort d'eau fraîche puisée à même le ruisseau devenu torrent avec cette pluie continuelle. Le grondement de la cascade est fort, le ciel est bas, le peu de fumée qui parvient à se hisser jusqu'en haut de la paroi rocheuse qui domine se perd dans les écharpes de brume. Pissarugues est allé chasser, avec ses lacets, et c'est sans nul doute l'une des choses qu'il fait le mieux : il rapporte cinq lapins d'un coup.

— Tu as vu des reîtres ?

Non.

— Aucune trace ?

Non.

— Ils continuent pourtant à me chercher. Radtke ne me lâchera jamais. Il n'y aurait entre nous qu'une affaire d'écus ou de trésor, il abandonnerait peut-être. Et encore. Mais je l'ai plus qu'atteint dans son orgueil en lui prenant sa femme.

Il engloutit un lapin entier. Grillé avec des herbes, c'est délicieux, et l'appétit lui revient.

— Enfin, quand je dis que je lui ai pris sa femme, c'est façon de parler. Elle m'est tombée dessus comme la petite vérole. Je ne lui demandais rien, à cette bonne dame. Elle a plongé dans mon lit. Mais c'est un peu vrai que je n'aurais pas dû l'y laisser quatre jours. Elle était bien aguichante. Je t'ai parlé des femmes que nous allons trouver, Pissarugues?

Il lave une fois de plus ses deux plaies — il peut faire pivoter son buste désormais — et change les compresses confectionnées avec sa chemise de réserve, elle-même lessivée et battue mieux que par une lavandière. Il re-dort, et re-mange.

— Je t'ai parlé des femmes, Pissarugues. Le sujet allume je ne sais quelle lumière dans tes yeux. Ne me dis pas que tu es puceau?

Cent pas dûment comptés. De très douloureux élancements, à se plier en deux, mais ça va. Je vais vraiment survivre, je réussirai peut-être même à me redresser dans les années qui viennent. Il repart dormir. On le secoue, à la seconde sa dague pointe.

— Je suis Pissarugues, dit Pissarugues.

— Réflexion faite, je suis à peu près sûr que tu es encore puceau. À ton âge!

— Reîtres, dit Pissarugues.

Voici probablement quatre jours qu'elle a quitté Ambert, et même davantage. Le puy de Sancy est derrière elle, l'Auvergne aussi, on lui dirait qu'elle va rencontrer des monstres avec deux têtes et mangeant de la chair humaine, presque elle le croirait. Par deux fois déjà, elle a retrouvé des traces de campements, de feux, de mangeaille — ces reîtres ne se privent pas et ils dilapident.

Trois hommes en tous les cas. Dont le grand blond, enfin son cheval, mais il lui semble bien que ces empreintes de bottes sont aussi de lui, elle les a déjà vues.

Ça descend, sans arrêt s'ouvrent des défilés à peu près tous orientés à l'ouest. La difficulté est qu'il faut cheminer à découvert, ou peu s'en faut. Elle a bien essayé de rester sous le couvert, nenni-da, rien à faire ; elle s'est retrouvée au sommet d'un foutu escarpement. C'est ennuyeux dans la mesure où elle se sent très proche de celui qu'elle piste. Les cendres dans l'abri rocheux, ce matin, étaient encore tièdes. C'est au point qu'elle a failli tirer l'arc du bissac et le monter.

Et ça arrive comme cela devait arriver. Elle vient de dévaler, debout sur ses étriers pour garder son équilibre, un fichu éboulis où maintes fois l'aubère a failli être emporté par le lit glissant de rocaille, elle s'engage dans un passage étroit.

... Et il est là, au détour d'un gros rocher, une jambe négligemment passée autour de l'arçon de sa selle, mâchonnant quelque chose et l'air très placide. Il est vraiment joli garçon. Ses cheveux très blonds, très clairs, sont coupés court, à la façon des hommes de guerre. La main de Catherine-Marie glisse vers le bissac. Il sourit.

— Je ne sais pas ce que tu espères attraper mais tu n'y arriveras pas.

Sa main apparaît, tenant un pistolet d'arçon.

— Je ne te tuerai pas, dit-il. Je ne te viserai même pas. Mais ton cheval aura la tête percée et tu culbuteras.

Aucun accent et la voix est mélodieuse. Il aura vingt-trois ou vingt-quatre ans, si le regard est celui d'un homme plus âgé. Tu vas avoir du mal à le tromper, Tête de diable.

— Tu nous as bien trompés, à la sortie d'Ambert.

— Comprends pas.

Il rit.

— Tu comprends très bien. Et tu as très bien assommé l'un de mes hommes, dans la chambre de l'auberge Romains.

— Qu'est-ce qu'il faisait dans ma chambre ?

— C'est juste.

— Je n'aime pas être forcée. Pas du tout. Je n'aime pas qu'on me saute dessus quand je dors.

Je crois que je sais comment je vais l'avoir. Enfin, si je peux le berner.

— Tu es un reître ?

— *Ein Reiter*, un cavalier. Dans ma langue, ce n'est pas insultant, au contraire.

— Tu sais bien le français.

— Je suis né dans ton pays. Ma famille y fait la guerre depuis longtemps. Descends de ton cheval, sans rien y prendre.

Elle obéit, et au même moment un soleil imbécile se montre.

— Enlève ta cape.

— Tout ce que je veux, dit-elle en appliquant son plan à la lettre, ce sont les sacoches d'or. C'est mon argent. Et j'ai grand-faim. Et je suis fatiguée.

Elle choisit son rocher et s'y assoit, elle ôte ses sabots et se masse les pieds. Pour la première fois de ma vie, se dit-elle, je ne suis pas dégoûtée par mes grosses tétines (tu suis son regard et tu vois bien qu'il s'y intéresse).

— Tu n'as rien à manger ?

Quelles sacoches d'or ?

— Je n'ai rien mangé depuis trois jours. Les sacoches qu'on a volées à mon père Pouillou Pattu. Ce n'est pas un jambon qui est suspendu, derrière toi ?

Elle se laisse aller un peu en arrière, appuie son dos contre la pierre avec un soupir de soulagement qui n'est qu'à demi feint — elle a mal aux reins, entre autres endroits douloureux —, se rencogne, et s'acagnarde presque sous le soleil qui la frappe en plein visage.

— Vraiment, je te terrifie, on dirait, remarque le grand reître blond.

— Le jour où j'aurai peur d'un homme jeune et pas trop repoussant, il fera plus chaud qu'aujourd'hui.

Je ferme les yeux ou non ? Non. N'en fais pas trop.

Elle le suit du regard tandis qu'il descend de son cheval, démontrant une saisissante souplesse et même, croit-elle remarquer non sans un premier petit sentiment de triomphe, avec une certaine ostentation — il cherche à m'affriander, ce pattepelu !

— Depuis Ambert, dit-il, je n'ai pas traîné. Il me semblait que quelqu'un était derrière moi mais la route semblait toujours vide. Tu allais à travers champs et forêts. Et puis hier, je t'ai vue. De loin : tu as disparu entre les arbres. Et je me demandais comment tu faisais pour me suivre. J'ai finalement pensé aux sabots de mon cheval et j'ai vu l'entaille. On a dû la faire dans l'écurie de l'auberge. Tu es très rusée.

Mais ce n'est pas à ma ruse que tu es en train de penser, beau jeune homme.

— Si tu veux me forcer, tu auras du mal, dit-elle. Je suis très forte.

— Pour une fille, sûrement. J'aurai à te forcer ?

Ne pas répondre. Elle le fixe en silence et se dit qu'elle devrait haleter un peu, pour lui faire croire que, mais lanlaire, voici qu'elle entrouvre les lèvres et que sa respiration s'accélère sans qu'elle y ait pensé. Il lui fait de l'effet, pas de doute.

Il est tout près d'elle et se défait, petit sourire sur les lèvres. Il demande :

— Tu m'as vu, dans la cour derrière l'auberge, pendant que je culbutais cette servante ?

Oui.

— Et tu m'as trouvé beau.

— Tu n'es pas trop répugnant.

— Sauf que tu m'as assommé quand je suis entré dans ta chambre.

— Ce n'était pas toi. L'homme que j'ai tapé était plus petit. Je n'aime pas les petits.

— Et tu n'aimes pas qu'on te force, je sais.

Il se penche et touche ses lèvres des siennes. La bouche de Catherine-Marie s'ouvre un peu plus, là encore sans que ce soit prémédité. *Je me sens drôle, qu'est-ce qui m'arrive ?*

— Je ne sais même pas ton nom.
— Gunther.
Il est fichtrement doux, rien à voir — mille lieues de différence — avec les deux niquedouilles qu'elle a essayés, il est doux mais adroit : il a déjà défait les lacets de son casaquin de cuir et...
— J'étais allé jusqu'à penser, dit-il, que tu feignais. Je veux dire : que tu feignais d'avoir de l'inclination. Mais tu ne feins pas.
Elle est sincèrement étonnée : comment diable peut-il savoir, ou deviner ces choses ?
Il l'embrasse encore. C'est bon.
Ne te laisse pas aller, Catherine-Marie, tu es folle ou quoi ?
Il a ouvert et rejeté sur le côté les pans du casaquin de cuir, il relève le lainage...
— Voici ce que nous allons faire, Pouillou Catherine-Marie...
... Relève de même les chemises. La voilà les tétines à l'air, et elles sont dures, c'est vraiment bizarre.
NE TE LAISSE PAS ALLER !
— Puisque je n'ai pas à te forcer. Ce qui ne m'aurait pas déplu et n'aurait rien changé, remarque.
Une jupe glisse, l'autre suit. Et les jupons itou. Bon, pour les jupons, elle parvient à les accrocher et les remonte des deux mains.
— Pas toute nue, dit-elle avec une sincérité qui l'étonne elle-même. J'aurais honte.
Il rit.
— D'accord. Je te mettrai nue ensuite, après, pour le deuxième service. Tu en vaux bien deux, ou trois s'il me reste des forces. Et il m'en restera.
Il s'allonge sur elle. Il est chaud — mais elle n'est pas tiède non plus, pour être franche. Du diable si elle aurait pensé... Mais dans le temps qu'elle pense ce qu'elle aurait pensé, elle s'active, étrangement, très étrangement partagée entre le vrai désir qu'elle a de cet homme et la haine qu'elle lui porte ; sa main glisse dans les multiples plis de ses deux jupons, se referme sur le manche du couteau.

— Je vais te prendre, Pouillou Catherine-Marie, fille unique d'un Pouillou Pattu que nous avons si joyeusement massacré.

Et il agit très vite. Une poigne de fer se referme sur la main droite de Catherine-Marie.

— Tu peux garder ton couteau, il ne me gêne pas. Même, il m'amuse. Tu crois que je ne t'avais pas devinée ? Je vais te prendre une fois, deux fois, trois fois, et ensuite tu devras bien me dire ce qu'il est arrivé à mon jeune frère et à ses camarades. Ils te suivaient depuis Ambert, ils auraient dû te capturer, ils ne t'ont pas eue et ils ont disparu. Il faudra que tu me dises pourquoi.

Et il l'embrasse, il ne cesse de l'embrasser, tout en la tenant très fermement en sorte qu'elle ne peut absolument pas bouger sa main droite *(il me fait même mal, ce fils de chien, il est d'une force incroyable)*. Il ne cesse de l'embrasser et elle lui rend ses baisers. Il arrive encore ceci qu'il la touche de sa langue, ce devrait être écœurant, ça ne l'est pas.

Maintenant.

— Il y a une chose, dit-elle entre deux baisers, que j'aurais oublié de te dire.

C'est le ton sur lequel elle a parlé, son calme, plus que les mots, qui le mettent en garde. Elle le sent près de se redresser, alerté. Trop tard.

— Je suis gauchère, dit-elle en enfonçant la lame courte de cinq pouces à peine, mais très large, horriblement tranchante des deux côtés. Elle l'enfonce d'un pouce au plus, un peu plus bas que les côtes, de gauche à droite. Plus longuement emmanché, c'est le couteau dont Pouillou Pattu se servait pour peler les porcs, après les avoir saignés.

Le reître blond se fige. Elle lit dans ses yeux.

— N'essaie pas, dit-elle. Je pousse et ça entre. Ma main suivra. N'essaie pas.

Il essaie et ça, c'est vraiment très écœurant. Parce que sa main gauche, les doigts de sa main gauche entrent bel et bien dans l'abdomen tant l'épouvantable lame est large et ouvre un trou béant. Elle pousse de toute sa force, en remontant. Les doigts du reître déjà encerclant sa gorge, ces doigts serrent encore un peu, puis perdent de leur force. Le visage du reître blond tombe sur celui de Catherine-Marie.

— Et j'ai tué ton frère, si tu veux le savoir. Quand on me cherche, on me trouve. Il ne fallait pas tuer Pouillou Pattu mon père.

Plus rien ne bouge ni personne. Elle a sur elle tout le poids du grand corps inerte et n'ose toujours pas faire le moindre mouvement. Des frissons la secouent. Enfin elle se décide, et c'est toute une affaire que de dégager sa main droite dont le poignet est pris en tenaille par les doigts du mort. Pour un peu elle irait jusqu'à extraire sa main gauche et taillerait. Mais non, elle dégage son bras droit, repousse, en s'aidant de ses jambes, le cadavre qui s'accroche à elle avec une obstination insensée et très irritante. Et il y a cet affreux moment où, lorsque les presque deux cents livres du reître basculent et tombent du rocher plat, elle est entraînée du fait de sa main gauche enfoncée dans les entrailles.

Ce bruit de succion quand sa main et la lame quasi sans manche se retirent enfin.

Ce vomissement de sang, de sanies, de choses gluantes par l'énorme plaie.

Redresse-toi, va te laver, va-t'en.

Elle marche vers de l'eau qui ruisselle mais se reprend. Le reître blond était avec deux autres ce matin, ces deux autres ne doivent pas être loin, peut-être sont-ils en train d'accourir.

Elle s'affole et se jette sur son cheval, part au galop et ce n'est que bien plus loin qu'elle avise un gros ruisseau. Là seulement elle se lave, boit à n'en plus finir, se rinçant la bouche, frottant ses mains avec de la terre. Surtout la gauche.

Pause.

Elle s'est cachée au plus profond d'un bosquet, l'estomac vide et pourtant encore secoué par des nausées. Bien après midi seulement, elle trouve la force de se remettre en selle.

Plus de traces à suivre maintenant.

Tu ne sais plus où tu vas. Si tu l'as jamais su.

Le soleil est déjà bien bas, il peut être cinq heures lorsqu'elle aperçoit un peu au-dessous d'elle pas moins de sept cavaliers cuirassés de noir. Ils sont à deux cent cinquante toises d'elle. Ils ne l'ont pas vue.

Ils vont à la file indienne.

Tu peux encore abandonner et rentrer chez toi. À ceci près que tu n'as plus de chez toi.

Les cavaliers s'éloignent sur sa gauche. Distance : trois cents toises. Quatre cents.

Ils disparaissent. Le torrent dont ils suivaient le bord est grossi, des myriades de très fines gouttelettes sont comme projetées en l'air et il se forme, dans ces étranges nuages, des arcs-en-ciel.

Elle tourne sa bride et part sur sa gauche. Elle entreprend de descendre vers le torrent.

— Et sept autres, Pissarugues, je les ai vus aussi.

François Villon a marché. Infiniment plus loin qu'il ne s'en serait cru capable, mais cruellement peu dès lors qu'on a vingt hommes derrière soi. Et il est au bout, à bout. Pas plus loin, ou alors en rampant, mais ce serait grotesque. Il était vaguement debout, titubant sur ses jambes et appuyé du dos au rocher, il se laisse glisser. Le plus stupéfiant est que les reîtres ne les aient pas encore repérés, Pissarugues et lui. Il est vrai qu'en dépit du soleil revenu tout en haut des gorges, le fond de celles-ci est plongé dans une semi-pénombre, qui s'accentue avec la nuit en train de tomber et s'épaissit de toute cette écume d'eau.

Il y avait deux groupes de reîtres, un sur chaque berge (ou ce qui tient lieu de berge, par endroits le passage n'a qu'un petit pied de large). Un troisième détachement vient d'apparaître, plus en hauteur. Sept hommes à cheval. Pas de Radtke parmi eux, il serait curieux, et pour tout dire vexant, qu'il ne vienne pas assister à l'hallali.

— Je ne suis pas trop sûr d'avoir le temps de t'apprendre à lire, Pissarugues. Je peux t'apprendre quatre lettres d'un coup. Regarde.

Il dessine quatre petits ronds imaginaires sur le rocher.

— Tu vois ces quatre ronds ? À chacun d'eux tu mets une queue, sur le côté. À gauche ou à droite, montante ou descendante. Montante et à gauche, c'est un b, montante et à droite, un d. Descendante et à gauche, un p, descendante et à droite, un q. Et sans queue du tout, c'est un o. Répète.

— B, D, P, Q, O, dit docilement Pissarugues.

— Tu connais cinq lettres. Il t'en reste vingt et une et tu as fini. Tu peux écrire et lire bobo et popo, c'est un début. Tu devrais filer en escaladant ces rochers. Toi, tu passeras.

— Je ne crois pas que ce soit une bonne idée, dit Pissarugues avec la plus grande placidité du monde.

Et pour Pissarugues, c'est une fichtrement longue phrase, un vrai discours, il ne se souvient pas de l'avoir entendu parler si longtemps.

— Je suis perdu, Pissarugues. Je vais essayer d'en tuer deux ou trois, mais ce sera tout. Tu sais où sont les sacoches. Tu vas les chercher et tu en fais soit ce que je t'ai demandé d'en faire, soit ce que tu voudras. Fiche le camp.

Pissarugues ne bouge absolument pas.

— Et ce n'est pas vrai que tu as les yeux glauques, Pissarugues. Je disais ça des fois pour plaisanter. Tu as de jolis yeux bleus pleins de rêve. Et tu es infiniment plus intelligent que tu ne me le montres et encore plus que tu ne le crois toi-même. Escalade ces rochers.

Je pourrais aussi bien exhorter ce caillou.

— SMARAGDIN !

La voix est surpuissante, à preuve qu'elle domine le grondement du torrent et fige la totalité des reîtres.

— TU M'ENTENDS, SMARAGDIN ?

François Villon redresse la tête, la couche pratiquement à l'horizontale et alors seulement la découvre. C'est une femme, ou une fille.

Diu Biban, comme dirait Pissarugues en son patois, c'est quoi, cette créature ?

— Tu la connais, Pissarugues ?

Non, fait Pissarugues de la tête (tête qui elle aussi est à l'horizontale, yeux fixés sur cette silhouette de géante à trente pieds de haut, sur le rebord de la paroi rocheuse).

L'œil de François Villon la détaille. Elle ne lui rappelle rien ni personne. François Villon ne se souvient pas d'avoir jamais approché une telle donzelle, de près ou de loin. Et elle l'appelle Smaragdin, il a bien dû employer ce nom de guerre huit ou dix fois, et dans autant d'endroits différents, va savoir duquel il s'agit. C'est qu'elle a l'air acariâtre, en plus ; à l'évidence, elle entretient à son encontre un gros ressentiment — peut-être parce qu'il ne l'a pas subornée, justement (allez, ne te flatte pas trop !) ?

— JE VAIS TE TUER, SMARAGDIN !

Et allez donc.

Il est affalé, dans ce recoin de la muraille qui lui permettait, et permettait aussi à Pissarugues, d'échapper aux regards des reîtres, que ceux-ci fussent à gauche et à droite sur la même berge, ou qu'ils fussent sur le bord opposé du torrent. Mais les reîtres susdits ont entendu également cette vocifération, eux aussi peuvent voir la donzelle géante, et il leur aura suffi en somme de suivre la direction de son regard à elle pour déterminer du même coup où se trouve l'homme qu'ils traquent et viennent d'acculer.

Qui plus est, la donzelle est vraiment très près : entre elle et François Villon, il n'y a guère que la largeur du torrent, plus la hauteur de la gorge. Il songe un instant à crier lui-même pour réclamer une explication. Mais outre qu'il n'a plus suffisamment de forces pour pousser sa voix au point de couvrir le bruit de l'eau cascadante, il ne voit pas bien l'intérêt de négocier, désormais. Avec une horde de reîtres devant lui, une autre derrière, plus les sept nouveaux venus en train de chevaucher sur cette corniche à mi-hauteur, sa situation est plus qu'assez difficile, sinon désespérée.

— JE VAIS TE TUER !

Et la voilà qui brandit un très grand arc qu'elle avait à l'épaule, en même temps qu'un carquois et ce qui semble être un épais portemanteau de cavalier.

— ET TU SAIS POURQUOI !

Ah bon ? Elle me la baille belle !

Les reîtres viennent soudain d'augmenter leur allure, à présent que leur gibier a été situé. Ils ont des arquebuses, des arbalètes, sans compter une quantité indéterminée de tranchoirs de toutes formes — mais ils le veulent vivant, eux, pas vivant pour longtemps, certes, mais pas occis dans la seconde.

Et il n'y a plus tant de choix.

— Tu sais ce que j'ai en tête, Pissarugues ?

Oui.

— Ça t'épouvante ?

Oui.

— Moi aussi.

Les reîtres les plus proches ne sont plus qu'à huit ou dix toises. François Villon relève une fois de plus son regard et découvre la donzelle en train de bel et bien encocher sa flèche.

Je gage que cette diane est d'une adresse infernale.

Ils sautent tous les eux, Pissarugues et lui, et se jettent dans les eaux énormément rapides et tourbillonnantes.

Elle avait suivi les sept reîtres à cheval, qui l'avaient conduite d'abord à un certain endroit où pouvaient s'apercevoir une cascade, un torrent, une cahute pour les trois quarts dissimulée. À distance, elle les avait vus qui semblaient trouver un message, et d'ailleurs ils avaient mis dans la seconde leurs montures au trot et avaient rompu avec leur allure jusque-là comme nonchalante. Ils avaient entrepris de longer le torrent dans le sens de la descente des eaux. Non exactement dans le fond de la gorge, mais dans un premier temps sur une crête, puis sur un semblant de piste, à mi-hauteur. Et ils riaient, se faisant des signes.

Ils vont retrouver leur chef, avait-elle pensé. Autrement dit Smaragdin.

Elle n'a pas voulu s'engager elle aussi sur la corniche. Pour cette raison qu'au moment où elle allait s'y résoudre, elle a découvert un autre groupe de reîtres — à pied, ceux-là — qui progressait tout en bas. Mieux valait conserver encore quelque distance, elle aurait du mal à flécher le Smaragdin s'il se trouvait à trois toises d'elle et entouré de cent soixante de ses reîtres.

Elle a cheminé le long de la crête est.

Pour bientôt constater que cette voie-là était impraticable, à cheval du moins. Mais à pied, oui, et en faisant quelque peu l'acrobate. Bon. Elle a pris son bissac, son portemanteau, et sa bourse de cuir qu'elle a attachée autour de sa taille. Pour l'aubère, elle ne l'a pas entravé. Imagine que je sois tuée en tuant le Smaragdin, le si bon cheval de Pouillou Pattu en mourrait aussi, tenu par son licol jusqu'à la fin de ses jours. Elle a donc laissé libre le cheval au poil rougeâtre et blanc, elle a entamé son escalade, a franchi deux ou trois passages fort malaisés, est revenue en vue de la gorge, y a découvert non pas deux détachements de reîtres mais trois, l'un convergeant vers les deux autres. Elle a compris qu'il allait se tenir là une sorte de rassemblement. Quoique l'endroit fût surprenant, au fin fond d'un ravin si encaissé, dévalé par des eaux sauvages.

Elle a marché sur près d'une demi-lieue...

... Et soudain, elle l'a vu. Il était là et c'était lui, aucun doute : petit et mince, blond, des yeux clairs et, bon, à la rigueur, si l'on veut, pour qui aime la joliesse et pas les vrais hommes, pour qui aime pouponner, pour les folles qui attendent d'un mâle qu'il soit une chose minuscule que l'on câline avec de niaiseuses rieuses, avec toutes ces réserves, oui, il était beau.

Elle s'est portée sur dix ou douze pas supplémentaires jusqu'en face de lui, séparée de lui par la seule largeur du torrent, en contre-haut certes, mais ce n'est pas pour autant que je vais le manquer, aucun risque, même je pourrais le flécher à mon choix dans l'œil droit ou l'œil gauche, et pourtant non, ce que je veux, c'est qu'il crève en souffrant la malemort pendant des heures et des jours si possible, sale pourriture de fils de chien qui m'a exterminé Pouillou Pattu qui lui faisait confiance, tant pis pour les sacoches d'or, me venger avant tout.

Et elle a crié, hurlé, à la fois pour dominer le grondement du foutu torrent et aussi, et surtout, parce que sa haine et sa fureur mortelle éclataient. Elle n'a même pas su ce qu'elle hurlait, c'était sans importance, elle voulait simplement qu'il sût que c'était bien lui, Smaragdin, qu'elle souhaitait tant occire. Il m'a reconnu, cet excrément de ribaude, pour une fois mes neuf toises de hauteur me servent à quelque chose, il n'y a que Catherine-Marie Tête de diable Pouillou fille unique de Pouillou Pattu pour être si grande et si déterminée, cela se sait dans toute l'Auvergne.

Elle a armé son arc, choisi sa flèche, la plus meurtrière de toutes, celle qui déchire les chairs et fait des blessures hideuses et incurables, elle a commencé à viser avec une extraordinaire jouissance.

... Et c'est à cet instant-là, ô l'ordure, qu'il a sauté dans l'eau, alors que ses hommes étaient justement sur le point de le rejoindre pour se soumettre à lui.

Si bien qu'elle saute aussi.

Non mais.

Comme disait l'assistant de Galileo Galilei après s'être jeté du haut de la tour de Pise à seule fin de permettre à son maître de vérifier la justesse de ses calculs (et avant de s'écraser sur les dalles de marbre en bas), pour l'instant ça va. François Villon file à une vitesse sidérante. Quand par hasard il a la tête hors de l'eau, il voit défiler les parois de la gorge — même à cheval au très grand galop il n'est jamais allé aussi vite.

Pissarugues, je t'ai dit que je connais à Pise, en Toscane, un homme qui est l'intelligence même. Je te parle de Galileo Galilei. C'est un savant. Nous avons discuté des nuits entières ensemble. Au moment où je ne te parle pas (parce que nous sommes sous l'eau tous les deux), il est en train de construire une extraordinaire lunette, par laquelle on pourra observer les étoiles, le soleil et les planètes. Je n'irai pas jusqu'à dire que c'est moi qui lui en ai donné l'idée, mais enfin. Après tout, le père jésuite Hubrecht m'a bien assez tartiné avec ses cours et il m'a fait lire tant et tant de livres que je serais presque un savant, moi aussi. Je te le dis parce que tu ne m'entends pas — et en plus je garde la bouche fermée tout autant que je peux... Boum, tiens un autre rocher, comment nous ne nous sommes pas encore fracassés sur tous ces rochers est un mystère...

Boum ! Encore un. Et à peu près à l'endroit de ma blessure, c'est malin.

Ne me serre pas si fort, Pissarugues, tu ne te rends pas compte de ta force. Si ça continue, je ne succomberai pas noyé, mais écrasé et pulvérisé par ta sollicitude.

Boum et re-boum.

Tiens, on l'a raté, celui-là.

Ce torrent serait de vin, que je serais soûl comme un cochon, avec ce que j'ai bu.

Toute une série de chocs, sentiment d'une chute, de l'eau encore à la fin de cette chute, de nouveau un courant violent, méchant, tourbillonnant, François Villon engloutit l'équivalent d'un cuvier, il perd connaissance, seul il aurait coulé. À peine a-t-il conscience de ce que le bras de Pissarugues l'a un très court moment lâché, mais une main de géant l'a repris, serré, agrippé, il sent une nouvelle fois le très grand corps de Pissarugues collé au sien et faisant matelas, le protégeant des chocs. Pissarugues sait nager, nous allons nous en tirer, c'est incroyable.

Cela a duré un temps fou, des minutes d'évêque, d'un évêque disant ses oraisons aux heures canoniales, cela dure encore. Le courant néanmoins semble perdre de sa fougue monstrueuse et féroce, il ne s'apaise pas vraiment mais le voici qui se fait plus lisse.

— Tu m'étrangles, Pissarugues.

Les parois rocheuses de part et d'autre ont disparu, restées en arrière, la rivière maintenant glisse, encore très vive, entre des rives tout au plus rocailleuses et quasi accessibles.

— Nager, dit Pissarugues. M'aider, s'il vous plaît.

C'est que je ne sais pas nager, mon bon, on fait comment ?

Tant bien que mal, il imite son compagnon, agite les bras, mains grandes ouvertes, mais ils sont encore emportés tous les deux sur des centaines de toises avant de pouvoir enfin, pouce après pouce, s'extirper du milieu du lit, ou mieux du plus gros du courant. Les eaux filent encore mais moins sauvagement, on peut tenir la tête à l'air libre sans être culbuté à tous coups. Une berge se rapproche, de biais.

— Debout, dit Pissarugues.

Et lui-même se redresse, apparemment ses pieds ont atteint le fond de la rivière et s'y sont bien ancrés. Sauf que lui a de l'eau jusqu'aux épaules, et moi jusqu'aux narines. Pissarugues le tire et le hale, la profondeur de l'eau diminue, Pissarugues fait encore quelques pas puis s'affale, il tombe lourdement sur les petits cailloux gris et blancs de la rive, tu dirais de ces phoques que j'ai vus sur les rochers de Santander.

François Villon va un peu plus loin, jusqu'aux premières touffes d'herbe. Je ne suis même pas mort, quelle surprise.

— Nous ne sommes pas morts, Pissarugues.

Pas de réponse.

Il recrache un peu d'eau et, se traînant, revient

vers le colosse. Qui a les yeux clos, le visage entaillé en dix endroits, dont les habits sont déchirés, qui saigne de partout.

— Ho, Pissarugues ?

Ça n'a vraiment pas de résistance, ces grands et gros comme des montagnes. Mais il s'inquiète bel et bien. C'est tout de même Pissarugues qui a reçu tous les chocs, sans lui il était broyé.

— Antoine...

C'est la toute première fois qu'il appelle Pissarugues par son prénom.

— Ne me fais pas ça, Antoine. S'il te plaît. Si tu meurs, je suis capable de ressauter dans cette foutue rivière.

— Je ne crois pas que ce soit une bonne idée, dit la voix étouffée de Pissarugues.

Et François Villon, avec le peu de force qui lui reste, va se mettre à rire quand il se fige, ses yeux s'écarquillent, d'ailleurs il n'en croit pas ces mêmes yeux, c'est vraiment trop ahurissant, alors là, je peux dire que j'ai vraiment tout vu.

Car, *Diu Biban*, elle est là, la donzelle géante en personne. Elle est là, je te dis, elle passe au beau milieu du courant, emportée par celui-ci, visiblement sans pouvoir lui résister. Elle défile à l'allure d'un cheval lancé au galop ; devant elle, elle semble pousser comme une grosse outre brune à laquelle elle s'accroche, elle est aplatie sur le ventre, seule sa tête dépasse de la surface, ses longs cheveux sombres se déploient interminablement derrière.

Et l'on distingue même la corne de son arc qu'elle n'a même pas perdu.

Et elle crie :

— JE TE TUERAI, SMARAGDIN ! JE TE TUERAI !

Pour être vivante, elle l'est. À ceci près que la rivière l'emporte, les dizaines de brasses entre François Villon, Pissarugues et elle s'accroissent et deviennent des centaines. Elle disparaît tout au fond, derrière le coude que fait à cet endroit la Dordogne.

Elle est échouée, elle a le nez dans du gravier, ses épaules et le haut de son buste reçoivent la chaleur du soleil, le reste de son corps est encore dans l'eau de cette saleté de rivière. La grosse souche de pin enveloppée de son portemanteau qui lui a servi de flotteur et de protection est encore attachée à ses poignets par des lambeaux arrachés à l'un de ses jupons. Elle porte de grosses écorchures aux mains, souffre durement d'une épaule qui a frappé un rocher, l'une des cuisses est éraflée sur plus de dix pouces, l'un de ses pieds saigne — celui qui a été déchaussé de son sabot —, le sabot est encore là, retenu par le lacet de son bissac.

Il y a du bon et du mauvais, Catherine-Marie.

Le bon, c'est qu'elle soit vivante. Elle a déjà descendu des rivières de la sorte, jamais comme celle-ci.

Le mauvais...

Le mauvais, c'est que tu l'as manqué. Complètement. Et il n'est même pas mort, tu l'as aperçu sur la berge tandis que toi, le courant t'entraînait sans que tu puisses rien faire.

ET IL RIAIT !

Pour un peu, de rage, elle mangerait des cailloutis. Tu l'auras. Tôt ou tard. Ça te prendra peut-être une semaine, et même dix jours, mais tu l'auras. Tu te vois rentrer dans tes monts d'Auvergne sans l'avoir eu ? Et sans les sacoches, en plus ? Tu en crèverais. Et ils riraient tous de toi jusqu'à La Chaise-Dieu.

Elle finit par pouvoir se relever. D'abord en redressant la tête, puis en remontant les jambes, en s'asseyant. Elle déroule la lanière de tissu autour de son poignet gauche, et, faute de pouvoir les défaire tant l'eau les a serrés, coupe de son petit couteau à lame large les liens de son poignet droit. Elle vérifie l'arc et le carquois. Ça va, ils ont tenu. Regard autour d'elle : elle se trouve dans une espèce de crique, avec des arbres pas loin.

Il riait.

Elle va jeter un coup d'œil aux alentours. Aucun signe de vie, aussi loin que porte son regard. Elle se dévêt entièrement et essore un à un ses vêtements, ceux qu'elle portait et qui sont les seuls qui lui restent.

Il riait.

Elle claque des dents, en plus. Ce sera la fureur ou le froid. Ou les deux. Elle renfile une chemise et une jupe et accroche le reste à la corde de son arc. Pieds nus dans ses sabots, elle entreprend de remonter la rivière. Non qu'elle espère trouver le Smaragdin au même endroit et toujours hilare...

Il riait !

... Mais peut-être relèvera-t-elle des traces.

Elle en relève. Après avoir dû marcher bien plus longtemps qu'elle ne l'avait pensé. À cet endroit, la berge est presque plate, un paysage de collines apparaît. Il y a un chemin pas très loin de là, et sur ce chemin, en effet, les empreintes des pieds de deux hommes, dont un qui doit peser bien plus de deux quintaux de cent livres chacun — ce sera le bonhomme qu'elle a vu affalé sur le ventre, quand elle est passée au fil de l'eau comme une cruche.

Elle estime avoir deux heures de retard sur eux. Calcul avéré un peu plus loin quand elle trouve une première ferme, pas mal misérable d'ailleurs. Une femme maigre avec des moustaches, qui consent à reconnaître qu'en effet elle a bien vu passer deux hommes, un grand et un petit. Allant vers Ussel. Non, ils n'ont rien dit.

— J'ai faim, dit Catherine-Marie.

— Ça te regarde, dit la femme.

Catherine-Marie plonge la main dans sa bourse et se sent encore un peu plus glacée : la bourse est vide, les écus qu'elle contenait sont maintenant quelque part dans le fond de la foutue rivière. Sous ses doigts, elle croit reconnaître une dizaine de deniers et trois sols — au début de l'hiver précédent, elle se souvient d'avoir négocié un très beau bœuf pour cent quatre-vingt-dix livres (une livre valant vingt sols et deux cent quarante deniers). Les temps changent.

— Je peux travailler.

— Nous n'avons pas besoin de toi.

Je vais l'assommer. Mais un homme arrive, qui n'est pas plus aguichant que sa femme.

— Donne-lui un peu de soupe, dit-il.

En sorte qu'elle se retrouve assise à une table faite de trois planches fort mal équarries, en compagnies de sept ou huit enfants très morveux, d'une vieille femme et du couple. Elle est obligée d'attendre son tour, il n'y a pas suffisamment d'écuelles pour tout ce monde, et reçoit enfin sa portion de brouet. Les mioches ne la quittent pas des yeux, d'autant qu'elle a gardé arc et carquois à son épaule, et surtout parce qu'elle dépasse tout le monde d'une bonne tête.

— Il y a un endroit, un village ou une ville, ou n'importe quoi d'autre, qui s'appelle Rochelle, par ici ?

L'homme secoue la tête.

— Ou quelqu'un ?

Non plus.

— Après Ussel, il y a quoi ?

— Des pays, dit l'homme, qui est petit, courtaud, qui n'a pas dû se laver, même les mains, depuis son baptême ; et pourtant il y a une douceur triste dans ses yeux, ce n'est sûrement pas un mauvais bougre. Non, il n'a vu aucun — il ne connaît pas le mot *reître* — aucun soldat, depuis longtemps, des années.

— Merci pour la soupe, dit Catherine-Marie. Je suis d'Auvergne, si un jour tu viens par chez moi...

Il acquiesce, mais on voit bien que des pérégrinations pareilles, ce n'est pas de son monde. Elle est sortie de la salle basse et unique, nauséabonde, et comme elle l'espérait, il est sorti derrière elle. Il aurait quelque chose à me dire que je n'en serais pas si surprise — et il ne veut pas me le dire devant sa femme, qui est si peu accommodante.

— Le Raufaste, dit-il en ayant l'air de ne parler à personne en particulier. C'est un colporteur qui vient de très loin, d'un pays appelé Ariège. Il est passé un peu avant toi, il va à Clermont — je ne sais pas où est Clermont. Il vend des cantiques, tu lui donnes quelque chose et il te récite un cantique. C'est beau. La Berthe ne l'aime pas.

Elle attend. Tu ne fais pas parler ce genre d'homme plus vite qu'il ne le sait.

— Moi, j'aime bien le Raufaste. Il te fait rêver. Je lui ai donné deux pommes, il n'en voulait pas plus. Il m'a récité un morceau de ce qu'il appelle le Cantique des cantiques. C'est quoi, une Sulamite ?

— Je ne sais pas. Désolée.

— Et il m'a dit aussi que des deux hommes dont tu t'es enquise, il y en a un qui est de l'Ariège comme lui. Ils ont parlé ensemble, son pays et lui, ils ont une langue à eux. C'est le plus grand et le plus fort des deux. Il a dit au Raufaste qu'ils cherchaient des chevaux et le Raufaste leur a dit qu'ils en trouveraient peut-être au relais de la diligence, sur la route d'Ussel. Et l'homme qui est vraiment très grand et très fort, celui qui est d'Ariège comme le Raufaste, a dit aussi qu'ils allaient vers Limoges, son compagnon et lui. C'est tout ce que je peux te dire.

Limoges.

— Où est Limoges ?

Par là, dans l'ouest, dit l'homme. Oui, c'est loin, très loin, il te faut des jours pour y arriver. Non, il n'y est jamais allé, bien sûr. Il est déjà allé deux fois à Ussel dans sa vie, c'est bien assez comme voyages.

Limoges. Elle est au bord des larmes.

À Ussel, ils trouvent deux chevaux et un mulet, ils mangent, ils achètent de quoi se vêtir mieux qu'ils ne le sont, François Villon se procure des onguents pour les blessures de Pissarugues et pour lui-même, et une rapière pas tout à fait neuve mais vraiment bonne, il paraît qu'elle est espagnole et c'est bien possible. Ils font aussi équipement de couvertures, et de nourriture pour quatre jours.

— Tu ne veux pas un coutelas ou une dague, Pissarugues ?

Pissarugues ne veut pas d'arme. On tue des gens avec des armes, déjà qu'il en tue d'un seul petit coup de poing et sans le faire exprès ! (Bien entendu, Pissarugues ne fournit pas tant d'explications — il a seulement fait non de la tête —, c'est François Villon qui a comblé les vides.)

Quant à lui, François Villon, il a toujours ses couteaux à lancer et sa dague italienne triangulaire. Et la carte, quoiqu'elle soit bien trempée, est encore à peu près lisible. Reste qu'après tous ces dépens il n'a plus, dans la double ceinture de cuir portée autour de sa taille, qu'un écu d'or au soleil frappé sous Charles le Huitième, et quelques sols. Quasiment ruiné.

Ils quittent Ussel en prenant bien soin d'être vus et remarqués, sur la route de Meymac et donc de Limoges. À peine sont-ils certains qu'ils ont échappé à tous les regards, ils tournent bride et repartent à l'ouest.

Je suis sûr que Radtke ne va pas me lâcher ainsi. Si je le fais courir jusqu'à Limoges, eh bien, tant mieux, ça l'occupera.

— À propos, frère Pissarugues, de quoi vous avez parlé, ce colporteur et toi ? Je n'ai pas compris un mot sur quinze.

Du pays, dit Pissarugues.

— Mais tu lui as bien dit que nous allions à Limoges ?

Oui.

Route à l'est, cette fois en évitant toute habitation. Bien évidemment, François Villon repart chercher les six sacoches d'or. En premier lieu parce qu'on ne laisse pas perdre un trésor pareil, et puis surtout parce qu'il va en avoir grand besoin, pour son Rêve.

Nous en aurons besoin.

Je me demande bien quand et où et comment j'ai pu faire endêver cette donzelle géante. Elle m'aura pris pour quelqu'un d'autre.

Elle est à Ussel, elle vient de passer au relais de diligence, y a appris que les deux hommes ont acheté, en les payant en écus d'or au soleil, deux chevaux et un mulet. Près de trois heures plus tôt.

— Je peux louer un cheval? Je le rendrai à Limoges.

On l'a regardée comme si elle était folle. Et puis quoi encore? Il est à la rigueur possible de lui trouver un cheval qu'elle pourra peut-être revendre à Limoges, ou ailleurs; on en a justement un qui pour à peine trente-deux livres...

Elle entre dans Ussel, y voit des maisons très belles, avec tout plein de tourelles, une surtout qui est une merveille, la plus belle qu'elle ait jamais vue. Il paraît que c'est le palais du duc Vendatour et que l'on vient à peine d'en terminer la construction.

Je n'ai pas d'écus d'or, moi. Forcément, lui les tient de Pouillou Pattu à qui il les a volés, et lui peut s'acheter des chevaux, un mulet, des casaques, des capes, des bottes, une épée, des jambons, des poulardes, il peut faire festin dans la plus riche auberge, avec l'argent des Pouillou.

Elle s'assoit sur le rebord d'une fontaine et boit.

Et où je vais trouver trente-deux livres? Et même vingt ou dix? En m'allongeant sur le dos et en écartant mes cuisses?

Ou encore elle pourrait attendre la venue de la nuit, attendre aussi que passe, et seul, l'un de ces riches bourgeois à forte panse et bourse rebondie. Et je l'assomme, je lui prends seulement ce dont j'ai besoin, pas un liard de plus, je lui laisse un papier disant que je lui rendrai tout, sitôt que j'aurai remis la main sur les six sacoches.

Elle est assise, très droite, genoux tendant sa jupe maculée de boue, ses cheveux en grand désordre, son casaquin de cuir écorché et fendu, et elle tient son grand arc debout. On la regarde, on chuchote. Le premier qui me dit un mot, je lui tranche la gorge. Et de braquer son œil noir aux reflets jaunes de louve en fureur.

— Je m'appelle Escalante.

Elle tourne la tête et découvre un grand homme noir. Enfin, pas noir de peau, mais tout de noir vêtu, des pieds à la tête — même la plume sur le grand chapeau est couleur de nuit.

— Et qu'est-ce que je peux y faire ? dit-elle.

Mais il reste impassible, il tourne lentement, très lentement son visage et promène son regard sur la placette et les gens qui y déambulent. C'est un homme qui bouge peu, ou pas, il semble capable de demeurer des heures immobile ; il est grand, il y aurait presque de l'arrogance dans sa façon de porter la tête ; sa barbiche courte, très bien taillée, a la teinte des feuilles mortes que la pluie a commencé de noircir.

— J'aime bien Ussel, dit-il de sa voix lente et douce. Là, tout en haut, se trouve l'une des plus formidables forteresses du royaume de France. J'y suis souvent monté, la vue y est admirable. J'aurais goûté infiniment d'en être le seigneur.

Elle le fixe. Ayant failli se lever et partir. *Écoute au moins ce qu'il te veut.*

Elle se tait.

— Voici une heure, reprend-il, je suis au relais de poste. J'y vois une jeune femme de fort haute taille s'enquérir du prix d'un cheval qu'elle n'a apparemment pas les moyens de payer. C'est une jeune femme très déterminée, comme je ne croyais pas qu'il en pût exister. Voici peu de temps avant, je suis dans une échoppe, pour m'y acheter d'autres gants. Je suis dans l'arrière-boutique à faire essayage, et cette même jeune femme entre, s'enquiert de deux hommes qui sont passés avant elle ce même jour et qui vont à Limoges, et qu'elle voudrait rejoindre.

Il n'a toujours pas bougé. Outre ceux couvrant ses mains, il porte en effet au moins deux paires de longs gants noirs, de première beauté.

— Dois-je vous laisser ?

— Non, dit Catherine-Marie.

— J'avais encore un valet hier. Le maraud est mort de quelque chose, suite à une chute. J'ai trois chevaux. Je ne peux les mener seul. Je pars demain à l'aube. Vous savez monter à cheval ?

— Oui.

— Je rentre chez moi en Espagne mais j'ai affaire à Angoulême, il me convient donc de passer par Limoges. Vous savez soigner des chevaux ?

— Oui. Je serai votre valet, c'est ça ?

Elle peut considérer son interlocuteur tout à loisir, puisque lui-même ne la regarde pas. Il a quarante années et davantage, de la force dans les épaules et les cuisses. Son épée n'est pas de parade, c'est une rapière longue et solide, on gagerait qu'il sait s'en servir au mieux ; et la dague qu'il a sur son autre hanche fait bien plus de vingt pouces. Voici, Catherine-Marie Tête de diable, quelqu'un qui, dans le même moment où tu es très désemparée, rompue, ne sachant à peu près où donner de la tête, te surgit sous le nez et veut justement aller à Limoges où tu veux également aller, pour s'être trouvé, dit-il, en même temps que toi, dans un relais de poste où tu ne l'as pas vu (mais tu n'es pas entrée dans la salle), puis dans une échoppe où l'on vend des atours tout autant que des hardes, et où tu ne l'as pas vu davantage.

— J'aime Ussel et le Périgord, dit encore l'homme, au point que j'ai pensé à y acquérir quelques terres et une demeure, en renonçant à mon pays natal et à tout ce qui faisait ma vie jusque-là. Je le ferai peut-être. Je suis à l'auberge du Troubadour, on m'y connaît pour m'y avoir vu souventes fois. J'en partirai à l'heure des laudes, demain.

Il bouge enfin, il fait deux pas, très lents. Deux pièces tombent sur la jupe de Catherine-Marie. Deux pistoles espagnoles, chacune valant onze livres.

— Je paie toujours d'avance, dit-il. Il vous faudra vous vêtir un peu mieux.

Elle ne touche pas aux pistoles et demande :

— Je devrai dormir avec vous ?

— Je ne dors pas avec mes valets.

Ce soir-là, elle fait emplette d'une jupe, d'un jupon, de bas, d'une chemise et d'une cape. Tout cela presque neuf, quoique la cape soit bien ravaudée. Elle a longuement débattu le prix total avec le fripier, au denier près. Un quignon de pain et du fromage lui tiennent lieu de souper, et encore en garde-t-elle la moitié pour le lendemain matin. Il lui reste seize livres et quatre sols ; elle n'a pas dilapidé sa fortune. Puis, ainsi que l'homme noir lui en a suggéré la possibilité, elle va se renseigner à l'auberge du Troubadour, interrogeant séparément d'abord deux des servantes, puis la maîtresse des lieux, avec cette méfiance qui la porte à toujours penser que trois avis valent mieux qu'un. Mais bon, tout concorde : l'homme noir est bien connu sous le nom de Jean ou Juan Escalante, c'est son huit ou neuvième séjour à l'auberge, le premier remontant à déjà des années. On croit savoir qu'il fait négoce de chevaux, assurément il lui est arrivé d'en acheter ; cela s'est su bien qu'il ne parle guère, c'est un taiseux ; oui, il avait un valet jusqu'à ces derniers jours, dont il paraît qu'il est mort.

Elle va voir les chevaux, s'attendant à les trouver beaux. Elle les découvre superbes. Il y a un grand noir à trois balzanes blanches qui est une pure merveille et doit bien valoir sept cents livres, un genet d'Espagne à la tête busquée, bai cavecé de noir, et enfin un auvergnat à l'éclatante robustesse, qui surpasse (il lui faut bien l'admettre) l'aubère de Pouillou Pattu qu'elle regrette tant.

Elle dort dans l'écurie, se lève aux matines, aiguaie, étrille, bouchonne et panse tout en grignotant son reste de fromage et de pain, est prête pour les laudes qu'elle entend chanter dans la paix de l'aurore. Le jour commence à poindre qu'ils quittent Ussel de conserve, Escalante et elle, sans s'être dit un mot.

Au relais de poste de Meymac, environ quatre lieues après Ussel, elle l'entend demander s'il ne se trouve pas de message pour messire Escalante. Et il y en a un, une lettre cachetée. Qu'il ouvre et lit, puis qu'il glisse dans son pourpoint. Il ne donne aucune explication, bien sûr elle n'en demande pas. Depuis plus de deux heures qu'ils chevauchent, il n'a pas prononcé une seule parole, il semble ne lui accorder aucune attention.

Pas de message à Barsanges, encore quatre lieues plus loin. Mais il ne s'en arrête pas moins à l'auberge, en habitué des lieux, réclame certaine potée aux choux dont il est visiblement friand. Et qui d'ailleurs est très bonne, sauf que Catherine-Marie la mange aux cuisines, et debout. Il ne l'a pas invitée à sa table, s'il a annoncé qu'il paierait ce qu'elle mangerait (au moins l'a-t-il précisé à l'aubergiste).

Et quoiqu'elle s'en défende et s'en fasse reproche, ce silence persistant dans lequel il se tient commence de lui insupporter assez. Mais tu n'es plus une femme, souviens-t'en, tu es un valet.

Un valet avec des tétines et voilà tout.

Il s'est attardé à table, elle l'a vu qui vidait une deuxième, sinon une troisième bouteille de ce vin blanc dont elle a appris à Ussel qu'il le préfère au rouge. Et ce sera l'effet de ce vin, ou celui de la potée, car il se montre d'un coup moins lointain.

— Je te dis tu, on ne voussoie pas un valet.

— Très bien.

— Tu t'appelles ?

Elle dit son nom et ses deux prénoms.

— Tu es d'où ?

Elle le dit aussi.

— Il m'indiffère que tu coures après quelqu'un, un homme ou dix. Je veux simplement qu'il n'y ait pas dans cette poursuite quelque chose qui pourrait nuire à mes affaires.

Elle s'attend, s'attendait depuis la veille à une question de la sorte. Elle a bien réfléchi à la réponse qu'elle souhaite faire.

— L'un des deux hommes m'a volée.

— Il n'y a donc pas de bailli ou de sénéchal dans ton pays ?

Réponse prévue, là aussi :

— Cet homme que je poursuis et moi avons un grave différend.

Elle l'entend rire :

— Je me doutais que ce n'était pas seulement une affaire de sous.

Et cela vient d'un coup, comme la foudre. Le sentiment que l'Escalante ne parle pas pour ne rien dire, et meubler le silence qui jusqu'à ce point a accompagné leur chevauchée. La méfiance de Catherine-Marie, à la seconde, se trouve avivée.

— Je peux t'aider, dit-il. Je connais des gens.

Il avance devant elle, forcément. Puisqu'elle est un valet. Elle monte l'auvergnat et tient le genet par le licou ; elle a derrière elle son propre portemanteau qui n'est pas si épais, et surtout l'un de ceux d'Escalante, qui est notablement plus gros (et dont, le palpant mine de rien, elle pense qu'il enferme au moins une autre épée, peut-être aussi des carreaux d'arbalète, outre des vêtements). Il avance devant et elle a tout loisir de l'étudier, depuis des heures. Il se tient à cheval en homme très accoutumé à cet exercice, très droit, il ne bouge pour ainsi dire pas, mais justement, de cette immobilité presque anormale qui est la sienne émane la sensation d'un danger. Si ce n'est qu'un négociant en chevaux, alors moi je suis une duchesse.

Tu n'aurais pas une petite idée en tête, Catherine-Marie Tête de diable ? Tu n'aurais pas une explication meilleure que celle qu'il t'a donnée, quand il t'a engagée comme valet ?

Oui.

— Et tu es sûre, demande-t-il, que cet homme que tu cherches est à Limoges ?

— Je ne suis sûre de rien.

— Mais tu accours de l'Auvergne. Comme c'est étrange : ce nom de Pouillou ne m'est pas inconnu.

Et je me souviens à présent d'où et quand je l'ai entendu prononcer. Voici quelques jours, je suis revenu de Clermont, où j'ai fait affaire. J'ai soupé et dormi dans une auberge, partageant quelques flacons avec d'autres voyageurs. Ils m'ont parlé d'un homme appelé Pouillou, qui aurait été assassiné et volé.

Il y est enfin venu, ton idée n'était pas si mauvaise.

— Mon père, dit-elle.

— L'homme après lequel tu cours serait mêlé à cet assassinat ?

Elle ne répond pas. Elle avait prévu de raconter qu'elle était lancée dans ses recherches pour des raisons d'argent, en laissant Escalante croire à son intuition : qu'à l'argent s'ajoutait une affaire de cœur. Mais là, les événements la dépassent.

— Qui êtes-vous vraiment ?

Il dresse sa main gauche, puis l'index.

— Viens à ma hauteur.

Elle talonne un petit peu l'auvergnat et l'amène à côté du magnifique cheval noir aux trois balzanes.

— Tu poursuis cet homme parce qu'il a tué ton père, c'est ça ?

Elle hésite.

— Tu as une raison de croire qu'il est l'assassin ? À Clermont, les détails manquaient, je ne sais que très peu de chose. Oui ou non ?

Qu'est-ce que tu risques ?

— Je crois qu'il l'est, dit-elle.

— À mon avis, tu en es sûre.

— J'en suis sûre.

— Cet arc que tu avais hier soir et que tu as démonté mais que tu transportes encore, c'est pour lui ?

— Oui.

— Tu es adroite, à l'arc ?

— Très.

Ils ont dépassé un endroit nommé Pérols qui compte au moins trois maisons, ils arrivent à un autre, où il y a un pont sur une rivière. Le paysage est très beau, même aux yeux de Catherine-Marie qui a pourtant bien autre chose en tête. Elle jette un coup d'œil glissant vers l'homme noir et remarque qu'il arbore maintenant, sur la poitrine, une sorte de gros écu d'argent, large comme une main d'homme, au centre de quoi est gravé un animal (elle ne voit pas de quel animal il s'agit), et qui est porté en sautoir grâce à une chaîne d'argent aussi.

Et elle note du même coup le pistolet d'arçon, à deux pouces de la main gantée qui tient si négligemment les rênes.

Les trois chevaux traversent le pont au tablier de bois, deux paysans occupés dans un champ les regardent passer. On progresse en silence durant quelques minutes encore. La route s'infiltre entre des rochers, gagne une espèce de plateau fort arboré.

L'homme noir arrête son cheval. Si bien que Catherine-Marie, surprise, parcourt encore l'équivalent d'une toise avant de tirer sur la bride.

— Descends de ton cheval, jeune fille.

Tu peux t'élancer au galop mais ton auvergnat n'ira pas loin avant d'être repris. Et il y a le pistolet, en plus.

Elle met pied à terre.

— Retourne-toi.

Elle lui fait face. L'animal en relief sur l'écu est un loup, teint en noir et avec de flamboyants yeux rouges.

— Pas de geste inconséquent, jeune fille. Déshabille-toi.

Elle ne bouge pas.

— Entièrement, dit-il.

— Je crois que vous êtes un reître. Le chef des reîtres.

— Entièrement. À cette distance, je te casse le genou, et au mieux il faudra t'amputer de la jambe. Si tu es capable de ramper jusqu'à ces deux paysans que nous venons de voir.

Elle a laissé sa cape enroulée sur sa selle. Elle

défait les lacets de son casaquin, ôte celui-ci, puis le maillot de laine...

— Envoie-les-moi.

Il les saisit au vol, les palpe minutieusement, les laisse tomber sur le sol.

— Ta chemise.

Les chemises. Elle se défait de l'une et de l'autre, les lui lance de même. Il les fouille aussi, les rejette.

— Jupe.

Les jupes...

... Puis les jupons dans lesquels il trouve évidemment les deux couteaux, dont celui avec lequel elle a éventré le reître blond. Il place les deux armes dans une sacoche derrière.

— Les bas aussi. Tu serais capable d'y cacher encore quelque chose. Et les sabots.

Examen méticuleux.

— Tourne-moi le dos et recule. Lentement.

Elle sursaute quand il la touche, alors qu'elle ne peut plus le voir. Mais il se contente de défaire le gros chignon qu'elle noue avec tant d'adresse. Les longs cheveux croulent, il y passe la main.

Comme si je pouvais y avoir dissimulé un poignard!

Quoique. Je n'y ai jamais pensé, c'est tout. Je n'ai pas peur. S'il voulait me tuer, il l'aurait déjà fait.

Elle se raidit quand, de la pointe de son index, il suit cette cambrure qu'elle a dans le dos, depuis entre les épaules jusqu'à... enfin tout en bas. Il va me prendre, ou me forcer à...

— Tu as un très beau corps, jeune fille. Des tétins admirables.

— Ils sont trop gros, dit-elle sans l'avoir voulu.

— Tu te trompes. Rhabille-toi.

C'est plus fort qu'elle: elle pivote et le regarde. Mais il a détourné la tête et fixe l'horizon. Elle remet ses vêtements un à un, les bas d'abord, comme toujours, elle ne sait pas pourquoi.

— Je cherche moi aussi cet homme, le même, celui après lequel tu cours.

— Qui êtes-vous ?

— Ne t'approche pas de ton cheval, pas encore. Tu veux tuer cet homme ?

— Oui.

— Rien ne saurait me plaire davantage. Mais je le veux vivant. Ensuite je te le donnerai.

— Je n'ai pas besoin de vous.

— Tu as besoin de moi pour rester vivante. Et j'ai, ou du moins j'aurai peut-être, besoin de toi. Sans quoi tu serais déjà morte. Mais tu l'as compris, tu n'es pas sotte.

— C'est lui qui a tué mon père ?

— Je croyais que tu en étais sûre ? Et je n'ai pas la réponse à ta question. Je ne sais pas s'il l'a fait ou non.

— Mais vous le connaissez.

— Depuis plusieurs années. Tu as un différend avec lui, j'en ai un moi aussi, qui n'a nullement à voir avec ton père, et remonte à bien plus loin dans le temps et l'espace.

— Il est capable de tuer ?

L'homme noir rit.

— Je suis moi-même un très grand massacreur, dit-il. Un expert en ces choses. On m'a toujours payé pour tuer. Pas lui. Lui tue pour le plaisir. Pour voler une aumônière avec trois sols dedans.

Elle s'accroupit. Pourquoi les choses ne sont-elles jamais claires ?

— J'ai l'impression que vous me mentez. Et je crois plus que jamais que vous êtes un reître.

— Je suis un reître. Le meilleur qui soit. Je suis homme de guerre depuis que j'ai quatorze ans.

La voix est encore et toujours lente et comme indifférente.

— Une tradition de famille. Mon ancêtre s'est battu pour le pape Jules II contre deux de mes autres ancêtres qui avaient été loués par le roi de France Louis le Douzième. Sept membres de ma famille ont été tués à la bataille de Marignan. Peut-être par d'autres Radtke dont le roi de France François Ier s'était attaché les services.

— Vous vous appelez Radtke ?

— Partout sauf à Ussel où je ne veux pas épouvanter. Si je dois vieillir, je voudrais que ce soit dans ce pays périgourdin, qui a un charme peut-être supérieur à celui de ma Suisse.

— Je vous croyais allemand.

— Je suis suisse, jeune fille. Canton d'Uri. J'ai commandé des armées de mercenaires. J'ai formé nombre d'hommes de guerre et des meilleurs. L'un de ceux qui me ressemblaient le plus s'appelait Gunther. Je les tenais pour mes fils, son jeune frère et lui. L'homme que tu recherches pour te venger, et qui prétend être le petit-fils du poète François Villon, a détourné Gunther, son frère et quelques autres des devoirs qu'ils avaient envers moi. Ce sont eux qui ont tué ton père, sur la demande du prétendu François Villon. Tu as rencontré Gunther, jeune fille ?

— Non.

L'homme noir consent enfin à croiser son regard.

Il ne me croit pas.

— Tu es une femme et tu es seule. Tu as retrouvé la trace de François Villon et tu sembles savoir où il va. Que sais-tu d'autre ?

— Rien de plus. Je ne sais même pas où est Limoges.

Sans cesser de la fixer il retire un rouleau de l'une de ses fontes. Il le lance à Catherine-Marie.

— Déroule.

Elle s'exécute. C'est une carte.

— Tu sais lire ?

Elle pose son index sur un point de la carte.

— Limoges.

Elle cherche Issoire et ne trouve rien. Et c'est alors — *ne tremble pas, ne manifeste rien !* —, c'est alors qu'elle lit le nom.

LA ROCHELLE.

— Quelque chose t'a frappée, sur cette carte.

— Je ne trouve pas mon village. Ni même Issoire.

— Ce n'est pas sur cette carte. Mais autre chose t'a traversé l'esprit.

— La distance, dit-elle. C'est très loin.

— À mon tour de penser que tu mens.

Mais oui, c'est ça, pense-t-elle, je te parle de ce point sur la carte, à côté de ce grand vide où l'on a dessiné des poissons, et tu en sauras autant que moi. *Et tu me tueras puisque je ne te servirai plus à rien.*

Elle achève d'enfiler ses sabots, renoue son chignon, remonte en selle.

— Tu me mèneras jusqu'à lui, que tu le veuilles ou non.

— Vous le voulez vivant afin qu'il vous dise quoi ?

Le fulgurant et formidable coup de patte d'un chat géant que l'on a cru faussement endormi : elle se retrouve la gorge broyée par une pince qui semble d'acier et la main de l'homme noir la couche sur le cou du cheval, la baisse plus encore au point qu'elle se voit déjà jetée au sol.

— Ne joue pas avec moi, jeune fille. Si je ne le trouve pas grâce à toi, tu es morte.

Ils viennent de repartir, ils avancent côte à côte, seul le genet avançant en retrait, et soudain ils surgissent. Six sur chaque flanc, allant à la file, formant deux lignes parallèles à vingt toises de distance. Ne regardant même pas leur chef. Et l'homme noir ne leur accordant aucune attention.

Ils dorment cette nuit-là au relais de poste juste après le carrefour de trois routes, une pour aller au nord, une autre qui conduit vers Brive, la troisième pour Limoges. Les douze reîtres d'escorte ne se montrent pas, les voyageurs du relais ne voient guère qu'un grand cavalier à l'œil bien trop glacé, aux mouvements très lents qui inquiètent par ce qu'ils suggèrent de puissance contenue, à la voix douce dont le ton ne s'élève jamais ; et ce cavalier est curieusement flanqué d'un valet qui est une femme.

Elle effectue une tentative de fuite cette même nuit, bien avant l'aube. Mais elle ne va pas loin, l'ébrouement d'un cheval l'alerte, elle distingue la silhouette d'un reître qui monte la garde, et qui n'est pas seul — elle en découvre un autre.

D'ailleurs, elle a réticence à partir en laissant son arc et ses lames, que Radtke a conservés par-devers lui, dans sa chambre. Il lui a même pris sa bourse avec ce qui lui restait. Qui est à lui, il faut le reconnaître.

Départ au petit jour le lendemain, pour les quinze lieues à couvrir.

— Que sais-tu de Limoges, jeune fille ?

— Je ne sais pas où il est, s'il y est.

Elle parle de François Villon. Qu'elle a un peu de mal à nommer ainsi, c'est un nom trop joli pour une telle engeance ; Smaragdin lui allait mieux. Et puis l'homme noir, enfin Radtke le Suisse, a dit que c'était prétendument le petit-fils d'un poète. Quel poète ? À son couvent, on ne lui a pas parlé d'un poète de ce nom.

— Que sais-tu de la ville de Limoges ?

Rien du tout.

— Je ne savais même pas que ça existait, il y a encore quelques jours.

— Tu as tout de même entendu parler de Paris ?

Et puis quoi encore ? Paris, oui.

— C'est une ville dans le Nord.

— Tu connais le nom du roi tout de même ?

— Non.

Je me rappelle vaguement qu'il s'appelle Henri, mais le numéro, non. Et je m'en contrefiche, en plus.

— Où as-tu appris à lire ?

Dans un couvent, un très petit couvent, avec des religieuses. Peut-être bien qu'elle ne sait pas comment se nomme le roi de Paris, ou pas très bien, mais en revanche, pour ce qui est des Évangiles selon saint Matthieu, saint Marc, saint Luc et autres saint Jean, ça elle connaît. Même qu'elle a lu l'Apocalypse en cachette ; en particulier le Châtiment de Babylone — c'est vraiment comique, surtout l'histoire de la Prostituée Fameuse Assise Au Bord des Grandes Eaux et sur une Bête Écarlate Portant Sept

Têtes et Dix Cornes, je ne te dis pas si ça devait être confortable, comme siège...

Une grande et grosse rivière droit devant, en fin d'après-midi, un pont, une barbacane avec des gardes, et par-delà, les murailles d'une ville. C'est Limoges.

Et pour Catherine-Marie, ses projets secrets sont bibliques, comme simplicité : elle ne sait pas encore comment mais elle va filer, non sans avoir récupéré son arc et ses lames et ses sous. Elle va filer droit sur La Rochelle, qui apparemment est aussi établie au bord des grandes eaux. Il ne me manquerait plus que le Smaragdin-François Villon monte dans une barque et fiche son camp à des dizaines de lieues.

Elle l'aura avant.

Ils chargent les six sacoches d'or sur le mulet et sans perdre plus de temps reprennent la route de l'ouest.

— Tu es déjà monté sur un bateau, Pissarugues ?

Non.

— Ça t'inquiète ?

Non. Enfin un peu. Ils n'ont vraiment pas traîné en route pour revenir du relais d'Ussel à la cachette des sacoches, ils n'en gaspillent pas davantage désormais. Aussi vite que les chevaux peuvent aller, ils piquent droit. François ne croit guère à une embuscade des reîtres, qui sûrement doivent le croire dans l'ouest d'Ussel, très loin. Du côté de Limoges, si ça se trouve, puisqu'il a si soigneusement semé ce faux indice. Dans tous les cas, ils sont forcément sur leur gauche et comme ils ne vont pas vers eux...

— Tu sais quel jour nous sommes, Pissarugues ?

Non.

— Nous avons perdu un peu de temps avec cet aller et retour mais ce n'est pas bien grave. À mon avis, nous sommes le 3 ou le 4, voire le 5 du mois d'avril. Au plus. Cela nous laisse huit ou neuf jours pour être à l'heure au rendez-vous. Ça devrait suffire.

Route au nord, en longeant les monts d'Auvergne laissés à main droite. Il s'agit d'avancer le plus vite possible en évitant les endroits habités. Pas si difficile dans cette région qui n'est guère peuplée.

— De la fièvre me vient, Pissarugues. Je ne dis pas que je touche au but mais bon, je m'en approche. Rends-toi compte : voilà plus de deux années que ce rêve me tient par les tripes.

Route au nord par les chemins de traverse, quand il y a des chemins. Ce sera moins aisé plus loin, se dit-il, quand il faudra mettre cap à l'ouest, mais l'importance de n'être pas vus sera bien moins grande dès que les reîtres ne penseront jamais — même Radtke qui pense beaucoup — à le chercher dans ces parages.

— On contourne, Pissarugues. Oui, même cette chaumière. Je te dis que nous devons être invisibles et d'ailleurs, à compter de dorénavant et jusqu'à par la suite, nous forcerons surtout de nuit, quitte à nous reposer un peu de jour. Ho, Pissarugues, tu m'entends ?

Il stoppe son cheval (qui est très bon, ces gens d'Ussel ne l'ont pas volé en lui vendant leurs bêtes) et descend de selle. Pissarugues est allongé sur le sol et dort. François s'apprête à l'éveiller d'un petit coup de pied amical mais se ravise. C'est vrai qu'il n'a pas les mêmes raisons que lui de brûler d'impatience. Et, somme toute, ils n'ont pas fermé l'œil depuis qu'ils ont fui la cahute sur le bord du torrent.

— D'accord, Pissarugues. Une heure. Bon, disons deux. Mais pas plus.

Lui-même s'allonge, s'éveille en temps voulu à en croire le soleil dans le ciel, il tire l'Ariégeois de son lourd sommeil. Ils repartent.

— Je parle, je parle, je parle, Pissarugues. Je sais bien que je parle trop. C'est que je bouillonne, en dedans de moi, mille idées me traversent la tête en même temps. Tiens, ce rêve que je poursuis. Eh bien, j'en ai d'autres. Et peut-être, celui-là atteint, j'en poursuivrai d'autres. C'est triste, un rêve réalisé, c'est bête à pleurer.

Ils redescendent du plateau de Millevaches, aperçoivent dans le grand lointain une diligence qui file au sud, soulevant une énorme colonne de poussière.

— J'aurais préféré l'autre port, Pissarugues. Mais il nous aurait fallu attendre, peut-être des semaines. Et j'ai assez attendu.

Route toujours au nord. Pour Limoges il aurait fallu partir vers l'ouest.

— Nous contournerons Aubusson par l'est. On ne sait jamais. Radtke est bien capable d'y avoir aposté l'un de ses hommes. Tu veux du jambon, Pissarugues ?

Oui.

Sans ralentir son cheval, il prend l'un des deux jambons accrochés à sa selle et y découpe deux belles tranches.

— Comme je te le disais, La Rochelle me plaisait. Ce sera Saint-Malo. C'est plus loin mais tant pis. Un peu salé, ce jambon.

Elle marche depuis quatre jours dans les rues de Limoges. Elle est suivie et le sait. Et pas seulement suivie, il en est pour la précéder. Ce ne sont pas uniquement des reîtres à faire si étroite surveillance autour d'elle. Le Radtke aura recruté du monde. Tiens, cette femme par exemple, qui feint de regarder ailleurs. Trois fois qu'elle la retrouve à droite, à gauche, derrière ou devant elle. Amuse-toi, ma belle. Je ne sais pas où je vais, de toute façon.

Et je me demande bien ce que je ferais si je tombais par hasard, au détour d'une rue, sur le Smaragdin fils de chien excrément de ribaude sois maudit jusqu'à la trente-quatrième génération. Je n'ai pas d'arme.

La ville, son centre pour le moins, lui est devenue familière. C'est la plus grande qu'elle ait vue. Elle y a tenu conversation avec le plus de gens possible, hommes et femmes, enchantée de constater que chacune des personnes à qui elle a parlé a été dès lors pistée par les agents de Radtke — il croit vraiment qu'il existe une connivence entre Smaragdin et moi, c'est tout de même bizarre, biscornu et carrément excentrique. Sauf si cela veut dire ce que je commence à penser : que le Smaragdin a un trésor, ou un secret, ou quelque chose de très important, que le Radtke veut avoir ou savoir à toute force... et dont le même Radtke aurait des raisons de croire que le Smaragdin et moi l'avons en commun (c'est tellement compliqué, comme raisonnement, que je ne me suis plus moi-même). Autrement dit, Radtke trouve vraisemblable que je sache quelque chose du secret de Smaragdin, avec qui j'aurais plus ou moins partie liée. Et Smaragdin m'aurait trahie et je le poursuivrais pour cette raison ?

C'est fol.

Elle marche, allant en gros du château à la cité. La deuxième où siège l'évêque, la première où se dresse le donjon de la vicomté de Limoges.

L'idée lui trotte dans la cervelle depuis déjà, disons la veille au matin. À force de passer devant, elle a noté la porte.

C'est bien le seul endroit de cette ville où les reîtres ne pourront la suivre.

Elle marche au milieu du marché, se glisse dans la foule. Pour l'avoir mine de rien parcouru déjà cinq ou six fois, elle sait par cœur son itinéraire à venir.

— Ils valent combien, tes navets ?

Elle est à peu près assurée d'avoir décompté tous ses suiveurs et suiveuses. Cinq en tout, dont une femme — et celle-ci d'assez forte corpulence sinon carrément grosse, avec un visage rougeaud très peu avenant, en vérité.

Dernier coup d'œil sur la robuste cale de bois. Il faudra bien qu'elle y arrive.

— J'ai parlé de navets ? Excuse-moi, dit-elle à la

marchande. Je voulais dire des pois. J'en voudrais soixante et onze mille six cent vingt-trois livres.

La marchande la regarde ahurie. *Maintenant.* Catherine-Marie frappe du pied et de toutes ses forces, à s'en casser le sabot. La cale part bel et bien, le fardier commence à s'incliner, une première futaille s'ébranle, les autres suivent, le chargement de six — toutes emplies d'huile — roule encore assez paisiblement, parvient en haut des marches et dès lors, c'est la ruée au travers des étalages, et le désordre subséquent. Pour Catherine-Marie, il y a belle lurette qu'elle a lancé sa propre course. Elle est passée au milieu des éventaires d'osier, elle culbute très délibérément une pyramide de citrouilles, se rue dans le passage étroit dont elle est allée le jour précédent reconnaître l'issue, en ressort, traverse au grand galop les trois salles en enfilade d'une taverne, puis comme prévu l'échoppe du cordonnier, la boutique de mode qui lui fait face, salue deux dames en train d'essayer des jupons, surgit dans la rue de l'Âne-Qui-Chante, l'enfile...

C'est qu'ils courent vite, ces chiens! Et même cette grosse femme au nez plein de poils...

Mais elle arrive à la porte du couvent avec trente coudées d'avance.

— La mère supérieure, dit-elle à la sœur tourière. Question de vie ou de mort.

Elle n'attend pas la réponse, force l'entrée, traverse ventre à terre un fort peloton de converses, puis une petite congrégation de dames de cœur, hurle pour épouvanter un détachement de novices (elle y réussit très bien), écarte avec mille excuses un peloton d'autres nonnes qui en cornette, qui en fronteau, barbette ou guimpe, heurte au contour de la colonne d'un petit cloître la sœur cellerière qui, du coup, en laisse échapper les bouteilles clissées qu'elle devait remonter de quelque cellier...

Je m'oriente assez bien, pour n'être jamais entrée dans ce couvent-ci.

... À preuve qu'elle parvient à la cour de derrière,

y grimpe à l’arbre dont elle n’avait qu’entr’aperçu les branches, se hisse sur le faîte du mur d’enceinte, s’en laisse tomber, dans une ruelle aussi déserte qu’elle l’était à chacune de ses reconnaissances.

Elle marche alors, et sans hâte. Ne va pas te faire remarquer en courant comme une folle, déjà que tu es si grande — mais elle se courbe, plie les genoux, sous sa cape.

Elle est à l’hostellerie au bon endroit et au bon moment, c’est l’heure où l’on mange et tout le personnel est occupé au service. Elle entre par la porte cochère, se glisse dans la deuxième des écuries, escalade un poteau, progresse sur une poutre, gagne le toit, y rampe, touche à la fenêtre, s’assure que la chambre est bien vide, s’y introduit, souffle un bon coup, hésite entre la châsse, la mailloche et le maillet, toutes espèces de marteaux raflés lors de son passage éclair chez le maréchal-ferrant, opte pour le maillet, qui est de bois et en principe ne tuera pas trop. Mais elle prend les deux autres aussi, tu ne sais jamais.

Sur quoi et parce qu’elle entend du bruit sur le palier, elle se coule et s’allonge sous le lit de Radtke.

On la cherchera partout sauf là.

Dix ou douze heures à attendre.

C’est malin, je n’ai pas fait pipi.

Il est rentré, il a parlé, et dans sa langue qu’elle ne comprend pas. Encore heureux, ses interlocuteurs étaient des hommes — des reîtres sûrement —, il n’aurait plus manqué qu’il s’en revienne dans sa chambre avec une femme, pour faire ensemble la bête à deux dos, et elle dessous !

Les deux visiteurs ou agents sont partis. Radtke s’allonge. Elle attend et attend encore, très tourmentée par ce besoin naturel qui ne fait que grandir. Elle guette la respiration, en note le rythme, constate qu’il s’apaise, attend toujours. Un très léger ronflement monte.

Et s'il faisait semblant? S'il te savait là? Et toi tu te redresses, tu t'extirpes, tu viens devant lui et là tu le trouves qui te regarde, yeux grands ouverts...

Le grand poids du dormeur a abaissé les lattes du sommier, c'est toute une affaire que de gagner pouce après pouce, de s'infiltrer sous le châlit entre les goberges, de sortir enfin le nez pour respirer l'air frais jusque-là arrêté par les pans de la courtepointe. On n'y voit goutte dans la chambre, les rideaux sont tirés. À tâtons, elle s'assure que les courtines du lit sont bien closes et va écarter un tout petit peu les rideaux. Elle a le maillet dans la main gauche et, pour le cas où (mais ça lui fait horreur), l'impressionnante mailloche de fer avec son double bec crochu.

J'ai peur.

Elle écarte les courtines d'un mouvement à peine perceptible et dans la grande pénombre découvre le dormeur. Il est presque à plat dos, main gauche sur la poitrine.

Elle frappe, en plein front. Deux fois. Et du maillet.

Radtke ne bouge plus. Comme elle l'a vu faire, elle se décide à poser sa main sur la gorge. Ça bat, il est vivant. Tu ne l'as même pas tué.

Toute sa maîtrise lui revient d'un coup, et le souvenir précis de tous les détails de son plan. Elle allume une chandelle avec le briquet, va chercher ses lames dans une des sacoches, lacère un drap, en fait des lanières, lie bras et jambes aux bases des quenouilles *(je ne le vois pas me pardonner ce que je suis en train de lui faire)*. Il commence à gémir.

Troisième coup de maillet.

Une chemise mise en lambeaux et enfournée dans la bouche, et complétée par une lanière de drap qui fait le tour de la nuque.

Un détail oublié lui revient : elle va à la porte et s'assure que le verrou y est tiré. Il ne l'était pas, que tu es sotte ! Elle le tire et se met à fouiller sacoches et portemanteau. Son propre bissac est là aussi, et l'arc avec son carquois sont en place.

La bourse à présent. Qui ne contient que quelques pistoles et une demi-douzaine de sols. Il a sûrement davantage. Elle reprend sa fouille et trouve — ça tinte — un fort sac de cuir tout empli d'écus d'or, je n'en ai jamais vu autant, il y en a au moins deux cents !

Mais elle n'en prend que vingt, qu'elle compte et recompte pour éviter une erreur. Elle referme le sac non sans y avoir glissé le message qu'elle a si laborieusement rédigé la nuit précédente : AMANDE POUR MAVOIR FÉ METRE TOUTE NU : 20 ÉCUS.

Je me demande si je ne devrais pas mettre un e, à « nu ».

Pas le temps.

Tu n'as rien oublié ? Ah si, la carte. Elle glisse celle-ci dans une des poches intérieures de sa deuxième jupe. Elle sort par la fenêtre. Ensuite le toit, la poutre, le poteau. Dans la cour de derrière, la porte cochère est close et seul un lumignon éclaire l'endroit. Bien assez pour qu'elle puisse forcer avec son coutelas la porte d'un appentis, par quoi elle gagne les cuisines. Elle détache un bon morceau de lard et prend un pain, laissant six livres en paiement.

La petite porte basse sur le côté de la porte cochère n'est fermée que par un verrou. Elle referme derrière elle en partant — il ne faudrait pas que des maraudeurs tirent parti de ce passage. Elle s'avance à pas de loup, dans la crainte de trouver une sentinelle. Et il y en a une, bel et bien. Les fils de chien ont pensé à tout. Elle perd un temps précieux — une heure du matin vient de sonner et le veilleur de nuit a, s'il en était besoin, ânonné son annonce —, guettant le moment propice entre deux allers et retours du garde. Enfin elle détale, encombrée de son bissac et de ses sabots qu'elle a ôtés pour courir sur ses bas.

Les portes de la ville sont closes à pareille heure, mais elle a bien relevé l'endroit des murailles par où, à défaut de pouvoir entrer, on peut au moins descendre. Elle atterrit de près de trois toises sur les fesses, se relève en claudiquant un peu, descend vers la rivière.

Dont elle suit la berge jusqu'à ce petit appontement reconnu du haut des remparts lors de l'une de ses promenades. Trois barques à l'attache. Elle choisit la plus petite et donc la moins lourde, défait l'amarre, vérifie que les rames sont à poste, entre dans l'eau jusqu'aux hanches pour placer l'embarcation dans le courant et hop, elle part. Ledit courant est bon. Mais elle rame, s'efforçant de ne pas trop produire de clapot et pourtant souquant ferme.

Ce qu'elle fait les cinq heures suivantes.

D'après la carte, cette eau sur laquelle elle navigue s'appelle la Vienne et va d'abord à l'ouest avant que de s'en aller au nord, cette buse.

Comme si elle n'avait pas pu me porter directement à La Rochelle !

— Tu m'inquiètes, Pissarugues. Je veux bien que tu aies un peu sommeil mais à ce point...

Le colosse vient à nouveau de tomber de cheval, pour la deuxième fois en quatre jours. Quatre jours pendant lesquels ils ont chevauché mieux que les courriers du roi.

— Antoine, tu n'as pas seulement sommeil, il y a autre chose.

François Villon se penche sur l'Ariégeois et le trouve bien pâle.

— Tu as mal, Antoine ?

Oui.

— Tu as mal où ?

Poitrine.

Le jour vient de se lever, peut-être le soleil, s'il consent à se montrer, dissipera-t-il ce brouillard givrant qui glace jusqu'aux os.

— Repose-toi un peu, Antoine. Je suis bien las, moi aussi. C'est vrai que nous sommes allés comme des diables. À parler franc, je ne serais pas ennemi d'une halte et de quelques heures de bon sommeil.

Il ment. Tout en François Villon le porte au contraire à remonter en selle et à poursuivre sa ruée. D'avoir couvert plus ou moins (plutôt moins que plus, me semble-t-il, mais je n'ai pas une idée très exacte de la distance qui nous reste), d'avoir couvert à peu près la moitié du parcours devrait l'apaiser un peu. Pas du tout. Il faudra bien qu'un jour il amoindrisse cette constante impatience qui le brûle pour toutes choses, qui le pousse à faire en trois jours ce qui à d'autres prendrait un mois ou toute une existence. Tu verras qu'à l'instant de ma mort (à supposer que je la voie venir), mon ultime sentiment sera une très féroce hâte d'avoir confirmation de ce qu'après la vie, il n'y a vraiment rien — ainsi que depuis fort longtemps je le subodore, et contrairement à ce que les pères me juraient.

Il se redresse. Pissarugues écroulé à ses pieds est tout à fait inerte. Sous ses yeux, à quelques dizaines de coudées, un grand fleuve passe avec une majesté puissante et l'ordinaire indifférence de la nature. C'est la Loire.

— Tu m'entends, Pissarugues ?

Pas de réponse. Il sera endormi, voire inconscient. Dieu de Dieu, c'était tout ce qu'il me manquait. La veille, entre Chauvigny et Poitiers, ils ont pour la troisième fois changé de chevaux, vendant et achetant. François pensait pouvoir franchir la Loire au petit jour, c'est manqué. Convaincu de s'être définitivement libéré de la pourchasse des reîtres, il s'était déterminé à ne plus chevaucher désormais que sur les routes royales, au dédain des chemins creux, en sorte de marcher plus vite et plus aisément, de trouver des relais en temps utile, et bien fournis, d'éviter aussi de se perdre dans des combes sans issue, avec obligation de faire demi-tour, comme cela leur est arrivé.

— Pissarugues, mon bon, nous ne pouvons rester où nous sommes. Tu es couché à même la terre, c'est un coup à prendre la malemort, en plus. Et je ne peux pas te porter, en tous les cas longtemps. Tu veux dormir, eh bien, dors.

Du troussequin de sa propre selle, il détache une couverture, la déplie, l'étale puis s'acharne à y traîner les deux cent trente et quelques livres de Pissarugues, pour l'isoler du sol détrempé.

— C'est toujours ça. Une paillasse conviendrait mieux : excuse-moi, je n'en ai point.

L'aube a gagné, on y voit mieux. Autant dire qu'on n'y voit guère qui vaille, sinon des champs, des haies, des arbres et pas la moindre habitation. Selon l'estimation de François Villon, outre d'être sur le bord de la Loire, ils doivent se trouver quelque part entre Saumur et Angers.

— Je te laisse dormir quatre heures et...

Il s'interrompt, une dague de glace ou son équivalent lui enfilant la gorge. Du sang coule de la bouche de Pissarugues.

— Mais qu'est-ce que tu me fais, Antoine ?

Je l'ai pourtant vu tout nu, quand je lui ai administré les onguents achetés à Ussel, je n'ai pas vu de plaie profonde. Et pourtant il saigne.

François Villon est déjà en selle.

— Surtout ne bouge pas, Pissarugues. Je reviens.

Au galop. Il lui faut quelques minutes à peine pour tomber sur une chaumière somme toute coquette, avec des fleurs sur le devant, pour une fois pas trop près de la réserve de fumier. Un couple le dévisage, qui aura la trentaine et déjà quatre enfants.

— Mon ami est là-bas, il est tombé de son cheval. Un écu pour m'aider à le transporter. Deux autres pour le coucher chez vous. Il faut une carriole.

Ils ne sont pas trop de trois pour hisser le colosse sur le plateau d'une gerbière et charroyer le tout jusqu'à une paillasse.

— Deux écus de plus. Et si je ne le trouve pas à mon retour, je serai pour le moins chagrin. Où puis-je avoir un médecin ?

Il se remet au galop droit vers Saumur, y entre à l'heure de la messe chantée, s'y fait donner l'adresse, longe les mâchicoulis et les échauguettes de l'hôtel de ville, force l'entrée d'une belle maison de tuffeau.

Le médecin dit qu'il verra, demain peut-être, ou le jour suivant.

— Nous ne nous serons pas compris et je vous pardonne, lui dit en souriant François Villon. Vous venez sur-le-champ ou je vous tue.

Le médecin examine Pissarugues et dit que, selon lui, ce pourrait bien être une côte enfoncée et cassée, et qui serait entrée dans les viscères.

— Les poumons, dit François Villon qui, dans sa prime jeunesse, avec le père jésuite Teilhard (la Compagnie l'a maintenant envoyé en un pays lointain, le Paraguay je crois), a charcuté deux ou trois cadavres pour voir comment était fait l'intérieur.

Et son propre diagnostic rejoint celui du médicastre. Lequel, pas plus que lui-même, ne sait ce qu'il convient de faire. Du repos. François Villon le paie, il s'en va.

— Pissarugues, tu m'embarrasses énormément.

Il hésite encore une heure et pour s'occuper il mange, la paysanne lui sert une soupe qui est très goûteuse. Ces gens s'appellent Mazé, ils ont bonne figure. Pourquoi suis-je toujours ébahi de rencontrer de la gentillesse ?

Oui, les Mazé garderont Pissarugues, le soigneront de leur mieux. Non, ils ne veulent pas tant d'écus, ils sont déjà largement payés par ce qu'il leur a donné.

Deux heures plus tard, après midi sonnant, il passe la Loire par les ponts de Cé. Il change une fois de plus de monture. L'alezan qu'il prend a du feu.

Lui aussi.

Il sait bien sa route : Candé, Châteaubriant et Rennes, puis droit devant, plein nord jusqu'à Saint-Malo-de-l'Isle. Le temps qui lui reste est court. Mais cela peut se faire et donc sera fait.

Et il lui faudra revenir quérir Pissarugues. Bon, c'est la vie.

·

Sitôt que l'aube a commencé de poindre, et même un peu avant, elle a fait terre et glissé sa barque sous des branches. Prenant bien soin d'aller en couper d'autres, de ces branches, pour être mieux encore dissimulée. Elle a mal au dos, aux cuisses et aux pieds, et en somme c'est fort simple : elle a mal partout sauf aux oreilles. Elle n'a pas cessé de ramer pendant quatre heures — un clocher quelque part, voici peu, a sonné la cinquième heure du jour. Elle mange un peu de lard, un peu de pain. Pour boire, ce n'est pas l'eau qui manque, quoique cette rivière-ci ait un net goût de pisse, ce n'est pas l'Allier (où elle a fait bien des promenades et où aussi, au grand dam des gens du lieu, elle s'est baignée toute nue).

Dernier coup d'œil pour vérifier que quelque reître n'approche pas en tapinois et elle s'endort. Des voix l'éveillent et la mettent en alerte. Sa première flèche est déjà encochée qu'elle n'a pas tout à fait encore ouvert les yeux. Mais non, ce ne sont que des bateliers. Dont un, ma foi, qui est charmant, avec ses jolis cheveux sur la nuque et les épaules, et une bouche appétissante, tu en as les tétines qui se raidissent, tu es vraiment impure, Catherine-Marie, la première paire de chausses qui passe te jette en émoi, tu n'es pas normale.

... Déjà avec le grand reître blond qui a bien failli te prendre que...

OUBLIE-LE, celui-là !

Les bateliers défilent à dix toises d'elle, ils sont à bord d'une bélandre, une espèce de chaland tout surchargé de ballots couverts de toile. Ils manient des perches, une gaffe, une longue rame par quoi ils gouvernent. Ils sont nonchalants ; si ce sont des reîtres, alors pardon, ils sont matois. Mais ils s'éloignent et elle ne croit pas qu'ils l'aient vue.

Un tout petit peu de soleil au travers du feuillage. *Et si tu te lavais, tant qu'à faire ?* Elle se met nue et coule dans l'eau qui n'est pas tant tiède, et à la vérité pas mal fraîche. Elle se frotte, sans bruit, tendant l'oreille et le regard en coulisse, elle s'allonge, lissant longuement ses cheveux qu'étale le peu de courant subsistant dans cette sorte de bras mort de la rivière.

Retour dans la barque. Elle a faim mais retarde l'heure de son repas, pour économiser ses provisions. Elle déploie la carte volée au Radtke. La Rochelle est bien écrit, pas de doute et, vers l'ouest, ce morceau de la carte où l'on n'a porté aucun nom mais seulement dessiné des poissons doit être la mer. Ça a l'air foutument grand. Cent lieues peut-être bien. Une vraiment grosse rivière, dont je me demande bien où elle coule (si elle ne déverse nulle part, pourquoi elle ne monterait pas en noyant tout après les fortes pluies, il faut être logique).

Un petit morceau de pain et une fine lamelle de lard. Elle s'endort, après un nouvel examen des alentours. Elle se rendort, s'éveille au crépuscule, attend qu'il fasse encore un peu plus sombre, dégage doucement sa barque de la cache, la mène dans le cœur du courant et se met à ramer. Si la foutue rivière tourne trop à droite, n'oublie pas de t'arrêter de ramer, sans quoi tu irais au nord.

Elle pense au batelier avec son œil glissant de voleur de pommes.

Ce qui lui donne des idées.

Comme tu es impure! Les bonnes sœurs avaient bien raison.

Elle chantonne, très en sourdine. D'abord *L'Amour de moi*, puis quelque chose de plus allègre et qui rythme la cadence de sa nage. Elle en vient à *La Tourterelle bleue*, la chanson de Pouillou Pattu qui n'est vraiment pas pour les jeunes filles. Elle adore, c'est le refrain surtout qui la ravit: *Ô ribaudes et damoiselles / Voici venir Pouillou Pattu, / Tel un grand aigle à tire-d'aile / Il vous en mettra plein le...*

Il n'y a pas tant de rimes en *u*, si tu penses, il n'avait pas le choix.

Elle rame, des villages se succèdent, sur sa gauche et sa droite. Elle passe le pont de Saint-Junien (le bourg est sur sa gauche), qui est éclairé et où des archers du guet guettent on ne sait trop quoi. Le courant se fait bien plus fort, suite à l'apport d'une autre rivière à main gauche, puis d'une seconde sur le même côté. Elle n'a plus guère besoin de tirer sur ses rames, sinon pour empêcher la barque de s'écarter.

Le deuxième pont dont elle sait qu'il existe se montre dans les deux heures avant l'aube. Elle craignait de n'y arriver qu'avec le jour, mais non, ça va. Elle glisse silencieusement sous le tablier, rames rentrées et elle-même tout aplatie, en raison de gens qui se trouvent au-dessus et parlent. Ces tremblotantes lumières qu'elle voit en se retournant doivent être, et sont sûrement, celles de Chabanais. Le village suivant, toujours d'après la carte, est Exideuil, il s'y trouve une traille, autrement dit un bac guidé d'une rive à l'autre par une grosse corde. C'est là qu'elle doit débarquer, pour ne pas aller au nord.

Sauf que le ciel se couvre et que la nuit est noire, alors pourtant que le jour est bien près de se lever. Sauf que la pluie se met à tomber, immédiatement très drue. C'est à ce point qu'elle ne distingue même plus les bords de la rivière. Comment savoir si elle va à droite ou à gauche, si la foutue même rivière fait ou non le grand coude dessiné sur la carte ? Elle n'y tient plus et se met à ramer furieusement. Peut-être croit-elle voir, un court instant, comme un filin au-dessus de sa tête. *Tu débarques, un point c'est tout.* Un petit choc l'avertit de ce que l'étrave a heurté quelque chose. Elle plonge l'une de ses rames à la verticale, trouve le fond à deux coudées environ. Juste ce qu'il faut. Elle passe par-dessus et s'immerge. Jusqu'à la taille. Dès lors elle tire la barque. L'orage tonne, des éclairs zèbrent le ciel, c'est à la lumière de l'un d'eux qu'elle aperçoit, à trente toises de là, l'amorce d'un ruisseau roulant pour l'heure des eaux bouillonnantes. Elle marche dans sa direction, prenant grand soin de demeurer elle-même suffisamment enfoncée sous la surface de la rivière pour ne pas risquer de laisser des traces. Les éclairs se succèdent et ainsi peut-elle se diriger — la foudre tombe vraiment très près. Elle pense être à peu près sortie de la Vienne. Par moments, tout à fait à tâtons, et n'ayant le plus souvent d'autres repères que la hauteur de l'eau en haut de ses cuisses, elle progresse, trouve un arbre dont les branches la dominent. Elle y suspend l'arc, le carquois, le bissac et ses sabots liés entre eux. Et sa cape, qui pèse trois fois son poids ordinaire tant elle est imbibée.

Retour en arrière, elle revient vers la Vienne en poussant la barque, elle entre dans la rivière et doit y nager, n'y ayant plus pied. Elle place la barque dans le courant, la pousse de toutes ses forces.

Elle se retourne et repart à la nage... et découvre qu'elle est perdue. Le ciel redevenu noir a cessé ses foutus éclairs. *Où est cette saleté de ruisseau ?*

D'accord, elle peut retrouver sous ses pieds le fond, mais celui-ci est gluant, elle s'y enfonce à chaque pas, il l'aspire, tandis que le courant la presse. *J'ai nagé en ayant le courant sur ma droite, pour m'en revenir je dois donc le garder sur ma gauche.* Elle cesse de marcher, sentant l'épuisement qui la gagne, et nage, de temps à autre plongeant une jambe pour être sûre qu'elle va vers la berge. Elle ne voit pas à une coudée de son nez. Un peu d'affolement lui vient, qu'elle réprime avec une fureur sauvage, tu es Tête de diable Pouillou, nom de Dieu !

Elle manque de hurler : sa main lancée en avant s'est refermée sur une chose cylindrique et mouvante. Un serpent ! Ce n'est qu'une racine que le mouvement de l'eau fait onduler. Elle s'y agrippe, quasi haineuse, et se hale dessus. La voilà sur des racines plus grosses. Elle y grimpe, ses pieds trempant encore dans la rivière et le gros chuintement de celle-ci accompagné du crépitement de la pluie.

Tu ne bouges plus de là tant qu'il ne fera pas un peu jour, ne t'en va pas laisser des traces partout.

Un temps incroyablement long s'écoule. Elle claque des dents et tremble de tout son corps. Elle rechante *La Tourterelle bleue.*

Et l'aube lui apprend qu'elle se trouve à deux cent

cinquante toises pour le moins de l'arbre auquel elle a suspendu ses hardes. En amont.

D'accord. Et il pleut toujours, en plus, bien que plus finement. Elle redescend dans la rivière et entreprend de la remonter. Une heure ou peu s'en faut, pendant laquelle elle se sent aussi en vue qu'une mouche sur du lait. Mais elle réussit à s'engager dans le ruisseau, large de six ou sept pieds à cet endroit, décroche l'arc, le carquois, les sabots, le bissac et part vers l'intérieur, encore une fois s'attachant à ne marquer en rien les bords. Elle avance sous un couvert de hêtres, tenaillée par une faim dévorante, que ne calment pas les grandes goulées d'eau boueuse qu'elle avale.

Aboi d'un chien sur sa droite, d'où justement provient le cours principal du ruisseau. La hêtraie se fait moins dense et au travers de la herse des troncs et du tamis des feuillages, il lui semble voir une construction.

Elle appuie sur sa gauche, cette branche-là du ruisseau n'est plus qu'un filet d'eau. Elle en sort, grimpant dans un arbre et ne retrouvant le sol que vingt pieds plus loin. Elle commence dès lors à laisser des traces mais qu'est-ce qu'elle peut y faire ?

Pause deux bonnes heures plus tard seulement, alors qu'il pleut toujours. Elle mange, avec sa parcimonie ordinaire, à ce point tremblante de froid qu'elle s'entaille un doigt en essayant de couper sa tranche de lard aussi fine que possible. Elle se remet en route après une très brève halte, mettant le terrain à profit : sous ces arbres, elle estime peu risquer d'être vue. Dans l'après-midi, elle arrive en vue d'une ferme bien plus importante que les trois autres qu'elle a contournées. Elle se tapit et observe, compte les gens qui y travaillent, six femmes, cinq hommes et neuf enfants. Et trois chiens. Sales bêtes.

Ce n'est qu'au prix d'un long détour, d'une approche très précautionneuse, et profitant de ce que les chiens viennent d'être appelés à manger (tu parles d'une ferme où même les chiens se voient servir à souper ! qu'est-ce qu'ils sont riches !), qu'elle se glisse dans une grange. Au moins y est-elle au sec. Elle s'endort dans de la luzerne séchée, qui sent merveilleusement. Elle s'est défaite de tous ses vêtements détrempés et a enfilé la chemise et le jupon de rechange, un peu moins humides puisque protégés par la grosse toile du bissac.

Les chiens hurlent et se déchaînent le lendemain avant l'aube, quand elle file. Mais elle regagne le couvert avant qu'un quelconque occupant de la ferme ait pu la surprendre. Autre fine tranche de lard, autre (très petit) morceau de pain. Elle marche ce jour-là sans discontinuer vers l'ouest, elle passe quelques heures de la nuit suivante dans ce qui a dû être un abri de chasse pour des ducs ou des comtes — il reste un peu de vin dans l'une des vingt ou trente bouteilles jonchant le sol, et elle le boit, il est légèrement aigre —, laisse passer une troupe de laboureurs presque aussi crottés qu'elle, évite quatre autres fermes, trois masures, les abords d'un château (à ses yeux c'est un château, même qu'il y a deux étages)...

... Et tombe sur les reîtres.

Mais tu t'y attendais, non ?

N'empêche : c'est dur.

Le Smaragdin doit sûrement être à se goberger à La Rochelle, qui plus est.

Il est à Saint-Malo-de-l'Isle. Il n'y est jamais venu. Il y a ainsi des villes ou des contrées, en Europe, où je n'ai pas encore posé le pied : qu'elles ne m'en veuillent pas, on ne peut pas aller partout.

Il voit Saint-Malo et n'en pense pas grand-chose. Il faut avoir la tête bien folle pour s'aller construire une ville sur un rocher qu'à première vue François Villon estime de l'étendue d'un jardin de Paris. Et ce rocher dépasse à peine de la surface de la mer ; pis encore, il n'est relié à la vraie terre ferme que par une langue de sable que la mer recouvre à sa convenance. Mais la marée est basse et il peut, de

Saint-Servan, suivre tant bien que mal un chemin fort précaire, constitué de ponceaux en planches glissantes, sinuant au travers d'une étendue de sable et surtout d'une vase puante, parcourue de rus glouglou-tants.

Sur une indication qu'on lui donne, il longe par le bord de mer la muraille nord du château à quatre tours et pénètre dans la ville proprement dite — il y aura cinq ou six âmes — par la porte Saint-Thomas. Il passe devant la douve et la courtine à porte unique et hersée de la forteresse, contourne la masse presque aussi imposante de la cathédrale de granit. Il s'enquiert de la Grand-Rue, on la lui indique, mais le nez trop en l'air, il s'égare un moment dans cet extravagant entrelacs de maisons de bois à pignons tout secs avançant sur les porches, dès lors que les deux ou trois étages de la plupart viennent en encorbellement ; ce qui accentue encore l'extrême étroitesse des rues qu'un Pissarugues boucherait entièrement sans guère élargir ses épaules. Il est même contraint de se suspendre à un balcon pour laisser le passage à une futaille qui vous sent le vin clairet à pleines narines.

— C'est que je ne suis pas La Lancette Jacques, dit l'homme à la taie sur l'œil gauche. Je suis La Lancette Hervé. Son frère. Vous avez certainement entendu parler de mon grand-oncle.

— Pas récemment, dit François Villon.

— Il est mort en l'an de grâce 1557, dans un abordage, avec quatre-vingt-sept de ses hommes. Et vous êtes, vous... ?

François sort la lettre. D'accord, elle est en triste état pour avoir navigué dans un torrent auvergnat, mais on lit encore le nom du signataire.

— C'est bien votre frère ? Pour moi, mon nom est quelque peu effacé, mais je suis François Villon. Vous avez certainement entendu parler de mon grand-père du même nom.

— Pas du tout, nenni, répond l'armateur, qui déplace la taie pour se gratter la paupière ; son œil gauche se révèle en parfait état. Si vous me disiez ce qui vous amène ? Je ne peux lire cette lettre.

L'endroit où sont les deux hommes est l'une des plus agréables maisons de la Grand-Rue de Saint-Malo-de-l'Isle. On voit bien que le toit est fait de chaume, mais la pièce servant de bureau s'ouvre au-dehors par deux fenêtres grandes comme des verrières — et si proches de celles de la maison d'en face qu'avec une seule servante on doit pouvoir les faire laver les unes et les autres.

— Embarquer, dit François Villon. Cette lettre dit, ou disait, que réservation était faite pour quatre passagers, à destination de la Nouvelle-France.

— Sur quel bateau ?

— *La Belle-Poule*, qui part dans deux jours.

— Qui partait, dit La Lancette Hervé.

— Elle ne part plus ?

— J'en serais très surpris. Elle a coulé voici deux semaines.

... Et non, il n'y a aucun autre bateau en partance pour la destination prévue. On ne va pas toutes les semaines, ni tous les trimestres, dans des endroits aussi lointains.

— Vous n'êtes pas le seul armateur de Saint-Malo.

— Les Pépin arment un navire mais il ne sera pas prêt avant le mois d'août, au mieux.

— Absolument rien d'autre ?

Rien. Bien entendu, La Lancette Hervé se tient disposé à rembourser les sommes versées à Paris par François Villon à son frère.

— Dès maintenant, si vous le souhaitez.

— Dès maintenant.

François Villon reçoit les cent vingt écus de six livres, soit la somme versée à La Lancette frère, à Paris — cette partie-là au moins de la lettre est lisible. Il y a du bon et du mauvais dans la nouvelle qu'il vient d'apprendre. Le bon est que *La Belle-Poule* ne soit pas allée par le fond avec nous à son bord, ce n'est pas négligeable; et puis il se préoccupait de savoir comment il allait retrouver Pissarugues et le conduire à Saint-Malo-de-l'Isle avant la partance, en faisant retarder celle-ci; eh bien, l'affaire est entendue. Il salue l'armateur La Lancette Hervé et s'en va par les ruelles malouines et leurs degrés — enfilades d'escaliers. Il hume à pleins poumons les odeurs d'épices et de goudron, les senteurs marines, les effluves des vins d'Aquitaine et d'Espagne, tout cela comme ourlant les deux remugles principaux: celui de la vase et celui des corps humains — dans cet univers clos, les Malouins et Malouines ne sentent pas la rose. François le constate: il fait la tournée de toutes les auberges et de tous les endroits où pourraient se loger des voyageurs de passage. Son associé n'est nulle part, avec sa fillette. Ce n'est pas si étonnant, il lui avait bien dit qu'il ne croyait guère en ses chances d'être ici avant le 15 du mois d'avril, et même avant le 20; au point qu'ils étaient bien convenus de ne pas partir ensemble.

Il trouve une chambre dont la fenêtre unique s'ouvre sur la tour Solidor de Saint-Servan et obtient un baquet d'eau pas trop saumâtre pour ses ablutions; il mange des huîtres de Cancale et du poisson mariné, il dort et à son réveil la Grande-Porte est fermée. Dans la nuit les chiens du guet, des dogues d'Angleterre, battent la grève déserte sous la lune. Il ressort, va vider deux flacons de rouge de Gascogne et pour faire bon poids un grand pichet de vin d'Espagne, il mange à nouveau des huîtres et deux livres d'une pièce de bœuf, il va dormir encore et, dès que les portes de Saint-Malo se rouvrent, il reprend la route au sud.

Ce faisant il se fait remarquer par un reître.

Mais bon, il l'a vu aussi.

Elle s'accroupit, puis s'allonge carrément dans la boue. Le reître est à cinq toises d'elle, sur son cheval, immobile, pour un peu elle lui marchait dessus. Entre elle et lui, la mince épaisseur d'un fourré. L'homme a dû entendre du bruit car il tourne la tête et regarde dans sa direction à elle. Qui, avec des lenteurs serpentines, fait glisser l'arc de son épaule pour l'amener devant elle, dans le même temps qu'elle retire une de ses sept flèches du carquois.

Mais elle est contrainte d'interrompre son mouvement : l'arc est bien trop grand pour être allongé, droit ou à l'horizontale, sans froisser le feuillage qui la dissimule.

Il m'a vue ou non ?

À l'aube de ce même jour elle a traversé, poussant devant elle un petit radeau fait de quelques branches, une assez grosse rivière dont la carte lui a appris qu'elle se nommait la Charente. Ensuite elle savait devoir trouver...

Il ne m'a pas vue et, s'il reste où il est, ne me verra pas.

... Devoir trouver une grand-route, celle allant d'Angoulême à Poitiers. Eh bien, cette grand-route est là, un peu devant et à main droite, à une trentaine de pas. Une diligence y est passée alors que Catherine-Marie se trouvait encore à distance, puis deux carrosses allant de conserve, et des gens à pied, dont une petite troupe de bateleurs derrière un chariot tout rapiécé mais de couleurs très criardes. La chaussée de terre, qui n'est pavée que par endroits, est maintenant déserte, si l'on excepte une colonne de poussière dans le lointain, au nord.

Elle reporte son regard sur le reître qui continue de fixer ces buissons où elle se cache — il porte en travers de sa selle, devant lui, une arbalète sur laquelle un carreau est prêt à être tiré.

Sifflement, arrivant de la gauche. De la corne du bois que Catherine-Marie a parcouru, et dont elle vient à peine de sortir. Un deuxième reître apparaît, à cheval lui aussi. Il parle au premier dans leur langue gutturale et incompréhensible. Et un troisième cavalier se montre, qui approche sans se hâter des deux autres. Les voici à se concerter. Et leurs gestes annoncent leurs intentions : ils vont se disposer en ligne et fouiller le bosquet où elle est tapie.

Tu as une idée de ce que va te faire le Radtke après tous ces coups de maillet que tu lui as flanqués sur la tête, Catherine-Marie ?

N'y pense pas.

Nouveau coup d'œil sur la grand-route. Il y passerait une diligence qu'elle y sauterait, ou essaierait de s'y accrocher. Ce serait pour rien : ces trois fils de chien sont à cheval et auraient tôt fait de lui remettre la main dessus ; ce ne seraient pas le postillon et les passagers de la voiture qui iraient la défendre contre trois reîtres patibulaires.

Les trois hommes à cheval échangent encore quelques mots, ils rient, ils commencent à se déployer pour s'aligner.

J'y vais.

Elle se redresse, bien visible, prend le temps de brosser son casaquin et sa jupe et se met à marcher tranquillement. Droit vers eux.

— Ce n'est vraiment pas de chance, dit-elle. Vous arrivez au plus mauvais moment.

C'est sa tranquillité même qui les déconcerte. D'autant qu'elle refait son chignon tout en marchant sur eux.

— Vous surveniez juste un peu plus tôt, vous me preniez. Mais maintenant...

Interdits, ils le sont. Au premier instant, ils ne bougent même pas. Elle passe à sept ou huit pieds du cavalier central et lui sourit, tout en défaisant l'échancrure de son casaquin et celle de sa chemise en dessous, en sorte que les renflements de ses tétines sont on ne peut mieux en vue.

L'un d'entre eux, le plus à gauche d'elle, fait virevolter son cheval. Au petit trot, il entreprend de se porter à la hauteur de Catherine-Marie.

— Vous connaissez Bertrand, mon cousin issu de germain ? Je vais vous le présenter.

Elle arrive à la route et n'a que peu à attendre :

l'officier qui avance à cheval à la tête de son peloton de soixante ou soixante-dix hommes n'est pas si loin.

— Bertrand, mon cousin issu de germain, est en retard, c'est vrai. Je l'attends depuis le milieu de la matinée.

Elle écarte les bras, formant le plus large (et séduisant, du moins l'espère-t-elle, mais comment séduire les hommes n'a jamais été de ses préoccupations) sourire.

— Bertrand ! Tu en as mis un temps !

J'aurais pu plus mal tomber. Sans être beau, il n'est pas repoussant. Je ne déteste pas ces grands bonshommes secs. Dommage qu'il ait des moustaches. Quoique.

L'officier arrive à sa hauteur et, Dieu merci, il y a un sourire amusé dans ses yeux noirs. Elle lui lance son bissac.

— Prends-moi ça, tu veux ?

Il sourit, se penche bel et bien pour se saisir du long sac de toile. Mais ce faisant il souffle :

— Des ennuis ?

— Ils veulent juste me forcer et me tuer. Vous êtes mon cousin Bertrand.

— Ma très chère cousine ! s'exclame-t-il, d'une voix qui doit le faire entendre jusqu'à Issoire.

Il arrondit son bras, elle s'y accroche, il la hisse, elle se hale, et la masse du cheval aidant, elle se retrouve à califourchon derrière lui.

Qu'est-ce qu'il sent l'ail !

Les reîtres ont immobilisé leur monture, perplexes. Bande de chiens, je vous ai eus. Ils ne font pas mine de suivre : soixante ou soixante-dix soldats, c'est un peu trop pour eux trois ; il y en a un qu'elle reconnaît pour l'avoir déjà vu deux fois ; un coup dans ce groupe de sept cavaliers qui l'a conduite à la gorge et donc au Smaragdin (avant que cet excrément de ribaude ne saute dans le torrent où elle a fait plouf aussi), un autre coup à Limoges où il faisait la veille.

— Tu veux que je les fasse un peu tuer, cousine ?

Elle hésite. Ce serait une riche idée, ils ne pourraient plus alerter le Radtke. Mais l'officier éclate de rire :

— Je badinais. On ne peut même plus tuer les gens tranquille, de nos jours. Il y aurait des âmes chagrines pour m'en faire reproche. Et elle s'appelle comment, ma cousine ?

Elle le lui dit.

Qu'elle soit une Pouillou lui plaît, dit-il. C'est un nom presque de chez lui. Il est navarrais, ce qui veut dire du pays de Navarre.

— C'est en France ?

— Même que notre roi est devenu roi de France. C'est en France depuis vingt ans.

Ou mieux encore, selon lui, c'est la France qui est devenue navarraise. Il est béarnais, quasiment natif de Pau comme le Vert-Galant (Catherine-Marie ne sait pas du tout qui est ce Vert-Galant, sans doute un ami à lui), est soldat depuis 1580, bientôt trente ans. Il a suivi son roi, à douze ans il était de la prise de Cahors, de la victoire de Coutras où il a aidé à tuer le duc de Joyeuse, chef de ces chiens de catholiques...

— J'étais huguenot, alors.

— Je ne sais pas ce que c'est.

— C'est la vraie religion. Mais je me suis fait catholique en même temps que mon roi. Tu es catholique ?

— Qu'est-ce que j'en sais, moi ? Les bonnes sœurs ne m'ont jamais parlé de deux religions.

— Si tu étais chez les sœurs, tu es catholique. Tu allais à la messe, non ? Tu es catholique.

Très bien, se dit Catherine-Marie que cette révélation ne foudroie pas particulièrement. Elle a passé ses deux bras autour de la poitrine de l'officier, en a profité pour palper un peu *(parce que tu me diras ce que tu veux, un homme, c'est intéressant, je ne m'en étais pas rendu vraiment compte jusqu'à ces derniers temps, mais à présent, ça me frappe — si on peut appeler ça frapper. Un homme, ce n'est pas bâti comme nous; quand c'est bien fait, c'est dur, c'est musclé, c'est fort, tu ressens la puissance; à un ou deux détails près, c'est comme de monter un cheval de bonne race).* Eh bien, cet officier-là n'est pas mal du tout. Il a des épaules larges, pas de graisse sur le ventre, le moindre de ses mouvements fait rouler des cordes de fer dans son dos et son buste entier; et tout cela sec. C'est bien.

... Ensuite il a été du premier siège de Paris et n'a pas encore compris pourquoi deux rois, celui de Navarre et l'autre de France, étaient contraints de faire la guerre pour entrer dans la capitale de l'un de leurs deux royaumes. Il s'est battu à Arques, il a pris la pâtée à Ivry — on ne peut pas gagner tout le temps —, il est entré dans Paris, et étant devenu catholique dans l'intervalle, y est allé à la messe, ce que ne font pas ces chiens de huguenots. Sous Biron, il a écrasé — nous étions neuf cents, ils étaient deux mille — l'armée du duc de Mayenne et des Espagnols; on l'a après cela envoyé mater des ligueurs en Bretagne; il a repris Amiens aux Espagnols; voici deux ans France et Navarre ont été réunies...

— Et moi je rentre chez moi, dans mon Béarn. Je suis le capitaine Darrieumerlou, mon roi m'a donné un assez beau lopin de terre, j'ai une rente de trois cents livres l'an, j'ai reçu seize blessures, je vais me marier et me faire trois ou quatre fils, plus une fille pour veiller à mes vieux jours. Tous ces hommes avec moi m'ont suivi depuis des années. Ils sont de Béarn eux aussi. Ma compagnie est dissoute, ou le sera quand nous serons à Pau. Tu as de très beaux tétins, ils m'ont quasiment crevé l'œil, outre que tu as la taille sacrément bien prise et de bien belles dents. Tu es ribaude? Une catin?

Et puis quoi encore? Elle s'en étouffe d'indignation. C'est vrai que son nom de baptême, Catherine, prête à la confusion. C'est de Catherine que l'on a fait cato ou catau, et puis catin

— Je te fais excuse, dit le capitaine Darrieumerlou.

Le temps s'est établi au beau, il y a un peu de printemps dans l'air ; des fortes pluies de l'avant-veille et des jours précédents, il ne reste que de la boue, et le grand parfum de la terre. Quant à ce dernier, il rappelle l'Auvergne. La voici toute nostalgique. Qu'est-ce que je fais ici sur cette route, à cent cinquante mille diables de mes volcans, à courir poursuivie par des mercenaires de Suisse, et mon ventre un peu trop appuyé contre le dos d'un capitaine de gardes-françaises qui voudra me sauter à la première occasion ?

Elle prend, c'est vrai, du plaisir à fortement écraser ses tétines contre les reins du Darrieumerlou — *tu es toujours aussi impure.*

Mais c'est façon de t'en faire un allié, tu n'as pas tant le choix. *Enfin, ça t'arrange de le croire.*

Elle se retourne. En premier plan sur plusieurs files, qui à cheval qui à pied, les soldats aux gardes-françaises ; lesquels ne se privent pas de lorgner sur le bas de son dos, et ricanent.

Et à distance mais pas si loin, suivant sur leurs chevaux, les reîtres. Ils sont deux. Assurément le troisième sera parti aviser Radtke.

Qui à son tour, sous réserve qu'il ait menti en soutenant qu'il existe de l'inimitié entre eux, fera avertir le Smaragdin.

Il y aurait bien un moyen de me tirer de là mais...

Quoique.

Sitôt qu'il a aperçu l'espion, il a, dès Saint-Servan, fait route à l'est. Vers le Mont-Saint-Michel. Un temps de trot tranquille, pour feindre la nonchalance et, tout autant qu'il se peut, donner le sentiment qu'il va décidément au nord bien plus qu'à l'est. Il attend que l'endroit soit à sa convenance puis quitte de quelques pas la route côtière qu'il suivait, fait reculer son cheval, se tapit, s'apprête, attend. Le reître ne tarde pas. C'est un homme fait, de peut-être trente-cinq ans, râblé. Le couteau à lancer lui entre dans le flanc gauche. Il tombe de cheval. François Villon attend encore, pour le cas où ils auraient été deux, mais non. Il sort de sa cachette, va quand même jeter un coup sur le chemin de Saint-Malo-de-l'Isle, n'y voit personne.

— Tu étais seul ?

L'homme a essayé d'armer son arbalète, un coup de pied l'en a dissuadé. Il grommelle quelque chose dans son jargon. François lui sourit.

— Voici ce que nous allons faire, dit-il. Si tu ne te souviens pas que tu sais une langue connue en dehors de ton canton d'Uri, je vais t'apprendre un tour des plus divertissants. En premier lieu…

Il fait ce qu'il dit.

— … En premier lieu, je te mets ton ventre tout nu. Mais tu connais peut-être ? Je crois que tu connais. Radtke ton chef l'a peut-être bien exécuté lui-même. Moi, je le tiens des Espagnols. Je reprends donc mon couteau…

Il retire sans trop de ménagement la lame enfoncée de cinq bons pouces et cela saigne abondamment, il y a même un raclement d'os.

— … Et j'incise. En croix. Comme ceci. Tu ne sais toujours rien d'autre que ton suisse allemand ?

— Parler français, dit l'homme, qui n'a pas peur mais ne veut pas mourir, pas de cette façon en tout cas.

— Tu étais seul ?

— Seul.

— Je vais décidément ouvrir un peu plus ton ventre, jusqu'à ce que je voie tes entrailles.

— Être deux.

— À la bonne heure. Où est l'autre ?

— Partir.

Prévenir Radtke de ce que je suis à Saint-Malo ?

Ja.

— Où est Radtke ?

Pas savoir.

— Ne me fais pas rire. Ton camarade est allé le voir. Vous savez donc où le joindre. Je vais couper tes viscères, tout au bout en bas. Je vais tirer un peu pour le sortir de ton ventre. Je vais caler cette partie de toi sous cette grosse pierre...

— Poitiers, dit l'homme.

— Et une fois ce bout bloqué, je te ferai marcher un peu, tes entrailles vont se dérouler, je t'avais annoncé un tour divertissant.

— Poitiers, Poitiers, Poitiers.

— Deux hommes à Saint-Malo-de-l'Isle. Et les autres guetteurs, les autres *Wächter*?

Il sait assez bien l'allemand, appris avec le père jésuite Kaltz, mais il n'a jamais senti le besoin d'en aviser Radtke et ses hommes.

L'homme hurle qu'il ne sait pas, le répète dans son patois, qui n'est pas si différent de l'allemand. Il a tendance à le croire: Radtke n'aura pas indiqué à toutes ses sentinelles les détails de son dispositif. François Villon fouille les vêtements du reître, puis ses fontes, les recoins de sa selle, et va jusqu'à ôter celle-ci, pour palper la couverture de crin. Alors seulement il pense aux bottes. C'est là. Un parchemin en peau de mouton très fine. Le contour de la façade maritime ouest de la France y est esquissé. Un rond autour du nom de Poitiers, deux croix à Saint-Malo-de-l'Isle, deux à Lorient, à l'emplacement de Nantes, de La Rochelle et de Bordeaux. Somme toute, nous pourrions partir de Dieppe, Pissarugues et moi. Voire d'Angleterre.

Je verrai en route.

— Je me demande si je m'en vais t'occire ou non, mon bon.

Non, décidément. Ce Suisse-ci ne peut pas mal faire, surtout sans cheval. Et sans les écus que tu lui prends.

— *Auf wiedersehen, mein Schatz.*

Il reprend sa route droit sur le Mont-Saint-Michel qu'il distingue fort bien à moins de deux lieues de lui. Il emmène l'autre cheval et sa selle, mais les abandonne bientôt ; c'est une carne ou peut s'en faut. Ensuite il pique droit plein sud. Vers la Loire.

Pas l'Angleterre. Leurs bateaux vont plus au sud et puis, à bord pendant trois ou quatre semaines avec des Anglais, je nous connais, Pissarugues et moi, ça finirait mal.

Il accélère. À chaque relais désormais, il acquiert deux chevaux, qu'il monte à tour de rôle, sautant en plein galop d'une selle à l'autre, et parfois laissant derrière lui celle de ses deux montures qui est le plus exténuée.

Ne meurs pas, s'il te plaît, Antoine. Tu vois bien que je vole vers toi, attends.

Elle entre dans la chambre et naturellement l'autre l'y suit. Ce n'est qu'un galetas. C'est certes mieux qu'une grange ou plus encore un fossé plein de boue, et puis avec un billet de logement, même pour un officier du roi, tu n'obtiens guère mieux.

— Je veux de l'eau, dit-elle.

— J'ai du vin.

— Je veux de l'eau pour me laver, et pour que tu te laves aussi. Tu pues.

Cela fait rire le capitaine Darrieumerlou. Qui se montre homme de décision. Il ressort de la chambre, en considère le verrou, hoche la tête, souligne que ça ne résisterait pas à un bon grand coup d'épaule ou de pied, si malencontreusement elle s'enfermait en son absence, par accident veut-il dire. Il s'en va donc, elle l'entend qui donne des ordres fermes à la valetaille de l'auberge d'Angoulême, de sa grosse et très mâle voix que son accent béarnais rend en plus rocailleuse. Elle ne tire pas le verrou, elle y a bien pensé mais il a raison : il entrerait quand même. Elle va à la fenêtre et le voit, ne voit que lui, le foutu reître, l'un des trois qui ont bien failli la capturer en rase campagne, l'un des deux qui ont suivi la compagnie pas encore dissoute du capitaine de Navarre. Le fils de chien ne la lâche pas et l'autre est parti sonner l'hallali, bientôt ils seront trente et le Radtke sera à leur tête, elle est perdue autant dire.

Sauf si elle passe à la casserole.

Et si elle arrive à convaincre ce Béarnais qui empuantit l'air avec son ail et ses odeurs corporelles.

En quelque sorte il lui faudra, s'agissant de la casserole susdite, être vraiment mirobolante.

Et hop, le revoici. Le capitaine. Tout guilleret et pimpant, ce patte-pelu. Il n'est pas seul. Un sergent d'armes, deux valets d'écurie, trois servantes font rouler une énorme chose. Un cuvier, qu'on pourrait s'y baigner à quatorze ensemble. Ce capitaine est industrieux, pas de doute, où aura-t-il trouvé ce monstre ?

— Normalement, explique Darrieumerlou, ça sert à faire la lessive, il n'y a pas plus grand dans tout Angoulême. J'en ai fait réquisition au nom du roi. Ils vont apporter de l'eau. Tu pourras nager dedans, si ça te chante.

Elle s'assoit sur le lit — enfin, le lit ! la paillasse. Elle se souvient des deux fois où elle a accepté un homme. Ou des garçons. Le premier devait avoir dans les seize ans, c'était le fils Chambon ; l'autre allait sur ses vingt, il s'appelait... Pierre, croit-elle se souvenir.

Celui-ci est un homme. Darrieumerlou a ôté son hoqueton, il se défait du gros drap bleu de son justaucorps à boutons et fanfreluches d'or, insignes de son grade ; il n'a plus sur la poitrine que sa chemise et son hausse-col d'officier. Il dépose son épée, s'adosse au mur chaulé. Il attend aussi, tandis que se poursuit le va-et-vient des porteurs et porteuses d'eau.

— Elle sera froide, dit-il. Je parle de l'eau.

— Bien peu me chaut, dit-elle.

Il y a maintenant trois bons pieds d'eau dans le cuvier. Et enfin, c'est fini, la porte se referme, il y tire le verrou, tous les pas s'éloignent dans l'escalier, quelqu'un quelque part chante une villanelle, dont le refrain est régulièrement repris, tu dirais l'un de ces motets répétés à l'infini par les moines de Saint-Jean. Darrieumerlou la regarde, qui le regarde.

— Tu n'es pas une ribaude, jamais je ne l'ai pensé.

— Merci.

— Ces reîtres t'auraient vraiment fait du mal ?

— Ils m'auraient sûrement tuée. Ou sinon eux, leur chef. Lui, oui.

— Ils t'ont suivie jusqu'ici. Il y en a un dehors.

— Je sais.

— Je peux l'expédier. Un officier de gardes-françaises contre un reître, la prévôté me donnera raison.

— Ça ne servirait à rien, il va en venir d'autres, dit-elle calmement. Je prends mon bain la première.

Leurs regards ne se quittent plus. Il est bien plus droit que je ne l'aurais pensé, se dit-elle, j'ai eu grande chance de tomber sur lui.

Elle entreprend de se déshabiller.

— Je peux me retourner, dit-il. Face au mur.

Il ne me l'aurait pas demandé, alors non. Mais puisqu'il me le demande...

— Tu peux regarder, dit-elle.

Elle ôte tout, pliant les jupons en sorte que les couteaux qu'ils enferment ne glissent pas sur le parquet. Elle est nue entièrement et capte avec une grande lucidité tous les signaux que son corps lui envoie. Celui notamment qui est comme une petite brûlure, mais très plaisante, elle l'avait un peu ressentie sous le grand reître blond mais quand on sait qu'on va devoir tuer, ça gâche tout.

Elle se tient face à lui et remonte ses deux bras, pour dénouer son chignon. Et elle voit bien qu'il en est tout chose, quoiqu'il ne bouge pas.

— Tu es foutument belle, nom de Dieu.

Elle trouve des attitudes et des gestes auxquels jamais elle n'aurait pensé, elle qui toujours a marché à grands pas d'homme, s'asseyait à califourchon sur les chaises, trouvait ses tétines trop grosses (parce que, notamment, ça gêne pour tirer à l'arc) et ses hanches bien trop rondes. Eh bien, à cet instant-là, il lui vient bien de la satisfaction d'être faite ainsi. Elle a su depuis le début que son Pouillou Pattu aurait souhaité un fils et pas elle ; elle a haï d'être fille, surtout de cette altitude. Ça vient de changer.

Regarde comment tu as ôté tes bas et lentement soulevé ton dernier jupon. Impure.

Je m'en fous bien.

Elle enjambe le rebord de bois cerclé du cuvier et entre dans l'eau. Qui n'est pas fraîche — elle est glacée. On a posé sur un tabouret un gros morceau de cette pâte qui vient de Savone en Italie. Elle en a déjà vu, son père lui en avait rapporté. Elle se la passe sur le corps, mouillant sa main, et ça mousse.

— Je peux ?

Pour toute réponse, elle lui tend le savon. Il se décolle enfin du mur et s'approche. Elle lui dit qu'il devrait se dévêtir itou et, est-ce drôle, le voit soudain se détourner et ne lui montrer que son cul par préférence à son devant. C'est joli un cul d'homme, remarque bien, surtout musclé comme celui-là, et sous des hanches étroites.

Je brûle.

Mais il y a autre chose, qu'elle note, et qui en somme l'enchante. Sûrement qu'il a eu des centaines de femmes, forcées ou non dans les saccages guerriers. Mais devant elle… Ça lui plaît, il lui plaît bien, et presque beaucoup, ce capitaine.

— Pourquoi n'entres-tu pas dans le cuvier, toi aussi, tant qu'à faire ?

Elle comprend bien qu'il est fort gêné, et comme morfondu par son excroissance. Et pour faire vite, il fait vite. Un clignement d'œil et il est assis avec de l'eau jusqu'aux tétons (balafrés par des blessures anciennes, mais c'est un soldat).

Il lui semble qu'elle est assez mirobolante, jusqu'ici.

Il est vrai qu'elle n'y a pas grand mal. Puisqu'il lui sied.

Il se met à la savonner, d'abord les épaules, puis le dos. Il s'aventure sur les tétines.

— Plus bas aussi, dit-elle, en ne pouvant empêcher sa voix de s'enrouer un peu.

Elle s'allonge à demi, nuque sur le rebord. Tu ne sais pas ronronner mais si tu as envie de gémir doucement, pourquoi pas ? Dès lors que ça te fait plaisir, et que lui, ça le flatte.

— Ça va ? demande-t-il.

— Oui.

Elle ne saurait dire davantage.

— À moi, maintenant. Ne bouge pas.

Elle lui reprend le savon et ne recule devant rien, elle n'y avait jamais touché mais c'est vivant, ça vibre, c'est doux. Il halète — elle en ferait bien autant.

— Tu me rends fou, dit-il.

Elle s'écarte.

— J'ai froid, dit-elle.

Ce n'est pas vrai. Les eaux de la Couze ou de l'Allier, où elle a si souvent fait trempette, étaient bien plus fraîches que celle-ci — et elle était nettement moins incandescente. Mais au lieu de s'extraire du cuvier, elle s'allonge. Normalement, il doit comprendre. Il comprend. Il se dresse, la saisit sous les aisselles et les genoux, la soulève, la porte sur le lit, l'embrasse. Elle tire les leçons reçues du grand reître blond, en ce domaine. D'abord elle lui résiste, par jeu, si bien qu'il force, elle se tend un peu plus, il la courbe avec plus de puissance. Il est un peu plus grand qu'elle, il est maigre, mais très noueux. Et lorsqu'elle en vient à engager tous ses muscles dans la bataille, il réussit encore à la vaincre. Il y a une montée, qu'il provoque et dirige — sans peut-être le faire exprès, va savoir —, dont elle enregistre chaque palier. À aucun moment elle ne perd sa lucidité. Mais c'est bon, pas de doute. C'est presque, comment dire ? grand. Presque.

— Tu as eu beaucoup de femmes.

Il la tient maintenant dans ses bras et il a tiré sur eux une couverture.

— Aucune comme toi, tu es la première.

Rien que des ribaudes comme on en trouve dans les camps, et autour, ou bien quand tu fais garnison quelque part. Des dizaines, ça oui.

— Tu n'es pas pareille.

— J'ai faim, dit-elle pour couper court.

Il passe son haut-de-chausses et va hurler dans le couloir. Un peu plus tard, on leur apporte des viandes et du gibier d'eau rôti. Elle mange comme une ogresse.

— Et tu manges, dit-il. Quelle carnassière !

— Je ne devrais pas ?

Il dit qu'il est devenu capitaine bien qu'il ne fût pas gentilhomme — seulement un peu, son cousin est chevalier, pas lui, qui est de roture. Il est devenu capitaine à quarante ans sonnés. Nommé par le Vert-Galant en personne (elle comprend qu'il parle du roi de France). Le roi de Navarre et de France l'a remarqué. Pas une fois mais plusieurs. La bonne fortune. Un jour à Ivry, où il a plus ou moins sauvé Sa Majesté en lui faisant rempart de son corps — ce coup d'arquebuse dont on voit ici la cicatrice, un autre jour à Fontaine-Française, quand il était avec les Neuf Cents de Biron, où il n'a pas trop mal fait. C'est qu'il a tout fait : soldat d'abord, et même tambour à ses tout débuts, et puis caporal, sergent, sergent en premier, sergent-major (ce qui était déjà son maréchalat). D'avoir été fait capitaine et mis à la tête d'une compagnie lui semble encore un rêve.

Ils boivent du vin, elle n'a jamais craché dessus.

— Parle-moi de toi.

Alors elle lui dit tout dans le soir qui tombe. Tout de sa mère qu'elle n'a jamais connue, et de son père Pouillou Pattu qu'on lui a massacré avec tant de férocité. Tout de ses recherches et de sa poursuite du Smaragdin.

Tout des trois reîtres qu'elle a tués.

Tout de Radtke. Et c'est lui qui se lève et va à la

fenêtre, et qui voit la silhouette du reître au-dehors, en attente.

— Je ne peux pas faire ça, dit-il enfin.

Après qu'il est revenu au centre de la chambre, qu'il a bu tout le flacon de vin de Cahors, après qu'il s'est allongé un moment près d'elle toujours couchée et nue sous la couverture, après qu'il a marché en silence tout en travers de la pièce. Et elle n'a rien dit, pas un mot, silence, elle a bien vu ce qu'il tournait dans sa tête, et compris qu'elle n'aurait pas à le lui demander — enfin lui demander de faire ce qu'elle attend, ce qu'elle espère de lui.

Mais elle dit quand même :

— Faire quoi ?

— Mener soixante-trois gardes-françaises jusqu'à La Rochelle, à seule fin de te faire escorte.

Elle ferme les yeux. *Ne minaude pas, ne coquète pas, pas d'afféteries, de mensonges, de coquecigrues. Tu ne lui as menti en rien jusque-là, c'est en cela que tu l'as touché, il est fin, tu ne l'aurais pas pris. Ne lui dis pas : viens près de moi, je te ferai ma chattemine.*

J'ai un peu envie de pleurer, ça me passera. Je m'en suis tirée toute seule depuis le fin fond de mon Auvergne, je n'ai pas dit mon dernier mot.

— Ou alors, dit-il...

Elle attend.

— Tu es promise ?

— Non.

— Il y a quelqu'un ?

— Personne.

— Je te fais escorte jusqu'à La Rochelle, je t'aide à tuer cet assassin, tu viens avec moi en Béarn, tu me maries.

Elle pourrait lui mentir, elle le pourrait.

— Non, dit-elle.

— Tu ne veux pas de moi.

— Pas pour toute une vie.

Elle veut rentrer chez elle, ensuite. Après. Quand le Smaragdin sera mort et crevé. Elle rentrera chez elle au cœur de ses volcans quoi qu'il arrive, envers et contre tous, par la mort-Dieu qu'on l'en empêche ! Déjà qu'elle a dû courir sur des centaines de lieues, jusqu'à ce La Rochelle dont elle ignorait l'existence voici deux semaines ! Elle rentrera dans ses monts d'Auvergne, parole de Pouillou.

Je suis Tête de diable, je ne change jamais d'opinion.

— Je ne crois pas que ce soit une bonne idée, dit Pissarugues.

Et pour preuve de ce que, décidément, il ne veut pas monter dans la charrette comme un égrotant, il donne un tout petit coup de poing et fracasse divers morceaux du véhicule.

— Je vais très bien, dit-il.

— Tu as un os, une côte dans ta poitrine, qui s'est cassé, il fait poignard et t'est entré dans le poumon. C'est important, un poumon, ça sert à respirer. Le tien est troué et le poignard est resté en place. Il peut s'enfoncer davantage et alors on meurt.

Pissarugues dit que ce n'est pas un tout petit rocher dans un tout petit torrent qui peut lui casser la poitrine ; on ne casse pas la poitrine de Pissarugues comme ça ; une montagne y réussirait peut-être, et encore, mais c'est très rare que les montagnes se jettent sur les gens ; en tout état de cause, lui, Pissarugues, est comme qui dirait guéri, il peut monter sur un cheval et aller n'importe où, alors on s'en va, oui ou non ? (Bien entendu, Pissarugues n'a pas prononcé un discours aussi incroyablement long, ce serait surnaturel s'il l'avait fait. Simplement, lorsque François Villon a terminé sa propre harangue sur : « alors on meurt », Pissarugues a dit : « Pas moi. » Et il est monté à cheval.)

Ils chevauchent.

— Tu ne me demandes pas où nous allons, Pissarugues ?

Non.

— Nous n'allons pas, nous n'allons plus à Saint-Malo-de-l'Isle.

Très bien. (Ces deux dernières réponses données par des mouvements de tête, et encore, pas très amples.)

— Si je t'indispose en parlant, n'hésite pas à me le dire. Ce ne sont pas les ports qui manquent, entre la Hollande et l'Espagne, j'entends : sur la côte de France. Nous eussions pu aller à Dieppe. Tu connais ?

Non.

— À Dieppe, Honfleur ou au Havre. Ce sont des ports de long cours, ils y ont des bateaux jusqu'à trois cents tonneaux. Ou à Saint-Valéry-en-Caux. Que tu ne connais pas davantage ?

Non.

— Moi non plus. Je ne connais aucun de ces ports-là. Une fois je suis allé à Calais, pour l'un de mes voyages en Angleterre. Je m'y suis un peu battu, j'y ai un peu tué deux hommes, en tout cas ils en sont morts, qui soupçonnaient à haute voix mon honnêteté au jeu du sept. Tu connais le jeu du sept ? Non ? Cela se joue avec des dés, on y est banquier chacun son tour, si tu es banquier et que le total des deux dés soit de sept, tu ramasses tout. Je gagnais, que je fusse ou non banquier, je gagne presque toujours aux dés. Ou à n'importe quel jeu, c'en est presque une malédiction. Tu me crois capable de tricher, Pissarugues ?

Non.

— Merci de ta confiance. Mais c'est vrai, en plus. Je n'ai jamais triché de ma vie. Sauf une fois, aux dames, contre le père jésuite Iglesias. J'avais sept ans et il n'arrêtait pas de remettre sournoisement en jeu, croyant que je ne le voyais pas, les pièces que je lui avais prises. C'était de la défense légitime. Nous n'irons ni à Dieppe, ni à Honfleur, ni au Havre, ni à Saint-Valéry-en-Caux. Ni à Fécamp, Rouen, Touques, Dives, Bayeux, Sainte-Honorine, Grandcamp, Barfleur, Cherbourg, Granville, je n'en passe guère et aucun meilleur. Tout cela pour te démontrer que j'ai étudié mon affaire. Tu es fatigué ?

Non.

— Nous marchons bien, et depuis cinq heures. Tu n'as pas faim ? Question très sotte. Tu as toujours faim. C'est entendu, cette auberge-là est avenante.

Ils ont mangé, et copieusement, ils sont repartis.

— La difficulté, Pissarugues, est de trouver un bateau pour la Nouvelle-France et qui parte avant Noël, et qui n'ait pas, sur son quai et au bout de son amarre, un Radtke très désireux de m'étriper. Il n'avait que deux hommes à Saint-Malo-de-l'Isle, c'est peu, sans doute en aura-t-il dispersé quelques autres dans les ports que je viens de te citer. J'ai la preuve de ce qu'il l'a fait pour plusieurs d'entre eux, mais dès le début il a cru en l'un d'entre eux. Je gagerais qu'il a tout misé sur celui-là. Qu'il y a massé le gros de sa compagnie. Que peut-être il s'y trouve lui-même, en personne. Terriblement impatient dans sa fausse lenteur et sa très feinte nonchalance, de savoir qui de nous deux est le plus vif à l'épée. Lequel de nous deux tuera l'autre. Bien sûr, nous irions courir jusqu'à par exemple Dieppe, l'affrontement n'aurait sans doute pas lieu. Quelle est ton opinion, Pissarugues ?

— Comme vous, dit Pissarugues qui, assis sur sa selle, en termine avec son repas, suçotant une épaule de mouton dont (ventrebleu, dirait le Vert-Galant) il lui arrive de croquer et de manger les os.

— Mais embarquer à Dieppe ou à Honfleur, ou n'importe où, où nous n'aurions qu'à expédier un ou deux hommes pour forcer le passage, nous embarquer de ces havres pour un long voyage très probablement sans retour, reviendrait en somme à laisser en suspens une affaire quasiment d'honneur. Au printemps dernier, je me souviens d'un Pissarugues qui m'a fait faire un détour de cent vingt lieues dans le seul but de taper sur la tête d'un maraud coupable de l'avoir traité de grosse vache. Antoine, je ne me laisse pas abuser par ton absence de loquacité, tu serais encore moins oublieux que moi, sous tes airs tranquilles. Est-ce que nous allons affronter Radtke ?

Oui.

— Nous partirons donc de La Rochelle. Cela dit, j'ai mon idée quant à la façon d'y entrer et d'en sortir. Je ne nous vois pas nous présenter là-bas précédés de tambours et de fifres.

Elle va à cheval, un fifre et un timbalier devant. Du premier, le son aigu vient ponctuer les battements grêles du tambour. Catherine-Marie est à la gauche du capitaine Auguste Darrieumerlou, les soixante-trois gardes-françaises chevauchent sur trois rangs par derrière, il fait grand soleil, ils entrent dans La Rochelle et ils sont là...

— Deux reîtres, annonce le capitaine.

— Je les ai vus. Plus deux autres là-bas.

La décision s'est faite en toute dernière instance. Elle a vraiment cru la partie perdue. Si elle était de l'espèce à se retourner sur le passé proche ou ancien, et à s'angoisser de ce qui aurait pu advenir si, elle se reverrait dans la chambre-galetas de l'auberge angoumoisine ; elle retrouverait cet accablement qui l'a prise alors, quand Darrieumerlou, au terme de toute une nuit ensemble, lui déclare qu'il en a le cœur déchiré, qu'il est énamouré d'elle et pas qu'un peu, mais qu'il ne peut pas. Il doit conduire ses Béarnais en Béarn comme il les a conduits durant tant d'années à la guerre, et les détourner, contrevenir à son ordre de marche, risquerait de lui faire perdre et son brevet d'officier et sa rente que, macarel, il n'a pas volée ; elle l'entendrait rassembler son frusquin et refermer la porte sur lui, descendre l'escalier ; elle ressentirait encore ce sombre désespoir qui la prend alors, surtout qu'étant allée à la fenêtre, elle y a vu non pas un seul reître mais deux, et qui regardaient en riant vers elle, l'air de dire : à présent, nous t'avons, tu ne peux plus t'échapper ; et elle éprouverait aussi cette fureur qui l'a prise, lorsqu'elle s'est jetée à son tour hors de la chambre, acharnée à courir et vite, se disant que le Radtke n'a pas eu le temps d'arriver à Angoulême et que plus tôt elle filera, plus grande (ou moins mince) sera sa chance de lui échapper. Elle se retrouverait à esquiver la tentative du premier reître de la capturer, se reverrait à taper du sabot, exactement là où ça fait si mal aux hommes, pour en expédier un deuxième ; elle serait encore à dévaler les ruelles d'Angoulême, qui sont si pentues, elle trouverait devant elle *(ce coup-ci, tu es prise, et pour de bon)* pas moins de huit reîtres alignés lui fermant toutes les issues de la placette ; et elle serait pareillement surprise, rétrospectivement, à les voir reculer, abaisser leurs arquebuses, arbalètes et épées, prendre la mine de celui qui ne fait que passer et ne se préoccupe de rien, non, non, je ne suis pas là, faites comme si j'étais absent...

Car, s'étant retournée, elle avait découvert toute la compagnie du capitaine Darrieumerlou, et le capitaine Darrieumerlou lui-même, chapeau bas et disant : « Il nous est venu à l'esprit que sous douze ou quinze jours, nous ne serions plus soldats, que nous ne l'étions plus guère, pour ainsi dire plus du tout, en sorte que nous avons fait votation, comme les Suisses. Et nous avons tous décidé d'aller pérégriner sur le bord de la mer océane. Et, ça s'est trouvé ainsi, nous ne saurions dire pourquoi, nous nous sommes déterminés pour La Rochelle. »

Elle voit La Rochelle devant elle. Pour des tours, il y en a. Des carrées, des rectangles et des rondes. Et des murailles en veux-tu en voilà. Une échappée par deux rues en alignement lui a permis d'entr'apercevoir le port, enfin la mer — *Je vois la mer, tu te rends compte !*

— J'ai habité ici, dit Darrieumerlou. (Il vient de dire qu'il a tenu garnison à La Rochelle, par deux fois ; d'abord quand, étant huguenot, il devait protéger la cité des maudits catholiques puis, étant allé à la messe, pour y surveiller de plus près les huguenots damnés.)

— Par là, rue de la Ferté, au pied de la tour de Moureilles, entre l'église et le cimetière. Je logeais chez des gens qui se nommaient Pagez. Ils y sont peut-être encore. Suivant cette ruelle, on arrivait rue des Merciers, ou de la Poulaillerie, et à la fontaine de Navarre, où il se trouvait beaucoup de gens d'Espagne. Catherine-Marie...

— Non. S'il te plaît.

Elle ne sait que trop bien ce qu'il va dire. Dire une fois de plus et encore. Le capitaine Darrieumerlou a ordinairement de la rudesse — il faut l'entendre donner ses ordres — et ses soldats pourtant l'aiment beaucoup, tu sens qu'ils se feraient tuer pour lui, à preuve qu'il ont tous été d'accord pour venir jusqu'à La Rochelle, quelque hâte qu'ils aient de s'en retourner chez eux dans leur Béarn, et malgré que plusieurs ne soient plus trop dans la fleur de l'âge. Bon, il a une grosse voix d'habitude. Pas pour l'instant, pas depuis que nous sommes partis d'Angoulême. D'où nous ne sommes pas venus très vite. On peut même carrément dire que nous avons traîné en route. Pour cette raison officielle, qui n'est pas fausse, que bien des chevaux sont aussi vieux, par comparaison, que les hommes qui les enfourchent, ce sont des bêtes qui ont dû connaître quantité de remontes. Bref, il a fallu près de cinq jours pour parvenir devant les tours de La Rochelle. Le capitaine Darrieumerlou a voulu me donner du temps, faire que je change d'avis, que je lui cède pour ce qui est de partir ensuite pour Pau — enfin, pour son village qui est près de Pau, un nom comme Jurançon. Et à présent, il est tout humble, on est bête quand on est amoureux de trop. Presque il pleurerait. Il ne manquerait plus que ça.

On sort des ruelles, la vue se dégage d'un coup.

— C'est ça, la mer ?

— Oui.

Le fifre a cessé de souffler dans sa flûte suisse, le timbalier tapote un peu sur la peau de son tambour, mais bientôt lui aussi cesse sa musique.

Elle regarde au loin. Au premier plan, tu as de l'eau et des barques, elle en a déjà vu. Mais c'est au-delà qu'elle cherche à voir. Par cet étroit goulet entre les deux tours — la Chaîne et Saint-Nicolas, d'après le capitaine —, celle de droite ronde et l'autre à peu près carrée et plus haute. Dans cette échancrure, du vide.

— Ça s'appelle comment ?

— Le pertuis d'Antioche, entre les îles de Ré et d'Oléron.

— Une mer qui se nomme pertuis ?

— Le pertuis, c'est le passage entre les deux îles. Après, c'est l'océan. L'Atlantique.

— On y peut nager comme dans une rivière ?

— Sauf que l'eau y est salée.

— Salée ?

Quelle étrange idée que d'aller jeter du sel dans une aussi grande quantité d'eau. Ça sert à quoi ?

— Je descends de cheval, Auguste.

Elle met pied à terre, gagne l'appontement de planches à quoi des bateaux sont amarrés, certains grands comme les maisons et même davantage, s'assoit tout au bord, enlève ses sabots, ôte ses deux paires de bas, trempe ses pieds dans l'eau — ce qu'elle arrive à faire en se suspendant presque, prenant appui sur ses pieds.

— Pas si froid. Mais c'est sale.

Plein de saletés flottent à la surface de l'eau, une forte odeur de goudron émane des coques proches. Soixante-quatre Béarnais des gardes-françaises du roi la regardent, et aussi des marins, des gardes du port, des passants, des marchands à éventaire, des commerçants en boutique et sortis de celle-ci pour considérer les jambes brunies de cette grande fille, si grande, ses jambes nues jusqu'au milieu des cuisses. Regardent aussi des vigies, un curé, deux douzaines d'enfants, des chiens...

Et Radtke.

Radtke qu'elle fixe en souriant — essaie donc de m'attaquer, mon cher Suisse. Elle demande à Darrieumerlou, à cheval derrière elle, et sans se retourner vers lui :

— Elle est toujours aussi sale, ta mer océane ?

— Dans les ports seulement.
— Mais plus loin, non ?
— On dit : au large. Au large, non.
— Tu es déjà allé au large, Auguste ?
— Une fois. Pas longtemps.

Sept ou huit reîtres sont à la droite de Radtke le Noir. Lui-même se tient debout, très droit et complètement immobile, sur le chemin de ronde de la fortification partant de la tour semi-carrée. À droite de Radtke et sur le même chemin de ronde, l'air très absent et de n'être concerné en rien par quoi qui puisse se passer à La Rochelle, une montagne humaine, le plus massif bonhomme que Catherine-Marie ait jamais vu. Et puis à droite encore…

— Auguste ?
— Oui.
— Le groupe de reîtres sur la contrescarpe.
— La contrescarpe, c'est de l'autre côté, dit le capitaine qui après tout est militaire et s'entend plutôt bien en fortifications. C'est un chemin de ronde, ça.
— À gauche du groupe de reîtres, le chef des reîtres. Radtke. Et à sa gauche encore, une montagne d'homme.
— Je le vois.
— Et à gauche encore. Un qui sourit, qui est hilare et s'esbaudit, qui regarde le monde comme s'il s'en moquait et nous trouvait tous dérisoires. C'est lui. Smaragdin.

L'endroit s'appelait Saint-Gilles-sur-Vie, ce n'était pas grand-chose. Quelques maisons basses, un semblant de port, et comme flotte deux heux, une gribane, une petite flopée de barques de pêche, rien de plus gros, même pas un terre-neuvier. Quand il a pris dans son embûche l'un des deux reîtres apostés aux abords de Saint-Malo-de-l'Isle, après l'avoir un peu incisé au ventre et menacé de lui dérouler dans les vingt-cinq pieds d'intestins, lorsqu'il a finalement choisi La Rochelle, François Villon a fait tenir un message au si obligeant La Lancette Hervé, l'armateur malouin. La réponse n'a pas tardé (il y a une honnêteté bien gracieuse, chez ces Bretons : somme toute, n'ayant pu nous embarquer pour la Nouvelle-France, le voilà se mettant en quatre pour nous trouver un remplacement). Ladite réponse est arrivée au relais de poste de Pouzaugues ; elle indiquait les endroits, et les jours, et les noms ; elle disait l'urgence, le navire rochelais en étant quasiment à l'appareillage.

François Villon et Pissarugues ont donc forcé leurs chevaux par le travers du bocage vendéen. Ils sont parvenus à Saint-Gilles. La barque les y attendait, le patron n'a pas accepté les chevaux en paiement, qu'eût-il pu faire de chevaux ? Il a fallu le payer comptant. Il a mis à la voile au sud en demandant pourquoi deux hommes tant pressés d'aller prendre un bateau à La Rochelle, bateau peut-être déjà parti au demeurant, prenaient la route maritime, qui n'est pas la plus rapide.

Parce que à La Rochelle, où notre popularité est extrême, a répondu François, nous craignons d'être happés par la foule de nos admirateurs. Songez que certains sont venus de Suisse, rien que pour nous donner accolade.

La pointe des Baleines, sur l'île de Ré, s'est montrée ; normalement la barque saint-gilloise serait allée chercher l'abri de la terre, en caboteur qu'elle est, et donc aurait défilé devant La Pallice. Contre deux écus de plus, son patron a accepté de faire cap au sud et de contourner l'île par l'ouest. En sorte de s'engager dans le pertuis d'Antioche par où, s'il est déjà sorti de La Rochelle, un navire au long cours doit le plus souvent commencer de tracer sa route.

Et il y a du destin dans tout cela, voici résumée toute mon existence…

— Regarde bien, Pissarugues, tu vas devoir monter là-dessus. Ce n'est pas beau ?

Ce n'est pas l'un de ces gros navires pansus du

Nord, il vient du Sud, Portugal ou Espagne, même s'il a été sans doute construit dans le royaume de France. Ce sera une sorte de caravelle, plus longue et plus large certes que celles sur lesquelles Colomb a navigué. Elle ressemble beaucoup au bateau qu'il a pris à Sanlucar de Barrameda. Elle est fine, agile, pas trop résistante à la mer, c'est vrai, mais la légèreté, parfois, c'est cent fois mieux que la puissance.

— Tu noteras, Pissarugues, que nous eussions pu nous trouver dans ces eaux deux heures plus tard, ou même une heure. Et dans ce cas, nous aurions manqué ce départ-ci. Mais c'est mon destin, Antoine, je ne suis jamais bredouille à mes rendez-vous.

La barque de cabotage fait voile à la rencontre du navire de grand large. Mille brasses plus loin, c'est chose faite. On s'aborde, François Villon et Pissarugues changent de bord, le capitaine du *Saint-Pierre-et-Paul* se nomme Bagot, il a la voix piaillante, un gros nez, un gros ventre, des gestes langoureux ; il dit non, mais alors vraiment non, l'une des autres fois qu'il a appareillé pour la Nouvelle-France — ou l'Acadie, ou quelque nom que l'on donne à ce pays que lui déteste —, il est resté encalminé durant dix-sept jours. Pour sûr, ce n'était pas à La Rochelle, et puis partir à marée haute serait, tout bien considéré...

— D'accord, je double, dit François Villon. Six écus, et de vingt livres.

Mais c'est toujours non, affirme Bagot Jean-Marie.

— Dix écus.

Et puis il y a les autres passagers, dont deux riches négociants...

— Douze...

C'est vrai que messire Villon a un visage de jouvenceau des plus plaisants à regarder (et alors donc, pense François, bientôt il va me tripoter le haut-de-chausses !).

— Quinze et pas un sol de plus. À prendre ou à laisser.

On remonte sur le pont, Bagot donne ses ordres,

explique qu'il préfère prendre le vent du soir et de la marée. Le *Saint-Pierre-et-Paul* remet le cap sur La Rochelle. La côte se rapproche.

— Je ne crois pas que ce soit une bonne idée, dit Pissarugues.

— Je te fais mon seul héritier, Antoine. Tu partageras ou non le contenu des sacoches, à ton gré, et avec qui tu sais. Si tu te trouves à retrouver qui tu sais. Et puis, outre qu'il ne me tuera peut-être pas, j'ai toujours pensé que j'avais contre lui une petite chance, il est encore possible que Radtke ne soit pas à La Rochelle.

Le *Saint-Pierre-et-Paul* met, comme à l'aller, pavillon bas devant un vaisseau du roi qui fait patrouille dans ces eaux, au cas où un pirate anglais ou barbaresque viendrait y pointer sa proue. Les deux tours se font plus nettes, et de même les murailles qui protègent la cité des dangers venus de la mer.

— Vraiment pas, dit encore Pissarugues qui maintient sa position.

— Il n'y sera pas, je te dis.

... Eh bien, il y est. Je ne vois que lui, je reconnaîtrais sa silhouette entre mille, bien le bonjour, mon ami, je te fais mes civilités, lequel de nous deux va tuer l'autre ?

Comme il était entendu avec Bagot, le *Saint-Pierre-et-Paul* se met à l'ancre, détache un canot. Pissarugues et François Villon y embarquent, en débarquent, ils sont sur la contrescarpe.

— Mais alors, vraiment pas du tout, dit Pissarugues entre ses dents.

— Passe le premier. Il ne connaît pas ton visage, souviens-t'en. Et n'oublie pas : je ne veux pas être mis en terre à La Rochelle. Rapporte-moi sur le bateau et jette-moi à la mer, au plus grand large, le plus au large possible, que j'aie une petite chance de flotter jusqu'à l'autre côté.

François Villon s'attarde un peu, tandis que Pissarugues s'éloigne. Sa vraie raison de revenir en arrière, alors qu'il devrait être, avec Antoine, en train de voguer vers la Nouvelle-France, hors d'atteinte à tout jamais, sa vraie raison ou du moins la raison quasi aussi importante que la première, n'est pas seulement de débarrasser la route de son associé Pouillou Pattu de ce Suisse et de ses mercenaires (parce que l'ayant manqué, probablement que Radtke passerait sa rage sur l'Auvergnat, sitôt que ce dernier parviendra à La Rochelle); non, il y a également sa folie. Il lui a toujours fallu, à toute force, s'étalonner et voir jusqu'où son étoile lui accordait protection.

Tu vas le savoir.

Il débouche à son tour, par la poterne, sur le chemin de ronde à l'intérieur des murailles. De là, il a la meilleure vue qui soit sur le port de La Rochelle. Beaucoup de monde sur les quais et appontements. On y voit même une compagnie de gardes-françaises qui vient à l'instant de faire son entrée; elle est conduite par un vieux capitaine, et précédée d'un fifre et d'un timbalier Et tous ces soldats, en même temps que tous les Rochelais présents, badaudent une fille, ventre-saint-gris quelle belle engeance, une fille aux allures de bohémienne de l'Andalousie, aux très longs cheveux noirs et arborant par-dessus son propre casaquin une espèce de jaque sans manche aux armes de Navarre, un peu trop grand pour elle. La fille est assise tout au bord d'un appontement bas, elle montre ses jambes nues jusqu'aux cuisses (c'est plaisant) en sorte qu'il n'est pas si surprenant que toute l'attention générale lui soit consacrée.

Et une vague réminiscence caresse l'esprit de François Villon. Il me semble bien avoir déjà passé mon regard sur cette créature, ou sur quelque chose qui lui ressemblait beaucoup. Mais il a plus urgent en tête et, pivotant sans hâte sur sa droite, il fait face à Radtke.

— Bien le bonjour, Rainer.

— Bonjour, François

— Tu auras sans doute remarqué que je suis revenu sur mes pas. Exprès pour toi.

— J'ai remarqué.

Ils s'expriment en allemand l'un et l'autre.

— Il m'a paru que je ne pouvais décidément pas partir pour toujours de l'Ancien Monde sans t'avoir salué une dernière fois. Et toi, de ton côté, tu me parais m'avoir beaucoup couru après. Toujours pour me souhaiter la bonne aventure. À supposer que je te tue...

— À supposer.

— Est-ce qu'en pareil cas tes hommes derrière toi tiendront à m'occire par vengeance ?

— En principe, non. Mais je peux leur ordonner de se retirer.

— En oubliant toute cette affaire, s'il te plaît. Pour moi ou pour d'autres. Si je te tue, ils rentrent en Suisse ou vont se louer à n'importe qui et cessent de nous faire pièce, à mes amis, associés et moi.

Sans se retourner, de sa voix lente, Radtke donne son ordre, reprenant à peu près les mots qu'il vient d'entendre. Il n'a pas quitté François des yeux. Il dit :

— J'ignorais que tu savais si bien l'allemand.

— Je sais toutes les langues, mon bon. Et tu voudras bien excuser ma hâte, mais ce bateau m'attend.

Il dégage sa propre épée que, comme presque toujours, il ne porte pas à la ceinture mais suspendue à l'épaule gauche, et dans un fourreau de la même peau de daim que son casaquin et son haut-de-chausses ; ce fourreau est élargi et enjolivé par des crépines à houppe, des franges et toutes sortes de passementeries. Il en fouette l'air à deux ou trois reprises et puis, parce qu'elle est face à lui (mais loin, toute la largeur du bassin les sépare, elle et lui, à peine seraient-ils à portée de voix, s'ils devaient se parler), parce qu'elle a assurément de fort jolies jambes, parce qu'il émane d'elle une extrême vitalité, parce qu'elle est la vie en somme, il salue en s'inclinant cette jeune femme (qu'il a vue quelque part mais où ?), il lui dédie son combat...

Et vraisemblablement ma mort.

— Quand tu voudras, Rainer.

Il lance le fourreau et sa courroie de cuir à Pissarugues, tire sa dague, en arme sa main gauche. Il est prêt. Radtke est à dix ou douze pas de lui, n'a pas encore esquissé le moindre geste, ses bras pendent toujours au long de son corps, et ses mains gantées de fin cuir noir — seules les manchettes sont épaisses et servent de protection. Radtke bouge. Tu ne le vois pour ainsi dire pas bouger mais la distance entre François et lui se réduit. Toujours pas d'arme brandie. Six pas, et puis cinq et puis quatre. Le mouvement est d'une prestesse prodigieuse, effarante et effrayante (sûrement que c'est là son but : épouvanter, et il y a presque réussi). La pointe de l'épée arrive à la vitesse d'une pensée mais François a pu faire un pas de côté et les lames se choquent.

Je le savais terrible, je ne pensais pas que c'était à ce point. Je ne m'en sors pas vivant, ce coup-ci.

Elle est folle. De rage. Déjà, de l'avoir vu apparaître sur la contrescarpe, enfin le chemin de ronde, lui a fait bouillir le sang. Il avait l'air si serein, si équanime, tu dirais même folâtre, en homme qui n'a ni plaid ni querelle avec personne sur la terre entière, ce massacreur.

Mais bien pis que cela, cette façon qu'il a eue de tirer son épée et de lui faire nargue, avec son sourire narquois, son visage de mignard mignoté, sa joliesse de capucine, jamais elle n'a haï, jamais plus elle ne pourra haïr quelqu'un pareillement !

Et elle court, elle cavale, jupes relevées et tenues haut par ses deux mains, sur ses pieds nus. D'accord, elle a tout le tour du port de La Rochelle à faire, mais elle l'aura, il n'aura pas le temps de sauter à l'eau ce coup-ci et d'être emporté par le courant, elle l'aura...

Elle sent bien ses deux couteaux sous les plis du tissu. Je vais te lui ouvrir le ventre, depuis le braquemart jusqu'à la gargoulette.

Il a été touché deux fois déjà, quoiqu'il ne cesse de rompre, il l'est encore — avant-bras gauche, cuisse droite, base du cou —, il saigne de toutes parts.

— Je t'achève quand je veux, François. Où est le trésor ?

— Ce n'est pas l'or qui te pousse.

Il pare, il ne sait trop comment, un fouetté de la lame, a bien vu la dague qui le guettait, il roule sur le flanc, se rue en rampant, rampe en se ruant, se retourne de l'autre côté — les reîtres dans son dos.

— Où est le trésor ?

— Tu n'en as nul besoin.

— C'est qu'il me faut acheter la moitié d'Ussel, tu le sais bien, je n'ai pas d'autre rêve. Et puis j'ai ces hommes que je stipende. Mais c'est vrai que te tuer, et débarrasser la terre de toi, est mon entreprise première.

La dague de François Villon s'envole, enveloppée, aspirée ; elle va tinter contre le granit de la muraille.

— Non. Non, surtout pas, dit François.

À l'intention de Pissarugues qui semblait sur le point de ramasser l'arme pour, apparemment, en frapper Radtke dans le dos.

— Il me semblait bien que cet homme était ton valet, remarque Radtke.

— Pas mon valet, mon compère.

Cette fois, c'est l'épée qui manque de lui échapper des mains. Je ne peux rien contre cet homme, aucun maître d'armes que je connaisse n'aurait tenu aussi longtemps que moi.

— Nous n'en sommes plus très loin, François. Toi, je te tuerai de toute manière. Mais je ferai grâce à ton camarade si tu me dis où sont le trésor et l'or de l'Auvergnat. À bord de ce bateau ?

L'autre cuisse est touchée.

— À bord de ce bateau, évidemment. Pour l'or du moins. Tu ne l'aurais pas laissé derrière toi. Il s'appelle comment, ton compère ?

— Pissarugues.

— Je monterai à bord avec Pissarugues, qui me remettra les sacoches de l'Auvergnat. Mais je veux le trésor. Je suis certain que tu es seul à savoir où il est.

— Oh, pour ça, oui.

— Et tu ne m'en diras rien.

— Rien du tout.

La pointe de l'épée s'enfonce, juste au-dessus de l'endroit qu'avait transpercé le carreau d'arbalète. C'est décidément la partie de moi qui inspire de l'antipathie, je ne marcherai plus que de profil, désormais.

La lame enfoncée dans l'abdomen se retire et touche le côté du genou.

— Je vais te trancher les tendons des jambes, François. Un à un.

D'accord.

— ... Pour commencer..., commence à dire Rainer Radtke.

... Mais il ne va pas plus loin. Il titube.

— Pas très loyal, dit-il. De ta part, j'attendais mieux.

— Je n'avais pas le choix, mon bon. Quand on tue, on tue, ce n'est pas un jeu.

François Villon était déjà adossé à la muraille. Ses jambes le lâchent, il descend lentement, quelque effort qu'il fasse pour demeurer debout, il perd trop de sang. Mais il voit bien Rainer Radtke qui s'effondre aussi et, de sa main qui tenait l'épée maintenant lâchée, essaie de retirer la lame du petit couteau à lancer qui lui est entrée dans la poitrine, pas loin du cœur si pas dedans.

— Je vais marcher jusqu'au canot, Antoine. Je le peux.

— Je ne crois pas que ce soit une bonne idée, dit

Pissarugues, le soulevant comme il le ferait d'un enfant.

— Tu es mort, Rainer?

— Ai peur que oui.

— Je ne vaux guère mieux. Rainer? Tu n'aurais pas pu t'acheter Ussel avec mon trésor, de toute façon.

Il perd conscience. Pas la moitié du quart du dixième d'Ussel. Pas une pierre d'Ussel, Rainer, pas une.

Tu n'as rien compris?

Elle débouche comme une furie, du feu dans les poumons, et ne voit rien de ce qui se passe sur le chemin de ronde. Elle freine: sept ou huit reîtres sont devant elle, qui sont bardés de piques et d'épées, et d'arbalètes et d'une arquebuse. Elle avance son coutelas.

— Essayez donc de m'arrêter, dit-elle, allez-y, essayez! Ce n'est pas après vous que j'en ai.

Et ils s'écartent, bel et bien. Dans l'état de colère quasi démente où elle se trouve, un événement aussi étrange lui paraît des plus naturels. Elle gravit les marches de pierre et passe au milieu d'eux, qui ne font aucun mouvement pour la retenir. Elle est sur le chemin de ronde, lequel est désert sauf un homme allongé, si quelqu'un d'autre que moi l'a tué, je deviens folle…

Mais c'est l'homme noir, le Radtke. Il est partie couché sur le flanc droit, partie appuyé de l'épaule contre le granit.

— Où est-il?

— Tu l'as manqué, jeune fille. Il n'est pas facile à prendre. Il m'a tué par traîtrise, comme il l'a fait pour ton père. A trahi ton père… Trahi…

Un autre flot de sang sort d'entre les lèvres du reître noir, qui meurt tout à fait. Elle se redresse, regarde autour d'elle et alors seulement découvre la poterne si étroite par quoi l'on peut pénétrer dans la tour semi-carrée. Elle y passe, traverse une salle, en se débarrassant d'un revers du bras d'un garde qui veut l'arrêter, elle ressort par une autre poterne, manque de partir à l'eau : il n'y a plus devant elle que la mer océane, et un canot déjà à cent coudées et plus, et un gros bateau avec des machins, des voiles, plein de patte-pelu qui la regardent, ou bien regardent le canot venant vers eux, fils de chien, qu'est-ce que j'aimerais les tuer tous, et tous les gens de La Rochelle avec, et tous ceux de la France.

C'est vrai qu'un moment elle a l'idée de sauter dans la mer océane et d'y nager, à la poursuite du canot. Sauf que tu ne le rattraperas pas, ils sont quatre à ramer et six dedans, en comptant la montagne humaine…

… Derrière qui l'excrément de ribaude se cache, se fait tout petit. Tu parles, un capitaine de reîtres, il pouvait bien le tuer à son aise, mais Catherine-Marie Pouillou, ça non, il a bien trop de couardise.

Elle s'assoit sur le rocher qui était à ses pieds, elle crache dans l'eau — très loin. *Dans tout Issoire et ses environs, tu n'en trouvais pas un pour cracher plus loin que moi (sauf que mon Pouillou Pattu, à ma grande surprise, m'en a fait reproche, disant que ce n'était pas jeu de fille).*

Je suis une fille, une foutue fille. Et il faudrait que je m'en contente ?

II

— Eh bien, j'insisterai encore, dit le capitaine Darrieumerlou.

— Je n'irai pas dans ton Béarn.

— Oh, ce n'est plus de mon Béarn que je te parle, répond le capitaine très chagrin.

Il dit qu'il a renoncé, perdu tout espoir, c'est fini,

pour ce qui est de la marier et de l'emmener avec lui contempler les montagnes Pyrénées. Non, il s'agit de toutes ces tentatives qu'elle vient de faire, courant d'un armateur à l'autre, afin de trouver à embarquer. Selon lui, s'il en doutait encore, elle est tout à fait folle, à lier.

— Tu vois bien qu'aucun ne veut d'une femme, et d'une femme seule, et jeune et belle, en plus.

D'abord parce que, comme chacun sait, dans la marine, ça porte malheur d'avoir une femelle à bord, surtout pour un voyage qui peut durer des semaines sûrement, et peut-être des mois.

— J'essaierai d'autres ports.

Il n'y a pas que La Rochelle, après tout.

— Ils te feront même réponse. Tu n'as que ce choix de repartir avec moi, ou t'en retourner dans ton Auvergne.

Ni l'un ni l'autre.

— Et puis, reprend encore Darrieumerlou, il y a cette chose que je ne peux rester ici à La Rochelle. J'ai soixante-trois hommes avec moi, j'avais un viatique pour les reconduire jusqu'en Béarn, il s'épuise. Même en partant ce jour-ci, j'aurai du mal à les faire manger dans trois jours.

— Va-t'en.

— En te laissant seule ?

Et alors ? Il a bien vu que les reîtres désormais ne se préoccupaient plus d'elle, qu'elle n'est plus en danger. Elle peut se défendre des autres, de tous les autres.

Elle considère Auguste Darrieumerlou et comme de la tendresse lui vient. *Ce n'est pas parce que tu as manqué le Smaragdin que tu dois en vouloir à cet homme, qui a été bien doux et très serviable (sans parler que ce n'était pas tant déplaisant de faire la chose avec lui, au contraire).*

— Je te remercie pour tout et mille fois, Auguste. Mais tu dois partir.

Il hésite encore un peu, se balance d'un pied sur l'autre. Sûrement qu'il se montrerait câlin et un peu plus s'il n'y avait pas ces soixante-trois gardes-françaises du Béarn qui les contemplent tous les deux. Elle l'embrasse sur les deux joues et fait de même à l'un des gardes-françaises, un au hasard, pour les remercier tous ensemble.

— Rentrez chez vous et bonne terre.

Les voici qui remontent tous sur leurs chevaux, ils s'en vont, toute la rue de la Poulaillerie se vide.

— Adieu.

Elle reste un moment immobile, jusqu'à ce que la croupe du dernier cheval ait disparu. Des Rochelais et Rochelaises la regardent *(évidemment, voilà bien six heures qu'ils ne voient que moi dans leur ville, à courir en tous sens ventre à terre!)*, mais tous détournent leur regard ou le baissent quand elle les fixe sauvagement. Elle revient sur le port, le contourne, regagne le chemin de ronde et s'y plante, les yeux sur cette eau maudite.

Parce que tu crois que tu vas t'en tirer ainsi, Smaragdin? Tu ne connais pas Tête de diable!

Le pire, c'est qu'il y a ou va y avoir un bateau pour l'autre côté de la mer océane. Elle a bien cru pouvoir y trouver place, ayant suffisamment d'argent pour payer son passage. Départ dans une semaine ou dix jours, ou plus selon les vents. Non, pas une chambre pour une seule personne — et en plus on ne dit pas une chambre mais une cabine —, mais un endroit pour dormir, oui, à côté d'autres passagers. Et le manger fourni, compris dans le prix. La boisson aussi, c'est ça.

... Sur quoi, l'affaire étant quasiment conclue, la vérité a éclaté. Oh non! non et non et non. On avait cru comprendre qu'elle achetait un embarquement pour son père, son mari, son frère, son beau-frère, son cousin, son oncle (ou son chien, son cheval, son taureau, son bélier, son coq, tant qu'à faire), mais pour une femme?

Bande de chiens.

Le vent a forci et voilà que dans le même temps — il doit y avoir une relation — des bouillonnements se forment, la mer océane se met à frapper de plus en plus fort les rochers qui sont devant les murailles.

— Des vagues, lui dit-on.

Cela s'appelle des vagues, et parfois elles sont si hautes, quinze ou vingt toises (pourquoi pas deux cent cinquante tant qu'ils y sont), que l'on dirait le monstrueux beffroi d'un hôtel de ville.

Et alors, ils croient me faire peur?

Il faut que je trouve quelque chose.

Me construire mon propre bateau?

En voler un?

Embobeliner un capitaine, comme en somme je l'ai fait pour Darrieumerlou, en sorte qu'il me mette dans son sac et ne m'en sorte que de l'autre côté?

La nuit vient, le temps se couvre, elle quitte à grand regret le chemin de ronde et s'en retourne en ville. Elle va voir ces gens dont le capitaine des gardes-françaises lui a parlé, les Pagez, rue de la Ferté, et pour une fois d'être femelle lui sert. La vieille femme qui habite là veut bien lui donner asile, qu'elle n'aurait pas accordé à un homme, cette sale engeance.

— Pour ça, nous sommes d'accord, dit Catherine-Marie.

Un sol de plus et elle obtient un bol de soupe et un quignon de pain. Et la possibilité de s'asseoir sur une chaise, sans autre lumière que celle du feu dans la cheminée, à regarder justement le feu, avec la vieille qui lui parle des corsaires et des filles de La Rochelle dont elle a été elle-même, dans les trois siècles plus tôt.

Et bon, c'est alors que l'idée jaillit.

En plein dans la figure, dirait-on pour parler.

Le troisième jour (pas le troisième jour après que la hourque a quitté La Rochelle, mais le troisième jour qui a suivi les six jours pendant lesquels ladite hourque — parce qu'il paraît que c'est une hourque, ce bateau, va donc savoir ce que c'est que cette bête

— a attendu, quelque part au large des côtes du royaume de France), l'écrivain vient à son tour frapper à la porte.

— Je suis l'écrivain, dit l'écrivain au travers de la même porte.

— Et c'est quoi, un écrivain ? demande Catherine-Marie goguenarde.

— Je tiens les comptes de ce qu'il y a à bord, gens et denrées, marchandises grosses et non pareilles, plus la pacotille.

— Sais pas ce que c'est non plus.

— Dans le cas présent, ce sont aiguilles et épingles, boutons et autres marchandises de Limoges.

— Je n'ai besoin de rien, merci.

— Je compte aussi les matelots à l'embarquement, je compte les voiles et tout ce qui peut se compter à bord, je fais relation de ce qui se passe.

— Tu vas donc parler de moi.

— Tu es vraiment une femme ?

— Hé, hé, dit-elle, oui. Même que j'ai des tétines énormes.

— Le capitaine Thouars a eu tort de s'impatienter avec toi.

À peine, pense-t-elle. Le capitaine Thouars de *La Belle-Vendéenne* a tout au plus marqué une légère contrariété quand il a découvert que son passager Pouillou était une passagère. Il a seulement fait placer un canon devant la porte, disant qu'il allait faire tirer si elle ne se montrait pas — il a compté jusqu'à dix, disant qu'à dix tout allait sauter, et la porte et elle. Il n'a pourtant pas fait partir sa caronade. Parce qu'elle était dans la soute à poudre (ainsi qu'elle le lui a fait suavement remarquer) et qu'un boulet eût sans doute (ah, la caronade est à mitraille ? eh bien, tant mieux, ce sera plus efficace encore) réduit *La Belle-Vendéenne* en trente-six mille bribes, fragments, particules et retailles — passagers et équipage inclus. Sans compter (comme dirait l'écrivain qui en ce moment même lui parle) qu'en plus de la poudre du bord, elle avait sa propre poudre à elle, apportée tout exprès dans un faux baril d'anchois — une poudre particulièrement détonante.

— Tu as toujours ton baril de poudre ?

— Je suis assise dessus.

— Et la mèche en est vraiment allumée ?

— Je l'allume, je l'éteins, cela dépend de mon humeur.

— C'est dangereux.

— Tiens donc, dit-elle.

— On peut peut-être négocier.

— C'est tout négocié. Ton capitaine, ton bateau et toi me transportez de l'autre côté de la mer océane, en ce pays nommé Nouvelle-France. Sinon, boum. C'est clair. Et si...

— Tu ne pourras pas demeurer enfermée pendant tout le voyage.

— Laisse-moi finir, s'il te plaît. Je disais donc : et si ton capitaine se mettait dans l'idée de s'en revenir en France au lieu d'aller à l'ouest, ça ferait boum aussi. Et s'il cherchait à m'affamer ou à me faire périr de soif, pareil. Et itou s'il faisait profit de ce que je dors pour forcer cette porte et me capturer. Et itou encore s'il tentait de nous jeter à la mer, moi et mon baril de poudre avec sa mèche. Et itou... quoi d'autre ? Ah oui : et itou s'il entreprenait de m'étouffer dans cet endroit où je suis. J'ai oublié quelque chose ? Je ne crois pas. Que disais-tu ?

— Je parlais de ton enfermement.

— Je suis très bien où je suis. Je n'aurais jamais cru qu'il y eût tant de place pour une passagère, sur un bateau.

Forcément, dit l'écrivain avec pas mal d'amertume. Forcément : quand elle a changé de refuge et a quitté la soute à poudre pour s'aller installer dans cette partie-là de l'entrepont, elle a chassé tous les passagers qui s'y trouvaient et leur a pris toute la place pour elle seule. Si bien qu'ils sont dans les vingt-quatre, à présent, à dormir et se tenir dans des endroits impossibles à bord, faute de pouvoir occuper l'emplacement pour lequel ils avaient payé au départ.

— C'est égoïste, si tu veux mon avis.
— Je te le concède.
Nous arrivons enfin à un point intéressant de la négociation. Avec le capitaine, il n'y avait pas tant moyen de marchander, son ire (qu'est-ce qu'il est coléreux, cet homme) était telle qu'il n'arrêtait pas de hurler, voix étranglée par la fureur. Ce petit écrivain est plus raisonnable.
— Je te le concède et j'ai une proposition à faire.
Catherine-Marie avait passé des jours et des nuits à mettre sa stratégie au point. Avec l'aide de la vieille Pagez dont le père, le grand-père, les fils et les neveux étaient ou sont (on est tous huguenots dans la famille Pagez) des corsaires. En sorte que la vieille est pas mal amarinée, elle sait tout des bateaux de grand large ou de cabotage, sait comment ils sont faits, et pourquoi, de quelle manière on peut ou non amadouer le type d'hommes qui vivent à bord, ce qu'il convient d'emporter comme provisions et provendes pour subsister des semaines sans avoir les gencives qui gonflent et les dents qui se carapatent, enfin tout ; elle a vraiment été de précieux conseil — parce qu'en plus, ça la faisait s'esclaffer, ce projet de sa locataire.
— Quelle proposition ?
Elle le dit. L'écrivain en demeure coi un instant puis déclare que selon lui le capitaine Thouars n'acceptera jamais, il préférera voir son navire exploser.
— Nous sommes où ? demande Catherine-Marie.
En pleine mer.
— Loin d'une côte ?
Très loin.
— Parfait, dit-elle. Moi, je sais nager. Un jour, j'ai descendu l'Allier sur plus de vingt lieues sans jamais toucher la berge.
Il y a bien plus, infiniment plus de vingt lieues jusqu'à la prochaine côte, remarque l'écrivain.
— Va voir le capitaine et fais-toi mon parlementaire.
Des pas s'éloignent, mais elle se défie quand même.

C'est qu'ils ont tout essayé, depuis qu'elle est montée à bord sous la forme (extérieure), le costume et l'identité de Pouillou Pattu ; ils ne se sont pas aperçus tout de suite de ce qu'elle n'avait pas de poil aux pattes ; elle a feint d'être malade, est restée quatre jours dans son coin, sur sa paillasse, se nourrissant du pain et du fromage qu'elle avait emportés à cette fin, pour cette phase-là, ne se levant qu'à la pleine nuit, tout dormant autour d'elle, pour satisfaire ses besoins dans le baquet spécial. Qu'elle fût à ce point dolente n'a surpris personne, ils étaient bien dix ou douze à souffrir du mal de la mer, du balancement de celle-ci, même *La Belle-Vendéenne* étant tout à fait encalminée. Il a fallu que le chirurgien du bord s'en mêlât, cette buse. Comme elle feignait encore plus d'être moribonde, il a voulu la palper, s'est retrouvé avec le coutelas dans le ventre (elle s'est laissé emporter). Dès lors, elle a jugé qu'elle ne pouvait soutenir son mensonge, elle s'est dressée, et avec une vraie jouissance, en ayant plein le dos et les jambes de demeurer gisante, elle s'est ruée. Les informations données par la vieille Pagez se sont révélées bien judicieuses, elle a pu atteindre la soute à poudre sans être interceptée par les matelots surpris, qui ne savaient pas encore qu'ils avaient affaire à une femme. Elle s'est enfermée dans ce compartiment étroit, en fracassant la fermeture avec le marteau dont elle s'était munie exprès, a bloqué le battant avec une barre à mine et, dès le début des pourparlers, a exigé qu'on lui portât son bagage en entier, ses deux malles de bois cerclées de fer dans lesquelles se trouvaient entre autres et son arc et son carquois, sa rechange de vêture... et le fameux baril. Alors elle a eu la situation bien en main. Et si jusqu'à ce point on avait cru à un grand accès de vésanie, de pure aliénation, le capitaine a découvert la vérité vraie, tout colère.

Des pas. Et la voix de l'écrivain revenu.

— Tu es encore là ?

— Je n'ai pas sauté à la mer, si c'est ta question, répond-elle. Bien sûr que je suis là.

— Le capitaine est d'accord.

Quel triomphe ! Si ce n'est pas un traquenard. Elle met son œil au trou qu'elle a percé dans le battant. Le couloir, enfin la coursive, est vide à l'exception du petit homme chauve qui dit qu'il est l'écrivain.

— Et ma route sera dégagée ?

— Tu as la parole du capitaine Thouars.

— Voilà qui me fait la jambe belle.

— Le capitaine Thouars n'a jamais manqué à sa parole.

— Moi non plus. Je fais sauter mon baril de poudre au premier qui se met sur mon chemin et essaie de me toucher. J'allume ma mèche.

Et, de fait, elle bat son briquet et met le feu au cordonnet.

— Et j'ouvre, dit-elle ensuite, non sans s'être assurée de l'écrivain (qu'elle ne craint guère, il est haut comme trois pommes à genoux et doit peser seize livres).

Elle défait son étonnante barricade et tire le battant. Elle porte le baril sur son ventre, malgré le poids qui n'est pas rien, et tient dans sa paume, pour éviter qu'on ne l'arrache, la mèche en train de se consumer.

— Marche devant moi.

Elle a placé sa cape sur ses épaules, l'a nouée autour de son cou, elle en a rabattu la coiffe — pour protéger la mèche dans le cas où l'on s'aviserait d'y jeter de l'eau pour l'éteindre. Ce n'est pas qu'elle soit méfiante mais elle n'a confiance en personne. Suivant l'écrivain, elle gravit des marches de ce qui ne s'appelle pas un escalier, suit ce qui n'est pas non plus un couloir…

— Il reste trois pouces et demi de mèche à brûler, après quoi tout saute, annonce-t-elle.

— Nous sommes arrivés.

L'écrivain ouvre une porte et s'écarte. Elle s'approche avec mille précautions, jette un premier coup d'œil puis un autre, ne voit vraiment personne, n'est pas encore convaincue, vérifie qu'un acrobate ne s'est pas collé au plafond pour lui tomber dessus quand elle entrera et elle entre.

Deux pouces un quart de mèche.

— Pas d'autre porte que celle-ci ?

Non (et elle le voit par elle-même).

— Ni de trappe ?

Non plus.

— Referme la porte.

Exécution. Elle tire elle-même le verrou et seulement alors dépose le foutu baril. Elle retire la mèche et l'éteint du talon. Elle regarde autour d'elle ; pour être exigu, ça l'est. Il y a pourtant un bat-flanc avec une paillasse et même, quel luxe, deux linceuls, ou draps, et un oreiller dont la taie est propre ; et aussi un tabouret à trois pattes et, dressée contre le mur qui est une cloison, une planche dont elle constate qu'elle se rabat grâce à des charnières et fait office de table. Tout cela plus un coffre — mais vide, on en a retiré le contenu.

Et un vase de nuit.

Elle s'assied sur la paillasse puis, réflexion faite, sur le tabouret, avec une satisfaction de nouveau propriétaire. Elle soulève le couvercle du baril de poudre, plonge la main, en retire une pomme et la croque.

Les gens croient vraiment n'importe quoi, qu'est-ce qu'il sont niaiseux ! Prendre pour un baril de poudre un baril plein de pommes !

Elle est en train de faire son petit ménage, d'étaler ses semis de cresson, de laitues et de raves, et encore de pourpier, de cacher ses cornichons confits, ses trois jambons, son gros quartier de bœuf salé, son petit barrot d'anchois, elle a monté son arc et bien disposé ses flèches, déployé ses deux couteaux, elle a fait tout cela, a somnolé un peu, quand on frappe.

Je t'avais entendu venir, qui que tu sois, j'ai l'oreille fine, qu'est-ce que tu crois ?

— Je voudrais vous parler.

Ce n'est pas l'écrivain.

— Et vous êtes qui ?

— Le capitaine de ce bateau.

Ah oui, elle reconnaît sa voix maintenant. Mais à peu près chaque fois qu'il leur a adressé la parole, il vociférait et ça changeait tout.

— Parler de quoi ?

— Vous êtes dans ma cabine, après tout.

— Je me suis dit qu'à une dame, vous céderiez bien volontiers votre chambre. Merci de l'avoir fait.

— Enfermée comme vous l'êtes sans rien avoir à manger ni à boire, vous ne tiendrez pas longtemps.

— Nous autres d'Auvergne, nous tenons avec l'air du temps.

Elle déglutit et finit son anchois et s'autorise une goulée, très minuscule, de l'eau d'une de ses cinq gourdes — elle n'a rien bu depuis la veille (ou était-ce l'avant-veille ? elle a perdu le compte des jours).

Elle a également percé un trou dans ce battant-ci. Ou plus justement deux : le premier à hauteur du visage, le second presque à ras du sol, dans l'éventualité où ils seraient plusieurs à assiéger sa porte, dont un ou deux à plat ventre et qui se dissimuleraient ainsi. Et mieux que cela encore, elle a aménagé des meurtrières, on dirait, dans la cloison entre la coursive et elle, aux deux angles, en sorte qu'elle peut scruter cette dite coursive sur cinq à six toises.

Ce qu'elle fait. Après avoir ôté les bouchons de bois qu'elle a enfoncés dans ses trous pour éviter d'être espionnée, voire lorgnée quand elle est toute nue.

Bon, la coursive est vide sauf un homme. Sans armes, l'homme, et avec un justaucorps d'officier.

— Eh bien, parlons, dit-elle.

— Vous ne voudriez pas m'ouvrir la porte ? Je vous donne ma parole que je ne tenterai rien contre vous.

Elle se tait. *Réfléchis. En somme, tu n'as pas fait grand-chose, tu parles d'un crime : tu es montée à bord d'un foutu bateau déguisée en Pouillou Pattu, disant que tu étais Pouillou Pattu (ce qui n'était qu'à demi vrai, tu es Pouillou mais pas pattue), tu as cassé le cadenas de la soute à poudre, tu as chassé les pas-*

sagers de cet endroit infect où on les met pour dormir, tu as occupé par vile extorsion la chambre du capitaine, et tu as menacé de faire sauter son bateau avec un baril de pommes.

On ne te rouera pas pour tout ça. En principe. Sauf s'ils sont vraiment très sourcilleux et renfrognés. Et après tout, dans cette Nouvelle-France où tu vas, peut-être qu'ils auront des règlements à eux, comme quoi ils te pendent parce que tu as craché en l'air ou fait ton pipi de traviole.

— Votre parole ?

— Pour ceux qui me connaissent, elle vaut.

Elle a réfléchi.

— Je vais ouvrir un tout petit peu, dit-elle. Asseyez-vous par terre.

— Pourquoi diable ?

— Parce que c'est moins facile de sauter sur quelqu'un quand on a le cul sur le sol, voilà pourquoi. Hé, hé !

Elle démantèle un tant soit peu la deuxième en date de ses barricades, déplace de quelques pouces la grosse pièce de bois (extraite du plafond ou de ce qui en tient lieu) et qui cale la porte, coincée qu'elle est entre celle-ci et le bas du bat-flanc. Elle entrebâille le battant.

Après, quand même, avoir vérifié qu'il était bien assis par terre, l'autre.

Un entrebâillement de deux pouces et demi. Insuffisant pour passer la main — pas folle.

— Vous me voyez ?

— Pas vraiment, dit-il. C'est plutôt sombre, dans ma cabine.

— Il n'y a qu'une chandelle et je l'épargne.

— Je vous en ferai porter d'autres.

— Et de l'eau.

— Et de l'eau.

— Et de quoi manger.

— Je vous le promets.

— Après tout, j'ai payé mon voyage comme n'importe qui.

— Pas pour voyager dans ma cabine, pas pour mettre mon bateau à feu et à sang, pas pour le mettre en péril d'exploser et de couler en pleine mer.

— On m'a refusé partout de m'embarquer pour ce que j'étais, une femme.

— Vous en êtes vraiment une ? Allumez cette chandelle, je voudrais bien vous voir.

D'accord. Elle contrôle une fois de plus ses défenses, mais la poutre de bois est solide, tu n'enfoncerais pas la porte avec un bélier. Elle fait un peu de lumière, prend la bougie, dénoue le lacet de sa chemise, dénude ses épaules, se place dans l'entrebâillement.

— Je peux me relever ?

— Oui.

Il se dresse et considère le visage de Catherine-Marie et, plus encore, la naissance très vallonnée de ses tétines.

— Je suis bien une femme, d'après vous ?

Il acquiesce. Et une femme à son goût, à lire son regard. Qu'est-ce qu'ils ont tous à me trouver affriolante ? Avec mes grands pieds, mes grandes mains, mes grosses tétines et tout le tremblement, pourtant je ne suis pas de celles qui minaudent et font les cajoleuses.

— Vous vouliez me voir et me parler, j'écoute.

— J'étais un peu encoléré contre vous, au début.

— Plus maintenant ?

— Moins. Je vous laisse dans ma cabine, je vous fais tenir à manger et à boire...

— Et ?

— Vous me donnez ce baril de poudre.

Et je me priverais du seul moyen que j'aie de les tenir tous bien tranquilles, à bord, je leur démontrerais qu'ils ont tous été rusés comme des lèchefrites (ils seront ravis, surtout que ça leur sera venu d'une femme), et je me priverais de mes pommes.

— Je crois que je vais garder mon baril. Je peux tout de même vous faire un plaisir : je vous donne la parole de Catherine-Marie Pouillou que ce baril n'explosera jamais et que, si votre bateau venait à couler, ce baril n'y serait pour rien.

Au contraire : ça flotte, les pommes.

— Ça ne me suffit pas tant.

— Il vous faudra vous en contenter.

Elle le dévisage à la lueur de la chandelle qu'elle tient et d'un coup se souvient de qui il lui rappelle. La même sorte d'homme. Le bedeau bedonnant d'Issoire. La même corpulence, cheveux rares pareillement, la barbe de même en broussaille. Et cette façon de couler son regard sur mes tétines, en hypocrite. — *Un jour je lui en ai mis une (de mes tétines je veux dire, et je parle du bedeau de Saint-Austremoine d'Issoire) et il a fait un bond, je ne te dis pas, presque il dépassait le clocher.* Bon, le capitaine Thouars a de l'autorité dans le sourcil et les poils de la barbe, on voit qu'il a accoutumé de donner des ordres et d'être obéi, et qu'il est homme de parole. Mais lui et le bedeau se ressemblent. *Autrement dit, tu sais à présent comment le prendre.*

— C'est que je tiens à mon bateau, dit-il.

— Quelqu'un nous écoute ?

Non.

— Je vous donne un baril et vous dites que c'est celui qui est plein de poudre. Vous le jetez à la mer et votre honneur de capitaine est sauvé.

Le bedeau bedonnant, lui, accepterait.

— J'accepte, dit le capitaine. Ce sera un secret entre nous.

— Cela dit, je reste dans votre cabine, vous me faites porter une grosse chaîne et deux gros cadenas, pour que j'en puisse seule fermer et ouvrir la porte. En plus de la clé. Vous expliquerez que je transporte des plantes très rares pour la Nouvelle-France et que les courants d'air risquent de les exterminer.

N'importe quoi. Mais le bedeau aussi aurait marché, parce que sa fierté s'en sortait bien.

— Des plantes. Entendu.

Elle continue de le scruter, sa défiance pleine et

entière en dépit de la comparaison avec le bedeau de Saint-Austremoine. Il cède bien aisément.

— Nous avons fait combien de jours en mer?

Onze. Sans compter ceux où l'on est resté encalminé.

Onze jours, disons dix puisqu'elle ne s'est enfermée dans la soute à poudre qu'après qu'on a vraiment pris le vent du large. Si tu veux bien y réfléchir, Catherine-Marie, cela fait dix jours que ce capitaine t'a sur le dos. Sûrement qu'il aura à son bord des passagers cent fois plus importants que toi, et qui ont dû le tanner tant et tant, pour qu'il fasse quelque chose et les débarrasse de la folle au baril de poudre. Il ne sait plus où donner de la tête.

Et n'importe quelle solution lui offrant le beau rôle lui est bonne.

— Personne ne saura jamais que le baril que vous aurez jeté à la mer ne contenait pas de poudre. Parole de Pouillou.

Et autre chose: elle veut monter sur le pont, prendre un peu de grand air. Et comme elle l'eût fait en pareille occurrence avec le bedeau de qui elle a obtenu tant de services, elle ajoute qu'elle se conduira en sorte, sur le pont, de rendre honneur au capitaine Thouars.

— Je dirai à vos passagers d'importance que j'ai été prise par les fièvres pendant quelques jours, et que sans votre sage intervention...

Le bedeau eût été enchanté, le capitaine l'est également. En plus il est soulagé.

Elle débarricade un peu plus et lui tend le baril. Il renifle.

— Mais ce sont des anchois!

— Je n'ai jamais prétendu le contraire, dit-elle. *Ils se gâtaient, ces foutus anchois. Dans deux jours, ils m'auraient empuanti ma cabine.*

Et elle monte sur le pont, elle se fait embarrassée, humble, désolée, contrite. Au vrai, mais délibérément, elle en rajoute, racontant dix fois à la suite combien ces fièvres lui ont fait perdre la raison; grâce à Dieu, le si avisé capitaine Thouars a su la ramener au bon sens, et maintenant que le baril de poudre vogue à des centaines de lieues...

Elle fait tant et si bien qu'on l'évite. Elle n'en demandait pas davantage. Son besoin de bouger, de se mouvoir par la puissance la pousse à exécuter des tours complets de la hourque — c'est un navire plutôt rond, plutôt lent, plutôt lourd, mais très solide, en gros cela ressemble assez à une semi-coquille de noix —, à les enchaîner jusqu'à donner le tournis à tout l'équipage.

La voilà ensuite qui grimpe aux mâts — elle a toujours aimé grimper.

Je les rends tous fous, à mon débarquement ils vont souffler d'un extrême contentement.

Elle prend du goût à regarder la mer. Qui pourtant n'est pas si exaltante, c'est une eau grise les trois quarts du temps, quelquefois plus plaisante quand elle fait ses grosses vagues, alors ça, oui, ça lui plaît.

Elle n'est pas malade. Rien du tout. Le chirurgien s'en inquiéterait presque, de la voir si pimpante.

Il y a vingt-huit passagers à bord de *La Belle-Vendéenne*. Tous à destination de la Nouvelle-France, pour la plupart contraints de s'y rendre, c'était ça ou la hart, dans leur quasi-totalité (hors quelques gens de négoce mais ils sont rares) partant sans espoir de retour.

Pas moi. Moi, je fais l'aller et retour. Je saute de ce bateau-ci à terre, je trouve et tue le Smaragdin, je me jette (avec ou sans baril de poudre) sur ce bateau-là qui s'en revient en France et avant la mi-août je suis dans mes monts d'Auvergne.

Et ainsi traverse-t-elle l'océan Atlantique.

III

Elle se penche à peine sur la lisse, s'accoude vaguement à celle-ci, note qu'à l'endroit du bateau où elle est il ne se trouve personne pour l'avoisiner, n'en conçoit pas pour autant de la rancœur (je n'ai rien à dire à ces gens et moins encore suis-je intéressée à les entendre) et non plus de l'étonnement puisqu'il y a bien deux ou trois semaines que nul ne lui adresse plus la parole, à bord de *La Belle-Vendéenne*. Elle regarde la terre devant elle. Sans la moindre émotion. C'est de la terre, un point c'est tout. Je ne ferai qu'y passer de toute manière.

Il paraît que cela se nomme Tadoussac. Eh bien, tant mieux. J'y entre et j'en sors. Ça n'a pas l'air d'une ville, donc je trouve la ville la plus proche (sûrement que le Smaragdin se croyant désormais hors de mon atteinte s'y trouvera à festoyer avec des ribaudes), je le flèche, je lui tranche la gorge pour être tout à fait sûre de ce qu'il est bien crevé, je remonte sur le bateau et vogue la galère, je rentre.

Elle regarde Tadoussac. On y voit des bateaux à l'amarre, accrochés à une espèce d'appontement, et d'autres à l'ancre. Des terre-neuviers pour la plupart — *si je ne trouve pas d'autre embarquement, je pourrai toujours regagner la côte de France déguisée en morue.*

Le 14 juillet, entend-elle. Ce serait la date du jour. Nous avons quitté La Rochelle, je crois, le 3 ou le 4 mai. Elle commence à compter les jours de voyage mais y renonce, quelle importance ! Tadoussac est une sorte de fort en rondins, un peu à l'écart d'autres constructions, si l'on peut appeler ça des maisons, ce sont des choses avec des pierres et du bois, comme enfoncées en partie dans la terre. Des hommes vont et viennent, certains avec des costumes vraiment pas ordinaires et tu dirais que leur visage est peint (sans compter qu'il en est pour porter des plumes, on aura tout vu).

— Une chose est certaine, dit le capitaine Thouars. Si cela ne dépend que de moi, vous ne remettrez jamais le pied sur mon bateau.

Elle ne prend même pas la peine de lui répondre. Comme le bedeau de Saint-Austremoine, pareil, il fait sa boudeuse, ayant compris, mais trop tard, qu'elle s'était jouée de lui. Lanlaire.

Je peux débarquer ?

— Oui. Le plus tôt sera le mieux.

Déjà à peu près tous les passagers ont mis pied à terre, les bourgeois en premier, qui sont venus pour la pelleterie (c'est ce qu'elle a cru comprendre). Elle monte à son tour dans le canot et les deux marins qui mènent l'embarcation se gardent bien de la lorgner — elle a manqué de peu de flanquer par-dessus bord, en pleine mer océane, l'un de leurs confrères qui avait cru pouvoir la tripoter un peu, et l'a tout de même un tantinet lardé de son couteau.

Je les épouvante, c'est sûr.

— Qui diable êtes-vous ?

À peine vient-elle de poser le pied sur un rocher. Elle relève les yeux et découvre un petit homme trapu avec un grand col de dentelle sur un pourpoint bleu nuit.

— Et vous ?

— C'est moi qui pose les questions.

— Vous y répondrez tout seul.

Elle retire son bissac du canot — elle a laissé à bord et ses malles et le peu qui restait dedans, inutile de s'encombrer —, finit de débarquer, écarte le pourpoint bleu nuit, part à grands pas. Elle est sur un promontoire, lui-même situé à l'entrée d'une gorge géante, qui semble très longue et très profonde — par endroits, tu croirais que les falaises de part et d'autre font deux ou trois cents toises —, et dans laquelle la mer entre. Bon, ça n'est pas trop laid. *Mais je ne suis venue ici pour admirer le paysage.* Elle découvre d'un coup que Petit Pourpoint l'a suivie et marche à côté d'elle.

— On dégage, dit-elle.

— Vous devez me suivre.

— Le jour où je suivrai un bonhomme parce qu'il me le commande, il fera plus chaud qu'aujourd'hui.

Mais voici que deux hommes en armes l'encadrent. Elle stoppe.

C'est quoi ? Le guet ?

— Vous nous suivez.

On la conduit à l'intérieur de la palissade en rondins pointus, qui auront été taillés environ un an plus tôt, pas davantage, on la fait entrer dans une maison, il y a là un homme qui semble d'importance (en tout cas, il croit avoir de l'importance et les autres le croient aussi) et qui dit se nommer Pierre Gravé. Il sera quelque chose comme lieutenant de la Nouvelle-France.

— Vous êtes une femme, dit Gravé.

— J'avais remarqué aussi, répond-elle.

— Vous ne pouvez pas rester ici.

— Je n'y reste pas. Je vais à votre ville.

Il la considère ébahi, quelle ville ? Il n'y a aucune ville à moins de mille lieues et encore. Elle ne peut pas rester en Nouvelle-France, où il n'y a que des hommes. Outre ce fait que la plupart des hommes sont des terre-neuviers, des pêcheurs, et en plus, souvent, des Basques à la tête très dure et très peu accommodants. Ce sont des contrebandiers. L'an dernier, lui, Pierre Gravé, a dû se battre contre eux et n'a pas eu le dessus. Il ne veut surtout pas d'autre incident. Et il y aura sûrement incident si les Basques s'avisent de sa présence à elle.

— Il me faudrait vous défendre et je n'en ai ni le goût, ni le temps, ni les moyens. *La Belle-Vendéenne* du capitaine Thouars repart sous quatre jours, vous serez à son bord.

Elle le fixe et un détail qu'elle a noté lui revient.

— C'était quoi, ces choses dans la mer, que l'on

dirait des chaloupes à l'envers et qui crachent de l'eau ?

— Des baleines ?

— Ça se mange ?

— Ne détournez pas la conversation, dit-il. Et je ne plaisante pas. Je ne veux même pas savoir ce que vous êtes venue faire en Nouvelle-France. Selon le capitaine Thouars, vous êtes montée à son bord en feignant d'être un homme...

— Qu'est-ce que je pouvais faire d'autre ? Il n'y a pas tant d'autre choix, comme autre sexe.

— Vous avez voyagé frauduleusement. Vous serez assignée à rester ici, dans cette habitation, sans en sortir, sans vous montrer. Dans quatre jours, nous vous réembarquerons. On va vous conduire à vos quar...

— Je peux dire un mot ?

Ne te laisse pas emporter, tu te calmes, tu fais la fille qui, sous ses airs hommasses, est quand même un peu une petite fleur fragile — quoique tu aies l'air fragile tout autant que le puy de Sancy.

— Je cherche mon frère. Il n'a pas le même nom que moi parce que nous ne sommes pas du même père.

... Ni de la même mère non plus, d'ailleurs, manque-t-elle de peu d'ajouter. Mais elle décrit le Smaragdin et la Montagne humaine qui a embarqué avec lui, à La Rochelle.

— François Villon et Antoine Pissarugues, dit alors Gravé. Je me souviens d'eux. Ils étaient à bord du *Saint-Pierre-et-Paul* qui nous est arrivé voici six ou sept semaines. François Villon, comme le poète. Il paraît d'ailleurs que c'est son petit-fils. Ils ne sont plus à Tadoussac, je ne sais où ils peuvent être. Ils sont partis d'ici le lendemain matin de leur débarquement.

— Quelqu'un sait où ils se trouvent ?

— Les sauvages.

Le mot la laisse interdite. Des sauvages ? Ce serait

quoi, des sauvages ? J'en ai rencontré des tas, en Auvergne et ailleurs.

— Les Basques ?

— Les Indiens.

Allons bon, qu'est-ce qu'il chante ?

— Je crois savoir, dit Gravé, qu'ils s'en sont allés le long du fleuve. Dans la même direction que M. de Champlain. Peut-être vont-ils le rejoindre. Je ne suis pas le seul ici à regretter que ce messire Villon nous ait quittés avec tant de hâte. Nous l'avons eu à souper et il nous a régalés de contes fort divertissants.

— Mon frère, dit-elle en réussissant à desserrer les dents, mon frère est un enjôleur. Mon père aurait pu vous le dire.

On dit qu'on ne l'enferme pas, mais on l'enferme bel et bien. Dans le logis d'un certain capitaine Le Testu. La fenêtre sur l'arrière en est bien close par un très fort volet de bois, cloué, et de l'extérieur ; la porte en est gardée. Elle enrage.

J'ai moins de quatre jours devant moi.

Très bien.

Un certain Claude Godet des Maretz vient lui faire visite. Il s'attarde, quoique n'osant pas entrer et demeurant sur le seuil. Il lui fait toutes sortes d'assertions auxquelles elle n'accorde aucune foi *(tu penses bien qu'ils essaient tous de me persuader que je dois m'en retourner au royaume de France sur la foutue* Belle-Vendéenne*)*. Ainsi raconte-t-il, par exemple, que dans toutes ces terres très immenses, sans doute grandes pour le moins comme l'Europe *(sais pas ce que c'est)*, il ne se trouve en tout que moins de deux cents Européens, si l'on excepte les Espagnols en Floride ; et en comptant les Français de Nouvelle-France et la poignée d'Anglais établis en Virginie *(sais pas où c'est non plus. Quant à la Floride, je suis sûre que ce bonhomme vient d'en inventer le nom)*. Et il parle aussi des sauvages *(ne me fais pas rire)*, il raconte que certains se nomment

Algonquins, et d'autres Montagnais, qu'il s'en trouve aussi qui, dans leur propre langue, s'appellent eux-mêmes Ouendats mais on les surnomme, chez les chrétiens, à cause de leurs cheveux sillonnés, à cause de la raie de quasiment deux doigts qu'ils se font sur le milieu de la tête, ou bien parce qu'ils sont rasés tantôt à droite et tantôt à gauche, ou alors parce qu'ils ont les cheveux leur tombant sur les épaules, pour toutes ces anomalies bien curieuses qui leur font comme des hures, on les surnomme les Hurons.

— De très grands barbares. Songez qu'ils coupent des têtes.

C'est vrai que ce n'est pas chose qui se fait chez nous, tu parles! On voit bien que tu ne t'es jamais trouvé sur les traces de soldats ravageant l'Auvergne.

Elle demande, comme cela, en l'air, à seule fin d'entretenir la conversation, si dans les forêts de la Nouvelle-France un bon chasseur peut trouver à se nourrir.

Que oui, dit-il! Oh! que oui! À condition d'être bon chasseur, assurément. Il se rencontre, dans ces dites forêts, des sortes de chevreuils ou de daims géants, pouvant atteindre près de deux toises de long et pas loin de deux milliers de livres...

Cet énergumène me conte n'importe quoi.

... Et que les Basques de Tadoussac nomment oregnac ou orignal, ce qui veut dire cerf en leur langue basque.

— Et puis il y a les castors, dont la fourrure vaut tant.

— Les castors.

— Ils vivent presque toujours sur les eaux et ils ont une très large queue avec laquelle ils frappent.

Un autre homme s'approche et parle aussi. Lui se nomme Étienne Brulé. Il est interprète et prétend savoir la langue des sauvages — comme si cela servait à quelque chose d'apprendre la langue des gens, ils n'ont qu'à parler comme tout le monde, *ce n'est pas demain la veille que je me mettrai à patoiser.* Mais ce Brulé-là sait quantité de choses, il a effectué bien des marches dans l'intérieur, est remonté avec M. de Champlain tout au long de la gorge si profonde envahie par la mer océane, et que l'on nomme Saguenay, est allé jusqu'à une grande plaine au-delà de laquelle il y aurait un lac et, bien plus loin encore, dans le Nord, une grande mer salée qui pourrait bien permettre de mener des bateaux jusqu'en Chine. Brulé connaît beaucoup de choses sur ceux qu'il nomme les Indiens, lui ne les trouve pas si sauvages, quoiqu'ils soient souvent bien effrayants d'allure ; il accumule les détails, qu'elle enregistre sans en avoir l'air.

Et elle note toutes ces informations comme celui-là qui s'enquiert d'une route qu'il va devoir prendre, d'un pays qu'il devra traverser. Mais sans plus. Elle ne retient que ce qui lui pourra être utile. Elle est d'une intelligence froide, seuls l'amour qu'elle avait pour Pouillou Pattu et la détestation terrible qu'elle éprouve à l'encontre du Smaragdin, seuls ces deux sentiments-là, extrêmes et quasi forcenés, l'ont jamais sortie d'elle-même, à ce jour — avec en plus, et tout de même, cette nostalgie qu'elle a de ses monts d'Auvergne.

Jusqu'à Pierre Gravé qui vient lui faire visite, encore. Elle le fait habilement venir sur cette expédition — la deuxième — conduite par M. de Champlain, à remonter la rivière Saint-Laurent, à aller jusqu'à l'endroit nommé Québec par les sauvages (le mot québec veut dire rétrécissement et un tel nom a été donné pour ce que la rivière Saint-Laurent n'y est pas, là, plus large qu'un tir de canon). Gravé révèle que M. de Champlain, déjà l'année dernière, a fait hivernement en cet endroit nommé Québec, avec vingt-sept compagnons, dont huit seulement ont survécu aux maladies, au froid et aux miasmes.

— Vous voyez bien, demoiselle, que vous ne pouvez rester en cette contrée si dure aux hommes.

— Vous m'avez tout à fait persuadée, dit-elle avec son meilleur et plus doux sourire. J'embarquerai sur

La Belle-Vendéenne et y demeurerai plus sage qu'une couventine.

Il la brocarde aimablement de ce si grand appétit qu'elle a et qui lui a fait dévorer, en trois jours qu'elle a passés en Nouvelle-France, presque l'équivalent d'un orignal; jamais il n'a vu une femme manger autant, sauf votre respect.

Il la quitte et elle fait de même, deux heures plus tard ou à peu près, quand la nuit est bien tombée. Le volet de bois qu'elle a tant travaillé avec le plus grand de ses couteaux, ce volet cède, la voilà dehors, puis sur le toit, puis par-dessus la palissade. Elle part plein nord pour laisser une fausse piste jusqu'à cet endroit où, trouvant un ruisseau ou quelque marais, tout sur la hauteur de Tadoussac, là, elle estime pouvoir sans crainte d'y laisser sa trace marcher au sud. Elle avance très vite, courant et marchant en alternance, son bissac allongé sur ses épaules est bien lourd — avec toute cette viande d'orignal qu'elle a si soigneusement épargnée. Elle se rue jusqu'au lever du jour, s'oriente, voit la rivière Saint-Laurent à une demi-lieue sur sa gauche. Elle y est. Elle entend bien des appels dans le lointain et aperçoit même une barque sur l'eau, tout cela d'évidence pour la chercher. *Tu verras qu'ils s'inquiéteront de moi, si faible femelle et perdue dans la forêt sauvage, je m'esbaudis.*

Toute la journée suivante et celle d'après, elle progresse de même. Ne s'accordant que deux ou au plus trois heures pour dormir un peu. Le reste du temps marchant à toute force, et très bienheureuse. Saisie d'un puissant sentiment de liberté. Voici que tombent d'elle, comme des oripeaux que l'on quitte, toutes les puanteurs, tous les remugles, toutes les pestilences des cales de la foutue *Belle-Vendéenne,* Seigneur, tant de semaines claustrée avec ces gens qui jamais ne faisaient toilette, à respirer leur suint. Et même dans l'habitation de Tadoussac, enfermée que j'étais, ces relents de viande avariée et de défécations, pas étonnant qu'ils soient malades, à être tant sales!

Elle se lave, une fois, deux fois et davantage. Ce n'est pas l'eau qui manque.

Elle voit des Indiens, les évite. Non qu'elle en ait la crainte, mais aussi bien ils se seront acoquinés avec ceux de l'habitation, ils la dénonceraient.

Et puis elle ne veut voir personne. Mort-Dieu, quelle jouissance d'être seule, de déverser un tant soit peu de cette énorme réserve constituée durant les dernières semaines — tu as beau dire, tourner et tourner sur le pont d'un bateau, ça ne te dégourdit pas vraiment les jambes.

Elle se met en chasse le quatrième jour. Avec cette chaleur, sa provision de viande s'est gâtée. C'est qu'il fait chaud, à croire que dans ce monde-ci, ils ont l'été en été, comme tout le monde. Ils étaient tous à la tanner avec leur froid et leur neige.

Village indien, elle passe au large. Elle les observe un peu, tapie, faute de pouvoir poursuivre dès que toute une bande lui barre la route. Ils sont tous nus ou peu s'en faut, les fesses des hommes sont pour la plupart bien belles (les femmes l'intéressent moins), et je ne te dis pas les cuisses. Ils n'ont pas de culotte et portent comme un petit rideau, devant, en sorte que tu vois tout ballotter. C'est plaisant, ma foi.

La voie est redevenue libre, elle repart. Elle fait du feu pour la première fois depuis qu'elle s'est enfuie de l'habitation de Tadoussac, elle y grille le poisson qu'elle a pris, et qui se révèle fort mangeable. Le lendemain, elle flèche une bestiole, une sorte de chevreuil, cette fois tu ne pourras pas te contenter d'un petit feu de misère. Si bien qu'elle s'écarte de la rivière jusque-là maintenue constamment sur sa gauche et gagne en hauteur. Elle se juche sur un piton, ne voit rien ni personne, allume son feu de bois mort qui ne fume presque pas. Sans cesser d'être constamment en alerte — à trois reprises elle a bondi sous le couvert, arc armé, croyant avoir perçu une approche.

Bon, elle dévore à belles dents sa viande fraîche, pour laquelle il manque du sel mais tant pis.

Et c'est le jour suivant, soit à son estimation après plus d'une semaine — huit ou neuf jours peut-être —, qu'elle atteint un détroit, un étranglement de la rivière. Elle en est loin mais découvre des constructions, au bord d'une petite rivière qui se jette dans la grande. Aucune trace de vie humaine. Elle s'en rapproche avec des précautions extrêmes, finit par arriver à d'anciennes marques de fossés, à l'ombre d'une palissade, aux vestiges d'un étroit logis, à un entassement de chantignolles situant l'emplacement d'une cheminée maintenant éboulée; tout cela au milieu d'un grand désordre de pièces de bois équarries à la hache, noircies par les gels successifs et fort vermoulues. Brulé a évoqué cette habitation, ce sera celle de l'homme nommé Jacques Cartier, qui est venu ici et y a hiverné, dans les soixante-quinze ans plus tôt, avant que de s'en retourner en France.

Elle passe une nuit dans ces ruines, n'osant pas y faire de feu, mangeant de son chevreuil. Elle est un peu en souci. Certes pas d'être si solitaire et à tant et tant de lieues de tout (au contraire). Mais bien de n'être pas assurée de se trouver sur la piste de Smaragdin, de qui elle n'a pour l'instant relevé nulle trace; il a pu marcher dans n'importe quel sens. Ce pays-ci est vaste, sans routes, ni auberges ni relais ni villes, est-ce peu commun, à qui demander son chemin? Par revanche, c'est vrai, elle sait mieux les forêts et la vie de la pleine nature que ce fils de chien et tous ses congénères; ce Pierre Gravé, ce Godet des Maretz, et même ce Brulé, sont gens de ville, ils n'ont pas comme elle accoutumé d'être au grand air, de renifler une odeur lointaine, de remarquer une branchette cassée, une feuille retournée, ou la très mince morsure d'un pied d'homme (chaussé ou nu) sur une arête de terre; pas plus qu'ils ne savent se bien servir de leurs oreilles. Elle, si. À preuve qu'elle vient d'entendre cette infime rumeur de clapot et que bien du temps après l'avoir entendue (et avoir eu le temps de se dissimuler) elle voit passer sur la rivière de ces étranges embarcations, étroites et longues, à double bec dressé en l'air, faites semble-t-il d'écorces, que Brulé a appelées *piraguas*, à la mode espagnole a-t-il précisé. Les pirogues passent dans le sens du courant, elles transportent deux douzaines d'Indiens, aucun chrétien parmi eux, qu'ils aillent où ça leur chante, ce n'est pas son affaire. Elle a quitté l'habitation de Cartier depuis bien avant l'aube et a marché sans discontinuer. Elle parvient en vue d'un promontoire dans la matinée du jour suivant, le contourne par l'ouest. Voici du monde, et une habitation bien plus neuve, au plus datant d'une année. À une demi-lieue de distance, mais son œil est très acéré, elle distingue, enfermés dans une enceinte et touchant à la rivière par une plage et un appontement, trois corps de logis à deux étages, et en hauteur reliés par une galerie courante. On compte trois cheminées, deux canons hissés par des plates-formes, un colombier et, sur la plus haute des bâtisses, un cadran solaire que surmonte un drapeau à fleurs de lys. Deux chrétiens montent la garde, déambulant sur un promenoir qui domine le fossé.

Si j'étais assez sotte pour me présenter à ces gens, ils m'enfermeraient eux aussi.

Je n'ai nul besoin d'eux.

Elle reste énormément de temps à observer, toutefois. Comptant les hommes à l'intérieur de l'habitation, n'apercevant parmi eux ni le Smaragdin ni la Montagne humaine. Dénombrant aussi des Indiens, dont quelques-uns seulement semblent en droit de pénétrer à l'intérieur de l'enceinte, alors que les autres demeurent au-dehors, avec des femmes et des enfants tous nus, qui vont et viennent et s'occupent, parmi des abris de toiles peintes, qui pourraient bien être de peaux de bêtes. D'après Godet de Maretz, qui est venu en cet endroit depuis Tadoussac, le chef en ces lieux est le M. de Champlain. Lequel ne devrait pas être là, il serait, paraît-il, parti conduire une expédition plus en amont, bien loin.

Il y aurait quelque relation entre ce Champlain et le Smaragdin ?

Ta seule chance est de te fier à cette possibilité.

Elle passe la nuit bien cachée, des Indiens par deux fois défilant à quelques toises d'elle, mais ne la découvrant pas.

Je vais avancer dix journées encore, toujours en longeant cette rivière, on verra bien.

Trois jours plus tard, elle fait sa rencontre.

Elle a croisé les traces et s'est aussitôt mise en position de bataille, flèche encochée. Mais il n'y a qu'un seul homme, et les empreintes ne sont pas celles des bonnes chaussures de cuir des chrétiens ; plutôt de ces choses de peau que les Indiens portent aux pieds et que, d'après Brulé, on nomme dans ce pays *mikassin* ou mocassins, dans la langue algonquine.

Ce sera donc un Indien, il sera seul, il a une façon particulière de poser son pied gauche, la pointe un peu de travers, peut-être qu'il claudique, il est lourd et s'enfonce un peu à chaque pas, du pied droit surtout, ce ne sera pas un homme jeune, il est passé voici bien moins d'une heure, regarde cette brindille d'herbe qui se relève tout juste, il est assez grand à en juger par la longueur de ses pas, il va sans hésiter et donc connaît la région, et c'est un homme bien habitué à marcher, et longtemps.

Elle ne s'avance plus qu'avec une considérable prudence. Odeur de fumée, il vient d'allumer du feu, depuis très peu de temps. Elle rampe presque maintenant, bissac bien arrimé sur la crête de ses épaules, l'arc armé en travers de la saignée de ses deux bras, prenant appui au sol des coudes et des genoux, gagnant toise après toise sans faire plus de bruit qu'une feuille qui tombe. *(Tu te souviens de la fois où tu es arrivée jusque dans le dos de Pouillou Pattu qui était posté en affût, et tu lui as caressé l'oreille pour rire et il a fait un bond croyant que tu étais un loup ? Hé, hé !)*

... Eh bien, elle parvient de même dans le dos de

l'homme assis en tailleur. Tu pourrais croire que c'est un Indien, à voir ses vêtements de peau et son arc et sa hachette de guerre. Sauf qu'il a une longue barbe, a contrario des Indiens qui sont velus comme des pucelles. Sauf qu'il chantonne un lai et qu'elle en reconnaît et musique et paroles, les bonnes sœurs le lui faisaient chanter, à elle aussi, c'est le *Lai du Rossignol*, d'une femme appelée Marie de France. Outre qu'il a à sa ceinture, de peau aussi, un pistolet d'arçon.

D'un coup, il ne chante plus et demeure très immobile. Pour cette raison qu'elle lui a posé son coutelas en travers de la gorge et qu'elle lui dit :

— Bouge un peu, pour voir.

Il ne bouge pas du tout. Il continue de tenir les deux baguettes sur lesquelles deux lapins écorchés ont commencé de griller sur les flammes.

Il dit quelque chose dans une langue qu'elle ne sait pas mais immédiatement derrière et en français :

— Si c'est mes lapins que tu veux, ils sont à toi.

— Tu es chrétien ?

— Je sais mes patenôtres. Les lapins vont se carboniser, si je les retourne pas.

De sa main gauche elle lui prend le pistolet, puis le coutelas.

— Allonge-toi à plat ventre. Sans lâcher les lapins et qu'ils ne touchent pas terre, il ne faudrait pas que tu les macules.

Il s'exécute, elle s'assoit sur lui et place la pointe du coutelas à cet endroit de la nuque qui est juste sous les os de la tête.

— J'enfonce et tu es mort, dit-elle.

— Ne me dis pas que tu es une femme. À ta voix, on dirait une femme.

Ça se voit qu'il est vieux et presque décrépit ; ses cheveux sont de la blancheur de la neige, son cou est plein de rides. Mais le dos qu'elle sent sous ses cuisses n'est pas tant sénile, il y a du muscle.

— Tu es indien ou pas ?

Indien pour la moitié, dit-il. Son père était chrétien, portant le même nom que lui.

— Quel nom ?

— Mathurin.

Elle vérifie le pistolet, qui n'est que le deuxième qu'elle touche. Une fois seulement elle a tiré avec une telle arme. Pouillou Pattu lui a fait faire un essai, pour voir si, comme il disait, elle était avec de la poudre et une balle aussi infernalement adroite qu'avec un arc — *je l'étais bien moins*. Le pistolet peut tirer, la poudre en est sèche. Elle se redresse d'un bond et s'écarte.

— Tu t'assieds.

Ils sont alors face à face, à deux toises l'un de l'autre. Ils se regardent.

— Ma doué, tu es bien une femme.

— Et toi tu es bien décrépit. Tu as quel âge ?

Il a connu au moins cinquante hivers. Sans être trop sûr du chiffre. Catherine-Marie lui en accorderait plutôt soixante. Il est de bonne taille et très fort de poitrail, sa moustache et sa barbe ont quasiment un pied de long.

— Sûrement que je rêve, dit-il en se grattant la barbe. Une femme dans la forêt, chrétienne je veux dire, et seule, et vous maniant le coutelas mieux que la plupart des hommes. Sans compter que tu m'as approché sans que j'entende rien. Tu serais capable de trancher la gorge d'un homme ?

— Oui.

— Ne me dis pas que tu l'as déjà fait.

— Je l'ai déjà fait. Quatre fois.

— D'où sors-tu ?

— Je n'ai pas envie de te le dire. Je suis après deux hommes. Enfin, un surtout. Qui est petit de taille, mais très matois et fourbe, et qui est accompagné d'un géant.

— Et alors ?

— Tu les as vus ?

— J'ai faim, dit-il. Je ne vagabonde pas dans la forêt pour informer des folles. Je mange un lapin, tu manges l'autre. Et arrête de me pointer dessus ce pistolet. Il te sautera assurément à la figure, au meilleur des cas, si tu me tires dessus avec.

Et le voici qui, sans plus se soucier d'elle que si elle eût été encore à Issoire, se lève, va fouiller dans des sacs, tournant en bonne partie le dos à Catherine-Marie mais laissant ses mains en vue. Et elle le voit prendre un sachet.

— Du sel, dit-il. Ici, quand ils en veulent, ils mangent de la terre. J'ai eu ce sel à l'habitation de Québec. Ils en ont de pleins sacs.

Elle relève le canon du pistolet, vise une branche au-dessus de sa tête à lui, appuie sur la détente, il se produit un petit éclair et un bruit sifflant complètement ridicule. Et c'est tout.

— Je t'avais prévenue, dit Mathurin. Je le transporte pour me faire souvenir que je suis à moitié chrétien, c'est la seule raison. Je ne m'en suis pas servi depuis quinze ou seize saisons, ou à peu près. Je vais me remettre à cuire les lièvres.

Ce qu'il fait. *Je l'épouvante, c'est visible.*

Et toi, ton nom ?

— Catherine-Marie Tête de diable Pouillou.

— Tête de diable ?

— Ça veut dire que ma tête est très dure.

— Moi, ils m'appellent Vieux Loup gris. Avant, j'ai été Tabakun ou Toboggan. En algonquin, cela veut dire glissière. Quand j'étais un tout petit enfant, il paraît que je glissais sur le ventre dans toutes les pentes.

Mathurin Toboggan, tu parles d'un nom. Mais un sentiment lui vient, qui l'étonne elle-même. Ce vieux bonhomme ne lui déplaît pas, elle n'en a pas peur, il n'a pas peur d'elle, et en plus il parle une langue de chrétien.

Elle n'a pas encore formé le projet de se servir de lui, mais rouée comme elle l'est, il ne serait pas si exorbitant que l'idée, déjà, lui en trotte dans la tête, va savoir.

— À propos de cet homme après qui je cours...

— Quand j'ai faim, je mange. Du moins quand je peux manger.

Il a de grosses et fortes mains, aux doigts courts (ce qu'elle n'aime guère, elle préfère les hommes aux longues mains) mais il est adroit. Regarde-le tourner ses lapins ou lièvres et en faire bien rôtir chaque partie. Sur son visage très plissé, que le soleil a cuit et recuit, on lit toute l'attention du monde.

— Et quand je mange, je ne parle pas.

Elle se le tient pour dit. Il lui reste une pomme dans son bissac, elle mène grande concertation avec elle-même, pour savoir si elle va la sortir ou non. Mais, en somme, il partage bien ses lapins avec elle. Et puis, en sus de ce qu'elle commence de l'aimer assez, cette idée qu'elle pourrait s'en faire un compère, voire un ami, se fait peu à peu jour en elle. Les lapins sont bien assez cuits selon elle, mais il les maintient encore au feu et...

— Un lapin saignant dans l'intérieur, ce n'est pas mangeable.

... Et y ajoute même des feuilles qu'il effrite entre ses doigts. Et une pincée de sel.

— Et voilà.

Ils mangent un lapin chacun. Elle s'est assise, dos contre un arbre. Il a recouvert de terre le foyer pour supprimer toute fumée. La forêt autour d'eux sent bon, parfum de résine et d'autre chose qu'elle ne connaît pas, qui pourrait bien être l'écorce de ces arbres qui ressemblent à des sorbiers sans en être exactement; la terre sent bon, la viande est merveilleusement savoureuse.

— Je peux parler?

— Je n'ai pas encore fini de manger, dit-il.

Il en est à casser les os de sa bête et à en sucer l'intérieur, pour ne rien laisser perdre. Elle se décide et sort son ultime pomme, la tranche en deux de son couteau, choisit celle des deux moitiés qui est tout à fait bonne et la lui lance. Il ne fait aucun geste pour la saisir au vol, la regarde rouler devant ses genoux, interroge Catherine-Marie du regard.

— Une pomme, explique-t-elle. Elle vient de France. J'en avais tout un baril, c'est la dernière.

Elle mange sa propre moitié du fruit. Quant à Mathurin Toboggan, il goûte d'abord de la pointe de sa langue, détache un tout petit morceau de l'un de ses ongles, mâchonne d'un air perplexe.

— Pas mauvais.

Et ce coup-ci, il croque — tu remarqueras qu'il n'est pas homme à avaler goulûment, rien que pour finir son lapin, il a mis deux fois plus de temps que toi.

— Pas mauvais du tout.

— On peut parler ?

— Oui.

— Tu es allé en France ?

Il sourit et secoue la tête.

— Tu as toujours vécu dans ce pays ?

Acquiescement. Il se cure les dents, enfin les dents qui lui restent, il n'en a pas de trop, avec ce qui semble être une esquille d'os, sortie de l'une des franges de sa grosse casaque de daim — il est entièrement vêtu de daim, des pieds à la tête ; de longs alignements de franges, parfois joliment tressées, courent sur ses épaules, au long de ses manches, de sa ceinture, ou par le travers de sa poitrine ; il est chaussé de mocassins et ceux-ci sont prolongés, jusque sous le genou, par des guêtres, ou mieux des houseaux, eux-mêmes renforcés par d'épaisses lanières liées à l'attache circulaire, en lacet, du mocassin, et se terminant sous le genou après s'être entrecroisées sur toute la hauteur. Et enfin, sur la tête, il a une étrange coiffe à bas de cuir et haut de fourrure, de laquelle pend sur l'arrière la queue en fourrure rayée d'un animal.

— Tu as vu cet homme dont je viens de te parler ?

— Le petit ou le grand ?

— C'est le petit qui m'intéresse.

— Je les ai vus tous les deux.

Il bâille et, se laissant aller en arrière, s'étend, tout en faisant glisser sa coiffe sur ses yeux. Il continue de suçoter son cure-dents mais bientôt le glisse dans le rideau de franges de sa poitrine.

— Qu'est-ce que tu leur veux, à ces hommes ?

— Au grand, rien du tout, je ne le connais pas. Pour l'autre, je veux, entre autre autres choses, lui ouvrir le ventre en croix, lui couper les oreilles et le nez, avant que de lui trancher la tête. Rien de plus.

— Comment tu appelles cette chose que tu m'as fait manger ?

— Une pomme. Je voudrais absolument savoir où ces hommes sont allés, s'ils sont encore ensemble ; ou, si le petit homme est seul, où il se trouve. Tu le sais ?

— Je vais dormir, maintenant. Si tu vois ou entends arriver des Indiens, éveille-moi.

Le temps de dire la moitié d'un Ave et il dort, profondément. *Il me crispe, m'exaspère, m'irrite. Il y a peu je lui mettais mon couteau sous la gorge, je pouvais l'occire tout net, même il n'aurait jamais su (en plus de l'ignorer parce qu'il eût été mort, évidemment) qui l'avait trucidé. Tu crois qu'il en est tourmenté ? Nenni-da. Il dort. Et compte sur moi pour veiller sur lui.*

Elle attend, le midi est depuis longtemps passé, le serein rampe sous le couvert et entreprend de s'installer — c'est étonnant de voir combien la nuit n'est pas exactement la nuit, ici, il fait nuit et tu y vois un petit peu.

— Tu parles d'une sentinelle.

Elle bondit. Elle s'était elle-même assoupie, ayant en somme quelques heures de sommeil en retard. À peine a-t-elle ouvert les yeux qu'elle a vu le Mathurin Toboggan tout près d'elle. Oh ! certes pas menaçant. Au plus il examine son arc — le sien à elle — avec des hochements de tête.

— Et tu sais t'en servir ?

Il baisse la tête et considère avec énormément d'indifférence le coutelas qu'elle pointe tout contre son ventre — le sien à lui. On voit bien que cette menace ne lui fait ni chaud ni froid.

— Je sais m'en servir, dit-elle. Autant que de ce couteau.

Nouveaux hochements de tête. Il regarde autour de lui, allonge le bras puis l'index :

— Tu vois cet arbrisseau là-bas, celui avec une tache en forme de main ?

Distinctement.

— Tu pourrais le flécher ?

— Il est trop près. *(À peine vingt toises, non, mais il se gausse de moi, parce que je suis fille.)*

— Tu me demanderais ça si j'étais un garçon ?

— Je le demanderais, si je l'ignorais, à mon propre père. S'il était encore vivant.

D'accord. À son tour de regarder autour d'elle. Elle avise une cible à son gré.

— Le gros arbre tout au fond, celui avec la fourche triple.

Distance : dans les soixante ou soixante-dix toises.

— Il est bien gros, dit Mathurin Toboggan.

— La branche de droite, à deux pieds au-dessus de l'enfourchure.

Elle encoche sa flèche, vise ce qu'il faut mais pas trop. La flèche se plante à l'endroit indiqué. À disons un pouce et demi de l'endroit visé *(moi, je le sais mais pas lui)*.

— Et tu pourrais le refaire ?

— Tu marches jusque là-bas, tu dresses ta main et tu me dis quel doigt je dois couper.

— Très bien, dit-il, on va partir.

Il ramasse ses sacs et se met en route. Elle doit courir pour aller récupérer sa flèche, doit taillader la branche pour dégager la pointe bien enfoncée (un homme eût été transpercé), puis est obligée de trottiner pour rattraper le coureur des bois. Sitôt l'a-t-elle rejoint qu'il accélère, tu ne dirais pas qu'un bonhomme aussi décrépit puisse se déplacer aussi vite, mais vrai, qu'est-ce qu'il cavale ! Elle va protester mais se tait, *tu vois bien qu'il t'éprouve, alors ferme ton clapet et épargne ton souffle.*

Ainsi vont-ils dans la nuit, non pas courant

vraiment, mais allant de ce trottinement ras, pieds affleurant presque toujours le sol. Il va devant, fait la route ; un long, très long moment, elle note qu'il avance dans un ruisseau où l'on s'enfonce jusqu'aux chevilles et parfois plus — il est poursuivi ou pour quelque raison ne voudra pas laisser de traces de son, de notre passage. On monte, on descend. Cela dure deux sinon trois heures, *si tu crois que je vais crier grâce la première, tu peux crever.*

Et enfin, le voici soudain qui s'arrête. Il halète, bien que s'efforçant de le cacher. Il est en sueur. Elle aussi. Il s'assoit. Elle de même, après avoir fait un petit tour pour bien prouver que si besoin était elle pourrait encore couvrir cent vingt lieues (à cent dix-neuf près, quoi).

— Toujours aimé cet endroit, dit-il entre deux râles.

Sous la lune, on voit les trois branches d'une rivière, qui, pour elle, se jette dans la rivière Saint-Laurent.

— Le Fouez, dit Mathurin Toboggan. Dans la langue de mon père qui était de Bretagne, cela veut dire la foi[1]. Il y a une croix sur une île, par là-bas. C'est mon père et ses compagnons qui l'ont dressée. Tu es fatiguée ?

— On repart quand tu veux. Tu es poursuivi ?

— Des Montagnais qui m'en veulent un peu. Ils sont assez acariâtres à mon encontre.

— Tu en as tué ?

De ceux-là, non. Il y a entre les Montagnais et Mathurin Toboggan une histoire de femmes.

— C'est que j'ai onze femmes en tout, septante-huit enfants et dans les deux cents petits-enfants. Ça crée des jalousies. Cinq ou six de mes beaux-frères voudraient me couper... enfin pas la tête, le reste.

1. Aujourd'hui, la Saint-Maurice. L'endroit est celui où se dresse de nos jours la ville de Trois-Rivières. Jacques Cartier y mouilla en octobre 1535, fit ériger une croix sur l'île Saint-Quentin. Un poste de traite y fut établi en 1634.

Tu as de vraiment belles tétines, je les regardais danser pendant qu'on courait, c'était alléchant.

— Touche-moi de la pointe de ton doigt et je te coupe ce que tes beaux-frères veulent te couper. Ta mère était de quelle tribu ?

Iroquoise.

Ah bon. *Sais pas ce que c'est.*

— Tu as voulu voir si je pouvais courir autant que toi, hein ?

— Tu le peux.

— Et je tire bien à l'arc.

— C'est vrai.

— Tu vas m'aider à trouver le petit homme ?

Il fouille l'un de ses sacs, sans quitter Catherine-Marie des yeux.

— Donne-moi une seule bonne raison de le faire.

(Il n'a pas tort.)

— Je te paierai, dit-elle.

Dans la seconde qui suit, elle se rend compte de l'absurdité de son offre. De l'argent pour acheter quoi et à qui ? D'ailleurs, il rit, à sa façon silencieuse, ses yeux réduits à de simples fentes.

— Je te donnerai mon arc.

Il hoche la tête. Cette proposition-là le tente un peu. Très peu. Il secoue la tête et comme il continue à fourrager dans son sac, il finit par en retirer des sortes de lanières, enfin une, qu'il porte à sa bouche, et une autre qu'il envoie à Catherine-Marie. Elle goûte. C'est de la viande séchée, avec une forte senteur de fumée.

— Garde ton arc. Je n'ai jamais tué de Montagnais, ça s'est trouvé comme ça. Des Hurons, si. Nous autres Iroquois nous tuons des Hurons et leur coupons la tête, depuis toujours.

— Je te croyais chrétien.

— Je suis à moitié iroquois aussi. Quand mon père est arrivé dans ce pays avec l'homme appelé Jacques Cartier, il était très jeune. Peut-être quinze ans. Il est tombé dans la rivière et le courant l'a emporté. En ce temps-là, une tribu iroquoise avait ses tentes au Québec, là où la rivière est plus étroite que partout ailleurs, c'est pour ça que l'homme appelé Jacques Cartier et ses compagnons, dont mon père, se sont établis plus bas. Ils avaient peur des Iroquois. Ils avaient raison : les Iroquois sont de très grands guerriers, les meilleurs. Ils ont recueilli mon père qui était à demi mort, ils l'ont soigné, ils l'ont gardé, ils l'ont emmené quand ils sont repartis pour le pays des grands lacs, qui est leur vrai territoire. C'est là-bas que je suis né et que j'ai grandi. Mon père est mort un peu après que j'ai eu ma première femme.

Mathurin Toboggan parle en mâchonnant sa viande séchée, son regard posé sur toute cette eau qui coule. *Tu as le sentiment qu'il parlerait de même, fût-il seul ; je ne vois pas encore où il veut en venir, s'il veut aller quelque part, avec ces confidences et ces souvenirs qu'il dévide. Mais laisse-le s'épancher, ne l'interromps pas, il est ta seule chance de retrouver le Smaragdin (il sait quelque chose, la chose est avérée) et il te faut bien te plier à ses façons d'être et de dire.*

— Mon père se tenait pour Iroquois, mais il portait en lui un autre sang qui le poussait à marcher, à errer, à toujours découvrir des lieux nouveaux. Tous les ans, et parfois deux fois l'an, il partait. Il est allé au nord, jusqu'à la grande mer salée, il y a vu d'énormes montagnes de glace. Il est allé vers là où le soleil se lève, et de l'autre côté aussi. Et encore par là, dans le Sud, bien au-delà du territoire des Mohicans et des Andastes, il a fini par trouver des rivières qui ne coulaient plus vers les lacs mais dans l'autre sens. J'ai marché avec lui, dès que j'ai pu marcher comme un homme. J'ai marché après lui, quand il est mort. Des fois j'ai retrouvé ses traces anciennes, qu'il avait faites bien avant ma naissance.

Catherine-Marie se lève, va boire, directement à cette eau courante. Elle voudrait bien s'y baigner, y faire un peu de toilette, mais puisqu'elle n'est pas seule…

Elle revient à son bissac, l'ouvre, y prend tout dans

le fond et, bien enveloppée dans de la forte toile, cette carte mystérieuse que portait l'un des reîtres par elle fléchés, voici si longtemps et si loin, dans une autre vie. La carte est très étroitement roulée ; protégée comme elle l'est, elle a peu souffert d'avoir été dans le torrent (là encore dans une autre vie). Mathurin Toboggan se sera à peine aperçu, ou pas du tout, des mouvements qu'elle vient de faire. Il en est toujours à soliloquer. Il dit pourquoi du territoire des Iroquois il est revenu au nord, a remonté la grande rivière, s'est hasardé chez les Montagnais qui ne le portent pourtant pas dans leur cœur ; et encore n'a-t-il pas croisé d'Onduats, enfin des Hurons (puisque c'est ce nom que les chrétiens donnent aux Onduats). Il est allé au nord parce que lui était parvenue la nouvelle que d'autres hommes des grands bateaux avaient une nouvelle fois remonté la grande rivière. Il a voulu aller les regarder. Pas leur parler, les regarder et rien d'autre. Il les a regardés. Il avait tout à la fois envie de les approcher et de les fuir. Enfin, de les fuir, pas vraiment. Il n'a pas peur d'eux.

— Mon père m'a toujours dit qu'il en viendrait d'autres. Et d'autres et d'autres et encore, que c'était dans leur sang de venir. Il m'a dit qu'un jour ils seraient tant et tant que même les Iroquois ne pourraient les contenir, ni personne. Tu crois cette chose ?

— Je ne sais pas.

Mais souviens-toi de Pouillou Pattu, qui avait tout chez lui, dans ses monts d'Auvergne, pour s'acagnarder, avec assez de richesses, et pourtant il partait, il marchait, tous les ans, une fièvre le poussait. Et tu sais bien qu'il existe des Pouillou Pattu par milliers et davantage — quoique aucun ne vaille seulement la moitié du tiers du quart de ton Pouillou Pattu évidemment, mais tous ils ont en commun ce très ardent désir de vagabondage et de terres inconnues.

— Il en viendra d'autres, dit Mathurin Toboggan. L'an dernier, j'en ai parlé à Nicollet Bertrand.

— Qui est-ce ?

— Il fait la trappe du castor et livre ses peaux à Tadoussac. Lui, sa mère était montagnaise.

— Tu veux dire qu'il y a d'autres gens de France à courir les bois ?

Elle est quasi pantoise. Elle n'imaginait pas qu'il pût se trouver sur cette terre, en plus des Indiens, d'autres que les gens de Gravé et de Champlain, plus les Basques de Tadoussac.

— Moi, j'en connais trois, dit le coureur des bois. Ils seront peut-être deux ou trois autres. Un jour, on m'a parlé d'un homme aux cheveux blonds qui a traversé le territoire des Ouataouais.

Sais pas où c'est.

— Vers le soleil couchant et un peu au nord, dit Mathurin.

— Quand était-ce ?

Trois, peut-être quatre ans en arrière.

— L'homme après qui je cours n'est arrivé que voici sept ou huit semaines. Ce ne peut pas être lui.

— Je dois repartir, ces Montagnais sont opiniâtres et me poursuivront tant que je ne serai pas hors d'atteinte.

Le coureur des bois se relève à son tour, va boire lui aussi. Aussitôt après il assemble ses sacs, les juche sur ses épaules, se met en route. Elle le suit.

— Tu vas me suivre longtemps ?

— Jusqu'à ce que tu acceptes de m'aider à retrouver celui que je cherche. Il ne me semble pas que tu aies tant à faire. Regarde.

Elle lui tend la carte roulée et, comme il ne fait aucun geste pour la prendre, c'est elle qui, tout en marchant, déroule la chose. Il n'y jette qu'un coup d'œil et hoche la tête.

— Et alors ? demande-t-elle.

— Alors quoi ?

— Ce dessin veut dire quelque chose, pour toi ?

— Évidemment.

— Tu sais qui l'a fait ?

Non. Et le voici qui se remet à trottiner, en sorte qu'elle ne peut que lui emboîter le pas, sans une chance de remonter à son côté. Ils vont ainsi jusque dans l'après-midi, ils parviennent à un certain endroit, sous des branchages et admirablement celé, où il débuche une petite pirogue, il la pousse à l'eau, il s'y installe, il attend, l'air absent, qu'elle y ait également pris place, derrière lui, avec l'attitude de celui qui se fiche bien de ce qu'elle soit ou non à bord. Il lance le canot, il pagaie, tu comprends qu'il veut traverser la rivière.

— On va où ?

— Moi, dit-il, je rentre dans ma tribu.

— Tu ne veux pas m'aider ?

Pas de réponse, il m'horripile.

— Après tout je t'ai sauvé la vie, dit-elle.

— Et quand ça ?

— Quand je ne t'ai pas tranché la gorge. Tu ne sais peut-être pas qui a dessiné cette carte, mais tu la connais.

— Non.

— Ou alors tu connais les pays qu'elle montre.

Il lutte contre le courant, avec adresse, et il force. Lorsque enfin il rouvre la bouche :

— Il y a plusieurs jours et autant de nuits, dit-il, les Français ont pris cette rivière-ci ; pas la grande, l'autre à main gauche. Ils sont devant nous.

— Et tu veux les rejoindre ?

— Non. La carte que tu m'as montrée n'est pas de ce pays où sont mes tribus. Mes tribus, ce sont nos ennemis qui les nomment Iroquois. C'est une insulte[1]. De l'est à l'ouest, tu as les Ganeagono ou Agniers, les Onneyouts ou Onayotekaono, les Onontagués ou Onundagaono, les Goyoguins ou Goueougouchono, les Tsonnontouans ou Nundaouaono. Ma

1. Iroquois : du mot algonquin *Irinzkoiw*, qui signifie *serpent*. En anglais, les noms des cinq grandes tribus iroquoises sont : *Mohawks* (Agniers), *Oneidas* (Onneyouts), *Onondagas* (Onontagués), *Cayugas* (Goyoguins) et *Senecas* (Tsonnontouans). La différence s'explique par l'usage, dans un cas, de la langue algonquine, et de la langue iroquoise dans l'autre.

vraie tribu, c'est celle des Agniers. C'est nous qui allons le plus souvent sur la grande rivière.

Non, mais qu'est-ce que c'est que toutes ces fariboles et balivernes ?

... Attends. Attends, peut-être que tu viens de comprendre, Catherine-Marie. Il parle parce qu'il ne sait quoi te répondre, parce qu'il ne s'est pas encore déterminé, parce qu'il a envie de t'aider à retrouver le Smaragdin et que, dans le même temps, ça le défrise de perdre son temps avec toi.

Ils ont traversé la rivière Saint-Laurent et en effet, à main gauche, un autre gros ru se montre. La pirogue est de nouveau dissimulée, très soigneusement. Le coureur des bois décharge ses propres affaires, il va de nouveau se remettre en marche.

— Dis-moi au moins quel pays est sur cette carte.

Il pointe un index vers l'ouest.

— Par là.

— Tu connais ce pays ?

— Oui.

La direction qu'il a indiquée est plus ou moins celle de la rivière Saint-Laurent.

— Et les Français de Champlain ne sont pas allés par là ?

— Je ne sais pas qui est Champlain.

— C'est l'homme qui commande les Français. Ils n'ont pas pris la grande rivière ?

— Non.

Réfléchis. Si ton Smaragdin avait vraiment voulu se joindre à Champlain, d'abord il aurait pris une barque, au départ de Tadoussac.

Tu commences à ne pas croire du tout que Smaragdin et Champlain ne suivent pas la même route.

Mathurin Toboggan a fini d'ajuster tous ses sacs.

Il s'attarde, tu le vois bien, tout en faisant semblant de ne pas s'occuper de toi. Il est tout près de basculer. Qu'est-ce que je pourrais...

— Qu'est-ce que je pourrais faire pour te persuader de m'aider ?

Il venait de parcourir deux pas pour s'en aller. Il

s'arrête. Il regarde autour de lui. Il se retourne à demi. Il s'accroupit. Il gratte un peu la terre de la corne de son arc.

— Ça, c'est une bonne question, dit-il.

— Je te la pose.

Un silence. Il hoche la tête.

— Je t'ai dit combien j'avais de femmes ?

— Oui.

— J'en ai eu des centaines.

— Très bien.

— Des Indiennes.

— Dans ce pays-ci, forcément.

Je vois un peu trop où il veut en venir...

— Chaque fois que des bateaux de France étaient signalés, j'allais voir.

— Pour le cas où il se serait trouvé une femme à bord.

— Il n'y en avait jamais.

— J'en sais quelque chose. Moi, à Tadoussac, ils m'ont enfermée et ils voulaient me renvoyer. La réponse est non, Mathurin Tobiggan.

— Toboggan. Quelle réponse ?

— Ne fais pas celui qui n'a pas compris. La réponse à ta question comme quoi tu voudrais que toi et moi on s'affectionne de très près.

— Sans moi tu ne trouveras pas cet homme que tu cherches.

— Sans toi je suis allée des monts d'Auvergne à la mer océane, poursuivie par des reîtres, qui sont des espèces d'Iroquois en bien plus sauvages. Sans toi j'ai réussi à monter sur un bateau alors qu'ils n'y voulaient aucune femme. Sans toi j'ai fait escapade de leur prison à Tadoussac et j'ai marché des jours dans ta forêt, sans être vue par aucun Indien, et le seul être humain que j'ai touché de près, c'était toi et j'aurais pu t'occire très aisément. J'aurais été un Montagnais, tu serais à présent feu Mathurin Tubagan.

— Toboggan. C'est à prendre ou à laisser, dit-il (et c'est qu'il a l'air buté, le bougre).

— Je laisse.
— C'est parce que je suis vieux.
— C'est parce que je n'écarte mes jambes que quand je veux, où je veux, et avec qui je veux. Et je n'aime pas qu'on me contraigne.
— Alors, adieu, dit-il.
Il recommence à partir.
Ne sois pas niaise. S'il ne t'aide pas, tu seras encore à tourner dans ce pays quand tu auras des cheveux blancs et des tétines à traîner par terre.
— Oh, Mathurin ! Mathurin Tabagan !
Je le sais, qu'il s'appelle Toboggan, je fais exprès de me tromper.
Il s'est de nouveau arrêté et, vu de dos, semble considérer un tronc d'arbre comme si c'était un ami à lui.
— On peut quand même parlementer, non ?
— C'est à prendre ou à laisser.
— Tu vas manquer quelque chose d'extraordinaire, dit-elle.
Qu'est-ce qu'il ne faut pas faire !
— Et ce serait quoi ?
— Moi, dit-elle.
— Tu as dit que tu ne voulais pas.
— J'ai dit que je ne voulais pas écarter les jambes et je le maintiens. Mais tu as déjà vu une dame de France toute nue ?
Il convient que non. Et pour cause.
— Tu te mettrais toute nue ?
— Une fois par semaine. Aussi longtemps que tu m'aideras. Tu choisis le jour.
Il réfléchit.
— Dimanche ?
— Va pour dimanche.
— On est quel jour aujourd'hui ?
— Lundi. Pas de chance.
À la vérité vraie, je ne sais pas du tout quel jour on est. Je ne connais même pas la date. J'ai débarqué à Tadoussac un 13. On sera toujours en juillet. Peut-être.

— Mais que les choses soient bien claires, Mathurin Tubugan. Le dimanche et rien que le dimanche. Et tu ne couches pas. À prendre ou à laisser.

— J'ai bien envie de laisser. Tu te gausses de moi.

— Les femmes sont faites pour ça. Même les Indiennes, j'en suis assurée.

— Il y a combien de dimanches dans une semaine ?

— Un seul.

— Et c'est quoi, les jours de la semaine ?

Elle les lui récite. Il les lui fait répéter, elle répète. « Encore un coup », dit-il. Troisième récitation. Il dit :

— Maintenant je m'en souviendrai. Je n'oublierai pas. Et nous ne trouverons pas cet homme que tu veux tuer avant bien des lunes.

Il repart, mais en arrière, sur ses propres traces. Et donc il la croise, la dépasse, s'éloigne d'elle. Au point qu'elle demande où diable il va.

— L'homme que tu veux tuer n'a pas traversé la grande rivière. Il est sur l'autre berge. Il a des lunes d'avance sur nous. Il a traversé le territoire des Algonquins, il sait leur langue. Il est très rusé et sera difficile à prendre. Tu es vraiment sûre qu'on est lundi ?

— Certaine, dit-elle.

— En tout cas, c'est Toboggan, mon nom indien. Et pour le nom français, Mathurin.

— Je pensais à mon ami Mathurin, Pissarugues. Mathurin Régnier de son nom complet. Tu le connais sûrement ?

Non.

— Il a sept ou huit ans de plus que moi. Nos regards se sont croisés par-dessus le goulot d'une bouteille, six flacons plus tard nous étions devenus amis d'enfance. Son père tenait sur la place des Halles un jeu de paume appelé le tripot Régnier. Tu connais le jeu de paume ? Non plus. Ce Mathurin-là est un homme selon mon cœur, Pissarugues. Je l'ai connu à Rome, il était censé servir sous un certain cardinal de Joyeuse. Il servait surtout à trouver les créatures romaines les plus affriolantes, pas tant pour le cardinal que pour lui-même et ses amis d'enfance, dont j'étais donc. J'oubliais de te dire : c'est un poète. Il a d'ailleurs composé sa propre épitaphe... Baisse la tête.

François Villon descend son propre chef et s'enfonce un peu plus dans le sol meuble. Des flèches passent en sifflant, et de toutes parts.

— Que te disais-je ? Ah oui, je te parlais de l'épitaphe de mon ami et frère de vin et de femmes, Mathurin Régnier. Je cite de mémoire : « J'ai vécu sans nul pensement / Me laissant aller doucement / À la bonne loi naturelle. » C'est joli.

François Villon creuse encore, devant et autour de lui, imitant en cela Pissarugues qui a réussi à enterrer presque complètement son corps de géant (à force de creuser, il va nous ressortir en Chine). Et d'un coup, le sol s'effondre. Oh ! pas d'une toise mais de près d'un pied, sûrement. Ce sera le terrier de quelque bête. Nous voilà au taupe niveau. Mais au moins les deux hommes sont-ils à l'abri. Deux ou trois flèches viennent se planter dans le sol à l'entour puis plus rien.

— Je suis désolé, dit enfin la voix de Tsal.

Et Tsal lui-même se montre. Une belle éraflure lui barre la poitrine.

— Désolé pourquoi ? J'adore tomber dans des embuscades.

François Villon s'extrait de son trou. Deux Algonquins, à moins que ce ne soient des Népissingues ou des Ouataouais, sont allongés, apparemment très morts.

— Qui nous a tiré dessus ? Des Iroquois ?

Tsal secoue la tête. Il pense plutôt à des Sioux. Seuls des Sioux attaqueraient aussi soudainement et sans raison connue.

Des Sioux. Le nom emplit François Villon d'une véritable fièvre. Quand, trente-deux mois plus tôt, il s'est aventuré dans cette contrée, il n'est guère allé plus loin que la rive ouest du quatrième grand lac — il existerait un cinquième grand lac, plus au nord, au moins aussi vaste que le quatrième que les Indiens nomment pourtant le Michigama, *grande étendue d'eau*. Déjà on lui avait parlé des Sioux et avec quelle déférence emplie de crainte !

François Villon dénombre les survivants de l'escarmouche. Nous étions dix-huit, nous voilà seize, dont deux bien blessés et trois qui ne sont guère en état de marcher. Il faudra donc faire halte. Ce qui me désagrée, j'ai déjà eu bien assez de mal à les faire venir jusqu'ici, dans ces régions qui ne sont pas les leurs. C'est qu'il y a un peu de tout dans son détachement. Pour celui-ci, il l'a formé à mesure de sa marche avec Pissarugues. Mais son premier séjour en Nouvelle-France et les presque sept mois qu'il a duré lui ont certes permis de nouer des amitiés. Outre qu'il a acquis pas mal de connaissances. La langue algonquine par exemple, et ses variantes. Et aussi le dialecte des Serpents, des Iroquois, dont bien des mots d'ailleurs sont communs à l'algonquin. Il a commencé de se faire une idée relativement précise de la multiplicité des tribus, et de leur position géographique ; sans toutefois aller jusqu'à différencier à coup sûr un Passamaquoddy d'un Abenaki ou d'un Maliseet. Pour les Lenni-Lenapes (ou Delawares), qui sont du Sud, c'est plus facile, encore que.

Et il reconnaît un Mohawk quand il en voit un. Ce qui lui permet de foutre son camp au plus vite.

Tsal par exemple est un Mic-Mac. Il vient du nord de la Nouvelle-France, d'Acadie, il sait pas mal de français. Il ne s'appelle pas vraiment Tsal, son nom est bien plus compliqué que cela, François l'a surnommé ainsi (c'était la seule syllabe qu'il avait saisie au vol, voici près de trois ans, à Port-Royal en Acadie).

Qu'est-ce qu'il a d'autre ?

Trois Hurons, deux Nipissings, un Ojibwa, un Potawatomi (celui-là d'enrôlement récent), un Petun, un Érié... et les autres sont des Algonquins. Ça a l'air simple, ainsi énuméré, et pourtant il a un peu de mal à s'y retrouver ; surtout si on songe que chaque tribu a souvent deux ou trois noms différents, celui qu'elle se donne à elle-même, et ceux (moins, bien moins flatteurs) qu'emploient pour la désigner ses voisins de gauche ou de droite.

Ou du Sud ou du Nord.

Mais, en somme, ce n'est guère plus compliqué qu'en Europe, où parfois à un jet de pierre de distance on ne parle pas la même langue, sans parler des royaumes divers (soit dit en passant, quel dommage que tous les Européens ne s'en soient pas tenus par exemple au latin ; regarde Érasme, qui pouvait converser aussi bien à Londres qu'à Paris, Madrid ou Rome, échanger des pensées, tant chez lui partout autant qu'à Rotterdam, sa ville de naissance).

— D'accord, on fait halte, Tsal.

Le campement s'établit au bord de la rivière que l'Ojibwa connaît sous le nom de Checagua, qu'il n'est pas besoin d'expliquer : les berges sont couvertes à foison d'oignons sauvages qui dégagent une odeur très puissante. Le lac Michigama, ou Michigan comme certains disent, n'est qu'à une lieue de là. Les deux éclaireurs partis sur les traces des assaillants de tout à l'heure s'en reviennent bredouilles, ils n'ont rien vu, aucun danger immédiat aux alentours.

— Pas beaucoup plus loin.

Pissarugues vient de parler, la chose est rare. Il mord à belles dents dans un demi-cuissot d'élan qui contenterait trois hommes ordinaires.

— Tu parles de toi, Antoine ?

Non. (Mouvement de tête.)

Il parle des Indiens. (Autre mouvement de tête.)

Je sais, Pissarugues, je sais. Ces hommes avec nous ont été bien plus loin déjà que je ne l'espérais. Tôt ou tard, ils vont s'en revenir chez eux, et tout ce que je pourrais dire ou faire n'y pourra rien changer.

François Villon marche jusqu'à un petit tertre et s'y juche. L'horizon n'en recule pas pour autant, ou à peine. Je sais que droit devant, à quelques jours de marche, se trouve ce que les Indiens appellent le Maesi Sipu, le Grand Fleuve.

Qui coule au sud. Jusqu'à la mer. Je le sais aussi parce que c'est par là que je m'en suis retourné en France en l'an de grâce 1606.

Je n'avais pas franchi le Mississippi, en ce temps-là. Rien ne m'empêchera de le faire ce coup-ci.

Et j'irai jusqu'au bout.

Pour son premier voyage transatlantique, il s'était embarqué à Honfleur à la mi-août en 1606. Sous le nom de Pierre Servant et en qualité de chirurgien. Un règlement royal fait en effet obligation à tous les terre-neuviers dont l'équipage est de plus de dix-huit hommes d'avoir un chirurgien à leur bord. Bon, il n'était pas vraiment chirurgien — peut-être en vérité en sait-il plus qu'un chirurgien ordinaire, au sens où il sait recoudre une plaie, éclisser un membre fracturé, cautériser, ou encore administrer à bon escient la thériaque, le diascorium ou l'onguent de Stirax, sans compter les autres médecines qu'il a apprises des Juifs d'Espagne.

Il existait bien un Pierre Servant, et chirurgien officiel. Ce Servant se rendait en voiture à Honfleur, venant de Rouen, et justement pour monter à bord du *Simbole-de-la-Paix*, ayant contrat en poche : il a eu la malencontreuse idée d'accepter comme compagnon de voyage un fort joyeux luron, si avenant de figure et si courtois de manières, dont il ne pouvait bien sûr imaginer qu'il (le joyeux luron) était ardemment recherché, pour avoir tué un homme au terme d'une partie de dés. Le vrai Servant s'était retrouvé ligoté, bâillonné, enfermé dans une grange, volé de tout son fourniment.

Le faux Servant embarqua donc sur le *Simbole-de-la-Paix*. Peut-être parce qu'il jugeait opportun de mettre de la distance entre la prévôté rouennaise et lui, beaucoup parce qu'il rêve depuis déjà trois ou quatre étés de traverser la mer océane, et qu'il ne pourrait trouver meilleure occasion.

Le *Simbole-de-la-Paix* n'est pas une barcasse. Deux cent vingt tonneaux pour le moins, soixante-deux pieds de quille, quatorze de large, neuf de creux, vingt-deux de bau. C'est une hourque aux flancs rebondis, à varangues plates, à trois mâts — grand mât, misaine et artimon, deux étages de voiles sur les deux premiers, voile aurique sur antenne sur le troisième —, portant deux châteaux, l'un à l'avant avec le bec de caraque, l'autre à l'arrière. Rien à voir avec le navire d'Espagne sur lequel François a une première fois pris la mer, à Sanlucar de Barrameda, et qui était un bateau à caravelle, de formes plus longues et plus effilées, carré sur son arrière.

Dix-sept embarcations de pêche. Le *Simbole-de-la-Paix* fait de la morue sèche, ce qui nécessite plus d'hommes mais rapporte plus gros.

De Honfleur, on a fait route au sud, vers Sétubal. Il s'agit d'y charger du sel, pour la salaison des morues (ce n'est pas le sel qui manque en France, mais outre que bien des capitaines jugent le sel français menu, faible et d'un rouge jaunâtre — qui colore désagréablement le poisson et le rend coriace et filandreux —, outre cela, il y a la gabelle, cet impôt qui rapporte au royaume un bon tiers de ses ressources).

On est armé. Les exemples abondent de morutiers attaqués par des pirates. On a deux cardinales et deux pièces portant boulets de bastarde, quatre passe-volants, douze barces, plus à foison des piques et demi-piques, des arquebuses et arbalètes.

Terre-Neuve. On y est à la fin d'octobre. C'est bien tard mais le capitaine du *Simbole* a ses idées sur ces parages où il est déjà venu quinze ou vingt fois. Il y a ses repaires. Et, d'ailleurs, il ne reste pas à Saint-Pierre, il fait voile vers l'ouest. Il croit à l'existence d'un passage pour la Chine, soit par un contournement de Terre-Neuve au nord, soit peut-être par ce grand bras de mer reconnu par Cartier soixante-dix ans plus tôt. Trouver le Grand Passage n'est pas son propos, seule la morue doit le préoccuper, mais on peut être terre-neuvier et entretenir des rêves.

Tadoussac, deux semaines plus tard. Il était temps, voici la neige, le froid — de la glace sur la mer. Mais une hourque est si ronde que la glace n'a guère de prise sur elle et au pis la soulève, plutôt que la broie. La preuve. Et puis la mer est encore à peu près libre, on peut donc y pêcher. Le capitaine fait mettre ses dix-sept barques à l'eau, passant outre à toutes les protestations. Ce capitaine est un homme qui plaît à François Villon. Il se nomme Lebert, c'est un petit bonhomme sec, d'à peine plus de cent livres de poids, mais son verbe est bref, glacial, sans réplique ; il lui manque deux doigts de la main gauche ; ils ont été écrasés par un espar et il les a tranchés lui-même d'un coup de dent, les a jetés à la mer. Il est demeuré à son poste comme si de rien n'était.

Et pourtant, c'est un homme qui rêve. Il connaît tous les bancs à morue, le Grand Banc, le Banc à Vert, le Banc Saint-Pierre, le Banquereau et le Banc des Orphelins au large de Gaspé. Plus d'autres, dont il conserve le secret. Dès le début, va donc savoir pourquoi, il a eu des doutes sur son chirurgien. D'autres les auraient exprimés, ces doutes. Il s'est tu. Son regard gris, ourlé de longs cils noirs, a souvent fouillé le visage de François Villon, on ne peut pas encore parler d'amitié, encore eût-il fallu qu'ils se parlassent, mais une connivence est née. Et qui s'affirme un certain soir à Tadoussac.

— Viens.

Ils partent tous les deux, emmitouflés comme des ours, sous la neige qui tombe dru. Sur les rochers de Tadoussac, tout en haut, des Basques ont dressé une cabane.

— Je voulais te parler.

Ils s'installent dans la cabane, y font du feu.

— Tu es vraiment Pierre Servant ?

— Pourquoi ?

— Parce que mes armateurs, me parlant de Servant, m'ont décrit un homme de forte corpulence.

— J'ai bien maigri.

De forte corpulence et sombre comme un *Dies irae*.

— J'ai pris de la gaieté, en perdant du poids.

— Tu es bon chirurgien, remarque. Mais tu sais l'espagnol et l'anglais.

— Et ça m'interdit d'être Servant ?

— Tu sais l'espagnol et l'anglais, tu te sers d'une épée comme un maître d'armes, tu sais jongler, tu gagnes toujours aux dés...

— Je ne triche jamais.

— Si je l'avais pensé un instant, tu ne serais plus entier. Je t'aurais fait couper une main.

— Merci bien.

— Tu connais les îles Caraïbes.

— J'y suis allé, c'est vrai.

— Tu as été pirate ?

Non. Curieusement, très curieusement (je me demande bien pourquoi d'ailleurs), non.

— Servant est de Rouen. Parle-moi de Rouen.

— Je ne suis pas Pierre Servant.

Le capitaine Lebert hoche la tête et leur ressert à tous deux de sa bouteille d'eau-de-vie de pomme.

— Depuis que nous sommes à terre, tu n'as cessé d'aller et venir. Tu es resté jusqu'à des trois jours absent.

— J'apprends la langue des Indiens.

— Tu y arrives ?

— Oui. C'est plus facile que l'allemand.

— Je t'ai observé hier dans ma lorgnette. Tu parlais avec deux sauvages. Tu manigances quelque chose avec eux. Regarde.

La main gauche du capitaine Lebert jusque-là bien enfoncée sous la fourrure, cette main vient à l'air libre et elle tient un pistolet.

— Tu aurais continué de me mentir, je te tuais.

— Je peux encore avoir à boire ?

Ils boivent de concert. Par l'étroite meurtrière qui ouvre la vue sur l'anse principale de Tadoussac, où le *Simbole-de-la-Paix* est à l'ancre en compagnie de deux ou trois morutiers basques, on n'y voit strictement plus rien, tant la neige est épaisse.

— Ton vrai nom ?

François le dit.

— Tes intentions ?

Idem.

Et le silence qui s'ensuit. Et encore un peu d'eau-de-vie, par très petites lampées, aucun des deux n'ayant de vraie propension à l'ivresse, surtout pas ce soir-là où l'on se dit des choses capitales. Et le capitaine Lebert qui dit que lui aussi, dans le temps, voici plus de dix-sept ou dix-huit années, alors qu'il n'était pas encore maître d'un navire mais simple pilotin, et non marié, sans enfants ni attache, et qu'il venait déjà sur les bancs (puisque l'on vient à Terre-Neuve depuis cent ans et davantage), lui aussi a éprouvé cette écrasante envie de débarquer, faire désertion en somme, et d'aller loin, très loin, sur cette terre toute fraîche et inconnue, de s'y enfoncer.

— Jamais je n'ai dit ces choses à quiconque, avant que de t'en parler cette nuit, François Villon.

— Je pense que je les avais lues en vous. Tout comme vous avez lu en moi mon si grand goût à partir.

— Tu es vraiment allé dans les îles Caraïbes ?

Sur une caravelle d'Espagne, oui. Comme servant d'armes d'un comte espagnol. Après un séjour à San Agustin en Floride, il a voyagé jusqu'à Hispaniola, il a vu bien des îles, mais n'a pas poussé plus loin. Puisque les Espagnols se trouvaient partout. Il voulait une terre vierge.

— Tu veux de l'or ?

Les Espagnols étaient toujours à dire des contes d'enfants sur les Sept Cités de Cibola et sur les immenses trésors de pays dans l'Ouest et le Nord-Ouest. Des contes d'enfants.

— Je n'y crois pas. Je ne m'y intéresse pas.

Ce qu'il veut, lui, François Villon, ce dont il rêve — mais on explique mal ces choses, on les ressent au plus profond de soi, c'est comme une maladie (ou peut-être un très grand amour mais il n'en a jamais connu —), c'est un monde sans les terribles défauts, les vices, les turpitudes, les lois, les règlements, les interdictions et les contraintes, les habitudes, les traditions de l'ancien.

— Et il y aurait mille autres choses à dire.

— Tu en a déjà dit beaucoup.

— Pour la première fois. Moi non plus je ne me suis jamais ouvert à quiconque. Pas même à moi-même. C'est la première fois.

Il veut dire : la première fois qu'il essaie de s'expliquer à lui-même, et pas tant au capitaine Lebert, une partie de ce qu'il porte en lui.

Ils boivent. Et bientôt l'un et l'autre sont légèrement ivres.

— Je partirai dans trois jours.

— Je n'ai rien entendu. Pour moi, tu seras absent, j'ignorerai ce qu'il est advenu de toi, je ferai relation de ta disparition, j'imaginerai que, t'étant éloigné du bateau à la recherche de simples et autres plantes, tu te seras perdu sous toute cette neige.

Il y a à Tadoussac un Indien qui sait à peu près le français. Il n'est pas de cette région-ci, c'est un Mic-Mac, originaire d'Acadie. Il a connu Chauvin, a accompagné comme interprète François Gravé qui, sept ou huit ans plus tôt, a remonté le Saint-Laurent jusqu'au québec de la rivière et plus loin encore. L'expédition du sieur Du Gua de Monts en 1604 l'a également employé. Il a un fils de seize ou dix-sept ans, que François a pris en grande amitié (c'est Tsal).

Ils partent donc à trois, le Français et les deux Indiens. La neige a alors recouvert le pays tout entier mais les deux Mic-Macs estiment que l'on voyage mieux de la sorte, par préférence à la boue des automnes et des printemps, pourvu que l'on soit équipé aux pieds de ces treillages que les Français nomment raquettes. Le plus âgé des deux Mic-Macs est tué quatre semaines plus tard, alors que l'on vient d'atteindre un très grand lac, dont la longueur est telle qu'on n'en voit pas l'autre bord. À cet endroit, on a été attaqué par un parti d'Iroquois. Le jeune Tsal a reçu quant à lui deux flèches, il n'est plus en état de marcher. Il faut trouver de l'aide. Tsal dit qu'un peu plus au nord il se trouve des Algonquins qui accepteront de leur porter secours. Trois jours durant, François Villon transporte le jeune Indien sur son dos, jusqu'à un village, où en effet on les accueille. Tsal est alors dévoré par la fièvre mais l'homme-médecine algonquin se déclare convaincu de sa guérison, sous deux ou trois semaines.

Le temps d'une petite marche, pense François Villon. Il repart seul et longe la rive nord du grand lac, est bien reçu chez des Pétuns et des Ouataouais, apprend d'eux (il sait bien l'algonquin maintenant et passer d'un dialecte à l'autre ne lui fait pas problème) que d'autres grands lacs existent, dans l'Ouest...

Apprend surtout qu'un homme avec une barbe, qui est indien sans l'être, qui est très grand et très large, et qui se nommerait Wah Nah Maket, que cet homme aux cheveux clairs vit ou vivait sur les bords du Michigama.

Quelqu'un est en train de lui voler son territoire, en somme.

Dès lors il n'a plus de cesse que de rejoindre ce Wah Nah Maket « aux cheveux clairs ».

Il poursuit son avancée. Il n'est pas très bon chasseur, à peine sait-il pêcher. Il a bien suffisamment vu les morutiers dans leurs œuvres et, du *Simbole-de-la-Paix*, a emporté une vingtaine d'ains, qui sont des hameçons, tous en fer et pas trop gros puisqu'ils sont de Normandie et non des Sables-d'Olonne, et bien serrés de la pointe, faits de fil de fer travaillé à froid. Pour les lignes, il en a six, de bon chanvre, pas trop torses pour ne pas prendre de coques.

Il essaie un peu de flécher des bêtes comme les Mic-Macs le faisaient si bien, mais c'est grotesque, comme résultat. À dire vrai, il manquerait une vache dans un corridor. Par deux fois seulement, il tuera une marmotte et quelque chose qui a des poils de plusieurs couleurs, que les Indiens appellent *chip-*

munk, dont la viande n'est vraiment pas très bonne, et qu'il n'a abattu que grâce à ses couteaux à lancer.

Peut-être en janvier — mais il ignore désormais les dates —, il arrive en vue d'un autre lac. Après en avoir laissé deux autres, un sur sa droite et l'autre à main gauche. Ce sera le Michigama.

Il est épuisé. Durant tous les derniers jours, faute de prendre quelque poisson — ses ains sont trop gros ou les poissons trop petits —, il s'est nourri de bulbes arrachés au sol sous la neige et de petits rongeurs dont il a éventré les terriers avec sa dague. Le temps est très froid mais il n'y a pas de neige. Il met deux jours à s'approcher de ces fumées qu'il a aperçues, des heures à franchir les trois cents dernières toises, en se traînant, en s'accrochant des ongles, rendu aveugle par la boue. Des Indiens ottawas le ramassent, le soignent, le volent mais lui restituent en riant tout ce qu'ils lui ont pris.

Wah Nah Maket?

Dès qu'il est en état de marcher vraiment, ils le conduisent à cet endroit qui doit être la pointe sud du lac, du Michigama. Et là, à sa surprise et surtout à sa grande colère (d'avoir été précédé par un Européen — il ne doute pas que l'homme aux cheveux clairs soit un Européen), il trouve une cabane, assez adroitement faite de rondins bien équarris à la hache. La construction est petite, trois toises sur quatre, mais on y a construit une cheminée de pierre et un endroit pour dormir. Et par-dessus tout, preuve définitive que ce n'était pas un Indien pur qui habitait là, des lunes et des lunes plus tôt, il lit sur le battant de la porte les lettres *W A* surmontant un dessin plus étrange, on dirait trois boules, deux en bas, une en haut pour coiffer les deux premières et reliées entre elles par des traits.

— C'est Wah Nah Maket qui a fait ça?

Oui.

— Où est-il?

Parti (geste ondulant de la main pour signifier

voyage et longue distance). Parti vers l'endroit où le soleil se couche.

— Avant le froid ?

Oui. Longtemps avant. Au printemps.

Il fait vraiment grand froid, et François Villon est loin d'être remis de son extraordinaire fatigue. Il s'installe dans la cabane. Ce n'est que le sixième ou septième jour, soulevant presque par hasard l'une des planches formant le bat-flanc où l'on dort, qu'il trouve la cache, et dans cette cache, très fortement enfoncée entre deux lattes du plancher — au point qu'il n'est pas impossible qu'elle ait été oubliée là —, une peau de daim fort bien tannée et roulée. Il la déroule et trouve une carte. Où sont portés les rivages de France, et la mer océane, et le Norimbègue, c'est-à-dire la côte entre la Floride, où sont les Espagnols, et l'Acadie. Et les grands lacs que lui François Villon a longés ou dépassés. Et le cours de la rivière Saint-Laurent. Et encore, par-delà la pointe sud du Michigama (dont le tracé nord est resté en blanc, faute sans doute d'en connaître le dessin réel), au-delà donc de cette pointe, rien n'a été marqué, sinon ce qui pourrait être des touffes d'herbe ou des bosquets d'arbres — mais il pencherait pour des herbes.

... Et enfin, à l'extrême gauche de cette carte, multipliés avec quasiment de la frénésie, des cônes — des montagnes.

C'est cette carte que François Villon va en grande partie reproduire, en un exemplaire.

Les Ottawas le dissuadent de se remettre en route. Seul un bon chasseur pourrait survivre, selon eux, dans ces plaines s'étendant à l'ouest. Et la chasse n'est pas son fort. Les Indiens manquent d'en crever de rire, chaque fois qu'il se sert d'un arc.

Un détail l'a frappé, dans la cabane. La taille de toutes choses. Ainsi de la longueur du bat-flanc, ainsi du fronton de la cheminée s'allongeant à une hauteur quasi inaccessible, même une simple patère probablement faite pour suspendre une pelisse est à presque deux toises du plancher.

— Wah Nah Maket est très grand ?

Oh ! que oui. Et les Ottawas de dresser le bras tout au-dessus de leur tête, sautant même pour figurer l'altitude de l'ancien occupant de la cabane.

Vers ce qui pourrait bien être la mi-mars, les Ottawas lèvent leur campement d'hiver. Le moment est venu pour eux de rentrer sur leurs terres, plus au nord, à quinze ou vingt jours de marche. Pas question de s'attarder : les Illinois vont remonter du sud et s'installer à ce même endroit, et, plus dangereux encore, les Sioux pourraient avoir en tête de venir faire une incursion.

— Les Sioux ?

Le nom jusque-là était totalement inconnu de François Villon. Il s'entend expliquer que les Sioux sont une très, vraiment très grande tribu vivant dans les plaines de l'Ouest, et pas accommodante du tout.

— Il y a des montagnes, après le territoire des Sioux ?

Aucun Ottawa ne s'est jamais donné la peine d'y aller voir. D'après de vieilles légendes, oui.

Les Indiens s'en vont. François Villon se retrouve seul. Il a des vivres pour environ une semaine et il a pu pêcher, il a mis ses prises à sécher, attend qu'elles soient sèches, ce qui le retarde encore un peu, se met enfin en route. S'il a envisagé un instant de revenir sur ses pas pour récupérer Tsal, dont les talents de chasseur lui seraient bien utiles, il y a renoncé. Trop loin.

Trois jours après son départ de la cabane, il achève le contournement du lac Michigan, ou Michigama. Les Ottawas lui ont indiqué une rivière, qui se trouve à trois journées et demi de marche du lac. Eux, et les Illinois (les Illinois — les *hommes*), l'appellent la Kishwoki, ou quelque chose de ce genre. Il pourra y naviguer, pour peu qu'il ait mis à profit les leçons qu'ils lui ont données en matière de construction de pirogues d'écorce. Il devra descendre cette rivière et ainsi il arrivera à Maesi Sipu, le Grand Fleuve — le Mississippi.

Très bien.

Je ne vois pas pourquoi je ne pourrais pas me construire une pirogue. Et solide, de préférence, puisque je ne sais pas nager.

Il va d'un bon pas, au vrai bien allègre. Ce n'est pas encore tout à fait le printemps, mais des signes s'en font voir, les cèdres blancs (dont l'écorce sert à combattre le scorbut), les coudres ou noisetiers, les chaignes ou chênes, les boulx ou bouleaux (leur écorce aussi est très utile, on en fait des tentes et aussi des pirogues), les fayens ou hêtres, plus des sapins et tant d'autres espèces, tout cela s'accumule en armées très épaisses et les premiers feuillages vert tendre commencent d'apparaître.

Tu vas très bien, François, ta vie est belle.

Dommage que tu sois suivi.

Car il l'est, suivi. Il le sait depuis maintenant plusieurs heures. Il en a vu un, puis deux, puis deux autres encore. Oh! certes, ils se cachent, mais pas trop adroitement, à croire qu'ils souhaitent être vus de moi. Seront-ce des Illinois ou des Sioux?

D'après ses amis ottawas, les seconds seraient nettement plus sanguinaires que les premiers, qui auraient pourtant des habitudes bien sanglantes.

Mais ses suiveurs ne tentent rien, ne font rien, ne s'approchent pas. Ils suivent. Deux à gauche, deux à droite, un à l'arrière. Ils l'encadrent.

Il ralentit, ils ralentissent. Il court, ils courent. Il va vers eux, ils se reculent. On joue à quoi?

Dans tous les cas, il atteint ce qui devrait être la rivière Kishi-on-ne-sait-plus-quoi. Au travail. Tout cet après-midi-là et les deux jours suivants, il déshabille des boulx et en débite des morceaux, détachant les écorces ainsi qu'on le lui a enseigné, et il arrive ceci qu'à un moment, relevant la tête, il découvre à moins de douze toises de lui (et donc largement à portée de flèche, il aurait pu le tuer cent fois) l'un de ses suiveurs.

Qui s'esclaffe.

— Je voudrais t'y voir, lui dit François Villon. Je voudrais bien te voir jouer au jeu de paume, ou aux dés, ou m'affronter à l'épée.

Quatre jours de travail intensif s'achèvent. Peut-être pas sur une pirogue, mais enfin, sur quelque chose qui a un avant et un arrière (on n'oserait dire une proue et une poupe), et qui flotte.

Pas droit, c'est vrai. Il doit pagayer comme un damné côté gauche pour maintenir sa pirogue dans le courant. Il embarque, à Dieu vat, réussit à peu près à s'accrocher à l'une des rives chaque fois que cela devient par trop cascadant, effectue les portages qu'il faut, passe. Bientôt la Kish-machin-chose se fait plus sereine et coule comme une rivière raisonnable.

C'est plus son instinct qu'un bruit quelconque qui le fait se retourner.

Deux pirogues, et des bonnes, sont à soixante brasses en arrière de lui et le suivent. Six hommes à leur bord. Eux avaient des pirogues prêtes, avec un homme pour les garder.

Et il ne sait toujours pas si ce sont ou non des Sioux.

— Vous êtes des Sioux ou des Illinois ?

Pas de réponse. Les Indiens restent impassibles.

Il fait terre pour la nuit, ils l'imitent. Il allume du feu et engloutit le dernier morceau d'élan ottawa, il fait même un grand feu — pourquoi se cacherait-il puisqu'ils savent fort bien où il est ?

Il passe une nuit paisible et, juste avant de s'endormir, chante quasiment à tue-tête la chanson de Mathurin Régnier sur les filles du Calvaire.

— Je vous l'apprendrai, crie-t-il.

Itou les jours suivants, tandis qu'il descend toujours la rivière.

Et bon, cela finit par arriver. C'est en fin de matinée, ses paumes sont pleines de cloques crevées et sanguinolentes, il éprouve d'à peine supportables douleurs dans les bras, les cuisses, les reins. Une heure avant il a fait halte et s'est trempé le fondement dans l'eau fraîche (là aussi, ça le brûle), il a mangé l'un de ses poissons séchés, il s'est relancé dans le courant.

Et il voit le grand fleuve, le Maesi Sipu soi-même.

Au-delà duquel, à en croire tout ce qui lui a été dit, s'allongent les grandes plaines, elles-mêmes terminées (mais très loin, à Dieu sait combien de jours de marche) par de très hautes montagnes.

Il ne voit pas que cela, malheureusement.

Une ligne ininterrompue de pirogues lui barre le passage. Il y aura là soixante hommes, immobiles et impassibles.

Bien plus surprenant encore, sur des sortes de bannières de peau tendues entre des lances, est tracé le même dessin aux trois boules qu'il a vu sur la porte de la cabane, tout près du Michigama.

Les boules sont vertes, les lignes qui les relient entre elles sont noires et se rejoignent dans le bas en un triangle pointe en haut.

Les deux lettres W et A reproduites partout.

Et en retrait, sur l'autre berge du Maesi Sipu, juché sur un tumulus, François Villon découvre un homme, gigantesque, six pieds et cinq ou six pouces pour le moins, dépassant d'une tête les huit ou dix guerriers qui l'entourent, regardant dans sa direction. À distance, les longs cheveux descendent bien plus bas que les épaules et semblent blancs.

François continue de pagayer. Il va droit sur le barrage des canots. Le courant d'ailleurs l'y pousse, et aussi la présence derrière lui de ceux qui le suivent depuis une semaine ou davantage.

Le barrage s'entrouvre à l'ultime moment, mais les pirogues qui le formaient exécutent un mouvement concerté, en sorte de s'aligner sur deux files. Entre lesquelles il passe. Non sans mal : l'eau du Mississippi tourbillonne par endroits et produit moult remous. Au point que des mains se tendent et maintiennent le canoé dans son cap — il ne voudrait pas aller par là, ce serait pareil, il n'a pas le choix. François distingue de mieux en mieux le géant posté face à lui, et dont il s'approche. Les cheveux ne sont pas blancs comme ceux d'un vieil homme, mais d'un blond très pâle. Toute la traversée du fleuve s'accomplit de la sorte. Vingt toises, puis dix, puis deux, l'étrave du canoé vient toucher la terre vaseuse et s'y enfonce un peu.

Le géant est à dix pieds de distance au plus —, la différence de hauteur entre les deux hommes ajoutant encore à la différence de taille, l'un étant monté sur un tertre et l'autre assis dans le fond d'un canoé.

— Wah Nah Maket ? demande François Villon.

Acquiescement.

— Tu sais le français ?

Pas de réponse.

— Ne me raconte pas que tu es indien. À moins que les Indiens de ce côté-ci du Maesi Sipu ne ressemblent à des gens de Hollande.

Cette dernière phrase toujours en français ne suscite pas plus de réaction que la précédente.

— Et maintenant, qu'est-ce qu'on fait ?

En algonquin.

— Tu as pris ma cabane du Michigama, dit le géant.

— Si tu étais dedans, je ne t'ai pas vu.

(Je dirais que ce bonhomme a dans les trente ans. Allez, disons trente-deux. Et il porte une dague, plus une hache qui n'est pas de pierre mais de métal, plus un très bel arc ressemblant à ceux des Anglais.)

— Would you by chance speak english ?

— I do, dit le géant.

— Tu es donc anglais.

— Non.

— Je peux connaître tes intentions, ou serais-je indiscret ?

Conversation en anglais, à présent.

— Je pense que je vais te tuer, dit Wah Nah Maket.

— Parce que j'ai occupé ta cabane ? Tu as un sens de la propriété qui est vraiment très farouche.

Sauf si tu repars sur tes pas et t'en retournes d'où tu viens.

Son anglais n'est pas des meilleurs. Il le parle comme quelqu'un très déshabitué d'une langue et qui fait effort pour trouver ses mots.

— Je ne vais pas revenir sur mes pas, dit François Villon. J'ai eu bien trop de peine à parvenir jusqu'ici.

— Tu es ici à la frontière de mon royaume. Tu n'y entreras pas. Tu t'en vas où tu es mort.

— Et il s'étend jusqu'où, ton royaume ?

Geste de la main vers la gauche (nord), avec le mouvement de vague qui signifie très loin ; geste de même vers la droite (sud) ; geste encore en arrière (ouest).

— Ça m'a l'air plutôt grand.

Acquiescement : oui.

— Et il n'y a pas de place pour deux ?

— Non.

— Tu es sûr que tu n'es pas anglais ?

— Oui.

— Mais tu l'as été ?

— Non.

— Tu n'es pas né dans ce pays. Où es-tu né ?

— En Irlande.

— Et on t'appelait comment, en Irlande ?

— Wanamaker. Va-t'en avant que je te tue.

— Les Indiens qui te font compagnie sont des Sioux ?

Des Illinois, pour ceux qui sont dans les pirogues. Des Cris (Crees) pour les autres qui sont avec Wanamaker sur cette berge-là du Maesi Sipu.

— Et tous ces Indiens, y compris les Sioux, sont d'accord pour t'accepter comme roi ?

(Ah, ah, il hésite !)

— Ces terres sont à moi seul, dit le géant.

François Villon considère le pectoral de cuivre, des dimensions d'une assiette, que porte son interlocuteur. Les trois boules y figurent en plein centre, en relief. Il est sur le point d'en demander la signification, a déjà la question sur les lèvres lorsque des mouvements se produisent tout autour de lui. Quelques instants plus tard, et assurément très vite, il se retrouve maintenu par trois ou quatre paires de mains, il est extrait de son canoé, on le dépose sur la berge, sans le libérer pour autant. Bien au contraire, voici qu'on lui ôte sa pelisse en fourrure de loup, sa veste de daim ornée de perles tissées et de queues de belette, la chemise en toile d'Armentières. En sorte qu'il se retrouve le torse nu, si on lui a laissé ses jambières en peau de cerf, sa bande-culotte de laine, ses jarretières en fourrure de moufette, sa ceinture également de peau de cerf à laquelle sont accrochées bien des choses — une cuiller en bois pour la sève d'érable, ses petites raquettes de neige, ses crochets en arêtes de poisson, son bol de bois. On ne l'a pas fouillé, il garde donc sur lui ses trois couteaux à lancer, sa hache de bois à tête ronde plaquée de cuivre clouté, sa dague italienne ; tandis que restent dans la pirogue son arc en cèdre et son carquois empli de quinze flèches à tête d'os, son épée dans son fourreau de cuir frangé, ses sacs d'écorce encore assez emplis de riz, son poisson séché et, fixée et cachée sous le banc de nage, la carte.

— Je ne m'en irai pas, dit-il.

Il baisse les yeux vers la pièce de métal, cylindrique et d'un bon pouce de diamètre, dont il constate qu'elle a été chauffée au rouge, et que l'on approche de sa peau nue. Il sourit et son regard se plante dans celui de Wah Nah Maket.

— Tu m'écorcherais vif que ça ne changerait rien.

Il n'en raidit pas moins tout son corps et réussit à continuer de sourire quand le fer rouge est fortement appuyé contre sa poitrine, au-dessus du mamelon gauche. Il ne bouge absolument pas et domine la douleur. L'opération est répétée une fois puis une autre, sans qu'il cesse de sourire. Ce n'est que quand le fer rougi est enfin retiré qu'il s'autorise à baisser les yeux. D'accord, me voici avec trois boules gravées sur mon corps. Et alors ?

— Et alors ? dit-il.

— Tu vas t'en aller et ne plus revenir jamais. Tu diras à tous que nul ne peut entrer sur les terres de Wah Nah Maket.

— Je reviendrai, mon bon. I shall come back.

— Mes sujets verront ce signe sur ta poitrine et ils te pèleront vivant, tu mettras un jour entier à mourir.

— Je ne crois pas aux rois, aux chefs, aux ordres et interdictions, aux frontières ni aux limites. Je crois que la seule astreinte qui puisse être infligée à ma liberté est de ne faire tort à quiconque.

On le lie, des pieds à la tête, il ne pourrait remuer un seul doigt.

— J'ai toujours rêvé et rêve plus que jamais de ce pays que tu prétends être tien, Wanamaker. J'en ai rêvé, en rêve et en rêverai non pas pour en être maître, comme tu prétends si faussement l'être, mais pour y vivre enfin à ma guise sans nuire à nulle créature, et pouvoir y marcher librement jusqu'à ma mort.

On le porte dans son propre canoé et celui-ci est pris en remorque par une autre pirogue, à bord de laquelle ils sont huit à tenir pagaie.

— Et donc je reviendrai, Wanamaker.

Les huit Indiens sur la grande pirogue ont plongé leur pagaie dans l'eau...

— Et ça veut dire quoi, ces trois boules ?

— Le trèfle d'Irlande, dit Wanamaker.

Les jours suivants, on descend le Mississippi. Les Illinois remorquant le mauvais canoé d'écorce font des haltes. Ils nourrissent et font boire François Villon. Ils ne lui parlent pas. Il est pris de crampes fort douloureuses. Il demande à ce que l'on desserre au moins un peu ses liens. Peine perdue, pas de réponse. Des jours passent, et les souffrances s'accroissent. Par moments, et de plus en plus longs, il perd conscience.

Je reviendrai, I shall come back.

Cela et rien d'autre pour le soutenir. Il ne voit rien du paysage. Délibérément ou non, il a été couché face contre le fond du canoé. La chaleur monte. Un jour, il constate que ceux qui le tirent sans discontinuer vers le sud, que ceux-là ont changé. D'autres Indiens ont pris la suite des premiers. Ou même ce sera une troisième, voire une quatrième équipe, je ne sais plus.

I shall come back.

Son canoé cède, un rocher ou une branche en aura transpercé la coque si fragile. Il est hissé à bord d'une pirogue. Il parle aux gens qui s'y trouvent, peut-être croit-il seulement leur parler, car tout s'est brouillé dans sa tête. Il est transi de froid ou croit mourir de chaleur. On continue de le nourrir et il est contraint de boire des liquides auxquels probablement on aura mêlé des simples pilés, c'est amer en diable.

Et enfin il advient qu'un jour, il reconnaît des mots que l'on prononce autour de lui. C'est de l'espagnol, quoiqu'il lui faille bien du temps pour s'en apercevoir. Du temps passe encore, il s'éveille un jour tout à fait. Je suis vivant, la chose est assurée, je suis sur un bateau et non dans une pirogue. Bientôt il peut se traîner sur le pont. Il reconnaît une crevelle, une caravelle d'Espagne. Un homme qui est de Jaen — oui, je connais — l'interroge, sur là où il a été, sur ce qu'il y a vu, et sur les Sept Cités de Cibola, et sur l'or...

... Et sur la raison qui lui a fait dans son délire répéter inlassablement les mêmes mots, en français mais aussi en une autre langue qui pourrait bien être de l'anglais.

François dit qu'il ne sait pas, ne sait rien, il a tout oublié, n'a pas vu d'or, n'en a pas cherché, tout, dit-il, s'est effacé de sa mémoire.

— Todo, ho olvidado todo. Adonde vamos, où allons-nous ?

En Espagne. Et il débarque en Espagne, à Santander, il gagne aux dés de quoi se revêtir, il retrouve (grand Dieu merci) des chicas fort avenantes et point farouches, gagne Madrid et y séjourne, y gagne encore aux dés (c'est une malédiction, je te dis), il est redevenu lui-même. À preuve qu'il s'introduit dans un couvent de très belles nonnettes, en câline bien une demi-douzaine si pas plus (je l'ai toujours pensé, il faut bien les réconforter, ces jouvencelles sous voile comme des Mauresques). Il se convainc sans trop de peine que ce couvent comme tant d'autres est bien trop riche pour une gent qui a fait vœu de pauvreté, et se résout donc à leur mieux ouvrir le chemin du paradis (auquel il ne croit nullement lui-même, quand tu es mort, tu es mort) en leur butinant l'essentiel de leurs trésors. Il détrousse itou un évêque (je n'aime pas non plus les évêques, surtout les gras, mais pas plus les maigres ni les entre les deux), galope vers la France sur un cheval qui tire deux mules quasi papales. Aux confins de l'Espagne, étant poursuivi, et alors qu'il rit déjà d'aller conter ses aventures à son ami Pouillou Pattu, des marauds de paysans le happent, veulent à toutes forces qu'il officie comme curé. Il se retrouve devant l'un de ces émigrants français de l'Ariège venus en terre espagnole pour les moissons. Il est frappé par la fausse bêtise, la feinte niaiserie, l'idiotie si soigneusement simulée du condamné à mort. Qu'il eût de toutes les façons aidé à fuir, par pur esprit de contradiction et aussi par une sympathie très immédiate. Mais qu'il assiste d'autant plus qu'à sa connaissance, c'est bien le seul être humain qu'il connaisse capable de faire pièce (et largement) par la taille et la force à Wah Nah Maket.

Je reviendrai, I shall come back.

Et je suis revenu, Wah Nah Maket. J'espère que tu es toujours vivant. Peut-être pas à m'attendre planté comme une statue sur cette berge du Mississippi où, si j'y ai bien posé le pied, ce n'a été que pour y être marqué au fer rouge et entravé et jeté dans un canoé. Mais quelque part.

Et vivant. Si, si, j'y insiste. Te savoir découpé en rondelles par certains de ceux que tu appelais tes sujets me contrarierait fort, j'en serais vraiment marri.

— Tsal ?

— Je suis là.

— Nous allons laisser derrière nous tous ceux qui ne tiennent pas vraiment à poursuivre. De toute façon, une fois le Mississippi franchi, il ne nous servirait à rien d'être quinze ou seize. Ou alors il nous faudrait cent hommes et plus. Un groupe plus petit aura plus de chances de passer sans être vu. On emmène qui ?

— L'Ojibwa et les Algonquins.

— Sept.

— Six. L'un des Algonquins a été tué.

— Plus toi, Pissarugues et moi, cela fera neuf.

Le chiffre lui plaît, il a toujours aimé les nombres impairs, tenant que les pairs lui sont néfastes.

On y va. La séparation s'effectue, les couteaux de Thiers promis sont reçus avec enthousiasme, qui servent non pas tant de salaire que de prime à ceux qui rentrent chez eux. Route à l'ouest, deux Algonquins détachés en éclaireurs, une chaleur d'une extrême sécheresse et rendue plus insupportable encore par un vent brûlant.

L'embuscade a eu lieu peu après l'aube, on venait tout juste de se remettre en route.

— Ce n'étaient pas des Sioux, dit Tsal qui vient de se concerter avec l'Ojibwa, lequel a passé plus d'une heure à scruter nez au sol les traces laissées par les auteurs de l'embuscade — ou, plus justement, de l'attaque (une embuscade sous-entend une préparation, une attente, un état de belligérance plus ou moins ancien ; ce qui, selon le Mic-Mac, n'est pas le cas ; il croit davantage, et Kauwatapee l'Ojibwa aussi, à une échauffourée de hasard). L'un des agresseurs a été tué ou gravement blessé, et un sac à tabac a été retrouvé non loin des traces de sang. Ce sac porte la représentation d'une grenouille.

— Une grenouille ?

François est interloqué (et il a fallu que Tsal dessine l'animal sur le sol pour qu'il comprenne — il ne connaissait pas le mot). Mais, bon, il paraît que la grenouille, le têtard en fait, est l'animal fétiche des Pieds-Noirs.

— Nous serions sur leur territoire ?

Non. Leurs terrains de chasse habituels sont plus à l'ouest. (Comment y comprendre quelque chose, avec non seulement ces tribus qui sont des centaines, portant toutes des noms différents quoique souvent, pour beaucoup, étant de la même… disons fédération, et qui, en même temps, baguenaudent d'un endroit à un autre ?)

— Et les Pieds-Noirs ne sont pas des Sioux ?

Non. Ou oui. Un peu. Pas beaucoup. Pas de vrais Sioux en tout cas. Ce sont des chiens puants, voilà qui est certain.

— C'est clair, dit François Villon.

Il fait marcher au nord-ouest, voulant retrouver la Kish-truc sur laquelle il a navigué au printemps de 1607. Il tient un compte relativement précis des jours et des mois.

Ainsi fixe-t-il au 30 juillet 1609 la date à laquelle les neuf hommes parviennent au Maesi Sipu.

Lequel est franchi dans l'après-midi du même jour.

Personne en vue.

— On est dimanche, dit Mathurin Toboggan.

— Samedi.

— J'ai compté, je sais compter. Surtout jusqu'à sept. J'ai compté sur mes doigts. Nous sommes ce jour-ci.

Et de dresser l'index de sa main gauche. Il dit qu'il a commencé par le petit doigt de sa main droite, qui est le lundi. Et donc que ce doigt-là de sa main gauche, forcément, est un dimanche.

Un marché est un marché, Catherine-Marie ; une ou un Pouillou qui ne tiendrait pas sa parole, ce serait le monde à l'envers. *Mais c'est vrai que je ne sais toujours pas quel jour on est, ni même si une pleine semaine s'est écoulée depuis que j'ai passé cet accord avec le Mathurin Toboggan. Je réfléchis.*

— Et tu comptes comment, sur tes doigts ?

Le métis chenu, moitié breton moitié mohawk, lui fait une démonstration de ses talents de calculateur ; petit doigt de la main droite en effet pour le lundi, annulaire de la même main pour le mardi, majeur pour le mercredi et ainsi de suite ; le pouce droit étant le vendredi, le pouce gauche le samedi ; ce fils de chien a raison.

Je réfléchis toujours.

Je ne sais pas si une pleine semaine s'est écoulée depuis que le Toboggan et moi nous sommes accordés, parce qu'il s'est passé pas mal de choses durant ces derniers jours. Ils ont marché, le métis et elle. À peu près vers le sud et en remontant la rivière qui, paraît-il, se nomme le Saint-Laurent. Des rencontres ont eu lieu. Deux qui ont eu pour conséquence qu'il a fallu détaler, et pas qu'un peu, ventre à terre pendant un temps du diable — ces Indiens que l'on a croisés étaient des Hurons et Mathurin Toboggan se trouvait en assez grande fâcherie avec les Hurons. Une autre très plaisante au contraire. Ne me demande pas comment, mais ceux du troisième groupe, Toboggan les a identifiés au premier coup d'œil, et de loin, comme des frères mohawks — Dieu sait pourtant qu'ils étaient bien pareils aux autres, tout pleins de peinturlures et quasiment cul nu itou, mais bon. Le Mathurin s'est mis à jargonner avec eux, à n'en plus finir. Et elle ne comprenant que pouic, forcément. « Dis donc, Mathurin, tu ne serais pas en train de leur vendre quelque chose, à tes frères ? — Et leur vendre quoi, ma doué ? — Moi. — Te vendre ? Mais qui voudrait t'acheter ? — Ne sois pas vexant, tu veux ? — Je ne veux rien leur vendre. Au contraire. — C'est quoi, le contraire ? —

Je leur demande de nous faire escorte. Ils vont accepter, je crois. »

Je réfléchis encore.

À la défaveur de ces courses effrénées qu'il avait fallu faire pour échapper aux Hurons, le tandem s'était éloigné du Saint-Laurent. On y est revenu, escorté par la douzaine de guerriers mohawks. « Et ça, c'est le québec », a dit Mathurin Toboggan, indiquant donc l'endroit où, selon lui, le fleuve Saint-Laurent était au plus étroit de son cours. Catherine-Marie a vu des constructions, bois et pierre, en bordure d'eau, une chose presque carrée débutant par un appontement engagé dans la rivière, se prolongeant par une très forte palissade, puis, à l'intérieur de celle-ci, des bâtiments spacieux — soixante ou cent hommes pouvant y tenir aisément garnison —, à un étage sur rez-de-chaussée, et bien conçus vraiment, au point qu'on y avait édifié jusqu'à un colombier aux boulins bien carrés et bien nets. C'est peut-être ce dernier détail-là, ce pigeonnier lui rappelant deux ou trois qu'elle avait vus dans son Auvergne, qui a le plus donné à penser à Catherine-Marie : « Qui habite là, Mathurin ? — Le monsieur de Champlain. Mais il n'est pas céans, on l'a vu s'en aller. Quoiqu'il y reste de ses hommes. — Tu es entré ? — Une fois. Ils m'ont donné du blé, à cause de ce que j'étais à demi français, et ils voulaient que je les serve, pour parler avec les sauvages comme ils disent. — Il n'y a donc pas de ville, ailleurs ? — Des villes ? Tu as la tête malade. — Il n'y a rien, absolument rien d'autre, pas d'autre maison, même si je marchais des jours et des jours ? — Même si tu marchais deux ans ou trois. » Mais que veut-elle dire avec ses maisons ? Ce pays est habité, il s'y trouve des gens. Simplement les Français les nomment des sauvages. « Moi-même, je suis pour moitié un sauvage, Catherine-Marie. Tu as peur de moi ? — Non. — Tu as peur de mes frères mohawks ? — Non plus. Ce sont des hommes comme les autres. » N'empêche. N'empêche que, disant cela, elle a éprouvé comme un petit doute. C'était tout à fait vrai qu'elle n'avait pas peur des douze Mohawks qui l'entouraient (ni même des Hurons avec lesquels en somme elle n'avait pas de querelle). De voyager deux ou trois jours avec eux comme elle venait de le faire l'aurait même rassurée, s'il en avait été besoin. À y penser, elle se serait sentie bien moins sûre en compagnie de dix ou douze rouliers de grands chemins, même en Auvergne *(tu peux croire qu'en peu de temps ils auraient fait le rouleau à pâtisserie et moi la pâte à tarte)*. Non, ce petit doute, voire cette petite angoisse qui lui sont venus n'avaient rien à voir avec les Indiens (cul nu ou pas, ce n'était pas ce qui comptait, et qu'ils ne fussent pas non plus chrétiens était pareillement — ou plus encore — sans importance). Simplement elle a pris conscience, d'un coup, à demeurer ainsi longuement accroupie en considérant l'habitation de M. Champlain, à deux cents toises de distance même pas, que c'était le tout dernier poste, la frontière tu dirais. Au-delà, rien. Enfin rien de connu par elle. Rien sauf une terre qui avait l'air foutument vaste, sans fin peut-être (mais tout a une fin, ne me fais pas rire). Non, mais tu te rends compte du chemin que tu as fait pour seulement courir après le Smaragdin, sans jamais en voir la queue (fourchue) au demeurant, toi qui te disais que déjà cavaler jusqu'à Clermont serait de l'extravagance?

J'ai presque fini de réfléchir.

Elle est, ils sont repartis du Québec, les douze Mohawks et demi — Mathurin Toboggan ne comptant que pour une moitié de Mohawk. Ils ont encore longé la rivière, enfin le fleuve. Ils sont arrivés à un lac qui avait tout l'air d'une mer. Et les jours ayant passé, et l'autre moitié moitié ayant effectué son foutu compte sur ses doigts, sans se tromper en plus, c'était le plus navrant, elle s'est retrouvée et se retrouve au pied du mur en quelque sorte.

On est bel et bien dimanche et une parole est une parole.

— Mathurin?

— Oui.

— On est sur un bateau.

— Ça vaut mieux, au milieu d'un lac.

— On est sur un bateau en compagnie de douze Mohawks.

— Mais on est dimanche.

— Nous nous sommes entr'accordés, toi et moi. Je ne me souviens pas que les douze autres aient été du marché.

Il rit. Il rit en silence, ainsi que les Indiens font. Ses yeux déjà pas mal fendus se plissent, s'étrécissent encore davantage.

— Non mais, dit-il, non, mais qu'est-ce que tu crois ? Ils sont là, ils ont marché avec nous, ils ont chassé pour toi, ils ont construit cette pirogue, ils pagaient maintenant. En échange de quoi, à ton avis ?

Elle est nue, et entièrement. Elle a même ôté ses deux paires de bas de laine qu'aucun rapetassage ne pourrait plus sauver désormais, elles ne résisteront plus longtemps ; et sa jupe de dessus pareillement, qui tient de la penaille ; et ses chemises ne valent pas mieux ; pas mieux que son tricot. En somme, il n'est guère que son casaquin à n'être pas en loques…

De la frisque court sur l'eau du lac, une brise qui mord un peu et vient du nord, de ces grandes terres immensément glacées que Mathurin Toboggan lui a décrites (quoiqu'il ne soit pas si certain qu'il s'y soit aventuré : à l'entendre, il aurait marché sur des milliers de lieues, et dans tous les sens). Sur la rive, à cinq ou six cents toises à main gauche, les feuillages des arbres tournent au rouge, à tous les rouges possibles, c'est vraiment joli. Elle est entièrement nue et se tient à l'avant de la pirogue. Elle est un peu penchée en avant. Elle s'appuie des deux mains sur la corne d'écorce du bateau. Elle tourne le dos aux hommes qui pagaient. Qui peut-être la regardent. Peut-être. Ce n'est même pas sûr. Déjà, les Mohawks l'avaient surprise à n'être pas tant émoustillés de la voir nue du haut jusqu'en bas. « Ça les intéresse mais sans plus, avait dit Mathurin Toboggan. Tu es la première femme non indienne qu'ils voient, ils ont eu de la curiosité, c'est bien normal. Mais puisque tu es faite comme toutes les autres… — Finalement, il n'y a que toi pour être passionné. — Parce que je suis à moitié d'Europe, c'est sûrement la raison. — Et ça te plaît toujours autant ? — Je ne m'en lasse pas. — Il n'y en aura pas un qui finira pour me forcer ? — Te forcer ? Mais ça ne se fait pas. Sauf si ce sont des femmes d'ennemis. Et encore. — Pourquoi ? On le fait, dans le pays de mon père. — C'est très mal vu. Par les femmes, du moins. »

Elle jette un coup d'œil vers le ciel. Le soleil est en train de se placer juste au-dessus de sa tête.

— Je me rhabille, Mathurin.

— Dommage.

— Je tiens ma parole.

— C'est vrai. Et tu sais vraiment bien te servir d'un arc.

Elle enfile ses jupons, sa jupe de dessous, boucle son ceinturon. Pour ses chemises, elle hésite ; elles sont foutument sales mais si je les lave une fois de plus, elles vont me rester dans les doigts. Elle reste donc torse nu, encore un moment (les Indiens ne lorgnent même pas sur ses tétines. Pour eux, c'est chose normale, une femme dépoitraillée. Les leurs le sont, souvent, ils n'en sautent pas en l'air pour autant — mais en Auvergne non plus, c'est vrai, au printemps et en été, combien on en voit, de lavandières bien dégarnies du haut ?).

Elle finit tout de même par passer son casaquin et même en noue les lacets sur le devant. Le carquois retrouve sa place ordinaire, entre les omoplates.

Elle regarde approcher la terre, vers laquelle la pirogue avance rapidement.

— C'est le dernier lac, Mathurin ?

— Le troisième, oui. Le Michigama.

Elle se retourne et considère l'équipage de la pirogue. Ils sont vingt, dont deux ou trois fort jolis garçons. Ce ne sont plus des Mohawks. Les Mohawks, c'était cinq, non six semaines plus tôt, pour la traversée du premier lac. Depuis, le Mathurin s'est bien débarbouillé des relais, des marches, des villages où l'on a dormi et mangé, des rivières, des étangs et des lacs qu'il a fallu traverser. On est maintenant au sixième dimanche.

Cela fera dans les soixante ou soixante-dix jours que je suis partie de, comment ça s'appelait déjà ? Tadoussac.

La terre à cent toises.

— Et après, Mathurin ?

— On marche.

— Et des chevaux, on ne peut pas en trouver ?

— Des *quoi* ?

— Des chevaux.

— Je ne sais pas du tout ce que c'est, dit Mathurin Toboggan.

Elle le scrute. *Il se moque de moi.*

— Ça ressemble à quoi, demande-t-il, un chevaux ?

— Un cheval, des chevaux. Ne me dis pas que tu n'en as jamais vu. On lui met une bride, une selle, on monte dessus et hop.

— Hop, quoi ?

Non, mais je rêve. Je ne vais quand même pas lui décrire un cheval !

Elle lui décrit un cheval.

— C'est comme un bison, en somme, dit-il.

— Et c'est quoi, un bison ?

— Mon père disait que c'étaient des bœufs, avec de plus gros cous.

— Et ton père ne t'a jamais parlé de chevaux ?

La preuve.

— Tu es sûr que tu ne te gausses pas de moi ?

— C'est comme un chien ? Un gros chien ?

— C'est grand dix ou douze fois comme un chien, un cheval. Tu as déjà essayé de monter sur un chien ? Surtout sur un de ceux qu'on trouve dans ce pays ?

— Celui que les Anawahaganis nous ont offert, il y a trois dimanches, était gros.

— Tu parles ! S'il faisait vingt-cinq livres, c'était le bout du monde. Et en plus il était bouilli. Manger du chien, déjà, ça ne m'attirait pas trop, mais bouilli en plus !

— Quand des Indiens t'offrent à manger du chien, c'est un très grand honneur.

— Ah bon. Et tes copains qui pagaient ne savent pas non plus ce qu'est un cheval ?

La discussion s'engage, entre les Indiens qui pagaient et Mathurin Toboggan. Lequel secoue la tête.

Non plus.

— Il n'y a donc pas de chevaux dans ce pays ?

La rive ouest du Michigama n'est plus qu'à un jet de pierre.

— Pas que je sache. Et je le saurais, s'il y en avait. Je suis allé partout.

Dit Mathurin Toboggan.

Une rivière débouche dans le lac, à main droite ; la terre qui s'aperçoit ne ressemble pas à grand-chose, on n'y voit pas âme qui vive ; le ciel est bas et s'abaisse de moment en moment ; le froid est vif, l'air immobile, le silence total, si tu exceptes le petit bruit des pagaies qui entrent doucement dans l'eau ; il y a des oiseaux, tu dirais des oies sauvages et qui s'en iraient au sud ; aussi bien, il va pleuvoir, sinon neiger. *Je suis un tantinet chagrine et presque contristée, qu'est-ce que je suis loin de mes monts d'Auvergne (et pourtant j'y ferai retour, Dieu me damne, rien au monde ne m'en empêchera, parole de Tête de diable).*

L'hiver vient, cela se voit.

Et qu'est-ce qui me prouve que je suis bien sur la piste de l'excrément de ribaude ? Qui me le prouve ? Le Mathurin Toboggan allègue et rien de plus. Il peut me mentir, depuis des semaines. Ou se tromper. Il est vieux. Un peu fou, Si ça se trouve, ça donne de la vésanie, d'être tout à la fois Indien, ou sauvage, si tu veux, et gent d'Europe ; ce pourrait être une mixture funeste.

— Il y a quoi, au-delà, là ?

— De la terre, répond Mathurin. Des rivières. Et puis des plaines. Des plaines à y marcher tout le reste de ta vie sans en jamais voir la fin.

— Parce que tu y es allé aussi ?

— Je te l'ai dit.

— Tu m'as dit tant de choses.

— Je n'ai pas la langue fourchue.

L'étrave de la pirogue se pose très délicatement sur le bord vaseux. Elle met pied à terre, débarque ses sabots, son arc, sa cape, son bissac. Toboggan, quant à lui, décharge ses deux sacs de peau frangés et ornés de chevelures, enfin de longues mèches (il faudra que je lui demande un jour d'où ou de qui il les tient, quelle façon étrange de décorer son bagage) ; il descend lui aussi, dit quelques mots aux Indiens. L'un de ceux-ci acquiesce gravement, les autres restent impassibles. Les pagaies s'activent, la pirogue bat en arrière, bientôt elle s'éloigne, pour l'autre rive, hors de vue, du lac Michigama.

Elle ne sait pas pourquoi, elle a l'impression que son voyage commence. Commence pour de bon.

Elle chausse ses sabots. Qui sont de bois et pour petite partie de cuir. Au fer rouge, elle y a dessiné elle-même une chouette. C'est censé attirer le malheur, la chouette ; ils les clouent sur les portes des granges, dans son pays d'Auvergne. Elle, elle les aime bien. Pouillou Pattu aussi les aimait.

Elle regarde au loin, vers l'ouest. Tu parles d'un pays. Sans chevaux, sans villes, sans fer, sans vaches, sans moutons, sans églises (ça, c'est pas grave). Sans maisons.

— Allons-y, dit-elle.

IV

Elle est complètement immobile. La pluie qui n'a cessé de tomber les trois jours précédents, et cette nuit encore, une pluie glacée et méchante qui a gonflé le moindre ru et transformé en bourbier tout ce qui n'est pas roche, cette pluie a fait venir un grand froid. Ce froid se glisse sous son casaquin, se plaque sur ses bras nus et sur son buste ; jusqu'à ses genoux sous sa jupe, et jusqu'à ses pieds nus dans ses sabots qui commencent à la faire souffrir. Mais bon, elle attend toujours. Le foutu cerf ne se décide toujours pas à avancer. Contact léger sur son épaule droite — c'est le bras qui tient l'arc. C'est Mathurin Toboggan qui, forcé au silence, choisit stupidement cet instant-là pour faire causette. *Fiche-moi la paix, Mathurin, ce n'est pas le moment. J'ai faim.*

Si elle tue ce cerf-là, et je vais le tuer, même si ça me prend jusqu'à la nuit, ce sera le sixième. Dans les débuts, bien des semaines plus tôt, avant même que le Toboggan et elle ne fassent alliance, ils se sont pas mal chamaillés, le vieux et elle, sur qui chasserait pour les deux. Elle l'a emporté. C'est vrai qu'elle tire mieux que lui. Plus vite, plus loin, plus précisément. Et puis ses pointes de flèches sont en fer, elles entrent mieux que celles en os ou en pierre de Mathurin.

Deuxième contact à la crête de son épaule.

La paix, Mathurin.

Le cerf est à vingt ou vingt et une toises. Au plus. *Je ne peux pas le manquer.* Elle pleure de froid.

Troisième tapotement du Toboggan, et cette fois doublé. Mais juste après, le foutu cerf enfin se décide, bouge, se dégage de son abri de broussaille, s'offre, et la flèche part.

Deux jours plus tôt et pour la première fois, enfin, elle a vu, de ses yeux vu, la trace irréfutable de ce que le Smaragdin était bien passé par cette même route, avant elle. Et que donc elle se trouvait sur la bonne piste. Mathurin Toboggan le premier a remarqué l'endroit. Des gens y avaient fait halte. Et du feu. Quinze hommes selon lui. Davantage pour Catherine-Marie. Peut-être vingt d'après elle. Dont deux chaussés — enfin chaussés de chaussures de cuir, avec des talons. Et de ces deux, l'un avec de petits pieds, et léger, l'autre très lourd, bien plus grand, géant pour ainsi dire — la Montagne humaine du port de La Rochelle, il n'y en aura pas deux comme celle-là. Plus loin, mais pas très loin du lieu de la halte, les signes évidents d'un combat — des flèches encore plantées dans le sol, voire dans des troncs — et, plus convaincants encore, deux échafaudages funéraires hissant les cadavres en grande partie dévorés à une toise du sol. Mathurin a identifié les morts : un Nipissing, un Algonquin. Il a dit que la moitié à peu près du détachement qui avait fait halte là et était ensuite tombé dans une embuscade était composée d'Algonquins. Pour l'autre moitié, difficile à dire. Des Hurons peut-être, à en juger par le bâtonnet retrouvé à demi enterré. Et un lacet noué par jeu, avec des entrelacs très compliqués, pouvait bien être ojibwa. Une composition surprenante, pour une expédition. Vraiment surprenante.

Mathurin Toboggan est allé et venu. Elle aussi, qui prétend, non sans quelque raison, ne céder en rien au métis, s'agissant de lire des traces (ce n'est pas tout à fait vrai, il est bien meilleur que moi — pour encore quelque temps, ça ne va pas durer). Ensemble, ils ont fini par reconstituer à peu près la scène qui s'est, à en croire l'état des deux corps sur les échafaudages, jouée dans les cinq ou six semaines plus tôt. Une lune au moins, dans tous les cas ; soit vingt-cinq ou vingt-six jours. Reconstitué la halte, l'attaque au petit matin...

— Des Lakotas.

— Comment tu le sais ?

— Leurs flèches. Regarde.

— Ça vit ici, les Lakotas ?

Oui. Mathurin Toboggan a expliqué que les Lakotas faisaient partie d'une tribu avec plein de *tiyospayes*...

— Des quoi ?

— Des tipis. Un tipi, c'est une maison en peau. Un cercle de tipis, c'est une famille, un *tiyospaye*. Les Sioux en ont plein. Dans toute la région devant nous.

... Et d'expliquer encore que ce nom de *Sioux* n'était pas vraiment un cadeau. En chippewa, cette tribu-là est appelée *Nadoweisi-wig*.

— Si-wig, c'est sioux, c'est pareil. Le nom complet veut dire *petite vipère rampante*. Ce n'est pas gentil, comme nom.

— Donc, il vaut mieux ne pas dire sioux si on rencontre des Sioux.

— Ça dépend s'ils comprennent le chippewa ou non. En général, non. Ils n'apprennent pas la langue des autres Indiens. *Lakota*, dans leur langue, ça veut dire *homme*. Ils pensent que les seuls vrais hommes sur terre, ce sont eux. Tous les autres sont des chiens.

— Ils seraient arrogants.

— Arrogant, ça veut dire que tu as du mépris pour tout le monde, que tu te crois supérieur à tout le monde ?

— Plus ou moins, oui.

— Alors les Sioux sont arrogants. Très arrogants. Plus arrogants, ça n'existe pas. Et ils ont mauvais caractère. Cela fait des générations et des générations qu'ils se battent contre nous autres Iroquois. Nous sommes plus nombreux qu'eux mais nous n'avons jamais pu les vaincre.

Et il n'y a pas que les Lakotas, comme Sioux. Il y a aussi les Dakotas et les Nakotas. Et plus à l'ouest, après le Maesi Sipu, on trouvait les Oglalas, les Hunkpapas, les Sihasapas, les Miniconjous, les Oohenonpas. Oohenonpa, c'est *Pied-Noir*, en français.

Oglala est un verbe, en sioux, qui pouvait se traduire par *jeter de petites choses dans une chose qui t'appartient...*

— Tu dis n'importe quoi, Mathurin.

Pas du tout. Ce *petit quelque chose* pouvant être de la poussière ou des graines. Pour Mininconjous, c'est, littéralement, *Ceux qui campent au bord de la rivière*. Les Hunkpapas sont *Ceux qui campent à l'entrée*. Les Sichangus, ce sont les *Cuisses Brûlées*, ou les *Brûlés*. Les Itazipchos, des *Sans-Arcs*, quoiqu'ils se servent d'arcs comme tout le monde, mais dans le temps, ils n'en avaient pas.

— Et comment sais-tu tout ça ?

— Parce que je suis sioux.

— Ne me fais pas rire : tu es iroquois et breton.

Oui. Sauf que Mathurin Toboggan a été capturé par les Lakotas, bien des printemps plus tôt, alors qu'il était vraiment très jeune. Et il est resté dix ans avec eux. Et il est devenu sioux.

Pendant dix ou douze années.

— Et tu es revenu chez les Iroquois.

Oui et non. Mathurin Toboggan aime bien vagabonder. À preuve d'ailleurs qu'il est avec elle, à revenir sur les traces de sa jeunesse. À preuve aussi qu'il est allé partout, au nord, au sud, le long du Maesi Sipu et de l'autre grande rivière plus à l'ouest. Et à l'est et à l'ouest.

— Jusqu'aux montagnes ?

Ils se sont penchés ensemble sur la carte. Non. Mathurin n'est jamais allé jusqu'à ces hautes montagnes dessinées. Il n'a pas poussé plus loin que d'autres montagnes, qui sont plus près et plus petites, et que les Indiens appellent les Montagnes (enfin, les Collines) noires.

— Donc, tu n'es pas allé partout, en fin de compte.

D'après toutes les traces, ils ont donc reconstitué la halte, l'escarmouche, la scission du groupe : sept Indiens et les deux hommes en chaussures sont partis vers l'ouest, les autres dans le sens opposé. Revenant donc sur leurs pas. Ils n'auront pas voulu aller plus loin, ils auront lâché le Smaragdin. *Par la mort-Dieu, où va ce fils de chien, il va m'entraîner jusqu'où ?*

Et je ne suis pas absolument certaine que ce soit bien lui. Il n'est pas le seul à avoir de petits pieds.

— Mathurin, il nous faudrait trouver des Indiens qui les auraient vus. Les deux Français, je veux dire.

Cela, c'était deux jours plus tôt...

La flèche est partie, elle a atteint son but, exactement, la bête s'abat quasiment sur place.

— À toi de jouer, Mathurin. Tu peux au moins aller la chercher. Je ne vais pas tout faire.

Sa main gauche passe sous le casaquin et frotte les tétines, pour les réchauffer tant soit peu.

Mathurin ?

— Tu voulais des Indiens pour leur poser des questions ?

Elle comprend aussitôt, ne se retourne pas pour autant, très naturellement sa main ressort à l'air libre et retire une deuxième flèche du carquois, *rien qu'au ton du Mathurin, tu sens bien que quelque chose se passe, et qui n'est pas trop bon...*

— Laisse cette flèche où elle est, petite.

— Des amis à toi ?

Pas vraiment, répond Mathurin. Pas vraiment. Si bien qu'elle se retourne enfin. Ils sont six. Vêtus de peau, plumes d'aigle ou de je ne sais quoi dans les cheveux, trois sont carrément affreux, un est quelconque, un autre serait presque joli garçon. Le sixième sera le chef ; il porte un bandeau de cuir autour du front, un collier de coquillages haut de plusieurs pouces — du dentalium, mais Catherine-Marie l'ignore — autour du cou ; sa chemise de daim est ornée de mèches de cheveux et une autre de ces mèches est suspendue à sa jambière droite ; il se tient...

— Des Sioux, Mathurin ?

— Non. Des Crees.

— Il y a donc combien de tribus différentes, dans ce pays ?

Presque autant que de gourdes d'eau dans le Michigama, dit Mathurin Toboggan.

... Le chef du groupe cree se tient en avant, bien en vue, c'est clair qu'il ne se prend pas pour de la roupie, il a de la morgue à en revendre, je m'en défierais à première vue, et à perte de vue aussi ; il n'est pas très grand mais épais ; tu lis une foutue férocité dans son regard.

— Je ne les ai pas entendus arriver, Mathurin.

— Moi non plus.

— Ils pourraient nous tuer, tu crois ?

— Oui.

— Parle-leur.

— J'attends qu'il commence.

Toute la conversation en français est chuchotée, et tenue sans se regarder, le visage aussi indifférent que possible.

— C'est toi qui les intéresses, petite.

Du temps passe, et c'est ridicule, qu'est-ce que nous attendons tous, à nous regarder sans un mot ? Catherine-Marie se décide. Elle se redresse, passe son arc à son épaule, se met en marche. Elle tourne le dos aux six Indiens et va vers le cerf qu'elle vient d'abattre. Arrivée à la bête, elle tire son coutelas et s'agenouille. Elle est en train d'entamer sa découpe lorsqu'elle sent — sent vraiment, je ne te dis pas l'odeur ! — une présence à ses côtés — ces gens ne doivent pas toucher la terre, tu ne les entends pas se déplacer. C'est le joli garçon. Qui a dans les vingt ans. Elle pousse et tranche de son coutelas, introduit sa main dans les entrailles très chaudes, encore palpitantes, atteint les rognons, les coupe et les détache. Elle esquisse le geste de les retirer de la plaie quand le coup la frappe. Pas suffisamment violent pour la blesser, bien assez pour la projeter en avant en sorte que son visage va s'enfoncer dans la plaie qu'elle vient d'ouvrir. Fils de chien ! Elle prend appui sur ses mains, et dans le sang, et entame son vif pivotement, le coutelas déjà pointé. Deuxième coup, plus fort que le premier, et qui l'étourdit pas mal. Elle entend un bruit de voix, reconnaît entre ces voix celle du Mathurin, *et ce vieux fou bavarde, jase, jabote, lantiponne pendant que je me fais rosser (par un joli garçon, en plus !).*

Elle peut pourtant rouler sur le côté, rampe à toute allure sur les fesses. Tu parles. Joli Garçon est derrière elle, il ne marche pas, il vole. Et il la frappe pour la troisième fois, ayant trouvé le moyen de se placer derrière elle. Il se sert de sa hache de guerre, en pierre et bois — il paraît que les Algonquins appellent ça un tomahawk —; et, à être juste, il ne cogne pas vraiment. Enfin, pas à fond, il ne veut pas me tuer.

Il s'amuse ! Tu m'entends, Catherine-Marie ? IL S'AMUSE !

La rage la convulse. Cette fois, elle roule sur le côté, puis à quatre pattes. Le choc la projette à près de deux toises.

Je vais le tuer !

Par trois fois encore, le tomahawk la heurte, avec la même infernale précision, et une douceur relative — même si son épaule droite et sa hanche la font souffrir. Elle réussit enfin à toucher, de la corne de son arc, puis d'un coup de sabot. Deux autres chocs. Elle touche une troisième fois, a l'immense plaisir de découvrir que Joli Garçon a le nez éclaté. Elle parvient même à se hisser sur ses pieds, se jette en avant, coutelas droit devant elle.

La hache lancée la frappe en plein front. Elle s'écroule et perd conscience.

Ça va, petite ?

— Va crever, Mathurin Toboggan.

— Ils m'auraient tué.

— Ça n'aurait pas été une perte.

— Ils ne veulent pas te tuer, toi. Mais moi, je ne les intéresse pas du tout. Heureusement que je suis vieux. Un scalp tout blanc comme le mien ne ferait pas honneur à un guerrier. Et en plus, je leur ai dit que j'étais ton père.

Elle bondit à cette seule idée (qu'il puisse se prétendre valoir la moitié du quart du tiers de Pouillou Pattu). Elle ne va pas loin : ses mains sont attachées derrière son dos, ses chevilles sont pareillement liées.

— Tu devrais te calmer, dit Mathurin avec énormément de placidité. Il vaut mieux que je reste vivant. D'abord, ça me fait plaisir personnellement, et puis tant que je suis avec toi, je peux t'aider.

— Va crever.

Elle se répète. Joli Garçon est là, à deux pas d'elle, pas trop faraud, avec son nez qui a l'air d'une betterave cuite.

— Il s'appelle, je traduis, *Celui Qui Marche dans les Myrtilles en Balançant les Hanches*. Tu peux l'appeler Myrtille.

Ne t'énerve pas, Catherine-Marie. Toi et tes emportements. Tu es vraiment trop impulsive.

— Ils t'ont dit ce qu'ils veulent ?

— Ils nous cherchaient. Ils savaient que nous avions traversé le Michigama il y a quatre jours. Depuis, ils nous cherchaient. Leur chef est celui qui a des scalps accrochés à ses vêtements. Son nom est *Tortue sur le Dos*.

— Dis-lui que c'est ridicule, comme nom.

— Il a mis une tortue sur le dos quand il était petit.

— Et dis-lui aussi qu'il a des yeux à faire vomir une truie.

Un instant...

— Tu as dit qu'ils nous cherchaient ?

Mathurin Toboggan admet qu'il l'a dit. Et même répété.

— Pendant que tu guettais ce cerf, ils nous regardaient. Depuis déjà longtemps. Ils auraient pu nous tuer.

— Tu me dis oui ou non ce qu'ils veulent, Mathurin ?

— Toi. Ils sont plusieurs groupes comme celui-là, tous lancés à ta recherche.

Je vais hurler.

— Ils veulent *quoi* ?

— Ils vont te ramener à leur chef, Wah Nah Maket. Je ne sais pas du tout qui c'est.

— Je ne crois pas que ce soit une bonne idée, dit Pissarugues.

Le ciel est très bas, il est étrange, tout un énorme front de nuages bleu violacé s'allonge à l'infini, sur une ligne parallèle à l'horizon ; mais entre ce front et la terre, et celle-ci peu ondulée (sûrement que c'est au-delà que les très grandes plaines s'étendent), se voit une merveilleuse bande de ciel clair, iridescent. François Villon sourit — c'est là que tu dois aller et iras, là est ton rêve. Je suis quelque peu au-dessus ou du moins en dehors de moi-même ; ce n'est pas véritablement de la folie ; disons une exaltation féroce, et froide. Il achève de se mettre torse nu, son regard passe sur Antoine Pissarugues (sans le voir vraiment), puis sur chacun des membres du village indien au bord de la rivière ; puis sur Deux-Pas ; et là il s'arrête, se fixe.

— J'espère que je sais suffisamment ta langue, maintenant, Deux-Pas.

— Tu la connais bien.

— Je fais encore des fautes. Et il y a tant de mots que j'ignore.

Et surtout, tant de choses. De coutumes, de droits, d'interdictions, de cérémoniaux. De tout.

— Tu apprends vite.

— Même si je confonds encore *pa'pa* et *papa*. Par exemple.

(*Viande séchée* dans un cas, *aboyer* dans l'autre. Le plus difficile quand tu apprends une nouvelle langue, et j'en sais déjà un bon petit nombre, c'est la prononciation, savoir où mettre les intonations.)

Deux-Pas est déjà entièrement nu, sauf son petit

pagne de cuir. Il ne frissonne pas, en dépit du vent glacé qui vient du nord. Il est plus grand que François, plus large d'épaules. Il est pourtant mince. Mais très vif. La semaine précédente, il a donné une démonstration de l'extrême rapidité de ses gestes : il a lancé douze flèches coup sur coup et la douzième avait quitté l'arc alors que la première volait encore. Et toutes les flèches sauf une ont atteint le grand bouclier de peau de buffle, à une quinzaine de toises. S'y enfonçant avec assez de puissance pour trouer une poitrine d'homme, si telle avait été sa cible.

— Quand tu voudras, Deux-Pas. Je suis prêt.

Acquiescement. Les *tusus* — les perches — de la cérémonie sont dressés. Deux fois trois en faisceau, solidement plantés dans le sol, et supportant une pièce de bois horizontale, à laquelle sont nouées les lanières de cuir, de chacune un pouce de large. De gros piquants — plus de deux pouces de long — de porc-épic sont adroitement fixés à leur extrémité libre. Le chaman s'approche, agitant ses espèces d'amulettes. Mais il dépose celles-ci, y compris le pot de terre dans quoi des herbes brûlent en dégageant une odeur qui est peut-être celle du cactus mescal séché. Le chaman fait apparaître un court couteau d'obsidienne, qu'il tenait jusque-là accroché à l'intérieur d'une sorte de manteau en peau de bison, à dominante rouge et orné de dessins géométriques noirs et blancs. Il psalmodie des formules dont François Villon saisit bien mal le sens. Ce n'est qu'après un long moment qu'il pratique la première incision. Dans le dos de Deux-Pas qui reste parfaitement impassible.

— Quel est le nom de ce que tu es en train de faire, et que je ferai ensuite ?

Hanble'ce'yapi, répond Deux-Pas d'une voix parfaitement calme. Et comme traduction, François trouve *Quête de la Vision*, qui, ma foi, doit convenir plus ou moins. Le chaman trace la deuxième incision. Il élargit une plaie après l'autre, tranchant la chair par de délicates avancées de sa lame de pierre.

— Je peux te parler, Deux-Pas ?
— Bien sûr. Mais pas trop. Tu pourrais gêner ma vision, si je suis assez heureux pour en avoir une.
François Villon le sait : ces douleurs volontairement recherchées visent à provoquer un état de transe. Qui dans certains cas, telle est du moins la croyance, font naître des rêves éclairant l'avenir — outre que ces tortures, démontrant le grand courage physique de celui qui s'y soumet, peuvent lui attribuer un pouvoir (non pas un pouvoir particulier, comme voler à la façon d'un oiseau ou encore n'être tué au cours d'aucun combat), mais une supériorité sur les autres membres de la tribu. Supériorité qui sera reconnue, admise par tous, et fera que l'on sera plus écouté au moment de parler.
Exactement ce que je recherche.
Les doigts du chaman sont entrés dans les plaies, ils se glissent entre les muscles du dos — les traits de Deux-Pas ne marquent toujours pas la moindre émotion.
— Pas une bonne idée, dit Pissarugues.
— Tu ne te prêterais pas à ce petit jeu, Antoine.
Et puis quoi encore ? Il ne manquerait plus que ça. Se faire torturer pour le plaisir, se faire torturer volontairement pour n'importe quelle raison, courir après la souffrance paraît complètement insane à Pissarugues. Il ferait tout pour se dérober à ce genre d'exercices. Bon, il sait à peu près où lui, François Villon, veut en venir, mais il pense qu'il existe assurément d'autres moyens.
Et bien entendu, comme d'habitude, Antoine Pissarugues ne prononce pas un seul mot d'un discours aussi follement long. En fait il secoue la tête avant de hocher les épaules. Mais quand tu connais le bonhomme, il n'est pas besoin de mots.
J'ai un tout petit peu peur. Ça me semble faire énormément de mal, cet exercice. Il ne manquerait plus que je m'effondre !
Deux-Pas est monté sans aide sur un billot de bois. Le sang ruisselle sur ses fesses nues et au long

de ses jambes. Les aiguilles de porc-épic conduisant les lanières sont introduites l'une après l'autre.

Ressortent quatre pouces plus loin. Le chaman les fait coulisser à l'intérieur du corps. Le sang coule un peu plus. Le regard de Deux-Pas est d'une fixité de plus en plus anormale.

Ne lui adresse plus la parole.

— Tu vas vraiment faire ça ?

Question de Pissarugues.

— Je vais le faire. Je pense même pouvoir en faire un peu plus.

L'extrémité des deux lanières terminées par les pointes est enroulée puis nouée autour de la barre horizontale.

— Maintenant, dit Deux-Pas après quelques instants.

On lui retire le billot sous les pieds et désormais il pend, les lanières ne passant d'évidence pas seulement sous la peau mais aussi sous certains muscles du dos.

Et même il se balance, par le seul mouvement de ses jambes, et une poussée du bassin. Il est livide mais son visage est tout à fait immobile.

— Je te souhaite bonne vision, dit doucement François, si doucement qu'il n'est pas sûr que l'autre l'ait entendu.

Le chaman s'est retourné vers lui.

— Tu peux commencer, lui dit François. Mais je voudrais... (Comment diable dit-on *d'ores et déjà* en sioux lakota ?), je voudrais une cérémonie en plus, avant.

Il ramasse les deux flèches qu'il a tenues prêtes et se les enfonce l'une après l'autre, exactement sous ces os longs que le père Bompar nommait les clavicules. Lentement. Et raclant bien la base des os en sorte d'éviter de perforer les poumons, dont il croit bien se souvenir qu'ils se trouvent quelque part en dessous.

— Antoine, si je venais à perdre connaissance, interdis que l'on me touche. Tu me ranimes, simplement. Tsal, tu as entendu ?

Le Mic-Mac est accroupi un peu sur la gauche, devant les cinq Algonquins et l'Ojibwa.

Acquiescement.

Les flèches s'enfoncent toujours davantage. La première est entrée sans trop de difficulté dans l'épaule droite et elle est ressortie — curieusement c'est maintenant qu'elle commence à faire mal. Après être ressortie derrière l'épaule.

Très mal.

La deuxième flèche se refuse un long moment à pénétrer de plus d'un pouce. Elle heurte l'os. Il se met à fredonner l'un de ses virelais préférés. Le chaman le considère sans aucune émotion.

— Tu as compris ce que je voulais ?

— *Hao.*

— Tu m'attacheras par les flèches ?

— Oui.

Toute l'énergie du monde pour réprimer le spasme de douleur qui pour un peu lui ferait trembler la mâchoire. Mais bon, il peut sourire et n'a pas interrompu sa chanson — sauf que cela fait cinq fois que je redis le refrain. Ou six. La seconde flèche consent enfin à transpercer l'épaule et troue la peau.

Et si j'essayais de lever les bras au-dessus de ma tête ?

NON.

Quelle était déjà cette chanson...

Le chaman achève d'attacher les flèches aux lanières.

— C'est fini, révérend père ?

La question est posée en français mais l'homme-médecine semble en avoir compris le sens. Il acquiesce et s'écarte. François ne monte pas sur le billot, il y saute, puis aussitôt après, d'un coup de pied, le culbute. Trop fort : la flèche de gauche casse net, si bien qu'il se retrouve suspendu par une seule clavicule.

Comment s'appelait déjà la chanson de Pouillou Pattu ? M'en souviens pas. Ça ne te fait pas mal. D'accord, ça te fait mal. Un peu, un peu beaucoup (passionnément, à la folie, pas du tout), mais tu peux contrôler cette douleur, tu es même là pour ça, pour voir jusqu'où tu peux aller, pour prouver à Deux-Pas — il tient, paraît-il, son nom de ce qu'il a commencé à marcher très jeune, étant bien plus jeune que n'importe quel autre papouse de sa tribu et des tribus avoisinantes —, pour prouver à Deux-Pas, à sa tribu, et aux mêmes tribus avoisinantes qu'il leur sera possible, un jour, dans trois mois, six mois ou un an (avant le prochain printemps dans tous les cas ou alors tu aurais l'air de quoi, avec toutes les promesses que tu as faites à ton ami), qu'il leur sera possible de te tenir, non pas pour leur chef (ça jamais, tu n'es pas ce triple fou de Wanamaker, des Indiens ne peuvent être commandés que par un Indien), mais peut-être un conseiller qu'à l'occasion on écoute, et dont parfois on suit l'opinion...

Mal mal mal.

Chante.

Il en est à quasiment hurler ce qui pourrait bien être un magnificat, souvenir du temps où il servait la messe des bons (enfin, bons...) pères jésuites quand la deuxième flèche casse à son tour. Il tombe lourdement, déchiré par une douleur fulgurante, mais vient immédiatement à genoux, juste avant de se remettre sur ses pieds.

— Reste où tu es, Antoine.

Il retire lui-même les deux morceaux de flèche restés dans ses chairs, sourit au chaman.

— Fais-moi ce que tu as fait à Deux-Pas.

Il ne cessera de chantonner tout le long, très long, interminable moment qui va suivre, il se retrouvera à se balancer. Alors que Deux-Pas tout à côté de lui est maintenant immobile et pend, tête un peu penchée, pourtant pas en pâmoison mais bien conscient («Tu étais pour nous Celui Qui Danse en Marchant, nous devrions plutôt te surnommer *Celui Qui Chante en Souffrant*», vient-il de dire). Il se balancera jusqu'à ce moment où la souffrance enfin, après avoir irradié tout le corps, commencera à reculer, ou à se faire moins aiguë, ou si générale qu'elle ne comptera quasiment plus. Une torpeur lui viendra, contre laquelle il luttera, et néanmoins s'attachant, avec une détermination farouche, à ne rien laisser transparaître sur son visage.

Chantant toujours, ça y est, je me souviens, *La Tourterelle bleue*, telle était la chanson de Pouillou Pattu. Fort paillarde, hein ? Et si j'y ajoutais un ou deux couplets ? Il est bel et bien en train de rechercher des rimes en u lorsqu'il sent qu'on le touche, qu'on le soulève.

— Je t'avais dit de ne pas intervenir, Pissarugues.

Si c'est bien Pissarugues, je n'y vois plus très clair.

Voici qu'on lui retire les lanières de cuir enfilées, on le fait avec fermeté mais sans arrachement, les lanières glissent, l'avantage de la situation est qu'ayant mal partout il n'a, en somme, mal nulle part. Il se remet debout, pas question de m'effondrer, il refuse même la main qui lui est tendue, ou l'appui si tentant d'un poteau. Sa vision redevient plus claire. Pissarugues n'a pas bougé, il est encore où il se trouvait tout à l'heure, ce sera le chaman qui m'aura descendu de ma potence.

— Ça va, Antoine ?

Moi oui, dit Pissarugues.

Il redécouvre le froid si piquant de l'air, la morsure du vent glacé sur ses plaies. Il marche, lève bel et bien les bras, constate que Deux-Pas est assis à même le sol mais s'évertue à se relever.

— Et ça servait à quoi ? demande Pissarugues.

Deux-Pas est debout lui aussi.

— Un très bon *hanble'ce'yapi Yuka'kanpi*, dit l'Indien, et, incroyablement, une amorce de sourire se dessine sur ses lèvres.

Eh bien, tant mieux. S'il est content...

— On fait quoi maintenant, Deux-Pas ?

— On va nous soigner. Allonge-toi comme moi.

Ils se retrouvent dès lors ensemble sur deux tapis de cuir.

— Ne bouge pas, Celui Qui Chante. L'os de ton

épaule a été déplacé. Mais Vent Noir va s'occuper de toi. Il a rêvé deux fois de l'ours, il s'entend à soigner les os.

— Parce qu'il a rêvé d'un ours ?

Oui. Rêver d'un ours dans certaines conditions vous donne le pouvoir de remettre les os cassés. Et si des oiseaux reviennent dans vos visions, alors vous savez trouver et choisir les herbes pour soigner les dysenteries, les maux d'estomac ou les règles irrégulières chez les femmes. Deux-Pas qui est allongé à moins d'un pied de François et dont la joue gauche repose sur le tapis, Deux-Pas est subitement très disert, voire bavard. Il y a dans sa voix une chaleur jusque-là absente, et, sauf erreur, presque de l'amitié dans ses yeux.

— Tu es venu à nous de très loin, dit-il.

— Pas par hasard.

— Je ne le croyais pas mais je commence à le croire.

— Aucun dieu ne m'a envoyé, aucune puissance supérieure, je ne suis qu'un homme comme toi, je n'ai pas de pouvoir.

— Tu ne mens pas. Tu n'essaies pas de mentir. Et tu as un pouvoir.

— Parce que je me suis fait pendre comme toi ?

— Parce que tu portes en toi un rêve.

— Est-ce que tu as senti mon rêve ?

Oui. Deux-Pas dit que le rêve de Celui Qui Chante en Souffrant lui est apparu. Pas très clairement mais assez net pour être reconnu.

— Tu as eu une vision, Deux-Pas ?

— Tu es venu à nous en nous disant que nous devrions nous assembler, et quitter ce pays où nous vivons, dans la forêt et sur le bord des rivières, au bord du Maesi Sipu. Tu nous as dit que nous étions un grand peuple et que le Grand Esprit nous considérait comme les meilleurs de ses enfants.

— Je ne me rappelle pas avoir parlé du Grand Esprit. Je parle extrêmement peu de Dieu, ou des dieux en général. Je ne crois pas qu'il influence le destin des hommes. Je crois que le destin des hommes est fait par les hommes eux-mêmes. J'ai parlé du Grand Esprit ?

— Tu ne le savais peut-être pas mais tu en parlais.

— Très bien.

François Villon ramène les bras le long de son corps. Il avait joint ses mains sous son menton, mais la douleur est décidément trop forte et il en a assez fait, pour l'instant. Le chaman est en train de lui appliquer des onguents à la forte senteur de menthe et autres plantes sur ses blessures, la douleur recule dans le même temps que lui vient une torpeur engourdissante, fort plaisante. Ces gens savent, en médecine, des choses qu'ignorait le père Bompar lui-même, qui savait tant de choses pour les avoir apprises d'Ambroise Paré en personne et, plus encore, des médecins juifs et maures d'Espagne. Jusqu'au froid qui se fait moins mordant.

— Il y a d'autres tribus de ma nation autour de nous, Celui Qui Chante et Danse. Je ne suis que le chef de l'une d'entre elles, qui n'est même pas la plus nombreuse. D'autres chefs de tribu que moi ne t'auraient pas écouté ou, s'ils l'avaient fait, n'auraient accordé aucune attention à tes paroles.

— Peut-être ai-je dit les mots que tu avais envie d'entendre. Peut-être mon rêve est-il un peu le tien.

— Tu m'as dit que nous devions quitter ce pays où nous vivons depuis tant de printemps.

— Où vous êtes en guerre avec les Crees, et les Iroquois.

— Nous sommes des Lakotas. Nos guerriers sont bien plus braves que les leurs.

— Vous êtes des Sioux.

— Tu nous as dit que les Sioux devaient partir vers le pays du soleil couchant.

— Vers la grande plaine. Et les montagnes. Je l'ai dit. Je le dis encore.

— Dans le pays d'où tu viens, il y a beaucoup d'autres hommes comme toi ?

— Tu as vu combien d'hommes comme moi, avant moi ?

— Aucun.

— Il y a Wah Nah Maket.

— Je ne le connais pas. Je sais qu'il est très grand et très fort. Bien des Crees le reconnaissent pour chef.

— Je ne serai jamais chef chez les Sioux, Deux-Pas. C'est impossible, et en plus je ne veux pas l'être. Tu n'as pas répondu à la question que je t'ai posée tout à l'heure.

— Je n'y ai pas répondu. Il faut d'abord que je parle aux sages de ma vision.

(Il a donc bien eu ce qu'il appelle une vision.)

— J'espère qu'aucun autre homme de mon pays, ou des autres pays voisins du mien, ne viendra jamais jusqu'ici, Deux-Pas.

Pour la première fois depuis qu'il s'est allongé, François Villon écarte son propre regard de celui de l'Indien et va se promener sur Pissarugues.

— Deux-Pas, j'ai un frère avec moi. Qui n'est pas mon frère de sang, mais qui est comme mon frère. L'an prochain, deux autres de ma famille viendront me rejoindre. J'espère que tu leur feras le même accueil qu'à mon frère et à moi.

— Je le ferai.

— Et après eux, j'espère que le chemin se perdra, s'effacera des mémoires, que la route sera coupée, à jamais.

... Et je pense chacun des mots que je prononce : fasse le Grand Esprit de Deux-Pas et de toute sa tribu qu'aucun Français, Anglais ou tout Européen s'aventure jamais jusqu'à cet autre monde. Où je veux vivre mais sans y changer quoi que ce soit, surtout pas.

(À part entraîner, disons deux ou trois cents Sioux en direction des montagnes de l'Ouest, en passant par les plaines qui s'étendent entre ces montagnes et moi. Mais rien de plus.)

De la somnolence lui vient. Il y a maintenant cinq

semaines que Pissarugues et lui ont pour la première fois pris contact avec cette tribu lakota dont Deux-Pas est le chef; bien assez de temps pour commencer de se faire une idée du peuple sioux, presque dans son ensemble — pour autant que Deux-Pas lui-même ait une vue exacte et complète de la position et de l'importance de son ethnie: ce sont des sédentaires, répartis en petits villages (celui où ils sont compte une soixantaine de personnes) sur le bord des rivières, vivant de chasse, de pêche et aussi de la culture de ce blé d'Espagne que dans l'île d'Hispaniola on appelle maïs. Pour le nombre total, des milliers, probablement, dans la mesure où compter est accessible à un Sioux. La tribu des Lakotas à elle seule serait composée de centaines de villages, ou davantage. Et il y a encore les Dakotas et les Nakotas. Plus les tribus de l'Ouest, apparemment établies sur les bords de plusieurs grands fleuves, dont un qui se nommerait Missouri, et un autre simplement surnommé la Rivière Rouge, à cause de la couleur de ses eaux. Deux-Pas, quant à lui, n'est jamais allé très loin vers le soleil couchant, quelques jours de marche au plus, justement jusqu'à cette rivière rouge. Pas plus loin. Mais il connaît un peu le nom des tribus sioux dont le territoire est dans cette direction; il parle d'une assemblée de tribus, très sages, très puissantes, qui serait dite les Sept-Feux, parce que sept très grandes tribus la composent. Et les Sept-Feux seraient en guerre, à l'Ouest, avec d'autres Indiens, depuis des printemps et des printemps, depuis aussi loin que remonte la mémoire de ses pères: les Poncas, les Omahas, les Iowas au sud, les Arikaras (quoique ceux-ci soient, semble-t-il, un peu sioux aussi), et les Crees, les Assiniboines, les Gros-Ventres, les Pieds-Noirs au nord et au nord-ouest, les Corbeaux (Crows), les Shoshones, les Pawnies et les Cheyennes à l'ouest et au sud-ouest. Une énumération qui a laissé pantois François Villon. Et lui qui imaginait cette terre à peu près déserte!

... Il découvre qu'il s'est endormi, et qu'il a connu un long et profond sommeil, par le seul fait qu'il s'éveille. Il ne se trouve plus à l'air libre sur le tapis de cuir mais dans un tipi. La douleur l'a ramené à la conscience, elle irradie dans tout son dos, dans ses épaules, dans sa nuque. Une femme est accroupie près de lui.

— Je vais très bien, dit-il.

Les minutes suivantes lui administrent la preuve du contraire. Il n'en réussit pas moins à s'asseoir, puis à se mettre debout — la femme l'a regardé faire sans intervenir.

— J'ai dormi combien de temps ?

Deux nuits. Et donc un jour plein aussi.

Il s'exerce à lever les bras, déclenche une coulée de sang à sa blessure côté gauche, mais ça va.

— J'ai faim. Et soif

À croire qu'elle n'attendait que cela : elle prend derrière elle une écuelle de bois dans laquelle il y a deux épis de maïs bouilli et de la viande. Plus de l'eau parfumée de quelque chose d'un peu amer, sans doute destiné à apaiser la fièvre qui le brûle.

— Je vais très bien, Pissarugues.

Il ne voit pas le géant et ne distingue que son ombre, encore plus gigantesque, au-dehors.

Très bien, dit Pissarugues.

Il achève de manger quand quelqu'un tapote la paroi de peau du tipi, poliment. Deux-Pas.

— Je peux entrer, Celui Qui Chante ?

— Tu honorerais mon tipi.

Le chef vient s'asseoir. Il a apporté une pipe de pierre, allumée, brûlant d'un mélange de tabac et d'écorce de saule blanc. Ils fument en silence, se passant et se repassant la pipe. La première fois, il a toussé mais il aime plutôt ça à présent. L'usage veut que celui qui reçoit n'engage pas la conversation, François Villon se tait et attend.

— J'ai parlé avec nos anciens, dit enfin Deux-Pas.

— De ta vision ?

Acquiescement. Et un très long silence. François

Villon suit des yeux la femme qui se retire du tipi, emportant l'écuelle vide. Si je ne me trompe pas, c'est Oyu'pota (Qui Déchire en Morceaux) ; elle est mignonne mais je préfère de beaucoup Aile Noire, sa jeune sœur — si j'ai à choisir.

— Les anciens ont accepté ma vision.

— Est-ce que cela te donne un pouvoir supplémentaire ?

Oui.

— Tu vas suivre cette vision et obtenir de ta tribu qu'elle la suive aussi ?

Oui.

Au printemps prochain.

À force d'explications, d'approximations et de réflexions conjointement menées avec Pissarugues (qui bien mieux que lui connaît les choses, les travaux, les rythmes de la terre et du ciel), François est parvenu à établir qu'une année indienne commence en avril, au moment du vêlage — il n'existe pas de jour précis, les Indiens n'ont pas ce genre de besoin — et de la fin de l'hiver. Un mois n'existe pas davantage, une année se mesure en treize cycles lunaires (aussi compte-t-on en lunes, s'agissant de mesurer le temps) ; et pour tenir le compte des cycles lunaires, un ancien garde près de lui un long bâton dans lequel il pratique une première encoche au soir où la lune se montre pour la première fois dans le ciel nocturne ; ensuite une encoche durant vingt-cinq ou vingt-six jours ; puis il y a les trois jours pendant lesquels rien n'est marqué puisque la lune est invisible. Et l'on recommence.

Chaque période du cycle porte un nom : avril est *la lune où les os craquent* (on est au sortir de l'hiver, on a peu mangé, on est maigre), mai est *la lune des feuilles vertes*, juin celle où *les graines de navet germent*, juillet est le mois où *les cerises sauvages deviennent noires*, août la période où *l'on cueille*, septembre *la lune où les feuilles brunissent*, octobre le temps où *le vent secoue les feuilles* ; *quand le cerf est en rut* marque novembre, le même *cerf perd ses bois* en décembre, *la lune dure* en janvier, en février le froid fait que *les arbres craquent*, mars enfin est la lune où *les yeux font mal*.

Le silence se prolonge. La pipe que les hommes partagent est en deux parties : un tuyau de bois noirci et durci au feu s'emmanche dans un fourneau taillé dans une pierre gris-blanc qui, sur l'avant, est sculptée et représente la gueule d'un loup — deux dents, des canines, pointent, et un retroussis inquiétant relève ce qui figure la lèvre supérieure.

(Quand tu voudras, Deux-Pas. Je ne poserai pas de question, évidemment, mais ce n'est pas l'envie qui m'en manque ; que dis-je, l'envie ? J'en suis à l'agonie. Tu ne te rends donc pas compte combien j'attends et appréhende ta réponse ? Vas-tu ou non conduire vers l'Ouest et les grandes plaines, au printemps prochain donc, ta tribu, plus — je l'espère — quelques autres ?)

— Tu sais te taire, Celui Qui Chante.

— Un homme parle toujours trop. Et les choses qui ne sont pas comprises dans le silence entre deux amis ne valent pas souvent d'être dites.

— J'ai vu des bisons, dans ma vision.

(Je sais peu de chose des grandes plaines, et pour cause, mais qu'elles soient couvertes de millions, sinon de dizaines de millions de bisons — on en voit parfois dans cette région-ci mais ils sont rares —, me semble tout à fait avéré.)

— Des bisons défilant devant moi, dit encore Deux-Pas. Défilant pendant des jours et des nuits, aussi loin que mon regard pouvait porter, et leur flot jamais ne s'interrompait.

J'en danserais, mon bon.

La bride de cuir avec laquelle ses chevilles sont entravées depuis déjà trois jours, cette foutue bride finit par céder — depuis le temps que, chaque nuit, elle l'usait avec ses dents ! Elle attend le moment propice, prend son élan et vlan : la pointe de son sabot droit atteint Myrtille très exactement à cet endroit de la poitrine où les côtes s'arrêtent. Le joli garçon est culbuté sur une bonne toise.

Hé, hé.

— Ma doué, dit Mathurin Toboggan, l'Iroquois breton, il ne va plus en rester grand-chose, de ce petit.

Et c'est vrai que Myrtille a mauvaise mine. Une fracture ouverte — on voit l'os — marque l'endroit où Catherine-Marie l'a touché trois fois, sa lèvre inférieure a éclaté, l'une de ses pommettes est enfoncée, son oreille gauche est fendue, les choses qui se balancent sous son pagne (lui-même porté à la façon d'un tablier sur le pantalon de daim — il fait vraiment froid), ces dites choses ont quintuplé de volume, atteintes qu'elles ont été par une ruade ; et tout cela sans compter les bleus et balafres sur tout son corps. Assez curieusement...

— Et si je le tue, les autres vont me tuer ?

— Je ne sais pas, petite. Ça dépend des ordres que ce Wah Nah Maket a donnés.

— Et de la façon dont ces hommes suivent les ordres.

— Voilà.

... Assez curieusement, depuis près d'une semaine que l'on marche, et donc qu'elle martyrise Celui Qui Chante Dans les Myrtilles en Balançant les Hanches, personne n'est intervenu. Personne sauf le Mathurin, qui n'arrête pas de lui prêcher la prudence, qu'il aille au diable. Mais les Indiens, non. Tortue Sur le Dos pas plus que les autres, et même encore moins que les autres. Les autres s'esclaffent, plusieurs s'ébaudissent, quelques-uns nasardent dans leur jargon ; pas un ne prend parti pour Myrtille, pas un ne le plaint, ne le soigne, ne l'aide. Tous le laissent, et lui seul, aux prises avec sa prisonnière. Elle a tenté dans les quinze ou vingt fois de s'échapper, Myrtille a été seul à courir après elle. *Et il m'a rattrapée chaque fois, ce fils de chien, chaque fois en me donnant de petits coups de son tomahawk, juste assez pour m'étourdir, jamais pour me blesser vraiment; c'est qu'il est vif!*

— Mathurin, tu crois qu'on l'a commis à ma garde pour ce qu'il préfère les hommes aux femmes ?

— C'est une explication.

— Peut-être que ce Wah Nah Maket a voulu un garde qui ne puisse pas me forcer ?

— Tu ne risques vraiment rien, avec Myrtille.

— Je savais que ça existait mais je n'en avais jamais vu. Des hommes qui aiment les hommes, je veux dire. On m'a raconté qu'il y en avait un à Issoire, ou deux, je ne les ai jamais remarqués. Myrtille, lui, ça se voit.

À propos, dit Mathurin Toboggan, on est de nouveau dimanche.

Il précise qu'il dit ça en passant. Pour causer. Pour montrer qu'il tient son calendrier à jour, quoi.

— Tu ne t'attends tout de même pas à ce que je me mette toute nue au milieu d'une armée de Crees ?

Non.

— Surtout, Mathurin, que si ce Wah Nah Maket me veut tant, il ne serait peut-être pas trop content de savoir que tu me regardes toute dénudée un jour par semaine.

Mathurin Toboggan dit qu'il a pensé lui aussi à cette objection-là. Et qu'il est convaincu.

— Tu devrais apprendre la langue de ces gens, petite.

— Ils n'ont qu'à parler comme tout le monde.

... Toute cette dernière conversation entre le métis et elle se déroulant sur fond de lutte acharnée avec Myrtille qui essaie de la réentraver.

Et finit par y réussir, après lui avoir donné un petit coup de tomahawk sur le crâne, par-derrière. Il ne lui attache pas véritablement les chevilles l'une contre l'autre, elle ne pourrait plus marcher *(tiens, ça me donne une idée...)*, non, la bride qu'il finit par poser est longue d'un peu moins d'un pied. En sorte qu'elle peut avancer, au bout de la longe encerclant son cou. En marchant à tout petits pas, comme les nonnes.

— Ils t'ont dit de quelque façon où ils nous conduisent, Mathurin ? Et si c'est encore loin ?

Toujours pas. Tortue sur le Dos n'est pas causant, ses compagnons sont plus taiseux encore, et quant aux nouveaux venus, s'ils ont dans un premier temps jeté un coup d'œil vaguement curieux sur la captive, ensuite ils se sont détournés d'elle. Tu pourrais même croire qu'ils font exprès de ne pas me regarder.

Parce qu'il y a des nouveaux venus. D'autres Crees, trois détachements, l'un d'entre eux fort d'une vingtaine de guerriers. On marche à quarante et plus désormais, des éclaireurs en tête et en flancs-gardes.

Myrtille a forcé Catherine-Marie à enfiler tu dirais une casaque, ou un sayon de berger, en peau (fort souple ma foi). Elle a voulu s'en défaire, par pur esprit de contradiction, n'y a pas réussi et en somme en est satisfaite : c'est qu'il ne fait pas chaud, avec ces pluies constantes, ce froid qui vient de plus en plus ; au point qu'elle a les pieds tout transis dans ses sabots, et presque en lorgnerait avec envie sur les escafignons qu'ils portent tous, le Mathurin compris, en guise de chaussures.

— Quel mot as-tu dit ?

— Escafignons. Des chaussons.

— Ce sont des mocassins. Tu devrais vraiment apprendre la langue.

— Et pourquoi ils n'apprendraient pas le français, eux ?

Tu n'es pas tant convaincue par cet argument, reconnais-le. N'empêche qu'elle aime bien le mot escafignon, il est joli ; et puis au moins, c'est français. Allez, j'y vais. L'instant d'après elle met à exécution cette idée qu'elle a eue voici deux minutes. Elle ralentit d'un coup, raidit sa nuque pour amortir la traction brutale sur la longe, se laisse tomber sur le sol et s'y assoit.

— Et tu fais quoi, là ?

Question du Mathurin.

— Je suis très précieuse, personne ne veut me molester, on me veut intacte. Hé, hé !

À l'autre extrémité de la longe, Myrtille a stoppé aussi, surpris. Il essaie bien de passer la lanière de cuir par-dessus son épaule et de tirer, mais le cœur n'y est pas. Pour elle, elle glisse sur son derrière, dos tourné à son gardien, mais la traction la couche sur le dos et elle sort au maximum sa langue en produisant un râle très impressionnant.

Myrtille cesse ses efforts. Elle reste allongée, mains croisées à plat sur son abdomen ainsi que font les vieilles femmes.

— Il ne pourra pas te porter longtemps, petite. Ce n'est pas un homme de beaucoup de force.

— Son affaire.

Elle glisse des regards de part et d'autre d'elle : tous les autres Indiens se sont pareillement immobilisés, ils attendent, ils regardent ailleurs. La veille, pour voir, elle a retroussé ses jupes, disons assez haut ; tu aurais dû voir ça : la moitié s'est mise à fixer le sol avec une attention farouche, le reste s'est jeté dans la contemplation de la cime des arbres. Jusqu'au Mathurin, pourtant grand amateur de la chose, d'ordinaire, qui a montré son dos, obstinément. En somme, c'est dommage que je ne sache pas leur jargon, je pourrais les insulter, en plus.

— Mathurin, comment on dit : fils de chien, excrément de ribaude, en indien ?

— Ça dépend des Indiens. Et puis une ribaude, je ne sais pas ce que c'est.

— N'importe quoi. Une ribaude, c'est une femme qui ouvre ses cuisses quand on lui donne des sous.

— Des sous ?

C'est vrai qu'il ne sait pas non plus ce que c'est que des sous...

— Quand on lui donne un cadeau, dit-elle.

Ça n'est pas tout à fait pareil. À Issoire, il s'en trouvait trois ou quatre — ou plus, je ne sais —, qui pour un cadeau faisaient la chose. Ce n'étaient pas des ribaudes, à ce qu'on disait.

— Je ne peux pas traduire le mot, dit Mathurin Toboggan.

— Une dame indienne n'écarte pas les cuisses contre un cadeau ?

— Elle les écarte si elle le veut. Aucune ne le fera contre un cadeau.

— Fils de chien, c'est bien une insulte, non ?

Non. Pas vraiment. Fils de coyote, oui, à la rigueur. Et encore. Il n'y a pas de honte à être né d'un animal, ça te donne des pouvoirs. Par exemple, si une femme conçoit un papouse en regardant un ragondin, son enfant et elle sauront nager très bien.

— Et si c'est un aigle, lui et elle pourront voler, dit-elle, sarcastique.

Non, mais ils pourront lire le ciel et les étoiles et leur vue sera vraiment très bonne.

— N'importe quoi.

Myrtille est en train de s'affairer, tandis que les quarante-six autres Indiens, Tortue Sur le Dos le premier, sont figés comme des statues. Qu'est-ce qu'il fabrique ? Je pourrais me retourner pour regarder mais je ne veux pas lui donner de plaisir.

— Alors, dit-elle, si je veux insulter un Indien, il n'y a rien ?

— Puisque tu es une femme, non.

— D'accord. Supposons que tu veuilles en insulter un, toi.

— Je lui dirai qu'il manque de courage, et toute sa tribu aussi.

— Je crois bien que tu me mens, Mathurin Toboggan. Tu me mens pour que je ne puisse pas insulter ces hommes et tous ceux à venir, en sorte de n'avoir pas d'ennuis supplémentaires. Et voleur, c'est une insulte ?

Non.

— Et impuissant ?

C'est quoi ?

— Quand un homme n'est pas un homme et ne

peut pas forcer une femme. Quand son braquemart reste mou.

— Ce n'est pas Myrtille que ça va mortifier. Tout le monde le sait, pour lui. Lui en premier. Et pour lui ce n'est pas une insulte. Et c'est une chose normale, un homme qui n'aime pas les femmes. Ça n'arrive pas souvent mais c'est normal. Comme d'avoir un gros ventre ou des jambes courtes.

— Mathurin, en France, lorsque tu dis à un homme que son braquemart ressemble à un petit tas de pâté, ça le met en colère.

Ah bon ?

Pas ici.

Je vais bien finir par trouver quelque chose, tu parles d'un pays où l'on ne peut même pas insulter les gens !

Elle cherche et pendant ce temps quelqu'un, probablement Myrtille, est en train de tailler des arbres avec sa hache de pierre, il nous construit une maison ou quoi ?

... *En Auvergne, je dirais une saucisse mais dans cette contrée, les saucisses...*

J'ai trouvé.

— Mathurin ? Comment on dit né d'un épis de maïs ?

Mathurin Toboggan dit qu'il ne comprend pas. Elle explique : ça veut dire qu'au lieu d'être né d'un braquemart, à la place, la dame s'est servie de...

— C'est dégoûtant, dit Mathurin.

Hé, hé, oui.

— C'est méchant ?

Oui et non.

— Ça te mortifierait, toi ?

— C'est surtout que c'est impossible. Sans le jus d'un homme, aucune femme ne peut avoir de papouse. Je me rappelle que mon père me parlait d'une dame en Europe qui s'appelait la Vierge Marie. Il disait que c'était une vierge qui avait eu un enfant. C'est impossible.

— Tu ne vas pas tarder à être excommunié, Mathurin. Alors, on dit comment ?

Il prononce quelques sons vraiment bizarres.

... Elle les a répétés à plusieurs reprises dans sa tête, elle les prononce en fixant Myrtille dans les yeux. Myrtille ouvre de grands yeux très ahuris, son regard va chercher celui du métis, il a l'air tout saboulé et presque déchouqué.

Il dit quelque chose, enfin.

— Tu traduis, Mathurin.

— Il dit qu'il est triste.

— Eh bien, tant mieux.

Elle n'en éprouve pas moins un sentiment très inattendu. Comme du remords, tu dirais. Mais ça passe. Après tout, entre le moment où le Mathurin lui a appris comment on disait né d'un épi de maïs et celui où elle a effectivement prononcé les mots, enfin les sons, un certain temps s'est passé. Pour cette raison qu'elle a reçu sur l'arrière de son crâne un coup qui l'a bien abasourdie. Et maintenant elle est couchée sur une machine faite de deux longues perches liées très étroit en haut et attachées plus large dans le bas, qui repose sur le sol ; et elle est solidement tenue, un licou de même pas trois pieds va de son cou à ses chevilles.

Et Myrtille tire, comme le ferait un cheval. Il ahane.

— Celui Qui Marche dans les Myrtilles en Balançant les Hanches est né d'un épis de maïs, répète-t-elle.

Repoussant pour la deuxième fois cet étonnant petit remords qu'elle éprouve, et avant tout émerveillée parce qu'elle vient de prononcer toute une phrase en indien.

Le lendemain, on arrive à une grande rivière qui est le Maesi Sipu. Les Crees ne prennent pas la peine de construire des canoés, ils lancent des radeaux de branches. Un d'abord, qui ne porte que deux hommes et déroule derrière lui une longue ligne de lanières nouées ensemble, et qui finit par aller s'échouer en aval. Mais d'autres radeaux passent à leur tour, leurs équipages se halant sur l'espèce de cordage. Catherine-Marie avait espéré pouvoir se jeter à l'eau — le Mathurin lui a appris qu'à peu près personne ne savait nager, à commencer par lui-même — mais il n'y a rien eu à faire, Myrtille s'est bien méfié.

— Comment on dit *manger*, Mathurin ?

Réponse.

— Et *boire* ?

Réponse. Si elle est plus ou moins confortablement installée sur son bayart de bois et de peau, elle pèle de froid — j'ai été la crème des sottes en refusant de marcher, au moins ça me réchaufferait.

— Et *femme, homme*, et *chien* et *ours* et *lapin* ? Et *cuire, laver, marcher, courir, dormir* ?

Et *froid* et *faim* ?

Et *mourir* ?

On marche sans discontinuer, et à peu près toujours au nord-ouest, dans la mesure où le soleil se montre et permet de s'orienter. Il pleut deux jours durant, de la vraie glace fondue.

— Tu es déjà venu par ici ?

Non. Mathurin Toboggan dit qu'il a été aussi prisonnier des Crees pendant deux ans.

— Dis donc, tu as passé ta vie à être prisonnier ou quoi ?

... Pendant deux ans, environ vingt-cinq années plus tôt. Et chez les Indiens, on ne tue pas forcément ses ennemis, marquer un coup, c'est-à-dire toucher la poitrine de son adversaire, suffit souvent à démontrer sa supériorité. Au pis, en général, on scalpe.

— Tu as déjà scalpé des hommes ?

Quelquefois, oui. Mathurin finit par s'exécuter et montre comment l'on scalpe : on découpe un morceau de cuir chevelu avec la mèche qui y est accrochée, on n'enlève pas toute la peau du crâne. On graisse l'intérieur de la peau avant de la teindre en rouge, du rouge obtenu par un mélange de plantes et de certaines pierres.

— Mais toi, tu n'as jamais été scalpé ?

Bien sûr que si. Deux fois. Et le métis de montrer des cicatrices désormais presque invisibles.

Six jours après le franchissement du Mississippi, le premier écu apparaît aux yeux de Catherine-Marie. Du moins pense-t-elle à un écu. Ça en a la forme. C'est planté au sommet d'un tumulus de terre, que sûrement on a dressé de main d'homme, haut d'environ six toises et bien carré, avec une double rangée de pierres et de bois, pour servir d'assise.

— Tu as déjà vu ça ?

Non. Et Mathurin ne sait pas davantage ce que représente le dessin noir et vert de trois boules sur une espèce de triangle.

— On dirait du trèfle, dit-elle.

Elle a progressé dans son étude des langues étrangères, elle connaît cinquante-deux mots. Et ce qui la stupéfie bien plus est que non seulement elle est comprise quand elle parle, mais encore qu'elle comprend à peu près lorsqu'on lui répond — *je parle avec Myrtille, je lui ai promis de l'égorger mais c'est le seul de toute la bande qui semble savoir que j'existe.*

Elle apprend au moins quinze mots nouveaux par jour. Elle n'a que cela à faire et souffre de crampes fort douloureuses. Pas question pourtant de demander à sortir du bard, j'aurais l'air de quoi ?

Deuxième tumulus le surlendemain, et au matin du jour suivant, ce sont deux de ces accumulations de terre qui se montrent. Plus hautes encore que les précédentes — dix bonnes toises d'altitude et, surtout, elles sont à leur sommet reliées entre elles par une espèce de poutre pas trop bien équarrie, sur laquelle on a bel et bien tracé des lettres. Qu'elle lit, sans le moins du monde les comprendre : WAH NAH MAKET KINGDOM.

— Tu comprends ça, Mathurin ?

Il ne sait pas lire. Et les Indiens non plus, forcément.

— *Kingdom ?* Ça veut dire quoi, en indien ?

Rien, dit le métis, rien du tout. Il ne connaît pas ce mot. Toute la troupe franchit cette porte, sous l'œil de deux hommes juchés, hiératiques, sur les tumulus, avec une belle indifférence pour la pluie fine, au goût de neige, qui ne cesse de tomber. Aucune montagne à l'horizon, quand celui-ci par hasard se dégage un peu ; à perte de vue c'est un moutonnement de forêts, qui ne s'ouvrent que sur des lacs, des étangs, des rivières, des rus. *Je n'aime pas les pays plats.* Vers midi, Tortue sur le Dos, qui mène la colonne, lève une main pour ordonner la halte. On est au bord d'un nouveau lac.

— Qu'est-ce qu'on attend ?

— Je ne sais pas.

— Tu leur as demandé ?

— Nous sommes des prisonniers, Catherine-Marie. Nous suivons et c'est tout. Ils ne me répondraient même pas.

Tortue sur le Dos a donné un ordre et des abris de branches se dressent — j'ai compris ce qu'il vient de dire, j'ai compris *construire des tipis* et *chasser.* De fait, une demi-douzaine d'hommes s'éloignent. Ils reviennent dans la soirée, avec les dépouilles de deux caribous. C'est Myrtille qui, comme durant les deux dernières semaines, vient faire manger Catherine-Marie.

— Tu sais où nous allons, Myrtille.

Je lui adresse la parole pour la première fois. Et après tout, ça fait bien quatre ou cinq jours que je ne l'ai pas tapé.

— Tu parles ma langue.

Il lui enfourne dans la bouche de petits morceaux de viande crue. Ça manque de sel.

— Je veux parler avec toi. Maintenant, dit-elle encore, bouche pleine. Mathurin, dis-lui que je voudrais marcher un peu, j'ai très mal aux jambes.

Elle écoute la traduction faite par le métis et constate qu'elle aurait pu faire aussi bien, ou presque. *C'est ma foi vrai que je sais assez bien parler indien, à présent.*

— Tu entends, Myrtille ? Je veux marcher. Je ne m'échapperai pas. Comment dit-on juré, Mathurin ?

Elle répète. Sans grand résultat sur le moment. Myrtille continue de la nourrir avec application. La blessure de son nez est presque complètement guérie, de même celle de la lèvre. Il est vraiment joli garçon, dommage que.

— Je ne m'échapperai pas, juré.

Aucune réaction, et elle est parcourue par une petite flambée de colère, mais qui très vite tombe — *il a été très doux avec toi, même ses coups de tomahawk sur ta tête n'étaient pas méchants, il voulait juste te faire tenir tranquille. Pour le reste, tu n'as aucun reproche à lui faire. On t'a confiée à lui, il obéit. Tu aurais pu tomber plus mal.*

Il la fait boire.

— Marcher, Myrtille. Mathurin, je lui ai donné ma parole, qu'est-ce qu'il veut de plus ?

— Il n'a pas confiance.

— Tu te défierais de moi, toi ?

Oui. Mathurin Toboggan rit, en silence. La nuit est tombée, les tipis édifiés à la diable, sans trop de soin, sont terminés. Myrtille traîne Catherine-Marie jusqu'à l'un d'eux, qui a été monté un peu à l'écart, tout au bord de l'eau, et la porte à l'intérieur. Elle claque des dents, si habituée qu'elle soit à résister au froid — il ne fait pas tant chaud, en hiver, dans les monts d'Auvergne.

— Je suis mouillée.

Le mot est faible, il n'est pas un pouce de son corps sur lequel la pluie glaciale ne soit pas passée.

— Tu entends ? Je suis mouillée, j'ai froid.

Elle se plaint pour la première fois. Et pour la première fois aussi ressent de la mélancolie et un peu plus que cela. Ce sera sans doute l'effet de ce paysage que l'obscurité vient d'effacer, de ce monde plat sans rien d'autre que des arbres et de l'eau. Mais elle voit bien qu'il y entre encore le sentiment de sa solitude, de son incroyable éloignement. Tu faiblis, Tête de diable, pour un peu tu en pleurerais.

Et puis quoi encore.

Myrtille parle, de sa voix douce. Elle comprend *marcher* et *dehors*.

— Je peux marcher dehors, c'est ça ?

Il secoue la tête : non. Il indique de ses doigts joints — et non de l'index comme l'eût fait un homme d'Europe — le si petit espace circonscrit par les parois de peau du tipi.

— Je peux marcher dans le tipi ?

Acquiescement. Je crois comprendre : il ne veut pas que les autres voient qu'il m'aura détachée.

— Pas dehors, juré, dit-elle.

Elle lui présente ses chevilles, il hésite encore puis dénoue le licou qui la maintenait tant repliée et la faisait tant souffrir. Elle allonge ses jambes, au prix d'une douleur fulgurante, qui lui monte jusque dans le ventre. Mais qui s'apaise peu à peu.

— Debout ?

Acquiescement. D'ailleurs, il l'aide à se redresser. Non sans avoir dégagé le tomahawk de sa ceinture, prêt à frapper. Elle fait un pas plutôt chancelant, puis un autre. Bientôt elle en est à tourner, le tour intérieur du tipi fait exactement six pas et demi. C'est mieux que rien.

— Merci, Myrtille.

Il l'a suivie des yeux, en alerte, il semble se rasséréner quelque peu. S'il demeure visiblement sur ses gardes.

— Du feu.

Une odeur de fumée est parvenue à ses narines, qui l'emporte sur la fade senteur de fange du lac.

— Du feu. Je t'attends, juré.

Leurs regards se croisent — elle continue à tourner, ses jambes lui faisant de moins en moins mal, alors qu'au contraire ce qu'elle nomme sa mélancolie augmente, elle en est à lutter pour refouler les larmes qui lui viennent. Et bon, il sort, elle l'attend sans interrompre son exercice, il revient et rapporte quelques braises dans un couvet, un pot de terre grossièrement façonné, et peu de temps après l'un des autres Indiens vient déposer à l'entrée du tipi une grande brassée de bois pas trop vert.

— Je ne suis pas allée dehors, j'avais juré.

Pas de réponse. Il referme l'entrée du tipi à l'aide de petits bâtonnets munis de crochets, prenant soin de ne jamais tourner le dos à sa prisonnière. Sur quoi il tranche de sa hache l'un des morceaux de bois et place les débris sur les braises. Il pleut certes à l'intérieur du tipi mais seulement au centre, à l'aplomb de l'ouverture volontairement laissée en haut, où se croisent les perches.

— Tu te couches, dit-il, en mimant le mouvement pour être mieux compris.

Elle obéit docilement et s'allonge sur le ventre. Il défait la lanière lui maintenant les poignets, libère le bras droit, fait passer la tunique de peau, puis le casaquin, puis la chemise, rattache le poignet droit, détache le gauche. Il la dévêt entièrement, d'abord le torse puis le bas du corps. Elle se laisse faire. Il se met à la masser, lentement, avec une force très inattendue, de la nuque aux pieds, passant avec une constante pression, fort plaisante, sur tous les endroits du corps de Catherine-Marie sans exception aucune.

— Tu te tournes.

Elle vient à plat dos, et elle aussi avec lenteur, pour ne pas l'inquiéter, il recommence son massage, le visage et le cou, les tétines, l'abdomen entier jusqu'aux aines, il la touche partout de ses doigts très souples, à l'intérieur des cuisses avant le long des jambes, à l'évidence il a une grande connaissance de tous les muscles du corps et tu croirais qu'il les isole, c'est bon et ça réchauffe à merveille.

— Tu fais très bien, dit-elle, faute de connaître le mot *masser*.

De la douceur dans les yeux de Myrtille et, ou bien je me trompe mais je ne le pense pas, comme du chagrin. Elle ne peut s'empêcher de porter son regard vers son bas-ventre à lui et il ne s'y passe rien, il est vraiment clair qu'elle n'a aucun attrait pour lui, en tant que femme. Comme c'est étrange, de telles choses.

Il s'écarte, va fouiller un sac et en retire des vêtements d'homme à peu près secs, à peine humides. Il l'aide à les enfiler, rajoute un peu de bois dans le feu.

— Je suis bien, Myrtille. Merci.

— Tu as encore faim ?

Elle comprend la forme *avoir* et le mot *faim*, elle devine *encore*.

— Oui.

Elle marche à nouveau. Lui se tient debout pas loin du centre et tournoie en sorte de pouvoir toujours l'avoir en vue. La pluie redouble au-dehors, le feu pourtant dérisoire fait peu à peu reculer l'humidité et le froid, tandis que s'éteignent les éclats de voix et même les murmures du campement. Elle s'assoit, ramène ses jambes sous elle, surprise de porter des chausses d'homme, quoique celles-ci soient de peau et effrangées (elles dégagent une odeur un peu âcre, un peu piquante, celle du tanin d'écorce de saule par quoi on en a tanné le cuir), étonnée aussi d'en quelque sorte être enfermée dans une culotte, elle qui jamais n'en a eu, forcément, comme toutes les femmes. Elle fixe Myrtille debout face à elle et cherche dans ses prunelles à la couleur de bois détrempé par la pluie s'il y reste de ce chagrin qu'elle a cru y lire, tout à l'heure *(et ce sera du chagrin de n'éprouver rien pour moi, physiquement je veux dire ; parce que je crois qu'il m'aime bien, pour le reste ; tu vois bien que ce n'est pas sa faute, s'il est ce qu'il est, un faux homme ; et les autres Indiens ont bien raison de ne pas le moquer, alors qu'en Auvergne ou probablement partout de l'autre côté de la mer océane, on se gausserait de lui jusqu'à le martyriser).*

Pourtant…

— Je suis bien aise de ne pas du tout t'amoustiller, finalement. Tu serais un homme pour de bon, je n'aimerais pas. J'ai envie de douceur. J'ai envie de la poitrine de mon Pouillou Pattu, pour y mettre ma joue. Et de ses gros bras autour de lui.

Elle a parlé français, délibérément.

— Tu t'assois, dit-elle, cette fois en indien.

Il bouge, mais c'est pour retirer deux ou trois fines lamelles de ce mélange d'herbes et de viande séchée que le Mathurin nomme pemmican *(pimekan)* à la façon d'Indiens qu'il appelle Algonquins. Il les lui lance, elle les saisit au vol de ses mains pourtant à nouveau liées — ses chevilles sont libres. Elle aime bien le pemmican, le préfère à la viande crue.

— Viens donc t'asseoir, bêtasse. J'ai de la langueur, tu ne le vois pas ? Je serais bien incapable de te taper.

Elle s'allonge de nouveau sur le tapis de cuir qui l'isole du sol bourbeux.

— Bonne nuit, Myrtille. Je voudrais bien te parler davantage, je voudrais surtout que tu me parles un peu plus, pour me dire des choses douces et tristes, mais les mots me manquent.

Elle se tourne sur le côté, posant sa tempe sur son bissac. De la sorte, elle fait face à la paroi du tipi. Du temps passe. *Je pleure ou non ? Ce n'est pas l'envie qui m'en manque.*

— Je ne sais pas comment on dit bonne nuit en indien, tu m'excuseras.

Elle cherche un refuge dans le sommeil mais rien à faire. Et ses yeux la brûlent, sa gorge se noue, elle lutte avec férocité, ne peut pourtant s'en empêcher pour finir : elle pleure. *Au moins, pleure en silence, que personne ne t'entende, et ne sache même à quel point tu es faible.* Et voilà qu'elle sent un très léger contact sur son épaule, puis sur sa hanche. Pas question qu'elle se retourne, la pénombre du tipi ne suffirait pas à dissimuler ses larmes.

— Viens, dit Myrtille.

Il s'est assis derrière et tout contre elle, il lui caresse les cheveux, la joue. Eh bien, tu peux avoir honte, Tête de diable, parce que cette présence-ci te réconforte et pour de bon. Il la fait très gentiment se retourner sur son autre côté, lui fait poser la tête sur sa cuisse, chantonne à très petite voix, à croire que je rêve qu'il chante, et pour moi.

— Je sais où nous allons.

Il chuchote.

— Wah Nah Maket, dit-il encore. Tu es sa femme, il te veut.

— Je sais le nom de ce pays, dit Mathurin Toboggan. On le nomme Minne Sota. Minne, c'est l'eau, comme tu le sais, et Sota veut dire couleur du ciel.

— Très bien. Voilà qui me fait la jambe belle.

Au troisième jour du campement sur la berge du lac, des canoés sont apparus, qu'apparemment on attendait, sur lesquels on est monté. Ils sont, ces canoés, bien surprenants. Avant tout parce qu'ils portent un mât et une voile, tout comme des bateaux d'Europe.

— Je ne sais pas à quoi ça sert, dit Mathurin Toboggan vraiment éberlué.

— Tu ne sais décidément rien. Ça sert à faire avancer le bateau.

Et elle se lance dans une explication de la façon dont, selon elle qui n'est pas si savante en ce domaine mais par comparaison se découvre experte, une voile reçoit le vent. Ses chevilles sont de nouveau entravées, elle se tient sagement assise au milieu de la pirogue, douze hommes pagaient devant elle, à raison de six par côté, douze autres sont derrière. Si bien que seuls le Mathurin, Myrtille et elle se prélassent. La petite flotte de trois traverse un premier lac, qui un peu plus tard se révèle prolongé par deux autres, ou alors ce sera le même qui aura la forme d'un Y. Toujours est-il que c'est à gauche — direction plein ouest ou à peu près — que l'on s'engage. Le ciel est bas, il ne pleut plus depuis la veille, ce front de nuages gris uniforme pourrait bien annoncer de la neige.

— Je ne vois rien, dit Mathurin Toboggan.

Elle, si, qui a la vue bien plus perçante. Elle

compte quatorze silhouettes, à trois cents et quelques toises. La végétation, enfin cette ligne d'arbres ou d'arbustes, devrait normalement cacher un être humain debout sur ses jambes. Pourtant ces gens se voient, on dirait qu'ils se tiennent par miracle en équilibre sur la cime des buissons. Ils marcheraient en l'air.

Les canoés défilent sans s'approcher de cette rive-là, où sont les silhouettes. Catherine-Marie se retourne afin de voir les visages des rameurs et voici ce qui la frappe : pas un des hommes à bord ne tourne la tête vers la gauche. Certains regardent droit devant, ou bien à droite où il n'y a rien, ou bien encore ils fixent le fond du canoé à leurs pieds.

Ils ont peur.

Ces gens qui se tiennent en l'air sont tous alignés. L'intervalle entre eux est toujours le même.

— Tu les vois, Mathurin ?

Oui. Vaguement. Il n'y a pas tant de clarté. C'est alors qu'une déchirure se produit dans le plafond de nuages. Surgit d'un coup une lumière bleue, qui tourne au violacé.

Oh non !

Dans cet éclairage étrange, Catherine-Marie découvre alors que les quatorze hommes ont été crucifiés sur de longues perches. Et le pire est à venir. Lorsque les canoés sont contraints de venir sur la gauche, de par la forme du lac, lequel s'étrécit. Les Indiens ont beau se maintenir au plus près de la berge de droite, on réduit néanmoins la distance. Cent toises, même pas.

Eh bien, quoi, dit Mathurin Toboggan avec bien de l'indifférence, ce sont des hommes morts.

— Pas tous.

Deux au moins vivent encore. Comme tous les autres, on les a fixés aux perches par des coins d'obsidienne, fichés dans leurs poignets et leurs genoux ; à eux aussi, on a coupé le nez, et sans doute la langue ; on leur a pareillement crevé les yeux, quelle sauvagerie. Mais ils vivent. Elle, Catherine-Marie, les entend, et par la mort-Dieu ils chantent. Ils respirent, leur poitrine se soulève, ils crachent du sang. L'un d'eux est en train d'arracher son poignet droit.

— Ce sera Wah Nah Maket qui a fait ça, Mathurin ?

Qu'est-ce qu'il peut en savoir ?

Les crucifiés sont laissés en arrière, les canoés poursuivent leur avancée.

— Un village, dit Mathurin Toboggan. Un village pas ordinaire.

Elle reporte son regard vers l'avant, vers cet endroit où le lac s'achève, et n'en croit pas ses yeux. *Et eux tous qui me disaient qu'il n'y avait point de ville, dans ce pays !* D'accord, ce n'est pas une ville, c'est trop petit pour cela. Mais il y a bien là des maisons, peut-être quinze ou seize. Ce ne sont pas des tipis de peau, mais bel et bien de vraies maisons. Faites de perches dressées et très bien agencées entre elles, formant des rectangles. Et dont on a bouché les espaces vides, en sorte d'en faire des murs, avec non pas des pierres (qui ne se trouvent pas aisément, dans cette région-ci) mais des sortes de briques en terre vaguement rouge. Chacune de ces maisons a au moins une vraie fenêtre — encadrée de bois s'il te plaît, et fermée par presque du verre, enfin des peaux très fines, comme transparentes, et qui brillent pour la plupart, de par l'effet de cette lumière rasante et violette. Elles ont aussi des portes, qui consistent en quatre perches sur quoi on a tendu de la peau, elles ont des cheminées et (c'est vraiment à se demander si on n'a pas la berlue) même des paillassons, si, si, ce sont bien des paillassons, qu'est-ce que ça pourrait être d'autre, c'est fou. Pour leur toit, c'est du chaume, tout comme en Auvergne ou dans ces endroits qu'elle a traversés, allant d'Issoire à La Rochelle. Elle s'attend à voir paraître, entre ces maisons, devant et derrière elles, des gens avec de vrais vêtements et des chapeaux et des bottes, et pourquoi pas des hallebardes et des estramaçons. Mais non, rien que des Indiens, hommes, femmes et enfants. Et nombreux, ils seront quatre cents et davantage, quand je te dis que c'est presque une ville.

Les canoés glissent sur leur erre, le rivage est tout proche. Une maison domine toutes les autres, celle-là a trois fenêtres en plus de la porte, c'est un château en somme, d'autant que sur son flanc gauche on a dressé une tour de cinq ou six toises, en briques elle aussi, et crénelée tout en haut. Une bannière flotte sur cette tour — que dans ce plat pays on doit apercevoir à des lieues de distance. Le même dessin avec les trois boules et le triangle en dessous. Et une porte, une vraie, tout de bois, trouée par une ouverture qui a le dessin des bords extérieurs des trois boules et de leur triangle.

Avec, tracés au feu sur une planche de bois elle-même accrochée au-dessus de cette porte, ces trois mots écrits aussi maladroitement que l'était le *Wah Nah Maket Kingdom*, sur le portique des jours précédents. Ici, il y a écrit OME SWIT OME.

C'est de l'indien, ça ?

— Pas que je sache, répond le Mathurin.

Les canoés s'immobilisent. Ce sont bien deux cents femmes qui se pressent sur la rive, pour assister au débarquement.

— C'est moi qu'elles regardent, Mathurin. Les hommes me tournent le dos, quant à eux, et feignent de n'être pas intéressés.

— Ils le sont.

— Ils ne veulent pas le montrer. Tu as une idée de qui est Wah Nah Maket, parmi eux ?

Non. Et Mathurin Toboggan ne croit pas en vérité que Wah Nah Maket se trouve parmi ces gens. Pour l'avoir entendu souvent dire, il sait que ledit Wah Nah Maket est très grand, très fort, il serait grand comme un ours gris. Et si plusieurs des hommes présents sur la berge sont de très bonnes proportions, aucun n'est absolument exceptionnel.

— N'aie pas peur.

C'est Myrtille qui croit devoir la rassurer.

— Comment dit-on : ce n'est pas demain la veille, Mathurin ?

On ne le dit pas, en indien. Myrtille a réussi à la charger sur son dos, elle sifflote pendant qu'il la transporte et lui fait traverser la foule des femmes aux visages impassibles.

— Ça va, les filles ? dit-elle.

Elle passe, triomphalement selon elle. Elle est très allègre. Ne serait-ce que de l'émoi, parce qu'elle a un peu peur. Plus qu'un peu.

Myrtille qui est plus robuste qu'il n'y paraît se dirige vers le château, enfin la grande maison. Laquelle est sise en hauteur parce que justement on l'a surélevée, sur une butte faite de main d'homme. Catherine-Marie découvre un jardinet, où des fleurs poussent et rien d'autre, aucun légume qui se mange — et ce n'est pas itou surprenant, ça ? Juchée sur les épaules de son gardien si doux, elle passe le jardinet en notant que la terre y est très bien tenue, on voit qu'elle a, cette terre, été maintes fois retournée.

— Tu as déjà vu des maisons fleuries de la sorte, Mathurin ?

Il n'a pas vu tant de maisons, dit-il. Fleuries ou non.

Myrtille s'agenouille et la fait glisser à terre, juste devant les deux marches de bois qui permettent d'accéder à la porte percée d'un judas. Il pose son pied sur elle, pour la maintenir au sol.

— Excuse-moi, dit-il à voix basse, je fais ça parce que tout le monde nous regarde. Je dois être très dur avec toi.

— Il dit qu'il fait ça parce que tous les autres vous regardent et que...

— J'avais compris, Mathurin.

Myrtille frappe à la porte au judas et aussitôt après il s'agenouille, très précipitamment, et place ses mains autour de la gorge de Catherine-Marie. Il prononce deux mots qu'elle ne comprend pas.

— Il fait toujours semblant, traduit Mathurin.

Les coups donnés à la porte ne semblent pas avoir

déclenché d'émeute dans la grande maison. En fait, tu n'entends que le silence.

— Wah Nah Maket habite ici, Myrtille ?

— Oui.

— À mon avis, il n'est pas chez lui et sera parti jouer aux quilles. Traduis ça, Mathurin.

— Jouer à quoi ?

La porte s'ouvre dans un grincement de bois. Une femme apparaît, qui est indienne forcément, dont les cheveux ont blanchi, qui peut avoir quarante ou cinquante années, qui est assez grande — le sommet de sa tête dépasse la ligne des épaules de Catherine-Marie, c'est dire. Qui a de la prestance.

Et qui dit, s'adressant à Myrtille :

— Qui es-tu, toi qui viens et (incompréhensible) ?

— Elle lui demande qui il est et pourquoi il a frappé à la porte.

— Parce qu'elle ne le sait pas ?

— Bien sûr que si. Mais c'est l'usage.

Voilà. Myrtille et Cheveux Blancs confèrent, échangeant questions et réponses, sur le pas de la porte, tu dirais des colporteurs. Pour elle, Catherine-Marie est toujours par terre. Malheureusement pas assise comme il faut : quand il l'a déposée avec un manque de précaution qui doit lui aussi être d'usage, elle s'est retrouvée le nez sur le seuil de bois et les fesses en l'air. Elle se trouve toujours ainsi.

— Tu me narres ce qui se passe, Mathurin ?

— Myrtille a terminé sa mission. À compter de maintenant il te confie à Nie Tout, qui tient le tipi de Wah Nah Maket.

— Nitou ?

— Celle Qui Nie Tout.

— Myrtille, enlève ton pied de ma nuque, dit-elle.

Le pied appuie seulement un peu plus fort, la palabre se poursuit, je commence à en avoir plein les bottes. Myrtille enfin se penche sur elle et lui ôte son licou.

— Je ne te parle pas, ô femme de Wah Nah

Maket, je ne t'ai jamais parlé. Je t'ai livrée, j'en ai fini.

Le pied se retire, Catherine-Marie peut alors rouler sur le côté, puis sur le dos. Myrtille murmure :

— Je ne te parle pas, je ne t'ai jamais parlé, mais si je te parlais, je te dirais que tu es mon amie.

— Je n'ai rien entendu, dit Mathurin Toboggan.

— Il dit..., commence-t-elle.

Elle n'a pas le temps de terminer sa phrase. Une main vient de la saisir par la lanière de cuir qui lie ses poignets et tire. Ainsi entre-t-elle dans la grande maison aux trois fenêtres avec l'inscription OME SWIT OME pour couronner la porte. La nuque à ras du parquet — c'est du parquet par terre, non mais tu le crois ? —, elle jette un regard en arrière. C'est bien Nie Tout qui la tracte, et d'une main s'il te plaît. Arrêt au milieu d'une pièce et sur un tapis en feuilles de maïs tressées. Si Myrtille a disparu, Mathurin Toboggan est entré, lui. D'ailleurs, il referme la porte et s'assoit dans un fauteuil, avant de tirer sa pipe et...

Dans un FAUTEUIL ?

— Tu es assis dans un fauteuil, Mathurin.

— Je ne sais pas ce que c'est.

— Sous tes fesses. C'est un fauteuil. Et les choses en bois sur les côtés sont là pour poser tes coudes.

— N'importe quoi, dit Mathurin Toboggan. Tu te gausses.

Cheveux Blancs alias Nie Tout se penche sur Catherine-Marie.

— Douillou spik inglich ? demande-t-elle.

— Tu traduis, Mathurin, dit Catherine-Marie.

— Il faudrait d'abord que je comprenne.

— Ce n'est pas un Indien que tu connais ?

— Non.

— Elle est peut-être d'une autre tribu.

— C'est sûrement ça. Tu parles le cree, Nie Tout ?

— Évidemment, dit Nie Tout.

— On progresse, dit Catherine-Marie.

— Dis-lui que je vais la libérer, dit Nie Tout à Mathurin Toboggan.

— Elle va te libérer, petite.
— J'avais compris.
— Dis-lui que, quand je l'aurai libérée, elle devra se tenir tranquille.
— J'ai compris, dit Catherine-Marie.
— Elle a compris, dit Mathurin Toboggan à Nie Tout.
— Dis-lui aussi, dit Nie Tout au même Mathurin Toboggan, que c'est toi qui seras mis sur les bois en croix si elle n'est pas tranquille.
— Dis-lui qu'elle aille au diable, Mathurin. Dis-lui que je lui trancherai la gorge à la première occasion.
Non, mais qu'est-ce que c'est que ces déments ? Ils voudraient me crucifier mon Mathurin ?
— Où est Wah Nah Maket ? hurle Catherine-Marie en langue indienne.
— Elle demande poliment où est Wah Nah Maket, dit le Mathurin dans la même langue, en s'adressant à Nie Tout.
— Dis-lui, dit Nie Tout, que Wah Nah Maket est absent et qu'il sera là dès son retour.
— J'ai compris, dit Catherine-Marie.
— Elle a compris, dit le Mathurin en indien.
— Elle se tiendra tranquille ?
— Tu te tiendras tranquille, petite ?
— Évidemment que je me tiendrai tranquille.
— Elle a compris ce qui arrivera si elle n'est pas tranquille ?
— Il vaudrait mieux que tu comprennes, petite. Je n'ai pas du tout envie d'être mis sur des perches avec des trous dans les poignets et les genoux, et de mourir lentement et d'aller rejoindre la Vierge Marie.
— Je croyais que tu ne croyais pas à la Vierge Marie.
— Ma moitié iroquoise n'y croit pas, mon autre moitié, si.
— Demande-lui si elle est la femme de Wah Nah Maket.

— Dis-lui que je ne suis pas la femme de Wah Nah Maket, dit Nie Tout.

— Demande-lui qui elle est.

— Je suis la mère de la femme morte de Wah Nah Maket.

— Elle est...

— J'ai compris, Mathurin. Demande-lui si sa fille a été enlevée comme moi et tapée à coups de tomahawk sur la tête.

— Dis-lui, dit Nie Tout, que sa tête n'est pas tant cassée.

— Elle dit...

— J'ai compris. Mais j'ai reçu des coups de tomahawk sur la tête. Ce Myrtille est vraiment féroce.

— Dis-lui qu'elle a la langue fourchue, dit Nie Tout. Ou alors que dans le pays d'où elle vient, les vrais hommes ne sont pas des hommes. Parce que autre...

— Mathurin, tu lui réponds que dans mon pays les hommes sont de vrais hommes. Mon père Pouillou Pattu était l'homme le plus homme depuis le commencement des temps.

— ... Parce que autrement elle verrait la différence entre Myrtille et un vrai guerrier. Myrtille est un bon guerrier mais il ne serait pas capable de tuer un papouse de ragondin né de deux jours.

— Elle dit...

— Ne parle pas sans arrêt, Mathurin. Et d'abord qu'est-ce que tu fais ici ? On est entre femmes.

— Cette chose que tu appelles un fauteuil est douce à mon cul, dit Mathurin. J'y suis très bien pour fumer ma pipe.

— Tu pourrais aller la fumer dehors.

— Et qui va traduire ce que vous vous dites toutes les deux, hein ?

Il y a bel et bien une cheminée — avec un manteau de pierres qui sûrement ne proviennent pas des environs immédiats et qui ressemblent à du jaspe sanguin, à cette calcédoine verte à taches rouges dont Pouillou Pattu avait rapporté un jour un morceau, pour cette seule raison qu'il le trouvait beau.

Et du feu brûle dans la cheminée.

Il y a donc non pas un tapis mais plusieurs, et tous fort bien faits, avec des motifs en tresses colorées de rouge, de noir, de jaune et de vert.

Il y a un autre fauteuil à très haut dossier, en bois incrusté de griffes d'ours et dents de loup — avec des fourrures de loup étalées

Il y a une table, un tabouret, un coffre de bois clouté qui paraît très vieux — avec un cadenas pour le fermer (et il est fermé, sans sa clé).

— Je peux ?

Catherine-Marie montre la deuxième porte de la pièce.

— Tu peux, dit Nie Tout.

Il y a un lit dans une chambre, un vrai lit et de proportions immenses — avec des quenouilles de bois sculpté qui supportent un dais de peau et des courtines de paille. Il fait, ce lit, bien plus de deux toises de long et de large, et le matelas de peau fine, bourré de ce qui sera des mousses séchées, est marqué par un très grand creux. On voit que quelqu'un dort ici, à cet endroit, toujours à la même place, au point que le poids du corps a tout écrasé ; on voit que le dormeur est de vraiment haute et forte taille, un géant. *L'ogre des légendes que me contait Pouillou Pattu lorsque j'étais petite, et par quoi il s'amusait à me faire peur.*

Catherine-Marie s'assoit sur le bord de ce lit, ayant mis la largeur du lit entre la porte et elle. Elle se retourne : Nie Tout se tient sur le seuil, comme si elle n'osait entrer.

— Tu dors avec Wah Nah Maket dans ce... (comment dire *lit*, en indien ?).

— Je ne dors pas avec Wah Nah Maket. Pas sur ce tapis-là, pas sur un autre.

Des peaux d'ours et de loup sur le lit, en guise de couvertures, c'est joli, on doit fort bien dormir, là-dedans.

— Tu n'entres pas ?

Comment dire *chambre*, aussi bien ils n'auront pas de mot. Nie Tout s'avance. Un certain défi paraît dans son attitude, ses gestes, sa façon de s'asseoir elle aussi sur le bord du lit — mais de l'autre côté. Elle n'aura pas tant accoutumé de venir jusqu'à la couche de celui qui, si j'ai bien compris, est son beau-fils ; et moins encore d'y prendre quelque position que ce soit.

J'aime bien cette femme.

Elles se fixent l'une l'autre, *je crois qu'elle m'aime bien aussi.*

— Wah Nah Maket revient quand ?

— Je ne sais pas.

— Il est allé où ?

Mouvement de tête : sais pas.

— Il est vieux ?

— Non.

Silence. Rompu par la voix de Mathurin Toboggan qui vient immédiatement après le bruit du loquet de la porte sur l'extérieur :

— On vient me chercher, petite. Tu n'oublies pas que ma vie dépend de toi.

— Je n'oublie pas, Mathurin.

Le loquet qui retombe, à nouveau le silence.

— Il te frappe ?

Non.

— Il frappait ta fille ?

Non.

Ils ont eu des enfants, Wah Nah Maket et la fille de Nie Tout ?

Oui. Trois. Ils sont morts. Oui, tous les trois. Catherine-Marie se lève et va à la fenêtre. Si le bâti y est de bois, au centre, en lieu et place de verre, c'est du boyau presque transparent que l'on a tendu.

— Qui a fait cette maison ? Wah Nah Maket ?

Oui.

— Les autres maisons aussi ?

(Elle ne savait pas comment traduire maison, elle emploie *tipi dur* et, ma foi, est comprise.)

Oui.

— Il y a d'autres villages de maisons, dans le pays ?

Non. Elle écarte l'espèce de battant et regarde au-dehors. Le lac est juste en face, dans sa longueur et les trois ou quatre toises d'altitude de la grande maison suffisent à bien élargir et approfondir l'horizon. Les crucifiés se distinguent à main droite, trop loin pour être autre chose que de minuscules silhouettes. La lumière violette et rasante de tout à l'heure a disparu, le jour baisse, il ne devrait pas tarder à neiger.

Elle passe la tête par l'ouverture (qui fait un pied au plus). Le village de maisons est à sa droite et, à peu de distance, elle aperçoit ce qui pourrait être un écriteau.

— Je peux sortir, Nie Tout ?

— Oui.

— Viens avec moi.

Elles sortent ensemble. Mathurin Toboggan n'est nulle part en vue, le froid est très vif, l'air est immobile, sans le moindre souffle de vent, des odeurs de fumée viennent d'un peu partout. Aucune des autres maisons n'a de porte, la plupart sont fermées seulement par un rideau de peau ainsi que l'on fait pour les tipis. Leur intérieur s'est beaucoup assombri avec la disparition du soleil. Elles sont alignées, toutes identiques, sur deux files et se faisant face. Si bien que voici une rue, en somme.

Sur le premier écriteau, lettres gravées vraiment sans adresse par quelqu'un qui écrit avec difficulté et ne sait pas très bien son abécédaire : *PICKADILLI*.

Sur le deuxième, itou tracé au fer rouge, *YDE PARK*.

— Tu connais ces mots, Nie Tout ?

Non. L'Indienne aux cheveux blancs ne sait évidemment pas lire. Elle ne comprend pas davantage les sons prononcés par Catherine-Marie (qui lit *ideparc*).

— Quelqu'un dans le village connaît ces signes ?

Non.

— Seulement Wah Nah Maket ?

Oui.

Elles marchent côte à côte, un grand rassemblement de tipis normaux se montre en arrière-plan des maisons, ce sont peut-être cent habitations de peau qui sont là, et les feux y sont nombreux. La quasi-totalité de tous ceux et celles qui ont assisté à l'arrivée des canoés doivent se trouver là, à habiter.

Il neige.

Les jours et les semaines passent. Parfois il arrive à Nie Tout de venir s'asseoir sur le lit à baldaquin. Elle refuse de s'y coucher. En dépit des invites de Catherine-Marie. C'est ridicule : *moi, je suis tant douillettement installée sous mes pelisses, à écouter le vent qui siffle ou de temps à autre regarder la neige tomber, je suis bien au chaud, elle pourrait me joindre, ce n'est pas la place qui manque (et à moi ça m'a toujours manqué, justement, une autre femme, surtout plus vieille que moi, à qui parler. Je n'ai jamais connu ma mère, ce n'est pas ma faute, et sur toutes les terres des Pouillou, j'en conviens, il ne s'en trouvait pas une qui ne fût bête comme une lèche-frite. Je me demande finalement si je n'ai pas été un peu seule, depuis ma naissance, malgré ma nourrice, qui avait un tout petit peu plus d'entendement qu'une vache, à les comparer étroitement l'une l'autre — ma nourrice et la vache —, mais pour cette seule raison qu'une vache ne sait pas monter aux arbres pour y cueillir des pommes. Parce que à part ma nourrice, justement, qui d'autre ? Les nonnes ? Tu as déjà essayé de parler, vraiment parler, avec une nonne qui veut à toute force t'enseigner les aventures du Nabuchodonosor ? Essaie, tu verras. Parce que j'étais deux fois plus grande qu'elles, elles croyaient que je n'avais nul besoin d'être jamais réconfortée. Elles n'étaient pas là la nuit, quand je pleurais — au temps où je pleurais encore pour un oui pour un non).*

— Viens te coucher près de moi, sous les fourrures.

Non, par un signe de tête. Elles parlent beaucoup,

toutes les deux. Si Nie Tout a laissé dans l'ombre les conséquences de la chose, et comment le comportement de Wah Nah Maket en a été tant affecté, du moins a-t-elle raconté la mort de Lapin Blanc et de ses trois enfants, sept printemps plus tôt. Elle a donné également tous les détails de la première rencontre de Wah Nah Maket avec sa propre tribu, une douzaine d'années plus tôt. Et comment Wah Nah Maket s'est d'abord battu contre les Crees avant d'en devenir l'un des guerriers, puis le meilleur guerrier, puis en quelque sorte le chef — quoiqu'il n'y ait pas vraiment de chef, paraît-il, chez les Indiens. Tu as un homme pour mener les expéditions de guerre ou de chasse, ce n'est pas forcément le même qui décide si la tribu doit changer de territoire, et quand et pour où. Mais c'est bien Wah Nah Maket qui a construit la grande maison — avant la mort de Lapin Blanc sa femme —, c'est lui qui a dirigé la construction des autres maisons, lui qui a montré comment fabriquer des briques, lui qui a enseigné à faire avancer les canoés en s'aidant du vent...

— Et lui qui a fait mettre des hommes en croix, dit Catherine-Marie.

Non. Les quatorze hommes crucifiés au bord du lac ne l'ont pas été par Wah Nah Maket. D'ailleurs, cela s'est fait après son départ.

— Ce sont des Crows.

— Et alors ? C'est une raison pour les torturer ainsi ?

— Nous sommes en guerre avec eux.

Quelque chose dans le ton de Nie Tout...

— Pour quelle raison, cette guerre ?

Ce sont les Crows, les Corbeaux, qui ont tué Lapin Blanc et ses trois enfants.

Catherine-Marie s'est remise à chasser une dizaine de jours après son arrivée au village de maisons. « Tu sais ce qui m'arriverait si tu t'enfuyais, petite ? — Je sais. Je ne m'enfuirai pas. » Elle ne s'est pas enfuie, elle a tué un cerf dès sa première sortie, son arc a beaucoup impressionné les quatre hommes qui — *ce n'est pas qu'ils soient méfiants mais ils n'ont pas confiance en moi* — l'ont accompagnée ; et de même ses flèches à pointe de fer, alors que les leurs sont en os ou en obsidienne. Elle est rentrée bredouille de sa deuxième sortie, tue un orignal à la troisième — et à quarante toises de distance, dans une lumière insuffisante pour lire une ligne d'un livre.

— Les hommes disent que tu tires très bien, mieux qu'eux. Les femmes tirent à l'arc, dans ton pays ?

— Non. J'ai appris à tirer parce que mon père n'a pas eu de fils. Et ensuite parce que j'aimais.

Elle a beaucoup parlé de Pouillou Pattu, n'a quasiment parlé que de lui. En cela encouragée par l'Indienne aux cheveux blancs, que le sujet des filiations et des ascendances intéresse plus que tout autre — en revanche, elle a été très peu passionnée par la description du monde des Auvergnats, des monts d'Auvergne, de la France, de tout ce qui existe de l'autre côté de la mer océane. Ni la description des maisons, des châteaux, des forteresses, des voitures, des chevaux, des outils, des armes, des tissus, des machines, rien de tout cela n'a trouvé grâce à ses oreilles.

— Nie Tout ? Wah Nah Maket sait que je suis ici ?

— Je ne crois pas.

— Il a pourtant envoyé des hommes à ma recherche. Il savait que j'étais en ce pays. Comment ?

— Je ne sais pas.

— Les hommes qui me cherchaient sont partis de ce village ?

Oui. Un jour, il y a de cela trois lunes au moins, un éclaireur qui était parti avec Wah Nah Maket des lunes plus tôt, cet éclaireur est revenu au village pour apporter l'ordre de Wah Nah Maket, ou sa demande.

— Et Myrtille était désigné dans ces ordres ?

Oui. Myrtille seul devait s'approcher de la prisonnière, si prisonnière il y avait.

— Sinon : sur la croix.

Non. Wah Nah Maket ne met que les Crows sur des croix. Et en plus, quand les suppliciés sont encore vivants après une nuit et un jour, ils les laisse repartir. Mais bien sûr un Crow sans genoux n'est plus un Crow.

Catherine-Marie chasse très régulièrement, elle s'aventure de plus en plus loin. Elle a appris de Mathurin Toboggan à se servir de raquettes, pour aller sur la neige ; s'agissant de chasser en hiver, elle sait ; mais elle est encore très loin d'aller dans les sous-bois comme les Indiens le font, ils sont vingt fois meilleurs qu'elle.

Elle est là, ce matin-là, dans le nord-est du village. Elle a déjà marché trois heures, et vite. Ses gardiens-gardes du corps sont cinq, deux sur sa droite, trois quelque part à gauche. Elle ne les voit pas, ils ne la voient certainement pas, s'ils l'entendent. Voici quelques instants, il lui a semblé voir bouger quelque chose, de l'autre côté d'un petit étang gelé. Elle contourne ce dernier, pas question de poser le pied sur la glace, encore trop friable. Deux Crees sur sa gauche s'interpellent par un sifflement, et se répondent de même. Elle franchit un ruisselet où l'eau coule entre des parties pétrifiées. Elle s'immobilise.

Traces. Pas un animal mais un homme. Et peut-être pas un Indien, c'est le plus saisissant, l'inconnu marche avec une attaque assez nette du talon, il n'a pas cette progression glissée des Indiens.

Ce serait Wah Nah Maket ? Pourquoi pas, cet homme est de bonne taille, il est lourd et il a de grands pieds.

Et la voici qui se convainc que ce qu'elle a vu bouger dans les fourrés couverts de neige n'était pas une bête mais assurément l'homme qui a laissé ces traces. Et qui va plein ouest, en faisant le tour de l'étang par le nord. Un peu plus loin, ses premières impressions se trouvent confirmées : *il est chargé, avec de gros sacs sur le dos, regarde comment il a traversé ces feuillages.* Une sorte de sente naturelle se dessine entre les arbres, les traces y sont bien visibles, et rectilignes.

Elle s'avance et, alors même que la piste décrite par les empreintes s'allonge encore sur vingt ou trente pas, une main la croche à la gorge, juste avant qu'une lame glacée ne s'applique.

— Tu cries, tu es mort.

Voix d'homme, s'exprimant en indien, mais ce n'est pas un Indien, et qui chuchote (il sent de la bouche). Elle fait la première chose qui lui passe par la tête : elle chantonne lèvres closes, elle chantonne « L'amour de moi s'en est enclos, où croît la rose... ». C'est vraiment une très jolie chanson, en plus, sa préférée avec *La Tourterelle bleue*, mais pour d'autres raisons.

Et la surprise fait tressauter le bonhomme, dont la main s'agite. Nouveau chuchotement :

— Tu es français ?

Quelle cruche. Et il faudrait que j'aie peur de ça ? Je ricane. Elle acquiesce et fait mmmmm, toujours sans ouvrir ses lèvres. Et puis, parce que l'idée lui est plaisante, elle laisse tomber dans la neige son arc et donc de sa main gauche ainsi libérée, de l'index de cette main, elle pointe successivement chacune de ses tétines.

Il tâte, ça pour tâter il tâte.

— Tu es une femme.

— Perspicace, hein ? dit-elle, dans la mesure où la grosse patte sur sa bouche lui permet de parler. Un visage formidablement barbu, à gros sourcils en broussaille, aux longs cheveux sous une coiffe de fourrure taillée n'importe comment, avec des dents solides mais très jaunes et fort puantes, ce visage se montre et scrute Catherine-Marie.

— Tu cries si je te lâche ?

Elle secoue la tête. La main s'écarte, la lame reste appuyée sur la gorge. Yeux dans les yeux :

— Tu n'es pas indienne.

— Je suis d'Auvergne, espèce de crêpe.

— Ces cinq Crees te poursuivent ?

Ainsi donc, il les a remarqués...

— Je suis avec eux.

Comment lui expliquer qu'elle est prisonnière, sans l'être tout à fait, puisqu'elle peut se promener et aller chasser où et quand ça lui chante, mais bien gardée tout de même, parce que si elle s'avisait de se vouloir sauver, son pauvre Mathurin...

— Je suis avec eux et j'y reste.

— Ton mari est avec eux aussi ?

— Je n'ai pas de mari.

— Ne me dis pas que tu es seule.

— Je suis seule avec six cent vingt-trois Crees. Tu as peur des Crees ?

L'homme dit qu'il n'en a pas eu peur pendant longtemps, il traversait au moins une fois l'an leur territoire, mais que depuis trois ou quatre saisons, lesdits Crees ont changé. Ils sont devenus un peu irascibles et parfois malfaisants.

— Tu sais pourquoi ? Et comment tu t'appelles ?

— Je suis Laframboise Hervé, je trappe depuis que j'ai fait mes douze ans, avant je trappais avec mon père, il est mort, ma mère est une Mohicane, je vais sur les quarante ans, je fais le castor et la loutre, je n'ai posé aucun piège sur le territoire des Crees, je ne suis pas un fou délirant, Wah Nah Maket m'a donné permission de passer, je passe et rien de plus, et les Crees sont devenus un peu malfaisants depuis que Wah Nah Maket les conduit. Tu viens avec moi ?

— Je ne vais nulle part avec toi.

— Tu veux rester avec ces Crees qui arrivent ?

Elle se retourne, les cinq Indiens rappliquent bel et bien, ils ont le visage renfrogné.

— Tu devrais retirer ton couteau, dit-elle.

— Pardonne-moi.

J'ai un peu de mal à comprendre Laframboise Hervé, il parle pourtant français, mais avec l'accent de ces pays que j'ai traversés, avant d'arriver à La Rochelle et de monter sur le bateau, et son accent est plus fort encore, il mange les mots. Les cinq Indiens surviennent et s'immobilisent, en demi-cercle, leur regard n'est pas vraiment amène, ils ont une façon de balancer leur tomahawk qui en dit beaucoup sur leur envie de s'en servir.

— Ils te connaissent, Laframboise Hervé ?

— Celui du centre me connaît, et je le connais aussi. C'est le fils de Petit Renard qui était mon ami autrefois, avant que Devant le Tipi et Wah Nah Maket s'entendent.

— Tu vas te battre contre eux ?

— J'espère bien que non. En principe, non. (Laframboise abandonne le français et revient à l'indien :) Salut à toi, Oreille Percée.

Catherine-Marie s'accommode assez bien d'Oreille Percée, qui est plutôt bon bougre. Quoique pas pour l'instant.

— Pas de bataille, Oreille Percée.

— Il ne doit pas chasser sur nos terres.

— Il ne chasse pas, il traverse. (En français :) Tu as des peaux, Laframboise ?

— Pas ici. Elles sont dans une cache que j'ai à trois lieues. Tu parles bien le cree.

— Il n'a pas chassé, il n'a pas de fourrure et il ne chassera pas, dit Catherine-Marie aux Indiens. Et je veux juste parler avec lui.

— Il doit partir ou nous le tuons.

— Il partira quand j'aurai parlé avec lui, et tu ne le tueras pas.

Affrontement de regards, c'est la première fois, en dehors de Myrtille, que je m'oppose à l'un de ces hommes. Ça devait arriver, ne va pas surtout perdre ce duel.

— Il part tout de suite, dit Oreille Percée.

Elle marche quelques pas, secouant la tête en riant, mais quand elle a pris ce qu'elle tient pour ses distances et lorsqu'elle se retourne, elle ne rit plus, son regard est aussi féroce que possible, elle a encoché sa flèche, tendu son arc, elle vise le cœur d'Oreille Percée.

— Tu vas être le premier guerrier cree tué par

une femme. Tu crois que je peux manquer ton cœur, à cette distance ?

— Je vais partir, dit Laframboise.

— Tu partiras dès que j'aurai fini de parler avec toi.

— Tu as de foutument belles tétines mais ta langue n'est pas mal non plus. Je ne veux pas que tu endêves, marrisses ou dépites ces hommes à cause de moi. Tu as le droit de marcher ?

— Où je veux quand je veux. Et ils ne peuvent pas me molester, Wah Nah Maket les mettrait en croix.

— Je m'en vais, tu m'accompagnes un bout de chemin. Ainsi tout le monde est content.

— Tu as été curé ?

— J'en ai vu un, de curé. En Acadie, à Fort-Sainte-Croix. Si tu veux rester vivant et avec tes cheveux, dans ce monde, il te faut t'accommoder des gens et ne pas les prendre de front. Tu crois que les sauvages me supportent parce qu'ils ont peur de moi ? Ils sont mille fois mille et je suis seul.

— Il s'en va, dit Catherine-Marie à Oreille Percée. Il s'en va tout de suite, c'est toi qui as raison. Je vais marcher à son côté pour veiller que les ordres que tu as donnés soient exécutés.

— C'est exactement ça, ma belle, dit Laframboise en français.

Il ramasse son sac et son arc — c'est qu'il ne transporte même pas de pièges — et se met en route, revenant à l'est, sur ses propres traces.

— Parle-moi de ton Wah Nah Maket, qu'est-ce qu'il devient, ce fou furieux ?

— Je ne l'ai jamais vu, reconnaît-elle.

— Tu as pourtant dit aux Indiens qu'il te protégeait.

— Il y a deux mois et davantage, les Crees m'ont prise. Tu connais Mathurin Toboggan ?

— Le vieux Mathurin ? Bien sûr. Nos pistes se sont croisées quatre ou cinq fois.

— Il a été pris avec moi. Si je ne rentre pas sagement au village, Devant le Tipi le mettra sur une croix. Entre autres gâteries.

— Il est vieux, il va mourir cet hiver ou un autre. Tu peux échapper à ces cinq hommes, je t'aiderai.

— Non. Je cherche un homme de petite taille, blond avec des yeux clairs, très vif, il a toujours l'air de danser quand il marche, il est accompagné d'une montagne humaine.

— Charpentier que j'ai vu voici quatre semaines m'a dit que deux Français vivaient avec les Lakotas.

— Amis des Crees ?

— Pas du tout.

— Loin d'ici ?

Trois bonnes semaines de marche. Si les Sioux sont toujours à la même place, car les Lakotas sont des Sioux. Lesquels sont très fâchés avec tout le monde.

— Avec toi aussi ?

— Je ne veux pas leur prendre leurs terres, moi. Et il y a bien assez de castors pour des centaines de gens comme moi. Tu m'as bien dit que tu n'avais jamais vu Wah Nah Maket ?

— On m'a prise, avec le Mathurin, on m'a amenée ici. Depuis, j'attends. Et tu viens de me donner une autre raison d'attendre : si les Crees et les Sioux lakotas sont fâchés, et si l'homme que je cherche est avec les Sioux, je pourrais peut-être les entraîner à se battre les uns contre les autres.

— Le petit homme est ton mari ?

— Il a juste massacré Pouillou Pattu mon père. Tu m'as appris ce que je voulais savoir. Autre chose : parle-moi de Wah Nah Maket.

— C'est un géant, il est blond-roux, il a dans les trente ans, il est d'une force de cinq hommes.

— Il est bête ?

— Sûrement pas. Fou, oui. Mais très rusé. Il veut devenir le roi de ce pays, de toutes les tribus.

— Et c'est de la folie, ça ?

— Il est très bien comme il est, ce pays.

— Tu sais où est Wah Nah Maket ?

— Je sais où il était il y a dix jours.

Laframboise s'assure d'un coup d'œil que les

Crees sont à nouveau hors de vue, se baisse. Elle fait de même : un piège est là, tendu.

— Foutu menteur, dit-elle.

— Il y a bien assez de castors et de loutres, et de renards, pour tout le monde. Ton Wah Nah Maket était un peu au nord, par là. Il chassait des Corbeaux.

— Des corbeaux ?

— La tribu, pas les oiseaux.

— Il les chassait pourquoi ?

— Si on ne te l'a pas dit, on a dû avoir des raisons. Il te le dira lui-même.

— Il n'est pas français.

— Il parle l'anglais, comme les terre-neuviers des Escoumins, il y a quinze ans. Il doit être anglais.

Il s'arrête à nouveau et sort de sa cachette un ballot de fourrures encore sanglantes.

— Je ne chasse pas, je n'ai pas chassé, je ne chasserai pas, singe Catherine-Marie.

— Oreille Percée ne m'a pas cru, lui. C'est pour ça qu'il projetait de me tuer. La belle, tu ne veux pas te coucher sous moi ?

— Non.

Sûre ?

— Certaine. Une dernière question avant que tu ne t'en ailles vraiment : c'est quand, Noël ?

— Qu'est-ce que j'en sais ? On serait peut-être bien en décembre, à voir la neige et la glace, et leur épaisseur. Le grand froid est encore à venir.

— Vous êtes combien de Français, à courir les bois comme tu le fais ?

Laframboise réfléchit, compte sur ses doigts. Du temps du sieur de Monts, cinq ou six ans plus tôt, ils devaient être quatre, le Mathurin Toboggan compris, à faire la trappe. Depuis, il en a rencontré deux autres, les frères Lévêque, mais eux restent avec les Montagnais, dans les montagnes qui bordent le Saint-Laurent. Et il a entendu parler d'un troisième, qui s'appellerait Gagnon, dont la mère serait une Mic-Mac, et qui trapperait au nord, en un endroit nommé l'Agawa.

— Où est-ce ?

Il y a cinq grands lacs, explique Laframboise. Tous à l'est par rapport à eux. Le plus proche est le Michigama, ensuite il s'en trouve trois autres en succession, plus on va vers l'est. Un cinquième se trouve plus haut au nord, il communique par une série de chutes avec les autres. C'est ça, l'Agawa.

— Ça fait sept chasseurs à la trappe. Et neuf avec les deux qui sont chez les Sioux. Mais ils ne sont pas tant chasseurs, ceux-là, à ce qu'on m'a dit. Et dix avec toi.

— Plus Wah Nah Maket.

— Il est anglais. La belle... Tu ne m'as pas dit comment tu t'appelais.

Elle le lui dit. Il rit, de sa bouche quasiment sans dents.

— Tête de diable, hein ? Ça te va bien. Je vais remonter moi aussi vers le nord maintenant, du côté de chez Gagnon. C'est le meilleur endroit, pour les peaux. Si tu veux me rejoindre...

— Je ne crois pas.

— On ne sait jamais. Si tu le veux, c'est sur la rive nord du cinquième lac.

— Je m'en souviendrai. La réponse est non.

— Je t'ai demandé quelque chose ?

— Tu allais me demander encore si on ne pouvait pas faire la bête à deux dos, toi et moi.

Il rit, Oreille Percée et les quatre autres se rapprochent à nouveau, si l'on ne voit encore que leurs silhouettes au travers de la herse des troncs.

— Tête de diable, vraiment. Bon Noël.

Mais oui. Et de songer : les trois derniers Noëls, je les ai passés seule, Pouillou Pattu n'était pas homme à se préoccuper de quel jour, quelle semaine, quel an on était. N'empêche. Plus seule que ce Noël-ci, ce sera dur.

Elle dort, pelotonnée sous les fourrures d'ours, de renard et de loup, elle rêve que des mains géantes la soulèvent, la déplacent, la reposent, lui tapotent le fondement, la recouvrent des mêmes peaux.

Le fondement ? Elle s'éveille, constate qu'elle a bel et bien changé de place ; voici peu elle dormait en plein milieu du très grand lit, exactement centrée par rapport aux quenouilles, eh bien, elle se retrouve sur le côté de la couche, une demi-toise plus loin de la porte de la chambre. Et surtout, pas de doute, il y a quelqu'un dans cette chambre, quelqu'un qui, nom d'un chien, est en train de prendre place dans le lit, qui sent l'homme et très fort (bien trop fort), qui pue en quelque sorte (un homme, ça sent mais ce n'est pas forcément désagréable, ça dépend de la sorte d'odeur et de qui la transporte), là c'est une odeur d'homme qui pourrait être plaisante s'il n'avait pas aussi ces relents de sueur et d'entrejambe pas lavé.

Elle se retourne tout à fait, s'assoit.

— Douillou spik ingliche ? dit une grosse voix grave.

— Sors de mon lit, dit-elle en indien, et que ça saute.

Elle a déjà son coutelas dans sa main gauche.

— Et pourquoi je ferais ça ?

Un doute vient à Catherine-Marie, par le seul fait de cette voix qui parle en indien mais qui n'est pas indienne, et qui a un accent inouï ; et ce doute est encore renforcé par le poids considérable de ce corps qui s'allonge avec un soupir d'aise, et en familier des lieux.

— Tu es Wah Nah Maket.

— Aïe ame, dit-il (ou quelque chose de ce genre).

— Ça veut dire oui ?

— Yaisse. Oui.

— Je n'aime pas ta façon de mettre les gens en croix. Je voulais justement t'en parler. Et autre chose : j'ai un couteau dans chaque main.

— Je suis fatigué, je dors, Tête de diable. Et méri crissmas.

— Qu'est-ce que tu as dit, là ?

— Comment tu appelles la fête à la fin de l'année, pour la naissance de Jésus, en français ?

— Noël.

— Alors, bon Noël, dit Wah Nah Maket.

Et, très peu de temps après, il ronfle.

— Iou donte spik ingliche attol ?

— Je ne comprends pas. Et les oreilles aussi.

— J'entends très bien.

— On ne se lave pas les oreilles pour entendre mais pour qu'elles soient propres. Relave encore le bas.

— Des oreilles ?

— Ton ventre.

Il est tout nu, sur le feu dans la cheminée Nie Tout n'arrête pas de faire chauffer de l'eau dans des pots de terre. Catherine-Marie est assise sur l'un des fauteuils — celui qu'aime tant Mathurin Toboggan. Wah Nah Maket est tout nu et, ma foi, c'est un joli spectacle. C'est vraiment une belle bête. Bien membrée de tous les côtés — surtout devant. J'aurais pu tomber cent fois plus mal.

Elle a ouvert les yeux aux premières lueurs du jour, pendant un court instant elle a flotté, se demandant si elle n'avait pas rêvé. D'autant qu'il ne ronflait plus. Mais il puait toujours. Elle l'a regardé dormir : longs cheveux presque rouges, une barbe de quatre ou cinq jours de même couleur et, visibles par la bouche entrouverte, de belles dents. Et un cou puissant, et des bras de forgeron — en plus gros. Et un poitrail...

Mais qu'est-ce que c'est que ce maroufle qui débarque en pleine nuit, qui me touche le cul, qui me parle dans un jargon encore plus ridicule que celui des Indiens et qui, surtout, ça c'est vraiment insultant, se couche près de moi sans même quérir de la lumière pour voir quelle face j'ai, ni comment je suis faite, qui ne me touche plus après m'avoir tapotée, et qui s'endort en ronflant aussitôt après. Je t'en ficherais, des bons Noëls !

Elle a quand même pris la précaution d'aller s'informer auprès de Nie Tout qui, comme toujours, dormait dans un coin de la pièce voisine et qui, comme d'habitude, était levée bien avant le jour. « C'est bien Wah Nah Maket qui est dans le lit ? — C'est lui. — Il n'aime pas les femmes lui non plus, comme Myrtille ? — Ça, ce serait vraiment nouveau. — Il les aime, oui ou non ? » Oh ! que oui ! « Aide-moi », a demandé Catherine-Marie. Elles s'y sont mises à toutes les deux mais elles sont parvenues à tirer les deux cent vingt ou trente livres hors et à bas du lit, elles l'ont traîné par terre et il dormait toujours. Elles l'ont mis tout nu, il dormait encore. Il a tout de même arrêté de dormir quand elle, Catherine-Marie, lui a flanqué dans la figure le contenu d'une jarre d'eau presque pas glacée.

... Puis une autre jarre déversée sur la chose que seuls les hommes ont *(qu'est-ce que j'en ferais, je me le demande)*.

— Méri crissmaass, Wah Nah Maket.

— Méri crissmaass, j'ai oublié ton nom.

— Tu le savais cette nuit. Je suis Tête de diable Pouillou. Et tu pues. Que ce soit clair : je ne veux dans mon lit aucun homme qui ne soit propre. Ça vient d'où, ça ?

Elle venait de découvrir une première blessure fraîche, sur le côté du torse. « Rien du tout. — Ce n'est pas une flèche qui t'a fait ça. Un couteau ? — Une lance. Ce n'est rien. — Ça t'est arrivé en chassant les Crows ? — Qui t'a parlé de moi et des Crows ? » Et un court moment elle a été saisie ; parce que le visage de l'homme jusque-là feignant d'être encore endormi, lui qui s'est laissé tirer hors et à bas du lit sans résister ni clabauder aucunement, parce que au seul mot de Crows, ce visage s'est durci et le regard jusque-là mi-clos de chat faisant la chattemite s'est ouvert d'un coup, l'œil bleu très clair est apparu, froid comme la mort et très féroce. « Je ne sais rien des Crows, Wah Nah Maket. À peine qu'ils existent, et encore. Tu as une autre blessure derrière la cuisse. »

Elle et Nie Tout l'ont presque entièrement lavé, elles achèvent de le faire, l'Indienne aux cheveux blancs passe un onguent sur chacune des blessures, applique sur celles-ci un emplâtre d'herbes et de boue.

— J'ai faim, dit-il.

Il se rhabille avec des vêtements propres, qu'est-ce qu'il est grand, tu n'as jamais vu quelqu'un de cette taille.

— Tu peux manger avec moi, dit-il à Catherine-Marie.

Merci de m'en donner permission, bonhomme, tu croyais peut-être que j'allais me tenir derrière toi comme un écuyer servant, et puis quoi encore ?

— Je veux bien, dit-elle seulement, à voix haute.

Ils mangent à la table, lui dans le fauteuil, elle sur le tabouret. Il va falloir trouver moyen de le tournebouler complètement, ce puy de dôme, parce que ce n'est pas demain la veille que Tête de diable acceptera d'être soumise à un homme. Ils mangent de la viande qui a été rôtie, qui est pas mal faisandée, qui est bonne de tendreté, et goûteuse. Lui la considère, tout en dévorant de ses grandes dents blanches.

— Je veux voir tes tétines, dit-il.

— Je ne sais pas.

— Comment ça, tu ne sais pas ?

— Je ne sais pas si j'en ai envie ou non.

— Je te mets un petit coup sur la tête et après je te regarde de partout et même je te prends.

— Et demain ou dans une semaine ou dans un an ou cinq, je te tranche la gorge et ce qui fait de toi un homme. Je n'ai pas dit non, remarque, pour les tétines.

Montre-toi tout de même un peu accommodante.

— Tu n'as pas assez de femmes que tu sois allé me faire chercher et capturer par tes Crees ?

— J'ai toutes les femmes qu'il me faut et plus encore. Toutes les femmes ont très envie d'avoir Wah Nah Maket sur le ventre.

— Ha ! ha !

— Ha ! ha !

— Ha ! ha ! Tu rêves.

— Je pense que je vais te donner un petit coup sur la tête.

— Vas-y.

Dieu merci, il ne bouge pas. Il est perplexe, comme qui dirait.

— Je t'ai fait chercher parce que tu es la seule femme de ma race dans ce monde.

— Tu ne verras pas beaucoup de différence entre moi et une Indienne.

Il engloutit assez de viande pour nourrir trois hommes, il boit de longues rasades de l'eau d'une gourde. Il rote par deux fois.

— Pour l'instant, je n'ai encore rien vu, dit-il. Même si tu es bien plaisante, quoique habillée. Tu es grande, surtout pour une femme, tu es plus grande que la plupart des hommes. Je suis très content que mes sujets…

— Tes sujets ?

En indien, il utilise le mot *esclave* affecté de l'adjectif *libre*. Il est malade de la tête.

— Je suis leur roi, dit-il en toute simplicité. Je suis très content qu'ils t'aient trouvée, prise et ramenée à ma capitale.

— Ta capitale. Ha ! ha ! Issoire est bien plus peuplée que ton village.

Il sourit — et il te faut convenir que, fou de la tête ou pas, il est vraiment très beau quand il sourit ; outre qu'il ne m'a pas encore forcée, avec ou sans coup sur la tête.

— Je ne connais pas ton Issoire. Tu es de France ?

— D'Auvergne

— Je ne connais pas ce pays.

— C'est en France.

— Donc tu es de France.

— Si tu veux.

— Et tu crois que je suis fou.

Tu t'es fait une opinion bien trop vite, Catherine-Marie. Regarde son regard. Il y a de la bouffonnerie dans sa façon de dire mes sujets *ou bien* je suis leur roi. *Prends-y garde et ne le sous-estime pas.*

— Je crois que tu rêves. Pas que tu es fou.

Il se lève avec une souplesse très imprévue et, surprise par cette vivacité si inattendue chez un gaillard de ce volume, elle se raidit et expédie sa main gauche rechercher le coutelas. Pour rien. Il passe près d'elle, va jusqu'à la porte, l'ouvre, ne sort pas, reste sur le seuil.

— J'arrive dans ce nouveau monde, j'ai quatorze ans. Je suis deuxième charpentier sur le *City-of-Bristol*. C'est une ville, Bristol. En ce temps-là, je suis très petit, malgré que mon père ait été grand. On me frappe, beaucoup. Je suis pourtant un très bon charpentier, meilleur que le maître, mais c'est pour ça qu'il me bat. Et ils me veulent, aussi, le maître et un autre, parce que j'ai de beaux cheveux et que je suis gracile.

J'ai de la peine à croire que tu as jamais été gracile, mais puisque tu le dis. Elle contemple la nuque de Wah Nah Maket et en aime bien le dessin.

— Nous arrivons à cet endroit du nouveau monde appelé Virginie. Le maître charpentier s'endort, après avoir bu. Je lui enfonce le ciseau d'une bisaiguë dans l'arrière de la tête, je nage jusqu'à la terre. Au jour, je suis loin.

— Le maître charpentier t'avait fait du mal ?

— Oui. Je marche pendant des jours, je mange le pain et le lard que j'ai emportés avec moi, je n'ai plus rien à manger, je me nourris de baies et d'herbes, je marche le plus loin possible de la mer et des endroits où sont les Anglais et je tombe. Des Indiens me trouvent, ils me soignent, me donnent à manger. Ils veulent me reconduire aux Anglais, je dis non, pour la première fois depuis que je suis né, personne ne me frappe. J'apprends la langue, la première de toutes celles que j'ai apprises.

— Tu en sais combien ?

— Plus que je n'ai de doigts à mes deux mains.

— Tu ne connais pas le français, et donc tu ne sais rien.

Il rit, sans se retourner, il doit fixer les eaux du lac scintillantes parce qu'elles sont gelées et que le soleil y allume des lumières qui éblouissent.

— Les Anglais et les Français sont des ennemis, dit-il.

— Je suis donc ton ennemie.

— Non. Je ne suis pas anglais, qu'ils soient maudits, je suis d'Irlande, et la langue de mon père et ma mère, la langue que je parlais enfant n'est pas l'anglais. Je reste des mois chez ces Indiens et voilà que je grandis, je n'en finis plus de grandir.

— J'espère que tu t'es arrêté, maintenant.

Il rit à nouveau — *tu le crois vraiment fou, Catherine-Marie ? Je crois qu'il ne l'est qu'un peu. Un peu plus que les autres hommes et encore ça n'est pas sûr, mais moins que d'autres. Il veut être roi ; pourquoi pas ?*

— J'ai une femme, des femmes pour la première fois. Les Anglais s'approchent, je m'éloigne, je quitte cette première tribu pour une autre et je m'en vais et je marche. Je grandis toujours et encore, je dépasse tous les autres hommes dans ce nouveau monde. J'atteins le Maesi Sipu et parce que je n'aime pas la chaleur je vais au nord. J'aime la pluie, l'eau et le froid. Je suis Wanamaker, je suis Celui Qui Rêve Grand, je ne suis pas encore le roi mais je le deviendrai. Tu ne me crois pas ?

— Je n'ai pas à te croire.

— Je débarque sur cette terre, je suis petit et faible, je n'ai aucun ami, pas de famille, je ne connais pas la langue, aucune des langues que les gens parlent dans ce monde nouveau. Et maintenant je suis très grand, presque autant qu'un ours gris, et presque aussi fort que lui, et je tue les ours gris avec mon seul couteau, j'ai une armée de presque trois cents hommes, bientôt j'en aurai cent de plus, et davantage. Un jour j'aurai mille hommes. Je suis fou, Tête de diable ?

Oui, si tu le mesures à ton aune, parce que toi, si tu as tué des hommes, tu ne l'as jamais fait que pour te défendre et pour venger la mort de Pouillou Pattu ; et parce que jamais il ne te passerait par la tête de t'en aller ouvrir la guerre contre quiconque, et pas davantage de te lever une armée pour toi seule, à ta seule obédience ; et enfin parce que de devenir roi, ou reine dans ton cas, ne te chaut pas du tout...

... Et non, parce que tu sais bien que c'est dans la nature des mâles que de vouloir dominer — enfin pas tous, mais un grand nombre ; et parce que celui-là a plus de raisons que la plupart de croire qu'il peut dominer...

... Et aussi parce que ce serait bien mieux que toi qu'il devienne roi des Indiens, au moins de suffisamment d'Indiens pour imposer sa loi à tous les Indiens de ce monde ; avec cette conséquence que toi étant sa femme, tu arriveras sûrement, un jour ou l'autre, à le convaincre de se lancer contre le Smaragdin et ses Sioux.

— Tu n'es pas fou, je ne le pense plus, dit-elle.

— Je vais te prendre pour femme.

— Je peux dire non ?

— Tu peux. Ça ne changera rien.

— J'ai vraiment le choix.

— Avec Lapin Blanc, j'étais marié. Elle est morte. Je vais me marier avec toi.

— Et tu vas prendre combien de femmes ?

— Toi et personne d'autre.

— Parole d'homme ?

Je ne vois vraiment pas pourquoi je parlemente : s'il veut me prendre sous le bras, puis sous son ventre, je ne vois pas comment je pourrais l'en empêcher.

... À supposer que j'aie envie de l'en empêcher.

Tu en as envie ?

Non.

Alors, arrête de parlementer.

— Parole d'homme d'Irlande, dit-il.

— Merci de ne pas m'avoir encore forcée, dit-elle.

— C'est une idée que j'ai en tête depuis cette nuit, pourtant.

— Merci.

Il se retourne, lui fait face, elle croit que le moment est venu — *ça y est, j'y passe (et laisse ton coutelas tranquille, triple buse, il y a dehors cinq ou six cents Crees qui te découperaient en tranches)* — mais non, il retraverse la pièce et va au grand coffre fermé ; et bien fermé, elle a essayé de l'ouvrir, en vain.

— Regarde, dit-il.

Il sort une clé attachée jusque-là à son cou et cachée sous un pectoral d'obsidienne, il ouvre le cadenas et relève le couvercle.

— Regarde ça.

Elle se penche et est pas mal déçue :

— Et alors ? Ce sont des pierres.

— L'arrière-arrière-grand-père du père de Devant le Tipi les a trouvées quand sa tribu et lui creusaient la terre pour élever une pyramide, à huit ou neuf lieues d'ici, au nord-est.

— Je ne vois que des pierres plates.

— Regarde mieux.

Des stries, gravées dans la pierre — les pierres. De grands traits verticaux ou horizontaux, allant deux par deux, et chaque paire enfermant des signes, parfois des flèches dans un sens ou un autre, ou bien de petits traits toujours rectilignes. Pour terminer ces étranges colonnes, le dessin d'un marteau[1].

— Ce sont des Indiens qui auraient fait ça ?

Non. A-t-elle jamais entendu parler des Northmen, des Hommes du Nord ?

— Les hommes du Nord, ce sont ceux qui vivent dans le Nord.

— Ce sont des Vikings.

— Et alors ?

— Ils sont venus ici, il y a très longtemps.

— Et alors ?

1. Il s'agit de runes vikings. En général, datées du XIVe siècle.

— Regarde cette pierre-ci.

Il la soulève, non sans mal ; elle occupait tout le fond du coffre et était enveloppée par une double épaisseur de peau. Il la dévoile. Un très grand dessin apparaît, celui d'un homme aux cheveux longs, avec d'épaisses moustaches et une barbe, tenant un bouclier rond et une épée à deux tranchants.

— Tu as déjà vu des Indiens avec une barbe, Tête de diable ?

— Je n'ai pas vu tous les Indiens.

— Ils s'ôtent les poils du visage mais ils n'en ont guère. Je ressemble à cet homme gravé dans la pierre.

Et il a raison, en plus. *Fais-lui plaisir :*

— Ce serait l'un de tes ancêtres ?

Il replace la plus grosse pierre au fond du coffre, après l'avoir recouverte des peaux, dépose de même les autres, referme le coffre.

— Je veux croire que cet homme était de ma famille, dit-il de sa voix lente et calme. Je veux croire que mes ancêtres sont venus dans ce pays il y a des centaines d'années.

— Et donc que ça te donne des droits sur ces terres.

— Oui.

Sans que rien l'ait laissé prévoir et avec une prestesse très surprenante, il allonge le bras, ses doigts se posent sur la nuque de Catherine-Marie et autour de celle-ci. Ils pressent un peu.

— Je serre encore et tu es morte.

— Sûrement.

— Je sais que tu as deux couteaux.

— Je ne vais pas m'en servir.

— Parce que tu as peur que les Crees te tuent si tu me tuais ?

— Pour cette raison, et parce que je n'ai aucune envie de me défendre de toi.

— J'aime la deuxième raison.

Il l'attire contre lui.

— Tu as eu combien d'hommes ?

— Trois.
— Tu ne mens même pas. Qu'est-ce que tu veux, maintenant ?
— Tu me soulèves et tu me portes sur le lit.
Il s'exécute, pour un peu il la tiendrait entre le pouce et l'index de chaque main, tant sont énormes et sa force et sa douceur. Il la dépose mais ne touche pas lui-même au lit. Elle s'assoit puis s'agenouille, ôte la forte chemise en peau d'élan, la fine chemise en peau de daim. Il l'observe.
— Myrtille me l'avait dit.
— Dit quoi ?
— Que tu as de très belles tétines.
— Elles sont trop grosses.
— Je ne trouve pas.
— Tu étais sûr que Myrtille ne me toucherait pas ?
— Oui. C'est un homme très droit, en plus. Il m'a dit que toi et lui vous étiez devenus amis.
— Tu parles ! C'est le seul qui puisse entrer dans cette maison avec Toboggan.
— Qui d'autre voudrais-tu ?
Attention ! C'est que le ton a soudain changé. Oh, certes, il est très calme, mais sous ce calme...
— Je ne veux personne en particulier. Mon père Pouillou Pattu me contait souvent l'histoire d'enfants qui se perdent dans la forêt, et ils entrent dans une maison, et il y a dans cette maison une femme avec ses neuf enfants, mais pas d'homme, et le plus intelligent des enfants perdus dans la forêt comprend qu'ils sont dans la maison de l'Ogre...
Elle cherche comment traduire *ogre* en indien, mais Wah Nah Maket a compris, il connaît le mot qu'elle a prononcé, simplement lui dit *oguer* mais c'est pareil, c'est un monstre qui mange les gens, les petits enfants surtout, ça n'existe pas.
— Et je suis un ogre pour toi ?
— Jusqu'à ce que tu reviennes chez toi, oui. Plus maintenant.
Elle se masse les tétines de ses paumes, un peu

pour les réchauffer, mais pas tant pour cela. Elle l'attire à elle.

— Plus maintenant.

C'est bon, mais sans plus, tu es un peu déçue, reconnais-le : d'un colosse pareil, tu aurais pu t'attendre à mieux. Il te l'a fait trois fois, c'est bien, remarque (après tout, le capitaine des gardes-françaises, à deux, il se dégonflait et devenait tout flasque). Elle considère Wah Nah Maket. Il dort. Sur le ventre. Pouillou Pattu aussi dormait souvent sur le ventre, qu'il eût bu trop de vin ou pas, elle se demande si les hommes ne dorment tant volontiers sur le ventre à seule fin d'empêcher qu'on les cisaille pendant leur sommeil.

Il dort puisque en somme il a eu une nuit plutôt courte, elle ne sait pas quand c'était mais il a dû rentrer, dans la maison et dans le lit, peu de temps avant l'aube. Et puis peut-être que ça fatigue beaucoup les hommes, ces choses *(pour les femmes, non, en tous les cas pour moi, je recommence quand on veut — quand* il *veut. Fais attention à ce que tu penses, Nie Tout t'a bien expliqué que les Indiens tiennent beaucoup à la fidélité de leurs femmes — imagine que souvent, quand ils partent à la chasse ou à la guerre, ils te leur mettent des ceintures de chasteté, en cuir — si, si. Comme quoi il n'y a pas que dans mon pays...).*

Elle sort du lit, passe dans la pièce voisine, pour de petites ablutions. Nie Tout est là, comme d'ordinaire ; à son habitude, elle travaille ainsi qu'une femme doit le faire, en excellant à ce qu'elle fait : elle brode avec du piquant de porc-épic ou bien coud des mocassins, ou tanne une robe, ou encore tanne et coud des parois de tipi en peau ; Nie Tout tient un compte très scrupuleux de tous les travaux qu'elle a ainsi effectués depuis le temps lointain où elle a eu ses premières règles. Elle tient ses comptes par des encoches rondes faites dans la poignée de ses six grattoirs en corne de wapiti polie. Les encoches sont rouges en haut, noires en bas. Une encoche noire représente le tannage d'une robe, ou la couture d'une paire de mocassins ; une rouge vaut dix peaux tannées ou un tipi complet. À partir de cent robes ou de dix tipis fabriqués, Nie Tout a tracé un cercle noir à la base de la poignée de son grattoir. Ses six grattoirs portent vingt-huit cercles, et un vingt-neuvième devrait bientôt s'ajouter aux précédents.

— Il est très doux.

Le regard de Nie Tout quitte très fugitivement son ouvrage, se porte vers la chambre, revient sur la tunique d'homme qu'elle décore de franges et de piquants de porc-épic. Catherine-Marie sait que, selon les usages, il est très discourtois de regarder dans les yeux quelqu'un qui s'adresse à vous.

— Vraiment très doux, dit-elle encore. Nie Tout, il était aussi doux avec Lapin Blanc ta fille ?

— Oui.

— Et avec ses enfants ?

— Oui. C'était un très bon père.

Une certaine sécheresse dans le ton de Nie Tout d'ordinaire si paisible. *Parbleu, c'est parce que je parle de sa fille, et que je me mets, moi, sur le même pied que Lapin Blanc. D'accord, j'enfonce le clou, mais par la mort-Dieu, il faudra bien qu'un jour quelqu'un se décide à me parler de Wah Nah Maket et des Crows !*

— Je crois qu'il est bien plus doux qu'il ne l'a été avec n'importe quelle autre femme avant moi. Lapin Blanc y compris, ceci dit sans vouloir t'offenser.

(Tu parles !)

Nie Tout ne bronche pas. Mais tu as remarqué le petit tremblement de sa main. Elle s'endêve.

— Je crois que c'est un homme très doux au naturel. Surtout avec les femmes et surtout avec moi. Il a beau être très grand et fort comme un bison, il est bienveillant. Je suis de sa race, je sais lire les hommes comme lui, je suis sûre qu'il ne ferait de mal à personne.

Reniflement sarcastique de Nie Tout, sur la tempe de qui une veine bat violemment — elle est foutument en colère. *Pousse-la encore un peu, c'est bon, tu y es presque.*

— Ta fille n'était pas de sa race, forcément elle ne pouvait pas lire en lui comme je le fais. Elle ne pouvait pas lire toute la douceur et la bienveillance…

— Sauf avec les Crows.

Fais celle qui n'a pas entendu, elle n'est pas encore prête à parler.

— Je crois que Wah Nah Maket m'aime beaucoup. Et même plus que sa vie, plus que n'importe qui au monde.

Ça y est : le piquant de porc-épic dérape et manque son faufilage.

— Plus que ta fille Lapin Blanc, bien sûr, puisque moi je suis de sa race.

Et ça arrive enfin, la tête de Nie Tout se relève, le regard se braque sur Catherine-Marie et il est brûlant d'une vraie fureur.

— Wah Nah Maket aimait ma fille plus que tout. Les Crows la lui ont tuée, ont tué les enfants qu'elle lui avait donnés, il pourchasse les Crows, depuis des printemps et des printemps, il les tuera jusqu'à sa propre mort.

— Il les met en croix, je sais. J'ai vu quatorze Crows mis en croix.

— Tu n'as rien vu. Les hommes sur les croix avaient été mis là par Devant le Tipi qui pense qu'il est un grand chef de guerre et essaie de le montrer en tuant le plus possible d'hommes et de femmes, et sans raison. Wah Nah Maket, lui, traque les Crows, il les affronte seul, avec son couteau et rien d'autre, il les surprend, il leur coupe les mains et tranche les tendons de leurs jambes, puis il leur ouvre le ventre, il détache leur foie et il le mange.

— Cru ?

Quelle question idiote, Tête de diable, elle t'aura échappé. Tu t'attendais à quelque chose de pas tout à fait ordinaire, mais…

— Cru, dit Nie Tout.

... *Mais à ce point!*

Elle repart jusqu'au seuil de la chambre, elle contemple le beau visage de Wah Nah Maket qui, endormi, a tant et tant de douceur et quasiment d'enfance sur ses traits.

— Nie Tout, j'espère que tu voudras bien me pardonner, pour tout ce que j'ai dit à propos de ta fille Lapin Blanc. Je ne crois pas du tout, je n'ai jamais cru que Wah Nah Maket l'aimait moins qu'il m'aime ou m'aimera un jour, je ne crois pas et je n'ai jamais cru à deux races, ou trois, ou vingt. Il n'y a qu'une race unique, et nous en faisons tous partie.

— Tu voulais me mettre en colère pour me faire parler.

— J'y ai réussi, il me semble. Tu me pardonnes?

Nie Tout s'est remise à ses travaux et désormais ses gestes sont très sûrs et très précis; elle est d'une dextérité renversante, pour ces choses.

— Je vais réfléchir, dit-elle.

Catherine-Marie lui sourit, sans qu'aucun frémissement dans le visage à nouveau modestement baissé de l'Indienne aux cheveux blancs fasse écho à ce sourire. Elle reporte son regard sur le dormeur, demande:

— De combien de Crows a-t-il mangé le foie?

Soixante-huit. À cent, il s'arrêtera. Peut-être. Un jour, en riant, Wah Nah Maket a dit que finalement c'était plutôt savoureux, et même très succulent (passé les vingt-trois premiers), le foie de Crow tout juste tranché sur un Crow vivant.

Oh! mon Dieu.

Soixante-huit. Et savoureux et succulent. Je vais vomir. Et je le croyais vraiment, que c'était l'homme le plus doux de la terre.

— Demain, dit Nie Tout, vous vous mariez, Wah Nah Maket et toi. Tout est prévu. Il te faudra mordre le serpent et respecter tous les rites.

— J'ai le choix?

Non.

Environ un mois plus tôt, à peu près en ce temps où, en des terres de plus en plus lointaines à mesure que passent les jours, on a dû célébrer Noël, Pissarugues et lui se sont mariés. Pas ensemble : ils ont épousé les deux sœurs. Qui Déchire en Morceaux (Oyu'pota) pour le géant de l'Ariège, Aile Noire pour François. Aile Noire a quinze ans. Deux ans de moins que sa sœur aînée. Elle est mince et souple, ses yeux sont admirables, de l'avis de François Villon, ils sont un peu fendus. La bouche est pleine avec une forte lèvre inférieure, ses seins sont petits mais très fermes, ses hanches mignonnes et rondes, elle a des mains merveilleusement gracieuses, petites avec des doigts très effilés — Deux Pas l'a mis en garde : Aile Noire n'est pas tant experte, s'agissant de broder et de coudre les peaux, son racloir en corne a peu d'encoches, et presque toutes noires, très peu de rouges. « Mais elle sait à peu près cuisiner, elle fait bien les saucisses. — C'est elle que je veux. Si je peux l'avoir. — Cela dépendra de Quatre Sources son père. S'il accepte tes cadeaux. Et ceux de ton frère Douce Montagne. »

Comme toujours, la cérémonie de mariage a été fort simple. Il a surtout fallu franchir l'obstacle de l'accord de Quatre Sources, père des deux jeunes filles. François Villon et Pissarugues ont entassé les cadeaux près de son tipi, sous l'œil amusé des autres membres de la tribu. Une superbe peau d'ours notamment, provenant d'une bête tuée par l'Ariégeois, grand expert en ce genre de chasses ; plus d'autres fourrures ; plus des peaux ; plus deux très beaux racloirs généreusement fournis par Deux Pas, à titre amical. Les cadeaux n'ont pas été touchés.

— Ça veut dire que Quatre Sources les refuse, Deux Pas ?

Exactement. Après tout, Quatre Sources est l'un des plus braves et des plus sages et des plus respectés guerriers de ce clan-ci. L'avoir pour beau-père ferait de son gendre — ou de ses gendres — des personnages de très bon rang.

— Nous pourrions donner nos ceinturons, a proposé Pissarugues.

Et retenir les culottes avec des lacets ? Mais bon, d'accord.

Sauf que les ceinturons n'ont toujours pas emporté la décision. Je ne peux tout de même pas m'en retourner en France pour acheter de la vaisselle, ou des chapeaux, ou des gants, ou des marmites de cuivre.

— Nos bottes, Antoine.

Les bottes sont venues s'ajouter à l'empilement.

— Vous y êtes presque, à mon avis, a dit Deux Pas quasi hilare, et dans tous les cas pouffant derrière sa main, bien que le reste de son visage demeurât impassible.

— Nos couteaux ?

— Pas les couteaux, a dit François Villon. En aucun cas. Je préférerais rester célibataire jusqu'à la fin de mes jours. Et pourquoi pas mon épée, pendant que tu y es ?

(C'est que justement une idée me trotte par la tête, s'agissant de nos armes.)

Ils ont passé en revue ce qui leur restait de leur vie antérieure, en un autre monde et un autre temps. Des chemises fort effilochées, deux hauts-de-chausses, pour François une bourse qui contient encore quelques pièces…

— Ça plairait à Quatre Sources ?

— Ça sert à quoi ?

— C'est de l'argent, de la monnaie, on achète des choses avec. À manger, à boire, à se vêtir. Ou des objets.

Bon, même Deux Pas qui pourtant n'est pas sot du tout voit mal quel usage l'on pourrait faire de ces choses rondes et dures. Un collier à la rigueur. Encore faudrait-il les trouer — et du diable si je sais comment faire, je ne suis pas forgeron, Pissarugues non plus —, et puis avant toute chose François Villon, qui donc ne veut absolument rien changer de ce nouveau monde, est très déterminé à n'y introduire aucune des inventions de l'ancien (qui, à ce jour, n'a pas tant prouvé qu'il était supérieur, au contraire).

... Dans les bagages des deux hommes venus d'Europe il y a encore deux briquets (mais l'une des pierres est très usée et l'autre ne vaut guère mieux), une vieille sabretache de cuir, bien racornie, qui enferme les deux livres que François traîne avec lui — les *Essais* de Michel de Montaigne et le *Don Quichotte de la Manche* de Miguel de Cervantes Saavedra, l'un et l'autre dans leur édition d'origine...

Non plus, a dit Deux Pas, interrogé sur le poids qu'aurait l'offre d'un livre à Quatre Sources. Aucun poids, est-ce que ces choses brûlent, au moins ? Ainsi elles ne seraient pas tout à fait inutiles.

Rien d'autre dans le fourniment ; hors les armes, donc.

— Ce que tu as au cou, Pissarugues.

— C'est un chapelet qui vient de Terre sainte.

— Et moi je suis Henri de Navarre. Donne.

François lui-même se défait d'une bague à la chevalière qu'il eût pourtant juré ne jamais ôter de son annulaire gauche. Une *principessa* de Florence lui en a fait don, après qu'il l'eut rendue folle — dans un lit, voire dans l'herbe, *ma come faï* pour être aussi ensorcelant, petit comme tu l'es. Pas petit de partout, ma bonne dame.

— Deux Pas, nous donnons au père de nos promises ce que nous avons de plus cher. Au-delà, ce sont nos propres yeux qui seront jetés sur le tas déjà énorme.

Au matin suivant, les cadeaux avaient disparu, Deux Pas a prononcé deux courts discours très identiques, dans lesquels il faisait à François Villon et Antoine Pissarugues recommandation de ne pas tuer leurs femmes, d'éviter si possible de les battre, de chasser pour elles et les enfants qu'elles ne manqueront pas d'avoir, et ça a suffi comme ça. Deux Pas a mis les mains des deux sœurs dans la main des deux hommes. Chaque couple est parti vers son tipi, la douzaine de badauds s'est dispersée.

— Tu peux divorcer quand tu veux, Celui Qui Danse.

— Merci. Une autre fois, peut-être.

Aile Noire s'est révélée, se révèle chaque jour un peu plus douce mais ferme dans ses comportements. Elle a honte de n'être pas experte en couture. Elle secoue la tête quand François lui dit que vraiment c'est là chose de peu d'importance à ses yeux à lui : quand même, elle a de la vergogne, cela la fait très quinaude. Heureusement qu'elle sait cuisiner ; ses pâtés et ses saucisses sont des merveilles. Outre cela, elle est fort propre, elle sent bon de tout son corps, quelle jouissance que de la humer de partout ; jusqu'à sa bouche qui a de ces fraîcheurs d'enfance, mon Dieu. Et elle se prête si bien à l'amour, à toutes les choses de l'amour, aux caresses les plus délectables, qu'elle les reçoive ou les prodigue — même si la bienséance sioux exige que l'on ne montre rien, mais vraiment rien, de l'attirance que l'on éprouve l'un pour l'autre, en public ; il ne saurait même être question de se mignoter ; deux regards qui se croisent, déjà, c'est de la dépravation.

Je m'énamoure d'elle.

C'est incroyable.

Au point qu'il l'emmène, sous prétexte de chasse. Une façon d'échapper à l'omniprésence de la tribu (quoiqu'il se reproche de ne pas toujours supporter cette constante promiscuité si communautaire). Ils partent tous les deux, avec leur petit tipi de voyage, leurs fourrures — dont cinq magnifiques peaux de loup, données par Deux Pas —, ce qu'il faut pour cuisiner. Et des armes. C'est encore le temps où il trimballe son épée et ses couteaux à lancer, en plus de deux tomahawks de pierre, une lance, un arc et des flèches. Il n'est pas très bon tireur à l'arc, ne l'a jamais été, ne le sera jamais, quelque leçon qu'il a pu prendre. En revanche, il est assez adroit à la lance, mais sans plus, et surtout d'une virtuosité qui surpasse même celle de Deux Pas ou autres guerriers très confirmés, dans le lancer du tomahawk. Ce sera son entraînement à projeter des couteaux. À plus de vingt pas, il fracasse une pierre coincée dans une enfourchure d'arbre — et sans toucher la plante.

Simple exercice, bien que des milliers de fois répété au cours des derniers mois. Il n'a tué personne, dans ce nouveau monde.

Ils sortent sept ou huit mois, Aile Noire et lui. Tout leur équipement entassé sur le filet de cuir tendu entre deux grandes perches, à une extrémité desquelles un harnais est fixé, qu'il enfile, notamment la lanière frontale. Ils vont loin, jusqu'à dix ou douze lieues dans la journée, et autant les jours suivants. Ils vont à l'ouest, toujours. En somme, pense-t-il, je répète la route que nous ferons au printemps, si Deux Pas parvient à entraîner sa tribu, voire d'autres. Il rêve de montagnes, des vraies, et pour l'heure recherche le moindre monticule. Pour s'y hisser et, dans cette grise lumière hivernale, tenter de voir plus loin, vers là où le soleil se couche. Quelle obsession est décidément la sienne.

Il va se souvenir de cet hiver-là. Se rappeler par exemple cette fois où, fouillant un amas rocheux (les blocs y sont moussus, non pas verts mais grisâtres, et sous cette végétation de steppe, la pierre se révèle admirablement multicolore, du rouge quasi cramoisi à un certain bleu vraiment étrange), fouillant donc en quête d'un abri, ils éveillent un ours. Le fauve se montre aussitôt fort acariâtre, François le tue. Sans plaisir, mais avec une épaule lacérée. Il n'a jamais été chasseur dans l'âme et rejoint en cela les Sioux, qui ne tuent jamais que par besoin impérieux. Et au demeurant la petite grotte ainsi libérée s'avère épouvantablement puante — pas question d'y dormir.

Il y a encore cette autre fois où une rencontre a lieu avec une compagnie de loups, et le couple passe huit à neuf heures sur un arbre. Trouvant pourtant le moyen de se câliner à cinq toises au-dessus du sol...

... Et cette autre où ils sont aperçus par une équipe d'Arikaras.

Où le sang coule.

L'avant-veille, Tsal le Mic-Mac et les Algonquins ont quitté le campement. Route à l'est, pour eux. Ils rentrent chez eux, comme convenu, pour remplir la mission qui leur est assignée depuis l'année précédente. Marchant sur les traces de l'aller, ils vont regagner Tadoussac et le Saint-Laurent — et dans le seul cas de Tsal, l'Acadie, pour le cas où. On doit être en février, ils devraient donc, tous ou en partie, être de retour au début de l'été. « Je te retrouverai où que tu sois, a dit Tsal, même si tu t'en vas très loin vers le pays où le soleil se couche. — J'irai peut-être plus loin encore. — Je te retrouverai. Et je les conduirai à toi. »

Aile Noire et François Villon prennent la piste bien avant l'aube, le pavois assez lourdement chargé. Il fait un froid du diable, mais le temps est très beau, l'air est d'une limpidité de cristal, les étangs sont gelés et de même tous les rus. L'avance est rapide, ils sont en terrain familier, c'est la route qu'ils prennent d'ordinaire et ils en connaissent tout. Quatre bonnes lieues durant les deux premières heures, en sorte que, quand l'aube se montre, ils ont atteint le tumulus quasi pyramidal que, à en croire les très anciens de la tribu, les ancêtres ont édifié, peut-être deux ou trois cents ans plus tôt (pour autant que la mesure du temps soit exacte, et même ait une signification pour des Sioux). Ils le dépassent sans marquer de pause, contrairement à leurs expéditions précédentes. Un paysage plat les attend, au-delà. Des mares, des étangs, des lacs en succession et tout cela relié par un enchevêtrement de ruisseaux, de minuscules rivières. Ce serait un monde très aquatique si le froid n'avait pas tout pétrifié. La neige est peu profonde mais dure. Peu ou pas d'eau courante à cause du gel. Les arbres se regroupent en bosquets ou s'alignent, ce sont des trembles, des bouleaux, des mélèzes, des pins-jacquiers; plus rares sont les chênes et les sapins. Nulle part l'horizon ne se dégage. Odeur de vase parfois, mais le plus souvent cette senteur acide des hivers.

Il tue un orignal le deuxième jour. Presque par maladresse pure: il visait le cœur avec ses premières flèches, naturellement il l'a manqué, mais il est advenu cette chose extraordinaire qu'un projectile a sectionné quelque tendon de la bête, qui du coup s'est traînée. Il l'a achevée au tomahawk. Je suis grotesque, Deux Pas me verrait faire, il pleurerait, de rire.

— Fatiguée?

— Non.

Ils ont dû se mettre à deux pour tirer la lourde charge du pavois, à présent augmentée par le poids de toute cette viande fraîche (nous allons attirer tous les loups du nouveau monde).

Le troisième jour, s'étant hissé en haut d'un arbre, il a vu dans le grand lointain ce qui a tout l'air d'un fleuve, et aussi, bon, peut-être pas des montagnes, mais quelque chose comme des presque collines, enfin des buttes. Son grand rêve des hautes montagnes de l'Ouest (il n'a jamais rencontré personne disant les avoir vues, de ses yeux vues, mais seulement trois ou quatre hommes, lors de son premier voyage, qui en avaient entendu mentionner l'existence, et encore était-ce, somme toute, l'histoire de l'homme qui a vu l'homme qui a vu l'homme qui a vu le loup), ce grand rêve flamboie, ainsi d'un grand brasier rougeoyant et qui soudain repart en très hautes flammes, à raison du bois sec qu'on y a déversé.

— Elles n'existent peut-être même pas.

— Je ne comprends pas de quoi tu parles.

— Je parle de mes montagnes, Aile Noire. Tu es très belle, vue du ciel, j'envie les aigles qui peuvent planer doucement en t'admirant.

Elle pouffe, ses grands yeux noirs pleins de malice — et voici bien une chose qu'elle a apprise de lui, et de leur coexistence : rire et un peu se moquer très gentiment. Ô mon Dieu, qu'elle est douce, si je n'avais couvert ces milliers de lieues pour aucune autre raison qu'elle, et son sourire, et sa tendresse et son corps contre le mien, je ne me serais pas harassé pour rien, mais bien pour tout ce qui compte au monde.

Ce n'est que le quatrième jour, plus loin à l'ouest qu'ils aient jamais poussé, qu'ils atteignent le fleuve. De celui-ci les eaux ne sont pas figées et faites de glace, elles roulent, elles sont d'un brun roussâtre, ce sera la Rivière Rouge que Deux Pas a vue une seule fois.

— On traverse.

Il pénètre dans l'eau qui n'est pas des plus chaude, Aile Noire s'engage derrière lui.

— Tu ne sais pas nager.

— Apprends-moi.

Pas aujourd'hui, ni dans les jours suivants, on est en hiver que diantre. Il confectionne un radeau, il coupe une gaffe, ils font terre deux ou trois cents toises plus en aval, ils sont trempés, et en un endroit où les abris ne foisonnent guère. D'autant que, s'il reste trois heures de jour, c'est le bout du monde.

Ils vont droit devant eux, plein ouest toujours, quoique contraints d'appuyer à main gauche en raison de la présence de marécages où la progression serait difficile à cause de buissons de sorbiers des oiseleurs, d'érables nains, de framboisiers, de lierre ou de sumac, et où, de surcroît, le chargement pourrait s'enfoncer dans quelque trou d'eau invisible. Ils ne sont jamais allés si loin vers le soleil couchant et au vrai il sent qu'il s'emporte, s'abandonne à sa folie.

Traces humaines mais peu récentes, vers midi le cinquième jour. Quatre hommes ont campé là, sous un abri de branches, peut-être une dizaine de jours plus tôt.

Des Ojibwas, semble-t-il. Mais nous sommes à la limite sud de leur territoire.

Et les Ojibwas sont en guerre contre les Sioux depuis des temps immémoriaux. De la même façon que les Sioux sont brouillés à mort avec les Iroquois, les Arikaras, les Crees, les Mandans, les Hidatsas, les Assiniboines, les Gros-Ventres, les lointains Pieds-Noirs... Et les Crows, les Shoshones, les Utes, les Pawnees, les Poncas, les Omahas, les Iowas, les Illinois...

— Ton peuple a vraiment le don de se fâcher avec tout le monde, Aile Noire.

— Les Cheyennes sont nos amis.

Ce sont bien les seuls.

Ils sont parvenus à ces buttes que François avait remarquées dans le lointain. Ce sont deux élévations de terre, constituées de main d'homme, et depuis fort longtemps, à l'évidence. Leur forme est là encore celle d'une pyramide, bien que le temps passé en ait bien rogné la silhouette. Encore quelques décennies ou un peu plus et il n'en restera rien — mais je serai mort. Ils établissent leur campement dans un bosquet de saules et de trembles, cela semble être le seul abri possible à des lieues à la ronde. Rester à découvert serait dangereux, puisqu'il y a du passage. Pourtant, à peine ont-ils terminé leur installation et dressé leur tipi, et tout juste vient-il d'effectuer un petit tour de reconnaissance des environs, qu'il tombe dans ce qu'il croit d'abord être une fondrière. Sauf que les bords en sont bien rectilignes, on dirait un fossé — et de plus de quatre pieds — creusé de main d'homme, même s'il est par endroits à demi comblé et très envahi par des épinettes. Il le suit, constate qu'en raison d'un ancien creusement, il descend de plus en plus sous le niveau du sol. Et la direction est celle du tumulus, exactement vers un fort rideau de végétation. Une entrée secrète. Son imagination s'enflamme à la seconde. Il se faufile dans le fourré épais, entre des fûts de bouleaux et d'ormes, et soudain sous ses doigts sent bel et bien le battant d'une porte de rondins fort vermoulus.

— Aile Noire ?

Des coins de bois fixent solidement le battant. Unissant leurs efforts, ils arrivent enfin à ôter cette sorte de porte sans la briser. Un conduit se montre, de deux pieds environ de diamètre.

— Tu as déjà vu des choses comme celles-là ?

Aile Noire secoue la tête, intriguée elle aussi, bien que moindrement. La torche qu'ils allument révèle que le conduit d'à peu près deux toises s'achève sur une vraie chambre souterraine, exiguë certes, au point qu'on ne peut s'y tenir debout (il manque un demi-pied pour ce faire), mais suffisamment longue pour qu'il soit possible...

— Tu veux t'installer là ?

— Comme tu voudras, dit-elle.

Il la sent un peu inquiète, elle qui jamais n'a eu au-dessus d'elle que les peaux d'un tipi. Il promène la torche et découvre les deux cadavres. Un homme et un enfant qui devait avoir huit ou dix ans au moment de sa mort, un, voire deux ou trois siècles, plus tôt. Les peaux dont les corps sont enveloppés s'effritent quand il les touche, des cheveux et des lambeaux de vêtements sont tout ce qui subsiste sur les squelettes.

— Je ne veux pas profaner une tombe.

— Comme tu voudras.

— Ne me réponds pas tout le temps : comme tu voudras. Tu as le droit d'avoir une opinion. Tu en as une ?

Elle ne veut pas être enfermée sous la terre.

— Au moins, c'est clair.

... Enfin, pas si clair que cela : la torche improvisée ne donne plus guère de lumière. Suffisamment pour qu'il avise une petite série de pots de terre, dont le sommet est fermé, et aussi, plaquée à la paroi de terre très dure étayée par des poteaux de bois relativement bien conservés, une chose étrange.

— Sors, Aile Noire, je te rejoins.

Il touche cette chose qu'il distingue de moins en moins. C'est lisse et doux, on dirait de l'ivoire. Les doigts de François remontent jusqu'à un sommet qui se révèle pointu.

Une corne ? De cette taille ?

D'un coup, la chose vient et tombe, il la ramasse et, raflant au passage l'un des pots de terre, il s'engage à son tour dans le conduit, fort soulagé de se retrouver à l'air libre. L'objet est bel et bien une corne, et très arquée, et très grande, une toise et demie pour le moins, voire davantage si l'on ne tient pas compte de la courbure, si cela pouvait être étiré et aplati. Je n'ai jamais vu de ces animaux appelés éléphants comme il s'en trouve en Afrique et comme en avait messire Hannibal, mais à ce que m'en a dit le révérend père Guerrini, leurs défenses ne sont pas si grandes...

... Et puis il y aurait, ou bien il y aurait eu des éléphants dans ce monde-ci ?

— Jamais, dit Aile Noire à la question de savoir si elle a vu de tels monstres ou si elle en a entendu parler.

La partie la plus épaisse de la corne, sa base donc, est sertie dans une très belle pierre fort soigneusement polie, où sont enchâssées des pierres précieuses.

Parmi lesquelles, ou il se trompe fort, des diamants, des rubis et des saphirs. Sans parler de ces deux couronnes de jade.

Il y a là de quoi acheter quatre rues de Paris, pour le moins.

Il n'est pas possible que ces pierres aient été trouvées sur place, dans ce pays où ils sont, ou du moins dans la partie de ce pays qu'il connaît.

Quant à l'ivoire lui-même, il est extrêmement jauni. François a vu à Séville et Cordoue des cornes (bien plus petites évidemment) provenant d'éléphants ou de rhinocéros. Certaines avaient plus de six cents ans et semblaient pourtant bien plus fraîches que celle-ci.

— Il va neiger, annonce Aile Noire.

Ils ont regagné leur tipi, allumé un feu. Le ciel se plombe tandis qu'il fait moins froid et que l'air s'immobilise ; en somme, que le plafond des nuages soit si bas convient assez à François : la déjà mince fumée de leur feu de camp sera moins visible.

Il se décide à ouvrir le pot, que fermait une rondelle de terre, scellée sur son bord circulaire par un gobetis qui est peut-être de la cire d'abeille. Il doit se servir de la pointe de la lame de son coutelas. À regret : c'est bel et bien une profanation, et il s'est pourtant juré de ne rien modifier de l'état des choses, ici. La rondelle délicatement détachée s'ouvre, le contenu du pot se révèle, fort reconnaissable bien que séché : un cœur humain.

La neige se met à tomber, d'abord fine puis par flocons épais. Au moins servira-t-elle à effacer les traces qu'ils ont laissées, et aussi à justifier, s'il en était besoin, la longueur de leur absence aux yeux de la tribu.

Ils vont rester trois jours quasiment claustrés, hors quelques rares sorties nécessaires. Ils font l'amour, mangent et dorment. De tous les souvenirs qu'il va conserver de ce temps, celui-là sera le plus beau, et le plus déchirant.

L'aube du quatrième jour de leur campement n'est pas encore levée. Il règne l'un de ces prodigieux silences qui écrasent la terre, dans les heures qui suivent la fin d'une grande chute de neige. Et de celle-ci, tu sens l'odeur, qui envahit la tente de cuir. Un moment plus tôt, Aile Noire s'est très silencieusement glissée hors du chaud refuge des fourrures de loup. François l'a néanmoins entendue, il a au passage caressé la rondeur d'une hanche. Il ne dort pas, il sommeille. Au pis, une très légère appréhension lui vient. C'est qu'il aperçoit un petit coin de ciel, par un interstice de la porte de peau, et un autre par l'ouverture tout en haut, qui sert à évacuer la fumée ; et ce ciel, si certes il n'est pas bleu, n'en est pas moins assez clair ; le plafond est remonté. Si bien que, sans tout à fait sortir de la tiédeur des fourrures, il verse sur le feu central un peu de la terre prévue à cet effet. La fumée cesse de monter, qui d'ailleurs était à peine perceptible

Qu'est-ce qu'elle fait ?

Il se chausse, les deux paires de mocassins l'une sur l'autre, enfile une culotte supplémentaire puis la lourde casaque. Il va se saisir de ses raquettes quand le cri lui arrive. Ce cri est encore dans l'air que déjà il court, s'étant rué au-dehors.

Il suit la trace d'Aile Noire, de qui il n'entend plus rien. Il pioche dans une neige de plus de deux pieds de haut, il enrage, il a peur. Il tient son épée dans la main gauche et, dans la droite, la ceinture et le baudrier à quoi il a attaché ses couteaux à lancer et son coutelas.

Des traces — d'homme — se sont imprimées à côté de celles d'Aile Noire. Un seul homme.

Et à y bien réfléchir, dans ce cri qu'elle a poussé, il n'y avait pas de peur ; c'était davantage un appel, ou une mise en alerte.

Il débouche en trombe hors du couvert des arbres. Aile Noire est là, au bord de l'étang dont ils ont brisé la glace pour puiser de l'eau, elle est aux prises avec un grand diable emplumé (deux flèches d'aigle piquées dans ses cheveux indiquent qu'il a marqué deux coups, soit en tuant deux ennemis, soit simplement en les blessant, voire en les touchant). Elle vient de tomber sur le dos mais n'en continue pas moins à se débattre et très farouchement, frappant de ses deux pieds. L'homme rit, il a visiblement en tête bien autre chose qu'un meurtre, tu ne t'en tireras pas pour autant, mon bon. François court sur la glace recouverte de neige, il n'est plus qu'à une dizaine de foulées quand l'autre découvre son arrivée. Tout va se jouer sur le fait qu'il a passé autour de son poignet la bride de son tomahawk, n'ayant pas pensé qu'il pouvait avoir à le lancer. Il tente de le dégager et ce temps de retard suffit : l'épée lui entre dans le ventre, juste sous les côtes, elle s'enfonce d'un pied, François la relève et pointe vers le haut, dans le même temps qu'il évite la hache de pierre. Il frappe ensuite de son coutelas, à la gorge cette fois. L'homme s'abat, inondé du sang qui jaillit de sa gorge ouverte. C'est un Arikara, à en juger par les détails de ses vêtements et les peintures de guerre de son visage.

— Ça va ?

Question à Aile Noire maintenant assise par terre, et qui porte la trace d'un coup sur sa pommette gauche, outre que sa bouche est quelque peu tuméfiée.

— Arikara, dit-elle.

— Je sais.

— Il y en a d'autres.

Et de désigner un groupe de sept ou huit hommes qui accourent — mais ayant encore toute la longueur de l'étang à parcourir.

— Tu peux courir ?

Elle acquiesce, prend la main qu'il lui tend, se relève.

— Tu fais comme prévu, Aile Noire.

Elle s'élance. Il est très calme, à son ordinaire en pareille occurrence. Ce sera quelque trait de son caractère, sans qu'il y soit pour grand-chose, qui le fait impavide dans les grands moments de danger. Il regarde avancer la petite troupe.

Tu viens de tuer ton premier homme dans ce nouveau monde, il fallait bien que ça arrive.

Coup d'œil sur sa droite et en arrière de lui : Aile Noire a disparu. Il ne doute pas une seconde qu'elle soit en train d'effectuer les gestes et les mouvements que, pour plus de sûreté, il lui a fait répéter, au cas où un péril de ce genre les menacerait. D'ailleurs, il l'entend qui ahane, à charger le pavois de toutes les peaux du tipi.

Il chantonne. *La Tourterelle bleue.* Il dresse son épée et salue ceux-là qui se ruent vers lui, qui ne sont plus qu'à soixante ou soixante-dix toises. C'est très étonnant que moi, qui ne suis pas précisément gigantesque, ni d'une force colossale, aie tant de goût à me battre.

Et à tuer.

J'ai pourtant réussi à ne trucider personne depuis pas mal de temps.

Il se met en marche. Non sans avoir hurlé : « LES ARIKARAS SONT DES TORTUES GEIGNARDES ! »

Hé, hé !

Il entre sous le couvert à l'endroit choisi depuis quasiment leur arrivée sur les lieux, quand il a établi ses défenses. Dernier coup d'œil en arrière : trente toises. Il aurait pu attendre encore un tout petit peu, mais bon, ce qui est fait est fait. Il continue à chantonner. Les nouveaux couplets qu'il a ajoutés à ceux de Pouillou Pattu, ces couplets l'enchantent — je ne suis pas Mathurin Régnier mais, en somme, je m'en tire assez bien.

Il se faufile. Tantôt de biais et parfois à plat ventre, et alors rampant. Et par deux fois contraint de se hisser sur les branches d'un arbre et, à hauteur de la tête d'un homme, gagner l'arbre voisin, puis le sol.

« La Tourterelle bleue / Entre les cuisses de ma mie... »

Il chante à tue-tête, pour être bien entendu. Il est gai comme un pinson. Il interrompt sa ritournelle :

— LES ARIKARAS COURENT COMME DES TORTUES MALADES !

... Mais lui-même prend le trot, voire le galop, à présent qu'est franchie sa zone de défense. Aile Noire. Il surgit au côté de sa femme.

— Je m'en occupe.

Il s'attelle au harnais et réussit à trottiner. Derrière lui, Aile Noire tend les pièges de fléchettes empoisonnées, qui étaient prêts à cette fin. Ils suivent l'étroit passage avec ses deux tournants — là, les pièges sont en position et se déclencheraient à la moindre erreur de parcours.

Des cris, et le bruit de corps qui s'effondrent, en arrière d'eux.

Ils débouchent sur l'autre lac, le plus grand. Les patins dont il a équipé les deux extrémités des perches du pavois rendent mieux sur cette surface lisse, plus glacée qu'ailleurs. Ils ont déjà parcouru une cinquantaine de toises...

— Ne te trompe pas, marche exactement dans mes traces.

... Quand les survivants sortent à leur tour du couvert. Ils sont encore quatre, dont un qui titube et n'ira probablement pas loin. Et d'ailleurs, le voici qui trébuche, tente de se relever, s'abat pour de bon.

Reste trois.

François s'applique à suivre, en le gardant très soigneusement à deux toises sur sa gauche, rien de plus, rien de moins, l'alignement de petits rameaux qu'il a plantés dans la glace avant les grosses chutes de neige des derniers jours et que, avec sa coutumière prudence (tu n'es pas prudent, tu es un vrai fou de circonspection et de prévoyance !), il a laissés suffisamment longs pour qu'à présent ils soient encore visibles, bien qu'ils ne dépassent pas d'un pouce — et cet alignement n'est d'ailleurs pas rectiligne, mais ondoyant.

Ils atteignent et dépassent le rameau de sapin.

— On s'arrête ici.

Il se dégage du harnais. Poursuivants à quarante toises et un peu plus. Il retire son épée du fourreau et, très précisément à angle droit avec les trois derniers repères de l'alignement, plante cette même épée très droite. Deux coups suffisent chaque fois pour percer la glace, et il répète cinq fois son...

— Éloigne-toi un peu, tu es trop près.

... Son opération. Il recule très vite, ensuite — tu ne sais jamais. De surcroît, sa précaution se révèle fort utile : un tomahawk passe en sifflant dans l'air, qu'il esquive d'une rotation du tronc.

— Plus loin, Aile Noire.

— Ils vont te tuer.

— J'en serais très surpris.

Poursuivants à vingt toises du rameau de sapin.

Et premier craquement.

Que je suis sans doute le seul à entendre. Parce que je savais — j'espérais — qu'il allait se produire.

Et la glace cède d'un coup, sur bien plus de deux cents pieds. Plus que cela, sous le poids des trois hommes, elle se fractionne, s'émiette. Les Arikaras basculent, en avant ou en arrière. Ils hurlent. Je me demande s'ils savent nager...

Non.

Et de toute manière, trempés de la sorte par un froid pareil...

Il les regarde qui se débattent, très fugitivement parcouru par l'envie de leur porter secours. Au plus proche notamment, qui peut avoir dix-sept ou dix-huit ans. Mais, outre qu'il ne saurait trop comment faire et risquerait de se retrouver itou dans l'eau, il ne voit pas l'intérêt de repêcher des gens qui ambitionnaient de les occire, Aile Noire et lui.

Encore quelques remous, une main qui s'agite, puis l'immobilité.

— Tu es un guerrier très rusé, Celui Qui Chante et Danse.

Peut-être. Je dois bien connaître six douzaines de façons de tuer des gens, en effet.

— Je suis très savant, Aile Noire. Je sais des choses stupéfiantes. Je peux te réciter des fables d'Ésope ou des vers de Joachim du Bellay, de Pierre de Ronsard ou de Rémy Belleau. Veux-tu du William Shakespeare en anglais ? Je peux te citer de mémoire une bonne moitié du *Songe d'une nuit d'été*. Je peux te dire les galions d'Espagne, et les belles caravelles, je peux te dire les îles Caraïbes et les tavernes de Saxe. Ou les guichets du Louvre à Paris où je suis né. Je peux t'évoquer les pyramides d'Égypte, longées par des chameaux. Ou bien ma rencontre avec le señor Miguel de Cervantes Saavedra, avec qui j'ai parlé d'Érasme. Tiens, à propos, à mon dernier passage en Espagne, on m'a appris qu'il préparait une suite à son *Don Quichotte*, je vais avoir quelque peine à la lire, dommage. Aurais-tu de l'intérêt pour la façon dont les hommes et les femmes sont faits ? Je peux te dessiner presque tous les os de ton corps en dedans de toi et du mien, j'ai découpé des morts avec un révérend père jésuite de mes amis. Quoi d'autre ? Oh, mille choses ! Je peux danser sur une corde à dix toises au-dessus d'un pavé, je sais cracher le feu et je gagne toujours aux dés, c'est ma malédiction. Et j'ai bien dû tuer quarante-trois hommes environ, sans compter ceux-ci que je viens de faire mourir avec mon adresse infernale. J'aime le vin que je ne boirai plus jamais, Aile Noire, j'ai aimé les femmes, mais mises toutes ensemble elles ne vaudraient pas à mes yeux une seule de tes mains. J'aime les vers et les chansons, j'aime vagabonder, toujours quelque chose m'a poussé à une recherche dont je ne savais pas l'objet. Et je t'aime à en mourir.

Il se tait et arrive même à sourire — quoique je sois si morose, et même triste. J'ai tout de même fini par changer quelque chose, en ce monde nouveau, pute de moi.

— Je ne comprends pas tout ce que tu viens de dire, dit doucement Aile Noire derrière lui. Tu parlais dans une langue que je ne connais pas.

— Je sais, dit François Villon. Ce n'était pas important.

Il déboucle son ceinturon de Cordoue dont l'ardillon est d'or pur et lui a été offert par une dame d'Allemagne, il ôte ses couteaux à lancer et de même son coutelas de Tolède. Et sa dague.

Puis son épée.

Il jette le tout dans le trou où se sont noyés les quatre Arikaras.

Son épée suit.

Il se débarrasse même de ce lacet de cuir tressé avec lequel, une nuit sur une rambla de Barcelone, il a étranglé sans bruit deux des hommes qui le poursuivaient en lui voulant malemort.

Tout son passé s'en va dès lors. Ou devrait s'en aller.

Il ne garde plus sur lui que son arc et ses flèches, son couteau et sa hache de pierre.

Le même jour, ils repartent vers l'est, ils rentrent. Ciel plombé mais sans neige. Ce sera, peut-être, dans les derniers jours de février. Par deux fois ils aperçoivent des chasseurs, ou des guerriers en quête de rapine — mais le vol, s'il est réussi, est toujours tenu pour un exploit et n'a rien d'infamant.

Il a remis à sa place l'énorme corne avec toutes ses pierres précieuses, sans bien sûr en prendre aucune. Il a rebouché l'entrée de la tombe, coupant une porte neuve, et très solide, et l'a mieux encore dissimulée en faisant s'ébouler de très grosses quantités de terre depuis le haut du tumulus. Quant à celui-ci, il ne doute pas que le temps va en effacer tout à fait la forme ; et la sépulture se trouvant sans nul doute sous la surface du sol à l'entour, elle disparaîtra. Tout comme le fossé qu'il a comblé.

Il pourrait probablement la retrouver, un jour, mais doute beaucoup de jamais s'y résoudre.

Ils retraversent la Rivière Rouge.

— Je crois que je porte un enfant de toi, dit Aile Noire.

— Tu veux faire *quoi* ?

Catherine-Marie hurle, et de toute la force de ses poumons. L'indignation, la honte, la fureur la submergent, *je vais le tuer.*

— Je serai parti longtemps.

— Pars complètement, retourne dans ton pays d'Ilande.

— Irlande.

— Je m'en fous. Tu ne me feras jamais porter cette chose. Jamais.

Non, mais tu te rends compte ? TU TE RENDS COMPTE ? Il veut que je mette, il veut me mettre, ce puant excrément de ribaude, une ceinture de chasteté. Je ne vais pas le tuer tout de suite, d'abord je lui couperai les tendons des pieds, et ceux des mains, il ram-

pera comme un serpent baveux (je sais, ce n'est pas baveux, les serpents, mais je m'en fous aussi), et ensuite je lui trancherai son braquemart, et son nez, avant de le saigner comme un porc.

Non mais.

— Juste une petite. Si tu n'en as pas, je ne me sentirai pas tranquille.

— Je me fous de ta tranquillité. Tu peux t'asseoir sur ta tranquillité, tu peux la découper en rondelles et la manger par le fondement, tu peux, tu peux...

Elle étouffe.

Et le plus surprenant est que cette masse énorme de viande et d'os se dandine d'un pied sur l'autre, ça se voit qu'il n'est pas à son aise, peut-être qu'il mange le foie des Crows vivants (je me demande quel goût ça a, quand j'y pense) mais devant moi, il fait dans son haut-de-chausses, enfin dans sa culotte de peau.

Hé, hé !

Wah Nah Maket baisse la voix *(pas de doute, je commence à bien le dresser, le bonhomme !).*

Il y aurait une solution.

— Ha, ha !

Il ne manque plus que oh ! oh ! et j'ai fait le tour.

— Tu dis aux autres femmes que tu en as une.

— Non, dit-elle très fermement.

— Je leur dis que tu en as une et tu ne dis pas le contraire.

— Non plus.

Ça y est, il s'impatiente.

— Je peux t'assommer et te mettre cette ceinture de force.

— Il te faudra me tuer. Sinon, à peine réveillée, je coupe ta ceinture. Et je ne couperai pas que ça. J'attendrai que tu sois endormi.

Silence. *Il me croit. Et il a foutument raison de me croire.*

Wah Nah Maket s'assoit, accablé. Non, mais regarde-le, ce grand pendard ! Et (cette scène-ci n'est pas la première) voici que tombe quelque peu la rage de Cathcrine-Marie, à qui vient l'envie de sourire et aussi, eh bien oui, comme de la tendresse.

— Et tu irais où, cette fois ? Manger le foie de quelques Crows de plus ?

— Chercher des orses.

— Je ne connais pas cette tribu-là.

— Ce sont des animaux. Plus gros, bien plus gros que des chiens. On monte dessus.

Il mime et elle comprend — il n'y a pas de mot en sioux pour désigner...

— Des *chevaux*.

— Des orses. Dans ma langue on dit *orses*.

— Ça vous regarde.

— Si mon peuple a des orses, il deviendra le plus grand et le plus puissant, il massacrera tous les autres qui ne voudront pas devenir mes sujets. Je veux ramener aussi des armes.

Et de se lancer dans une longue et difficile description de tout cet armement dont il veut équiper ses futures armées. Difficile parce que, s'il sait les mots dans sa langue étrangère, il les ignore en bon et vrai français (enfin, dans une langue normale) et bien sûr ne peut en trouver l'équivalent en sioux. Si bien qu'il finit par dessiner sur le sol. Elle comprend encore, bien qu'elle n'ait pas une grande intelligence de ces choses. Les dessins qu'il a faits — il dessine fort bien, étant très adroit de ses mains — représentent à l'évidence un pétrinal, un pistolet d'arçon, une arquebuse, un mousquet, et même une couleuvrine, voire une bombarde. Et, parti comme il l'est à tracer des lignes dans la terre, de la pointe de son couteau, il en est maintenant à habiller des silhouettes humaines de manches et cottes de mailles, de jacques, de morions et de bourguignottes.

— Et encore ceci.

Naissent des armes qui ressemblent à des arbalètes, ou à de petits arcs dont les flèches arborent, près de la pointe, des choses ovales et striées.

— Pour lancer des grenades, explique-t-il.

(Il prononce grinède, mais ce doit être des grenades.)

Et d'un coup, Catherine-Marie s'effare. Plus que cela, elle se sent mal à son aise.

— Tu vas tuer ou faire tuer tous ces gens, Wah Nah Maket.

— Ceux qui ne voudront pas être mes sujets, sûrement.

— Je ne suis pas d'accord. Pas du tout.

— Je ne te demande pas ton avis. Tu ne veux pas être la reine de ce pays ?

— Je ne veux être reine de rien du tout. Tu es malade de la tête.

Bon, le projet n'est pas neuf, dans la tête de Catherine-Marie. Il date à vrai dire de plusieurs mois. Quand elle a été capturée. Mais il prend toute sa consistance à cet instant précis. *Tu peux faire coup double, en somme.*

— Et tu pars quand ?

— Demain.

— Seul ?

Non. Il emmènera cinquante de ses meilleurs guerriers avec lui. Il compte rapporter cent, peut-être deux cents chevaux.

— Que tu prendras où ?

Chez des gens qu'il nomme *Spaniars*. Et une fois de plus une longue explication est nécessaire pour qu'elle entende le mot. Il veut parler de ces gens appelés Espagnols dans la langue de tout le monde, et à qui Pouillou Pattu allait si souvent faire visite.

— Ils sont loin d'ici, tes Spaniars ?

— Si l'on descend le Maesi Sipu, pas tant que cela. Je serai de retour au début de l'été. En canoé à l'aller, sur des orses au retour, ça ira vite. Malgré les ouagonnes.

Qu'est-ce que c'est encore que cette bête, les ouagonnes ?

Il dessine. Des chars à bœufs ou à chevaux.

— Pour transporter les armes. Et pour la ceinture ?

Elle le fixe, tête renversée quasiment en arrière

tant il est grand. Elle ne dit rien. Puis dit tout de même :

— Si je suis ou si je dois devenir une reine, je ne suis pas une femme ordinaire. Les règles ne sont pas pour moi. Arrange-toi avec ça, bonhomme.

Il se dandine encore, mais l'argument porte. C'est vrai qu'une reine n'est pas soumise à la règle ordinaire. Les Crees n'ont jamais eu de reine, elle sera la première, alors forcément ils n'ont pas pensé à édicter des règles pour un cas aussi exceptionnel.

Il cède.

Il cède et s'en va en effet avant l'aube, le lendemain. Il emmène près de soixante hommes. Pour un peu, il ne resterait plus dans ce qu'il nomme sa capitale que des femmes, des vieillards ou des enfants.

Elle file. Non pas la nuit suivante mais celle d'après. *Cela devrait me donner suffisamment d'avance. Ou alors je me serais trompée du tout au tout sur lui. Mais j'en serais fort ébahie, je suis quasi certaine que, renonçant provisoirement à aller quérir des orses, mon ours me courra d'abord après.*

— Je sais bien que je suis assez vieux pour mourir, dit Mathurin Toboggan, mais je pouvais attendre encore un peu.

— Tu ne mourras pas.

— Wah Nah Maket va seulement me manger le foie. On peut vivre, sans son foie ?

— Il ne te mangera pas le foie, tu n'es pas un Crow. Marche plus vite, Mathurin.

Déjà, ils trottinent tous deux ; aller plus vite serait impossible. Ils ont quitté ce que Wah Nah Maket considère comme son palais sitôt que tous et toutes, des gens laissés par le prétendu roi, se sont retirés dans leurs stupides maisons de terre ou dans leurs tipis. Catherine-Marie avait de très longue date déterminé l'itinéraire de sa fuite. Elle a particulièrement surveillé les allées et venues de Myrtille, dont elle ne connaît que trop la vigilance ; elle l'a vu se retirer sous sa tente, dont l'entrée fait exactement face au palais. Ils sont sortis par la fenêtre de derrière, Toboggan et elle.

Toboggan qui n'a fait aucune difficulté pour la suivre, ou l'escorter. Il lui a donné son accord des semaines, sinon des mois plus tôt. À condition qu'elle prépare bien leur fuite. Il a dit qu'il avait toute confiance en elle: quiconque est capable de mater Wah Nah Maket comme elle l'a fait peut traverser le nouveau monde dans tous les sens.

— Je crois vraiment que tu l'empêcheras de me tuer ou même de seulement me manger le foie, petite.

— Et comment.

— Ma seule vraie inquiétude...

— Tu parles trop, tu perds le souffle.

— Une fois j'ai été poursuivi par des Hurons qui voulaient beaucoup me tuer. Pendant dix-neuf jours.

— Tu mens.

— D'accord: et quatre jours, ça va?

— J'achète, dit Catherine-Marie.

Ils progressent à cette allure de loup aux allures rasantes. Après peut-être quatre heures, et au plus noir de la nuit, elle finit par retrouver les canoés cachés. Il y en a neuf, dont six peuvent transporter douze à quinze guerriers; les Crees s'en servent pour leurs expéditions de guerre.

— On y va, Mathurin.

Ils crèvent les frêles parois d'écorce de sept des embarcations, n'en laissent intactes que deux, les plus petites, embarquent sur l'une, ne touchent pas à l'autre.

— Tu es sûre de vouloir que Myrtille nous suive?

Ouais.

— Et tu es sûre qu'il va nous rejoindre?

Ouais.

Elle pagaie, ce n'est pas ce qu'elle fait de mieux. Les contours des arbres commencent à vaguement se dessiner sur la rive du lac qu'ils viennent de quitter, et c'est tant mieux parce que l'obscurité est totale dans la direction de l'autre berge.

— Comme j'ai failli le dire, dit Mathurin Toboggan, ma seule petite inquiétude est ce que nous feront les Sioux. C'est qu'ils ne sont pas aimables du tout.

— Tu étais fâché avec eux, dans le temps ?

Il hésite.

— Ça demande réflexion, dit-il. Je connais environ cinquante tribus. Je suis fâché avec la moitié d'entre elles.

— Oui ou non ?

— Je ne crois pas. Mais si les hommes que tu poursuis sont des amis des Sioux, comme ils sont tes ennemis, les amis de tes ennemis seront des ennemis aussi.

— Rame.

Moins de dix minutes plus tard, elle immobilise sa pagaie. Elle n'en peut plus, tout bonnement. Passe encore de détaler comme un lapin, pour marcher elle marche, mais faire avancer un bateau…

— Laisse-moi faire, dit Mathurin Toboggan. Repose-toi un peu.

Elle reprend aussitôt sa pagaie et la plonge dans l'eau.

— Ce qu'un homme peut faire, je peux le faire aussi.

— Tu ne peux pas faire pipi contre un arbre.

— Sauf à me mettre la tête en bas.

— Et à propos, dit-il, tu me dois quarante-neuf dimanches.

Plus tard, le jour s'étant levé, ils découvrent derrière, à près d'une demi-lieue en arrière, un petit canoé conduit par un seul homme.

Ce seul homme étant Myrtille.

Elle est assise sur le banc central du canoé, les deux hommes pagaient.

— Myrtille, je suppose que tu as envoyé quelqu'un pour prévenir Wah Nah Maket ?

Oui. Six hommes sont partis. De très bons coureurs, et également capables de descendre le Maesi Sipu en canoé, si Wah Nah Maket et ses guerriers ont déjà embarqué sur le grand fleuve.

— Et Wah Nah Maket va se jeter à ma poursuite, à ton avis ?

— Je ne sais pas, dit Myrtille.

— Il va le faire.

— Je ne sais pas.

Elle a elle-même attaché Myrtille, après lui avoir ôté son arc, son couteau et sa hache de pierre, sous la menace de son arc (au moment où les deux canoés se rapprochaient), elle l'a elle-même attaché à son propre banc de nage. Quoiqu'elle ne croie guère qu'il tentera quelque chose. Elle croit à l'amitié qu'ils se portent, elle et lui.

— Myrtille, je souhaite que Wah Nah Maket me rejoigne. Je souhaite qu'il m'accompagne où je vais.

— Je comprends.

— Tu comprends quoi ?

— Tout le monde sait que tu veux un petit homme de ta tribu qui vit chez les Sioux. Tout le monde sait que tu veux le tuer à cause de quelque chose qu'il a fait dans votre pays à tous les deux.

— Il a trahi, volé et tué mon père.

— Et tu es Tête de diable, je sais. Tu tires à l'arc mieux que la plupart des guerriers et tes flèches vont plus loin, tout le monde le sait aussi. Mais tout le monde sait encore que le petit homme vit au milieu des Sioux, que c'est un ami des Lakotas, que les Lakotas le défendront s'il est attaqué, que les Lakotas sont des guerriers redoutables. Et que tu auras un peu plus de chances de te venger si Wah Nah Maket t'aide.

— Et tu viens avec moi pour me protéger.

— Je viens avec toi parce que je ne peux pas t'empêcher de continuer ta route.

— Tu es un Cree. Les Lakotas te tueront.

— Ce sera un bon jour pour mourir.

Elle considère le dos, les épaules (qui ne sont pas tant larges ni musculeuses, au contraire) de Myrtille agenouillé devant elle. Il porte dans ses cheveux une fleur séchée du dernier été, autour de son cou un collier de piquants de porc-épic alternés avec de petites pierres de couleur, à ses oreilles des pendeloques également de pierre. Pourquoi Myrtille, qui n'est pas précisément un foudre de guerre, quoiqu'il sache bien se battre et ne soit pas maladroit du tout avec son tomahawk (elle en sait quelque chose, il lui a bien assez tapé la tête quand elle a été capturée, à l'automne précédent), pourquoi est-il ainsi accouru, pourquoi est-il venu seul — au lieu de se faire accompagner d'autres hommes qu'elle n'aurait pu dominer par la seule menace de son arc, et surtout pourquoi pagaie-t-il avec tant de bonne volonté ?

— Tu es mon ami, Myrtille.

— Oui.

— Est-ce que tu as jamais eu du désir pour moi ?

Il tarde à répondre mais la réponse vient : non. Non jamais.

Il y a une explication à tout ceci, Tête de diable.

Elle lance sa question, et très gênée de la poser :

— Et pour Wah Nah Maket ?

Le mouvement de la pagaie de Myrtille s'interrompt une seconde, il faut du temps pour que cette pagaie retrouve son rythme régulier.

N'insiste pas, il t'a déjà répondu. Mais elle demande encore :

— Tu as de l'amour pour Wah Nah Maket, Myrtille ?

— Ce sont vraiment des drôles de questions à poser, dit Mathurin Toboggan derrière elle, et en français. Vraiment. Tu devrais avoir honte.

— Oui, dit Myrtille dans un souffle.

— Et en somme, poursuit Catherine-Marie allant jusqu'au bout de son idée, en somme, que je quitte Wah Nah Maket te satisfait assez.

Pas de réponse. Mais la nuque de Myrtille s'est un peu inclinée vers l'avant.

— Au point, dit-elle encore, que tu m'aides à partir, à aller chez les Sioux ou n'importe où ailleurs, pourvu que Wah Nah Maket n'y soit pas. Est-ce que... entre Wah Nah Maket et toi...

— Arrête, petite!

— Non, dit Myrtille avec pas mal d'énergie. Non.

— Fiche-moi la paix, Mathurin, dit-elle en français. Une chose qui existe, ce n'est pas parce que tu la dis qu'elle devient honteuse. Myrtille est comme une femme. Il a de l'amour pour Wah Nah Maket. Pourquoi pas? Et maintenant je comprends pourquoi il pagaie et pourquoi il est venu seul. Et pourquoi il va nous aider. C'est important de le savoir. J'aime que les choses soient claires, d'abord. Et puis je veux savoir qui est avec moi, et pourquoi, et qui peut me trahir. Ce n'est pas parce que je suis une femme que je suis bête.

— Tu ne l'es assurément pas, petite.

— J'essaie de l'être le moins possible et c'est déjà beaucoup. Je veux ce Smaragdin, je le poursuivrai jusqu'en enfer. Et après je rentrerai dans mon Auvergne, et je me trouverai un homme pour me faire des enfants. Et pour m'aider comme moi je l'aiderai, on fera part à deux, et il aura intérêt à me laisser ma moitié à moi, s'il veut garder la sienne.

— Que Dieu protège ce héros, dit Mathurin Toboggan.

Quatre jours plus tard, selon l'opinion concertée du métis et de Myrtille le Cree, ils entrent en territoire sioux. Elle-même ne saurait exactement quelle direction prendre. Eux le savent, en tout cas ils le disent et, si méfiante qu'elle soit, elle les croit à peu près. Ce n'est pas que le paysage soit différent, tu as des rus, des mares, des étangs, des lacs et des rivières; c'est plat ou peu s'en faut, il y a des arbres.

... Et un premier village de tipis qui se montre le cinquième jour, et qu'ils évitent en passant au large. Tout comme ils en contournent deux autres, les jours suivants. Et aucun signe que Wah Nah Maket, un Wah Nah Maket en principe bouillant de rage et de colère, soit derrière eux. Mais c'est vrai qu'ils ont beaucoup d'avance sur lui (à supposer qu'il se soit lancé sur leurs traces). Elle s'est enfuie près de deux jours après son départ avec son armée personnelle. Combien de temps les six guerriers que Myrtille a dépêchés pour l'avertir mettront-ils à le rejoindre ? Deux jours, ou trois, ou quatre. Et ensuite il lui faudra faire demi-tour, parcourir en sens inverse le chemin qu'il aura déjà couvert sur le Maesi Sipu. Puis relever la piste que Myrtille aura laissée à son intention. *(Myrtille a beau souhaiter que je disparaisse de la vie de Wah Nah Maket, il reste et est sûrement resté fidèle aux ordres qu'il avait reçus ; et donc il a marqué son propre passage, quand il se hâtait pour resurgir sur mes talons. Disons que j'ai une semaine d'avance. Au moins.)*

— Attention, petite !

Le vieux métis vient de dresser une main ouverte, lui-même s'aplatit au ras du sol, à l'abri d'un fourré. Elle fait de même. Elle chuchote :

— Un autre village ?

Non. Mimique : tais-toi. Elle attend. Le jour est levé mais de la brume est montée de toute cette eau immobile, qui redevient liquide, la glace hivernale ayant commencé de fondre. Il fait pourtant bien froid, elle en a les doigts gelés.

— Qu'est-ce qu'il se passe, Math...

Il lui plaque sur les lèvres sa grosse patte pas trop propre. Et alors seulement elle entend le bruit. Qui est léger, à peine perceptible. D'abord un froissement de feuilles, presque un chuintement sifflant. Puis un autre son plus sourd vient s'ajouter au premier, qu'il faut tendre l'oreille pour entendre. Qui peu à peu se transforme en piétinement, sur lequel le sifflement se greffe, de plus en plus net. Et Catherine-Marie de penser à ce bruit qu'elle produisait, étant à peine plus qu'enfançonne et faisant tourner sa toupie au bout d'un lacet de cuir ciré.

Et voici qu'ils surgissent, fantomatiques, du brouillard rasant. Ils marchent à pas glissés, impassibles, et chacun de leurs gestes rythmés en accordance avec ceux des autres, comme hiératiques. Ils ont des visages peints de rouge et de noir, des bandeaux de cuir autour du front, de longs cheveux noirs réunis sur la nuque en une tresse unique et longue, beaucoup portent des plumes d'aigle dans ces cheveux, deux ou trois ont de très hautes coiffures de ces mêmes plumes d'aigle pouvant leur descendre jusqu'à la taille. Ils portent des boucliers de peau noirs et rouges, des lances ornées de longues franges de cuir, un arc est passé à leur épaule — et tous les arcs sont très longs, presque autant que celui de Catherine-Marie. Un carquois admirablement décoré et multicolore, à la bigarrure encore accentuée par l'empennage des flèches, est accroché à leur ceinture rouge sang de dragon. Ils sont peut-être trente et avancent comme si le monde entier leur appartenait. Ils font peur.

Derrière eux paraît une colonne de femmes, d'enfants et de vieux hommes, tous surchargés de sacs de peaux bariolés. Puis des pavois où s'entassent des monceaux d'autres peaux. Et des chiens par dizaines...

Et tu peux croire que le défilé de ces ombres si silencieuses est enfin terminé lorsque se montre un autre très fort parti de guerriers, tout pareils aux premiers, aux mêmes visages figés, aux mêmes yeux de fauves.

Et ceux-là passent aussi, tout bruit s'éteint, les feuillages frôlés reprennent leur position, c'est comme un rêve qui est passé, ou un cauchemar bien étrange.

— C'est fini, petite.

— C'était quoi ?

— Des Sioux.

Ils repartent tous trois, dans cette brume si inquiétante où par instants ils disparaissent entièrement, tandis qu'à d'autres moments elle atteint au plus leurs épaules, si bien qu'ils ont l'air de trois têtes coupées allant à quelque messe noire.

— Tu as toujours envie d'aller chez les Sioux, petite ?
— Oui. C'étaient des Lakotas ?
— Oui.
C'est vrai qu'ils font peur. Et alors ?

Suivent peut-être dix jours durant lesquels le printemps vient, encore timide, par touches délicates, comme celui qui n'ose entrer dans une demeure où il n'est pas chez lui. Voici des fleurs pourtant qui s'ouvrent, et des bourgeons qui se gonflent. L'air s'attiédit, même si on traverse souvent comme des flaques de froid humide. Le soleil apparaît, s'en va, revient, s'installe. Des senteurs montent, la vie recommence.

— Dites donc, bonshommes, vous êtes sûrs de savoir où nous allons ?

Bien sûr qu'ils le savent, disent d'une même voix, tout à la fois goguenards et inquiets, et Mathurin Toboggan et Myrtille — inquiets parce que, durant les vingt dernières heures, il a fallu s'enfouir quasiment sous la terre, puis s'immerger dans l'eau jusqu'aux narines, à seule fin d'échapper à la vue de chasseurs sioux battant les bois.

— Nous approchons du village où est le petit homme. De celui-là et d'aucun autre. Et je me demande bien, ajoute le Toboggan, comment nous pourrons y entrer sans y perdre autre chose que la peau de nos crânes.

— Je m'en occuperai.

Tu sais comment tu vas faire ?

Non. Mais alors pas du tout. Tant pis.

— J'arrive, Smaragdin.

Et bon, on est au lendemain, une odeur de fumée une fois de plus imprègne l'air, cette fumée monte rectiligne dans un ciel ensoleillé, ce sera le début de l'après-midi. Myrtille s'arrête et le voilà qui promène son regard sur la cime des arbres, sur l'eau d'un ruisseau qui court dans la mousse, sur la carcasse de canoés à l'abandon, sur des pierres plates où des femmes doivent laver des peaux; en fait, il regarde n'importe quoi sauf Catherine-Marie, avec sur le visage ce genre d'expression qui, si tu vois ce que je veux dire, signifie clairement : bon, eh bien, moi, je suis arrivé à destination, ce qui se passe désormais ne me concerne plus.

Le Mathurin itou. Elle comprend :

Ce village-ci ?

Acquiescement. Et les deux hommes s'accroupissent, plante des pieds bien à plat, prenant appui sur leur arc.

— Vous en êtes sûrs ?

Mmmmm.

D'accord. *On dirait bien que le moment est enfin venu, Tête de diable.*

Elle avance de deux pas, puis en enchaîne d'autres, traverse un premier rideau d'arbres en suivant une étroite sente. Elle tire une de ses sept flèches de son carquois et l'encoche, tenant toujours l'arc un peu baissé. Un tipi lui apparaît, puis un autre, la fumée vient d'ailleurs, de quelque part sur la gauche, un bosquet en dissimule l'origine. Elle contourne le bosquet.

Tu parles d'un village, c'est un hameau, oui.

Et le très très très vieil homme assis devant le tout petit feu et ayant derrière lui le troisième et dernier tipi de cette capitale, ce très très très vieil homme qui semble tout aux portes de la mort et y est sans doute, la regarde avancer, imperturbable. Il mâchonne un peu de pemmican dans sa bouche édentée.

Elle hurle :

— MATHURIN TOBOGGAN !

Ils accourent, le Toboggan et Myrtille. Ils hochent la tête et il ne faudrait sans doute pas grand-chose pour qu'ils s'esclaffent, ces deux crêpes.

... Parce que le très très très vieil homme dit (sans cesser de mâchonner son foutu pemmican) que oui, il y avait là un village, voici peu de temps de ça. À ce même endroit, oui, ici même, et depuis des lunes et des lunes, si nombreuses qu'il faudrait une vie d'homme pour les compter. Mais que ce village...

Oui, oui, le petit homme était du nombre, et Douce Montagne aussi...

... Que ce village s'en est allé. Vers l'ouest. Très loin.

Vers de hautes montagnes, vers des plaines où il y a des mers et des mers de bisons, des fleuves de bisons coulant pendant des jours entiers.

... Non, le village ne reviendra pas. Quant à lui, le très très très vieil homme, il n'est pas parti avec les siens pour cette raison qu'il est bien trop proche de la mort, mort qui, puisqu'on en parle, tarde à venir, est-ce que le Cree ne pourrait pas la hâter?

V

On a fait campement dans un vallon, des guetteurs ont été apostés, cinq des sept éclaireurs dépêchés pour explorer les alentours sont déjà revenus, et ils ont fait rapport de ce que, dans toutes les directions sauf l'ouest-sud-ouest, ces alentours sont déserts. La pluie fine de la veille s'est interrompue, le ciel s'est dégagé, si des groupements de nuages subsistent, qui se déplacent lentement vers l'est d'où l'on est venu.

On se prépare à l'expédition de guerre, dans la nuit claire et un grand silence tout juste tissé des vagissements de nouveau-nés. Les hommes, eux, se taisent, leurs regards évitent de se rencontrer — tuer et mourir sont des actes de la vie qu'on ne peut partager avec personne.

Les deux échafaudages funéraires ont été dressés; quatre grosses branches fichées dans le sol à deux fois la hauteur d'un homme supportent un plateau de branches plus petites. Les corps des deux éclaireurs envoyés en ambassade pacifique auprès de Santees-Dakotas pour négocier le passage y ont été déposés (ils ont été massacrés sans apparemment avoir eu le temps de parlementer, quoiqu'ils fussent porteurs des rameaux de paix) et on a courbé des joncs en un treillis pour protéger leur dépouille des charognards. Ils ont tous deux été *waspi* (scalpés).

Les deux derniers éclaireurs rentrent. Le village dakota est en train de s'endormir, d'après eux. Ils sont parvenus à ramper à moins d'un jet de tomahawk, ont entendu l'ennemi parler et se vanter d'avoir tué deux fous de Lakotas qui se croyaient sur leur territoire et pensaient s'en tirer vivants sous prétexte qu'ils tenaient de prétendus rameaux de paix, mais tout le monde sait que les Lakotas sont des vipères tenaillées par la peur, et qui ne savent pas se battre.

Deux Pas, qui sera le *blotahunka* (celui qui est choisi pour prendre la tête) de l'expédition, reste impassible à cette dernière et très insultante affirmation, mais des murmures montent, jusque chez les femmes. À la faible lueur d'un très petit feu, il a dessiné sur le sol le plan de l'attaque, se fondant sur les observations que lui-même et François Villon ont faites des heures plus tôt, et sur la relation que viennent de délivrer les deux éclaireurs (à qui il remet une plume en récompense de leur mission si bien remplie).

Deux Pas explique ce plan aux vingt-quatre guerriers qu'il a choisis pour la bataille. « Nous aurions pu nous lancer de nuit », a remarqué François quand ils ont discuté en tête-à-tête de la stratégie. Réponse sans réplique : « Et les Dakotas ne nous verraient pas en face ? »

On s'équipe, à peut-être une demi-heure de la levée du jour. Des jambières à triple épaisseur de cuir, de grands plastrons également de cuir, mais renforcés par des plaques d'os et parfois de pierre (rarement) ou de bois. Des peaux de loutre enveloppent les nattes de cheveux tressés. D'étuis en cuir cru, on retire les coiffes de guerre, trois ou quatre très longues — celle de Deux Pas notamment qui comporte un double alignement de plumes. Mais la plupart, dont celle de François Villon, sont de simples casques, de cuir encore, pour se protéger au mieux des coups de hache de pierre. Les visages sont enduits, comme les torses, de graisse de wapiti, puis peints.

— Je ne crois pas que ce soit une bonne idée, remarque Pissarugues. Tu n'as pas l'expérience de leur guerre à eux.

— Je sais très bien tuer, Antoine.

— Demande à Deux Pas de me laisser venir avec vous.

— Il est le chef, il sait certainement que tu tenais à venir, c'est son choix.

— Tu es François Villon, tu pourrais affronter six Indiens à main nue et les tuer tous.

— Je suis un guerrier qui n'a pas encore fait ses preuves. Je n'ai même pas de plume. Pour l'instant. Antoine, notre vieux monde n'existe plus. Ceci est notre terre.

À la ceinture, la troupe d'assaut accroche des vessies contenant du pemmican et une gourde d'eau ; on ne sait jamais combien de temps une guerre va durer.

On s'arme : arc et flèches, bouclier ou lance, ou les deux — mais alors on s'encombre trop, en y perdant de la mobilité —, une hache de pierre, plus un couteau quand on y tient.

Pas un mot échangé, Deux Pas se met en route. Une frange rose commence à se dessiner à l'est par-dessus la ligne des frondaisons, il fera jour dans peu de temps, et ce jour sera beau, un bon jour pour mourir. François a cherché le regard d'Aile Noire mais, occupée à réparer les lanières d'un pavois, elle a délibérément refusé de lever la tête — on ne se dit pas en public que l'on s'aime, souviens-t'en. Après deux cents toises, les deux détachements se forment, selon le plan de bataille. Deux Pas conduit le premier, un autre chef nommé Rocher Rouge mène le deuxième, dans lequel François Villon a été placé : « Pourquoi, Deux Pas ? — Parce que tu n'es pas un très bon archer. Celui Qui Chante et Danse, ne me fais pas honte, s'il te plaît ! »

Le soleil est apparu quand le groupe de six hommes, dont il fait partie, gravit une pente. Sans surtout dépasser la crête — pour l'heure, on se tapit. François sait ou peut deviner ce qui va se passer : assez curieusement, Deux Pas qui l'a posté en quelque sorte en arrière-garde, avec de jeunes hommes sans beaucoup d'expérience, lui a expliqué par le détail comment il projetait de conduire son attaque — en somme il a pris mon avis, mine de rien (je suis le seul qu'il ait ainsi consulté), et s'il ne m'octroie pas davantage de responsabilité dans le combat à venir, ce sera parce qu'il refuse de sembler me favoriser. Très bien.

Ça va te faire tout drôle de te battre sans tes armes...

Les cinq jeunes guerriers qui accompagnent François sont en train de retirer une pincée d'herbe médecine de la poche de cuir de leur amulette. Ils en frottent leurs jambes pour les rendre plus rapides, leurs yeux et leurs cheveux puis, ainsi que prescription leur en a été faite, en déposent un peu sur leur langue. François les imite — un très léger goût d'armoise.

Le très ténu coup de sifflet en os d'aigle retentit alors, à peine perceptible ; il provient de Rocher Rouge, quant à lui établi à une quarantaine de toises de là, avec six hommes. On fait alors mouvement, on se coule par-dessus la crête, on rampe dans la pente qui suit, on dissimule cette approche en se tenant dans le creux d'une ravine, on atteint le bosquet de trembles qui est la première position. Le village dakota est en vue, François y dénombre trente-huit tipis, seize guerriers visibles, une vingtaine de femmes, des enfants, des chiens par dizaines. Distance : soixante-dix toises.

Le village est placé à la confluence de deux petites rivières, dont l'une a une assez large plage de galets, à la pointe sud d'un vallonnement un peu sinueux. Le cours d'eau formé des deux confluents est à peu près orienté au nord, dans le fond de ce long vallon ; la plage de caillasse est sur la rive ouest ; à un peu plus d'un jet de flèche du village se voit un étranglement et, par-delà celui-ci, trois ou quatre buttes en succession.

Les deux Lakotas apparaissent. François les reconnaît, ce sont Petit Serpent et Celui Qui Saute Plus Haut que les Arbres. Ils ont vraiment tout l'air de deux promeneurs, et tu lirais sûrement de loin leur effarement quand ils découvrent soudain le village devant eux. Ils se figent, saisis, se détournent, commencent à courir, s'enfuient. Trop tard : ils ont été vus. Des clameurs s'élèvent parmi les tipis, un groupe d'une douzaine de guerriers se forme et jaillit. Petit Serpent boite, c'est un homme d'une cinquantaine d'années, bedonnant, il ne court vraiment pas très vite, la distance entre lui et ceux jetés à sa poursuite diminue rapidement, au plus réussit-il, miraculeusement, à maintenir dix ou douze foulées d'avance lorsqu'il ressort par le nord de l'étranglement. Dans quoi les poursuivants s'engagent…

… Et s'effondrent : la volée des flèches décochées en contre-haut par les huit archers de Deux Pas en couche six ou sept. Deux Pas en personne et quatre autres porteurs de lance exterminent les survivants.

François reporte son regard vers sa gauche. Le reste des guerriers dakotas est en train de s'y regrouper, quelques-uns d'entre eux désignent cette butte dominant l'étranglement et de laquelle les flèches sont parties. Toute la troupe, vingt et un hommes, se met en marche, sans vraiment courir mais trottinant, elle choisit l'unique voie par laquelle il est possible de contourner ladite butte, afin d'y prendre à revers les occupants.

… Autant dire que les vingt-trois hommes se lancent dans la pente en haut de laquelle se tient Rocher

Rouge, ils se hissent difficilement, ils sont à mi-parcours (et Rocher Rouge n'a toujours pas dévoilé sa présence) quand Deux Pas et son détachement dégringolent leur butte et partent à l'attaque. Il y a un flottement chez les guerriers en train de grimper et c'est le moment choisi par Rocher Rouge pour déclencher son propre tir et celui de ses six guerriers ; leurs flèches volent, avec l'extraordinaire rapidité d'exécution qui leur est propre. Quelques Dakotas refluent et sont dès lors aux prises avec Deux Pas ; d'autres choisissent de poursuivre leur ascension et affrontent Rocher Rouge ; un troisième groupe tente d'esquiver ces deux contacts, et vient directement, parce que c'est une manœuvre logique, sur François et ses cinq compagnons. Le tomahawk de François file dans l'air une demi-minute plus tard, ses six livres de pierre fracassent un visage (je n'ai même pas pensé à me servir de mon arc ! J'aurais dû prendre une lance), le couteau d'obsidienne entre très profondément dans la poitrine d'un deuxième, s'en retire et va trancher la gorge de Visage Fracassé.

C'est fini, deux ou trois combats singuliers se poursuivent, un moment encore, mais c'est fini. S'ensuit ce calme comme surnaturel qui conclut toutes les batailles. Vingt-quatre morts du côté des Santees-Dakotas, un mort et trois blessés chez les Lakotas.

— Tu as remporté une éclatante victoire, Deux Pas. Tu es un très grand chef de guerre. Je serai toujours fier de me battre sous tes ordres.

— Il te reste quelque chose à faire, Celui Qui Chante et Danse.

— Je n'y tiens pas.

— Tu dois le faire. Tu veux que je te montre ?

— Je pense pouvoir m'en tirer seul.

François trace tout au sommet du crâne du premier homme qu'il a tué un cercle à peu près deux fois et demie plus large qu'une tonsure d'homme d'Église. Il empoigne la longue tresse de cheveux et tire de toutes ses forces. Ça vient, et la facilité de la chose le surprend presque. Il a un *waspi* dans la main.

Même opération pour sa deuxième victime.

— Qu'est-ce que j'en fais ?

Question inutile, et qui — il s'en rend compte — trahit le trouble un peu écœuré qu'il éprouve (très étrangement mêlé à une fierté féroce) : il suffit d'imiter tous ceux qui, comme lui, ont droit à pareil trophée. Il accroche ses deux prises à un bâton enturbanné de franges et de piquants de porc-épic, et, détachant un peu de la peinture de son visage, en marque à son gré les *waspi*, en sorte de pouvoir les reconnaître pour siens, plus tard, le moment venu.

On entre dans le village où ne se tiennent plus que des vieillards, des femmes et des enfants, quarante-neuf personnes en tout.

— Que vas-tu faire d'eux ?

— À compter de ce jour, dit Deux Pas, ils sont de notre tribu. Tu pourras te choisir une femme parmi celles-ci.

— Aile Noire me suffit.

On a fait venir tous ceux qui n'ont pas pris part à la bataille.

— Nous nommerons cette bataille, dit l'Ancien, la Bataille où Celui Qui Chante et Danse A Marqué Ses Deux Premiers Coups.

— Je suis extraordinairement honoré, dit François Villon. Mais je ne suis qu'un guerrier comme un autre.

La tente du conseil, soit un tipi deux fois plus grand que tous les autres, et décoré de très beaux dessins rouges et noirs représentant les multiples combats où cette tribu-ci des Lakotas s'est illustrée, cette tente a été dressée, un cercle a été dessiné sur le sol, devant elle. Les membres de l'expédition ont revêtu leur plus fine chemise de peau, ils se sont noirci le visage, Rocher Rouge raconte par deux fois toutes les péripéties de la guerre qui vient d'être gagnée, et à la fin de chacun de ses discours, sollicite l'assentiment des autres participants, et on le lui donne ; pourtant, il a mordu dans un couteau, auparavant, afin de s'engager à n'énoncer que la stricte vérité (de même Aile Noire, avant que de devenir la femme de François, a-t-elle, elle aussi, *mordu dans le serpent* — qui n'est pas un vrai serpent mais un bâtonnet le figurant — pour jurer fidélité à son époux ; le même serment n'étant pas demandé au mari).

Les sœurs et les cousines des guerriers soulèvent alors les bâtons auxquels sont accrochés les *waspi* et commencent à danser la danse de la victoire. À elles se joignent les pères des deux éclaireurs massacrés par les Dakotas, en signe que, leur mort ayant été vengée, leur deuil est terminé.

Des mocassins joliment décorés de piquants de porc-épic sont remis en cadeau aux vingt-six survivants de l'expédition. La danse du scalp est lancée après un grand festin où sont servis des langues de wapiti, du pemmican et de jeunes chiots bouillis avec des herbes odorantes. Une danse du *waspi* dure normalement quatre nuits mais l'on est en voyage, et dès demain l'on reprendra la route.

— Et tu as droit à deux plumes d'aigle, dit Deux Pas. Tu as marqué deux coups.

— Je suis un guerrier lakota, un vrai ?

Le chef s'autorise l'un de ses rares sourires — en tant que chef de guerre car dans l'intimité il est très affable et rit volontiers :

— Tu es un vrai guerrier lakota. Je serai toujours fier et heureux de me battre à tes côtés.

Note la nuance : toi, tu avais dit combattre sous tes ordres, lui dit : combattre à tes côtés. Il a pourtant pesé ses mots, comme d'habitude. J'aime énormément cet homme.

Départ à l'aube, le lendemain matin, bien que la plupart aient rejoint leurs tipis à une heure avancée de la nuit. La colonne s'ébranle, François fait le compte : deux cent quatre-vingt-dix-sept êtres humains. Dont soixante-six guerriers, quatre-vingt-dix-huit femmes en âge de procréer et plus de cent dix enfants.

Plein ouest.

— Combien d'autres tribus devrons-nous encore affronter, Deux Pas ?

Beaucoup. Toutes les terres appartiennent à quelqu'un, on ne peut donc s'en emparer que par la force.

— Ce monde est immense, il doit bien y avoir des régions qui ne sont à personne.

Ils marchent en tête, Deux Pas et lui, et Pissarugues est à leur côté gauche. Des éclaireurs ont été envoyés en flanc-garde pour prévenir toute attaque surprise, un petit détachement commandé par Rocher Rouge est à l'arrière.

... Et me voici, moi, le petit-fils de François Villon, le plus grand poète de tous les temps, en tout cas au royaume de France, me voici portant des armes d'un autre âge, vêtu de peau, seul à des milliers de lieues à la ronde à savoir lire et écrire, presque l'égal en connaissances (et je le fusse peut-être devenu si le temps m'en avait été donné) du grand Pico della Mirandola que j'ai failli rencontrer sauf qu'il était déjà mort à mon premier séjour à Florence. Me voici allant à pied, à la recherche de quelque graal dont je ne sais pas du tout à quoi il peut ressembler, et si même j'en ai réellement envie, et s'il existe, et si je ne serai pas submergé par la déception si, d'aventure, je venais à le trouver — et à pied, moi qui ai parcouru l'Europe des Flandres au djebel Al-Tarik, que nous autres chiens d'infidèles appelons Gibraltar, à pied moi qui ai toujours chevauché.

... Me voici avec au cœur une femme-enfant, pour qui je mourrais cent fois et dans les pires souffrances, qui...

— Oyu'pota attend un enfant, dit Pissarugues.

— Aile Noire aussi.

— Je le savais. Moi, je voudrais huit ou dix enfants, au moins.

— C'est ça. Et dans cent ans d'ici, ce nouveau monde sera peuplé de Pissarugues.

— Ça me plairait bien.

Ils rient. François traduit la conversation à l'intention de Deux Pas. Ils rient tous les trois, unis par une amitié très chaude.

... Une femme-enfant qui attend un enfant de moi, mais avec qui j'aurais quelque peine à parler de casseroles, de Gutenberg, de jupons, de Dieu, de pain, de cheval, de roue ou des dames du temps jadis de mon grand-père.

... Me voici enfin et surtout menant vers une invraisemblable terre promise (parce qu'en dépit des apparences, je l'ai bel et bien mis sur la route et le fais marcher presque où je veux) un peuple qui sans moi fût demeuré à cultiver son maïs, à chasser et pêcher pour les siècles à venir.

Appelez-moi Moïse.

Elle se retourne pour regarder derrière elle, et scruter l'horizon. Horizon qui est le plus lointain qu'elle a jamais contemplé. Aucun Wah Nah Maket en vue. Qu'est-ce qu'il fabrique, ce chien de deux toises ?

Elle ramène son regard vers l'ouest.

— Et c'est quoi, cette bestiole ?

— Un bison, dit Mathurin Toboggan. C'est très gros.

— Comme une vache ou un taureau.

— Je ne sais pas ce que c'est.

— Ça a quatre pattes pareil, ça donne du lait, ça se mange. C'est bon à manger, le bison ?

Tu plaisantes ou quoi, petite ? Bien sûr que c'est bon à manger, un bison.

— Ça appartient à qui ?

À qui le tue.

— Je peux en tuer un, Myrtille ?

Elle peut. Si elle peut.

— Je peux, dit-elle. Une bébête aussi grosse, il faudrait que je fusse bien lourdaude pour la manquer. Dans mon pays, nous disons d'un chasseur maladroit qu'il manquerait une vache dans un... Mathurin, comment tu dis *couloir* en étranger ?

Il ne connaît pas le mot français.

Elle contemple les bisons. Il y a cinq bêtes.

— Vous avez une préférence, bonshommes ?

Une femelle.

— Pourquoi une femelle ? Parce que vous êtes des mâles, bonshommes ?

Parce que la chair de la femelle est meilleure, et parce que la peau est de meilleure qualité.

Hé, hé, voilà qui ne m'étonne pas. Nous autres femelles...

— On reconnaît une femelle...

— Myrtille, quand j'aurai besoin de toi, je te le ferai dire.

— Et attention au vent, dit le Toboggan.

— La ferme, Mathurin.

Elle ressent une très forte exaltation, *j'ai toujours aimé chasser, tu te rappelles le jour où tu as battu Pouillou Pattu ton père à plates coutures, trois sangliers à zéro ?* (C'est vrai qu'il éclatait d'orgueil, en tant que père, il a dû soûler trois mille personnes, avec son histoire des trois sangliers.)

Elle ôte son carquois, qui va la gêner dans son approche. Elle choisit trois flèches. Croise le regard de Myrtille, comprend.

— Une seule flèche.

Elle avance jusqu'à une touffe de gentiane tout fraîchement née et, à partir de là, vient sur les genoux et les coudes, l'arc en travers, posé sur la saignée de ses bras, je te parie que derrière moi, ils doivent lorgner mon fondement qui se dandine.

... Pas Myrtille, j'oubliais.

J'adore ce que je suis en train de faire. J'étais la seule fille à tuer des bestiaux, dans les monts d'Auvergne.

Elle prend le vent et oblique sur la gauche, la voilà près des érables — elle note que quelqu'un les a saignés, pour en récolter le sirop. Attention, c'est habité, dans le coin.

Elle n'est plus sous le vent, désormais. Elle réduit la distance. Cinquante, quarante, trente toises. L'herbe printanière déjà haute lui cache un peu la vue, pas assez pour ne pas distinguer un mâle et quatre femelles, dont deux qui seront pleines, à en juger par leur gros ventre et le grossissement de leurs mamelles. Elle porte son choix sur une des deux autres.

Ça a le cœur où, ces bestioles ?

C'est un taureau, je suppose.

C'est dans le mouvement qu'elle fait pour venir sur son coude droit et commencer d'encocher la flèche qu'elle les voit.

Quatre Indiens. Trois femmes et un garçon qui peut avoir douze ans. Ils sont à une portée de flèche d'elle et la regardent, sans bouger. Ils semblent seuls. Ou alors ils seront cent cinquante-trois, hilares, cachés dans ces foutues herbes hautes, à attendre de me prendre.

Tant pis.

Elle achève d'encocher sa flèche, dispose son arc parallèlement au sol. L'instant d'après, elle a tout oublié, et de ces gens qui la considèrent, et du Toboggan, et de Myrtille qui sont pour l'heure hors de vue. Elle est la flèche et l'arc tout à la fois et presque pourrait décocher les yeux fermés, tant la trajectoire est inscrite dans son cerveau. Elle éprouve dans tout son corps la merveilleuse vibration de l'arme qui se détend après avoir atteint le maximum de sa tension...

Et n'en croit pas ses yeux. Sa cible ne bronche pas.

Je l'ai manquée, tu l'as manquée, triple crêpe !

Sur quoi elle s'aplatit, le nez et la bouche dans la terre, lâchant son arc et levant très vite ses bras et ses mains pour se protéger la tête : ces abrutis de bisons galopent vers elle, droit sur elle ou presque, ils la frôlent, elle sent leur puissante odeur de bouc et de laine humide, très puante. Je vais rester là jusqu'au jugement dernier, à ressasser ma honte et l'ignominie qui s'est abattue sur moi.

— Dakotas.

Voix de Myrtille.

— Oublie-moi, Myrtille.

— Je disais : ce sont des Dakotas.

— Et alors ? C'est la tribu où il y a le petit homme ?

— Non, celle-là, ce sont des Lakotas. Ça, c'est des Dakotas.

— Tu veux ta flèche, oui ou non ?

Cette fois, c'est le Toboggan qui crie, à plus de vingt toises, là où était... où est la dame bison qu'elle a tuée.

— Elle est morte, Mathurin ?

— Elle fait peut-être semblant, mais c'est bien imité, dit-il. Tu veux ta flèche ?

— Évidemment.

Je l'aie eue. Ça, alors !

Elle retire son grand coutelas de sa gaine, marche jusqu'à la bête morte, qui est de belle taille, *mais j'ai vu des bœufs et même des vaches plus gros que ça*, et tranche les chairs.

— La langue, c'est ce que je préfère, dit le Toboggan.

Elle dégage sa flèche. Qui a bel et bien traversé le cœur et s'est très profondément enfoncée, de bien plus d'un pied — évidemment : à vingt toises, ce serait malheureux.

— Des Dakotas, dit le Toboggan.

— Je sais. Heureusement que vous n'êtes pas quatorze à venir m'annoncer la nouvelle à tour de rôle. Ce sont des Lakotas que je cherche, pas des Bakotas, des Kokotas, des Pakotas, ni non plus des Ouakotas. Dieu merci, ma flèche est intacte.

Mathurin Toboggan est en train de découper la panse du cadavre, assez adroitement en fait, en sorte de mettre au jour les entrailles sans qu'elles en profitent pour s'épandre sur une lieue carrée. Myrtille surgit, trempe son index dans toute cette tripaille, le porte à sa bouche et le suce.

— Il y a moins de trois jours, dit-il. Les Lakotas sont arrivés pendant que ces quatre-là s'étaient rendus à un autre *tiyospe* (village) qui est à une journée de marche dans le nord. Les Lakotas ont massacré et *waspi* tous les guerriers dakotas, par traîtrise. Ces quatre-là ont vu les Lakotas qui festoyaient, après le massacre.

— Le petit homme était avec eux?

Oui. Et l'Homme-Montagne aussi.

— Combien de Lakotas?

Deux fois dix fois les dix doigts ou plus.

— C'est beaucoup, remarque le Toboggan. Tu n'auras pas trop de tes sept flèches.

— Je n'ai aucune raison d'exterminer une tribu entière, Mathurin, ne dis pas n'importe quoi.

(C'est que ça fait beaucoup, deux cents et plus.)

Ils laissent le bison où il est et gravissent un monticule. Le village des Dakotas massacrés est là en contrebas. Catherine-Marie découvre deux rivières qui se rejoignent, les traces d'un campement ancien, les vestiges d'une construction en terre et en branches, de forme rectangle, dont la porte est ou a été de bois — elle a été incendiée, de même que quelques tipis que l'on n'aura pas voulu ou pu emporter. Des cercles sur le sol indiquent que d'autres tentes ont en revanche été démontées. Et se voient çà et là les traces d'une bataille: des débris d'armes, des taches de sang, des marques dans la terre rappelant des luttes violentes; et surtout trois échafaudages funéraires pour trois guerriers lakotas.

— Et les morts de l'autre tribu?

Ils ont été entassés à l'intérieur d'un tumulus dressé par de la terre rapportée et à présent herbue. Il y a là une salle en partie sous la surface du sol, qui a dû servir de réserve de provisions — celles-ci ayant été prises. Dans la pénombre, Catherine-Marie compte vingt-quatre cadavres, tous dépouillés de leur calotte crânienne.

— Il n'y avait que des hommes, dans ce village ?

— Les Lakotas ont emmené les femmes et les enfants. Comme toujours.

Qu'ils intégreront à leur propre tribu. En somme, ces prétendus sauvages de ce nouveau monde sont bien moins sauvages que dans son pays à elle où, sous prétexte que les uns vont à la messe et d'autres pas, on ne laisse personne vivant, jusqu'aux nouveau-nés.

— Moins d'un jour et demi, répète le Toboggan.

— Ça veut dire quoi, moins d'un jour et demi ?

— Ton petit homme et ses deux cents et plus Sioux n'ont même pas un jour et demi d'avance sur toi. Et ils vont vers l'ouest, je ne sais vraiment pas pourquoi. Ce n'est pas une expédition de guerre ou de chasse, c'est inexplicable. On ne va pas en guerre en emmenant ses femmes, ses enfants et ses vieillards. Le très très très vieil homme l'autre jour ne comprenait pas où ils s'en étaient allés. Je ne comprends pas non plus. Ils changent de territoire, c'est vraiment très étrange.

Elle ressort de la salle semi-souterraine aux cadavres. Moins de trente-six heures, hein ? Et une colonne appesantie par des femmes, des vieux, des enfants et tant de bagages.

— Nous les rejoindrons après-demain, Mathurin. Nous allons marcher très vite. Dis à ces quatre-là qu'ils peuvent manger ce qui restera de mon bison, après que nous nous serons servis.

La nuit est assez claire, on y voit à dix toises. Elle embaume, cette nuit, pleine qu'elle est de toutes les senteurs printanières ; et la marche forcée, la véritable course qu'elle, Catherine-Marie, et les deux hommes ont livrée, deux jours durant, a eu lieu dans un paysage certes plat, ou à peine ondulé, mais fantastiquement transformé par des myriades de fleurs, ça a été comme de marcher sur un tapis.

— Laisse faire Myrtille, dit le Toboggan. Il est meilleur que toi et moi réunis, à ces choses.

Il m'énerve mais il a raison.

— D'accord.

Le Cree se coule entre les fleurs, entre les buissons de framboisiers et de jasmins, sous les pins, les épicéas et les thuyas. Il disparaît sans bruit, sans faire plus de bruit qu'une feuille qui tombe.

Attente. Je suis un tout petit peu fatiguée, j'aurais pu courir encore une ou deux lieues, mais alors je m'abattais les bras en croix et la langue traînant par terre — le Mathurin ne vaut pas mieux, c'est vrai ; alors que le Myrtille est tout pimpant. Elle s'allonge sur le dos, elle contemple les étoiles, ce sont les mêmes apparemment que celles qui brillent par les nuits claires sur les monts d'Auvergne. Elle se souvient d'un soir d'été — *j'ai dans les dix ans*, Pouillou Pattu pour une fois est avec elle, il n'est pas à cavalcader au diable vauvert, il est là, dehors, il s'est allongé sur l'herbe, elle vient et s'allonge de même tout près, et en fait contre lui, il lui passe son si gros bras sur les épaules et sous la nuque, la serre contre lui *(je vais pleurer, je te préviens, si tu continues à faire resurgir des souvenirs pareils, qui te déchirent le cœur)*. Ils regardent ensemble les étoiles, Pouillou Pattu son père et elle, elle lui demande où les étoiles s'arrêtent, puisque tout a nécessairement une fin. Et il dit non, pas les étoiles, le ciel n'a pas de fin, il est sans limite. Et elle pleure, tandis qu'il rit de la voir, de l'entendre pleurer. Il dit que lui aussi, étant enfançon, ça lui est arrivé aussi, d'avoir envie de hurler, voire d'étouffer presque de chagrin, à ne pouvoir comprendre quelque chose qui n'a pas de fin, c'est contre nature, ça te rend un peu fou que ça dépasse ton entendement, tu...

— Ce sont bien eux.

Chuchotement de Myrtille réapparu à deux pieds d'elle sans qu'elle l'ait entendu revenir.

— La tribu lakota ?

Acquiescement.

— Le petit homme ?

Avec les Lakotas. Mais il y a des sentinelles, partout, ce sont des Lakotas très méfiants et très précautionneux. Tenter d'approcher le camp de nuit serait mortel.

— Tu as vu le petit homme, Myrtille, tu l'as vraiment vu ?

Myrtille a vu deux hommes qui ne sont pas des Indiens, qui sont pourtant vêtus comme des Indiens, qui ont des haches de pierre et des couteaux de même, mais qui ne sont pas des Indiens à preuve que l'un a des cheveux — oui, le petit — des cheveux jaunes et des yeux très clairs.

— Pas de… comment on dit *épée*, Mathurin ?

Ça n'existe pas.

— Le petit homme n'a pas un couteau très long, grand comme un bras d'homme et même plus, pendant accroché à sa ceinture ?

Non.

Tu vas voir que je me suis trompée de bonhomme, je vais tomber sur un fils de chien qui ne sera pas Smaragdin, qui sera n'importe quoi mais pas Smaragdin, j'aurai couru sur plus de la moitié de la terre dont il paraît qu'elle est ronde (à en croire Pouillou Pattu) pour trouver un excrément de maraude qui sera un autre très différent de celui que je pourchasse.

— Dors, dit le Toboggan.

— Pas sommeil.

Mais elle se remet bel et bien sur le dos, elle se recouvre de la couverture de peau retirée d'autour de son bissac, elle s'endort bel et bien. Elle rêve, mais ne se souviendra de presque rien à son réveil, quand la main de Toboggan Mathurin lui touche le sein droit (qu'elle a plus mamelu que l'autre puisqu'elle est gauchère, *ce fils de chien profite de ce que je dors pour me tripoter, je vais te lui couper un doigt ou deux…*).

— Le jour se lève, dit le Toboggan.

— Sors ta sale patte de là !

— C'est que tu me dois tant de dimanches...

Pour un peu elle en rirait, mais la réalité des choses lui retombe dessus comme une forte cascade. *Tu es à cent ou cent cinquante toises du Smaragdin, ta poursuite est finie!* D'un bond, elle est debout. Trop vite en fait, la main du Toboggan s'est enfin retirée de sa mamelle mais s'est posée sur son épaule et la presse de se baisser.

— Il fait jour, petite, on peut te voir.

— Je veux qu'on me voie ! Je ne demande que ça !

— Et tu prendras deux ou trois flèches dans les tétines, c'est ce que tu veux ? Ces guetteurs sioux ne plaisantent pas. Non, nous avons discuté, Myrtille et moi. Lui, c'est un Cree, les Lakotas le tueront à vue, il n'aura même pas le temps d'ouvrir la bouche. Tandis que moi, après tout je suis français.

— Voilà. Et moi, pendant ce temps, je brode, je tricote, je file ma quenouille. Je me demande même si je ne vais pas pondre un bambin en vitesse, pour m'occuper. C'est moi qui y vais, Mathurin.

— Je peux encore largement t'assommer.

— Ah oui ?

Elle appuie encore un peu et il s'écarte — la lame du coutelas commençait à transpercer ses vêtements et devait égratigner la peau de son ventre, et le reste.

— Au moins je t'accompagne. Avec tous ces dimanches que tu me dois, je ne peux te perdre.

— Tu restes derrière.

Elle se dresse, plus grande que les deux hommes avec elle — surtout Myrtille qui s'est assis et semble se désintéresser de toute cette affaire.

— Tu restes derrière, Mathurin. Au moins dix pas.

Elle distingue vaguement la silhouette de l'une des sentinelles sioux, mais sitôt qu'elle s'est hissée sur le petit talus qui les abritait, elle est en vue. Elle ôte son casaquin, puis sa chemise de peau, elle se met torse nu.

— Je te préviens, ça ne compte pas pour un

dimanche. Pour que ça compte, il faut que je sois seul à lorgner.

— La ferme.

Elle avance de dix ou douze pas, s'immobilise une première fois. Elle tient son arc par l'une des cornes, son coutelas est revenu dans sa gaine de poitrine, sous le bras droit ; plus un deuxième couteau sous sa jupe, attaché à sa cuisse droite ; et un troisième dans son dos. La sentinelle vient d'imiter quelque animal pour donner l'alerte mais à part cela se contente de la regarder.

— Il va me comprendre si je parle étranger, Mathurin ?

— Il n'y a pas tant de différences entre le sioux et le cree, mais il y en a. Tu veux que je traduise ?

— Dix pas en arrière, bonhomme.

— Tu enlèverais aussi tes jupes, ça le désarmerait tout à fait. Le guetteur, je veux dire.

Elle réfléchit.

Non. À cause de mes couteaux. Et pour au moins une autre raison…

— Je veux tuer ce petit homme, Toboggan. J'ai parcouru des milliers de lieues pour ça.

Et cela remonte du tréfonds d'elle-même. De la lave auvergnate très brûlante. Quelle haine ? Tu la croyais un peu éteinte, Tête de diable ? Elle ne l'est pas. Elle est quasiment intacte.

La sentinelle, sur sa gauche, tient sa flèche encochée, mais l'arc lui-même un peu bas. Elle vient à sa hauteur, distance vingt pas. L'arc se relève et la flèche vise sa poitrine.

— Je suis une femme de par-delà les mers, dit-elle. Je suis venue pour voir Smaragdin.

Le Sioux lakota reste impassible, comment dire s'il a compris ou non ?

— Nous venons en paix, dit le Toboggan huit pas en retrait. Enfin, moi. Moi, je suis aussi un homme d'au-delà des mers et je n'ai que des intentions pacifiques. Plus pacifiques que moi, c'est impossible.

— Je comprends tout ce que tu dis, à un mot près ou deux, Mathurin.

— Alors tu sais le sioux.

Elle achève de gravir la petite éminence sur laquelle le guetteur était juché, elle découvre sous elle, outre des plaines fort longues et à perte de vue, une grosse colonne d'Indiens et d'Indiennes, et d'enfants et de pavois surchargés. Cette colonne s'allonge sur peut-être trois ou quatre cents toises, et même davantage.

— Tu crois que je peux avancer, Mathurin ?

— Tu serais déjà morte, sinon.

Trois ou quatre guerriers sont en train de revenir en sens contraire de la marche de la colonne, et donc vers Catherine-Marie. Il y a parmi eux un très bel homme, de haute stature, avec des cuisses de rêve (le derrière ne doit pas être mal non plus) et portant sur la tête une longue coiffe qui lui ceint le front et cascade jusqu'à sa taille, par un double alignement de plumes d'aigle.

Elle va à sa rencontre, s'arrête. Il se détache du groupe et se porte à quelques pas. Il est vraiment beau.

— Tu sais notre langue ?

— J'ai été prise par les Crees. Je sais le cree. Je suis du même pays que le petit homme qui est avec ta tribu.

— Nous l'appelons Celui Qui Chante et Danse.

— Moi, je le connais comme Smaragdin. Je ne suis pas son amie. Je suis venue le tuer.

Le chef sioux la dévisage avec une franche curiosité, presque il sourirait.

— Tu vas toujours nue de la sorte ?

— Je voulais montrer que je venais en paix.

— Avec un arc, sept flèches et au moins deux couteaux. Tu n'as pas un troisième couteau dans ta ceinture ?

— Oui.

— Habille-toi.

Elle laisse tomber l'arc, repasse sa chemise et son

casaquin — c'est vrai qu'elle commençait à avoir froid, ses tétines étaient toutes dures. Le chef sioux continue de la scruter ; toute lueur d'amusement a disparu de son regard ; lequel passe sur le Toboggan mais sans s'attarder, avant de revenir sur Catherine-Marie.

— Je m'appelle Deux Pas, dit-il.

— Tête de diable.

— Il y a quelqu'un d'autre avec toi, à part ce vieil homme ?

Ne mens pas.

— Un Indien, dit-elle. Un Cree qui est mon ami et m'a aidée à suivre la trace du petit homme. Il savait que les Lakotas pouvaient le tuer, mais il est quand même venu. Par fidélité.

Nouveau temps de réflexion chez le chef sioux nommé Deux Pas. D'évidence, ce n'est pas un homme à prendre ses décisions à la légère.

— Un seul Cree ?

— Un seul.

— Pourquoi veux-tu tuer Celui Qui Chante et Danse ?

— Il a tué mon père qui était son ami. Il l'a tué par traîtrise puis il l'a volé.

— Est-ce que les femmes, dans le pays d'où tu viens, portent des arcs et des flèches, et trois couteaux, comme toi ?

— Non.

— Je suppose que tu sais te servir de ton arc ?

— Très bien. Aussi bien que n'importe quel homme, et même mieux. Je viens de tuer un bison, d'une seule flèche.

Deux Pas se retourne et jette un coup d'œil sur la colonne en train de s'éloigner. Il hoche la tête.

— Je vais te conduire à Celui Qui Chante et Danse, dit-il. Celui Qui Chante et Danse est mon ami, c'est un des meilleurs guerriers que je connaisse. Il est peut-être meilleur que moi. Je ne crois pas qu'il soit homme à tuer un ami par traîtrise. D'un autre côté, tu n'es pas une femme ordinaire. Tu t'es échappée de chez les Crees ?

— Oui. Leur chef Wah Nah Maket m'avait prise pour femme.

— Et tu t'es quand même enfuie.

— Rien ne compte plus à mes yeux que le petit homme.

— Je connais le nom de ce Wah Nah Maket. Je sais que c'est un homme de ta race, je sais que c'est un grand guerrier, très haut de taille et très fort. Je sais qu'il chasse les Crows qui lui ont tué sa femme et ses enfants, et qu'il leur mange le foie alors qu'ils sont encore vivants. Il est très sauvage. Tu l'as tué, avant de t'enfuir ?

— Non.

— Alors il va te pourchasser.

— Il ne sait pas que je me suis enfuie. Il conduit une grande expédition vers le Sud et ne reviendra pas avant au moins deux lunes. Ou trois ou quatre.

Catherine-Marie ne ment pas — *je crois sincèrement que ce fou de Wah Nah Maket n'a pu être rejoint par les émissaires de Myrtille, il doit assurément naviguer sur le Maesi Sipu et se trouver à des centaines de lieues d'ici.*

— Viens, suis-moi, dit Deux Pas. Et le vieil homme aussi.

— Et le Cree ?

— Cinq Sioux, sans compter ceux qui sont là derrière, ne vont pas prendre la peine de courir après un seul Cree. S'il y en a bien un seul.

— Il est seul. Parole de Tête de diable.

— Viens. Je prends ta parole. Quoique tu sois une femme.

Et tout le groupe — Catherine-Marie et Mathurin Toboggan et Deux Pas et ses trois guerriers et la sentinelle —, tout ce groupe se met en marche, accélérant à peine afin de rejoindre la colonne, celle-ci distante de deux cents toises.

— Tu t'en es bien tirée, petite. Mais ce chef-là n'est pas n'importe qui.

— Moi non plus.

Elle a répondu, mais sans y vraiment penser, toute sa tête, sinon toute sa vie, est concentrée sur cette rencontre si proche. Elle recherche une certaine silhouette dans le long étirement de ces presque trois cents personnes allant quasiment à la file.

L'Homme-Montagne ! Pour celui-là, elle ne voit que lui, c'est vrai qu'il dépasse d'une tête tous ceux qui l'accompagnent.

Et LUI, où est-il ?

Elle en tremble, à peine remarque-t-elle, sur la droite de la piste, un marais qui s'étendra sur des lieues, que semblent traverser des rivières, qui est fait de lagunes herbeuses sur les bords, hors quelques saules. *Sors de cette torpeur, tu ne vois donc pas que tu en es comme hébétée ?*

— Nous avons marché sur vos traces, dit-elle au chef sioux. J'ai vu ce que vous avez fait aux gens de ce village dakota.

— Nous voulions seulement traverser leur territoire. Je leur ai envoyé des ambassadeurs avec des rameaux de paix, ils les ont tués.

Marécages de l'autre côté aussi. Des flancs-gardes essaient tant bien que mal de cheminer parallèlement à la tribu en marche, parfois obligés d'immerger, d'avancer avec de l'eau jusqu'à la poitrine, voire de nager.

— Tu pourras toujours essayer de filer par là, petite, dit le Toboggan en français, derrière elle. Quand tu auras coupé la gorge du petit homme.

Elle ne répond pas, l'a tout juste entendu, son regard vient de se fixer sur une silhouette, *comment ne l'ai-je pas vu plus tôt, c'est lui, ce ne peut être que lui, tu as déjà vu un Sioux, un Indien, avec des cheveux blonds, même si deux plumes d'aigle y sont fichées ?* Le Smaragdin est là, dix ou vingt rangs en avant de l'Homme-Montagne ; il marche au milieu de tous ces gens comme s'il en faisait partie *(forcé-*

ment: il se cache de moi et s'imagine qu'il peut m'échapper, déguisé en Indien, et en plus il s'est même mis des plumes sur la tête, je vous demande un peu!).

— Je crois que je vois ton homme, petite.

— Je sais.

— Tu fais quoi? Tu lui tranches la gorge à vue?

— Je ne sais pas.

— L'ami emplumé à ta gauche ne te laissera pas faire. Pour le moment, tu le fais rire; ça le divertit beaucoup, de voir une femelle essayer de tuer l'un de ses guerriers. Mais sa bienveillance n'ira plus loin.

— Fous-moi la paix, Mathurin.

On a commencé de remonter la colonne. Des regards intrigués sur Catherine-Marie, surtout de la part des femmes, les hommes faisant semblant de n'être pas curieux — dévorés par la curiosité, oui! Les chiens!

— L'un de ses guerriers?

— Ton petit homme porte deux plumes d'aigle, c'est un vrai guerrier. Les Sioux ne permettraient pas à quelqu'un de les porter si ce quelqu'un n'y avait pas droit. Je pense même que c'est ton compère à ta droite qui les lui a données. D'ailleurs, il te l'a dit: ce sont des amis. Tu vas nous faire tuer tous les deux, petite.

— CELUI QUI CHANTE ET DANSE!

L'appel de Deux Pas est haut et clair. Il est entendu. Le petit homme blond tourne la tête...

L'appel de Deux Pas lui fait d'abord tourner la tête. Le ton n'était d'aucune façon pour indiquer une menace. François découvre alors, à côté du chef de guerre, la haute silhouette d'une femme et aussi celle d'un homme aux cheveux gris portant toque de ragondin et vison mêlés.

J'ai déjà vu cette tête quelque part. Mais où?

Du coup, il s'arrête de marcher, après un pas de côté, et du coup Aile Noire qui allait sur ses talons s'écarte également de la file, si bien qu'ils se retrouvent tous deux sur le côté du lent flot humain.

— Tu connais cette femme, Celui Qui Chante?

Question de Deux Pas qui s'approche. Et à laquelle il ne répond pas tout de suite, occupé qu'il est à fouiller ses souvenirs, voyons, il y avait bien cette Gitane à Cordoue mais elle n'était pas si grande. Et hop, ça revient...

— C'est la fille qui..., commence à dire Pissarugues qui vient d'arriver à hauteur et s'est retourné aussi.

— Je sais, dit François Villon. L'espèce de folle sur les quais de La Rochelle. Qu'est-ce qu'elle...

Un mouvement lui attire l'œil sur sa gauche : un homme placé en flanc-garde vient de disparaître d'un coup, comme aspiré par l'eau — un crocodile, et ici ? — dans laquelle il avançait immergé jusqu'à mi-cuisse. Dans le même temps que la folle géante accélère le pas et se porte vers lui, François.

— JE TE TIENS, SMARAGDIN ! hurle-t-elle.

Et elle a sorti un coutelas, tenu de sa main gauche.

— C'EST UN PIÈGE, crie dans la seconde suivante Deux Pas. ALERTE !

... Car ils sont bien soixante à surgir du marais sur la droite de la colonne.

Soixante conduits par un géant blond-roux que François identifie au premier coup : mon vieux compère Wah Nah Maket. La mêlée suit immédiatement et elle est féroce.

Je le tenais — je le tenais — je le tenais, les trois mots rythment chacune de ses brasses. Elle nage sous l'eau, où elle a un peu plongé, où elle a été, pour beaucoup, précipitée par le foutu Mathurin Toboggan. Elle nage sous l'eau, tenant entre ses dents la corne de son arc. Un coup, dans l'Allier (qui était presque aussi glacé que cette eau-ci), elle a parcouru près de trois cents toises sans refaire surface — aidée par le fort courant, c'est vrai. Pas de courant ici, quoique. *Dans tous les cas, tu t'éloignes autant que tu le peux. Parce que tu l'as bien reconnu, le Wah Nah Maket, tu le croyais voguant nonchalamment sur le Maesi Sipu, eh bien, non, il t'a bel et bien couru après. En somme, c'est flatteur.*

... Mais c'est bien malplaisant. Pour ne pas dire complètement désastreux. Parce que au chef sioux, toi, tu lui as tout de même donné ta parole de ce qu'il ne se trouvait point d'autres Crees que Myrtille dans les environs immédiats — disons les cinq cents lieues avoisinantes.

Le chef sioux pourrait être porté à croire que tu lui as fait un très gros mensonge.

Il va t'en vouloir, c'est sûr.

Sans parler du Smaragdin que tu as manqué pour la deuxième fois. Ce fils de chien, excrément de ribaude vérolée, a une chance incroyable, non mais tu l'as vu ?

Il souriait, à te voir !

J'en étouffe.

... Et à propos d'étouffer, il serait peut-être temps de revenir à la surface, non ? Déjà, dix brasses plus tôt, elle a ressenti cette dure sensation d'asphyxie dont l'expérience lui a appris qu'on pouvait la surmonter. Une fois, pas deux.

Elle resurgit très précautionneusement à l'air, se coulant entre les ajoncs. Avec plus de prudence encore, elle se hisse de quelques pouces. Distance : dans les cinquante brasses. On s'entre-tue là-bas.

Fiche le camp. Ils ne te laisseront jamais t'expliquer. Ils t'auront mangée avant que tu aies le temps de prononcer : excusez-moi, chers amis...

Quelqu'un se meut, pas très loin d'elle. Elle n'en croit pas ses yeux. C'est le Toboggan. Qui aurait jamais pensé que ce vieux bonhomme pouvait cavaler avec tant de vitesse et d'agilité, tu dirais un chamois sur le puy de Sancy.

Elle s'enfonce très silencieusement dans l'eau et nage encore, visant un certain saule vers lequel le métis semble se diriger. Elle émerge à quelques toises de sa cible.

— Mathurin ! Je suis ici.

L'Iroquois breton interrompt sa course, lance un regard méfiant dans la direction des Sioux et des Crees, revient sur ses pas, se tapit contre le tronc du saule.

— Je te croyais noyée.

— Je nage comme un poisson, bonhomme. Et je suis morte de froid.

Elle se hisse sur la berge, claquant des dents. La bataille paraît terminée là-bas, des Sioux sont en train de faire *waspi*, d'ôter la calotte crânienne, et les cheveux qui vont avec, à des Crees étendus par terre. Le convoi a resserré ses rangs, Wah Nah Maket n'est nulle part en vue et, pour le Smaragdin, il ne se voit pas non plus, *j'espère qu'on ne me l'a pas tué, de quoi j'aurais l'air?*

— Fichons le camp, répète Mathurin Toboggan. Ils gardent entre eux et la colonne la masse de ce saule-ci qui, bien que dépouillé de ses feuilles, n'en est pas moins massif, de par son énorme buisson de tiges rougeâtres d'ailleurs bourgeonnantes ; ils rejoignent un autre bosquet d'arbres, puis un troisième ; ils s'éloignent ; aucune trace de poursuite derrière eux.

— Tu sais ce qu'il est advenu de Wah Nah Maket, Mathurin ?

— Il s'est battu comme un diable, je n'ai pas eu le temps d'en voir davantage. Tu es, nous sommes dans le bran, petite. D'un côté, Wah Nah Maket...

— S'il est encore vivant.

— Je n'ai pas tes yeux mais, grand comme il est, on le verrait s'il était par terre ou prisonnier. Je crois qu'il est vivant, je crois que lui et ses Crees vont te pourchasser, ils ne sont pas accourus du Maesi Sipu juste pour se massacrer un peu avec des Lakotas. Le Wah Nah Maket veut te remettre la main dessus, il perdrait son honneur s'il ne le faisait pas. Quant aux Sioux...

— Je sais.

Je suis accablée, c'est bien la première fois que ça m'arrive. Quand j'ai appris que mon Pouillou Pattu avait été occis, et dans quelles conditions, j'ai été horriblement triste, et enragée. Là, j'ai envie de me coucher par terre et de ne plus bouger.

Ça va passer. Ça passe.

— Je sais, Mathurin. Les Sioux croient que je les ai trahis et que le Wah Nah Maket et moi étions de connivence.

— Et ils vont te pourchasser aussi. Tu es le gibier le plus recherché de ce nouveau monde.

— Allons-y, dit-elle.

Et aller où, je n'en ai pas la moindre idée. Ou alors…

— Salut, Myrtille, dit le Toboggan.

Le Cree aux cheveux piquetés de cent fleurs vient de surgir comme un fantôme. Lui aussi a dû patauger dans les marécages : il est couvert de boue et de plantes aquatiques, sauf sur la tête.

— Il est vivant, dit-il, répondant à la question qui lui est faite sur Wah Nah Maket.

Et il aura encore trente ou quarante guerriers avec lui. Les Crees sont de grands guerriers, ils sont passés au travers des Sioux et ils en ont tué beaucoup.

… Ou alors, continue de penser in petto Catherine-Marie, il y aurait bien une solution.

— J'ai choisi de rester avec vous deux, dit encore Myrtille et toujours répondant à l'interrogation du Toboggan.

… *C'est en somme le seul endroit où tous ces Indiens sanguinaires ne me chercheront pas.*

Mais, dans la décision qu'elle prend à cet instant, entre autres choses, c'est peut-être bien plus encore qu'une manœuvre stratégique : elle ne le sait pas encore, elle n'a sans doute pas encore très clairement analysé cet étrange sentiment qui lui est venu durant les jours, voire les semaines d'avant.

— On va par là, Mathurin.

— Par là ?

Le Toboggan est très décontenancé. À marcher dans l'eau, à piétiner de la boue et de la vase, à se glisser entre des ajoncs et autres plantes bien visqueuses, ils ont tous les trois fini par atteindre la terre ferme, et une forêt d'érables et de trembles.

— C'est le pays où le soleil se couche, par là, dit encore Mathurin Toboggan.

— Justement. Ils penseront tous que je reviens vers mon pays. Mais mon père Pouillou Pattu m'a appris que la terre est ronde. J'ai déjà parcouru des milliers de lieues, en sorte que, forcément, en avançant tout droit, je finirai bien par m'en retourner chez moi.

— Je ne sais pas si Wah Nah Maket te poursuivra aussi loin. Mais c'est la direction qu'ont prise les Sioux, et ton petit homme. Tu risques de retomber sur lui.

— Vraiment ?

Il est à genoux, il ne pleure pas, il est écrasé, il tient le haut du corps et la tête contre lui — ce n'est pas l'attitude qu'aurait un guerrier sioux, peu importe. Aile Noire est morte. Le coup, monstrueux de puissance, que Wah Nah Maket a donné au passage, l'a atteinte à la tempe gauche et lui a fracassé le crâne, elle a été tuée sur le coup.

Et moi je suis indemne.

Il n'est pas loin d'être le seul dans ce cas. Deux Pas en personne porte une très profonde estafilade au flanc ; il saigne abondamment mais n'en a cure ; il va des uns aux autres, des Sioux hommes et femmes (et un enfant) qui ont été blessés, et dont certains vont mourir. Pour les morts, le chef de guerre des Lakotas les a déjà dénombrés : quatorze guerriers, trois femmes, un vieil homme, deux enfants. Contre onze Crees — qui ont emporté avec eux, dans leur fuite si rapide, leurs blessés.

— Celui Qui Chante ?

— Je vais me relever.

— Mon cœur est triste.

— Je sais. On n'en parle plus.

Il ramène ses jambes sous lui, soulève le cadavre, se dresse. Les guerriers qui se sont jetés à la poursuite des Crees commencent à revenir, des échafaudages funéraires sont dressés, Oyu'pota et Pissarugues en achèvent un, destiné à leur sœur et belle-sœur.

— François...

— Tais-toi, Antoine.

Ensemble, les deux hommes hissent à bout de bras le corps encore tiède et le déposent sur le plateau de bois, après l'avoir enveloppé d'une couverture de peau. C'est Pissarugues, en raison de sa taille, qui met en place la corbeille d'ajoncs tressés qui servira de protection contre les oiseaux.

Et tu vas faire quoi, maintenant ? Prier comme les pères jésuites ? Tu n'as jamais cru en ces choses, et s'il y a un dieu qui n'accueillerait pas en son prétendu paradis une perfection comme Aile Noire, quel genre de foutu dieu serait-ce ?

Il s'écarte de l'échafaudage, croise le regard de Deux Pas, demande :

— Nous poursuivons ces Crees ?

— Les anciens en décideront.

— Tu n'es pas pour les poursuivre.

— Les Crees sont des Crees, ils sont loin de leur territoire, comme nous. Ils nous ont attaqués parce que ce Wah Nah Maket leur a demandé de le faire.

— Et Wah Nah Maket lui-même courait après cette femme, qui courait après moi pour me tuer.

— Une femme que tu ne connais pas.

— Je l'ai vue, de loin, une seule fois. Dans mon pays. Elle criait je ne sais quoi. Je n'ai aucune idée de ce qu'elle me veut.

Les yeux de Deux Pas passent sur les vingt échafaudages funéraires, reviennent sur François Villon — il choisit de me croire.

— Je vais trouver ce Wah Nah Maket, Deux Pas. J'y mettrai le temps qu'il faudra.

— Essaie seulement de m'empêcher de t'accompagner, dit Antoine Pissarugues.

Le regard du chef de guerre sioux est resté planté dans celui de François. Qui comprend : il va venir aussi. Parce qu'il a vingt morts à venger, mais aussi parce qu'il veut avoir la certitude de ce que je ne lui ai menti à aucun moment.

— Tu es le chef de guerre des Lakotas.

— J'ai failli être tué, tout à l'heure. Rocher Rouge me remplacera. C'est un guerrier brave et sage. Ce Wah Nah Maket est de ta race, tu sais où il a pu aller ?

Non.

— Mais je sais ce qu'il va chercher.

— Cette femme avec un arc et trois couteaux.

— Tôt ou tard, il arrivera à elle, aidé ou non par ses Crees. Et nous serons là, à l'attendre. La femme sera plus facile à suivre.

VI

Elle est assise devant une mer. Une mer qui coule, du sud au nord, et depuis bientôt deux jours, et qui est infranchissable : qui aurait pu imaginer un seul instant qu'il pût exister, dans aucun monde, autant de bisons ?

Dans les premières heures, de par son entêtement ordinaire à franchir tous les obstacles, et passant outre aux recommandations pourtant instantes de Toboggan et de Myrtille, elle a descendu la pente occidentale du petit monticule au sommet duquel ils ont tous trois fait campement, pour finir. Elle s'est approchée du flot monstrueux. À quasiment le toucher, au moins d'une corne de son arc. Espérant elle ne savait trop quoi. Que, par exemple, comme le racontait ce curé d'Ambert évoquant elle ne se rappelle plus qui, cette mer qui se fendrait en deux, et lui livrerait passage. Tu parles. En tout et pour tout, elle a reçu plein les narines, outre une poussière du diable, une abominable puanteur musquée, à vomir, si épaisse que presque tu aurais cru pouvoir la palper. Elle a même pensé à tirer une flèche ou deux, pour tuer autant de ces fauves ; elle les aurait perdues.

Elle a tenté de marcher plein sud, trente heures durant, cette mer finirait bien par se terminer quelque part. Pas du tout. Elle s'est assise, elle attend. Il fait très beau, c'est un très beau printemps, c'est vraiment un très beau champ qu'elle a sous les yeux, devant, derrière, à main droite à main gauche, partout, tu commences à labourer ça, tu es mort de vieillesse avant d'y avoir fait autre chose qu'une égratignure insignifiante. La prairie. *Qu'est-ce que j'aimerais voir des montagnes, même une toute petite.*

Comme elle le fait, comme ils le font tous les trois depuis à peu près leur départ des grands marais, voilà environ une semaine, elle regarde en arrière. Rien à l'horizon. Pas de Wah Nah Maket.

Ni de Smaragdin. Je me serais trompée du tout au tout en espérant qu'ils allaient me poursuivre tous les deux ? (Et s'exterminer l'un l'autre, ce qui serait bien pour tout le monde.) Ça m'étonnerait. Après tout, je ne m'étais pas tant leurrée en m'attendant à ce que le Wah Nah Maket quitte le Maesi Sipu et rapplique dare-dare ; il est survenu au mauvais moment (on ne peut rien attendre de bien des hommes), cet escogriffe.

— Tu vois quelque chose ?

Question du Toboggan, qui sait beaucoup qu'elle a une vue plus aiguë que la sienne. Même Myrtille ne voit pas aussi bien. Voici trois jours par exemple, tout au bout de l'horizon, mais alors vraiment très loin, elle a cru distinguer des silhouettes. Trois. Elle les a aperçues le temps d'un battement de cils.

— Tu vois quelque chose, petite ?

Non. La prairie à l'est est déserte ; hormis des bisons en plus de ceux qui sont en train de défiler bêtement ; à part des chiens de prairie qui ne sont absolument pas des chiens, mais des sortes d'écureuils, et qui pullulent, on marche quasiment dessus et en plus ils te creusent des trous partout, avec des galeries communicantes, tu passes là-dessus et c'est comme si tu posais les pieds sur le toit d'une grande maison archipleine de monde, ça vibre et ça pépie ; sauf encore des loups, des coyotes, des antilopes très étranges — d'après le Toboggan, elles ont sur le haut du derrière une touffe de poils clairs qui, quand la bestiole s'estime en danger, se met à briller, non, sans blague, on aura tout vu —, et des lapins-baudets qui détalent comme la foudre, deux fois plus vite que le cheval le plus rapide *(moi, je dirais plutôt que ce sont là des lièvres)*.

— Tu ne vois pas ces trois hommes ?

— Je n'ai pas dit que c'étaient des hommes.

— Ce n'est pas Wah Nah Maket, en tout cas. Il serait déjà ici.

— On va pouvoir repartir.

Elle a reporté son regard vers l'ouest. Le flot des bisons est en train de se tarir et par-dessus la poussière qu'il a soulevée, elle, Catherine-Marie, voit au loin scintiller dans le soleil l'eau d'une rivière ou d'un grand lac. Et voici que revient la visiter ce sentiment si surprenant qu'elle a déjà éprouvé, ces derniers jours, voire ces dernières semaines : l'attrait d'un inconnu, d'une terre vierge, et immense. Vierge parce que depuis les champs de maïs qu'elle a vus aussi bien chez les Crees que chez les Sioux, ou d'autres tribus quasiment depuis son propre débarquement dans ce nouveau monde, elle n'a remarqué ici, lors des dizaines ou des centaines de lieues parcourues après l'affaire des grands marais, rien qui ressemble à de la culture, aucun signe de ce que l'homme ait travaillé la terre. L'endroit, la région sont pourtant habités. À plusieurs reprises, l'un des trois a signalé des villages de tipis (on est passé au large), des traces de passage, des cadavres de bisons tués et entièrement dépouillés au point que dans certains cas il n'en restait plus guère que quelques os, et des marques de campement, de feux éteints depuis des jours. D'après Myrtille et le Toboggan, ce seraient des Yankton dakotas, ou des Poncas, ou bien des Crows oglalas, des Sans-Arcs, des Mandans, des Cheyennes.

Neuf jours après avoir traversé ce que Myrtille nomme la Rivière Rouge, ils arrivent sur les bords d'un vrai fleuve.

— Qui s'appelle ?

— Ce sera le Missouri.

— Tu es déjà venu jusqu'ici ?

Non. Au plus profond de ses incursions vers l'ouest, le Toboggan a au plus atteint la Rivière Rouge. Même la fois où il a été capturé par les Hidatsas qui...

— Village, annonce Myrtille.

Qui a été le premier à repérer la fumée de plusieurs feux, au nord, et sans doute au bord de l'eau. On se tapit à l'instant, Myrtille part en reconnaissance, revient faire rapport : un *tiyospe* de Yankton dakotas, rassemblant une cinquantaine de gens.

On repart, en obliquant au sud-sud-ouest. Le fleuve, car c'en est un, se révèle très large et roulant des flots tumultueux, au moins dans le centre de son corps. Et il s'élargit encore, un vrai lac, plus en aval, entre des rives pas mal escarpées par endroits ; bon, ce sera l'Allier, en un peu plus gros, et alors ?

— Je peux nager jusqu'à l'autre côté.

— Pas moi, dit Mathurin Toboggan.

Myrtille secoue la tête : lui non plus ne tient pas à se hasarder là-dedans.

— Vous pourriez peut-être nous construire un canoé, bonshommes.

Sûrement. Sauf que cela prendrait du temps. Et l'on en manque un peu : au cours de la reconnaissance du *tiyospe* dakota qu'il vient d'effectuer, Myrtille s'est hissé sur un semblant de colline, en sorte d'avoir une meilleure vue d'ensemble. Et il les a vus.

Les trois hommes.

Ceux-là mêmes que Tête de diable avait déjà remarqués, sept ou huit jours auparavant. Le Cree les a un peu mieux distingués. Elle avait mentionné de simples silhouettes ; lui a identifié trois hommes, et armés. Un petit, un deuxième de bonne taille, un troisième géant.

— Ils nous suivent, Tête de diable. Nous nous sommes arrêtés, ils s'arrêtent. Ils ne veulent pas nous rejoindre.

— Pas pour l'instant.

Elle réfléchit. *Je vois. En somme, j'ai pourchassé ce Smaragdin sur la moitié de la terre et maintenant, je l'ai sur mes talons.*

— Je ne crois pas que ce serait une bonne idée, dit le Toboggan.

— Tu parles de quoi, là ?

— De ton projet de revenir vers ces hommes et de les flécher avec ton grand arc. En commençant par le petit homme.

— Je ne commencerai pas par lui. Les deux autres d'abord, lui en dernier. Je veux qu'il se voie mourir. Une flèche pour chacun des deux autres, les cinq dernières pour lui. Je veux le clouer au sol ou contre un arbre, je veux qu'il soit encore vivant et me voie quand je le découperai avec mon coutelas.

— Pas une bonne idée.

— J'ai déjà tué des hommes, Mathurin.

— Ceux-là sont difficiles à tuer. Ils te verront arriver, tu ne pourras pas les surprendre.

Il n'a pas tort. Outre que je ne vois pas pourquoi j'irais transpercer cette montagne humaine dont je ne sais rien et qui ne m'a rien fait ; et un Sioux qui, sans l'irruption de l'autre escogriffe avec ses soixante et quelques Crees, m'aurait traitée fort proprement.

Et puis avoue que ça ne te déplairait pas du tout de voir ce même Wah Nah Maket et le petit homme s'affronter et s'exterminer l'un l'autre — sous condition expresse que l'escogriffe ne me tue pas complètement le Smaragdin et qu'il me laisse la possibilité de trancher moi-même la gorge de ce dernier fils de chien.

Ça me débarrasserait des deux d'un coup.

— Nous allons traverser cette rivière, Myrtille.

— Je peux aller voler un canoé aux Dakotas. La nuit arrive.

La nuit vient en effet. Le Cree ne part que bien plus tard — une foutue lune éclaire la campagne environnante, de quoi elle se mêle, je vous le demande. Pour elle, Catherine-Marie, elle prend un bain, nue. Ce n'est pas que l'eau soit très tiède, mais bon, elle a connu pire. Elle s'aventure jusqu'au bord du cœur du lit du fleuve — *dis donc, tu es démente* —, et il s'en faut de peu qu'elle ne soit emportée par le très fort courant, quelle folle tu es, tu te vois en tenue d'Ève *(et sans ton arc, tes flèches et tes couteaux)* à des cent lieues d'ici ?

— Ça, ça compte pour un dimanche, il était temps.

Le Toboggan se rince l'œil à la clarté de la lune, laquelle permet de fort bien distinguer la rive opposée.

... Et il n'est pas le seul : parce que sur cette même rive, grand comme un arbre et pas moins malingre, debout et la regardant, il y a Wah Nah Maket.

— On rame, bonshommes, ouste !

C'est un bon canoé que Myrtille a trouvé là. De la place pour six, on pourrait inviter quelqu'un.

Elle est pimpante et allègre. La situation n'est pas, il est vrai, banale. Pour résumer, elle est au centre du cœur du fleuve Missouri, ballottée au point que, par moments, elle fait quasiment l'arbre droit en se retenant au banc de nage, avec deux bonshommes pour pagayer (et qui s'y emploient, tu peux me croire, apeurés qu'ils sont de tomber dans l'eau), tandis qu'à sa droite le Wah Nah Maket court comme un dératé pour rester à leur hauteur, sur une rive ; tandis que, sur l'autre berge — on ne les voit pas vraiment, on les devine, il faut savoir qu'ils sont là pour croire à leur présence —, cavalent itou le Smaragdin, la Montagne humaine et le Sioux qui sera probablement le chef de guerre appelé Deux Pas.

Je ne crois pas que je vais aborder tout de suite, d'un côté ou de l'autre. Rien ne presse, on verra dans deux ou trois jours, quand ils auront tous les quatre la langue à traîner par terre.

— Petite...
— On souque, Mathurin.
— Tu as vu ce qu'il y a devant nous ?
Elle relève un peu le menton pour regarder par-dessus l'épaule du Toboggan, droit dans l'axe de la rivière. C'est très joli, en effet : de la poussière d'eau monte en l'air, à trois ou quatre toises au-dessus de la surface du fleuve, et dans ce bouillonnement de particules, le soleil joue, y faisant naître d'admirables irisations.
— C'est une chute, Mathurin. Et alors ? Nous en avons déjà passé plusieurs.
— Ouais. Mais celle-là me fait encore plus peur que les autres.
On voit que tu n'as jamais traversé la mer océane, toi. Les vagues...
L'allure du canoé s'accélère brutalement et suivent ces incroyables instants où il flotte dans l'air, l'eau sous lui ayant soudain disparu. Après quoi il pique du nez et part dans le vide.

Il suit des yeux le canoé qui tombe, et auquel le Cree et le métis dont il ignore le nom s'accrochent désespérément. Son regard se reporte sur la fille. Pour elle, elle descend droit, très droite, avec un calme saisissant ; son grand arc est passé en travers de son torse et elle le tient d'une main, son autre main maintenant le carquois, cette folle a des nerfs en bronze.
— Elle sait nager, elle s'en tirera, dit Deux Pas.
— Si elle ne se fracasse pas sur un rocher, ajoute Pissarugues.
François, lui, ne dit rien. Il a déplacé de nouveau son regard et c'est maintenant l'autre qu'il fixe, le géant blond-roux, Wanamaker, face à lui sur l'autre rive par-delà le Missouri.
Le grand remous tout en bas de la chute à présent : le canoé avec ses deux pagayeurs vient de s'y engloutir mais en ressort très vite, les hommes y

étant encore accrochés. Pas la fille : elle s'est enfoncée, juste entre deux rochers noirs, et ne réapparaît pas. Ni à la surface du flot bouillonnant courant entre deux parois rocheuses, et sur une soixantaine de toises, ni plus loin, à cet endroit où le Missouri s'élargit et se montre moins furieux. Alors que le canoé reste en vue, emporté.

Retour du regard de François Villon sur Wanamaker. Le géant est d'évidence préoccupé par la disparition de la folle, d'ailleurs le voici qui se remet en route, toujours suivant le cours du fleuve, sans cesser de scruter celui-ci — et bien trop absorbé par sa recherche pour découvrir ses adversaires, il ne nous a pas vus, à aucun moment durant ces derniers jours, je gagerais qu'il ignore notre présence.

— Je veux franchir cette rivière, Deux Pas.

— Tu ne sais pas nager et je ne suis pas très bon non plus, dans l'eau.

Ça a été tout le problème pendant tout le temps qu'ils ont passé à descendre le Missouri sur sa rive gauche, se cachant à la fois des occupants du canoé et de Wanamaker (je suis le seul à le nommer Wanamaker, les autres disent Wah Nah Maket, mais je suis également le seul à savoir l'anglais) : trouver un moyen de modifier cette peu satisfaisante situation. Traverser, autant dire. Traverser, rejoindre Wanamaker et le tuer — à la limite la folle importe peu à François ; je commence à bien douter de ce qu'ils aient été de connivence, l'Irlandais et elle, il semblerait plutôt qu'elle m'ait couru après (pour une raison que j'ignore complètement, et que je ne parviens pas à imaginer) et que le même Irlandais ait cherché à la prendre ou à la reprendre — elle parle cree et ce n'est pas à La Rochelle qu'elle aura appris cette langue.

— Je peux essayer de te passer sur mes épaules, propose Pissarugues. Ou alors, on pourrait s'accrocher à un radeau.

Ce n'est pas la première fois que l'Ariégeois fait cette offre. Jusqu'à cet instant, François n'a pas donné suite. Pour une raison des plus claires : courir déjà sur la berge, très accidentée, à seule fin de se maintenir à la hauteur du canoé, a été épuisant. Prendre le temps d'un arrêt pour fabriquer un quelconque moyen de traverser le fleuve en crue aurait entraîné un retard, peut-être irrémédiable.

Il pleut de nouveau. L'éclaircie des deux derniers jours n'a pas duré. Il pleut même énormément, un déluge, tandis que la lumière baisse en même temps que le ciel.

Deux Pas est déjà reparti, suivant à distance le canoé qui est en train de déboucher du goulet par lequel le Missouri s'engouffre avec fureur. L'embarcation est renversée et pourtant deux paires de mains, voire un bras, sont visibles.

— Et la fille ?

Question de Pissarugues qui, avec François, a rejoint le chef de guerre et se penche sur le fleuve maintenant élargi mais dont la violence est bien moindre ; l'eau est par endroits presque étale. La pluie redouble, la visibilité diminue.

— On traverse, Antoine. Les deux hommes du canoé vont chercher la folle, Wah Nah Maket lui-même va devoir s'arrêter. Le moment est venu.

Deux troncs de pin sont mis à bas et liés par des lanières de cuir. Un radeau est ainsi fait, sur lequel on arrime les armes et les sacs. À la mise à l'eau...

— Tu remues simplement les jambes, François.

... À la mise à l'eau, et bien qu'il fasse encore grand jour, on sera dans le milieu de l'après-midi, on ne voit pas à vingt toises.

Elle reprend lentement connaissance et croit qu'il fait nuit. Non. On ne voit pas les nuages, la nuit, ce sera plutôt... Elle tente de se redresser mais des vertiges lui viennent, c'est juste si son visage, en retombant, ne claque pas sur le rocher. Car c'est du rocher, sous elle — sous une partie d'elle, le reste de son corps est encore dans l'eau. Ça va passer, attends ; dans tous les cas, tu n'es pas morte. Nouvel essai pour se hisser sur les poignets, nouvel échec, le nouveau monde lui tourne autour. *Puisque je te dis d'attendre !*

Il pleut, sacrément fort, l'eau ruisselle sur son visage. Et mêlée, cette eau, à quelque chose de plus chaud. Lentement, très lentement, elle dégage sa main gauche coincée sous ses seins et la monte jusqu'à son front. *Je saigne. Dis donc, tu en es où, Tête de diable ? Tu fais quoi sur ce caillou et tes fesses qui se dandinent sous l'effet de ce qui doit être un courant. Tu comptes jusqu'à vingt et ensuite debout.*

Premier souvenir qui revient : *je descends tout droit dans un grand vide.*

Rivière, canoé, le Toboggan, Myrtille. *J'y suis. Tu es dans le Missouri, ma vieille, tu es échouée quelque part.* La troisième tentative est la bonne : elle rampe et extrait du fleuve ses pattes arrière. Il ne fait pas nuit mais le ciel est si sombre qu'on pourrait croire le contraire. Elle avance encore d'un pied avant de comprendre que quelque chose de lourd la retient, la freine. Elle tire sur la lanière de cuir attachée à sa taille et son bissac gonflé d'eau émerge, elle le hale sur le rocher. Elle vérifie : son arc est là, le carquois aussi où les sept flèches sont maintenues en place par une double bride, ses couteaux de même.

Ça va très bien, Catherine-Marie.

Si tu bougeais ?

Des vertiges encore, quand elle s'assoit sur son fondement, mais déjà moins forts. Elle vide son bissac de toute l'eau qu'il contient et trouve ce qu'elle cherche : des lambeaux de sa dernière chemise. Elle s'en fait un bandeau autour de son front, à l'endroit de sa plaie — et de la belle bosse à la racine de ses cheveux. *Il ne me manque plus qu'une plume, j'y penserai.*

On y va. La tête lui tourne un peu quand elle se met debout mais elle y parvient. Le Missouri se rue sur sa gauche et sa droite, elle pensait être sur un promontoire quelconque (sur quelle rive, elle n'en sait rien).

Eh bien, pas du tout : elle se trouve sur un foutu îlot de rochers — aussi bien, ce seront ces mêmes foutus rochers qui se seront jetés sur sa tête, quoiqu'elle pense plutôt que c'est en tombant qu'elle s'est assommée. Elle l'escalade et contemple le paysage. Il n'y a pas grand-chose à voir, sinon le Missouri susmentionné. Même la chute, la cascade, la cataracte qu'elle a franchie en chute libre, même elle est hors de vue — on l'entend et c'est tout. Et les rives ?

Les rives sont loin, trois cents brasses pour le moins, pour la plus proche.

Ce n'est pourtant pas cet argument de la distance qui la détermine. Il y a d'abord ce fait que le canoé est invisible, ses deux occupants itou — *je ne peux pas croire qu'ils se soient noyés, c'est impossible, aussi longtemps que je ne verrai pas leurs cadavres, je me refuserai à croire à leur mort.*

Et puis l'autre raison : ça suffit, elle a assez joué les languissantes sur le Missouri. Elle espérait que le Wah Nah Maket et le Smaragdin s'affronteraient, c'est manqué. Et il est temps. Elle refait son bissac et, cette fois-ci, ne renouvelant pas l'erreur qu'elle a commise, elle le ferme par ses lacets au point qu'il y entrera très peu d'eau ; et d'ailleurs elle le place en travers de ses épaules, par-dessus le carquois et sous l'arc.

Elle se met à l'eau et commence à nager. Droit sur la rive gauche.

Souviens-toi : tu lui flèches une jambe après l'autre, puis les deux épaules, ne va surtout pas le tuer tout de suite. Fais-le souffrir presque autant qu'a souffert ton Pouillou Pattu.

Elle nage, avec sa souplesse ordinaire, se servant du fort courant (mais qui s'atténue à mesure qu'elle se rapproche de la berge) en le traversant en oblique. À un moment, sur sa droite, elle croit entendre des voix. Elle hésite puis appelle dans un murmure :

— Mathurin ?

Pas de réponse et, d'ailleurs, entre le grondement de la cataracte et le fort crépitement de la foutue pluie sur l'eau, elle aura rêvé.

On n'y voit vraiment rien. C'est tout juste si elle distingue les rochers de la rive.

Elle s'y hisse, trouve assez rapidement une pente herbue. Ses vêtements trempés pèsent, lui semble-t-il, un bon quintal. Si elle devait courir... Elle trouve un creux de rocher où au moins elle peut s'abriter de la foutue pluie. Elle se met nue, ce qui la fait penser au Toboggan au point qu'elle doit refouler son inquiétude, et entreprend de tordre de toutes ses forces sa robe de peau, ses mocassins, ses jambières, sa chemise fine, son casaquin de wapiti, la chemise grosse et jusqu'à son bonnet de fourrure — du renard. Elle claque des dents. Il reste du pemmican pour trois jours dans son bissac, quoique trempé.

Qu'est-ce que j'ai froid!

Elle donnerait, disons l'une de ses flèches, pour du jambon, du fromage, du pain et une goulée de vin. C'est en s'éveillant qu'elle constate qu'elle a dormi. Le jour se lève, moins sinistre que celui de la veille. Il pleut encore mais c'est plutôt de la bruine, le plafond de nuages s'est décidé à prendre de la hauteur, l'abruti. Elle remet en place ses trois couteaux, vérifie la tension de la corde de son arc, mange de nouveau, sort de son refuge. Le Missouri est toujours là, les pluies récentes ne l'ont pas arrangé, il roule des flots encore plus tumultueux. Le canoé n'est nulle part en vue, elle a beau scruter méthodiquement les berges, elle ne voit aucun corps, aucune épave. Où sont passés le Toboggan et Myrtille? Une nouvelle fois, elle se refuse à imaginer qu'ils aient pu être engloutis; elle est d'un caractère — et son jeune âge n'y est pas non plus pour rien — à croire que vouloir à toute force quelque chose suffit à le faire se réaliser: ils ne sont pas morts parce qu'elle ne le veut pas, c'est tout.

Elle achève l'escalade de la butte dominant le fleuve, progressant en silence, et en alerte. Pour rien: l'endroit est désert aussi loin que porte le regard. Des bisons au loin, à une lieue, sept ou huit bêtes qui pâturent. Et une harde d'antilopes se repaissant itou de l'herbe tendre d'un printemps déjà bien avancé. Que ce pays est beau, et riche, il s'y trouverait en plus des montagnes, ce serait le paradis. *Reconnais que tu t'en énamoures pas mal. Je reconnais.*

Enfin elle relève la piste. Pour cela elle a dû marcher vers l'amont, au-delà même de la cataracte. Ce sont bien trois hommes qui sont passés là, dont deux qui ont laissé des empreintes caractéristiques : les grands pieds et le poids de l'Homme-Montagne, les traces bien plus petites et surtout très légères du Smaragdin. Elle entreprend de les suivre, longeant le Missouri, en direction de l'aval désormais. Chaque fois qu'il l'a pu, le trio a cheminé en se tenant au plus près de l'eau grondante ; il ne s'en est écarté que lorsqu'il risquait d'être vu du canoé.

Le ciel est en train de s'éclaircir, des coins de bleu se montrent et s'élargissent, le soleil perce, les dernières brumes montant de la terre détrempée, ces brumes se dissipent et la visibilité devient très nette. Au point qu'ayant jeté un coup d'œil vers l'ouest, elle est saisie : ce sont bel et bien des montagnes qu'elle distingue. Bon, c'est vrai qu'elles semblent terriblement lointaines, vingt ou vingt-cinq lieues peut-être. Mais l'air est si limpide qu'aucune erreur n'est possible. Des montagnes ! Les premières qu'elle peut contempler depuis qu'elle a quitté ses monts d'Auvergne.

Tu vas marcher jusque-là et tu le sais. Si tu rentres un jour chez toi, au moins tu auras visité tout ce qu'il y a à voir dans ce nouveau monde.

L'instant d'après, elle s'immobilise, saisie. Parce qu'elle réalise ce qu'elle vient de penser, et en quels termes : si tu rentres un jour chez toi. *Qu'est-ce qu'il se passe dans ma tête, comment ça : si ?*

Mais elle a une autre raison d'être un moment paralysée par la stupéfaction : devant elle se dressent les troncs, enfin ce qu'il en reste, de deux gros pins très fraîchement abattus. Les fûts n'y sont plus, s'ils ont été ébranchés, et les deux sillons sur le sol meuble montrent bien ce qui en a été fait ; on les a traînés vers le fleuve, ils ne sont plus sur la berge.

... *Tu comprends ce que ça veut dire ?*

Du coup, la voici à observer de sa vue si perçante la rive d'en face. Ils n'auront pas traversé en ligne droite, forcément ; aussi cherche-t-elle plus en amont. Il lui faut marcher sur quatre ou cinq toises et c'est là. Le radeau fait des deux troncs de pin est là, abandonné. *Tu te souviens de ces voix que tu as entendues pendant que tu nageais ? Eh bien, c'étaient eux, pauvre crêpe. Tu les as croisés. Ils allaient sur la rive droite dans le même temps que tu gagnais la gauche.*

Je suis maudite.

— Non, dit François Villon.

Deux Pas ne s'est à aucun moment mêlé à la discussion, au demeurant tenue dans une langue dont il ne sait rien.

— Et s'il te plaît, Antoine, ne viens surtout pas me dire que tu ne crois pas que ce soit une bonne idée.

— Je le pense, dit Pissarugues.

— Alors, boude.

Coup d'œil de François en direction des crêtes, au-dessus d'eux, il est là-haut quelque part. Il dit, en lakota, cette fois :

— Deux Pas...

— Je ne comprends pas votre langue, mais je comprends ce que tu veux. Y aller seul.

— D'homme à homme.

— Il est vraiment très grand et très fort.

— Je suis dangereux, Deux Pas, dès qu'il s'agit de tuer.

— Je sais. Je ne voudrais pas me battre contre toi. Et s'il a des Crees avec lui ?

— Il n'en a pas, nous aurions relevé leurs traces.

Et je pense surtout qu'il met son orgueil à se battre seul.

— Comme toi.

— Tu n'irais pas seul, toi, si ta femme avait été tuée ?

— Je ne sais pas. Il a la force et la taille d'un ours. Et il est beaucoup plus intelligent. Et il a des armes que ni toi ni moi n'avons.

François soupèse sa hache de pierre, après avoir examiné son couteau d'obsidienne. Pour l'arc, il va le laisser — adroit comme je le suis avec cette chose, je serais capable de me tirer une flèche dans le pied (et puis l'idée de tuer à distance te répugne ; comme te répugnaient les arbalètes, dans l'ancien monde ; sans parler des arquebuses et autres pistolets).

— Je vais le tuer de près. N'intervenez pas, à aucun moment. S'il a le dessus, laissez-le aller.

— Et puis quoi encore ? dit Pissarugues.

— Je te le demande, Antoine. Et à toi aussi, Deux Pas.

Il bâille, l'imminence d'un très grand danger a toujours provoqué chez lui cette sorte de réaction. Il se sent bien, en somme. Légèrement engourdi. Comme s'il économisait toutes ses forces vitales pour le grand moment à venir.

— Quelle que soit l'issue du combat, vous reviendrez en arrière. Je me trompe ?

— Note peuple est en marche, dit Deux Pas. Nos anciens ont bien voulu accepter ma vision. Notre peuple la suit. Il aura besoin de Douce Montagne et de moi.

— Si j'en sors vivant, j'irai plus avant dans le pays où le soleil se couche. J'irai jusqu'aux montagnes. Je suis sûr qu'elles existent. Je les trouverai.

— Tu reviendras à nous ?

Qu'est-ce que j'en sais ?

— Je ne sais pas. Et je vous le demande encore : vous n'intervenez pas, quoi qu'il arrive.

Il assemble les armes qu'il s'est choisies, s'engage

dans le mince couloir rocheux qu'il a déjà reconnu. Bientôt, les deux autres sont hors de vue.

Quel silence.

— WANAMAKER ?

C'est le troisième appel qu'il lance, à pleine voix, et la réponse ne vient toujours pas. François Villon progresse sur la ligne de crête, à peu près du nord au sud. Le Missouri est sur sa gauche, il le domine d'une soixantaine de pieds. Voici quelques instants, il s'est retourné, a aperçu la cataracte à près d'une demi-lieue de lui, précédée de ce petit îlot rocheux qu'il n'avait pas vu la veille, lors de la traversée du fleuve — nous avons dû pourtant passer tout près.

Il repart après sa troisième pause. Une heure environ s'est écoulée depuis qu'il a quitté Deux Pas et Pissarugues, que bien sûr il ne voit plus. Il se coule entre deux petites parois et au sortir de ce goulet retrouve le jalon — deux brindilles croisées — placé au cours de l'une de ses deux reconnaissances. Il parcourt une centaine de pas sans presque s'arrêter.

S'immobilise : l'entrée du petit plateau arboré est juste devant lui.

— WANAMAKER ?

Le très léger tintement, la corne d'un arc toquant un rocher, l'alerte. À la seconde, il roule sur lui-même et file sous un petit surplomb. Juste à temps : la flèche s'enfonce dans le sol où se trouvait l'instant d'avant son abdomen.

— Qui es-tu ?

Question en cree.

— You remember, tu te souviens d'un homme que tu as empêché de franchir le Mississippi, que tu as attaché sur une pirogue ?

— Tu parles ma langue.

— Je sais toutes les langues, mon bon. La tienne n'est pas la plus difficile. D'ailleurs, tu la connais, ça prouve bien qu'elle est facile.

— Je me souviens d'un petit homme que j'aurais pu écraser d'un seul coup de poing.

— Je ne suis pas facile à tuer, Wanamaker. Tu vas t'en rendre compte. Par contre, je tue extrêmement bien.

Il rampe à toute vitesse, change de position, s'engouffre dans des fourrés : il est un peu plus haut que moi, je dirais à quinze toises, et, en mettant le sud à midi, il serait à dix heures. À ma gauche, donc.

Son troisième jalon est un peu sur sa droite. Distance : quarante-cinq pieds, si mes souvenirs sont bons — ils le sont.

— Parce que tu veux me tuer, petit bonhomme ?

— Right, dit François Villon.

Nouvelle séance de reptation. Il atteint le troisième jalon et se faufile entre deux arbres, derrière lesquels il retrouve du rocher, mais plat. Il bâille, il faudrait quand même que je me réveille, presque je dors.

— Quel est ton prénom, Wanamaker ? Moi, c'est François.

— Qu'est-ce que ça peut te foutre ?

— Je mettrai ton cadavre dans la terre, comme dans l'ancien monde. Il faut bien que je sache ce que je dois écrire sur la croix. J'espère que tu es catholique ?

Nouveau déplacement, très furtif. Il a été vu : la flèche lui frôle la jambe et même l'entaille un peu. Mais il a atteint son quatrième jalon.

— Je vais te tuer pour deux raisons, Wanamaker. Dis donc, tu ne m'as toujours pas dit ton prénom.

— Je suis Shawn Wanamaker.

— Deux raisons, disais-je. La première : tu as tué ma femme. Je te poursuivrai jusqu'en Chine, pour ça. Je n'aurai pas à aller si loin.

Il est à vingt, vingt-cinq toises, mes mouvements le déconcertent. Mais il me suit, c'est l'essentiel. Attention, il n'est pas idiot.

— Et toi, tu as volé la mienne, de femme.

— Si tu parles de cette grande folle qui me pourchasse depuis un port de France appelé La Rochelle, je ne la connais pas. Et je m'en passe très bien.

N'exagère pas : elle a de splendides tétines, et sa croupe ondule à souhait. Elle est grande, c'est vrai, mais bon, tu ferais deux voyages...

— Tu m'as tué Aile Noire, Shawn Wanamaker. Je plaisante, mais c'est ma façon d'être. À l'intérieur de moi, je brûle de haine et de désir de vengeance. Quant à celle que tu appelles ta femme, il ne me semble pas qu'elle partage ton point de vue. Je crois plutôt qu'elle te fuit. Après tout, c'est toi qui manges le foie de gens vivants. Tu es fou de la tête, mon bon.

François bondit et court, sur une vingtaine de pieds. Pas d'autre moyen de parvenir au cinquième jalon.

— Ce qui m'amène, Shawn Wanamaker, à la deuxième raison que j'ai de vouloir te tuer, et te faire disparaître de la surface de ce nouveau monde. Tu le contamines. Tu veux en être le roi, m'a-t-on dit.

— Je vais l'être.

Il se rapproche par la droite.

— Ce nouveau monde a autant besoin d'un roi, de chevaux, d'armes de fer et de canons que de la peste noire. Je suppose que tu as déjà pensé à trouver des chevaux et des armes ?

— Je vais en trouver.

— Pas après ta mort, mon bon.

Entre le cinquième et le sixième jalon, plus de trente toises. C'est la partie de l'itinéraire la plus dangereuse, il a cherché en vain une solution de rechange.

Repère-le, d'abord.

— Où pensais-tu trouver ces chevaux et ces armes ?

— Chez les Spaniars. En Floride[1] ou plus à l'ouest.

1. Ce que les Espagnols nommaient la Floride couvrait en réalité un territoire infiniment plus vaste que l'État homonyme actuel. Il s'étendait notamment jusqu'à l'actuel Alabama.

— Ce n'est pas la porte à côté.

Il est toujours sur ma droite, et à quinze toises environ. Ce tintement est celui d'une épée, ou d'une dague. Et pendant un court instant, des regrets viennent à François Villon, pensant à ses propres armes, si familières, qu'il a jetées dans un étang. N'y pense plus, ça t'avance à quoi ? Il te faut faire avec ce que tu as.

— Shawn Premier, roi des Indiens, je ricane, mon bon. Tu seras désormais l'homme qui voulut être roi, et qui en est mort.

J'y vais.

Il s'élance, courant le plus vite possible, et rentrant la tête dans les épaules. La flèche le touche tout de même, et lui transperce l'avant-bras gauche. Dix pas plus loin — cet enfant de pute tire aussi vite qu'un Sioux ! — une deuxième flèche le blesse, à la jambe cette fois.

Il atteint pourtant le sixième jalon. C'est une sorte de couloir entre deux parois rocheuses. Il s'y jette, c'est là que le péril est le plus grand. Mon Dieu, François, combien de fois as-tu déjà joué à cette sorte de jeu mortel ? Tu te souviens de cette nuit où ces trois spadassins te traquaient dans Paris, du côté de la rue Tiquetonne, sous ce singulier prétexte que tu venais de leur tuer un frère (en combat loyal, au reste) ? Il t'a fallu foutrement manœuvrer pour les disjoindre et les occire un par un.

— Wanamaker ?

Pas de réponse. C'est ennuyeux, pour ne pas dire inquiétant. Le couloir qu'il suit fait un angle à droite, je crains le pire...

... Non sans raison : le géant est devant lui, à quinze pieds, épée dans la main droite, dague dans la gauche, et si massif et si grand qu'il ferme tout passage.

— Et maintenant, petit homme ?

— J'aurais une épée moi aussi...

— Tu n'en as pas.

— Je m'en passe, mon bon.

Wanamaker se met en mouvement, sans hâte.

— Je crois, dit-il, que je vais goûter du foie d'un homme blanc, pour changer.

Au moins, étourdis-le, si tu ne le tues pas. La hache de pierre est déjà en l'air et vole. Le seul réflexe du colosse lui évite d'avoir le visage fracassé, je lui aurai rompu un bras, ce n'est pas rien. François Villon court, il revient sur ses pas, atteint la faille, s'y glisse, s'y enfonce, le passage étant juste suffisant pour lui-même. Mais il perd du temps, la pointe d'une épée ou d'une dague s'enfonce dans son mollet, je vais finir saigné comme un porc. La faille s'élargit, ensuite. Il se hisse sur un éboulis, la situation commence à devenir préoccupante...

— Tu es bien lent, Shawn Wanamaker. Ce sera...

Il est en haut de l'éboulis. Ce qui ne l'avance guère : un piton se dresse sur la gauche, qu'il ne servirait à rien d'escalader, à supposer que ce fût possible ; le Missouri est droit devant, et dans les soixante pieds plus bas (mais, lors de sa reconnaissance, il a dû constater que sauter dans le fleuve était impossible : outre que je ne sais pas nager, je ne tomberais de toute façon pas dans l'eau mais sur du caillou). Reste la route de droite.

Il casse la flèche dans son bras juste à la hauteur de l'empennage, la retire. De même celle fichée dans sa cuisse, qui n'a en somme qu'un peu déchiré la chair. La blessure au mollet est plus douloureuse. Mais il peut marcher, c'est l'essentiel — il est temps que tout ça finisse, d'une façon ou d'une autre.

Il se penche sur les douze pieds de vide. En bas, une avancée de la forêt, la corne d'un bois qui aurait poussé ses racines jusqu'au cœur d'un petit cirque de pierre : la seule issue se trouve vers l'ouest, et elle est étroite.

— C'est la différence entre nous, Shawn Wanamaker. Tu veux bouleverser ce nouveau monde et moi je n'y veux rien changer. Tu veux y régner, je ne veux qu'en faire partie. M'y fondre. As-tu jamais...

Il descend, dos tourné au vide, peinant pas mal à

se servir de son bras gauche et des élancements lui montant tout au long de la jambe droite, du fait de sa plaie au mollet — s'il me prend avant que je sois en bas, je suis mort.

— ... As-tu jamais rêvé de montagnes, Wanamaker ? Depuis des années, je n'ai que cela en tête. Les gens de ce nouveau monde ne sont pas violents. Ils peuvent tuer, certes, mais pas pour une grotesque affaire de messe, ou de croissant et de croix. Et puis les espaces sont tels...

Il entend le bruit d'une course précipitée et saute, quoiqu'il lui reste cinq bons pieds à descendre. Il roule au sol pour éviter de justesse le tranchant de l'épée, roule encore et échappe au coup d'estoc, parvient à mettre un tronc entre le géant et lui — appelez-moi David, sauf que je n'ai point de fronde et n'ai plus en main que mon couteau de pierre, je suis revenu au temps des hommes des cavernes dont me parlait le révérend père Bompar.

Il esquisse une course claudicante vers la seule issue à l'ouest, la route lui est coupée.

— Je vais prendre mon temps, petit homme.

— J'ai tout le mien, mon bon.

Il commence à reculer, faute d'autre manœuvre à effectuer. Il hésite à jouer la seule carte qui lui reste, à cet instant de la partie : lancer le couteau. Mais ces choses en pierre ne valent pas un bon couteau à lancer frappé à Tolède.

— C'est bon, le foie d'homme ?

— Comme celui d'un bison. En plus fin.

— Et gourmet avec ça, dit François Villon.

Il sent la paroi rocheuse derrière lui sans que pourtant il l'ait encore touchée. Sa main gauche s'élève et la tâte. Le septième jalon vient enfin sous ses doigts. Pas mal, tu y es arrivé, à quelques pouces près. Il sautille sur sa jambe valide, deux pas de côté, j'y suis.

— Tu me tues comment, Shawn ?

— Au couteau. Je veux manger ton foie quand tu seras encore vivant.

— Tu vas tuer cette femme, ensuite ?

— Oui.

— Elle ne veut pas de toi, je la comprends.

Une demi-toise entre le colosse et lui. Trop loin.

— Et voilà une troisième raison de te tuer, Wanamaker. Je sauve cette fille, qui au demeurant m'indiffère. J'ai toujours été fort galant avec les dames. Elles me l'ont d'ailleurs bien rendu.

Maintenant, il la sent sous son pied, à moins d'un pouce sous la terre. La lance. La lance qu'il a enterrée en la posant, au premier tiers de sa longueur en partant du talon, une pierre qui va servir de levier ; il suffit en somme d'appuyer très fortement sur le talon, la lance bascule, ce même talon tombe dans le logement creusé à cet effet, et qui sert de butoir, la lance s'enfonce dans la poitrine de Wanamaker le géant ; au vrai, c'est celui-ci qui s'y embroche tout seul, de par son propre poids et sa force et son élan, quand il se lance en avant pour pointer la lame de son coutelas à éventrer les Crees.

La lame touche François au flanc, malgré un retrait du corps — mais je n'en suis pas à une blessure près.

Pour la lance, elle est entrée de bas en haut, juste au-dessous du nombril jusque dans les poumons — du sang commence à sortir de la bouche et se répand sur la barbe — et même elle ressort dans le dos, sous la nuque. Le géant a lâché son coutelas et a empoigné la hampe à deux mains, ses efforts seront vains, il tombe sur le côté.

— Je n'en tire aucune fierté, Shawn Wanamaker. Je veux dire : de t'avoir vaincu. Je ne regrette pas de l'avoir fait mais je n'en ai aucun orgueil. Tu veux la vérité ? J'ai un peu de tristesse. Nous sommes là deux hommes du même monde, nous avons l'un et l'autre marché sur des milliers de lieues, pour survivre il nous a fallu tant de résistance, de courage et, surtout pour toi, d'intelligence. Tu as rêvé d'être roi, c'était un beau rêve.

— Tête de diable, dit le colosse dans un flot de sang.

— Je ne comprends pas.

— Femme. Tête de diable. I loved her.

Tu l'aimais. Je te crois, mon bon. Je crois que si tu lui as couru après au point de renoncer à ton grand rêve, c'est soit que tu la haïssais incroyablement, soit que tu l'aimais comme un fou.

— Donegal. Je suis de Donegal. Ai aidé Hugh Roe O'Donnel à brûler son château. À cause Anglais.

Je ne sais pas du tout où est Donegal, si j'en ai bien compris le nom, et moins encore qui est ou était cet O'Donnel.

— Quand es-tu né, Shawn ?

— Soixante-dix-sept.

— Je ne pense pas revoir cette femme appelée Tête de diable mais, si cela advenait, je lui dirai que tu l'aimais.

— Merci.

Un dernier flot de sang jaillit et la mort vient. François Villon abaisse les paupières.

Il creuse la tombe, ensuite, s'aidant du coutelas et de l'épée. Une pierre plate se trouve non loin de là, il s'en sert comme pierre tombale, sur quoi il écrit :

SHAWN WANAMAKER
1577-1610
de Donegal en Irlande.
Il voulut être roi et en mourut.

Il trouve encore la force d'escalader les rochers jusqu'à surplomber le Missouri, dans lequel il jette les armes de l'Irlandais. Puis s'assoit. Je n'ai pas menti tout à l'heure, en disant à cet homme que j'avais de la tristesse. Il y avait de la place pour deux, dans ce nouveau monde. Et c'est très affligeant, quand tu y penses. L'ancien monde est tout plein de gens qui s'entre-battent pour un lopin de terre, alors qu'ici elle surabonde. Combien sont-ils à avoir le courage de traverser la mer océane ? Quelques centaines, et encore se sont-ils établis au plus près, sur la côte. Tu as bien les Espagnols dans le Sud, en Floride, et dans un pays qu'ils appellent Californie. Mais à part eux ? À avoir franchi le Mississippi, et le Missouri plus encore, nous sommes une poignée. Certes, j'espère qu'il en sera toujours ainsi. Mais je n'y crois guère. Une invasion se produira bien un jour. Dieu merci, je serai mort.

La vue vers l'ouest est claire. Il n'y voit pas de montagnes, quoiqu'il lui semble bien distinguer des ombres.

Je veux croire qu'elles reculeront à mesure que j'irai vers elles. Rien de pire qu'un rêve réalisé.

Un contact contre sa jambe l'éveille. Deux Pas est en train de lui appliquer des compresses d'herbes. Il n'est pas descendu lui-même de ses rochers, c'est Pissarugues qui l'a pris sur son dos. Un feu est allumé, il fait nuit.

— Je vais très bien.

— Mais oui, dit Pissarugues très sceptique.

— Je tiendrai jusqu'à ma mort, Antoine. Probablement pas au-delà, encore que.

— Tu ne peux même pas marcher.

— Allons donc.

À preuve qu'il se lève sans s'appuyer sur rien. La jambe lui fait un peu mal, c'est vrai, mais c'est très supportable. Peut-être pas au point de courir, d'accord.

— Je partirai demain.

— Je viens avec toi.

Non. Non et non. Antoine Pissarugues a une femme, et pour bientôt un enfant. Mais ce n'est pas la seule raison.

— J'ai envie d'être seul. Il ne m'arrivera rien.

— Tu ne reviendras pas.

— Raison de plus pour ne pas m'accompagner. Mais je reviendrai. J'y suis tenu et tu le sais. Je ne manque jamais mes rendez-vous. Je serai là, enfin je retrouverai nos amis lakotas où qu'ils puissent être alors, au printemps prochain au plus tard. Tu ne m'en crois pas capable ?

— Je te crois capable de tout.

Sourire, si Pissarugues reste quant à lui maussade. Ils mangent.

— Deux Pas, quelles tribus vais-je rencontrer ?

— Peut-être des Shoshones. Ou des Crows oglalas.

— Ennemis des Lakotas ?

— Oui.

— Et après eux ?

Deux Pas l'ignore. Pas plus qu'il ne sait quoi que ce soit des montagnes du pays où le soleil se couche.

Oui, il pense que ces montagnes, si elles existent, peuvent être désertes. Qui irait vivre dans des montagnes ?

— Tu vas conduire ta tribu sur les bords du Missouri ?

— Si les anciens en sont d'accord.

— Au-delà du Missouri ?

Peut-être.

François Villon dort bien cette nuit-là, malgré les élancements, voire la douleur. Sa jambe est très raide, au matin, et surtout il éprouve des vertiges, provenant d'un coup à la tête qu'il ne se rappelle pas avoir reçu. Il prend ses deux sacs, son arc, un couteau et une hache de pierre ; et des vivres pour cinq jours. Il met toute sa volonté à marcher droit tandis qu'il s'éloigne sous le regard des deux autres. Reste que, sitôt hors de vue, il est contraint à une première pause. Les vertiges sont de plus en plus forts et par moments le font tituber, tandis que sa vue se brouille.

Mais bon, il avance. Le grand soleil lui chauffant d'abord le dos, puis, la journée s'avançant, son flanc gauche, avant que de venir lui faire face. Il va plein ouest, aucun doute, et le pays semble désert. Il est superbe.

Elle a une nouvelle fois traversé le Missouri. Parvenue sur la rive droite, elle fait route en amont, du lever au coucher du soleil. En vain. Aucune trace de canoé, sur une berge ou sur l'autre, pas de cadavre, où sont-ils passés ? Il est vrai que le courant est d'une telle force qu'on peut très bien être emporté sur des lieues.

Elle campe et juste avant de s'endormir sous un ciel étoilé décide de mettre un terme à ses recherches. À l'aube, elle a un tout petit peu modifié son projet : d'accord, elle va remonter le fleuve jusqu'à la cataracte, le Toboggan et Myrtille ne peuvent pas se trouver au-delà mais peut-être ont-ils fait terre immédiatement après la chute.

Une autre journée de marche et quelque chose la frappe : l'absence totale de vie humaine. Même dans les endroits qui sont des passages naturels, pas la moindre piste, ancienne ou récente. Et quand elle escalade le premier monticule venu, si loin que porte son regard, rien ; aucune fumée, pas la moindre construction ni le moindre tipi. Le pays est désert mais quelque chose ne va pas : le Smaragdin et les deux autres ont bel et bien franchi le fleuve. Sûrement pas pour se percher sur la rive d'en face et en repartir aussitôt. Ils sont donc de ce côté-ci. Et tu n'aurais pas vu leurs traces ?

Elle pousse bel et bien jusqu'à hauteur de la cataracte, n'y voit rien, revient en arrière. Des rochers, pense-t-elle, on ne laisse pas de traces sur des rochers, même après de fortes pluies. Le raisonnement s'avère : elle relève l'empreinte de la pointe d'un mocassin, grande comme une pièce de dix sols. Plus loin, du sang, quelques gouttes. Elle encoche une flèche et remonte vers ce piton qui doit dominer le fleuve, s'engage dans un vrai labyrinthe de roc. Traînée de sang dans une faille qu'elle ne peut franchir en raison de la largeur de ses hanches, et qu'elle contourne.

... Ainsi arrive-t-elle à une tombe où l'on a dressé une pierre. Qu'elle lit. Wah Nah Maket est mort. *Tu parles : ils se seront mis à trois pour l'assassiner, ces fils de chien.*

Elle décrit des cercles tout en redescendant. Les cendres d'un feu, sous un auvent de pierre. Les rochers plats, que tout à l'heure elle a traversés à la perpendiculaire, descendent en pente douce vers une forêt.

Et là, pour de bon, elle trouve une piste. Qu'elle identifie aussitôt, les traces des pieds petits sont bien trop reconnaissables. *Il est seul et s'en va vers l'ouest, il saura d'une façon ou d'une autre que je suis sur ses talons, il fuit, me fuit.*

Elle progresse d'une bonne lieue sinon davantage : les traces sont toujours là, toujours plein ouest, toujours solitaires, l'Homme-Montagne et le chef de guerre sioux l'auront abandonné à sa lâcheté, ils auront de la dignité, eux, qui ne s'enfuiraient pas devant une femme.

Quoique des femmes aussi périlleuses que moi, ça ne court pas les rues — d'autant qu'il n'y a pas de rues.

Elle prend la piste. Il aura deux jours d'avance. Et c'est étrange, par moments on dirait qu'il titube. Sûrement pas parce qu'il est ivre — pour trouver du vin dans ce nouveau monde, bernique.

Elle avance de son grand pas souple, se tenant prête à toute embûche, au besoin contournant les bosquets et les gorges.

Et cela vient, cela monte peu à peu en elle, qui n'a jamais été aveuglée par ses propres sentiments, ou du moins sait si bien les reconnaître : dans cette chasse que tu mènes, et depuis si longtemps, il y a désormais tout autre chose que la vengeance, Tête de diable. Plus encore que cette vengeance, autre chose te tient, qui est bien plus enivrant : une immense fascination pour cet inconnu vers quoi tu marches. *Le paysage change, tu l'as remarqué ? Voici de plus en plus de rochers et, somme toute, par gradins, tu t'élèves. Tu vas bel et bien vers des montagnes, ma bonne.*

Et d'ailleurs, les voilà, la chose est sûre, maintenant.

VII

— Que les choses soient claires, dit-elle à l'ours. En premier lieu, tu ne me fais pas peur du tout, et tout ce que tu pourras dire ne changera rien à ce fait. Et, deuxièmement, si tu continues à me faire obstacle, je serai obligée de te tuer.

L'ours la regarde et se dandine.

— Non, mais tu sais qui tu as face à toi, bonhomme ? Tête de diable soi-même. Le meilleur archer de ce nouveau monde. Je pourrais te planter, en deux flèches, une flèche dans chaque œil. Cela dit…

L'ours est gris, il grogne, sa très grosse patte gauche (il est gaucher comme moi, tu as remarqué ?) fouette l'air.

— Cela dit, je ne tiens pas à te tuer. Je tue pour chasser et manger, moi. Et j'ai déjà eu une antilope hier, j'ai de la nourriture pour une semaine. En plus, je reconnais bien volontiers que c'est ton territoire. Je ne fais qu'y passer.

Boum. La patte de l'ours secoue tout. Elle s'assure que la branche au-dessus d'elle peut bien supporter son poids et elle monte d'un étage, dans l'arbre.

— Ne sois pas ridicule. Tu ne pourras jamais abattre cet arbre. Et puis quoi encore ? Tu peux toujours essayer d'y grimper, ça te regarde.

Elle dégaine néanmoins son coutelas, à tout hasard, et le plante dans le bois à portée de main. Puis elle hisse son bissac maintenu à son ceinturon par une lanière et s'installe un peu, jambes ballantes, le crâne du foutu ours à sept ou huit pieds sous elle. Elle accroche l'arc et le carquois et, sortant l'un de ses petits couteaux, se taille une tranche d'antilope cuite à la braise la veille.

— Tu ne peux pas me trouver quelques pommes, ours ?

Elle est très satisfaite d'elle-même. La rivière

qu'elle a suivie sur les traces du Smaragdin coule à quelques pas sur sa gauche. Cette rivière vient de l'ouest. Au tout début, là où sans doute elle va se jeter dans le Missouri, c'était une grosse chose fort large, avec des berges très découpées ; à présent, c'est une rivière plus normale, une rivière comme il faut. Smaragdin la remonte, d'évidence, et ne cherche pas à dissimuler ses traces, il se croira en sûreté, certain qu'elle n'ira pas lui courir sur les talons dans un pays aussi désert.

Bon, pour elle et dans tous les cas, elle a marché portée par une véritable allégresse. Quelle extraordinaire sensation que de s'enfoncer sur une terre vierge, sans personne. Et les montagnes bien en vue (ce sera vers elles que le Smaragdin se dirige), va savoir pourquoi, peut-être qu'il escompte y trouver un trésor, fils de chien, va.

— Tu es allé jusqu'à ces montagnes, ours ?

Elle déchire à belles dents un morceau d'épaule fort savoureux.

— Moi, j'y vais. Je ne te demande pas de m'accompagner. Ou alors à distance. Pourquoi j'ai tant envie de ces montagnes ? Je ne sais pas. Je n'aime pas les terres plates, c'est vrai. Mais la raison doit être ailleurs. J'ai peut-être besoin de me prouver quelque chose ? Dans mon pays, j'ai grimpé partout, ça m'attirait. Et dans ce nouveau monde, compère ours, tu dirais que ce que tu ressens est cent fois plus fort. Tu as déjà respiré un air plus pur, tu as vu des horizons plus vastes ? C'est comme de te pencher sur un grand vide, mais pas dangereux même si tu y tombes. Et même tu as envie d'y tomber.

Elle bombarde l'ours avec les os qu'elle a récurés, l'ours grogne et tente de déchiqueter le tronc — tu peux toujours essayer, mon bonhomme. Elle boit un peu de l'eau de sa gourde. Il fait bon, il fait chaud, la chaleur a monté d'un coup, sur cet horizon de rocaille où seules les berges de la rivière sont arborées, sûrement qu'il se trouve, vers là où le soleil se couche, de grandes forêts, elle le sent et en jurerait, quoique pour l'heure elle n'aperçoive rien, à cause de gradins rocheux qui lui bouchent la vue, à l'ouest.

Elle s'est un peu acagnardée, assise sur sa branche. Elle bâille et fait pipi sur l'ours. Lequel presque aussitôt après, sur un dernier gros coup de papatte à l'arbre, s'en va — *je l'ai découragé.*

Les deux faits se produisent dans le surlendemain de ce jour-là. En un, il y a ces traces sur le peu de terre qui tapisse le fond du couloir rocheux qu'elle suit — plutôt un défilé, en fait; elles montrent, ces traces, que le Smaragdin s'est cassé la figure, qu'il a taché de son sang un angle de pierre ocre, qu'il s'est traîné, qu'il s'est relevé, que tout cela est frais, quelques heures mais pas davantage, qu'il n'est pas loin, *sans tous ces cailloux je le verrais (à moins qu'il ne fasse semblant et ne me tende quelque embûche, quelque part, mais je n'y crois guère).*

Et en deux, les montagnes. Elles sont là, à un jour de marche au plus. Elles se dressent au centre d'une mer de verdure, de végétation, d'arbres dont certains fort grands, et dont elle n'avait jamais imaginé qu'ils pussent exister.

Noires, les montagnes sont noires[1]. Elles dressent leurs crêtes sombres sur des lieues, gigantesque muraille en avant de quoi, sauf à l'endroit de la rivière et de deux autres ruisseaux, il n'y a que des levées de pierre aux formes tourmentées, et les chiens de prairie y pullulent. Partout, au moindre monticule, de mouvantes harpailles d'antilopes-chèvres. Et dans les endroits un peu herbus, des bisons — à moins de trente toises de Catherine-Marie, une dame bison à la robe étonnamment claire, presque blanche, est en train de mettre bas son veau; c'est une bête très grosse, de sans doute bien plus de

1. Il s'agit des Black Hills — les Collines noires. C'est là, dans la future ville de Deadwood, que vécurent Calamity Jane et Wild Bill Hicock. Les Black Hills s'étendent sur 193 kilomètres du nord au sud. Point culminant: 2 207 mètres.

mille livres, et son petit fraîchement né est quant à lui d'un rouge violacé fort éclatant.

La muraille s'entrouvre, voici un défilé. La rivière suivie depuis des jours et des jours a là, plus qu'ailleurs, des rives couvertes de verdure. Et d'arbres. Dont un justement s'abat et vient renforcer l'une des multiples digues que les castors ont construites.

— Salut, castors, bien le bonjour, dit-elle, tout comme elle a salué tous les animaux dont elle a croisé la piste *(quand je ne les ai pas tués, mais je n'en tue que ce qu'il faut).* Je vous aime, tous tant que vous êtes. Je vous promets de ne chasser que pour manger et me vêtir, s'il m'en était besoin.

Plus loin, bien plus loin, les traces du Smaragdin abandonnent le bord de la rivière et, pour une raison qu'elle ne s'explique d'abord pas, se montrent dans un boyau de roc, aux parois hautes de cinquante ou soixante pieds.

... C'est que, préoccupée de ces empreintes de pas qui semblent celles d'un homme qui se traîne, elle n'a pas levé le nez. Elle le lève et la surprise l'immobilise. Elle a devant elle, et sur les côtés aussi, des frises. Des frises de représentations de mains humaines, mais géantes, toutes alignées sur dix ou douze rangs, avec des doigts quasi deux fois plus longs que la paume, et le pouce presque parallèle aux autres doigts, et très long et fin itou. Tu dirais un chemin que l'on aurait tracé, un fléchage de chemin à suivre. Mais c'est vieux, c'est presque effacé par endroits, bien plus de la moitié des dessins se devinent à peine, sûrement que ce n'a pas été fait de la veille, ni des cinquante dernières années.

Elle suit la double piste, celle des mains peintes, celle du Smaragdin, elle débouche dans une lumière intense. Il y a là comme un immense cirque, où la végétation est très luxuriante et les arbres extrêmement nombreux, quoique beaucoup d'entre eux ne soient plus que des moignons, coupés à ras le sol par les dents des castors. Plusieurs ruisseaux s'entremêlent, la plupart barrés de digues anciennes, du fait de ces mêmes castors, qui auront pour quelque raison renoncé à ces habitats (mais ils en édifient ailleurs). Passent des daims à queue noire, des cerfs à queue blanche, des opossums, des dindons, des lapins, des écureuils. Et deux élans, là-bas, dans le lointain. Des oiseaux d'eau pêchent dans un air immobile. Et, longeant un étang ou une mare, Catherine-Marie reconnaît des poissons-chats et des sortes de brochets. Plus loin, dans une eau qui court davantage, les éclairs argentés de truites — qu'elle sait prendre à la main. Jamais tu n'as vu d'endroit aussi giboyeux que celui-ci. Et je ne te dis pas toutes les baies que tu peux cueillir, même des noix ; non, mais regarde : ça, c'est de la fausse ambroise, ça, de l'arroche, des bettes et presque des épinards, là-bas ce seront des courges et des tournesols ; avec les graines de maïs que j'ai dans mon bissac, tu parles d'un champ à venir...

On pourrait croire que ce paradis est, sauf le passage étroit par lequel elle est entrée, fermé de tous côtés par d'énormes falaises de pierre, hautes de cinq cents sinon mille pieds.

Mais non. La piste continue par un autre couloir, presque dans le prolongement du premier. De nouveau des mains, sur les parois. Très peu, cette fois. À peu près une tous les vingt pas, réguliers — quand le temps ne les a pas fait disparaître.

Ça monte, un gros ruisseau cascade, s'étant à force de temps creusé un lit dans la pierre sombre. Elle gagne en hauteur, contrainte à une véritable escalade des pieds et des mains, son grand arc, le carquois et le bissac lui battant les reins. En plusieurs endroits, des traces de l'homme qui la précède ; c'est du sang, mais il est mêlé à une sorte de sanie jaunâtre — il doit porter une blessure qui suppure. Il est fou, où va-t-il ?

... Et c'est comme de franchir une porte ; au sortir de ce boyau si pentu, elle débouche sur un plateau de plusieurs lieues de long, très arboré. Et surtout, face à elle, se dresse une vraie montagne, massive au point d'écraser le paysage de hautes futaies, de ruisseaux et de rares espaces découverts seulement plantés de sauge, qu'elle domine. Catherine-Marie avance, fascinée par ce qu'elle croit distinguer. Si grande est sa fascination qu'elle manque de s'engager dans une zone couverte d'une argile blanche craquelée ; mais les empreintes du Smaragdin l'ont contournée et, y jetant une pierre, elle voit celle-ci s'enfoncer aussitôt tandis qu'un liquide jaunâtre et fort nauséabond se dégage ; d'ailleurs, vingt pas plus loin, un bison est tombé dans le piège de cette tourbière, seuls ses cornes et le haut de son crâne émergent encore.

Elle progresse d'une lieue au travers d'une herse très dense de pins et, lorsque la vue se dégage à nouveau, elle a la confirmation de ce qu'elle ne rêvait pas : un dessin géant, de plus de vingt toises de haut et presque autant de large, a été gravé dans la paroi rocheuse[1], à une hauteur telle qu'il faut bien imaginer que les hommes qui ont accompli ce travail colossal ont dû se suspendre à des lanières, depuis le sommet. Cela représente une sorte d'homme-oiseau, vêtu d'un pagne triangulaire descendant d'une large ceinture à motifs carrés qui forment des cases, et celles-ci ont dû autrefois être très colorées ; l'homme porte autour du cou un collier de boules rondes sur un premier collier qui reprend les motifs de la ceinture ; ses bras sont déployés et très décorés, et sous chacun d'eux sont suspendues de très belles plumes d'aigle ; l'homme porte un masque de faucon sur le bas du visage et sur la tête des cornes, peut-être de bison. Du dessin se dégage une impression de sauvage majesté, en plus de ses proportions colossales.

Elle s'accroupit, puise machinalement dans son

1. La paroi est celle de ce qu'on nommera le mont Rushmore ; on y sculptera les visages des présidents Washington, Jefferson, Lincoln et Roosevelt. Un mémorial de deux cents mètres à la mémoire du chef sioux Crazy Horse est en cours de réalisation.

petit sac, accroché à son ceinturon, deux lamelles de pemmican, commence à en mastiquer une — *il va falloir que je renouvelle mes provisions de viande séchée, le problème est que je ne me rappelle jamais au juste quelles herbes on doit ajouter* —, pense comme souvent aux pommes au four si merveilleusement dégoulinantes de miel qu'elle mangeait au pied de ses monts d'Auvergne (sans parler du boudin), et seulement alors sent la présence. Elle tourne la tête et découvre le Smaragdin.

Il est à plat ventre, les deux bras allongés au-dessus de sa tête et ses doigts crochant le sol de rocaille comme s'il avait tenté d'avancer encore, en direction de l'homme-oiseau de pierre. Le visage n'est pas en vue, la tête repose sur la joue et est tournée de l'autre côté.

Dans la seconde, elle brandit son arc et encoche une flèche.

Elle l'a interpellé plusieurs fois, sans obtenir de réponse. Elle s'avance très prudemment, flèche pointée. Elle le touche de la pointe de son sabot droit.

— Tu es mort, excrément de ribaude puant ?

Pas de réaction. Elle dégaine son coutelas et en pose la pointe sur la nuque, entre les longs cheveux blonds.

— Tu fais semblant.

De sa main droite elle touche l'un des poignets, le pouls y bat, bien trop fort, deux fois la vitesse normale.

— Je vais pouvoir te tuer, puisque tu es vivant.

Très vite et se servant de sa seule main droite, la gauche maintenant le coutelas prêt à s'enfoncer, elle le retourne à plat dos. Elle a noté la très vilaine plaie au mollet et cette petite ecchymose bleuâtre à la tempe — et aussi une blessure au bras mais celle-ci est en voie de cicatrisation.

— Tu es vraiment inconscient ?

Il est blême, ses yeux sont clos, sa barbe est peu

fournie et très fine, du même blond doré que les cheveux. Le visage est maigre — *d'accord, reconnais qu'il n'est pas laid, qu'est-ce que ça change ?*

Elle retire de son bissac la cordelette de cuir tressé qu'elle s'était préparée pour le cas où elle aurait eu besoin d'une corde, mais finalement choisit quelque chose de plus court, en nerfs de bison. Elle lui lie les deux poignets.

— Si tu t'imagines me prendre par surprise...

À l'endroit où elle l'a trouvé, il n'y a rien, que du rocher. Elle le traîne un peu plus bas, vers ce qui semble être une grotte, qui en est une et largement : c'est une caverne très vaste et si profonde qu'elle paraît s'enfoncer sur des centaines de toises, et davantage, dans la montagne, avec toutes sortes de galeries allant dans cent directions. On y entend un sifflement presque comme une musique et serait-elle du genre à s'apeurer aisément, elle frissonnerait ; mais c'est le vent qui joue dans ces espèces de tubulures de pierre. Elle dépose le Smaragdin à l'entrée. Où un arbre se trouve. Elle y fixe les liens des poignets. Et pour plus de sûreté attache également une cheville avec une extrémité de sa cordelette, qu'elle noue par ailleurs à un autre arbre.

— Essaie seulement de te détacher. Non, mais est-ce que tu te rends compte...

Elle se penche sur le coup à la tempe et ne voit rien à y faire, *il aura peut-être un os brisé dans sa tête, je me souviens d'Albertin Pic qui était tombé du haut d'une grange, il n'avait pas une blessure plus grande, tout le monde le moquait mais il en est mort.*

La blessure au mollet est bien plus vilaine. À se demander comment il a pu marcher et grimper si longtemps. La plaie est rouge et jaune, il en coule un peu de sang mais surtout une bouillie très puante.

Je vois.

Elle part ramasser du bois mort et allume un gros feu bien dense, l'alimente sur un côté, en sorte d'obtenir un lit de braise. Sur quoi elle place la lame de son coutelas.

— Tu te rends compte de ce qu'il m'a fallu courir pour enfin te joindre ? Et t'avoir à merci ?

D'un autre de ses couteaux elle élargit la déchirure du pantalon de peau, à l'endroit de la blessure.

— J'ai des doutes, remarque bien. Il ne me semble guère possible que tu sois venu jusqu'à ce bout du monde à seule fin de me fuir. Je fais semblant d'y croire, mais je crois bien que c'est faux.

Elle rajoute de la braise sur et sous la lame, à mesure que le bois se consume.

— Je crois aussi que tu es vraiment inconscient. En pâmoison. Et que tu ne m'entends pas. C'est pour ça que je te dis ces choses. Tiens, celle-ci : je suis pas mal contente d'avoir tant voyagé. Ce nouveau monde me plaît infiniment. Je serais encore dans mes monts d'Auvergne, je ferais quoi ? Vieillir — à supposer que Pouillou Pattu mon père n'ait pas vendu tous les biens des Pouillou ? Ou alors je me serais mariée. J'aurais marié le premier maraud venu, j'en aurais pris un grand, bête et riche, je veux dire qu'il aurait eu au moins quatre vaches et dix moutons et une maison à lui ; j'aurais écarté les cuisses en pensant à autre chose ; et, soit dit en passant, je lui aurais probablement tranché la gorge et le reste s'il s'était avisé de me battre. Ici, dans ce nouveau monde, je suis égale à n'importe qui, je suis libre.

La lame du coutelas est à point. Elle la presse sur la plaie. Odeur de chair brûlée. Et un premier cri rauque du blessé, qui n'en sort pas pour autant de son inconscience.

Elle remet la lame au feu.

— On va faire ça deux ou trois fois. On le fait bien ou pas du tout.

Elle a choisi cet endroit pour y transporter le blessé parce que, outre que l'abri est excellent, il a en outre cet avantage d'offrir une vue, au demeurant splendide, sur la quasi-totalité du paysage. La futaie ne commence guère qu'à vingt pas, à main droite. À gauche est la montagne sculptée, juste en face se dresse un sommet qui doit atteindre et probablement dépasser l'altitude du puy de Sancy. Un assez gros ruisseau glougloute tout près et ce sera du cresson qui pousse sur le côté, non loin d'un gisement d'oignons sauvages.

Un hurlement à te déchirer la gorge : elle vient d'appliquer son cautère pour la deuxième fois.

— Qu'est-ce que tu es dolent ! Est-ce que je me plains, moi ? Tu serais mort dans quelques jours, dans l'état où tu es. Et à propos, je viens de me trouver une bonne raison de te soigner : je veux savoir pourquoi tu as trahi, volé et tué mon Pouillou Pattu. Après, tu pourras mourir. Mais je veux t'entendre me conter l'histoire.

Troisième cautérisation un peu plus tard. Il gémit à peine, du fond de son inconscience.

— Voilà, c'est tout ce que je peux faire. Au moins, je sais que tu ne fais pas semblant d'être en pâmoison. Tu ne bouges plus, maintenant. Je vais chercher de quoi manger. Je fais tout, ici, hein ?

Elle marche toutes les heures suivantes sans voir un seul daim sur lequel tirer l'une de ses flèches. Sans rien voir qui vaille, en fait.

— Ho, les bêtes, vous me voulez du mal ?

Elle trouve la situation inchangée et en même temps très modifiée, à son retour à la caverne. Inchangée parce que le Smaragdin n'a évidemment pas bougé (il est toujours en pâmoison complète, et de surcroît attaché, mais il est vivant, en tout cas il respire ; c'est comme le Pourrat à Issoire, il s'était pris un timon entre les deux yeux, dix-huit ou vingt jours il est resté à faire le mort en respirant tout de même un peu, jusqu'à ce matin où il a ouvert les yeux en réclamant sa potée à l'andouille ; *tu vois bien, Smaragdin, que tu ne parviendras pas à m'impressionner, si longtemps que tu dormes*).

... Et très modifiée quand même parce que à trente pas de l'entrée de la grotte, et l'air perplexe, tu as un machin, une chose, une espèce de chat gros comme un âne, qui sera (va savoir) un lion ou un tigre. Il est juché, cet imbécile, tout en haut d'un rocher de trois toises de haut, tout pelotonné. Son pelage est de couleur fauve, tirant sur le rougeâtre, surtout sur le dos, tandis que le ventre est presque blanc à force d'être roux clair ; et il y a du blanc bien franc, très propre, sur la gorge, autour de la gueule et des yeux.

— Salut, matou, bien le bonjour. Tu peux rester où tu es, tu ne me déranges pas. Je te préviens, toutefois : si tu projettes de me manger mon prisonnier, tu y renonces. Nous nous fâcherions.

Elle garde son arc à portée de main, retire du bissac le poêlon en terre cuite qu'elle a fabriqué elle-même — en courant le risque de faire crever de rire Nie Tout et autres dames crees, ce faisant. Elle prépare de la soupe avec des courges qu'elle a trouvées à une heure de marche, y ajoute du cresson, des oignons, de la viande séchée — pas de sel, elle n'en a presque plus. Le tout sur le feu qu'elle a ranimé. Le soir vient. Elle ne croit pas que le lion des montagnes va attaquer. *Je n'ai pas du tout envie de le tuer, en plus, il est trop beau et trop libre, après tout il est chez lui, merci de nous accorder le séjour.* Elle réussit à faire manger le blessé, se servant de la cuiller de bois taillée elle aussi de ses mains, et qui est presque droite. Elle mange elle-même puis, dans l'obscurité grandissante, s'assoit enveloppée de sa couverture de daim, dos appuyé à la paroi gauche de l'entrée de la caverne, très consciente du vide derrière elle, de ces probables galeries courant sous la montagne (il y aura une autre sortie quelque part, l'air circule) d'où n'importe quoi peut surgir...

Arrête. Ne te fais pas peur toute seule.

Les dernières lueurs du jour s'éteignent, les sommets à l'entour sont mangés par la nuit qu'elle est encore à les contempler, immobile.

Non, mais tu sais où tu es ?

Fous-moi la paix.

Le Smaragdin grelotte dans son inconscience. Elle pousse le feu et pour finir le recouvre de sa propre couverture.

J'espère que tu seras réveillé demain, bonhomme.

Il ne l'est pas. Il est très fiévreux et elle ne cesse de le faire boire. Allant même jusqu'à lui placer régulièrement une compresse humide, en massant doucement la blessure qui s'y trouve, sur son front brûlant.

— Tu t'en tires tout seul. Il n'y a rien d'autre que je puisse faire.

Elle s'apprête à partir chasser et alors seulement découvre que le lion des montagnes n'est plus là, il se sera esquivé durant la nuit. Sans doute pour se trouver de quoi manger, lui aussi, nous sommes pareils. Elle commence à s'éloigner, revient sur ses pas ; elle défait tous les liens du blessé ; l'idée qu'à le tenir ainsi ligoté elle le livre à n'importe quel fauve, cette idée lui répugne ; tant pis s'il s'éveille et s'échappe. Ce jour-là, elle tue un gros daim qu'elle débite sur place, après en avoir très soigneusement ôté la peau et les tendons. Elle fait quatre parts et les rapporte l'une après l'autre à la caverne.

... Où, à son troisième voyage, dans le courant de l'après-midi, elle retrouve le Smaragdin toujours endormi, et le lion des montagnes juché comme la veille sur son haut rocher, et cette fois très alangui. À croire qu'il veut faire rire : il repose sur son ventre (bien empli, il a été heureux dans sa chasse nocturne), ses quatre pattes et sa queue pendant dans le vide et son si gros museau posé un peu en avant sur le roc, avec un air tu dirais malicieux, comme font certains chats à leurs moments de béatitude, devant le bipède qu'ils se sont choisi pour sujet.

— Je crois que je comprends, matou. Je suis ici, tu vas faire un tour pour te trouver une auberge. Je m'en vais, tu me remplaces. C'est gentil.

Ou alors il veut vraiment me dévorer mon Smaragdin et attend d'être tout à fait déterminé, mais je n'y crois pas.

Elle fait manger à son blessé de la viande fraîche, bien saisie sur les braises et fort juteuse. Il convient de lui desserrer les dents d'abord, avec la pointe d'un couteau, de maintenir cette béance par l'enfoncement d'un morceau de bois, mais bon, ça entre. Il retombe dans son sommeil, si même il en était sorti. Elle le dévêt entièrement et le lave...

— Ce n'est pas pour dire, mais tu empuantissais un peu. Et, pendant que j'y pense, qui aurait pu croire qu'un aussi petit bonhomme pouvait être, comment dire, si bien armé ? Comme quoi il ne faut pas se fier à la taille du bonhomme.

Ce même après-midi, elle croit qu'il est en train d'émerger de sa pâmoison. Ses paupières bougent, ses lèvres remuent (elle lui redonne à boire, c'était ce qu'il voulait). Mais lanlaire, il replonge, inerte.

Elle a lavé les vêtements qu'elle lui a ôtés, l'a longuement contemplé nu. Comptant les cicatrices — bien suffisamment pour en faire commerce ; hormis le braquemart, il en a partout, et des belles. Petit mais querelleur, hein ? *Je me demande si tu n'as pas tué le Wah Nah Maket tout seul, en somme.* Regarde cette ligne des lèvres, et du menton ; c'est d'un homme, ça. C'est drôle, il a beaucoup de joliesse en lui, on croirait presque une fille, mais attention, tu lis aussi une sacrée férocité. Les muscles ne sont pas gonflés, ce n'est pas un lutteur comme ceux de la foire de la Saint-Jean, mais ils sont foutument durs. Il doit être vif comme la poudre.

De nouveau la nuit. De nouveau elle lui donne sa couverture. Elle a froid et finit par se coucher contre lui, pour s'abriter elle aussi de ces courants d'air pas mal glacés. Un contact la tire du sommeil. Une main. *Non, mais je rêve !* Elle est à ce point interdite, convaincue de l'irréalité de la chose, qu'elle ne bouge d'abord pas. La main jusque-là sur sa cuisse remonte et atteint ses tétines, et autour de l'une de celles-ci les doigts se resserrent un peu. Elle bondit. *Ce fils de chien m'a jouée !*

Déjà elle a son coutelas dans la main gauche et un autre de ses couteaux dans la droite. Mais la forme sous la couverture de peau reste inerte. Elle va enflammer une des torches qu'elle avait préparées et éclaire le visage. C'est celui d'un dormeur plongé dans un très profond sommeil. Le Smaragdin est couché sur le côté gauche, sa main droite se déplace par de lents mouvements sur le tapis en cuir de bison.

— Ouvre les yeux ou je te tranche un doigt.

Il ne réagit pas. Elle réitère sa menace sans plus d'effet (sauf que ce n'est pas un doigt qu'elle dit cette fois vouloir couper).

Rien.

J'ai des doutes.

Elle s'écarte et va s'asseoir contre le tronc du pin. Se relève après un moment et, toujours avec sa torche qu'elle n'a pas lâchée, va jeter un coup d'œil sur le foutu comique de lion des montagnes. Pas là.

Forcément, puisque j'y suis.

Ce doit être une femelle. Après tout, je ne lui ai pas vu de zizi.

Elle plaisante sans en avoir vraiment le goût. Ce sentiment qu'elle vient d'éprouver, d'avoir été bernée, l'a troublée et quelque peu désemparée. Certes, elle ne croit plus guère l'avoir été. D'avoir seulement imaginé qu'elle aurait pu l'être a suffi à ouvrir une brèche chez elle. Il y aura aussi cette totale solitude à laquelle elle se complaît — et croyait devoir toujours se complaire — et qui cette nuit-là, d'un coup, l'oppresse. Il y aura encore ce que confusément elle ressent comme une absurdité : qu'elle en soit à soigner, à protéger, à laver, à mignoter comme un enfançon un homme qu'elle a poursuivi, traqué sur, peut-être, sinon la moitié de la terre, assurément sur une distance infernale. *Tu ne sais plus où tu en es.*

Peut-être pas au point de chigner. Non. Quoique.

Elle se recroqueville, remonte ses genoux, appuie son menton sur sa poitrine. Très consciente, plus que jamais, de l'explosive puissance qui est en elle ; c'est l'un de ces moments (rares depuis qu'elle a fait ses quinze ans) où elle la déteste. Et se déteste.

— J'aurais bien voulu t'y voir, Smaragdin. Être femme et dépasser presque tous les hommes d'un pied. Surtout dans mon pays des monts d'Auvergne où ces mêmes hommes sont particulièrement à ras du sol. J'étais fille, Pouillou Pattu mon père aurait voulu un garçon. Et il n'a jamais eu d'autre enfant que moi, même si je suis assurée qu'il m'a fait des tombereaux de demi-frères et demi-sœurs sur toutes les routes qui vont en Italie et en Espagne et en retournent (quoique je serais fort ébahie s'il se trouvait des routes pour aller dans ces pays lointains, et d'autres pour en revenir). Le temps que mon Pouillou Pattu a passé sur ces routes, en tout cas loin de moi ! Des fois, il s'en allait avant Pâques et ne revenait pas avant la Noël, quand il revenait. Et moi on me brocardait. Tu ne peux pas savoir le nombre de sobriquets qu'ils m'ont donnés. Pour moquer ma taille, et celle de mes pieds ou de mes tétines ; pour ce que j'étais capable d'écrabouiller la plupart des garçons de mon âge — et c'est vrai que j'en ai écrabouillé quelques-uns.

Elle se lève d'un bond, c'est plus fort qu'elle, et va rattacher le Smaragdin. Se reprochant et presque se haïssant de le faire.

— Qu'est-ce que j'ai été seule, tu ne peux pas savoir. Je serais encore dans mes monts d'Auvergne, je ferais quoi ? J'étoufferais, comme j'ai étouffé depuis que j'ai su lire les visages, et les mensonges derrière les mots et les sourires. Je n'ai jamais été heureuse. Je n'ai connu que des flaques de bonheur. Quand il me revenait, même si je savais que c'était pour repartir bientôt. J'ai rêvé de voyager avec lui. Je le lui ai même demandé. Il a éclaté de rire, c'était la bouffonnerie la plus énorme que je pouvais dire, à ses yeux.

Elle reprend sa place, appuie sa nuque contre le tronc du pin, finit par se rendormir, longtemps après. Au matin, elle s'est levée, a rallumé le feu, est allée faire toilette dans le ruisseau. Le burlesque lion des montagnes n'est pas encore revenu. Elle mange, ses grands pieds *(oui, ils me surnommaient Berthe, aussi, et même la Berthasse)* dans l'eau courante. Le ciel qui s'avance est gris, il y a une odeur de pluie dans l'air.

— Qui diable es-tu ? demande en français la voix derrière elle.

— Tête de diable ?

— Catherine-Marie Pouillou, dite Tête de diable.

— J'ai connu un Pouillou.

— J'en avais idée, dit-elle.

— C'était mon ami. L'un des plus chers.

— *C'était ?*

— Il l'est toujours. Mais il est dans le vieux monde, ou bien plus justement, il y était.

— Pouillou Pattu d'Issoire et Ambert ?

— Celui-là même.

— Il est mort. Assassiné.

Il sourit :

— Très difficile à croire, demoiselle Tête de diable. Aucun homme ne pourrait assassiner Pouillou Pattu.

— Ils s'y sont mis à six ou huit, dans les bois noirs sur la route de La Chaise-Dieu.

Il la fixe, voire la scrute :

— Tu es qui, sa sœur ?

— Sa fille.

Il secoue la tête et rit.

— Je n'en crois pas un mot. Pouillou Pattu a trente ans au plus et s'il a bien une fille, elle est haute de trois pieds. Elle est très jeune.

— Pouillou Pattu mon père avait trente-cinq ans et quatre mois, il était né à la Sainte-Catherine, le 25 novembre 1574. Et j'aurai dix-neuf ans en septembre de cette année.

Il continue de la fixer mais enfin son regard s'écarte, part en direction de la grande montagne au nord ; sa tête se tourne et contemple l'homme-oiseau sculpté dans la pierre.

— Quelle merveille de nouveau monde, dit-il doucement. D'accord, dis ton histoire telle que tu penses la connaître.

— C'est la vérité.
— Je suis lié par les mains et une jambe, celle qui n'est pas blessée. Tu peux me tuer quand tu veux. Dis ta vérité.
— Tu la connais, fils de chien.
— Va toujours.
Elle prend son souffle.
— Mon père Pouillou Pattu te rencontre ou rencontre quelqu'un qui lui fait des contes. Mon père croit cet homme.
— C'est vrai que c'est... que c'était un homme naïf
Le ton est fort sarcastique.
— Il était bon et très généreux.
— Le Pouillou que j'ai connu, dit le Smaragdin, était auvergnat. Il ne se serait pas fié à son propre reflet dans un miroir. Même s'il était en effet très bon. Excuse-moi de t'avoir interrompue. Je ne le ferai plus.
— Ou alors, reprend-elle, cet homme a réussi à avoir barre sur mon père.
Elle attend un commentaire qui ne vient pas. *Pourquoi les choses qui me paraissaient si simples en France, quand je m'expliquais la mort de mon Pouillou Pattu, le sont-elles bien moins maintenant?*
— Cet homme a barre sur mon père ou de quelque autre manière l'amène ou l'oblige à vendre tous les biens des Pouillou depuis que le monde est monde. Mon père vend tout, sans rien excepter, chez un notaire de La Chaise-Dieu.
Elle se tait, elle attend en vain, elle poursuit:
— En échange de tout ce qu'il a vendu, il reçoit six mille deux cent neuf écus d'or répartis en six sacoches. Mon père...
Le Smaragdin a refermé les yeux, sa jambe blessée, à la plaie noircie et très horrible, cette jambe bouge doucement — il aura mal.
— ... Mon père reprend la route avec les six sacoches pour venir me rejoindre. Il a son cheval et sa mule, il est très fort, il n'a peur de personne au

monde, trois ni quatre hommes n'en viendraient pas à bout. Je sais qu'ils étaient sept ou huit, à cheval, je le sais par le nombre d'empreintes de chevaux, je sais que d'abord ils ne se sont pas approchés de lui, ces lâches, ils lui ont tiré dessus avec leurs arbalètes. Je sais qu'ils ont tiré sept traits dans ses jambes, et deux dans chaque bras, je le sais parce que je les ai comptés sur son corps. Et ensuite ils lui ont coupé les tendons des talons, et ceux des mains, ils l'ont tailladé de toutes parts, j'ai compté soixante-sept plaies. Ils l'ont torturé en le pelant, en le brûlant, en lui crevant les yeux. Je sais qu'il a réussi à en tuer deux, j'espère qu'il en a blessé d'autres.

Elle ne veut pas regarder le Smaragdin, elle fixe sans la voir vraiment la sculpture géante de l'homme-oiseau écartelé. La haine si formidablement brûlante qui vit en elle depuis plus de quinze mois, cette haine est au plus rouge.

— Je sais qu'il n'a plus les six sacoches quand on le retrouve torturé et massacré. Je sais qui les a, dans l'heure qui suit sa mort. Je sais que c'est l'homme qui se fait appeler Smaragdin, et qui voyage avec un autre homme, que moi j'appelle la Montagne humaine, faute de savoir son vrai nom. Je sais que ces deux hommes ont les sacoches, et qu'ils s'enfuient. Je les suis, je n'ai pas cessé de les suivre, je les aurais suivis jusqu'en enfer. Je manque d'attraper ces hommes en plusieurs circonstances, je les manque à La Rochelle. Mais je traverse la mer océane moi aussi. Et je le trouve, celui que je recherche entre tous.

Le silence se fait. Elle se décide enfin à regarder le Smaragdin. Dont les yeux sont toujours clos.

— J'avais deux sacs, dit-il. Je les ai transportés tout du long. Où m'as-tu retrouvé ?

— Tu n'as pas pu mettre six mille deux cent neuf écus d'or dans deux sacs. Tu n'aurais pu les transporter.

— Où m'as-tu retrouvé ?

— Sur les rochers, là, plus haut.

— Je n'avais pas mes sacs avec moi ?

— Non, dit-elle avec fureur.

Il se tortille pour mieux apercevoir la paroi sculptée, hoche la tête.

— J'étais très faible et je perdais conscience, à cause de cette blessure à la tête que je ne me souviens pas de m'être faite. Je voyais bien que le chemin pour monter à l'homme-aigle était sans autre issue. J'aurai laissé mes sacs en quelque endroit. Je les aurai cachés. Dans un creux de rocher, sous des pierres et des feuilles, ou accrochés à une branche. Tu devrais aller chercher ces sacs.

— Je me moque de tes sacs.

— Plutôt enfouis sous des feuilles, juste à côté de ma piste. Je n'aurai pas eu la force de chercher un trou dans un rocher, ou de les hisser.

Envoie-le au diable.

Mais elle se relève, prend son arc et son carquois, part bel et bien. La piste du Smaragdin n'a guère que trois ou quatre jours et elle est doublée par la sienne propre ; il n'est pas si difficile de la remonter. Elle trouve les sacs sous une souche d'arbre mort, et sous des feuilles. Elle les fouille rapidement, pour s'assurer qu'il ne s'y trouve aucune arme.

Elle revient.

— Et alors ?

— Une bourse oblongue, très bien fermée par un lacet. Et cette première bourse enfermée dans une autre, non moins bien fermée. Je ne voulais pas que l'eau puisse effacer ce qui est écrit.

Elle met la main sur la double bourse, défait difficilement les nœuds de l'une et l'autre enveloppe.

— Des papiers.

— Tu sais lire ?

— Évidemment.

C'est vite dit : elle peine pas mal sur l'écriture manuscrite, la lettrine initiale à elle seule la déconcerte un bon moment, les jambages la laissent perplexe ; ce n'est qu'à son troisième déchiffrement, lèvres remuant en silence, qu'elle pénètre enfin complètement le sens. Elle relève les yeux.

— Lis à haute voix, dit-il.

— Pourquoi ?

— Parce que je veux être sûr que tu as bien compris. Si je lis moi-même, tu pourrais croire que j'invente.

Elle dit les mots à voix haute, avec presque de l'aisance — c'est sa quatrième lecture :

« Au nom de la Très Sainte Compagnie de Jésus, je soussigné, révérend père Raimon Berlinguer, reconnais avoir reçu en main propre la somme en écus d'or de six mille deux cent neuf écus (6 209) de messire François Villon, ce 23 avril de l'an de grâce 1610. Cette somme doit, aux bons soins de la Très Sainte Compagnie de Jésus, être remise à titre strictement personnel à messire Jean-Pierre Gaspard Pouillou, d'Issoire, sur toute demande qu'il voudra bien faire. Si messire Jean-Pierre Gaspard Pouillou d'Issoire ne pouvait se présenter lui-même pour avoir rendu son âme à Dieu Tout-Puissant, la somme susdite devra être versée à demoiselle Marie-Catherine-Étiennette Pouillou d'Issoire, sa fille unique. La Très Sainte Compagnie dans ce dernier cas se porte garante de ce que bon versement sera fait à icelle, au prix de recherches qui commenceront le 30 avril de l'an de grâce 1611. Fait à La Rochelle devant les témoins... »

— Tu as compris ce que ce document veut dire et dit ?

— Je ne suis pas idiote.

— Ton argent est à La Rochelle. Et comme nous sommes dans l'année plus avant que le 30 avril, des émissaires de la Compagnie ont sûrement déjà fait route pour Issoire et te recherchent.

— C'est mensonge pur. C'est une duperie.

... Mais elle ne croit guère à sa propre affirmation.

— Je peux t'appeler Tête de diable ?

— Tu veux m'appeler comment ? Sardanapale ?

— Parce que tu sais qui était Sardanapale ?

— Un roi avec une barbe.

— Tête de diable me plaît bien. Tu sais ce qu'est la Compagnie de Jésus ?

— Non.

— Tu mens sans doute. Et un jésuite ?

— C'est un curé.

— Si j'avais voulu voler cet argent, pourquoi diable aurais-je pris toute cette peine ? Je serais parti avec sur la mer, je l'aurais transporté ici dans ce nouveau monde où il me serait aussi utile que la malepeste. Tu veux maintenant que je te raconte l'histoire telle qu'elle s'est passée selon moi ?

— Non.

— Je suppose que cela veut dire oui.

Il n'a toujours pas ouvert les yeux. Et ainsi il s'appellerait François, François Villon ?

Il parle, d'une voix très lente, il articule beaucoup, presque trop, comme s'il tenait à parler en gardant les dents serrées. Il dit qu'il a connu Pouillou Pattu quatre ans plus tôt, dans une ville d'Espagne nommée Barcelona. Lui, François Villon, vient d'avoir quelque chicane avec des spadassins, il est blessé. Pouillou Pattu lui porte secours, le fait soigner, veille sur lui, les deux hommes se lient d'amitié, ils font route commune vers le sud et passent peut-être six semaines ensemble. Et s'ils se séparent, c'est sur la promesse de se revoir. Pouillou Pattu veut aller visiter l'Italie, qu'il ne connaît pas et dont il ne sait pas la langue. Ils se retrouvent à l'automne suivant au rendez-vous qu'ils se sont fixé, dans un endroit du nom de Castellane. Ils vont, ils passent à Turin et Milan, ils vont à Mantoue et Venise, à Bologne, à Florence, à Sienne, ils traversent Pérouges et arrivent à Rome…

— En quelle année ?

— C'était il y a quatre ans. En 1607.

— Je venais de faire mes quinze ans quand il est allé à Rome. C'est lui qui me l'a dit.

— Les dates concordent.

— Lui, il fait du négoce, alors qu'il a des biens dans les monts d'Auvergne qui lui permettraient de très bien vivre sans sortir de chez nous. Et toi, tu fais profession de quoi ?

— De jeu.

— Tu joues aux dés ?

— Je joue à n'importe quoi où l'on mise de l'argent. Et je gagne, presque toujours.

— Parce que tu triches ?

— Je n'ai jamais triché de ma vie.

— J'ai vu ton corps, tu es plein de cicatrices.

— Parce que des hommes avec lesquels j'ai joué ont pensé que je trichais. Ou parce que j'avais réputation de n'être pas trop maladroit à l'épée.

— Tu n'as même plus tes armes. Ou alors tu les auras cachées, comme tes sacs.

— Je n'ai plus mes armes. Pour toujours.

Sa voix se fait comme sifflante, elle l'entend qui halète.

— Et ensuite ?

Ensuite, lui et Pouillou Pattu se séparent. Pouillou Pattu lui a proposé une association, mais il refuse, il n'a pas l'âme au négoce. Outre cela, il a son rêve. Celui de retourner dans ce nouveau monde où il est déjà allé, sur des caravelles d'Espagne ; mais il ne veut pas s'en revenir où sont les Espagnols ; il rêve de ces terres infinies du Nord dont il sait peu de chose, sinon qu'elles sont habitées par les seuls Indiens, et encore sont-ils peu nombreux, peut-être moins nombreux qu'il n'y a de gens dans le royaume de France qui pourtant est dix, vingt, trente fois plus petit. Sait-on pourquoi un rêve entre un jour en vous et y croît, vous dévore ? Sait-on pourquoi il vous vient un dégoût des gens que vous connaissez, que vous croisez, rencontrez, affrontez, aimez ou détestez, et un désamour des paysages, quels qu'ils soient, de France, d'Espagne, de Flandre, d'Italie, d'Angleterre ? Pourquoi vous en venez à vous haïr vous-même de ne point changer toute votre existence ?

Oui, il a dit ces choses, il a dit ce rêve à Pouillou Pattu. Qui l'a compris. Qui l'interroge avec avidité, à chaque nouvelle rencontre. Les deux hommes ne se voient guère qu'une fois en l'année 1608. C'est que lui, François Villon, est bel et bien revenu dans ce nouveau monde, a marché sur des milliers de lieues, a atteint le Maesi Sipu...

— Wah Nah Maket t'a chassé ?

— Ton père t'a-t-il jamais montré un bracelet en os de poissons très fins et très serrés ?

— Il m'a donné un tel bracelet quand j'ai fait mes seize ans. Pour une fois, il était avec moi à l'anniversaire de ma naissance.

— Je le lui avais remis, l'ayant rapporté de ce nouveau monde-ci.

— Il était trop petit pour mon poignet.

— Ton père ne m'a pratiquement jamais parlé de toi. Une fois seulement il a mentionné sa fille. Et la mort de sa femme en couches. J'ai pensé que tu avais trois ou quatre ans. Ton père parlait aisément, mais jamais de sa famille. Je ne savais même pas qu'il avait des terres et était en somme un homme riche. Je croyais qu'il vivait de son seul négoce. Il ne m'a jamais laissé entendre le contraire.

— Mais un jour, il l'a fait.

Oui. En février de 1610. Les deux hommes se sont une fois de plus retrouvés dans la ville de Grenoble. Ils doivent aller ensemble en Allemagne. Ce soir-là, Pouillou Pattu annonce qu'il a décidé de partir lui aussi pour le nouveau monde. Si lui, François Villon, veut bien de lui.

— Je dis oui. Ton père est un ami très cher, c'est un homme de grande ressource. Je lui apprends que je vais embarquer à Saint-Malo...

Pouillou Pattu répond qu'il ne peut aller aussi vite. Il mentionne certaines affaires qu'il doit régler avant de partir pour des années, sinon pour toujours.

— Moi, dit-elle. Je suis l'affaire qu'il doit régler.

Pouillou Pattu ne donne aucune précision, avec sa si grande discrétion ordinaire. Durant les jours qui suivent, alors qu'ils effectuent une partie de ce voyage en Allemagne qu'ils devaient faire, il parle —

pour la deuxième fois en peut être huit ou dix rencontres — de sa fille, qu'il emmènera. Dans les premiers jours de mars, les deux hommes se trouvant dans la ville de Mayence, il ajoute un autre élément : il doit vendre de « petits biens » qu'il possède pour pouvoir partir. Quoiqu'il ait bien compris que dans ce nouveau monde l'argent est sans valeur, et bien qu'il détienne suffisamment et au-delà d'argent pour financer la traversée. Les deux hommes regagnent la France le 15 février. Nouvelle séparation. Mais on est convenu de se retrouver deux semaines plus tard dans une ville du nom de Riom, dans une certaine auberge. D'Allemagne, lui, François Villon, est allé à Paris, lui aussi pour régler une affaire ou deux avant d'embarquer à Saint-Malo ; il a peu de temps devant lui et d'ailleurs arrive au rendez-vous avec une demi-journée de retard. Il trouve une situation inattendue : Pouillou Pattu qui est volontiers querelleur au naturel s'en est pris cette fois à un homme du nom de Radtke.

— Tu le connais ?

— Peut-être, dit-elle méfiante (quoiqu'elle commence à ne plus douter du tout de ce qu'il dit la vérité).

Pouillou Pattu, qui aurait pu lui briser les os, a marqué le dernier point dans la discussion avec Radtke en lui tapant un peu sur la tête et surtout en le mettant cul nu dans un chaudron. Ce n'est pas la première fois que lui, François, le voit exécuter semblable tour, il en est...

— Je sais, dit-elle, mon Pouillou Pattu était très fort et avait de la fantaisie à en vendre.

... Oui. Sauf que Radtke n'est pas du genre à s'accommoder aisément d'une telle humiliation. Radtke revient à la charge, avec son épée. D'autant plus avantagé que Pouillou Pattu n'est pas un bretteur et sait au plus se servir d'un couteau.

— Et d'un arc, dit-elle. Moins bien que moi, mais bien quand même.

Pouillou Pattu n'a pas d'arc sous la main. Si bien

que c'est lui, François Villon, qui affronte Radtke à l'épée.

— Parce que toi, tu es bon, à l'épée.

— Je suis meilleur que Radtke, en tout cas. Je le lui prouve.

Et ce Radtke écarté, Pouillou Pattu s'ouvre d'un service qu'il attend de lui, François Villon. Il dit qu'il a passé accord avec un acquéreur de La Chaise-Dieu pour la plus grosse partie de ses biens...

— La plus grosse partie ? Il a tout vendu !

— Je te répète ce qu'il me dit ce soir-là. La plus grosse partie. Il mentionne encore une autre vente qu'il a conclue, cette fois à Clermont...

— Clermont ?

Qu'est-ce que mon Pouillou Pattu est allé vendre à Clermont ? L'acte du notaire de La Chaise-Dieu énumérait tous les biens des Pouillou, sans exception.

— Il y a une chose que tu ignores...

La voix du Smaragdin, enfin de François Villon puisqu'il paraît qu'il se nomme ainsi, cette voix s'affaiblit curieusement ; elle est pourtant de plus en plus tendue, les mots sont martelés.

— Et j'ignorerais quoi ?

— Ton père ne s'est jamais remarié ?

— Bien sûr que non.

— Pourquoi : « bien sûr » ? Il était en pleine forme. Il avait perdu ta mère alors qu'il était encore très jeune.

— Tu ne voudrais pas dire qu'il s'est remarié et avec quelqu'un de Clermont ?

Pas de réponse. Elle insiste :

— Et qu'il aurait vendu d'autres biens, qu'il aurait eus à Clermont ou aux environs, pour laisser à cette femme le produit de la vente ?

Silence. La lumière est en train de tourner lentement. Voici encore un instant elle provenait d'au-delà le piton au pied duquel la grotte s'ouvre et elle était à ce point éclatante que, par contraste, le blessé semblait plongé dans la nuit. Mais voici que sa silhouette apparaît mieux, plus justement il n'est plus seulement une silhouette. Et l'œil de Catherine-Marie distingue maintenant cette épouvantable boursouflure violacée des poignets, à partir de la cordelette tressée jusqu'au coude, et l'effrayante blancheur des mains. Elle ne prend même pas le temps de tenter de dénouer les nœuds et tranche carrément la cordelette tressée.

Elle lève et abaisse les bras, comme elle l'a vu faire à un noyé par des mariniers. Puis elle masse les poignets et les mains, les arrosant d'eau fraîche. Il n'en faut pas moins plusieurs minutes avant qu'elles ne perdent, ces mains, leur extraordinaire lividité.

Elle s'écarte, sur ses gardes. Il hoche la tête, sans toujours rouvrir ses yeux.

— Pourquoi n'as-tu rien dit ? demande-t-elle.

— Tu le faisais peut-être exprès.

— Je ne torture pas les gens.

Nouveau hochement de tête. Il bouge difficilement un bras, puis l'autre. Il semble souffrir des épaules, en plus.

— Tu sais ce que sont des reîtres ?

— Oui.

— Radtke en avait toute une compagnie avec lui. J'ai mis ton père en garde. Il m'a demandé de l'attendre avec un cheval et mon ami Antoine Pissarugues. Il m'a dit qu'il allait me confier les écus, que je devais les déposer en lieu sûr. Je ne savais pas s'il se trouvait des jésuites à Saint-Malo, mais à La Rochelle, si. Et l'on peut s'embarquer tout aussi bien de Saint-Malo. Ton père est sorti de chez le notaire, il m'a remis les six sacs, il m'a dit qu'il se passerait peut-être jusqu'au printemps suivant, celui de cette année, avant qu'ils n'embarquent, sa fille et lui. Nous sommes convenus de lettres.

— Je sais que tu les avais écrites avec lui.

— Tu le savais ?

— Je l'ai compris en lisant cette lettre. La seule personne au monde à croire que je m'appelle Marie-Catherine-Étiennette était mon père Pouillou Pattu. Étiennette était le prénom de sa propre mère. Je m'appelle Catherine-Marie, point final.

— Dite Tête de diable.

— Dite Tête de diable. Tu ne savais donc pas que mon père était mort quand tu t'es embarqué à La Rochelle ?

— Non.

— Tu l'aurais su, tu aurais fait quoi ?

— Je t'aurais recherchée pour te rendre les écus. Tu ne me crois pas ?

Elle hésite :

— Je te crois. Qui t'a fait cette blessure à la jambe ?

— Wanamaker.

— Vous l'avez tué, tes deux amis et toi ?

— J'étais seul au moment de sa mort. Il est tombé sur une lance.

— Tu n'aurais pas pu le tuer autrement.

— Sûrement pas. Je peux avoir mes vêtements ?

Elle va décrocher la culotte et les trois chemises — deux fines, une épaisse et très frangée — qu'elle avait mises à sécher après les avoir lavées. Elle lui lance le tout.

— Tu veux que je t'aide ?

— Pourquoi donc ? dit-il.

Il enfile d'abord sa culotte. Elle remarque :

— Tu devrais laisser ta blessure à l'air.

— Pas au point de rester cul nu.

Mais il relève la jambe de son pantalon et en roule la peau jusqu'au-dessus du genou.

— Tu as faim, ou soif ?

— Les deux.

Elle va puiser de l'eau fraîche puis, de son coutelas, détache des morceaux du gigot d'antilope suspendu à une branche.

— Il y a aussi de la soupe de courges.

— J'en prendrais bien, merci, dit-il.

Elle s'assoit non loin de lui, sur la mousse tout au bord du ruisseau. Ils mangent. Elle a encore bien des questions à lui poser mais prend son temps. Tout comme elle repousse ce bilan qu'elle devra bien établir — en somme elle a couru après un homme, et sur quelle distance, pour découvrir qu'elle n'avait aucune espèce de raison de le pourchasser.

D'accord, tu as encore de petits regains de suspicion mais reconnais qu'ils ne durent guère.

Il était bel et bien l'ami de ton Pouillou Pattu.

Ça change tout.

Elle est allée chasser, il a dormi. Elle n'est pas tant partie à la chasse parce qu'ils manquent de gibier — avec un daim et une antilope, il y a trop, *tu as tué plus que nécessaire, ne refais pas cette erreur.* Elle est revenue, vers la fin de l'après-midi, volontairement bredouille, et de par cette méfiance qui persiste en elle et dont il n'est pas sûr qu'elle puisse se départir un jour, elle a effectué une approche prudente du campement, ne croyant pas vraiment à une chausse-trape, mais bon, c'est plus fort que toi. Elle l'a trouvé assis, adossé à un arbre. Elle voit les traces :

— Tu as marché.

— Ça va à peu près.

Ses cheveux sont humides, il se sera lavé. Il tourne son regard en direction de la montagne sculptée.

— Qu'est-ce qu'il y a, de l'autre côté ?

Et il s'est également taillé la barbe.

— Je t'ai vue sur la crête, dit-il encore. Il y a quoi, vers l'ouest ?

— Un lac, une grande montagne un peu au nord.

— Vers l'ouest ?

— Des collines avec beaucoup d'arbres.

Elle jette un coup d'œil sur la jambe blessée et, ma foi, n'est pas mécontente, *moi femme-médecine ai fait de la belle ouvrage*, ce n'est même pas enflé.

Elle pose la question qu'elle a préparée durant sa randonnée de la journée :

— Et comment mon père, s'il était encore vivant et si j'étais petite fille et avec lui, comment t'aurait-il rejoint ?

— Il y a à Tadoussac un Indien mic-mac...

— Mic-Mac ?

— C'est le nom de sa tribu. Il s'appelle Tsal. Il devait surveiller tous les bateaux arrivant de France. Il parle français. Il se serait présenté à vous et vous aurait conduits jusqu'à moi, avec une escorte.

— Et il t'aurait retrouvé ?

— Sans aucun doute. Il m'a accompagné, avec des Indiens algonquins, jusqu'au-delà du Maesi Sipu. Il sait donc où il aurait dû prendre ma piste. Et Deux Pas...

— C'est qui, ça ?

— Le chef de guerre de la tribu sioux dont je fais partie. Deux Pas avait disposé des hommes, tous les cinq jours de marche, pour orienter Tsal.

— Tu n'es pas un Sioux.

— Pas encore tout à fait. Mais je fais de mon mieux.

— Tu veux vivre toute ta vie avec ces gens ?

— S'ils m'acceptent, oui.

— Où sont tes armes ? Tu avais une épée et au moins une dague.

— Plus que cela. J'ai tout jeté.

— Pour être un vrai Sioux.

— Ce qui est bon pour eux est bon pour moi. Je ne veux rien changer à leur façon de vivre. Rien.

Elle marche, troublée. Quel étrange petit bonhomme ! Mignon, presque trop, on lui donnerait le Bon Dieu sans confession et pourtant elle est très disposée à croire qu'il est parvenu à affronter et à tuer en combat singulier un Wah Nah Maket qui était grand et pesait deux fois comme lui.

Bien plus tard, la nuit étant venue, elle dort quand un léger bruit l'éveille. Son premier réflexe est de se saisir de son coutelas, puis de vérifier si son arc est toujours près d'elle. Il y est et le bruit provient de cette silhouette qui va et vient, dans la lueur rougeoyante du feu. Le Smarag... François Villon marche, traînant sa jambe blessée. Durant peut-être une heure encore, il poursuit ses allées et venues. Il essaie même des exercices de flexion, qui le font grimacer. Pour elle, elle ne dit rien, ne bouge pas, ne manifeste en rien qu'elle est éveillée, à dix pas de là. Elle suit des yeux, couchée sur le côté et sa joue posée sur le bissac, quand il regagne le tapis en peau de buffle. Il s'allonge, en silence, sans même pousser le soupir de soulagement qu'on aurait pu attendre.

— Je crois, dit-il après un très long moment, que je marcherai normalement dans deux jours. J'espère que tu t'expliques à toi-même comment il se fait que, m'ayant tant traqué à seule fin de me tuer, tu m'as soigné en me retrouvant.

Elle ne répond pas.

— Tu m'as bel et bien sauvé la vie, dit-il encore. Bonne fin de nuit.

Ils partent trois jours plus tard. Vers l'ouest. Ils partent ensemble et cela se fait sans qu'à aucun moment ils se soient concertés, expliqué sur ce point — est-ce qu'il m'a seulement demandé quelque chose ? *Non qu'il m'ait contrainte de le suivre, il n'aurait plus manqué que ça. Mais il aurait tout de même pu s'enquérir de ce que je voulais faire. En somme, normalement, je devrais reprendre la route de l'est, marcher un peu (beaucoup), rejoindre la région des grands lacs, retrouver la rivière Saint-Laurent, arriver à Tadoussac et là, m'y chercher une place sur un bateau rentrant en France. Et, en France, aller à la ville appelée La Rochelle, y rendre visite à ces curés. Qui me rendent mes six sacs d'écus. Avec lesquels je rentre dans mes monts d'Auvergne, je m'y rachète mes terres, le plus que je pourrai, et je ne sors plus de chez moi jusqu'à ce qu'on m'enterre.*

Tu crois qu'il m'aurait demandé si j'allais suivre ce simple programme ? Pas du tout. Je te parie qu'il n'y a pas pensé. Les hommes ne pensent à rien.

Ç'aurait pourtant été la moindre des choses. Moi, j'aurais posé la question.

... Tu me diras : je ne me la pose pas non plus. Peut-être parce que je ne connais pas la réponse (je veux dire : pourquoi je ne suis pas présentement en route pour le puy de Sancy).

Mais ce n'est pas une raison. Il aurait dû.

Je suis logique, moi.

C'est lui qui a donné le signal du départ. Il a roulé le tapis en cuir de buffle, a chaussé ses mocassins, fermé ses deux sacs, placé à sa ceinture la hache et le couteau de pierre, et l'arc à son épaule. Après quoi il a attendu, sans un mot, contemplant la paroi sculptée. Et bon, elle a de même fait son bagage. Il s'est mis en route sitôt qu'elle a été prête et, dans un mutisme partagé, ils se sont engagés dans cette ascension qu'elle avait effectuée elle-même, sur la droite de la montagne de l'homme-oiseau dont ils ont gagné la crête. Ils sont redescendus jusqu'à un lac ceinturé de futaies de toute splendeur et puis, parce qu'ils ont vu une sorte de piste naturelle suivant la ligne de crête, ils sont partis au nord-nord-est.

— J'ai oublié quelque chose, dit-il.

Allons, bon, comme quoi il ne faut pas désespérer ; il va quand même finir par me la poser, la foutue question (et un peu d'affolement me vient, parce que je ne sais pas du tout quoi répondre. Que moi aussi j'ai très envie d'aller plus loin vers l'endroit où le soleil se couche ? Ouais. Oui, peut-être bien. Quoique).

— Ces grottes, dit-il. Ces grottes à l'entrée desquelles nous avons campé. J'aurais dû les explorer.

Va au diable, François Villon !

D'autant qu'il insiste, ce chien :

— Je m'en veux de ne pas l'avoir fait. Elles sont toutes proches de l'homme-aigle, elles ont peut-être servi d'abri aux hommes qui ont fait cette sculpture, ils y auront peut-être laissé des traces de leur vie à cette époque, il y a des siècles et des siècles. Ça ne t'intéresse pas ?

— Ça me passionne, dit-elle, sarcastique.

C'est la première vraie conversation qu'ils ont, depuis plus de cinq jours qu'ils ont quitté les mêmes foutues grottes. Ils ont longé d'impressionnants précipices dominant des défilés ou de larges vallées, celles-ci à nouveau parsemées de bassins formés par des barrages abandonnés des castors. Ils ont escaladé puis dévalé puis remonté encore d'abruptes déclivités, hérissées de sapins aux troncs minces. Par endroits, la vue portait à des lieues, quasiment à l'infini.

C'est elle qui a chassé pour eux deux. Lui, ce n'est certes pas le meilleur archer du monde *(je crois que c'est surtout parce qu'il ne s'intéresse pas à la chose, c'est un homme qui n'aime que combattre de près)*. Et puis son arc est bien supérieur ; ainsi foudroie-t-elle un cariacou à queue blanche à près de trente-cinq toises.

— Tu as déjà tiré sur un homme ?

Première question qu'il lui fait.

— Oui.

— Tu l'as tué ?

— Oui.

— Plusieurs hommes ?

— Oui.

— Tous tués ?

— Tous.

Dans la soirée du cinquième jour, ils choisissent pour passer la nuit le bord d'une assez grosse rivière, qui court sur un lit de pierre et de sable jaune. Elle prépare la viande. Il allume le feu. Elle suit des yeux les évolutions, sur les crêtes au nord, de toute une bande de sortes de moutons, extraordinairement agiles — mais toute cette région s'est révélée fort giboyeuse et fort peuplée ; jusqu'à des loups, dont par deux fois elle a aperçu une petite troupe.

— Regarde.

Il est à douze ou quinze toises d'elle, il a ôté ses mocassins et marche avec de l'eau jusqu'aux genoux. Il s'avance encore et s'enfonce jusqu'à la taille, résistant à un courant rapide et glougloutant.

Il plonge sa main dans la rivière et en ressort une pierre.

— Et alors ? dit-elle.

— Viens voir.

Elle s'approche et voit qu'il tient une pierre jaune, polie sur un côté, pleine d'aspérités de l'autre, et tachetée de points noirs.

— C'est une pierre.

— C'est de l'or, dit-il. De l'or quasiment pur.

Elle en reste bouche ouverte.

— Et ce sable dans lequel tu marches est plein de poudre d'or. En deux jours de travail, on pourrait accumuler plusieurs livres, ou plus.

— Fais voir.

Elle prend la pierre dans ses mains, qui se révèle beaucoup plus lourde qu'elle ne l'aurait cru.

— Ce serait le même or qui sert à faire des écus ?

— Le même. On pourrait frapper deux ou trois cents écus avec cette seule pépite.

Il se penche encore et, sans même regarder, tâtonne, le bras tendu. Il ressort une deuxième pépite à peine moins grosse que la première.

— Il y en a plein.

Il lui lance la deuxième pépite, qui s'enfonce un peu dans le sable à ses pieds. Du coup, elle entre à son tour dans la rivière. L'eau en est très fraîche, presque glacée, mais peu importe : elle se met à fouiller le lit et ne tarde pas, faisant à leur seul poids le tri entre les pierres ordinaires et les pépites, à entasser sur le bord une petite pyramide d'or.

François Villon la regarde faire, tranquillement assis, sa jambe blessée allongée.

— Aide-moi, au moins, lui dit-elle.

— Jamais de la vie.

— Tu as dit quoi, là ?

— J'ai dit : jamais de la vie.

— On partagera.

— Tu peux tout garder.

Elle s'immobilise — elle a glissé contre son buste,

sous sa chemise, une bonne douzaine de pépites dont certaines grosses comme des pommes.

— Tu ne veux pas de cet or ?

— Pour quoi faire ?

Elle le fixe, très tentée de lui fracasser le crâne avec une pépite.

— Je suis idiote, hein ?

— Je n'ai pas dit ça. Tu vas geler, dans cette eau.

— Je te demande quelque chose ?

Il n'aurait pas fait cette remarque sur le froid de l'eau, peut-être se serait-elle arrêtée. Là, non. *Tu peux crever, fils de chien.* Elle s'enfonce à nouveau sous l'eau et repart à la pêche. Dix minutes plus tard, elle claque des dents et, l'honneur étant sauf, elle se décide à regagner la berge.

— J'ai faim, dit-il.

— Mange.

Elle aligne ses pépites. Les plus grosses en dessous, les autres empilées, par ordre décroissant de taille. Cela fait une pyramide de deux pieds de haut, il y aura bien cent vingt ou cent cinquante livres d'or. De quoi acheter plus de la moitié des monts d'Auvergne. Disons Issoire et un morceau d'Ambert. *Et encore je n'ai fouillé qu'une toute petite partie du cours de cette rivière ; et mal fouillé, par exemple je tamiserais ce sable, je récolterais des livres et des livres de poudre d'or (ça doit valoir autant, non ?).*

Elle mange, mais distraitement, la tête ailleurs. François Villon quant à lui se désintéresse complètement de ce qu'elle fait. Il a retiré un livre des enveloppes de cuir elles-mêmes sorties de l'un de ses sacs. Il lit. Il a l'air de savoir drôlement bien lire, tu n'as qu'à voir la vitesse à laquelle il tourne les pages.

... Évidemment tu peux m'interroger sur la façon dont je vais rapporter tout cet or jusqu'au pied du puy de Sancy.

Je peux faire plusieurs voyages — ah ! ah !

Elle allume un deuxième feu, juste à côté de la pyramide d'or. La nuit est en train de tomber et d'ailleurs François Villon interrompt sa lecture ; il remet très soigneusement en place son livre, dans le premier sachet dont il noue très fort le cordonnet, puis dans le deuxième, fermé de même, puis dans le sac. Il s'allonge et se pelotonne. Il n'a pas de tapis de cuir, ni de couverture — elle a repris l'un et l'autre. Pour elle, qui a froid dans ses vêtements trempés, elle se couche de même et, à l'abri de la couverture de daim, se met nue. Ils sont à quinze pas l'un de l'autre. Elle contemple son or, dans l'obscurité qui s'est établie, à la lueur du feu qu'elle a allumé justement pour cela.

Du temps passe. Elle chuchote :

— Tu dors ?

— Profondément.

— Tu ne m'aiderais pas à transporter ces pépites ?

— Non.

— Peut-être que l'or ne t'intéresse pas, toi, mais moi il m'intéresse.

— Je peux le comprendre.

— Après tout, je t'ai sauvé la vie. Tu l'as dit.

— Je l'ai dit et je le pense toujours.

— Mais tu ne veux pas m'aider.

— Non.

— Tu es vraiment égoïste.

— Tu as six mille deux cent neuf écus d'or qui t'attendent à La Rochelle. Et rien ne t'empêche d'emplir ton bissac de tout l'or que tu pourras raisonnablement transporter. Tu rentres ainsi chez toi et tu seras la femme la plus riche d'Auvergne.

Il n'a pas tort, ce fils de chien. Je pourrais faire ça.

Elle n'arrive pas à détacher son regard de la pyramide d'or. Elle demande :

— Tu vas encore marcher loin, vers l'ouest ?

— Aussi loin que je le pourrai mais en sorte de pouvoir revenir à temps, avant la fin de l'été, à ma tribu sioux.

— Dont tu ne sais pas où elle est.

— Si Deux Pas réussit à convaincre les anciens, elle sera quelque part dans les montagnes noires. Je la retrouverai.

— Et moi, là-dedans ?

— Je te crois tout à fait capable de retrouver les grands lacs et, de là, le Saint-Laurent. Et à Tadoussac, un bateau pour la France. Tu es la femme la plus étonnante que j'ai jamais rencontrée. Peu d'hommes pourraient se hisser à ta hauteur.

— Tu me complimentes pour te débarrasser de moi.

— Je vais vers l'ouest et je reviens. À mon retour, je t'aiderai du mieux que je le pourrai. Je ne peux pas faire plus.

— Et si ton Deux Pas ne réussit pas ?

— Je crois qu'il réussira.

Silence, ensuite. Elle attend, feignant de dormir, que le sommeil l'ait pris, lui. Puis elle se glisse sans bruit et très silencieusement commence à démanteler sa pyramide. Elle ne jette pas les pépites dans l'eau mais les y laisse tomber après les avoir immergées. Et pas n'importe où dans le lit de la rivière, mais dans ce trou qu'elle a remarqué en plongeant, avant la nuit.

Elle revient à son tapis et à sa couverture, frigorifiée. S'allonge.

— Un jour viendra, dit-il doucement, où la présence de cet or sera connue par les gens d'Europe. Et alors ils accourront, les Indiens ne pourront résister, ils seront exterminés ou réduits en esclavage, leur monde disparaîtra. Je ferai tout pour reculer ce moment. Pas empêcher qu'il vienne, le retarder le plus possible.

Elle ne répond pas, qu'est-ce que tu veux répondre ? Au vrai, c'est autre chose qui lui court dans la tête : *il m'a vue nue. Au clair de lune, sûrement qu'il m'a vue comme en plein jour.*

Il m'a vue nue mais je parierais que cela ne lui a rien fait du tout. Lui, son rêve, c'est son obsession de marcher vers le pays où le soleil se couche. Rien d'autre.

Va au diable.

Dans les jours suivants, ils laissent derrière eux les Collines noires. Le temps s'est mis au beau, la chaleur se fait chaque jour plus forte. Peut-être même sans en avoir conscience, François Villon a augmenté l'allure. Sûrement parce que l'état de sa jambe le lui permet, qui va en s'améliorant. Assurément aussi, et sans doute davantage, parce que le temps lui est compté, s'il veut aller très loin dans l'Ouest et ensuite revenir en arrière pour retrouver sa tribu sioux.

Et moi je suis. Marcher plus vite ne me dérange pas. Ce qui me contriste et m'exaspère, c'est que je suis comme un petit chien. J'ai à un moment quelconque décidé de ce que je voulais faire ? Pas du tout. Pour la première fois de ta vie, Tête de diable, tu es perdue, dans tes idées et tes sentiments.

Le paysage qu'ils traversent n'est plus celui de la grande prairie, qu'ils ont découvert avant d'atteindre les montagnes jaunes. Cette terre-ci est plus aride, plus chaotique et surtout s'y élèvent par-ci par-là des sommets inattendus, solitaires mais déjà très hauts, plus de six mille pieds probablement.

— Quelqu'un t'a dit qu'il se trouvait de plus hautes montagnes, à l'ouest ?

— Non.

— Tu imagines juste qu'elles y sont, en somme.

— Voilà.

Il est laconique, c'est le moins que l'on puisse dire. Tu as essayé de te taire aussi et qu'est-ce qui s'est passé ? Rien. Le silence. Trois jours à avancer côte à côte, ou l'un derrière l'autre, sans ouvrir le bec.

— Et tu les imagines comment, ces montagnes ?

— Hautes.

— Tu sais vraiment bien décrire. Tu dis les choses et poum, on en a l'image qui saute à la figure.

Remontée du cours ou traversée de plusieurs rivières. Qui toutes coulent au nord. Elles vont où, ces folles ?

Elle regarde marcher François Villon devant elle. Tu sens bien qu'il n'est plus blessé du tout. C'est plutôt elle qui fatigue.

— On ne pourrait pas s'arrêter un peu ?

— Rien ne t'en empêche.

— Et tu continuerais sans moi ? Remarque que je peux toujours suivre ta trace, je l'ai déjà fait.

— Exact.

— Sauf que tu ne mangeras plus. Je te rappelle que c'est moi qui nous fournis en viande.

À croire qu'il le fait exprès (c'est sûrement le cas) à seule fin de prouver qu'il peut fort bien se débrouiller seul — dans un mouvement d'une prestesse très saisissante, le voilà qui soudain lance sa hache de pierre et un lapin qui passait s'abat, crâne fracassé.

— D'accord, dit-elle, et les bisons ou les élans, tu les tues pareil ?

Il va ramasser son lapin, reprend son avance, en tenant son gibier par les oreilles.

— J'aurais le temps, dit-elle encore, après un long silence, je flécherais un bison, justement. Pas tant pour la viande, quoique, que pour la peau et les tendons. Tu n'as même pas de couverture pour dormir et nous n'avons rien pour nous abriter de la pluie. Je ne sais pas si tu as remarqué, mais ce ne sont pas les bisons qui manquent. À main gauche, j'en aperçois distinctement quatorze mille sept cent quatorze. Environ. Plus ceux de droite.

Il continue de presser le pas, ce chien, faisant celui qui n'a rien entendu. Ils sont en train de remonter une nouvelle rivière, qui va au nord-nord-est comme les précédentes. Et la remonter vraiment, en ce sens que ça grimpe, à chaque lieue, ils gagnent un petit peu en altitude. Il y a bien longtemps que les Collines noires ont disparu à l'horizon, trois ou quatre jours. Catherine-Marie reporte son regard vers l'ouest... et manque de buter contre le François Villon qui sans avertissement s'est immobilisé.

— Ici ?

Il montre un groupement de gros rochers, juste devant elle (mais ce qu'elle a vu, elle, est infiniment plus lointain, *je gagerais qu'il n'a rien aperçu*).

— Pourquoi pas ?

Ils se choisissent un petit auvent rocheux, pas très profond mais suffisamment large pour abriter trois ou quatre personnes. Il sera dans les trois ou quatre heures de l'après-midi, au soleil ; le temps n'est pas au mieux, le ciel s'est couvert, le plafond de nuages est bas, même si un iridescent rai de soleil le perce.

— Je veux bien flécher le bison mais tu m'aides, ensuite.

Les deux heures suivantes, ils s'activent. Tuer un bison a pris quelques minutes, à ce point, ce n'est même plus de la chasse, mais de la boucherie ; il a suffi d'approcher le troupeau en prenant soin du vent, puis de choisir, puis de lâcher sa flèche. Ensuite, c'est François Villon qui a fait l'essentiel du travail, s'agissant de dépecer la bête, d'y découper les lanières de viande que l'on va fumer, de récupérer la peau. Pour ce labeur pas mal sanglant, ils se sont l'un et l'autre mis nus, c'est elle qui en a pris l'initiative, sans autre idée en tête que d'éviter de salir ses vêtements. La nuit commence à tomber quand ils remontent à leur refuge.

— Tu ne veux pas nettoyer cette peau dès maintenant ?

— Non. Et tu devrais te reposer.

Elle ne proteste même pas, tout à la fois agacée et pourtant touchée par cette attention qu'il lui porte. Elle redescend jusqu'à l'eau et s'y lave longuement, tandis que lui effectue des allers et retours, charriant les dépouilles du bison — la peau à elle seule doit peser plus de cent livres.

Il allume un grand feu. Elle profite de ce qu'il se glisse à son tour dans la rivière pour sortir de celle-ci, et se rhabiller. Des éclairs dans le ciel, l'obscurité gagne rapidement. Des morceaux de viande grillent. Dans son dos, Catherine-Marie entend le François Villon se glisser sous l'auvent rocheux, où il n'est pas question de se tenir debout, où donc l'on peut se tenir à quatre, sous condition de se coucher parallèlement au roc.

— Faim ?

— Très. Je n'avais jamais encore dépecé de grosse bête.

— Moi, j'ai tué des cochons, dans mon pays.

— Les femmes font ce genre de choses, en Auvergne ?

— Pas toutes les femmes.

— Il y en a combien qui le font, à ta connaissance ?

(À part moi, personne — à ma connaissance.)

— Quelques-unes, dit-elle.

Et cela vient d'un coup : une formidable vague de nostalgie, qui la fait trembler et presque la porterait au bord des larmes. Bon, ce n'est évidemment pas le souvenir du jour où, en effet, elle a saigné un porc. C'est bien plus que cela : l'atmosphère de fête entourant ce sacrifice, la ripaille qui s'ensuivait, la chaleureuse amitié des gens autour d'elle qui était plus jeune de trois ans, les odeurs de cuisine, les chants paillards… et le lancinant chagrin de par l'absence de Pouillou Pattu qui, une fois de plus, n'allait pas être là pour Noël.

Il y a ce déferlement mais aussi l'étonnante douceur du moment qu'elle est en train de vivre, sous ce creux de rocher, avec un homme, si loin de tout et de tous. Ainsi fait-elle une question qu'elle n'aurait assurément pas posée sans cela :

— C'est quoi, ces livres que tu transportes ?

— Tu connais Michel de Montaigne ?

— Non.

— L'un des livres est de lui. Il y parle de la vie.

— Sa vie à lui ou celle des autres ?

— De toutes les vies.

— Et l'autre livre ?

— J'ai peur que tu ne connaisses pas davantage.

— Va toujours.

— François Villon.

— C'est toi, François Villon. Sauf si tu m'as menti.

— Je suis François Villon parce qu'il était François Villon. C'était mon grand-père. Il était poète.

— Il écrivait des chansons ?

— En quelque sorte. C'est le plus grand poète que le royaume de France a connu depuis son début.

— Tu dis ça parce que c'est ton grand-père.

— Si tu veux. Mais j'ai parlé à des gens qui l'ont connu. C'était aussi un grand truand de la grande truanderie. On a peut-être fini par le pendre.

Non, mais qu'est-ce qu'il me raconte ?

— Et tu es fier d'être le petit-fils d'un homme qui a peut-être fini pendu ?

— Je suis extraordinairement fier de lui à cause de ses poèmes. Regarde.

Il retire l'un des livres d'un sac. C'est un petit livre, relié en cuir. À la lueur du feu, elle l'ouvre. Ce n'est pas imprimé, dedans, pas imprimé avec des machines et toutes les lettres égales — plus faciles à lire. C'est écrit à la main.

— Lis, dit-il.

— *Frères humains qui après nous vivez...* C'est un poème, ça ?

— Oui. Et écrit de la propre main de mon grand-père. Il y a là-dedans des poèmes que personne n'a jamais lus, à part lui qui les a écrits, et moi.

Et je dois être impressionnée ? Je le suis peut-être, après tout.

— Mon père Pouillou Pattu aussi a écrit des choses.

— La chanson de *La Tourterelle bleue.*

— Voilà. Ce n'est pas un poème, ça ?

— Je te le concède.

Elle le fixe, pour essayer de deviner s'il se moque d'elle ou non. Elle le fixe et reçoit un choc. Ses yeux verts. Les yeux verts de François Villon dans les lueurs du bois qui flambe. Qu'est-ce qu'il est joli garçon ! Elle dit, uniquement pour repousser ce bizarre sentiment qui s'empare d'elle :

— Moi aussi, j'ai un livre.
— Allons bon, dit-il.
— Ça veut dire quoi, « allons bon » ? Que tu me trouves trop bête pour avoir et lire un livre ?
— S'il y a bien une chose que je n'ai pas pensée, à ton propos, c'est que tu étais bête. Tu peux me le montrer, ce livre ?

Elle tire l'ouvrage de son bissac et en défait les protections multiples. Elle le lui tend — leurs doigts se touchent *(ça me fait de l'effet, c'est incroyable, qu'est-ce qui arrive ?)*.

Il lit :
— *Théâtre d'Agriculture et Ménage des Champs*, par Olivier de Serres, seigneur du Pradel, édition de 1600. Tu l'as lu ?
— Je ne l'ai pas fini.
— Tu as lu combien de pages ?
— Onze et sept lignes. Sept lignes et demie. Ça te fait rire ?
— Non.

Leurs regards accrochés l'un à l'autre. *Il va avancer sa main et te toucher, Catherine-Marie. Il a envie de caresser ta bouche, et ton cou, et sais-tu ce que tu feras, alors ?*

Oui.

Rien du tout. Tu le laisseras faire. Fais juste attention de ne pas ronronner comme une chatte.

Tu as chaud dans ton ventre, tu as remarqué. Comme jamais.

Elle ne quitte pas la main des yeux, la voit en effet entamer un mouvement. Puis se retirer.

Fils de chien.

… Mais c'est peut-être parce que je suis si grande. Quand on est géant, quand surtout on est une femme géante, forcément ça intimide l'autre.

Le François Villon est couché sur le ventre, alors qu'elle-même est étendue sur le côté, tous deux donc allongés dans la longueur de l'auvent de pierre. Il y a dans l'air de la nuit cette odeur un peu acide qui précède les grands orages, et les fortes pluies.

Vas-y, prends les devants. Qu'est-ce que tu risques ?

— Supposons, dit-elle, que nous rentrions en France.

— Tous les deux ?

— Toi et moi, ça fait deux, en effet. Tu comptes bien.

— D'accord, supposons.

— Avec les six mille deux cent neuf écus plus tout l'or que nous ramènerions, nous pourrions acheter un vraiment très grand domaine.

— Et nous le dirigerions. Je lirai trois ou quatre fois le livre de messire Olivier de Serres, je deviendrai très savant dans le ménage des champs, des herbages et des bois. Je deviendrai sieur de quelque terre.

— Il y a pire destin.

Silence. Il est en train de feuilleter le livre qu'elle lui a remis. Il dit enfin :

— Je n'ai jamais travaillé de ma vie. J'aurais pu. J'aurais même pu devenir riche.

— Tu mangeais comment ? Ton grand-père t'a laissé des biens ?

— Il m'a laissé ces poèmes, je ne pouvais rêver mieux. J'ai vécu des cartes et des dés. Et de mon épée, d'un certain talent à tuer des gens.

— Et tu t'es tant lassé de cette vie que tu es venu dans le nouveau monde, où tu as jeté tes armes à jamais.

— Tu n'es pas bête du tout, Tête de diable.

Mais oui. Je suis même bien assez intelligente pour comprendre que jamais, quoi que je dise ou fasse, il ne reviendra avec moi en France. Pour comprendre aussi que, si par hasard j'étais quelque peu énamourée de lui, il me faudrait oublier jusqu'à l'existence de mes monts d'Auvergne.

Flambée de rage.

— Tu te mens à toi-même, François Villon.

— Je sais ce que tu vas dire.

— Je vais dire que tu prétends vivre dans ce nouveau monde sans rien y changer, mais...

— Mais j'entraîne une tribu à changer ses territoires de chasse, en bouleversant l'existence de ces gens. C'est ça ?

— Va au diable.

La pluie commence. D'abord par quelques gouttes grosses et grasses et puis, dans les secondes qui suivent, c'est un déluge. Une petite cataracte se forme juste au-dessus de leurs têtes à tous deux. La nuit en devient plus obscure encore.

— Et autre chose, dit-elle encore. Tu ne t'es pas arrêté de marcher, cet après-midi, parce que je te l'ai demandé ou parce que tu as besoin d'une couverture. Tu l'as fait parce que tu doutes, parce que tu n'es plus si sûr de l'existence de tes montagnes. Ose me dire le contraire.

Pas de réponse. Elle a un peu froid et sait déjà que vers l'aube il fera plus frais encore, avec cette pluie. Ce fils de chien va claquer des dents. Et alors ? Il aurait dû comprendre qu'en insistant un tout petit peu, il aurait eu une place sur son tapis, et sous sa couverture.

Ce qui ne veut pas dire que tu l'aurais laissé...

Arrête. Tu sais fort bien ce que ça veut dire, ne te raconte pas d'histoires. Et si tu veux vraiment être honnête avec toi-même, c'est justement parce qu'il n'a même pas essayé de, prétendument, venir se réchauffer tout contre toi, que tu es si en rage.

Hé oui !

Il pleut plus fort encore quand elle s'éveille. Ce n'est pas un beau matin. Le rideau de la cataracte dégringolant du rebord de l'auvent, à moins de deux pieds d'elle, fait qu'on voit à peine ce qu'il y a au-delà. Elle tend la main, et par la lucarne qui ainsi se forme, elle découvre une aube tout à fait sinistre, avec un ciel invisible et très gris. On ne distingue rien à plus de vingt toises.

Elle constate que François Villon n'est pas auprès d'elle. Si ça lui chante de se promener sous toute cette eau. Elle se met au travail sur la peau de bison, employant pour la décharner l'un des racloirs d'os que lui a donnés la Cree Nie Tout. C'est une besogne qui lui a plu dès qu'elle s'y est mise. Il y faut de la force et une manie de la précision, en plus de la ténacité. Elle racle depuis peut-être une heure, et avec quelle énergie, quand le rideau cascadant s'entrouvre. Il se glisse sous l'auvent, vêtu en tout et pour tout de sa bande-culotte de cuir. Il rapporte du bois à peu près sec.

— Il pleut, dit-il.

— Je n'avais pas remarqué. Tu as vu tes montagnes ?

— On ne voit rien.

— Surtout quand il n'y a aucune montagne à voir.

— Probablement.

Il se réchauffe tout à côté du feu puis se saisit d'un racloir et attaque la peau à son autre extrémité. Il demande :

— Comme ça ?

— La main plus basse. Tu vas faire un trou.

Travail en silence. Elle a faim. *Mais puisqu'il ne dit rien, moi non plus.* La pluie ralentit un peu, repart de plus belle.

— On peut manger, non ?

Il a cédé le premier. Ils interrompent leur travail le temps d'avaler ce qui leur reste de pemmican, mais le reprennent aussitôt après. Et les heures passent, sans aucun changement s'agissant de la pluie. *La lumière baisse, je commence à fatiguer, je ne sens plus mes doigts, jusqu'à mes poignets qui me font mal ; cela dit, nous avons fait en une journée autant qu'une femme cree expérimentée en une semaine.*

— Tu as un jour précis, pour ton rendez-vous avec la tribu de Deux Pas ?

La question est un prétexte pour interrompre le raclage — j'ai très mal au dos, en plus.

— Si Deux Pas a pu convaincre sa tribu de marcher vers l'ouest, ils s'arrêteront de toute façon quand ils trouveront des montagnes, ou bien le jour où les oiseaux migrateurs passeront au-dessus de leurs têtes.

Il continue à travailler, et c'est vraiment impressionnant de voir jouer sous sa peau ses muscles fins et qui semblent pourtant d'une très grande dureté — *aussi bien il sera presque aussi fort que moi.*

... Reste qu'il m'énerve, et pas qu'un peu, à feindre de n'être pas fatigué du tout par ce travail sur la foutue peau, alors que moi je n'en peux plus. Je suis sûre qu'il fait exprès d'être tout pimpant. Parce que si vraiment il n'était pas à bout de forces, ce serait encore plus exaspérant.

Cette dernière explication l'irrite plus que tout. En sorte que c'est uniquement pour lui damer le pion qu'elle dit :

— Tu vas renoncer à courir après ces montagnes qui n'existent pas, hein ?

— Pour cette année, oui.

— Tu repars demain pour les Collines noires ?

Oui.

Vas-y, assomme-le !

— Espèce de crêpe, dit-elle triomphalement, elles sont à un jour de marche au plus, tes montagnes. Je les ai vues hier, moi, juste au moment où nous nous arrêtions. Heureusement que je suis là.

— Et pourquoi tu marches au nord ?

— Parce que je ne marche pas au sud.

— J'aurais cru qu'il y avait une explication plus compliquée, dit-elle, sarcastique.

Il ne relève pas, il se tait, tout comme il s'est tu lors des derniers jours. Ainsi est-il resté quasiment silencieux quand, dans un air d'une limpidité extraordinaire, tout nuage ayant disparu dans le ciel, ils ont contemplé des montagnes, des vraies, treize ou quatorze mille pieds d'altitude, deux fois le puy de Sancy peut-être, et couvertes de neige éternelle.

— On dirait trois tétons.

Pas de commentaire de la part de messire François Villon. Qui pourtant est resté un très long moment comme figé, ou fasciné — mais rien ne se lisant sur son visage. Elle s'attendait à ce qu'il fît alors route directement sur ces foutues montagnes, eh bien, pas du tout, d'un coup il est parti vers le nord. Et les trois tétons sont restés sur leur gauche, de plus en plus derrière eux.

— Ces sommets-ci ne te conviennent pas ?

Silence.

— Je te les change, bonhomme, il te suffit de demander.

Il progresse de plus en plus vite.

— Il va bien falloir que tu reviennes en arrière, tôt ou tard. Qu'est-ce qui se passera si tu n'es pas à ton rendez-vous ?

La chaleur ne baisse pas. Des jours plus tôt, elle s'est de nouveau installée après l'arrêt de la pluie.

— Ton Deux Pas ne t'attendra pas, aussi bien il sera obligé par les anciens de sa tribu à revenir en arrière. À supposer bien entendu qu'il ait réussi à emmener ses gens jusqu'aux Collines noires. Sans toi pour l'aider à les convaincre, il aura du mal à tirer vers l'ouest, et vers des montagnes, des gens qui ont toujours vécu sur le bord des grands lacs. Tes Sioux ne sont pas des gens à courir après les bisons. Toutes ces grandes plaines, ça les effarouchera.

Il avance obstinément, sans jamais accorder une réplique. Depuis deux jours, ils sont tous deux entrés dans une région d'une beauté confondante. Les montagnes y sont moins élevées que plus au sud, certes, mais elles sont plus humaines. Outre cela, elles sont d'un jaune soufré qui souligne la masse verte et drue des forêts de conifères et l'admirable gamme d'ocres et de rouges des autres espèces atteintes par l'automne. C'est un endroit de rêve.

— D'accord, bonhomme, tu as trouvé tes montagnes. Grâce à moi. Tu as trouvé un endroit qui n'est pas trop laid. Et alors ? Peut-être qu'en allant plus à l'ouest, au nord, au sud, tu trouveras mieux encore. Surtout tu rêveras de trouver mieux encore, jamais tu ne te contenteras de ce que tu as atteint, tes rêves te porteront toujours au-delà.

Ils établissent leur campement de base sur la rive nord d'un lac et de celui-ci une rivière part, coulant au nord, en plusieurs endroits se précipitant par d'énormes chutes d'eau et la plus vertigineuse de celles-ci ayant une hauteur de plus de trois cents pieds, puis enfilant un défilé de géant, très profond et très sombre. Par la mort-Dieu j'adore ce paysage.

— Tu es un homme incapable de te satisfaire de ce qu'il a obtenu, tu ne saurais aimer personne, aucune femme ne pourra te retenir.

Ils poussent plus au nord et découvrent des sources chaudes dont les écoulements continus, depuis sûrement des dizaines ou des centaines de milliers d'années ou davantage ont recouvert les roches d'une sorte de nacre dont les reflets changent de couleur selon la lumière.

— Remarque bien qu'en tant que femme, je ne suis pas intéressée. Ce n'est pas moi qui chercherais à te tenir, et moins encore à te retenir. Pour moi, tu peux aller au diable.

... Et deux jours plus tard, ayant décrit une boucle par le nord-ouest, ils parviennent à de bien étranges sources qui projettent en l'air de l'eau écumante. Il y en a une qui a de ces éruptions avec une régularité vraiment très étonnante — à peu près toutes les heures, et le jet monte à vingt-cinq ou soixante toises ; une autre qui est au cœur d'un bassin de pierre de dix toises de diamètre ; une autre encore qui se compose de jets multiples, montant dans toutes les directions.

— Tu parles ! Un petit bonhomme que je pourrais écrabouiller d'une seule main !

Ils reviennent régulièrement au grand lac ceinturé par la pierre jaune. Ils se sont installés sur une espèce de balcon, qui domine l'eau de trois ou quatre toises. Ils ont mangé, elle déambule, plus que jamais pérorante — *je sais bien ou à tout le moins j'espère ardemment que je l'exaspère jusqu'au fond des os; mais je n'y crois guère, ce François Villon est tout à fait insensible, rien ne le touche, rien ne l'émeut, je peux toujours causer; tiens, hier, par exemple, quand je me suis mise toute nue pour me tremper le derrière dans cette eau si agréablement chaude, j'étais juste devant lui, non? Si. Et tu crois que ça lui a fait quelque chose, que ça l'a émoustillé? Nenni, que dalle. Il me court sur les nerfs, ce fils de chien.*

Elle s'est postée tout au bord du balcon de pierre jaune qui donc surplombe le lac d'une bonne vingtaine de pieds. Elle suit des yeux les évolutions d'un groupe d'élans, deux femelles et trois petits. Elle sent, l'entend à peine qui se rapproche d'elle. Elle reçoit un premier coup. Bon, pas de quoi tuer un lapin, mais enfin c'est un coup, et donné par un homme à une femme, c'est vraiment indigne. Elle se retourne pour exprimer son indignation et le découvre: il est tout près d'elle, le visage impassible. Tu dirais même rêveur. Il relève à nouveau son bras et la frappe encore, de sa main à plat...

Et plouf, elle part dans l'eau, elle plonge sans l'avoir voulu.

Elle se laisse descendre loin sous la surface, *je n'arrive pas à y croire, non, mais tu te rends compte de ce que ce fils de chien m'a fait?* Elle remonte à l'air libre, remonte sur les rochers, remonte jusqu'au balcon — la route n'est pas directe, il faut un certain détour. Elle le retrouve exactement où il se trouvait une minute plus tôt.

— Tu m'as poussée dans l'eau!

Il acquiesce.

— Recommence et je t'égorge.

Plouf. Elle replonge.

Ne t'emporte pas, c'est probablement ce qu'il cherche à obtenir: que tu t'enrages.

Mais rien à faire, aucun raisonnement ne peut empêcher sa fureur de prendre le dessus. Elle escalade les rochers pour la troisième fois.

— Tu l'as fait exprès, fils de chien!

Oui.

Dit-il très tranquille et, quoiqu'elle se tienne tant sur ses gardes et ait tenté d'esquiver son attaque, elle repart dans le lac.

Cette fois-ci, je lui ouvre le ventre!

Elle grimpe, le coutelas entre les dents — au sens propre. Elle essaie bel et bien de le frapper, il lui bloque le poignet droit...

... Bloque de même le poignet gauche, de toute évidence ayant prévu cette attaque en deux temps.

Re-plouf.

Elle fait la planche sur le lac. Il est strictement impossible qu'il puisse à tous coups l'emporter sur moi, qui suis plus grande et plus forte que lui, et qui suis armée. Il aura eu de la chance et c'est tout.

Elle revient sur le rocher. Elle se tient à cinq (grands) pas.

— Je ne peux quand même pas te tuer, dit-elle.

— Essaie.

Il n'est pas moqueur, il n'est pas ironique, il n'a pas du tout l'air de se foutre de moi. Son visage n'exprime rien, sinon cette expression un peu pensive, un peu rêveuse au fond de ses yeux verts.

— Que j'essaie de te découper avec mon coutelas?

— Tu n'y arriveras pas.

— On peut parlementer, non?

— D'accord, on parlemente.

— Tu me rejettes à l'eau si je m'approche encore?

— Non.

— Juré?

— Parole d'homme, dit-il.

Elle fait trois pas, il vient sur elle à une vitesse foudroyante, la prend à bras le corps, la culbute pardessus son épaule, elle file presque horizontalement dans le vide et s'enfonce dans l'eau bien plus loin qu'à aucun autre de ses plongeons précédents.

Reste sous l'eau, n'en ressors plus, fais-lui croire que tu es morte noyée.

... Sauf que le foutu lac est d'une telle limpidité qu'elle le voit, lui le François Villon, debout tout là-haut sur le bord du balcon de pierre et si je le vois, sûrement qu'il me voit aussi.

Et puis j'étouffe. Déjà que je suffoquais en entrant dans l'eau : de par la rage, j'avais, en plus, oublié de prendre de l'air.

Elle ressort, renverse la tête en arrière et ce faisant ses longs cheveux s'étalent.

— Parole d'homme, hein ?

— Hé oui, dit-il, toujours aussi serein.

Elle se met à nager, sur cinquante brasses, revient vers la berge, s'y hisse. Elle ôte tous ses vêtements et les essore du mieux possible, ne les renfile pas, constate qu'elle a perdu son coutelas et le premier de ses couteaux, qui tous deux auront filé dans le fond du lac. Mais bon, il lui reste une lame, ça devrait suffire. Elle la dissimule dans l'amas de vêtements et une fois de plus exécute son escalade jusqu'au balcon.

En haut, elle s'accroupit, très consciente de ce qu'elle ne doit pas être trop répugnante à regarder, avec ses cheveux lissés lui venant jusqu'aux reins, avec ses tétines de la pointe desquelles l'eau s'égoutte, et la noire toison de son ventre pareillement lustrée.

— J'en ai assez, François Villon.

— Très bien.

— Nous sommes seuls tous les deux, à des milliers de lieues de tout. Un homme et une femme. Et dans un paysage qui est le plus beau qui puisse s'imaginer.

— C'est vrai.

— Ne me flanque plus à l'eau, s'il te plaît. Ça finirait mal.

— D'accord.

— Tu crois que je fais ma chattemite pour mieux te trouer la peau ?

— C'est une idée qui m'est venue.

— Tu te trompes.

— Tant mieux.

— Depuis que je suis toute petite, j'ai pensé que je

devais me battre. C'était peut-être dans mon caractère, remarque, mais ce n'est pas la seule explication, si seulement elle est bonne. Mon père Pouillou Pattu ne s'occupait presque jamais de ses biens, il fallait que quelqu'un le remplace. Et ce n'est pas facile de se faire respecter et obéir, quand on est fille.

— Je suis sûr que ton père te savait très capable de le remplacer en toutes choses.

Ne cherche pas à m'amadouer avec des compliments, espèce de fourbe!

— Peut-être, dit-elle. Je n'y avais jamais pensé. Ça me fait plaisir que tu le dises.

Elle se remet debout et se met à marcher, allant et venant sur le balcon, avec sous les yeux ce décor à l'incroyable splendeur. Elle porte le paquet de vêtements trempés à deux mains, contre son abdomen.

— Ça me fait vraiment plaisir.

Elle passe une deuxième fois près de lui, le dépasse en fait et juge que le moment est venu. Elle pivote et, sa main gauche pointant, la lame file vers la gorge de François Villon. L'atteint. Presque. Son poignet est stoppé net alors que la pointe du petit couteau n'est plus qu'à un pouce au plus de la peau. Elle pousse de toute sa force, il résiste et même, va donc croire ça, la fait reculer. Elle laisse échapper un petit cri rauque de fureur et ajoute à la puissance de son bras celle de tout son corps. Rien à faire. La voici contrainte de céder, elle tombe sur le dos, se tord, est bientôt plaquée sur le sol. Plusieurs minutes durant, elle se débat tel un serpent dont on a immobilisé la mâchoire. Jusqu'à ce moment où il parvient à l'immobiliser totalement, au prix d'un étonnant enchevêtrement de leurs deux corps : il l'étrangle à moitié avec l'une de ses jambes et de ses poignets lui tord le bras qui tient encore le petit couteau.

— Lâche cette arme.

— Va crever.

— Je tire un tout petit peu et je te casse l'épaule, c'est ce que tu veux ?

Elle essaie d'une ultime ruade. Résultat strictement nul. À part une fulgurante douleur dans son épaule gauche.

— D'accord, Tête de diable ?

— D'accord.

Elle éprouve, comment dire ? de la rage sûrement, du dépit, de la surprise (de ce qu'il ait réussi, lui si mince, à la vaincre aussi complètement et par la force pure) et aussi, bien plus étrangement, un plaisir très bizarre.

— Et alors ? demande-t-elle.

— Tu te tiens pour battue ?

Elle réfléchit.

— Oui.

— Lâche ce couteau.

Elle desserre ses doigts, le fer tinte quand il tombe sur le rocher.

— Tu vas bien finir par me casser l'épaule et le bras.

— J'ai trois choses à te dire. Tu es peut-être, et assurément même, une tête de diable. Tu es extraordinairement courageuse, je ne crois pas que quelque chose t'ait fait ou te fera jamais peur. Tu es déterminée et prête à jouer ta vie pour une cause qui te semble juste. Et pourtant tu es capable de douceur. Je voudrais que tu cesses de penser que tu peux vaincre n'importe qui et que la seule façon de t'imposer est d'ouvrir le ventre de quiconque ne fait pas exactement ce que tu désires. Je voudrais que tu arrêtes de croire que, par exemple, tu peux me dominer.

— Toi particulièrement.

— Moi particulièrement. Je viens de te démontrer que sans arme et toi très armée, je peux prendre le dessus et le ferai chaque fois que nécessaire. Je veux que tu en sois convaincue, sans cesser pour autant d'être Tête de diable.

— Je te hais.

— Deuxième point : je veux que si énamourée de moi que tu sois, tu ne resteras pas dans ce nouveau monde pour cette seule...

— Qu'est-ce que tu as dit, là ?

— Que tu es très énamourée de moi.
— Je ricane.
— Personne ne t'en empêche. Mais tu restes énamourée de moi. Pour la première fois de ta vie, tu as de l'amour vrai pour un homme.
— Tu as vraiment la tête enflée, tu sais ?
— Je veux que si tu décides de rester dans ce nouveau monde avec moi et les Sioux, ce soit pour cette raison principale que tu aimes ce nouveau monde autant que je l'aime. Je veux que tu choisisses de ne pas rentrer en France parce que entre tes monts d'Auvergne et ce monde-ci, tu auras fait un choix définitif, que j'existe ou non.
Elle voudrait trouver quelque chose de très cinglant à dire, ne trouve rien. Il demande :
— Je peux te lâcher, à présent ?
— Je t'étrangle dès que je le peux.
— Je n'en crois rien.
Il la lâche.
— Vas-y, étrangle-moi.
— Tu vas résister, tu parles.
Il sourit (et c'est vraiment un foutument joli sourire, avec de la vraie gaieté dans ses yeux verts). Et même il rit.
— Tu es incroyable, Tête de diable.
Elle se masse l'épaule. Le petit couteau est à un pied même pas de sa propre main, *mais bon, je n'ai pas envie de le toucher*.
— Et la troisième chose ?
— Nous en parlerons une autre fois.
— Maintenant.
— Une autre fois.
— Maintenant. Et je ne t'étrangle plus.
Il hoche la tête, regarde le lointain, hoche la tête à nouveau.
— D'accord, dit-il. La troisième chose, c'est que je suis énamouré de toi autant que tu l'es de moi.

Ils ont repris la piste en direction des Collines noires, ils ont laissé derrière eux les montagnes de pierre jaune, lui François Villon a dit qu'au printemps prochain, il reviendrait à celles-ci, les dépasserait, irait toujours plus à l'ouest, marcherait jusqu'à la fin de ces montagnes, qu'elles fussent jaunes ou de quelque autre couleur, qu'il en verrait la fin, et, quitte à recommencer d'année en année, finirait bien par atteindre la fin de ce nouveau monde, dont il pense qu'elle pourrait bien (cette fin) être une très grande mer océane.

Ils sont repassés par l'endroit où elle avait laissé à tremper la peau de bison dont elle comptait faire une couverture. Il l'a chargée sur ses épaules. Ils sont entrés dans les Collines noires et, bien plus aisément qu'ils ne l'eussent cru, ont un jour aperçu sur des crêtes des silhouettes de guerriers sioux leur faisant de grands signes joyeux.

Ils ont retrouvé la tribu à laquelle s'étaient adjoints et Mathurin Toboggan et le Cree naturalisé sioux, mais qui n'en a pas moins conservé son nom : Celui Qui Marche dans les Myrtilles en Balançant les Hanches. Parce qu'il a du sang d'Europe et l'irrépressible besoin de dire des choses dont la nécessité n'est pas tant évidente, Mathurin Toboggan a expliqué et réexpliqué comment Myrtille et lui ont été emportés pendant trois ou quatre jours sur les flots si tumultueux du Missouri en crue, et ensuite il leur a fallu revenir à la recherche de traces et ainsi ont-ils rencontré Deux Pas et Douce Montagne, de son ancien nom Antoine Pissarugues, et l'accord s'est assez vite fait et...

Elle a dit qu'elle allait repartir pour ses monts d'Auvergne. Le plus tôt étant le mieux, à cause de l'hiver qui n'allait plus tarder.

Ils marchent, le Toboggan et elle. Ils seront partis depuis une dizaine d'heures.

— Tu aurais deux cents livres d'or, Mathurin...

— De l'or ?
— Tu sais ce qu'est l'or, tout de même ?
— C'est une pierre jaune.
— C'est un métal. Tu en aurais deux cents livres...
— Ça fait combien, deux cents livres ?
— L'équivalent de ton poids. Tu aurais tout ça en or, tu en ferais quoi ?
Silence.
— Ah ! dit-il enfin.
— Mais encore ?
— Et je devrais les porter ?
— Laisse tomber.
Elle se tait, avance. Leur progression se fait sur une crête et ils longent un précipice, avec tout en bas, dans le fond d'un défilé, une rivière. Et en somme, pour ce qu'elle en sait, il suffirait de fabriquer et de mettre à l'eau un canoé, de naviguer sur cette rivière, en sorte d'arriver à une autre, puis une ou deux autres encore, et ainsi de descendre le Missouri jusqu'au moment où elle le quitterait pour marcher vers l'est — le Maesi Sipu, les grands lacs, le Saint-Laurent, Tadoussac. L'affaire de trois ou quatre mois au plus.
— Mathurin ?
— Oui, petite ?
— Je te dois je ne sais combien de dimanches.
— Tu ne me dois plus rien. Je ne te guide pas, je te suis. Et puis je tiens à ma peau. Si vieille qu'elle soit.
— Comprends pas.
— Ce chef de guerre sioux, Deux Pas, est un homme grand, fort et très expérimenté à la bataille. Même voici cinquante ans, quand j'étais plus jeune, j'y aurais regardé à dix fois avant de l'affronter et sûrement que j'aurais décidé de l'éviter. Or, le même Deux Pas m'a dit que s'il existait un homme qui était encore meilleur guerrier que lui, c'est Celui Qui Chante et Danse.
— François Villon.
— De son ancien nom, oui.

— Quel rapport ? Entre moi et cet homme ?

— Ne me fais pas rire, dit le Toboggan.

La crête sur laquelle ils cheminaient, cette crête s'achève. Le vide, au-delà. Le vide, c'est-à-dire le grand dégorgement de plaines à l'infini. Elle s'accroupit. La nuit va venir, de toute façon. Elle considère Mathurin Toboggan, est-ce vraiment la peine de lui demander si lui manquent les chaudes maisons de pierre aux toits de chaume ou de lauzes, et les chandelles dans leurs bougeoirs de cuivre, et les pâtés en croûte, les chevaux et leur harnachement, les lits à quenouille, les églises de pierre montant jusqu'au ciel, les chants de Noël, les confitures, les fanfreluches, les chaudrons galbés, les boutiques où se vendent des milliers de choses, le vin et la cervoise, le pain, le sel, les coites ou couettes dans quoi se pelotonner par les nuits de grand froid, les fruits, tous ces légumes, les notaires et tabellions, les archers du guet, les apothicaires, le sucre en morceaux, les jupons de dentelle, les trottinantes petites troupes de religieuses encoiffées, les carillons, le savon, et tant et tant la liste en serait interminable ? Tu le lui demanderais, il ne saurait quoi te répondre, lui est né dans ce nouveau monde et toujours y a vécu.

— On campe ici, Tête de diable ?

Oui. Elle n'a même pas faim. *Quoi que tu décides — et le moment est venu de faire ton choix, à présent que tu es à cette frontière —, il te faudra oublier à jamais l'un des deux mondes. Comme s'il n'avait jamais existé, ou alors seulement dans l'un de tes rêves.*

— Demain, nous revenons, Mathurin, dit-elle en se roulant dans sa couverture, nuque sur son bissac, et son arc géant posé contre elle, faute des couteaux qu'elle n'a plus.

Du haut de l'espace de falaise, elle contemple le village qui désormais sera le sien et, elle en est convaincue, pour toujours. Elle compte soixante-deux tipis, harmonieusement disposés sur la rive sud de la rivière. L'entrée des grottes est là. En arrière-plan se dresse la montagne sculptée. Des gens vont et viennent, la fumée de nombreux feux monte dans l'air immobile. Une grande sérénité se dégage de l'ensemble.

Elle descend, des pierres roulent sous ses pas.

— Bonjour, Tête de diable, lui disent des femmes occupées à travailler des peaux.

Elle leur souhaite en retour une bonne journée. Elle traverse les tipis, répondant à tous les saluts qui lui sont adressés et qui tous sont paisibles, n'exprimant qu'amitié ou affection, dans tous les cas aucune surprise de la revoir. Elle passe un premier groupe d'hommes puis un autre, où figurent François Villon qui donc est Celui Qui Chante et Danse et Douce Montagne qui autrefois se nommait Antoine Pissarugues, et le chef de guerre Deux Pas. Aucun coup d'œil ne lui est adressé et de même elle passe sans tourner la tête. Elle gagne ce tipi qui est celui de Celui Qui Chante et Danse, dans lequel elle n'est encore jamais entrée. Elle y dépose son bissac, déroule son tapis de cuir et l'accote à celui qui se trouvait déjà là, en sorte que cela fait une couche pour deux.

Elle ressort, va à la rivière et, dans cette zone réservée aux femmes, à l'abri d'un bosquet de saules rouges dont les hommes fument les racines et les ramures dans leurs pipes de pierre ou d'os, se lave.

Elle revient au tipi, déroule la forte peau de bison qu'elle a déjà commencé de travailler des semaines plus tôt et, s'étant assise, se remet à l'ouvrage.

Un grand moment s'écoule puis il entre. Il s'assoit près d'elle.

— Tu as perdu ton sac ?

— Oui.

Long silence. Il allonge une main et ses doigts caressent les lèvres, la ligne du menton, le nez, la gorge.

— Tu sais, dit-il en français, longtemps après, d'une voix rauque, tu ne me serais pas revenue, je serais parti à courir derrière toi.

Composition réalisée par INTERLIGNE

IMPRIMÉ EN FRANCE PAR BRODARD ET TAUPIN
Usine de La Flèche (Sarthe).
LIBRAIRIE GÉNÉRALE FRANÇAISE - 43, quai de Grenelle - 75015 Paris.
ISBN : 2-253-14076-7

31/4076/1

TERRY PRATCHETT

DAS ERBE DES ZAUBERERS

Ein Roman
von der bizarren Scheibenwelt

Aus dem Englischen
von Andreas Brandhorst

Fantasy

WILHELM HEYNE VERLAG
MÜNCHEN

HEYNE ALLGEMEINE REIHE
Nr. 01/12185

Titel der Originalausgabe
EQUAL RITES

Umwelthinweis:
Dieses Buch wurde auf
chlor- und säurefreiem Papier gedruckt.

Redaktion: Friedel Wahren

Printed in Germany 2000
Umschlagillustration: Josh Kirby
Umschlaggestaltung: Nele Schütz Design, München
Druck und Bindung: Elsnerdruck, Berlin

ISBN: 3-453-17058-X

http://www.heyne.de